UNE HISTOIRE DU PARADIS

Tome 3

DU MÊME AUTEUR

Dans la collection *Pluriel*

Rome au XVIe siècle.
Le christianisme va-t-il mourir? (épuisé).
La Peur en Occident (XIVe-XVIIIe siècle).
Une histoire du Paradis, t. I, *Le Jardin des délices.*
Une histoire du Paradis, t. II, *Mille ans de bonheur.*

CHEZ D'AUTRES ÉDITEURS

Vie économique et sociale de Rome dans la seconde moitié du XVIe siècle, 2 vol., Paris, De Boccard, 1957-1959.
L'Alun de Rome, Paris, S.E.V.P.E.N., 1962.
Naissance et affirmation de la Réforme, Paris, P.U.F., coll. « Nouvelle Clio », 8e édition (en coll. avec Thierry Wanegffelen), 1997.
La Civilisation de la Renaissance, Paris, Arthaud, « Les Grandes Civilisations », 2e édition, 1973; Éd. de poche, Arthaud-Flammarion, 1984.
Le Catholicisme entre Luther et Voltaire, P.U.F., Coll. « Nouvelle Clio », 1971, 6e édition (en coll. avec Monique Cotteret), 1996.
L'Italie de Botticelli à Bonaparte, Paris, A. Colin, 1974. Nouvelle édition : *L'Italie, de la Renaissance aux Lumières*, 1990.
La Mort des pays de cocagne, Paris, Publications de la Sorbonne, 1976 (ouvrage collectif).
Histoire vécue du peuple chrétien (dir.), Toulouse, Privat, 1979.
Un chemin d'histoire, chrétienté et christianisation, Paris, Fayard, 1981.
Le Péché et la peur. La culpabilisation en Occident (XIIIe-XVIIIe siècle), Paris, Fayard, 1983.
Le Cas Luther, Desclée de Brouwer, 1983.
La Première Communion. Quatre siècles d'histoires (XVIe-XXe siècle), Paris, Desclée de Brouwer, 1987 (ouvrage collectif).
Ce que je crois, Paris, Grasset, 1985. France-Loisirs, 1986.
Les Malheurs des temps. Histoire des fléaux et des calamités en France (dir. de Jean Delumeau et Yves Lequin), Paris, Larousse, 1987.
Rassurer et protéger. Le sentiment de sécurité dans l'Occident d'autrefois, Paris, Fayard, 1989.
Histoire des pères et de la paternité (dir. de Jean Delumeau et Daniel Roche), Paris, Larousse, 1990. Nouv. éd. 2000.
L'Aveu et le pardon. Les difficultés de la confession (XIIIe-XVIIIe siècle), Paris, Fayard, 1991.
Le Fait religieux (dir.), Paris, Fayard, 1993.
Entretiens sur la fin des temps (coll. avec Jean-Claude Carrière, Umberto Eco et Stephen Jay Gould), Paris, Fayard, 1998.
Des religions et des hommes (coll. avec Sabine Melchior-Bonnet), Paris, Desclée de Brouwer, 1997. « La Pochothèque », Le Livre de poche, 1999.
L'Acceptation de l'autre. De l'édit de Nantes à nos jours (dir.), Paris, Fayard/Direction des Archives de France, 2000.

JEAN DELUMEAU

UNE HISTOIRE DU PARADIS

Tome 3

Que reste-t-il du paradis ?

FAYARD

Collection fondée par Georges Liébert
et dirigée par Joël Roman

En souvenir de Jeanny

INTRODUCTION

L'histoire d'une espérance

Ils sont nombreux à dire : « Qui nous fera voir le bonheur? » (Ps 4, 7). Aurai-je réussi à faire voir le bonheur? Au lecteur d'en juger. Mon projet était toutefois plus modeste et plus érudit : donner une conclusion logique à une recherche commencée il y a vingt-sept ans. Depuis longtemps, en effet, des « objets historiques » attendaient qu'on les étudie et surtout qu'on les éclaire dans la continuité les uns des autres. C'est ce que j'ai tenté de faire au cours d'une longue enquête. Le premier « objet » a été la peur (*La Peur en Occident*, 1978; *Le Péché et la peur*, 1983); le deuxième, le sentiment de sécurité (*Rassurer et protéger*, 1989; *L'Aveu et le pardon*, 1990). J'ai intitulé le troisième *Une histoire du paradis* (*Le Jardin des délices*, 1992; *Mille Ans de bonheur*, 1995) : j'y ai successivement étudié la durable nostalgie du jardin d'Éden, puis la tentation de le faire réapparaître dans le futur, enfin — dans le présent ouvrage — l'espérance d'une joie éternelle.

On m'a parfois reproché de ne pas avoir publié les études sur le sentiment de sécurité et sur le paradis en contrepartie immédiate des ouvrages sur la peur. La réponse est simple : il faut du temps, beaucoup de temps, pour réunir la documentation nécessaire à de tels livres et ensuite pour les rédiger. De plus, l'ordre de mes enquêtes me semblait s'imposer de lui-même. Imagine-t-on de commencer par le paradis pour finir par la peur? En revanche, des libérations graduelles peuvent conduire de la peur au sentiment de sécurité, puis de celui-ci à l'espérance du bonheur.

Ce nouvel ouvrage est, avant tout, un travail historique destiné à éclairer de larges pans du passé que la recherche n'avait peut-être pas suffisamment visités auparavant. Son titre, *Que reste-t-il du paradis?*, exprime toutefois une interrogation inquiète de nos contemporains, qui a été aussi la mienne et à laquelle j'ai essayé de répondre à partir des dossiers fournis par l'histoire. Ce faisant, j'ai vérifié une nouvelle fois la justesse de la conviction naguère exprimée par Lucien Febvre : les historiens établissent leurs questionnaires en fonction des préoccupations de leur temps.

Je n'évoque ici que le paradis chrétien, et cela pour deux raisons. La première est que j'avais adopté une limitation comparable à propos de la peur, du sentiment de sécurité, puis de la terre sans mal ni malheur des origines dont certains espéraient, ou espèrent encore, le rétablissement sur terre. Car il aurait été imprudent de m'aventurer dans des civilisations que je connais mal. En outre, l'espérance chrétienne d'une éternité de bonheur dans l'au-delà constitue, à elle seule, un immense sujet puisqu'elle a soutenu une civilisation entière pendant une très longue période. Et ce qu'on ne dit pas assez, c'est qu'elle s'est exprimée d'une manière souvent très belle.

J'ai conscience d'aller ici à l'encontre d'une idée reçue. On affirme souvent que la littérature et l'iconographie chrétiennes ont mieux réussi l'enfer que le paradis : le pittoresque et le piquant seraient du côté des évocations infernales, la mièvrerie, la monotonie et l'ennui du côté de l'imagerie céleste. Certes, il est exact que les prédicateurs ont évité les descriptions trop concrètes, et trop humaines, des « réalités indicibles[1] », alors qu'ils pouvaient facilement accumuler en enfer — et ils ne s'en privèrent pas — toutes les horreurs que la vie terrestre peut comporter. De même, l'iconographie du Jugement dernier a plus retenu l'intérêt par ses scènes diaboliques que par les paisibles processions des élus accueillis par les anges. Mais le *Paradis* de Dante témoigne d'inventions poétiques aussi étonnantes dans leur registre que les trouvailles hautes en couleur qui ont fait le succès de l'*Enfer* et du *Purgatoire*.

Pour mesurer la richesse des évocations paradisiaques, dans les écrits comme dans les images, qui ont pendant longtemps accompagné l'histoire chrétienne, il faut constituer un large corpus d'hymnes liturgiques, de visions narratives, de textes mystiques et, surtout, prendre en compte la variété des thèmes et des croyances qui traduisirent l'espérance du passage au pays du bonheur définitif. La liturgie catholique, notamment, est imprégnée de thèmes paradisiaques qu'elle actualise chaque jour par le *Gloria* et le *Sanctus*. Le calendrier va de Noël (un jour de paradis sur terre) à la Toussaint (la fête des élus), en passant par Pâques (la résurrection du Sauveur qui ouvre les portes du ciel), l'Ascension (de Jésus au ciel), la Pentecôte (la descente sur les apôtres de la sagesse divine) et l'Assomption (le transport de Marie au paradis).

La fixation sur les représentations du Jugement dernier a conduit à placer dans des compartiments séparés des évocations qu'il faut, à l'évidence, regrouper sous un même regard : la Jérusalem d'en haut et les verts pâturages éternels, bien sûr, mais aussi la Toussaint, la cour céleste et ses anges musiciens, le couronnement de Marie, Noël — comme parenthèse paradisiaque interrompant la grisaille et les tristesses de la vie terrestre —, l'assomption de la Vierge, thème de prédilection de l'art baroque, l'ascension de Jésus et l'entrée des saints dans la « gloire » éternelle par une déchirure des cieux, etc. À quoi il faut ajouter la conception même de l'église, conçue par son architecture, ses verrières ou sa décoration — éblouissante à l'époque baroque — comme une figure du paradis.

Envisagé dans ses vraies dimensions, un rassemblement des thèmes paradisiaques, à l'intérieur du christianisme, devient une entreprise de grande ampleur, un thème d'étude presque inépuisable. Le seul fait d'en énumérer les composantes fait ressortir combien il a été injuste, historiquement, de négliger un sujet d'une telle importance. À la fin de *La Naissance du purgatoire* (1981), Jacques Le Goff écrivait : « Ne pourrait-on pas se demander si l'élément moteur, organisateur (expliquant un "troisième lieu" — le purgatoire — dans l'au-delà catholique), n'a pas été ce paradis qui a si peu suscité l'intérêt des historiens et qui, si je consulte mon dossier, ne me paraît pas si fade et monotone qu'on l'a dit[2] ? » Jacques Le Goff avait raison de poser la question en ces termes et j'y réponds par mon livre. Car celui-ci veut être une réhabilitation du paradis chrétien, de la beauté et de la variété des œuvres en tous genres qu'il a fait naître, et, bien entendu, de l'inspiration religieuse qui a permis de les concevoir.

Doit-on dès lors apercevoir une contradiction entre le présent ouvrage sur le bonheur dans l'au-delà et les noires perspectives soulignées dans plusieurs de mes études antérieures ? Hélas, non ! Deux discours religieux, qui nous semblent aujourd'hui se contredire, ont longtemps cohabité. On pouvait exalter, et avec les plus belles couleurs, les beautés du paradis et enseigner en même temps la doctrine augustinienne de la « masse de perdition ». Pour ne retenir qu'un exemple, prenons celui de Jérémie Drexel, jésuite allemand du XVIIe siècle dont les livres eurent à l'époque un succès international. Il rédigea un *Tableau des joyes du paradis*, long de 640 pages, qui retiendra notre attention[3], mais aussi un ouvrage intitulé *Infernus damnatorum carcer et rogus aeternitatis* dans lequel il fixait le nombre des damnés à cent mille millions[4]. Résumons le point de vue de Drexel et de beaucoup d'autres : le paradis est très beau, mais il est difficile d'accès.

Huit ans après l'invitation de Jacques Le Goff à faire du paradis un objet d'histoire, C. McDannell et B. Lang publiaient *Heaven. A History* (Yale University Press, 1988), livre dont je me suis souvent servi avec profit pour ma propre étude. Je déclare donc ma dette envers cet ouvrage remarquable. Mais celui-ci et le mien sont profondément différents et se complètent sans se concurrencer. Un lecteur, comparant les deux approches, verra que j'ai accordé beaucoup plus de place que mes devanciers à des thèmes tels que le couronnement de Marie et l'Assomption; beaucoup plus de place aux anges musiciens et, plus largement, à la musique; beaucoup plus de place à l'art baroque; beaucoup plus de place à la « déconstruction du ciel » provoquée par l'irruption de la « nouvelle astronomie ». Inversement, j'ai passé vite sur la conception de l'au-delà de Swedenborg, renvoyant précisément sur ce sujet à *Heaven. A History*. À nouveau, dans la dernière partie de mon livre, je me suis séparé des deux auteurs pour mettre l'accent sur le paradis chrétien comme espérance de sociabilité pleinement réussie et pour rechercher les sources anciennes du thème des retrouvailles éternelles avec les êtres aimés.

Se posaient naturellement pour cette *Histoire du paradis* le problème général de la signification de l'iconographie et celui du rapport entre textes et images, questions sur lesquelles toute une littérature a vu le jour depuis une vingtaine d'années[5]. Je suis persuadé qu'aucune représentation paradisiaque n'a été gratuite, même à partir de la Renaissance. Aucune n'est réductible à l'art pour l'art et au simple jeu d'artistes virtuoses. Toutes étaient au contraire remplies d'allusions souvent complexes et voulaient donner à voir le surnaturel. Toutes doivent donc être lues au moyen de codes religieux, comme j'ai tenté de le faire. Ce qui ne veut pas dire que l'exégèse des docteurs soit « forcément la meilleure clé de déchiffrement[6] ».

Venons-en au second problème. Qu'il existe, dans le domaine des représentations religieuses, une fréquente dépendance des images par rapport à l'écrit et notamment aux textes fondateurs du paradis chrétien, c'est une évidence que nous vérifierons tout au long de notre route. Mais dépendance ne signifie pas servilité. On a renoncé aujourd'hui à définir l'image chrétienne comme « la Bible des illettrés[7] ». Nous éloignant des systématisations rigides, nous constaterons à de nombreuses reprises la spécificité et l'autonomie de l'image.

On a souvent peint les anges avec des auréoles, mais, selon saint Thomas d'Aquin, ils n'en portent pas. Marie est fréquemment couronnée au plus haut des cieux, mais les spécialistes de l'empyrée assuraient que le sommet de celui-ci est réservé à la Trinité. Le couronnement de Marie lui-même n'est pas tributaire des grands écrits sur le paradis[8], non plus que le thème, si beau, des anges musiciens qu'ont exalté pendant deux cents ans les artistes chrétiens. De plus, certaines images, par une sorte de logique interne, en engendrent d'autres[9] : le thème du paradis terrestre définitivement retrouvé s'est ainsi épanoui en une multiplicité de variations picturales séduisantes et le parti pris décoratif du baroque a transformé les églises en lieux paradisiaques prodigieusement surchargés.

À propos de l'art baroque, on peut établir — je m'y suis efforcé dans le chapitre 22 — une relation, qui n'est pas fortuite, entre « la déchirure du ciel », si fréquente sur les voûtes et les coupoles, et la littérature mystique de l'époque. Mais indépendamment des textes, la réalisation de hautes coupoles, la maîtrise de la perspective et la science nouvelle du raccourci ont induit une véritable révolution dans la représentation du monde d'en haut. Autrement dit, même si les fondements scripturaires sont restés les mêmes, le paradis a une histoire, qui est celle de ses évocations successives. Ces évocations constituent des révélateurs d'une évolution globale[10]. Elles accompagnèrent les transformations de notre civilisation depuis l'époque de la rédaction de l'Apocalypse.

Le livre qu'on va lire n'est donc pas un ouvrage d'histoire de l'art, mais un essai sur l'imaginaire paradisiaque et une tentative pour mettre en lumière la façon dont une espérance s'est insérée dans un contexte culturel en constante évolution. Ainsi l'importance du thème des anges musiciens, entre le milieu du XIVe siècle et le milieu du XVIe, doit, à l'évidence, être rapportée à la place croissante que prend alors la musique dans la civilisation occidentale. Par ailleurs, on ne soulignera jamais assez le bouleversement que la « nouvelle astronomie » — de Copernic, Kepler et Galilée — a apporté dans la vision du paradis, qui cessa progressivement d'être un lieu.

L'intention directrice qu'on vient d'avouer éclaire la démarche générale du livre, explicitée en quatre parties, intitulées successivement « Éblouissement », « Bonheurs », « Transformations », « Déconstruction? ». L'« arrêt sur l'image » devant *L'Agneau mystique* de Gand ouvre les deux premières parties qui décrivent en détail le pays du bonheur éternel à partir des écrits fondateurs, des visions et des récits de voyages dans l'au-delà. Comme le révèlent de fréquents va-et-vient entre textes et images d'une part, et entre les uns et les autres et le retable de Gand, d'autre part, celui-ci a constitué une véritable « somme » des certitudes paradisiaques qui s'étaient additionnées depuis le début de l'ère chrétienne jusqu'au XVe siècle. Il laisse voir en même temps combien les éléments terrestres — fleurs, arbres, constructions, vêtements somptueux, etc. — tendaient à envahir l'espace céleste.

Partant du constat de cette imbrication entre civilisation et représentations de l'au-delà, les deux parties suivantes s'attachent à suivre le destin du paradis à travers les transformations de grande amplitude que furent la promotion de la musique, la maîtrise de la perspective, le succès prodigieux des coupoles, la naissance du protestantisme et celle de la science moderne. Vint un moment où ciel et paradis ne coïncidèrent plus. Depuis la fin du XVIIIe siècle, l'au-delà est devenu infigurable. Nous nous interrogerons sur la signification et les conséquences de ce changement.

Comme tous mes précédents ouvrages depuis *Le Péché et la peur*, celui-ci a bénéficié de l'aide précieuse de Sabine Melchior-Bonnet, mais, cette fois-ci, de manière beaucoup plus importante encore que par le passé. La longue maladie de mon épouse, à la mémoire de qui ce livre est dédié, limitait grandement mes sorties hors de la maison. Quelqu'un, c'est-à-dire Sabine Melchior-Bonnet, a infatigablement répondu, semaine après semaine, parfois jour après jour, et avec une gentillesse qui ne s'est jamais démentie, à mes épuisantes demandes d'informations, de vérifications, de livres, de textes, de photocopies, de reproductions d'œuvres d'art, etc. Sans sa compétence historique et son inlassable générosité, ce livre serait probablement resté à l'état de projet. Je lui exprime donc mon immense gratitude.

Je tiens aussi à adresser des remerciements à celles et ceux qui ont bien voulu me communiquer des informations qui m'ont été précieuses. Il s'agit notamment de Philippe Faure, du P. Pierre-Marie Gy, de Claude Lebédel, Germaine Leclerc, Christiane Lorgues, Hervé Martin, Michèle Ménard, Joseph Pérez, Isabelle Poutrain, Georges Provost, Jean-François Six, Martine Sonnet, Jean-François Tournaire, Patrice Veit et Jean-Marie Zemb.

PREMIÈRE PARTIE

Éblouissement

« Éblouissement », ce fut le mien en me trouvant pour la première fois devant le retable de Gand, qui est peut-être la plus riche des synthèses paradisiaques de la peinture occidentale. Éblouissement surtout des visionnaires et des voyageurs de l'au-delà, dont les écrits et les récits définirent les structures et révélèrent les beautés du paradis chrétien. Ils virent « ouvertes les portes du ciel ». Ils contemplèrent « les réalités du ciel supérieur » : « une demeure dont le pavement était brillant comme l'or et l'argent », « des élus aussi beaux devant le trône de Dieu que la lumière du feu », l'empyrée comme « une rose aux pétales extrêmes ». « Vois, dit la Sagesse au mystique allemand Henri Suso, quel beau spectacle c'est là. » Ce « spectacle » avait sa place précise dans la partie la plus haute des cieux, en accord avec une cosmographie venue d'Aristote et de Ptolémée et tenue pour intangible. Il était, en outre, rendu crédible par une théorie des évasions de l'âme, authentifiée par les meilleures autorités de l'Antiquité païenne et chrétienne.

CHAPITRE PREMIER

Arrêt sur image : le paradis de Gand

« Le plus beau panneau peint de la chrétienté »

En 1517, le retable de Saint-Bavon de Gand, que nous appelons *L'Agneau mystique*, apparut à deux voyageurs italiens, le cardinal d'Aragon et son secrétaire Beatis, comme « le plus beau panneau peint de la chrétienté [1] ». Formulé par des visiteurs venant d'un pays où la Renaissance brillait déjà de tous ses feux, quel compliment [2] ! Ce jugement a été ratifié par la postérité qui continue d'admirer une œuvre unique, achevée en 1432, et parvenue par miracle jusqu'à nous.

Philippe II, trente-sixième comte de Flandre et grand amateur de peintures, aurait voulu l'acheter, mais, pour ne pas en priver la ville de Gand, il en fit réaliser une copie [3]. En 1566, le retable faillit disparaître au moment de la « furie iconoclaste » protestante. Puis le prude Joseph II, de passage aux Pays-Bas en 1781, fit retirer du polyptyque Adam et Ève qu'il jugeait trop nus. Après quoi, sur ordre du Directoire, *L'Agneau mystique* fut transporté à Paris, d'où il ne revint qu'en 1815. Il fut par la suite mutilé, partiellement vendu, repeint sans génie, reconstitué en 1920 et, en 1934, à la suite d'un vol, privé de l'un de ses panneaux, celui des juges intègres, qui, depuis lors, est remplacé par une copie. Enfin, pendant la Seconde Guerre mondiale, les Allemands l'emportèrent dans une mine de sel de Styrie où les troupes américaines le trouvèrent en 1945. Aujourd'hui, restauré avec science et amour, ce chef-d'œuvre a retrouvé sa place dans la chapelle qu'avaient prévue pour lui ses donateurs, Josse Vydt et sa femme.

Face au retable ouvert [4], le spectateur voit d'abord — et sans doute en était-il déjà ainsi au XVe siècle — la grande prairie paradisiaque, une clairière semée de fleurs et environnée de bosquets derrière lesquels s'élèvent de belles constructions urbaines, évocation de la Jérusalem céleste. Sortant des bosquets, des cortèges bien ordonnés, venus des quatre points cardinaux, font cercle autour de l'autel de l'agneau et de la fontaine de vie située en contrebas, l'un et l'autre entourés d'anges. Devant, à gauche, les prophètes tiennent des livres ouverts ; ils sont suivis par les gentils qui, avant le Christ, ont cru en un Dieu unique et observé la loi naturelle ; à droite leur font vis-à-vis les apôtres, puis les confesseurs, notamment des papes et des évêques, somptueusement vêtus de rouge. Les deux processions venant du fond portent des palmes ; à gauche, celle des martyrs habillés de bleu ; à droite, celle des vierges aux robes richement colorées. Paysages et cortèges continuent sur les volets latéraux qui représentent, à gauche, les chevaliers et les juges intègres, à droite, les ermites et les pèlerins convergeant à leur tour vers l'agneau divin. Devant les pèlerins vêtus de bure se détache la silhouette rassurante de saint Christophe, géant drapé de rouge, qui, disait-on, avait porté Jésus enfant et, ici, guide les pèlerins vers lui.

Au-dessus de la prairie céleste, éclairée par la lumière du Saint-Esprit symbolisé par une colombe, la partie supérieure du retable, divisée en sept panneaux, donne la première place au Seigneur triomphant sous les traits d'un grand prêtre portant la tiare pontificale et un superbe manteau rouge. Le Seigneur bénit de la main droite et tient un sceptre de la gauche. Il est à la fois Jésus et son Père : autrement dit, le Verbe incarné et la majesté divine qui, en elle-même, transcende toute représentation humaine. Il est entouré de la Vierge et de saint Jean-Baptiste. Marie retient l'attention. « Elle semble remuer les lèvres et prononcer les paroles du livre qu'elle lit[5] », observait le peintre et théoricien flamand Carel Van Mander au début du XVIIe siècle. Son visage est d'une divine beauté. Revêtue d'un riche manteau bleu nuit, elle est représentée en reine du ciel que son fils a déjà couronnée. Son diadème est orné de roses d'or et de sept lis blancs, symboles des « sept joies » qu'elle éprouva durant sa vie terrestre. Plus haut que la couronne, douze tiges de muguet rejoignent douze étoiles d'or, inspirées par l'Apocalypse : « Un signe grandiose apparut au ciel : une Femme [...] et douze étoiles couronnent sa tête » (12, 1). À gauche de Marie, l'artiste a peint une chorale angélique, puis Adam. À droite du Précurseur, il a placé des musiciens — sans doute des anges — autour d'un orgue, d'une viole et d'une harpe, puis Ève.

La nudité d'Ève et d'Adam, traitée avec réalisme et en grisaille, contraste avec les couleurs somptueuses et les broderies des vêtements portés par les anges chanteurs et les musiciens. Comme l'a remarqué Erwin Panofsky, Adam et Ève, avant le polyptyque de Gand, n'apparaissaient pas dans l'iconographie au niveau le plus haut du ciel où on les voit ici[6]. Jan Van Eyck aurait introduit cette iconographie humaniste qui donne toute sa force à la rédemption grâce au sacrifice de l'agneau divin. Au XVIe siècle, on parlait du « retable d'Adam et Ève », mais d'autres noms lui étaient donnés. Le cardinal d'Aragon et son secrétaire y virent une Assomption de Marie[7]. En 1567, Ludovico Guicciardini, dans sa célèbre *Description de tous les Pays-Bas*, l'appela « le triomphe de l'agneau », ce qui convient mieux que « l'agneau mystique », puis, en 1604, Carel Van Mander affirma : « Le panneau central, tiré de l'Apocalypse de saint Jean, représente l'agneau mystique adoré par les patriarches[8]. »

Le retable fermé présente douze panneaux; il en a également douze quand il est ouvert, mais leur disposition est différente. Ce nombre ne résulte pas du hasard : il évoque les apôtres, colonnes fondatrices de l'Église (Ép 2, 20). Sur le polyptyque clos, on voit, en bas, les deux donateurs avec leurs saints protecteurs, Jean l'Évangéliste et Jean-Baptiste; au niveau intermédiaire — le principal —, l'Annonciation; à l'étage supérieur, deux prophètes et deux sibylles. L'ange s'adresse à Marie dans la chambre d'un appartement princier dont les arcades donnent sur un paysage urbain. Au-delà de cette évocation concrète, le rappel du thème majeur du retable est évident : l'Annonce faite à Marie et l'Incarnation ont permis la Rédemption, symbolisée sur l'autre versant du retable par le sacrifice de l'agneau divin.

L'Agneau mystique et le *Roman de la Rose*

Le polyptyque de Gand pose de nombreuses questions. On ne sait dans quelle mesure Hubert Van Eyck a collaboré à l'œuvre de son frère Jan. De plus, l'œuvre est de dimensions exceptionnelles : elle dépasse cinq mètres de hauteur et l'« Adoration de l'agneau » mesure, à elle seule, 243 centimètres sur 138. D'où l'hypothèse que la partie supérieure aurait été ajoutée au premier retable, le tout étant inclus dans une structure de bois et de pierre formant reliquaire. Des distorsions apparaissent en tout cas entre le haut et le bas : lorsque le retable est ouvert, les figures des volets d'en haut semblent des géants par rapport à celles représentées en dessous; elles reposent sur un sol dallé qui se trouve sans support au-dessus du paysage aéré et léger de la prairie paradisiaque; la partie supérieure ne tient pas compte de la position du spectateur, alors que la perspective est respectée à l'étage inférieur.

Selon un chroniqueur gantois du XVIe siècle, et aussi selon Carel Van Mander, une prédelle, sous le retable, aurait représenté les damnés pliant les genoux devant le nom de Jésus ou de l'agneau — cette peinture à l'eau aurait été ruinée au cours d'une restauration maladroite[9]. Mais ce rappel tragique des souffrances de l'au-delà, s'il a effectivement existé, était sans doute relégué au-dessous de la grande évocation paradisiaque, et ne détruisait pas le sentiment de bonheur qui en émane. Il en va de même du *Couronnement de la Vierge*, peint en Avignon dans les années 1450 par Enguerrand Quarton. Le purgatoire et l'enfer y occupent un espace si réduit par rapport au ciel que le spectateur n'a d'yeux que pour les vêtements rouges de Dieu le Père et de Jésus et pour la robe bleue de Marie. Il faut faire un effort pour s'arracher à la vision lumineuse de la cour céleste et redescendre au niveau de la terre, où la croix du calvaire et une évocation sommaire de Rome et de Jérusalem séparent le sous-sol douloureux de l'immense domaine de la joie.

Le retable de Gand était-il à l'origine un Jugement dernier ? On l'a affirmé en rappelant l'Épître aux Corinthiens (6, 2), « les saints jugeront le monde », et ce passage du catéchisme *(Elucidarium)* d'Honorius d'Autun (XIIe siècle) : « *Q.* : Qui seront les juges [au Jugement dernier] ? *R.* : Les apôtres, les martyrs, les confesseurs, les moines et les vierges[10]. » Ces différents groupes sont bien présents sur le retable. Pourtant, en sens inverse, on a l'impression que « le polyptyque entier figure, d'une manière visible, un espace idéal après le Jugement dernier[11] ». Le retable de Gand est plutôt une Toussaint, et on peut l'opposer au *Jugement dernier* de Jan Van Eyck, œuvre conservée au Metropolitan Museum de New York, où l'enfer occupe une place aussi grande que le paradis et où la mort, figurée par un squelette aux ailes de chauve-souris, est au centre de la composition. Rien de pareil à Gand, où le Jugement dernier est déjà terminé et l'humanité entrée dans la stabilité. La prairie paradisiaque et la partie supérieure du retable, avec le Seigneur en majesté au centre et nos premiers parents aux extrémités, représentent le royaume des cieux dans son état définitif. D'où cette inscription, sous le degré du trône du Tout-Puissant : « Vie sans mort, jeunesse sans vieillesse, joie sans tristesse, sécurité sans peur. » Une formule proche de celle de Gerson († 1429) qui écrivait quelques années auparavant qu'au paradis, il y aurait « jour sans nuict, sapience sans failhir, jeunesse sans envelhir, sancté sans maladie, vie sans mourir, liesse sans tristesse[12] ».

Les commentateurs ont examiné le retable de Gand à la loupe et ont découvert que les plantes et les fleurs du paysage édénique — une cinquantaine d'espèces — sont peintes avec une minutie de naturaliste. Les botanistes ont identifié dans la prairie céleste fraisiers, groseilliers, trèfle, muguet, chélidoine, ficaire, aspérule, saxifrage, etc. Plus problématiques sont les identifications des bâtiments et des personnages — on en dénombre 248. On ne sait si les constructions urbaines, au-delà des bosquets, correspondent à des édifices réels de l'époque. Les identifications des « justes » qui conduisirent les peuples dans la voie du Christ sont également aléatoires. En revanche, il est vraisemblable que, parmi les ermites, le peintre a voulu placer saint Paul l'Anachorète, saint Antoine, le seul à être chaussé, sainte Madeleine — elle porte une boîte d'onguents — et sainte Marie l'Égyptienne, pécheresse devenue pénitente au désert et qu'un prêtre découvrit vêtue seulement de ses longs cheveux.

Un des paradoxes du retable de Gand est que l'artiste associe avec un rare bonheur des détails très concrets, voire prosaïques, et une vision sublime. Certains prélats, parmi les confesseurs, sont laids et trop bien nourris ; les deux donateurs, Josse Vijdt et sa femme, sont peints au vrai, sans complaisance. Dans les cortèges des élus, des bonnets pointus et des turbans étonnent. Quant aux tiares, mitres et chaussures, elles peuvent paraître surchargées de pierreries. Magnificences et trivialités sont représentées avec une recherche d'exactitude. Carel Van Mander notait : « Le Christ tient à la main une croix de cristal enrichie de boutons d'or et d'autres ornements de pierreries et traitée avec tant de perfection qu'au dire de plusieurs artistes ce sceptre à lui seul coûterait au moins un mois de travail[13]. » Mais « l'exploration de l'accidentel » ne contredit pas le symbolisme religieux, le réel ne s'oppose pas au miraculeux[14]. « La vision divine de l'artiste embrasse le grand tout et distingue le moindre détail[15]. » En 1455, l'humaniste italien Bartolomeo Fazio voyait en Jan Van Eyck un maître de vérité capable de concilier dans sa peinture les deux infinis, celui du plus petit détail et celui du cosmos tout entier[16].

L'ensemble de *L'Agneau mystique* est traité comme une liturgie. Chaque élément y a valeur de signe et peut s'expliquer par la théologie, toute la composition étant conçue pour exprimer le bonheur éternel « sous une forme compréhensible aux sens humains[17] ». C'est bien la béatitude infinie qui émane de cette œuvre représentant un espace idéal, d'une beauté surnaturelle, qui baigne dans la clarté sereine d'un matin paradisiaque. L'humanité, rachetée et pardonnée, a enfin atteint le jardin heureux où tout est paix, lumière et chant. La terre rénovée produit les fleurs les plus exquises. Aucun vêtement n'est trop somptueux, aucune broderie trop ouvragée, aucun joyau trop riche pour les élus de Dieu. Dans le domaine plastique, le polyptyque de Gand constitue bien une épopée comparable à la troisième partie de *La Divine Comédie*[18]. Il est en tout cas l'aboutissement d'une longue histoire du paradis, comme la suite de ce livre le montrera.

La prairie édénique du retable peut être rapprochée de celle qu'évoque Genius à la fin du *Roman de la Rose*. Dans son dernier sermon, Genius entreprend en effet de parler des « splendeurs enfermées dans le beau parc » du paradis. Ceux qui s'y « divertissent [...], puisent tous leurs biens à une fontaine très précieuse, limpide et belle, claire, nette et pure, qui arrose la totalité de l'enclos[19] ». Dans le parc et près de la fontaine paissent des agneaux, et « la plus miséricordieuse, la plus belle et la plus délicieuse bête de valeur de tout le troupeau, c'est le blanc agnelet gambadant qui mène les brebis au parc au prix de ses efforts et de sa peine[20] ». Suit un avis aux auditeurs de l'homélie : « Que le péché ne vous fasse pas manquer d'aller jouer en ce parc si beau, si plaisant par ses fleurs si parfumées, ses violettes, ses roses et toutes sortes de bonnes choses[21] ! » Sur l'enclos paradisiaque règne une lumière qui « envoie la nuit en exil », un jour « qui dure pour l'éternité, sans fin et sans commencement, [...] sans franchir de signe du ciel, ni de degré, ni de minute, ni aucune fraction en laquelle on puisse diviser l'heure[22] ». La conclusion s'impose d'elle-même :

> Que tous s'écartent du meurtre ; ayez les mains et la bouche propres ; soyez miséricordieux ; dans ces conditions vous irez au champ des délices en suivant à la trace l'agnelet qui a la vie éternelle, pour boire l'eau de la belle fontaine qui est si douce, claire et limpide que jamais plus vous ne souffrirez la mort, dès que vous aurez goûté de son eau ; vous irez, au contraire, gaiement, en chantant pour l'éternité des motets, des chœurs et des chansonnettes, parmi l'herbe verte et les fleurettes et en dansant sous l'olivette[23].

L'agneau, la fontaine de vie, la prairie paradisiaque et la lumière fluide et intemporelle qui la baigne : ces quatre thèmes, les plus évidents et les plus réussis du retable, sont déjà présents dans l'homélie. Un siècle et demi séparent la seconde partie du *Roman de la Rose* et le retable de Gand — la rédaction de Jean de Meung date des années 1270 et *L'Agneau mystique* a été achevé en 1432. La première œuvre, célèbre jusqu'au milieu du XVIe siècle, a-t-elle influencé la seconde ? Ce n'est pas sûr. Il faut plutôt penser à leurs sources communes et à l'attrait exercé par des thèmes, certes, éminemment poétiques mais enracinés dans une longue tradition religieuse et accrochés à une immense espérance. L'attente et l'évocation anticipée de la conclusion heureuse de l'histoire humaine ont inspiré ces œuvres majeures qui répondaient à l'évidente demande du public.

Le paradis au niveau de la terre

« On n'ouvrait le retable de l'agneau que pour les grands seigneurs ou contre une bonne rémunération donnée au gardien, nous apprend Carl Van Mander. La foule ne le voyait qu'aux jours de grande fête. Mais il y avait alors une telle presse qu'on en pouvait difficilement approcher et la chapelle ne désemplissait pas de la journée[24]. » Ainsi les Gantois s'empressaient de contempler le paradis de Gand dès que le retable était ouvert. Leur fierté de posséder une telle œuvre dans leurs murs fut grande dès le début. En 1458, lors de l'entrée de Philippe le Bon, les rhétoriciens de la ville organisèrent un défilé qui représentait, avec quelques libertés, les principaux thèmes du retable. Les spectateurs pouvaient identifier sous forme de tableaux vivants les différents groupes de celui-ci — apôtres, martyrs, vierges, etc. — avec les « bienheureux » énumérés par Jésus dans le Sermon sur la montagne (Mt 5, 3-10)[25]. L'accent portait donc sur les vertus qui ouvrent l'accès au paradis.

Le dispositif linéaire et horizontal mis en place lors des entrées princières, avec des estrades le long du parcours, se prêtait mieux à la transposition du polyptyque de Saint-Bavon que celui des théâtres provisoires, souvent circulaire, de l'époque[26]. Mais nous importe surtout ici le fait que les jeux sacrés « inséraient la Révélation dans le quotidien[27] » et que les images, le théâtre, les sermons et des processions comme celle de la Fête-Dieu constituaient « les éléments inséparables d'un même enseignement religieux[28] ». Ils donnaient à voir le paradis et amenaient le ciel au niveau de la terre.

Dans un manuscrit conservé à Besançon, une enluminure accompagnant *Le Jour du Jugement*, un mystère composé entre 1390 et 1415, représente un paradis qui domine Jérusalem. Il est d'assez vastes dimensions pour accueillir la cour céleste. Le Christ en majesté siège sous un édicule gothique recouvert de tuiles rouges. La Vierge a son trône à part, plus loin. Des élus qui ont défilé devant elle viennent s'agenouiller aux pieds de Jésus. Les anges de la Passion sont dispersés à différents niveaux. À gauche de la miniature, on distingue, bien qu'elles soient partiellement cachées par les anges, une roue dentée, une corde et une poulie pour hisser Hénoch et Élie au ciel. Ce paradis à plusieurs étages a son fond recouvert de tentures rouges pour figurer le « ciel empyrée ». La galerie de devant, d'où se penchent les anges, disparaît sous des draperies blanches et bleues[29].

Le manuscrit du *Mystère de la Passion* d'Arnoul Gréban (1452), conservé à Arras, donne des indications similaires pour la scène initiale — le débat au ciel au sujet de la Rédemption entre, d'un côté, Miséricorde et Paix et, de l'autre, Justice et Vérité :

> Cy est la Trinité en Paradis, c'est assavoir Dieu le pere assis en son throne et entour lui angles et archangles en grant multitude qui font les aulcuns melodie, les aultres sont à genouls par devant Dieu avec Misericorde qui tient ung ramisiel d'olivier en sa main. Et Justice est empres ly toute droite qui tient une espée en sa main[30] [...].

Le paradis était ainsi à portée de regard pour les contemporains des Van Eyck : ils voyaient les élus défiler dans la rue ; le théâtre leur présentait la cour céleste ; sculptures, peintures et enluminures leur faisaient vivre à l'avance le Jugement dernier.

Cet arrêt sur image devant le retable de Gand résulte, certes, d'un coup de cœur pour une des plus belles réussites de l'art chrétien en Occident. Mais *L'Agneau mystique* constitue aussi une somme dans laquelle ont conflué les multiples composantes du discours chrétien sur le paradis. Il sera donc une référence privilégiée au cours de notre enquête et apparaîtra comme une œuvre charnière. Car il s'y glissait une modernité qui finit par inquiéter et contre laquelle réagira l'art issu du concile de Trente : le ciel ne devenait-il pas trop terrestre ?

Cette question en entraîne une autre, plus large. Si on compare l'ensemble de l'iconographie et de la littérature chrétiennes sur le paradis avec les passages que les Évangiles consacrent au bonheur éternel, on est frappé par un contraste saisissant. Car ils décrivent avec une extrême sobriété le « royaume des cieux », expression classique du judaïsme et des Évangiles pour désigner la joie et la paix définitives en présence de Dieu. Dans ce royaume, que Luc compare à un « festin » (Lc 13, 29), Jésus boira à nouveau avec ses apôtres « le fruit de la vigne » (Lc 22, 18). « Ceux qui ont été jugés dignes d'avoir part au monde à venir et à la résurrection des morts, affirme Jésus, y sont pareils aux anges [...] puisqu'ils sont fils de la résurrection » (Lc 20, 36). Dès ici-bas, les apôtres Pierre, Jacques et Jean, dans une expérience fulgurante, ont bénéficié d'une ouverture sur la lumière céleste lors de la transfiguration du Christ. La face et le visage du Christ devinrent à ce moment « d'une blancheur éclatante » (Lc 9, 29). Jésus, annonçant le Jugement dernier, assure que « le Fils de l'homme viendra dans sa gloire, accompagné de tous les anges » et qu'alors « il siégera sur son trône de gloire » (Mt 25, 31). Dans tous ces passages, les éléments descriptifs et concrets sont au total peu nombreux.

Ils sont rares également dans les Épîtres, notamment dans celles de Paul, qui promettent aux fidèles la résurrection grâce à celle de Jésus, mais sans accompagner cette promesse d'évocations imagées. Paul dit dans la première Épître aux Thessaloniciens (4, 13) : « Si nous croyons que Jésus est mort et qu'il est ressuscité, de même aussi ceux qui sont morts, Dieu, à cause de ce Jésus, à Jésus les réunira. » Dans la première lettre aux Corinthiens (15, 42), il pose la question : « Comment les morts ressuscitent-ils ? », et répond avec netteté : « Semé corruptible, on ressuscite incorruptible ; semé méprisable, on ressuscite dans la gloire ; semé dans la faiblesse, on ressuscite plein de force ; semé corps animal, on ressuscite corps spirituel. » Cette réponse, d'une certaine manière, pouvait être traduite en images. Mais Paul y apporte, dans la même Épître (2, 9), un correctif. La révélation chrétienne, déclare-t-il dans une formule célèbre, est « ce que l'œil n'a pas vu, ce que l'oreille n'a pas entendu, et ce qui n'est pas monté au cœur de l'homme, tout ce que Dieu a préparé pour ceux qui l'aiment ». Autrement dit : le ciel est indicible par les hommes tant qu'ils sont sur terre. Toujours dans la première Épître aux Corinthiens, Paul compléta l'affirmation précédente par une autre non moins connue (13, 12) : « Aujourd'hui, nous voyons au moyen d'un miroir, mais alors [au ciel] nous verrons face à face. »

Cette nouvelle invitation à la sobriété dans le discours sur le paradis pose une interrogation fondamentale, à l'origine même de l'enquête proposée ici : s'agissant des notations concrètes sur le « royaume des cieux », comment les chrétiens ont-ils rempli le vide laissé par la prédication de Jésus et les lettres des apôtres ?

CHAPITRE II

Les textes fondateurs

Plusieurs textes fondateurs, dont certains venus du judaïsme, ouvrirent les portes du paradis. Ils inspirèrent la littérature, l'art et la théologie et fournirent aux « visions narratives », dont il sera question plus loin, légitimité et structures.

La Genèse

Le premier de ces textes est l'évocation du jardin d'Éden dans la Genèse (2, 8-17). Il y est dit que Dieu « fit germer du sol tout arbre d'aspect attrayant et bon à manger [...]. Un fleuve sortait d'Éden pour irriguer le jardin; de là, il se partageait en quatre bras [...]. Le Seigneur prit l'homme et l'établit dans le jardin d'Éden pour cultiver le sol et le garder ». Cette évocation, très sobre, s'est progressivement enrichie au cours des siècles, d'abord par la littérature hébraïque, puis par des emprunts à des auteurs grecs et latins[1]. Ézéchiel (47, 12), notamment, reprend l'image du jardin d'Éden merveilleusement irrigué, où l'arbre de vie germait au centre d'une végétation luxuriante, et le situe sur une montagne entourée d'un mur de pierres précieuses. Dans le sillage de la vision d'Ézéchiel, l'Apocalypse attribuée à saint Jean place aussi, à l'intérieur de la Jérusalem céleste, un « fleuve d'eau vive, brillant comme du cristal » et « un arbre de vie produisant douze récoltes » (22, 1-2).

Parallèlement, les écrivains grecs et latins décrivirent des jardins paradisiaques lorsqu'ils évoquèrent l'âge d'or, les Champs Élysées et les Îles Fortunées. Or, à partir du IIe siècle, se répandit parmi les écrivains chrétiens la conviction que ce que les païens avaient écrit de ces lieux enchanteurs dérivait mystérieusement du paradis terrestre de la Genèse. C'est cette opinion, encore couramment acceptée au XVIIe siècle, qui conduisit, par contamination, à doter le « paradis » d'Adam et Ève de toutes les beautés de l'âge d'or, des Champs Élysées et des Îles Fortunées. Mais le mot « paradis », qui, jusqu'au VIe siècle au moins, et même plus tard encore, ne désignait que le jardin d'Éden, en vint de plus en plus à signifier le lieu du bonheur éternel. Montant de la terre au ciel, il emporta avec lui toutes ses beautés horticoles, comme le montreront les « voyages dans l'au-delà » que nous étudierons dans les chapitres suivants. Cette migration du jardin d'Éden vers le lieu de la félicité sans déclin commença avec l'Apocalypse.

L'APOCALYPSE

Riche d'images flamboyantes déferlant comme une avalanche, l'Apocalypse a constitué un autre réservoir de thèmes paradisiaques. On y découvre successivement : les sept candélabres d'or et, au milieu d'eux, un Fils d'homme avec une ceinture d'or et des cheveux comme une laine blanche ; « quelqu'un », siégeant sur son trône devant un arc-en-ciel, et entouré des vingt-quatre Anciens et de quatre Vivants, chacun tenant une harpe et une coupe d'or remplie de parfum ; la mer de cristal devant le trône ; les « myriades de myriades d'anges » ; la multitude des élus portant robes blanches et palmes ; l'agneau debout sur la colline de Sion, tandis que retentit un « cantique nouveau » ; les « nouveaux cieux et la nouvelle terre » ; la cité sainte, la « Jérusalem descendue du ciel », qui brille et dont les remparts ont des assises de pierres précieuses ; le fleuve de vie, étincelant comme du cristal, qui jaillit du trône de Dieu et de l'agneau ; enfin, à nouveau, le trône de Dieu et de l'agneau mais, cette fois, dressé dans la ville sur laquelle la nuit n'étendra plus ses ténèbres.

Ces évocations de l'Apocalypse étaient elles-mêmes en partie tributaires de textes prophétiques antérieurs, parmi lesquels trois surtout furent importants. Le premier, Isaïe 65-66, annonce « des cieux nouveaux et une terre nouvelle », ainsi que le rassemblement de toutes les nations. Le deuxième, Ézéchiel 40-48, laisse apercevoir « une très haute montagne, sur laquelle, au sud, il y avait comme les édifices d'une ville [...] et le nom de la ville sera désormais "Yahvé est là" ». Le troisième est « la vision de l'Ancien », dans Daniel 7, où le Fils d'homme est conduit en présence du prophète et reçoit un « empire éternel ».

L'Orient chrétien n'a admis l'Apocalypse dans le canon du Nouveau Testament qu'au XIVe siècle — c'est pour cette raison que les Byzantins ne l'ont guère représentée au Moyen Âge, sauf les milieux monastiques de l'arrière-pays de l'empire grec, notamment les coptes d'Égypte[2]. L'Occident, au contraire, a abondamment commenté le livre des « révélations » et en a tiré un énorme parti iconographique, depuis les mosaïques romaines de Sainte-Marie-Majeure (Ve siècle) jusqu'à la série publiée par Dürer en 1498, en passant par les *Beatus* illustrés — une vingtaine de manuscrits des Xe-XIIIe siècles contenant le commentaire de l'Apocalypse rédigé par un moine asturien. Il est significatif que la plus grande tapisserie médiévale, celle conservée au château d'Angers, ait pour sujet l'Apocalypse.

Le retable de Gand est inintelligible sans la connaissance du livre des révélations attribué à saint Jean. Les différents groupes de saints en route vers l'autel de l'agneau et la lumière surnaturelle qui enveloppe ce pèlerinage eschatologique sont une traduction picturale des versets 23 et 24 du chapitre 21 : « La cité n'a besoin ni du soleil ni de la lune pour l'éclairer, car la lumière de Dieu l'illumine et son flambeau, c'est l'agneau. Les nations marcheront à sa lumière. » Cette prophétie reprend elle-même une annonce d'Isaïe (60, 3) : « Les nations vont marcher vers ta lumière et les rois vers la clarté de ton lever[3]. »

Que l'Apocalypse ait offert une clé aux hommes d'Église pour comprendre l'histoire et en deviner l'avenir, cela ressort aussi à l'évidence des peintures d'une église mexicaine du XVIe siècle[4]. Ces fresques furent exécutées à partir de 1562 sur une voûte, à l'entrée d'un sanctuaire dépendant des franciscains à Tecamachalco, près de Puebla. Selon Serge Gruzinski, Juan Gerson, leur auteur, était un Indien appartenant à une famille dont le nom avait été européanisé. Il avait évidemment reçu son programme décoratif des franciscains. Or ceux qui vinrent au Mexique étaient imprégnés des thèmes millénaristes issus de la postérité de Joachim de Flore et ils accordaient la plus grande importance à l'Apocalypse.

La composition polychrome de Juan Gerson comporte vingt-huit médaillons ovales rehaussés à la détrempe de blanc, de bleu turquoise et de variétés d'ocre. Répartis sur deux cercles, ils évoquent des scènes de l'Ancien Testament (meurtre d'Abel, Déluge, tour de Babel, vision d'Ézéchiel) et les séquences les plus fulgurantes de l'Apocalypse. L'artiste mexicain a donc privilégié les aspects les plus dramatiques, mais il n'a pas escamoté la fin heureuse de l'histoire humaine : en dessous de l'agneau divin, des anges qui chantent ou jouent des instruments de musique surplombent, du haut des nuages, la Jérusalem définitive, évoquée par des monuments majestueux. L'Apocalypse de Tecamachalco prend ainsi figure de symbole, puisque cette peinture inattendue du XVIe siècle mexicain renvoie à l'un des textes fondateurs du paradis chrétien.

Une association s'est produite, notamment dans l'iconographie, entre l'Apocalypse et la scène du Jugement dernier anticipée par saint Matthieu au chapitre 25 de son Évangile. Ces deux textes eschatologiques sont en consonance l'un avec l'autre et se sont renforcés mutuellement par la richesse et la puissance de leurs images. Ils ont en effet en commun l'évocation de la résurrection des morts, celle du Juge et celle de la séparation entre élus et rejetés. Jour du grand jugement et gloire du paradis ont donc été présentés ensemble aux fidèles dans de nombreuses réalisations artistiques. Ainsi, dans la cathédrale d'Orvieto, l'Apocalypse et le chapitre 25 de saint Matthieu sont imbriqués l'un dans l'autre à la fois dans les sculptures du quatrième pilastre de la façade (début du XIVe siècle) et dans le cycle grandiose que Luca Signorelli consacra au drame de la fin des temps sur les murs de la chapelle San Brizio (premières années du XVIe siècle). En plus condensé, le *Jugement dernier* peint par Giotto dans la chapelle Arena de Padoue (vers 1305) révèle le recours à ces deux sources fondamentales, utilisées d'ailleurs très librement. Les porches sculptés des cathédrales en offrent de multiples exemples concordants.

La Cité de Dieu

On aurait pu s'attendre à trouver des évocations séduisantes de la Jérusalem d'en haut sous la plume de saint Augustin. Dans *La Cité de Dieu* — un titre évidemment inspiré de l'Apocalypse —, l'évêque d'Hippone se pose assurément beaucoup de questions sur ce que deviendront nos corps lors de la glorieuse résurrection et y répond avec une tranquille assurance[5]. Mais, en dépit de précisions surprenantes à nos yeux, il se refuse à évoquer concrètement la vie paradisiaque, car, écrit-il en s'appuyant sur saint Paul (Ph 4, 7), « elle dépasse toute intelligence[6] ».

Au cours des siècles, il y eut toutefois une contamination entre l'Apocalypse, le chapitre 25 de saint Matthieu et *La Cité de Dieu*. Les multiples manuscrits du livre à succès que fut l'ouvrage de saint Augustin furent en effet assez fréquemment illustrés, surtout à partir des dernières années du XIVe siècle, par l'évocation de la Toussaint dans la Jérusalem céleste ou par celle du Jugement dernier. L'expression « cité céleste » employée par saint Augustin induisit une sorte de jeu de miroirs entre son livre et l'Apocalypse. La fin du Moyen Âge a été marquée par une « forte demande d'illustrations et de traductions de *La Cité de Dieu* », écrit Panofsky, qui y voit une indication sur le regain de l'augustinisme[7].

Plus largement, et dès une époque antérieure, des enluminures accompagnant des exemplaires de *La Cité de Dieu* avaient représenté la cour céleste avec toutes sortes de détails colorés et séduisants. Sur un manuscrit saxon datant des environs de 1180, cette cour est symbolisée par saint Jean-Baptiste en buste, saint Pierre portant de sa main gauche la forteresse de l'Église, saint Étienne, saint Martin, les apôtres et un ange[8]. Un manuscrit de Prague, datable des environs de 1250, représente les murailles de la cité céleste, la Divinité sur fond or, des nuées bleues et des saints nimbés d'or au centre d'une auréole[9].

Cette symbiose entre l'œuvre de saint Augustin et les évocations paradisiaques se renforça ensuite. En 1376, le roi de France Charles V commanda à Raoul de Praelles (ou Presles) une traduction de *La Cité de Dieu*. Un manuscrit du XVe siècle qui conserve cette traduction montre un paradis : au centre, Dieu le Père bénit de la main droite et tient la sphère du monde de la main gauche ; il est entouré des évangélistes, des anges, de la Vierge et des saints[10]. Sur un autre manuscrit français du XVe siècle, dans une mandorle bleue et or, l'artiste a figuré la Trinité : le Père avec le globe, le Fils avec la croix, l'Esprit symbolisé par la colombe ; à leur côté se tient Marie dans l'attitude de l'Annonciation. Sous la mandorle, les élus conversent, chacun individualisé par l'objet de sa sanctification. Une autre illustration française de la même traduction contient à son tour une figuration de la cour céleste[11] proche de la précédente. L'Apocalypse et *La Cité de Dieu* se sont donc épaulées l'une l'autre pour fournir aux lecteurs un stock d'images paradisiaques, susceptibles de multiples enrichissements et variations. Nous aurons l'occasion d'insister sur les échappées paradisiaques qu'a permises le thème du couronnement de Marie[12], dont l'évocation, à partir de la fin du XIVe siècle, sert de plus en plus à illustrer *La Cité de Dieu*, alors que l'ouvrage de saint Augustin n'en fait aucune mention. De toute évidence, les artistes et leurs commanditaires établissaient désormais un lien entre la gloire colorée du paradis et l'accueil de Marie dans la cité céleste.

L'importance de *La Cité de Dieu* dans la culture occidentale fut telle qu'on peut même déceler l'influence de ce maître livre dans des œuvres qui ne renvoient pas à lui de façon explicite. Je songe ici à la *Via veritatis*, l'une des fresques qu'Andrea da Firenze peignit en 1366-1368 sur les murs de la chapelle des Espagnols à Santa Maria Novella de Florence[13], où le thème des deux cités se lit en filigrane. Dans la partie supérieure de la composition, le Christ en gloire, les anges et les saints accueillent les élus qui arrivent à la porte du paradis ; en bas, cité céleste et cité terrestre sont imbriquées, comme le voulait le schéma augustinien. L'Église est symbolisée par la cathédrale de Florence, alors en projet, par le pape, les évêques, le clergé et notamment les dominicains, à qui l'édifice appartenait. Sur la fresque, les frères prêcheurs s'efforcent par leur autorité et leur enseignement de détourner les humains à la fois des vains plaisirs terrestres et de l'hérésie. Le chemin du paradis passe par l'Église : tel était bien le message majeur du livre de saint Augustin.

L'influence de *La Cité de Dieu* s'est aussi exprimée dans la manière dont les artistes de la Renaissance ont imaginé les habitants du paradis[14]. Vers la fin de sa vie, l'évêque d'Hippone abandonna en effet son hostilité à la matière, héritée du néo-platonisme. Dans le dernier chapitre de *La Cité de Dieu*, il réhabilite le corps, délivré au ciel de toutes les souillures issues du péché originel. Les élus retrouveront « l'harmonie corporelle », et dans « leurs mouvements, leurs attitudes, leur aspect, tout sera empreint de grâce[15] ». Au ciel, la chair sera spiritualisée, « en restant chair pourtant, sans devenir esprit[16] ». On passera de « la vétusté du corps animal à la nouveauté du corps spirituel [...] revêtu d'incorruptibilité et d'immortalité[17] ». Le désir sexuel aura disparu, mais la beauté sera retrouvée. Pour figurer les élus, la Renaissance, redécouvrant l'harmonie du corps humain, pouvait s'appuyer sur saint Augustin pour les présenter nus. Ce que firent avec éclat Luca Signorelli à Orvieto et Michel-Ange dans le *Jugement dernier* de la Sixtine.

La hiérarchie céleste

Un quatrième texte est essentiel pour la compréhension du paradis chrétien, *La Hiérarchie céleste*, mentionnée pour la première fois à Constantinople en 532, au cours d'une controverse. À cette époque, on attribua plusieurs traités théologiques, dont *La Hiérarchie céleste*, à Denys l'Aréopagite, converti par saint Paul à Athènes et qui devint, selon la tradition, le premier évêque de cette ville. En réalité, le Pseudo-Denys semble avoir été un Syrien écrivant à la fin du Vᵉ siècle ou au début du VIᵉ. Apparemment, c'était un néoplatonicien converti au christianisme[18].

Le judaïsme ancien connaissait les chérubins (un nom mésopotamien) et les séraphins[19]. Puis saint Paul distingua parmi les anges les « trônes », les « souverainetés », les « autorités » et les « puissances » (Col 1, 16) auxquels il ajouta les « pouvoirs » (Ép 1, 21), mais sans les hiérarchiser. Ensuite, les Pères de l'Église s'interrogèrent sur le nombre des ordres angéliques. Cyrille de Jérusalem et Chrysostome en dénombrèrent neuf. Le Pseudo-Denys confirma et authentifia ce chiffre qu'il intégra à une organisation globale du monde céleste, en expliquant la raison d'être de chacun des neuf ordres. Prétendant tenir son enseignement de saint Paul et des « saints théologiens », il essaya, dans la « mesure de ses forces », d'exposer les « spectacles angéliques[20] ». Il divisa la cour céleste en neuf chœurs et les répartit entre trois hiérarchies superposées, plaçant le premier chœur dans le voisinage immédiat de Dieu et le dernier dans celui des hommes. Il reprenait ainsi, en le christianisant, le thème néo-platonicien de l'« émanation » du Bien transcendant :

> Les théologiens montrent clairement que, parmi les essences célestes, les ordres inférieurs apprennent convenablement de leurs supérieurs tout ce qui concerne les opérations divines, tandis que les ordres les plus élevés sont initiés, autant qu'ils le peuvent sans sacrilège, par les lumières mêmes de ceux qui possèdent un rang plus élevé que le leur, et qu'ils apprennent [d'eux] que Dieu est le Seigneur des puissances célestes, le Roi glorieux, la Théarchie [= la Divinité][21].

Les trois hiérarchies et, dans celles-ci, les neuf ordres sont ainsi liés à la manière des anneaux d'une chaîne. « La pureté, l'illumination et la perfection » qui émanent de Dieu se communiquent de l'ordre supérieur jusqu'au dernier des ordres inférieurs, puis de ceux-ci aux hommes. La première hiérarchie comprend les « séraphins », esprits de feu et d'amour, les « chérubins » remplis de science divine et les « trônes » logés, eux aussi, à l'étage le plus élevé du ciel. La deuxième est composée des « dominations », qui sont constamment au service de Dieu et dominent les autres esprits, des « vertus » qui communiquent la force divine aux ordres inférieurs et des « puissances » qui prêtent aux autres leur aide bienveillante. Enfin, la troisième hiérarchie compte les « principautés », les « archanges » et les « anges », ces derniers en contact direct avec les humains[22]. Le *corpus aeropagiticum* comprend également un traité consacré à la « hiérarchie ecclésiastique » selon lequel les élus seront « étagés » dans le ciel de la même façon que les esprits angéliques.

Le Pseudo-Denys devint rapidement une autorité incontestée dont on a comparé l'importance historique à celle de saint Augustin et de saint Thomas d'Aquin. En 593, Grégoire le Grand décrivit une ordonnance des anges inspirée par celle de *La Hiérarchie céleste*. En 758, le pape Paul Ier fit remettre une copie des œuvres de l'Aréopagite à Pépin le Bref et, en 827, l'empereur de Constantinople en envoya un exemplaire à Louis le Pieux[23]. Traduites en latin, les œuvres du Pseudo-Denys furent l'objet des commentaires successifs, notamment de Jean Scot Érigène (vers 860), puis, au XIIIe siècle, d'Albert le Grand, de saint Bonaventure, de saint Thomas d'Aquin et de Duns Scot. Cette liste, nullement exhaustive, montre que la hiérarchie angélique établie par le Pseudo-Denys fut acceptée telle quelle par l'ensemble des spécialistes, aussi bien par les auteurs des grandes sommes théologiques des XIIe-XIIIe siècles que par le jésuite Suarez au XVIIe. Cette acceptation se comprend si l'on songe au long succès du *corpus dionysiacum* qui a nourri toute la mystique médiévale et dont Marsile Ficin donna une nouvelle traduction au XVe siècle. La classification des neuf chœurs célestes dépassa, en tout cas, le cercle des théoriciens, se diffusant largement dans l'iconographie catéchétique, les écrits des visionnaires et la littérature.

À la fin du XIIe siècle, Herrade, abbesse du monastère de Hohenbourg (actuellement Sainte-Odile, en Alsace), rédigea un somptueux manuscrit qui retrace en images l'histoire du Salut, depuis la création des anges jusqu'au Jugement dernier. Dans l'introduction, elle s'adresse aux religieuses de sa communauté : « Vous devez rechercher dans ce livre une nourriture délicieuse et revigorer votre esprit. Rassasiées de nourriture spirituelle, vous traverserez le champ de la vie terrestre, afin de parvenir au jardin de la vie éternelle[24]. » L'ouvrage, précisément intitulé *Hortus deliciarum*, fut l'un des plus beaux manuscrits du Moyen Âge. Il brûla malheureusement durant le siège de Strasbourg en 1870, mais des copies partielles en avaient été faites grâce auxquelles cet extraordinaire document[25] a été récemment reconstitué avec science et patience. Or l'une des planches évoque la cour céleste et se réfère à l'évidence au schéma du Pseudo-Denys en postulant comme lui une correspondance entre la hiérarchie des esprits célestes et celle des élus[26]. On aperçoit, à chaque fois, un saint ou une sainte avec un ange à ses côtés, et on décompte neuf catégories d'élus, de haut en bas, les vierges, les apôtres, les martyrs, les confesseurs, les prophètes, les patriarches, les non-mariés, les mariés et, enfin, les païens sauvés. Ce classement répète très probablement la hiérarchie des esprits célestes : les vierges sont unies aux séraphins, les apôtres aux chérubins, les martyrs aux trônes, les confesseurs aux vertus, les prophètes aux dominations, les patriarches aux puissances, les non-mariés aux principautés, les mariés aux archanges et les païens sauvés aux anges.

C'est aussi au XIIe siècle que vécut la prophétesse et visionnaire Hildegarde de Bingen, abbesse bénédictine, dont la réputation se répandit dans toute la chrétienté et qui eut parmi ses correspondants saint Bernard, des princes, des évêques, des papes et même Frédéric Barberousse. Son ouvrage le plus connu, *Scivias (L'Itinéraire)*, relate une suite de visions authentifiées par attestation divine. D'où cet ordre de Dieu qu'Hildegarde place au début du livre :

> Fragile être humain, cendre de cendre et pourriture de pourriture, dis et écris ce que tu vois et entends. Mais parce que tu es peureuse pour parler, naïve pour exposer et ignorante pour écrire cela, dis-le et écris-le en te fondant non pas sur le langage de l'homme, non pas sur l'intelligence de l'invention humaine, non pas sur la volonté humaine d'organisation, mais en te fondant sur le fait que tu vois et entends cela d'en haut, dans le ciel, dans les merveilles de Dieu[27].

Or Hildegarde a vu le groupement des « armées » célestes formant couronnes autour de la lumière divine et ce groupement, qu'elle évoque dans les sixième et treizième visions, est fondé sur la hiérarchie qu'avait définie le Pseudo-Denys, les séraphins, les chérubins et les trônes constituant les cercles les plus rapprochés de la source d'où coule la force émanant du Père. Sur les couronnes les plus extérieures le texte et les miniatures les accompagnant placent les anges chargés de « garder les peuples » et les archanges qui « accueillent les âmes des justes[28] ».

Au XIVe siècle, le franciscain Jacopone da Todi (1230-1306) exalte à son tour les neuf chœurs angéliques dans ses *Laudi (Louanges)*, dont on a dit qu'elles sont « un emportement, une tempête d'amour ». « Le paradis, écrit-il, m'apparaît ordonné en neuf chœurs d'anges dans l'ordre. En trois hiérarchies est l'état de cette bienheureuse assemblée. » Au sommet se trouve l'ordre séraphique dont « l'ardente vie n'est qu'amour » et qui « embrasse le Seigneur par désir[29] ».

La bibliothèque d'État de Prague conserve un très beau manuscrit enluminé du XIVe siècle, le *Pasional Premyslovny Kunhuty*, réalisé pour l'abbesse Cunégonde († 1321), fille du roi Premysl Otakar II. Ce manuscrit, le *Passionnaire de Cunégonde Premysl*, comporte trois parties, dont l'une s'intitule « Traité des demeures célestes ». Dans le *Passionnaire*, la fiancée, qui est tout à la fois Cunégonde et l'âme rationnelle, est après sa « chute » séparée de son fiancé qui, ensuite, la délivre, la conduit aux cieux et la fait couronner comme Marie. De façon très platonicienne, l'âme, au début de son voyage vers le haut, « abandonne la prison du corps ». Après quoi, son parcours de libération passe par les neuf chœurs angéliques décrits par le Pseudo-Denys. Le texte du manuscrit est formel, puisqu'on y lit : « Et d'abord il faut savoir que l'ensemble des substances supercélestes, c'est-à-dire des anges, est réparti par le bienheureux Denys entre trois hiérarchies [...] et chacune de celles-ci en trois ordres. » Suit l'énumération des neuf ordres. Sur l'enluminure correspondant au texte, on peut voir au sommet le couronnement de l'âme par Dieu et, au-dessous, les élus répartis en neuf compartiments, en rapport avec la hiérarchie céleste[30].

Le théologien mystique allemand Henri Suso, chantre de l'abandon à la volonté divine, rédigea vers 1328 un *Livre de la Sagesse éternelle* dans lequel la Sagesse dit à son « serviteur » :

> Maintenant, avec les yeux de ta pure intelligence, regarde aussi comme les sublimes séraphins et les âmes aimantes, qui appartiennent au même chœur, sont sans cesse embrasées pour moi d'un amour ardent ; comment les lumineux chérubins et leurs compagnons reçoivent et reflètent les lumineux effluves de mon ineffable lumière éternelle ; comment les trônes sublimes et leur phalange reposent doucement en moi, et moi en eux. Contemple ensuite les trois chœurs de la deuxième hiérarchie, les dominations, les vertus, les puissances, qui réalisent, selon l'ordre, l'ordre harmonieux et éternel dans l'ensemble de la nature. Regarde aussi la troisième hiérarchie des esprits angéliques qui exécute mon sublime message et ma loi dans les différentes parties de l'univers. Ah ! Regarde l'ordre ravissant, admirable et varié qui préside à leur grande multitude — quel beau spectacle c'est là[31] !

Dante et le Pseudo-Denys

Dante a construit son *Paradis* de façon éblouissante à partir de *La Hiérarchie céleste* du Pseudo-Denys. Il avait en effet appris de celui-ci que les sept cieux planétaires, puis, au-dessus d'eux, le ciel des étoiles fixes et celui du « premier mobile » (environné par l'empyrée) sont habités par les neuf chœurs angéliques et que les différentes catégories d'esprits célestes servent de médiateurs pour faire descendre de haut en bas la force divine qui meut les astres. L'antiquité païenne attribuait aux principaux dieux de l'Olympe le gouvernement des sept planètes et la maîtrise des influences qui en découlent sur les humains. L'Aréopagite contribua, plus que tout autre, à christianiser ce mythe, tout en restant à l'intérieur de l'univers que l'astronome et géographe grec Ptolémée avait décrit[32].

Dans le *Convivio*, ouvrage inachevé rédigé en 1304-1307, Dante, conformément à la doctrine du Pseudo-Denys, avait déjà réparti la conduite des neuf cieux entre les neuf chœurs de la hiérarchie céleste, mais parfois en s'écartant légèrement de la nomenclature de l'Aréopagite. À l'époque, il n'avait pas encore étudié en profondeur les ouvrages de saint Thomas d'Aquin. Il avait comblé cette lacune lorsqu'il composa *La Divine Comédie*, achevée peu avant sa mort, en 1321, et, comme saint Thomas d'Aquin, il se conforma ponctuellement dans le *Paradis* à la nomenclature héritée du Pseudo-Denys. Au chant x (v. 115-117), Béatrice invite Dante à regarder « la flamme de ce cierge qui, en bas, dans sa chair, le plus intimement vit la nature des anges et leur office[33] ». Ce « cierge », c'est Denys. Plus loin, au chant XXVIII (v. 97-132), Béatrice, rappelant la hiérarchie des esprits célestes et celle des différents cieux, précise : « Denys avec un tel désir se mit à contempler ces ordres [angéliques] qu'il les nomma et distingua comme je fais. » L'ascension du paradis que réalise Dante s'effectue bien dans le sillage de l'Aréopagite, selon un schéma qui combine l'astronomie de Ptolémée christianisée, la hiérarchie angélique et celle des élus :

NIVEAUX DU CIEL	*ESPRITS CÉLESTES — ÉLUS*
1er ciel : Lune	Anges — Ceux qui furent empêchés d'observer leurs vœux
2e ciel : Mercure	Archanges — Ceux qui firent le bien pour la réputation ou l'honneur
3e ciel : Vénus	Principautés — Ceux qui furent dominés par l'amour
4e ciel : Soleil	Puissances — Les grands docteurs
5e ciel : Mars	Vertus — Les combattants de la foi
6e ciel : Jupiter	Dominations — Les princes justes et pieux
7e ciel : Saturne	Trônes — Les grands contemplatifs
8e ciel : des étoiles fixes	Séraphins et chérubins — Triomphe du Christ; apothéose de la Vierge, saint Pierre, saint Jacques et saint Jean
9e ciel (*Primum mobile* ou ciel cristallin)	Les neuf chœurs angéliques rassemblés autour de Dieu
Empyrée = Rose céleste	Les bienheureux apparaissent revêtus des corps qu'ils auront au Jugement dernier

L'une des inventions les plus géniales de Dante est d'avoir imaginé, dans la partie la plus élevée du ciel, l'empyrée comme une rose mystique. Semblable à un amphithéâtre « aux mille gradins », cette rose est formée de tous les élus qui, bénéficiant du privilège de bilocalisation, ont aussi la faculté d'être présents dans les diverses sphères célestes que le poète et Béatrice traversent en s'élevant de ciel en ciel. Selon le principe hiérarchique défini par l'Aréopagite, Dante a ainsi voulu signifier que les élus et les esprits célestes n'ont pas tous la même capacité de béatitude — d'où leur plus ou moins grand éloignement par rapport au centre de la rose et leur distribution verticale entre les divers cieux — mais que la capacité de chacun est parfaitement comblée. Dans le même esprit, saint Thomas d'Aquin avait affirmé : « Bien qu'il n'y ait qu'un seul lieu spirituel, il y a divers degrés de rapprochement à son égard[34]. »

La hiérarchie angélique établie par l'Aréopagite connut une fortune durable. Au début du XVIIe siècle, le médecin et théosophe anglais Robert Fludd († 1637), en son temps un des principaux représentants de l'ésotérisme occidental, propose à ses lecteurs un schéma de correspondances à neuf étages, avec, en haut, les séraphins et le *primum mobile* et, en bas, les anges et le cercle de la lune[35]. Et la *Confession orthodoxe*, considérée comme le formulaire officiel des Églises orthodoxes depuis le XVIIe siècle, déclare formellement : « Il y a neuf chœurs d'anges divisés en trois ordres ou hiérarchies. La première comprend ceux qui sont les plus rapprochés de Dieu, savoir : les trônes, les chérubins et les séraphins. Dans la deuxième, il y a les puissances, les dominations et les vertus. La troisième renferme les anges, les archanges et les principautés[36]. » Au milieu du XVIIIe siècle encore, un jésuite chilien, Ignacio Garcia Gomez, dans un ouvrage de spiritualité à l'usage d'une confrérie, où il énumérait les tentations d'impureté, donnait plusieurs conseils dont celui-ci : « Admire et demande quelque chose aux très lumineuses armées des séraphins, chérubins et trônes, des dominations, vertus et puissances, des anges, archanges et principautés. Quel beau spectacle que celui de ces princes des cieux, de ces personnages qui ornent la cour du grand Dieu[37] ! »

CHAPITRE III

Le paradis dans le système du ciel

Les éléments constitutifs de la cosmographie médiévale

Après avoir mis en relief les textes fondateurs du paradis chrétien, il nous faut préciser dans quelle cosmographie celui-ci prenait place, car, sous la triple poussée de la tradition juive, de la science de Ptolémée et de la pensée néo-platonicienne, il a longtemps été identifié comme un « lieu » et situé comme tel dans les hauteurs des cieux[1].

À l'époque de Jésus, le judaïsme connaissait trois cieux superposés : celui de l'air, celui des astres et celui de Dieu — le « troisième ciel » auquel saint Paul fait allusion dans la deuxième Épître aux Corinthiens (12, 3). Mais la cosmographie la plus couramment acceptée par l'Antiquité tardive, puis par le Moyen Âge et encore au-delà, fut celle du mathématicien grec Claude Ptolémée qui vécut en Égypte au IIe siècle de notre ère et qui récapitula l'ensemble du savoir astronomique de l'Antiquité.

Selon le système de Ptolémée, hérité des conceptions qu'Aristote avait exposées dans le *Traité du ciel*, la terre, sphérique et immobile, est au centre de l'univers. Autour d'elle tournent sans trêve des sphères cristallines, emboîtées les unes dans les autres à la manière de poupées russes, et qui entraînent dans leur mouvement planètes et étoiles. De l'intérieur vers l'extérieur, les sphères de la Lune, de Mercure, de Vénus, du Soleil, de Mars, de Jupiter et de Saturne tournent d'autant plus vite autour de la terre qu'elles en sont plus éloignées. Au-dessus des sept sphères des planètes se trouve la sphère des étoiles fixes dont la rotation s'accomplit en vingt-quatre heures.

Dans la région sublunaire les substances sont constituées de quatre éléments — la terre, l'eau, l'air et le feu —, les trois derniers formant des couches concentriques autour de l'élément terre. C'est le domaine du changement, de l'altération et du corruptible, le mouvement rectiligne ayant pour finalité de permettre à chacun des quatre éléments de rejoindre son « lieu naturel ». Au contraire, dans la zone supralunaire de l'univers, l'altération et la corruption n'existent pas; le seul mouvement possible est circulaire et synonyme de perfection, comme l'est aussi la forme sphérique. Les sphères célestes sont formées d'un matériau pur, transparent et inaltérable, et l'espace qu'elles enferment est rempli par une substance indécomposable, ni pesante ni légère, l'éther ou « quintessence ».

Au système de Ptolémée l'Antiquité tardive et le Moyen Âge ajoutèrent deux autres sphères, celle du « premier mobile » et celle de l'« empyrée ». La sphère du « premier mobile », dite aussi « ciel cristallin », était censée entourer et mettre en mouvement les huit sphères inférieures, dont la rotation, facilitée par l'impulsion des anges, provoquait la rotation de la sphère située plus à l'intérieur. Quant à l'empyrée (d'un mot grec peu employé par les Anciens et signifiant feu et lumière), où la mythologie situait jadis l'habitat des dieux, il devint dans la cosmographie chrétienne la demeure immobile de Dieu, des anges et des élus. Le *Paradis* de Dante est exactement organisé selon ce schéma.

Dans le *Traité des principes* Origène exposa comme seulement probable cette conception globale de l'univers incluant à la fois le monde visible et le monde, encore invisible pour nous, qui l'entoure. En fait, le contexte prouve que, pour l'essentiel, il se ralliait à cette cosmographie :

> Certains soutiennent que les globes de la lune, du soleil ou des autres astres appelés planètes sont chacun nommés un monde; mais ils veulent néanmoins appeler un monde au sens propre le globe qui les dépasse, celui des étoiles fixes [...]. Ils veulent que, au-dessus de cette sphère, [...] il y en ait une autre qui, de même que chez nous le ciel contient tout ce qui est au-dessous de lui, renfermerait, selon leur opinion, dans sa grandeur sans mesure et son étreinte ineffable, les espaces de toutes les autres sphères, les entourant magnifiquement. Ainsi toutes choses seraient à l'intérieur de cette sphère de la même manière que notre terre est au-dessous du ciel. [...]
>
> Certains assurent de ce monde-ci qu'il est corruptible puisqu'il a été fait, mais que cependant il ne se corrompt pas, parce que plus forte et plus puissante que la corruption est la volonté de Dieu qui l'a fait et le maintient, pour qu'il ne soit pas dominé par la corruption. Mais il serait plus exact de penser cela de ce monde que nous avons dit au-dessus de la sphère des étoiles fixes, car par la volonté de Dieu il n'est

en rien sujet à la corruption, n'ayant pas reçu ce qui cause la corruption. En effet ce monde appartient aux saints, à ceux qui ont été complètement purifiés, et non aux impies comme le nôtre [...].

Lorsque la condition des choses qui se voient aura passé, toute corruptibilité ayant été rejetée et purifiée et tout l'état de ce monde, où l'on dit que se trouvent les sphères des planètes, ayant été dépassé et transcendé, c'est au-dessus de la sphère dite des étoiles fixes que la demeure des pieux et des bienheureux sera établie[2].

La cosmographie d'Aristote et de Ptolémée, ainsi christianisée, l'emporta au Moyen Âge sur un autre système, sans doute plus populaire, qui décrivait la terre comme un disque plat entouré par l'eau et surmonté par la voûte du ciel, demeure de Dieu et future habitation des élus. Cette conception fut notamment exposée par un moine égyptien du VIe siècle, Cosmas Indicopleustès, qui, dans sa *Topographie chrétienne*, rejeta la « géographie païenne des faiseurs de fables » tels que Ptolémée[3].

Saint Augustin marqua peu d'intérêt pour la cosmologie. Dans son *Commentaire de la Genèse*, il déclare que les affirmations sur les cieux, les étoiles et le mouvement du soleil et de la lune ne sont pas partie intégrante de la doctrine chrétienne. Plus tard, Galilée invoquera cette argumentation pour distinguer le domaine de la théologie de celui de la science. Selon Augustin, les fidèles ont mieux à faire que de chercher à connaître l'espace de la vie éternelle et la localisation des élus[4]. Néanmoins, dans le passage célèbre des *Confessions* où il évoque la vision d'Ostie, il semble bien adopter implicitement la cosmographie alexandrine lorsqu'il raconte : « Nous parcourûmes degré par degré toutes les choses corporelles et le ciel même[5]. » Plusieurs siècles avant lui, Cicéron avait nettement affirmé la réalité des sphères célestes dans *Le Songe de Scipion*.

Fait majeur dans l'histoire du ciel, la cosmographie issue d'Aristote et de Ptolémée puis corrigée par les astronomes arabes s'harmonisait avec la « hiérarchie céleste » néo-platonicienne du Pseudo-Denys et sa conception du monde comme un ensemble organisé en fonction de cette hiérarchie. Le Pseudo-Denys voyait la création comme une « émanation » produisant un épaississement graduel à mesure qu'on s'éloigne de l'unité lumineuse de l'origine pour descendre par des étages successifs dans le multiple corporel. La vie spirituelle consistait en une remontée vers le divin à travers les différents échelons, à la fois éthiques et cosmiques, de l'univers. Traitant des trois rangs d'« essences angéliques », chacun subdivisé en trois catégories, qui habitent les différents degrés des cieux, il affirmait :

> C'est une loi universelle divinement instituée par le Principe divin de tout ordre que les essences du second rang participent par l'entremise de celles du premier rang aux illuminations de la Divinité. [...]
> Après [ce premier rang], proportionnellement à leur nature, le second ordre, et, après le second, le troisième, et, après le troisième, la hiérarchie humaine, selon les prescriptions du Principe harmonieux de toute ordonnance, dans un accord divinement proportionné, s'élèvent hiérarchiquement vers le Principe et le terme plus que fondamentaux de toute harmonie. [...] C'est en raison de cette même loi harmonieuse, qui règne à travers toute la nature, que le Principe merveilleux de tout ordre visible et invisible manifeste originellement par des effusions bienheureuses l'éclat de sa propre lumière aux essences supérieures, puis que, par leur entremise, celles qui viennent après elles participent au rayon divin [...]. C'est ainsi que, par degrés, celle qui précède distribue à celle qui la suit la lumière divine qu'elle a elle-même reçue en présent et qui se répand providentiellement sur toutes les essences à la mesure de leurs capacités.

Texte un peu difficile dans le détail mais dont le sens général est clair : la lumière, l'amour et la science de Dieu descendent du sommet des cieux vers la terre des hommes par l'intermédiaire des trois grandes « essences angéliques » situées sur les gradins successifs de l'univers, et ces gradins sont circulaires. Le Pseudo-Denys dit en effet du « premier ordre des essences célestes » qu'« il fait cercle autour de Dieu » et l'entoure « d'une ronde simple et continue ». Le mouvement depuis Dieu, c'est-à-dire l'Un, jusqu'à la terre est une descente « dans les plaines de la division et de la multiplicité » et « vers la diversité polymorphique ». Mais la spiritualité consiste à « revenir sur ses pas et à remonter des images à la simplicité des essences célestes[6] ». Ainsi le double trajet aller et retour de l'incarnation-ascension prend-il place dans une cosmologie cohérente qui descend du simple au multiple, du sommet des cieux à la terre, de la lumière à l'obscurité, du plus spirituel au plus corporel, avec nécessité d'opérer par la vertu le chemin inverse.

Très logiquement, saint Thomas d'Aquin, traitant de l'empyrée, fera référence au Pseudo-Denys, écrivant notamment : « Le plus probable est que, de même que les anges du plus haut niveau qui siègent dans l'empyrée, bien que n'étant pas eux-mêmes messagers, exercent une influence sur ceux des rangs moyens et derniers qui, eux, ont fonction de messagers, selon Denys ; de même le ciel empyrée exerce une influence sur les corps qui se meuvent, encore que lui-même soit immobile[7]. » Il faut ici rappeler que l'influence du Pseudo-Denys a été considérable en Occident à partir du moment où ses œuvres furent traduites en latin au IXe siècle par Jean Scot Érigène. Au XIIe siècle, Honorius d'Autun et Hugues de Saint-Victor, entre autres, furent très marqués par elles[8].

L'EMPYRÉE

Les mouvements des planètes suscitèrent des discussions, chez les scolastiques comme chez les Arabes, dans lesquelles nous n'entrerons pas. Il nous importe en revanche de montrer comment l'iconographie et la réflexion chrétiennes cherchèrent à préciser la nature et la fonction du « ciel supérieur », puisqu'il leur fallait situer l'empyrée par rapport aux « cieux inférieurs » comprenant toutes les autres sphères entourant la terre.

L'art chrétien s'y employa très tôt en utilisant les schémas scientifiques du temps et en imaginant le ciel supérieur comme une sphère englobant toutes les autres. André Grabar écrivait à ce sujet : « Les chrétiens dès une époque très ancienne (certifiée à partir du ve siècle) tinrent à montrer ce ciel supérieur et intelligible, et ils le firent en retouchant les modèles païens de leurs prédécesseurs. Ces retouches ont consisté [notamment...] à schématiser d'une façon de plus en plus affirmée le motif des nuages, qui servaient à évoquer le ciel visible, et aussi à y installer, là où le sujet le permettait, une figure de Dieu ou de sa main qui s'appuyaient sur un nuage, formule qui supposait que, se trouvant au-delà des nuages, Dieu en perçait le rideau ou l'écartait pour se rendre visible[9]. » André Grabar cite à l'appui les absides romaines et ravennates des ve-IXe siècles, la formule achevée étant donnée par la basilique romaine de Sainte-Praxède, dont l'arc triomphal évoque la Jérusalem céleste : « On ne fait plus sentir que ce paradis est au-dessus des nuages, mais qu'on l'aperçoit, les nuages étant écartés[10]. »

Un exemple remarquable signifiant la réalité du ciel supérieur est la magnifique mosaïque (XIIe ou XIIIe siècle) de Saint-Clément de Rome. Au sommet de la mosaïque de l'abside, le monogramme du Christ signifie la divinité de Jésus. Plusieurs demi-cercles disposés en éventail s'épanouissent au-dessous du monogramme. De celui qui est le plus extérieur, et où apparaissent des nuages blancs, sort la main du Tout-Puissant offrant une couronne à son Fils crucifié sur la grande croix noire qui constitue le motif central de l'abside.

Ce thème de la main de Dieu sortant du ciel supérieur au-dessus d'un personnage de la terre est ancien et vient de l'art juif (en particulier de la synagogue de Doura Oropos, en Syrie)[11]. Il fut appliqué ensuite à l'art impérial chrétien, puis utilisé dans des enluminures montrant la main divine bénissant ou couronnant Charles le Chauve ou Otton III[12]. On voit aussi la main divine dans le *Pontifical de Winchester*, vers l'an mille, envoyer l'Esprit-Saint sur les apôtres le jour de la Pentecôte. Ce retour en arrière permet de mieux comprendre la partie supérieure de l'abside de Saint-

Clément et la signification du ciel supérieur d'où sort la main de Dieu. Sur cette mosaïque, la courbe du segment de ciel est tournée vers le haut, mais, souvent, cette courbe est tournée vers le bas, formant « ombrelle », une façon de signifier que la sphère divine est la tenture du monde et englobe la totalité de l'univers[13].

L'empyrée fut un ajout, une « pièce rapportée[14] » théologique à la cosmographie de Ptolémée. Basile de Césarée, moine et évêque († 379), Bède le Vénérable, bénédictin anglais († 735), et Walafrid Strabon, abbé de Fulda († 849), furent les principaux auteurs qui en théorisèrent la nature et le lieu. Ni le premier ni ses deux successeurs n'employèrent le mot « empyrée », mais les considérations de Basile sur un ciel supérieur, plus ancien que l'origine du monde, firent école, car l'*In Hexaemeron*, où elles sont développées, connut un grand retentissement. Or dans les homélies qui constituent cet ouvrage, Basile, après avoir déclaré, comme saint Augustin, qu'il faut éviter sur ces questions les « recherches indiscrètes » et les « raisonnements épuisants », formule tout de même l'affirmation qu'il n'y a pas un ciel mais deux cieux. L'un est celui des cercles emportés par le mouvement; l'autre — le « deuxième ciel » — a « une fonction propre [et] diffère de celui qui fut créé à l'origine, et par la fermeté de sa substance et par la fonction spéciale qu'il remplit dans l'univers ». Il s'agit bien ici de ce que l'on nommera par la suite « empyrée » et qui est antérieur à la création « du ciel et de la terre ». Telle est pour Basile la « doctrine de l'Église[15] ». Quant à l'essence de ce ciel, elle est « une substance légère, et non solide ni épaisse », et c'est pourquoi Isaïe (40, 22) a parlé de « Celui qui a établi le ciel comme une fumée[16] ».

Bède le Vénérable précise à son tour : « Le ciel supérieur, à qui la glorieuse prescience divine a donné un statut autre que celui de notre monde qui tourne, reste toujours en repos [...]. Ce ciel supérieur, inaccessible à la vue de tous les mortels, n'a pas été créé vide et inoccupé comme la terre [à ses débuts]. Car il fut aussitôt rempli par ses habitants, c'est-à-dire les bienheureuses armées angéliques[17]. » Bède écrit ailleurs : « Le cercle du ciel supérieur, qui dessine ses propres limites et est établi dans des espaces de toutes parts égaux, contient les puissances angéliques. Dieu l'a tempéré [en dessous] par des eaux glacées pour qu'il n'incendie pas les éléments inférieurs. Puis il donna mouvement — non pas un mais multiple — et consistance au ciel inférieur, l'appelant "firmament", puisqu'il soutient les eaux supérieures. » Walafrid Strabon, précepteur de Charles le Chauve, reprend presque mot à mot les formules de Bède. Lui non plus n'utilise pas le terme « empyrée », mais il distingue clairement le « ciel supérieur », qui fut « rempli d'anges aussitôt que créé », de l'autre ciel « où sont posées les étoiles »[18] et qui apparut dans un second temps. Alcuin († vers 850) n'emploie pas davantage le mot « empyrée » dans ses commentaires sur la Genèse, mais il marque bien la distinction entre le ciel des anges, créé le premier jour, et le ciel sidéral, créé le deuxième jour[19].

En revanche, le mot *empyreum* figure dans un texte des *Fausses Décrétales*, attribuées à un certain Isidorus Mercator et composées entre 847 et 857, où il est dit que le Seigneur, « refusant de supporter la tyrannie » de Lucifer, décida « depuis la cour céleste et le séjour de l'empyrée » l'Incarnation « dans le très pur utérus de la très chaste Vierge[20] ». En ce milieu du IXe siècle, le « ciel supérieur », habitat de Dieu et des anges, a désormais un nom[21]. La présence de celui-ci dans les *Fausses Décrétales* est importante, car elles eurent une grande diffusion. On en connaît plus de cent manuscrits[22].

Si nous sautons du IXe au XIIe siècle, nous y trouvons l'empyrée fréquemment nommé et défini. Hugues de Saint-Victor distingue nettement le « ciel firmament qui a été fait le deuxième jour [de la création] » du « ciel empyrée, qui a été aussitôt rempli par les anges, c'est-à-dire cette partie supérieure jusqu'où s'étendait la machine encore indistincte des éléments[23] ». Pierre Lombard, traitant dans ses *Sentences* du séjour des anges, assure, en se référant à Bède le Vénérable et à Walafrid Strabon, que leur ciel n'est pas « le firmament qui a été créé le second jour, mais le ciel resplendissant qu'on appelle empyrée, c'est-à-dire de feu à cause de son éclat et non de sa chaleur, qui a été rempli d'anges dès sa création et qui est au-dessus du firmament[24] ».

Désormais, et pour longtemps, l'empyrée est bien en place dans le discours théologique intégrant la cosmographie ptolémaïque. Tour à tour les franciscains Alexandre de Halès († 1245) et Bonaventure († 1274) et les dominicains Albert le Grand († 1280) et Thomas d'Aquin († 1274) — pour ne retenir que quelques noms insignes — dissertent sur l'empyrée, répétant pour l'essentiel les affirmations antérieures. Trois problèmes principaux les préoccupent, en fait déjà résolus avant eux. Ils portent sur la substance du ciel supérieur, son immobilité et la nature de sa lumière.

L'empyrée est-il corporel et, si oui, de quelle manière? Réponse des spécialistes, et notamment de saint Thomas d'Aquin, qui la présente comme une hypothèse : « C'est un lieu corporel », mais « le plus sublime des lieux corporels[25] ». Saint Bonaventure, sachant que les docteurs et les philosophes ont peu traité de l'empyrée, précise : « Puisque le ciel empyrée a été créé le premier parmi les corps, il possède les plus grandes dimensions et la plus grande énergie. À cause de son immense étendue, il entoure et contient tous les corps ; à cause de sa puissante force, il les vivifie et conserve tous. » Mais, peut-on objecter, puisque les anges sont des esprits, habitent-ils un lieu corporel ? Saint Bonaventure a la parade : « Bien que les anges soient des esprits, leur substance est néanmoins limitée et ils sont logés dans l'empyrée, comme l'exige l'ordre universel[26]. »

Deuxième question, qui inclut la physique du mouvement telle qu'on la concevait alors : l'empyrée est-il mobile ou immobile ? Réponse unanime depuis Bède : l'empyrée est immobile. Pour les intellectuels du Moyen Âge, disciples d'Aristote, l'état stable est synonyme de perfection ; il est la source et la fin du mouvement. Les habitants du paradis, parce qu'ils sont incorruptibles et à l'abri de tout changement, ne peuvent séjourner que dans un lieu totalement stable. Albert le Grand enseigne que ce lieu est *quietum in motu* — en repos — et c'est « à cause de ce repos qu'il convient à ceux qui possèdent la béatitude éternelle[27] ». Saint Thomas d'Aquin confirme en se référant au Pseudo-Denys :

> Le ciel empyrée a une influence sur les corps soumis au mouvement, bien qu'il ne soit pas lui-même soumis au mouvement. Ainsi peut-on dire qu'influe sur le premier ciel soumis au mouvement [celui du premier mobile] non quelque réalité passagère et survenant par mouvement, mais quelque chose de fixe et permanent, telle la puissance de contenir ou de causer, ou autre chose de ce genre, qui soit approprié à sa dignité[28].

La troisième question porte sur la lumière de l'empyrée. La doctrine à son sujet est ferme : sa lumière ne brûle pas. Alain de Lille († 1203), qui mérita avant Albert le Grand le noble titre de *doctor universalis*, exalte dans son poème l'*Anticlaudianus*, qui fut très lu,

> [l'empyrée], cercle extérieur au monde et partie bienheureuse du monde, plus pur que le monde et que la pudeur, plus lumineux que la clarté, plus étincelant que l'or. Il brille d'une exquise splendeur ; il éclaire d'un feu inoffensif. Dénué de chaleur, riche en lumière, doté d'un éclat caressant, abhorrant les dérèglements de l'ardeur, il réchauffe par sa splendeur, mais ne blesse pas par ses brûlures. Plus ce feu brille, moins il brûle[29].

Symétriquement, il va de soi que dans l'enfer enfoui au fond de la terre, à l'opposé de l'empyrée, le feu brûle mais ne brille pas.

Plus didactique, saint Thomas d'Aquin enseigne, en citant d'abord saint Basile :

> De même que les damnés sont chassés dans les ténèbres dernières, de même la récompense pour les œuvres méritoires est allouée dans

cette lumière qui est hors du monde, où les bienheureux reçoivent en partage le domicile du repos.

Il était convenable que, dès le commencement, la gloire corporelle soit [...] inaugurée dans un corps préservé dès le début de la servitude de la corruption et du changement, et doué d'une totale luminosité, conformément à ce que la créature corporelle tout entière s'attend à devenir après la résurrection. Et c'est pourquoi ce ciel est appelé empyrée, c'est-à-dire de feu, non parce qu'il brûle, mais parce qu'il resplendit.

Saint Thomas hésite ensuite entre plusieurs hypothèses qui toutes accordent une qualité exceptionnelle à la lumière de l'empyrée, puis il affirme : « On pourrait dire que le ciel empyrée n'a pas une lumière condensée qui émet des rayons comme le corps du soleil, mais une lumière d'une nature plus subtile. Enfin une autre réponse est encore possible : le ciel empyrée possède la clarté de l'état de gloire, qui n'est pas de la même espèce que la clarté naturelle[30]. »

Comme beaucoup en son temps, Jacopone da Todi évoque à son tour dans ses *Laudi* la position et la lumière de l'empyrée. Sa poésie s'accorde, bien entendu, avec la théologie et la cosmographie officielles. Chantant l'union parfaite avec Dieu que l'âme peut exceptionnellement atteindre par l'anéantissement de soi, il écrit :

À cette hauteur [du ciel supérieur] l'âme ne cherche lumière du dehors [...]. Au-dessus du firmament qui est si étoilé, de toute vertu orné, et au-dessus du cristallin, elle a fait sa montée, elle a dépassé la pureté, elle a trouvé le troisième ciel, ardeur de séraphin : lumière si divine ne se peut tacher par faute, ni s'abaisser, ni en soi sentir puanteur [...]. En ce ciel empyrée, si haut est qu'il se trouve, [...] la nuit est jour[31].

Soulignons une fois encore cette volonté de concilier théologie, physique et cosmographie dans une synthèse privilégiant le simple et l'immobile et associant Aristote, Ptolémée, la Bible et le Pseudo-Denys. La traduction en latin, depuis l'arabe, des œuvres de Ptolémée fut décisive à cet égard. C'est en 1175 que l'*Almageste*, ou *Grande Syntaxe astronomique*, de Ptolémée devint ainsi accessible à la culture scolastique grâce à la traduction de Gérard de Crémone, qui vivait à Tolède. Lui même rédigea ensuite en latin une *Théorie des planètes* pour familiariser les écoliers avec l'œuvre de Ptolémée[32]. L'*Almageste* constitua désormais dans la chrétienté médiévale une sorte d'ouvrage canonique, comme il l'était déjà dans le monde musulman. Son influence fut renforcée, entre autres, par *Le Livre de l'échelle de Mahomet*, qui, en terre d'islam, brode sur la brève sourate 17 du Coran, évoquant un voyage nocturne du prophète au ciel. *Le Livre de l'échelle*, résultat d'enrichissements progressifs entre le xe et le xiiie siècle, fut traduit d'arabe en castillan vers 1250-1260 et en ancien français dès 1264. La cosmologie qui y est évoquée est celle de sept cieux surmontés de l'espace du trône divin appelé « huitième ciel ». On a de sérieuses raisons de penser que Dante, lorsqu'il composa *La Divine Comédie*, avait quelque connaissance de ce récit[33]. En outre, le moine et mathématicien anglais Jean de Holywood ou de Halifax, dit aussi Jean de Sacrobosco, exposa en 1244 l'arithmétique et l'algèbre arabes, dans son traité *De sphaera mundi* qui connut un long succès et que l'imprimerie diffusa encore davantage de la fin du xve siècle au milieu du xviie[34]. Ce traité reçut lui-même les commentaires de Michel Scot qui vivait à Tolède au xiiie siècle et les rédigea à la demande de Frédéric II. Ces commentaires eurent à leur tour une large diffusion. Dans une version éditée à Venise en 1518, on lit notamment :

> Le premier ciel est appelé empyrée par les théologiens, non à cause de sa chaleur mais de sa splendeur; et il est uniformément rempli de lumière et immobile [...]. De même que l'un est supérieur au multiple, de même l'uniforme au difforme ou au multiforme. C'est pourquoi dans le classement des cieux celui-là sera le premier qui possède l'uniformité et la simplicité [...]. Le premier ciel est donc totalement uniforme et immobile, car quelque chose qui est parfaitement circulaire et uniforme n'a pas de raison de se mettre en mouvement d'un côté plutôt que de l'autre [...]. En outre, il est plus noble de participer à la noblesse sans mouvement qu'avec le mouvement. Puisque donc le premier ciel est le corps le plus noble, c'est sans le mouvement qu'il aura la plus grande dignité qu'il est susceptible de recevoir [...].
>
> Le second ciel est appelé cristallin par les théologiens. Il reçoit la lumière mais ne la donne pas. Il est uniforme en cela qu'il n'a pas une partie et une autre [...]. Mais il est tout de même difforme, car il a une droite et une gauche, ce qui n'est pas le cas dans le premier ciel. Et donc ce ciel est mobile, mû par un moteur simple, car dans un mobile simple il ne peut y avoir qu'un seul mouvement. C'est pourquoi le ciel qui est au-dessus du ciel des étoiles [fixes] se meut d'un mouvement simple avec un moteur unique[35].

Le traité de Jean de Sacrobosco fut complété et corrigé à Paris dans les années 1260-1270 par le franciscain Jean Peckham, auteur à son tour d'un *De sphaera* qui influença notamment des illustrations de psautiers et de manuels de théologie. Sur l'un de ceux-ci, la terre, au fond de laquelle se trouve, bien entendu, l'enfer, est entourée de cercles concentriques : au plus près de la terre, les trois éléments — l'eau, l'air et le feu qui, selon Aristote, sont liés à elle —, puis de l'intérieur vers l'extérieur les cieux des sept planètes, le ciel des étoiles fixes, le ciel cristallin ou du premier mobile, enfin l'empyrée qui « contient le trône de Salomon et est le lieu de Dieu et des esprits[36] ».

Le ciel de la Trinité

La formule « lieu de Dieu » appelle un commentaire, car plusieurs auteurs précisèrent que le séjour de la Trinité est situé à l'extrême sommet des cieux, au-dessus de l'empyrée, lequel se trouve à une altitude où même les anges et la Vierge Marie n'accèdent pas. C'est ce qu'enseigna surtout Albert le Grand, qui consacra une *questio* au séjour céleste de la Trinité dans sa *Summa de creaturis*, en posant quatre problèmes : le ciel de la Trinité est-il un corps ? S'il n'est pas un corps, est-il la même chose que Dieu ? Que contient le ciel de la Trinité ? Selon quel mode est-il élevé au-dessus de tous les cieux ? Réponses : 1° Le ciel de la Trinité, l'empyrée et le firmament sont trois cieux, donc trois corps. Tous les trois contiennent et conservent tous les corps inférieurs. 2° Le ciel de la Trinité n'est pas Dieu mais le corps le plus simple qui soit et toujours égal à lui-même. Il est donc le mieux adapté à l'habitation de Dieu qui ne change pas. 3° « Il n'y a rien dans le ciel de la Trinité que le Père, le Fils et l'Esprit-Saint. Car être dans le ciel de la Trinité, c'est partager dans l'égalité la puissance divine de contenir et conserver tout ce qui est placé sous le pouvoir de cette puissance. » 4° « Le ciel de la Trinité est en dehors du ciel empyrée par l'essence et la dignité, non en tant que lieu corporel ou à cause de sa position comme lieu corporel, mais en raison du caractère infini de sa substance divine[37]. »

Ces distinctions atteignaient-elles un large public ? Certes, depuis longtemps, quand les artistes représentaient le Christ du Jugement dernier ou le Seigneur triomphant, ils l'isolaient souvent au centre d'une mandorle ou d'un cercle. Cette démarcation linéaire voulait peut-être délimiter la partie suprême du ciel, ce qu'aurait approuvé Albert le Grand. Si nous revenons au polyptyque de Gand, nous y voyons, à l'étage supérieur du retable ouvert, le Seigneur — à la fois le Père et le Fils[38] —, isolé de Marie et de Jean-Baptiste et surélevé par rapport à eux. Quant à la prairie paradisiaque, elle est dominée par les cercles de lumière surnaturelle qui séparent la colombe du Saint-Esprit du reste du ciel, lequel est pourtant déjà celui de l'éternité. Dernier exemple, plus tardif, la *Toussaint* de Dürer évoque la totalité du paradis et de ses habitants, anges et saints, groupés autour de la Trinité. La composition, mettant celle-ci en fort relief, dispose à l'intérieur du ciel les anges et les élus à une distance respectueuse des trois personnes divines, leur laissant en quelque sorte un espace à part, la place d'honneur dans l'empyrée.

Mais les choses se compliquent lorsqu'on étudie les nombreux couronnements de Marie, ces évocations paradisiaques qu'affectionnèrent public et artistes d'Occident à partir du milieu du XIVe siècle. Dans ces œuvres, Marie est bel et bien accueillie au plus haut, ou au cœur, des cieux, même si, agenouillée, assise ou inclinée, elle se trouve à un niveau légèrement inférieur à son Fils ou à la Trinité. Cette concession une fois faite, les artistes, comme Fra Angelico ou Enguerrand Quarton, admettent Marie dans le lieu même de Dieu. On s'écartait ainsi de l'affirmation d'Albert le Grand : « Il n'y a rien d'autre dans le ciel de la Trinité que le Père, le Fils et le Saint-Esprit. »

Trois exemples confirment cet écart par rapport à la norme théologique. Le premier est le *Couronnement de la Vierge* peint vers 1354-1358 par Paolo Veneziano, aujourd'hui à la galerie de l'Académie de Venise. Dans la partie centrale de ce polyptyque où l'or domine, Jésus et sa mère qu'il couronne se détachent sur un cercle constellé d'étoiles dorées sur fond bleu. Au-delà de ce cercle, des anges musiciens jouent de leurs instruments. À l'évidence, l'artiste a voulu isoler dans le paradis un lieu plus sublime que le reste des cieux pour y situer le couronnement de Marie.

Le deuxième exemple est un *Couronnement de la Vierge* peint par le Florentin Neri di Bicci († 1451), maintenant à la Walters Art Gallery de Baltimore. Le Christ et Marie agenouillée près de lui se détachent sur un large disque doré formé de cercles concentriques dont on peut penser qu'ils figurent l'univers avec ses cieux successifs. Autour du disque, des saints, en bas, et des petits anges, en haut, se penchent avec admiration et curiosité pour regarder la scène. Quel enseignement sur la géographie céleste le spectateur pouvait-il tirer de cette œuvre sinon que Marie avait été admise dans l'intimité des cieux, espace privilégié que même les anges et les plus grands saints contemplent de l'extérieur?

Une miniature de la fin du XIVe siècle évoquant une vision de sainte Brigitte au moment de l'offrande eucharistique donne la même impression[39]. La sainte, en train d'écrire, est soudain frappée par deux rayons venus d'en haut, qui partent des mains de Jésus et de Marie assis l'un à côté de l'autre. Le niveau terrestre, celui de Brigitte et du prêtre célébrant la messe, est séparé du paradis par un arc de cercle étoilé. Au-dessus, le ciel, largement ouvert, est peuplé de bas en haut par des saints, les apôtres, puis les anges. Mais deux mandorles emboîtées l'une dans l'autre interrompent au sommet l'alignement des cohortes angéliques. La plus extérieure est remplie de séraphins rouges ; la plus intérieure est habitée par Jésus et Marie qui dirigent vers Brigitte les rais de lumière porteurs de sa vision. La sainte a ainsi vu la Vierge dans l'espace céleste unique où siège la divinité.

Cohérence et durée de la cosmographie médiévale

Dans un ouvrage qui eut une longue vogue et de nombreuses éditions au XVIe siècle, le *Perspectiva communis*, Jean Peckham écrivait : « La figure sphérique est apparentée à la lumière. Elle s'accorde avec tous les corps du monde. De toutes les figures, en effet, elle est la plus absolue et celle qui conserve le mieux la nature, car, en son sein, elle conjoint toutes les parties de la manière la plus parfaite. La lumière se meut donc naturellement vers cette forme[40]. »

Ces affirmations invitent à revenir un instant à *La Divine Comédie*, la plus belle des synthèses médiévales unissant la cosmographie traditionnelle et la théologie chrétienne, le ciel d'Aristote et la hiérarchie du Pseudo-Denys, l'éloge de la sphère et l'insistance sur la lumière paradisiaque. Paul Renucci, commentateur de Dante, note que dans le *Paradis* « les sphères célestes, matérielles sans doute, mais juste autant que de lisses vapeurs qui auraient la transparence d'un diamant inondé de soleil », livrent accès au voyageur de l'au-delà, « exactement comme l'eau accueille la lumière, sans s'ouvrir ». Il poursuit en montrant qu'à mesure qu'on s'élève dans l'univers céleste visité par Dante « une physique divine se substitue aux lois du monde sublunaire. Et tout n'est plus jusqu'à l'extase en Dieu qu'images de lumière, de transparence, d'aveuglante — ou plutôt d'illuminante — clarté[41] ». Autour du soleil les âmes forment des couronnes tournoyantes, « glorieuses roues » de lumière. Dans le ciel de Saturne d'autres âmes, montant vers l'empyrée sur une échelle d'or, semblent un fourmillement d'éclairs. L'empyrée lui-même, dans le chant final, est appelé « pure » et « éternelle lumière » en laquelle le poète plonge son regard « au point d'y consumer [sa] vue ». Cette vivante lumière « est toujours telle qu'elle était avant ». Quand on la contemple, « on devient tel que s'en détourner [...] il est impossible d'y jamais consentir ». Elle est « l'Amour qui meut le soleil et les autres étoiles » — tel est le dernier vers de *La Divine Comédie*.

C. McDannell et B. Lang, auteurs de *Heaven. A History*, rapprochent l'insistance sur la lumière dans le *Paradis* de Dante des conceptions à la fois théologiques et artistiques de Suger lorsqu'il entreprit la reconstruction de la basilique de Saint-Denis[42]. L'abbé voulait une église plus spacieuse et plus lumineuse que la précédente, avec un large chœur entouré de chapelles formant un arc de cercle; il voulait aussi qu'une lumière évoquant celle des cieux pénètre dans le sanctuaire grâce aux vitraux. À ses yeux, l'église symbolisait la Jérusalem d'en haut et devait constituer une célébration de l'empyrée. Les vitraux, appelés désormais à un magnifique essor, apporteraient aux fidèles en prière les rayons de la clarté divine. Ce n'est pas par hasard que les églises gothiques s'ouvrirent de plus en plus à la symphonie colorée du vitrail, ni que les rosaces ornèrent avec prédilection leurs façades. Dans l'esprit de leurs concepteurs, ces cercles qui filtraient et transfiguraient la lumière signifiaient le paradis au centre duquel Dieu siège au milieu de l'éternelle clarté.

Le système du ciel associant les sphères de Ptolémée et l'empyrée des théologiens eut encore une belle carrière après *La Divine Comédie*. Ruysbroeck l'Admirable († 1381), qui fut à l'origine de la *Devotio moderna*, explique, en conformité avec la cosmographie traditionnelle, que la Création comprend d'abord les quatre éléments — terre, eau, air et feu — dont toutes choses sont faites ici-bas. Plus haut, il y a le « ciel inférieur », qui « a reçu pour ornement et pour lumière la splendeur et la clarté des planètes et des étoiles qui régissent la nature », et qui englobe ici les huit sphères successives de la lune, du soleil, des planètes et des étoiles fixes. À un étage plus élevé, on trouve « le deuxième ciel, appelé transparent, liquide ou cristallin ». C'est le neuvième ciel de *La Divine Comédie*. « Son sommet est appelé le premier mobile, parce qu'il est le point de départ et le principe de tous les mouvements du ciel et des éléments. Les planètes et la marche du ciel et des éléments lui sont soumises », mais pas toutefois la liberté humaine. Enfin, « Dieu a créé le ciel supérieur, qui est une clarté pure, simple et immobile, principe, source et fondement de tout ce qui est corporel. Ce ciel comprend en lui-même tous les cieux et tous les éléments, comme dans une sphère. Il est plus large, plus profond, plus haut et plus grand que tout ce que Dieu a créé de corporel, et il a pour ornement Dieu lui-même, avec les anges et les saints[43] » : c'est l'empyrée. Ainsi, le « troisième ciel » où fut ravi saint Paul (2 Co 12, 3) vient, comme chez Dante, en couronnement de l'univers de Ptolémée.

De façon concordante, le contemporain de Ruysbroeck, Suso, fait dire à la Sagesse parlant à son disciple :

> Vois au-dessus du neuvième ciel, qui est bien plus de cent mille fois plus vaste que toute la terre, se trouve un autre ciel qui se nomme le ciel empyrée, le ciel de feu — ainsi appelé non pas à cause du feu, mais

> en raison de la clarté infinie et rayonnante qu'il possède par nature — immobile et incorruptible. C'est là que réside l'armée céleste, où me louent en chœur les astres du matin, où tous les enfants de Dieu chantent dans l'allégresse[44].

La cosmographie antique christianisée et couronnée par l'empyrée parut longtemps inépuisablement riche de poésie et d'images, et cela d'autant plus que, pour les gens d'autrefois, elle était attestée par la science.

CHAPITRE IV

« Par une route non frayée »

Le temps, « un morceau d'éternité »

Le paradis chrétien fut longtemps solidaire d'une cosmographie; longtemps aussi, il fut inséparable d'une conception du temps qui établissait une « continuité articulée[1] » entre le passé, le présent et l'avenir, assez proche, où l'histoire prendrait fin pour laisser place à l'éternité. Le temps était déjà « un morceau d'éternité », car il était conçu et vécu comme emportant l'humanité vers Dieu, celui « qui est, qui était et qui vient ». Le chrétien embrassait d'un seul regard toute l'histoire du Salut : création de l'homme, péché originel, instauration de la loi mosaïque, venue du Sauveur et avènement de l'Église. Il ne pouvait plus attendre désormais que les échéances eschatologiques. Une relation étroite unissait ainsi le « déjà là » et le « pas encore[2] », le présent et son accomplissement futur.

À l'époque des Van Eyck, et sans doute bien avant, le peuple chrétien, même dans ses couches assez frustes, devait avoir intériorisé cette doctrine inlassablement répétée depuis des siècles par l'Église. La conception d'une histoire longue de l'humanité, qui nous est devenue familière, était inimaginable pour nos ancêtres du XVe siècle et même pour la plupart de ceux qui vécurent avant le XIXe siècle. Selon une longue tradition remontant à saint Justin († vers 165) et reprise avec éclat par saint Augustin à la dernière page de *La Cité de Dieu*, on estimait couramment que l'histoire du monde récapitulait celle de la création en six jours et que les derniers temps étaient proches. L'humanité avait vécu deux mille ans entre la création et la loi mosaïque, puis deux mille autres années entre Moïse et Jésus sous le règne de la Loi. Celui du Messie s'étendrait, à son tour, sur deux mille ans, dont la plus grande partie, au

XVᵉ siècle, était désormais passée. Même si, comme les millénaristes, on ajoutait à cette histoire tourmentée une période intermédiaire de mille ans de bonheur sous le gouvernement du Christ, revenu sur terre pour y régner, on ne pouvait assigner à l'humanité plus de sept mille années entre sa création et la reddition définitive des comptes.

L'historiographie n'a souligné que tardivement l'importance de ces préoccupations eschatologiques dans la chrétienté latine entre le XIVᵉ siècle et le milieu du XVIIᵉ[3]. Pour beaucoup de gens de l'époque, le Jugement dernier était de toute façon à l'horizon. Dès lors, psychologiquement, il n'était pas déraisonnable d'apercevoir déjà le paradis — ainsi, d'ailleurs, que le purgatoire et l'enfer — à l'occasion d'un *mystère* ou de l'ouverture d'un retable comme celui de Gand. Une « originalité de l'au-delà chrétien », souligne avec raison Nancy Gautier, est d'être « un espace-temps[4] ».

« Le ciel était ouvert » : les visions narratives

Un peintre, avec l'accord, bien sûr, des autorités ecclésiastiques, pouvait donner à voir le paradis aux fidèles, mais il n'était fondé à le faire que si des humains, exceptionnels par leur sainteté, avaient reçu permission de Dieu d'apercevoir l'au-delà, voire d'y séjourner, au moins brièvement, et avaient fait connaître ces expériences fulgurantes. Or c'était le cas. On pouvait le prouver par des exemples remontant loin dans le passé, ces exemples étant eux-mêmes légitimés par une théorisation des visions et des voyages de l'âme.

Ézéchiel, à l'époque de la captivité de Babylone, lors d'une vision, avait contemplé le Temple, c'est-à-dire la ville future, où vivra le peuple des lendemains eschatologiques : « La main du Seigneur fut sur moi. Il m'emmena là-bas [...] sur une très haute montagne, sur laquelle, au sud, il y avait comme les édifices d'une ville [...]. Et voici un homme; son aspect était comme l'aspect du bronze [...]. L'homme me dit : “Fils d'homme, regarde de tous tes yeux; écoute de toutes tes oreilles. [...] Tu raconteras à la maison d'Israël tout ce que tu vas voir” » (40, 1-5). Plus tard, vers 160 avant notre ère, le livre de Daniel fait dire au prophète : « Je regardais dans mes visions durant la nuit, [...] lorsque des trônes furent installés et un Vieillard s'assit : son vêtement était blanc comme de la neige, la chevelure de sa tête comme de la laine nettoyée; son trône était en flammes de feu, avec des roues en feu ardent. Un fleuve de feu coulait et sortait de devant lui. Mille milliers le servaient; dix mille myriades se tenaient devant lui » (Dn 7, 9-10).

Cette vision de Daniel a évidemment inspiré l'Apocalypse attribuée à saint Jean. Auparavant des apocalypses juives avaient déjà mentionné des ascensions vers les cieux. Le *Premier Livre d'Hénoch*, dont les différentes sections semblent avoir été rassemblées au Ier siècle avant J.-C. et qui a exercé une grande influence sur la pensée chrétienne, met dans la bouche du prophète ce récit : « En ce temps-là, un tourbillon m'a enlevé de la face de la terre et m'a déposé à la frange des cieux. Et, là, j'ai vu [...] les demeures des saints, les lieux de repos des justes [...]. Mes yeux virent l'Élu de justice et de fidélité [...] et tous les justes élus étaient aussi beaux devant lui que la lumière du feu[5] ».

Un autre écrit apocalyptique juif, le *Quatrième Livre d'Esdras*, sans doute rédigé peu après la destruction de Jérusalem en 70, relate les sept visions dont aurait bénéficié Esdras, le restaurateur de la religion juive et du Temple après l'exil à Babylone. Dans sa sixième vision, « pendant la nuit », Esdras vit un homme qui s'élevait de la mer, volait avec les nuages et faisait trembler tout ce qui tombait sous son regard. Une multitude vint pour le combattre, sans succès. « Ensuite, je vis cet homme [...] appeler à lui une autre multitude, pacifique celle-là[6]. » Or le *Quatrième Livre d'Esdras* fut inséré, en traduction latine, parmi les manuscrits de la Vulgate. Clément d'Alexandrie y fait allusion dans ses *Stromata* (III, 16) et saint Ambroise s'y réfère explicitement dans son *De Bono mortis* (X, 46) à propos des « habitacles » où sont logés les élus dans l'au-delà[7].

Le *Premier Livre d'Hénoch* et le *Quatrième Livre d'Esdras* montrent que les « révélations » faites à saint Jean s'inscrivent dans une large tradition d'écrits eschatologiques appuyés sur des visions. Dans l'Apocalypse, on lit au chapitre 1, 9-13 :

> Moi, Jean, [...] je me trouvais dans l'île de Patmos à cause de la Parole de Dieu et du témoignage de Jésus. Je fus saisi par l'Esprit [...] et j'entendis derrière moi une puissante voix, telle une trompette qui proclamait « Ce que tu vois, écris-le dans un livre, et envoie-le aux sept Églises [...]. » Je me retournai pour regarder la voix qui me parlait ; et, m'étant retourné, je vis sept chandeliers d'or ; et, au milieu, un fils d'homme [...].

L'affirmation « je vis » revient constamment par la suite : « Après cela je vis : une porte était ouverte dans le ciel (4, 1) [...]. Et je vis : c'était un cheval blanc (6, 1) [...]. Alors je vis un ciel nouveau et une terre nouvelle (21, 1) », etc. L'Apocalypse ayant été intégrée au corpus des écrits canoniques, comment clercs et fidèles auraient-ils douté des visions qu'elle enchaîne les unes aux autres comme un torrent d'images ?

Ces visions furent confirmées par d'autres ouvrages de la même veine, l'*Apocalypse de Pierre* et surtout l'*Apocalypse de Paul*, qui, bien que non rangés parmi les écrits canoniques, n'en eurent pas moins un grand impact. L'*Apocalypse de Pierre*, qui date au plus tard des années 150 de notre ère, se présente comme un récit de la Transfiguration fait par Pierre à son disciple Clément. Trois Évangiles sur quatre racontent en effet que Jésus, ayant pris avec lui Pierre, Jacques et Jean, gravit une montagne pour prier, y fut transfiguré et rejoint par Moïse et Élie. Dans l'*Apocalypse de Pierre*, l'apôtre affirme :

> Survint une grande nuée qui s'étendit sur nos têtes. Elle était très blanche [...]. Nous regardâmes. Le ciel était ouvert [...]. Le visage des anges brille plus que le soleil. Leurs couronnes sont comme l'arc-en-ciel de la saison des pluies. Elles sont parfumées de nard. Leurs yeux sont brillants comme l'étoile du matin. La beauté de leur aspect est inexprimable [...]. Leurs habits ne sont pas tissés. Ils sont blancs comme ceux du foulon, selon que je l'ai vu sur la montagne où étaient Moïse et Élie[8].

L'*Apocalypse de Paul* connut plus de célébrité. Au début de son voyage dans l'au-delà, Dante (*Enfer*, II, 28-30) évoque deux précédents : celui d'Énée et celui de Paul, l'un et l'autre étant censés avoir voyagé outre-tombe avec leur corps. Or saint Paul (2 Co 12, 2-5) affirme certes qu'il « fut enlevé jusqu'au troisième ciel », mais déclare ignorer si ce fut « avec ou sans son corps ». Au contraire, dans l'*Apocalypse de Paul*, c'est avec son corps que l'apôtre des gentils est conduit par l'ange du Seigneur dans les espaces d'outre-tombe. « Ce qui importe à Dante, c'est que Paul ait été ravi "dans son corps", comme lui-même va l'être dans un instant, écrit Claude Kappler. Or cela l'*Apocalypse de Paul* l'affirme [...]. Il est donc très vraisemblable que Dante se réfère ici à la *Visio Pauli*, dans l'une des nombreuses versions médiévales qui firent la postérité de l'*Apocalypse de Paul*[9]. »

La première rédaction, en grec, de l'*Apocalypse de Paul* semble remonter au milieu du IIIe siècle et la première traduction latine au début du VIe siècle. Le texte fut ensuite divulgué en de nombreuses traductions, en syriaque, en copte, en slavon, en arabe, en arménien et en éthiopien, ainsi que dans la plupart des langues occidentales. Son succès fut particulièrement vif du VIIIe au XIe siècle, période au cours de laquelle se multiplièrent des « rédactions » latines, qui étaient des abrégés ou des remaniements des « textes longs » antérieurs[10]. Au total, on dénombre au moins cinquante-deux manuscrits comportant des versions, longues ou courtes, de l'*Apocalypse de Paul*[11]. Celle-ci ne décrit pas le paradis tel qu'il sera après le Jugement dernier, mais plutôt tel qu'il se prépare pour ce jour-là. Un des manuscrits latins comporte les précisions suivantes :

[L'ange conduisit Paul] dans une très belle cité où la terre était d'or [...]. Ses habitants étaient plus brillants que l'or. Elle avait pour enceinte douze murs et, dans cette enceinte, douze tours. [... Paul] y vit de nombreux sièges magnifiquement apprêtés. « Qui, demanda Paul, doit prendre place sur ces sièges? » L'ange répondit : « Ceux qui dans ce monde passaient pour sots et, ayant en eux-mêmes leur bonté, observèrent pour ligne de conduite tout ce qu'ils entendirent de bien. »

De là [Paul] vit un autel élevé et remarquable : un homme s'y tenait avec en main un psaltérion [une harpe], et chantant « Alléluia », de telle sorte que les fondements du temple en étaient sens dessus dessous. Paul demanda à l'ange qui était cet homme qui paraissait plus beau que les autres. L'ange répondit : « C'est David qui fut roi et prophète, qui fit beaucoup de miracles sur terre, et cette cité s'appelle la Jérusalem d'en haut [*Iherusalem superna*]. Quand viendra le Christ saint des saints, avec sa grande gloire et sa puissance, David chantera [le premier] devant lui et tous les anges feront de même[12]. »

L'*Apocalypse de Paul* a profondément marqué la littérature des visions, qui lui a souvent emprunté le thème de l'ascension aboutissant à des révélations successives. Dans le livre attribué à saint Jean, le bénéficiaire de l'extase se trouve d'emblée devant les images de la fin des temps, mais, ici, Paul est emmené par un mouvement ascensionnel dans un premier, puis dans un deuxième ciel et encore dans un troisième et, après, dans « une très belle cité » où la terre est d'or et dont les habitants sont aussi « plus brillants que l'or ». Dante, entre autres, a repris à son compte cette démarche liant ascension et visions[13].

Se rattache aussi au genre des visions eschatologiques le *Pasteur*, livre rédigé vers 140 par Hermas, qui était peut-être le frère du pape Pie Ier. Cet ouvrage connut un grand succès dans l'Église ancienne et fut un temps considéré comme inspiré. Dans le récit de la première vision, Hermas déclare : « Tout en marchant je m'endormis. L'Esprit me saisit et m'emmena par une route non frayée[14]. » Le pasteur qui apparaît à Hermas est à la fois un ange gardien et un ange révélateur. Il lui montre une vaste plaine et, au milieu de celle-ci, un grand rocher blanc, plus haut que les montagnes et carré, de façon à contenir le monde entier avec une porte plus resplendissante que le soleil. Autour de la porte se tiennent douze vierges, vêtues de tuniques de lin, « pleines de joie et d'entrain ». Des hommes très beaux et très forts sont convoqués en foule pour construire une tour sur le rocher. Puis Hermas voit un homme d'une taille dépassant la tour. C'est le Christ. Hermas demande à son ange conducteur : « La Tour, que symbolise-t-elle? — Cette tour, c'est l'Église, dit-il. — Et ces vierges, qui sont-elles? — Ce sont des esprits saints, dit-il, et il n'est possible à personne d'entrer dans le royaume de Dieu si les vierges ne l'ont pas revêtu de leur propre vêtement[15]. »

Le *Pasteur* d'Hermas et la *Passion de Perpétue* ont en commun une thématique de l'épreuve et de la récompense après celle-ci[16]. Le second texte se rapporte à la persécution subie par les chrétiens à Carthage en 203. Deux femmes, Perpétue et sa servante Félicité, et trois hommes, Saturus, Saturninus et Revocatus, purent rédiger ou transmettre oralement à l'extérieur les visions qu'ils eurent en prison, notamment celles de Saturus et de Perpétue. Dans la *Passio Perpetuae*, le diacre Saturus raconte qu'il a bénéficié d'une sorte de rêve d'anticipation lui montrant ce qui allait lui advenir, une fois son martyre achevé :

> Le combat était livré [= le supplice était terminé], nous avions quitté notre chair, lorsque quatre anges, sans nous toucher, nous emportèrent dans la direction de l'Orient [...]. Après que nous fûmes sortis de l'atmosphère de notre planète, nous vîmes une lumière intense [... et] nous pénétrâmes dans un vaste terrain qui ressemblait à un verger, dont les arbres eussent porté des roses et toute sorte de fleurs. [... Puis] nous approchâmes d'un lieu dont les murailles semblaient faites de lumière et devant la porte duquel se tenaient quatre anges qui nous revêtirent de robes blanches. Ainsi parés, nous entrâmes dans une lumière infinie. Il y avait une voix qui répétait sans cesse : « Saint, Saint, Saint ! » Au milieu était assis un vieillard, dont les cheveux blancs comme la neige entouraient un visage d'adolescent ; ses pieds étaient cachés. À droite et à gauche venaient vingt-quatre vieillards derrière lesquels d'autres vieillards demeuraient debout[17].

Les souvenirs de l'Apocalypse sont ici évidents : les murailles faites de lumière, les vingt-quatre vieillards entourant un autre vieillard aux cheveux blancs comme la neige, etc. Des passages se sont ainsi effectués des textes apocalyptiques aux visions dont bénéficiaient les condamnés en attente du martyre. Témoins la *Passio Perpetuae* mais aussi, plus tard, la *Passio Mariani* et la *Passio Montani*, contemporaines, l'une et l'autre, de la persécution qui frappa la communauté chrétienne d'Afrique en 259[18].

Sommeil, rêves et visions

C'est en rêve qu'Hermas a eu ses visions. De même, Perpétue et Saturus et aussi Marien, dont la *Passio* précise qu'après la torture il s'endormit d'un sommeil profond au cours duquel il quitta la terre[19]. Ce sommeil, comparable à la mort et anticipation de celle-ci, renvoie à toute une littérature sur les rapports entre sommeil et vision, qui s'enracine en particulier dans *Le Songe de Scipion* de Cicéron. Celui-ci raconte que Scipion Émilien, à Carthage, après avoir dîné avec Massinissa, « sombra dans un sommeil plus profond que d'habitude » et vit en rêve un spectacle que les hommes, d'ordinaire, ne contemplent que lorsqu'ils sont « délivrés de la prison qu'est le corps » :

> De ce lieu [la Voie lactée], dit Scipion Émilien, je contemplais l'univers entier et tout ce que je voyais me paraissait d'une merveilleuse beauté... [Scipion l'Africain qui lui sert d'ange conducteur lui dit] : « Ne vois-tu pas dans quels espaces sacrés tu es parvenu? Tu peux contempler les neuf sphères de l'univers; l'une d'elles est la sphère céleste, la sphère extérieure, qui enveloppe toutes les autres. » Je regardais ce spectacle avec stupeur. Quand je me ressaisis : « Qu'est-ce donc, demandai-je, quelle est cette musique si puissante qui remplit mes oreilles? — C'est, répondit-il, celle que forme l'ensemble des sons différents séparés les uns des autres par des intervalles inégaux, mais qui, cependant, sont entre eux dans un rapport tout à fait rationnel; elle est produite par le mouvement qui entraîne dans son élan les sphères elles-mêmes[20]. »

Le Songe de Scipion, qui rassemblait des apports pythagoriciens, platoniciens et stoïciens, influença profondément la littérature chrétienne relative aux visions, et cela d'autant plus que Cicéron, dans le *De divinatione*, distingua différentes catégories de songes — les clairs, les obscurs et les prémonitoires — et expliqua les voyages dans l'au-delà par une faculté particulière des mourants[21].

Le Songe de Scipion connut une longue postérité[22] puisque Pétrarque en transposa une bonne partie dans son poème *Africa*. Auparavant saint Augustin et saint Ambroise avaient retenu de cet ouvrage l'idée que la vie est une mort, et la mort la vraie vie. Leur contemporain Macrobe, nourri de pythagorisme et de platonisme, en donna un commentaire resté célèbre grâce auquel il devint « le grand maître de la science onirique médiévale[23] », selon la formule de Jacques Le Goff. Plus tôt encore, Tertullien, à partir du *De divinatione*, avait vu dans le songe et les évasions qu'il permet une preuve de l'immortalité de l'âme. Le rêve lui semblait une combinaison de sommeil et de veille, la faculté de rêver une sorte de don de prophétie et le songe inspiré un instrument de connaissance. Lorsque l'âme est libérée du corps par le sommeil, elle s'arrache au temps, voyage sans effort du passé à l'avenir et entre provisoirement dans l'éternité. Elle n'est pas alors « un esprit vide et sans consistance... [Elle peut] être touchée, [elle est] tendre, lumineuse et de couleur aérienne, avec la forme humaine en tout[24] », assure Tertullien dans le *De anima*. Tertullien est le contemporain de la *Passio Perpetuae*, et celle-ci lui est parfois attribuée. En tout cas, l'explication qu'il donne du songe de vision ou de prophétie, au cours duquel l'âme connaît une *ectasis*, un *excessus mentis*, sans qu'il y ait véritable abandon du corps, constitua l'assise doctrinale des « passions » africaines[25].

Macrobe, dans son commentaire du *Songe de Scipion*, distingua cinq catégories de rêve : le songe proprement dit (*somnium*), la vision (*visio*), l'oracle (*oraculum*), le rêve (*insomnium*) et le spectre (*visum*, en grec *phantasma*). Les deux derniers ont leur origine dans l'esprit du dormeur, mais les trois autres viennent de l'extérieur, aident à deviner l'avenir ou peuvent suggérer des conseils de conduite. Pour Macrobe, Scipion Émilien avait à la fois entendu la voix d'un oracle — celle de son aïeul l'Africain —, reçu une vision puisqu'il aperçut les lieux de l'après-mort, et fait un songe nécessitant une interprétation[26].

Saint Augustin remania la liste de Macrobe dans le *De Genesi ad litteram*. Raisonnant à partir de la vision de saint Paul sur le chemin de Damas, il établit une hiérarchie des visions : au niveau inférieur, la « vision corporelle » par laquelle nos yeux peuvent voir des réalités incorporelles ; au niveau moyen, la « vision spirituelle » ou « imaginative » qui permet de voir, comme en rêve, des formes sans corps ; enfin, au niveau supérieur, la « vision intellectuelle » qui donne accès direct à des réalités sans corps et à des concepts sans images[27].

L'évêque d'Hippone a hésité sur l'état intermédiaire des défunts en attente de la résurrection et nié la possibilité d'un contact direct entre les morts et les vivants[28] — le Moyen Âge ne le suivra pas sur ce point. Mais il a cru, lui aussi, à la possibilité offerte aux vivants de s'échapper un instant vers l'au-delà du monde terrestre. Célèbre à cet égard est le passage des *Confessions* où il raconte — version chrétienne du *Songe de Scipion* — la contemplation par laquelle lui et sa mère montèrent jusqu'à la « région d'inépuisable abondance » :

> Notre entretien nous avait amenés à cette conclusion qu'auprès de la félicité d'une telle vie [celle de l'au-delà] les délectations de nos sens charnels, si grandes soient-elles, si vive que soit la lumière corporelle dont elles rayonnent, ne supportent ni la comparaison ni une simple mention même, auprès des délices de cette vie-là. Et alors, nous élevant d'un élan plus ardent vers l'« Être lui-même », nous parcourûmes degré par degré toutes les choses corporelles, et le ciel même, d'où le soleil, la lune, les étoiles répandent sur la terre leur clarté. Et nous montions, méditant, célébrant, admirant vos œuvres au-dedans de nous-mêmes ; et nous parvînmes jusqu'à nos âmes et nous les dépassâmes pour atteindre cette région d'inépuisable abondance où vous rassasiez éternellement Israël de l'aliment de vérité, là où la vie est Sagesse, principe de tout ce qui est, a été, sera, sans qu'elle ait été faite

elle-même, car elle est comme elle a toujours été, comme elle sera toujours [...]. Et tandis que nous parlions de cette Sagesse, que nous y aspirions, nous y touchâmes un moment dans un suprême élan de nos cœurs[29].

Augustin donne ici un exemple de « vision intellectuelle » et authentifie la contemplation mystique. En outre, dans un autre ouvrage, il justifie la « vision spirituelle » en rapportant le voyage dans l'au-delà de Curma, un paysan des environs d'Hippone, qui « resta presque mort pendant plusieurs jours ». Lors d'une « vision spirituelle », Curma put voir des « similitudes » des objets et des êtres corporels. « Pourquoi, écrit Augustin, ne pas croire qu'il a vu ces morts comme il nous a vus nous, c'est-à-dire les uns et les autres, à leur insu et absents, et, pour cette raison, non pas eux-mêmes mais leurs similitudes ainsi que celles des lieux? C'est donc là un genre de vision où les objets ne se présentent pas tels qu'ils sont en réalité, mais par l'intermédiaire d'objets qui les imitent[30]. »

En raison de son énorme audience à travers les siècles, saint Augustin influença longtemps la conception que l'Occident se fit des « visions ». Ainsi Honorius d'Autun, au XIIe siècle, distinguant les douzes degrés de la « vision spirituelle », précise : « La onzième, c'est quand l'esprit de quelqu'un dans un corps saint est enlevé par quelque esprit pour voir des similitudes d'objets corporels, comme il arrive à ceux qui éprouvent des extases. Le douzième, c'est quand l'esprit est totalement soustrait à ses sens corporels et jouit de la vision spirituelle des seules similitudes des objets corporels, comme il arriva jadis aux prophètes[31]. »

Importantes aussi furent les affirmations sur les rêves de Lactance († 325) et de Prudence († 410). Le premier attribue la conversion de Constantin à un songe qui l'aurait averti de faire porter le signe du Christ sur les boucliers de ses soldats et affirme que « Dieu se réserve la possibilité d'enseigner l'avenir aux hommes par le moyen des songes[32] ». Prudence, grand lecteur des « passions » des martyrs et lui-même très lu au Moyen Âge, exposa dans son *Cathemerinon* une véritable théorie du sommeil et du rêve inspirée de celle de Tertullien, mais revue et corrigée par Lactance. Décrivant le transport extatique de l'âme durant le sommeil, il écrivait :

Libérées, les facultés sensitives errent à travers les airs, avec force et rapidité, et, sous des formes variées, elles voient les choses cachées; car, détaché de ses soucis, l'esprit, qui a le ciel pour origine et sa source pure dans l'éther, ne peut rester couché inerte. Par imitation il se forge lui-même des figures aux formes diverses, qu'il traverse d'une course rapide[33].

Plus nettement encore Prudence affirma, au sujet du voyage de l'âme pendant le rêve : « Notre esprit, encore vivant, voit alors des endroits écartés, éloignés, et dirige ses regards sur des champs, des astres et des mers[34]. » Expliquant la vision apocalyptique de saint Jean à Patmos, il assura que l'apôtre avait « laissé sa chair de côté quelques instants » et que son âme fut alors « momentanément absente de son corps, sans en être définitivement séparée »[35].

Ainsi, dans les premiers siècles du christianisme, la possibilité d'un voyage dans l'au-delà — avec ou sans le corps — offerte à des personnes exceptionnelles, certes, mais destinées à reprendre ensuite, même pour peu de temps, la vie terrestre habituelle, se trouva confirmée par des autorités nombreuses et diverses — Hermas, Tertullien, Lactance, saint Augustin, Prudence — et par des textes à succès comme la *Visio Pauli*. Deux filières convergeaient donc pour donner du crédit à cette croyance. L'une venait du pythagorisme et du platonisme par Cicéron et Macrobe. L'autre avait son origine dans Ézéchiel, Daniel et l'auteur de l'Apocalypse.

Une précision s'impose ici pour situer la richesse visionnaire de la chrétienté d'Occident par rapport à la sobriété en ce domaine de celle d'Orient, même si la croyance aux apparitions de Marie est née dans l'Orient grec. Pour les orthodoxes, « l'icône est transparente à son modèle »; « elle accompagne le fidèle par une présence », et elle fait que pour lui « le sacré devient spontanément familier ». « De même que la coupole d'une église byzantine [...] donne à ceux qui participent à la liturgie l'impression d'être déjà au ciel, de même chaque icône à elle seule ou l'iconostase tout entière donne au croyant ce que l'Épître aux Hébreux désigne comme le don de la foi : "La foi est la garantie des biens que l'on espère, la preuve des réalités que l'on ne voit pas" (9, 1)[36]. »

L'Église latine n'a jamais développé une doctrine de l'icône comparable à celle des Églises de tradition grecque. Pour ces dernières, écrit Sylvie Barnay, à propos des apparitions de Marie et à la suite des commentateurs orthodoxes, « quiconque vénère une image vénère la réalité qui y est représentée. L'icône rend alors perceptible une réalité qui échappe aux yeux. Elle n'exprime pas la ressemblance physique. Elle invite à un autre regard, qui n'est ni reflet ni miroir... [C'est pourquoi] l'Occident suivra la trace de Marie dans les visions, tandis que l'Orient recherchera essentiellement sa présence dans l'icône [...]. Là où les yeux orientaux reconnaissent l'invisible derrière les apparences, les yeux occidentaux sont arrêtés par ces mêmes apparences[37] ». Qu'il y ait eu un plus grand nombre de visions et d'apparitions dans la chrétienté latine était, si l'on ose dire, la contrepartie paradoxale d'un plus grand besoin de réalisme.

CHAPITRE V

Voyageurs de l'au-delà

DANS LE SILLAGE DE SAINT GRÉGOIRE LE GRAND

Prenant la suite des « visions » de l'au-delà rédigées durant les premiers siècles du christianisme, les « voyages de l'âme » connurent au Moyen Âge un beau succès. Leur étude permet de saisir sur le vif comment les combinaisons successives de différents éléments enrichirent le stock des images paradisiaques.

En ce domaine, les écrits de saint Grégoire le Grand (540-604) furent essentiels, car ils devinrent, constate Claude Carozzi, le « bréviaire » de tous ceux qui se souciaient de l'au-delà[1]. Dans ses *Dialogues*, Grégoire le Grand affirme, anecdotes à l'appui, que l'âme, à l'approche des derniers moments, jouit de facultés particulières et de connaissances sur l'au-delà qui prennent la forme de visions et de révélations. En outre, dit-il, lorsque l'âme quitte le corps, elle peut se manifester aux assistants qui la voient s'envoler telle une colombe. Enfin, les personnes présentes à la mort d'un saint sont parfois témoins de signes révélateurs du passage de l'âme au paradis : chants célestes, vives lumières, odeurs parfumées. « Et pourquoi, ajoute saint Grégoire, ne pas reconnaître la vie de l'âme séparée du corps qui se manifeste même dans les ossements des morts par le pouvoir d'opérer des miracles[2] ? »

Il existe ainsi des moments exceptionnels où le monde des morts se mêle à celui des vivants et le futur au présent, notamment lorsque l'âme est sur le point de retourner dans sa patrie : « Notre monde est nuit, et le monde à venir est jour, mais [dans certains cas] la fin de notre monde se mêle dès maintenant au début de l'ère à venir, et les ombres mêmes de ses restes s'illuminent de clartés spirituelles[3]. » Toutes les évocations paradisiaques — ou infernales

— à l'occasion du voyage d'une âme se trouvaient justifiées par l'autorité du pape Grégoire.

On en recueille la preuve, quelque six cents ans plus tard, dans le prologue que le cistercien anglais Henry de Saltrey place au début de son *Traité du purgatoire de saint Patrick*, un des best-sellers du Moyen Âge, rédigé vers 1180. Cet ouvrage met en scène le chevalier Owein qui descend dans le puits de saint Patrick en Irlande et y voit les différents lieux de l'au-delà[4]. Owein entreprend donc ce voyage avec son corps. Néanmoins le prologue du *Tractatus* affirme, en s'appuyant sur Grégoire le Grand, la réalité du voyage des âmes :

> Nous lisons, écrit Henry de Saltrey, que le bienheureux pape Grégoire a beaucoup parlé de ce qui a trait aux âmes dégagées des liens terrestres et qu'il a exposé de très nombreux faits par des récits concrets. [Il assure que ces âmes], encore dans leurs corps et avant leur sortie, ont une prescience de ce qui doit leur arriver, soit par une réponse faite à leur conscience intérieure, soit par des révélations extérieures. En outre, une fois saisies en extase et ramenées de nouveau dans leurs corps, elles racontent, dit-il, des visions et des révélations dont elles ont bénéficié, soit à propos des tourments des impies, soit à propos des joies des justes [...]. Par l'intermédiaire de ceux dont les âmes sortent de leurs corps et y retournent sur l'ordre de Dieu, des signes semblables à des corps sont manifestés pour démontrer des réalités spirituelles[5].

À la suite des *Dialogues* de saint Grégoire le Grand, les récits de voyages dans l'au-delà se multiplièrent. Ils renseignèrent abondamment sur l'enfer, et, beaucoup plus sobrement, il est vrai, sur le paradis. Saint Grégoire de Tours, contemporain de Grégoire le Grand, donna un modèle en racontant la vision dont bénéficia le moine Salvi. Celui-ci meurt, mais, au moment où l'on prépare son office funèbre, il se secoue, comme s'il se réveillait d'un profond sommeil. Il reste ensuite trois jours sans boire ni manger, puis fait des révélations aux moines qui l'entourent :

> Lorsqu'il y a quatre jours vous m'avez vu inanimé dans la cellule qui tremblait, j'étais appréhendé par deux anges et transporté dans les hauteurs des cieux en sorte que je m'imaginais avoir sous les pieds non seulement ce monde du siècle hideux, mais encore le ciel et la lune, les nuages et les étoiles. Ensuite par une porte plus brillante que cette lumière je fus introduit dans une demeure dont le pavé était brillant comme l'or et l'argent, la lumière ineffable, l'ampleur indescriptible [...]. Nous parvînmes [ensuite] à un lieu que déjà nous contemplions de loin. Au-dessus de lui était suspendue une nuée plus lumineuse qu'aucune lumière. On ne pouvait y discerner ni le soleil ni la lune, ni aucun astre; mais plus splendidement qu'eux tous, elle brillait d'un

éclat naturel et un murmure provenait du nuage qui ressemblait au murmure d'eaux abondantes. [... Puis] je fus enveloppé d'un parfum d'une extrême suavité en sorte que, restauré par cette suavité, je ne désirais plus aucune nourriture ni aucun breuvage[6].

Les « voyages de l'âme », rédigés en latin, constituèrent un genre littéraire à succès jusqu'au XIIe siècle inclus. On en composa à travers tout l'Occident, de l'Italie aux îles Britanniques et de l'Espagne à l'Allemagne. Les monastères furent leurs grands centres de rédaction et de diffusion.

Locus amoenus et cour céleste

Les « voyages dans l'au-delà » offrent des descriptions des souffrances *post mortem*, souvent plus longues et détaillées que les évocations paradisiaques. En outre, ces dernières se dédoublent parfois entre la Jérusalem céleste et un *locus amoenus*, sorte de paradis terrestre retrouvé, intégré ou non au paradis définitif. Longtemps, en effet, s'est maintenue la conception selon laquelle les justes attendent dans un jardin béni la résurrection générale et le passage à l'éternité bienheureuse[7]. Les récits de voyages dans les espaces du bonheur tantôt mentionnent seulement ce nouveau paradis terrestre, tantôt l'associent au paradis définitif, tantôt n'évoquent que ce dernier. Mais l'addition de toutes ces visions, par un processus d'accumulation, enrichit l'imaginaire paradisiaque.

Évoquons le premier cas de figure. Vers 675-680, l'ermite espagnol Valerius raconte qu'un moine malade meurt, puis revient dans son corps et relate son voyage dans l'au-delà : il y fut accueilli par un ange qui le conduisit dans un *amenissimus locus* au milieu duquel coulait une merveilleuse rivière miroitant sur le sable argenté, et où le goût de l'eau était incomparable[8]. Seconde vision, attribuée par le chanoine de Reims Flodoard dans ses *Annales* à une vierge appelée Flothilde et rapportée à l'année 945 : une nuit, Flothilde, qui, lors de ses visions nocturnes, avait l'habitude d'apercevoir beaucoup de saints et aussi des démons, se trouva dans un *amoeno loco* où une voix lui demanda de se faire religieuse[9]. Plus caractéristique, la *Navigation de saint Brendan*, bien qu'il s'agisse ici d'un périple accompli par des vivants et non par des âmes. Ce roman à succès relate le voyage du saint irlandais et de ses compagnons dans un au-delà maritime qui est une « terre des bienheureux ». Une version anglo-normande de ce poème datant des environs de 1200 décrit cette terre comme un lieu de tous les bonheurs où l'on ne connaît ni la faim, ni la soif, ni les excès du chaud et du froid, ni la maladie, ni la souffrance[10].

En descendant la chronologie, insistons sur les visions qui transportaient leurs bénéficiaires dans les lieux célestes, ceux-ci parfois précédés d'un jardin, parfois lui faisant une place dans leur géographie, parfois l'omettant pour privilégier les espaces stellaires, la montagne sainte ou la Jérusalem d'en haut.

Voici d'abord la vision attribuée au jeune Agustus par le diacre espagnol qui rédigea, vers 650, des *Vies des Pères de Mérida* dans le sillage des *Dialogues* de saint Grégoire. Agustus, garçon attaché à un monastère, tombe malade. Une nuit, il est transporté dans un *locus amoenus* rafraîchi par un air léger, où il voit des enfants qui disposent les plats d'un festin — le banquet céleste mentionné au chapitre 19 de l'Apocalypse — devant des sièges placés de part et d'autre d'un trône. Entre bientôt une multitude qui s'incline devant un homme très beau, le Christ. Celui-ci fait servir à Agustus des boissons et des plats au goût merveilleux, puis lui fait visiter le jardin dont fleurs, bosquets et eaux sont admirables[11].

Le royaume des cieux est également évoqué par l'anachorète Baldarius, dont Valerius du Bierzo a raconté la vision vers 675-680. Baldarius, pendant une maladie, a eu son âme emportée vers l'Orient par trois colombes. Volant au-dessus des astres, elles le conduisirent au sommet d'une très belle montagne couverte de vieillards vêtus de blanc. Le visionnaire traversa cette foule, puis se trouva devant le Seigneur en majesté siégeant sur son trône, comme au chapitre 19 de l'Apocalypse[12].

La vision de saint Fursy, incluse dans la vie de celui-ci rédigée au milieu du VIIe siècle puis reprise par Bède le Vénérable dans son *Historia ecclesiastica*, ne décrit pas vraiment le paradis céleste. Mais Fursy, à la suite d'une ascension inspirée par l'*Apocalypse de Paul*, put regarder d'en haut la totalité du monde, puis il « vit les immenses armées des anges resplendissant d'une extraordinaire clarté », entendit leurs cantiques, s'imprégna de la sérénité du ciel, de la douceur de l'harmonie suprême et de la musique d'une ineffable joie[13].

Plus explicite est la vision de Barontus, bien qu'elle nous laisse à l'extérieur du plus haut étage céleste. Barontus, noble seigneur du Berry, s'est fait moine après une vie orageuse. En 678 ou 679, il est saisi de fièvre, tombe en léthargie et son âme, provisoirement séparée de son corps, est enlevée au ciel et en enfer. Cette pérégrination fut racontée une dizaine d'années après l'événement. Barontus est conduit par l'archange Raphaël devant la première porte du paradis, non sans mal à cause de l'obstruction de deux démons noirs. Devant cette porte se pressent de nombreuses âmes qui ne sont pas encore suffisamment purifiées. La première porte franchie, le visiteur traverse une foule immense d'enfants vêtus de blanc. Au-delà d'une deuxième porte Barontus est accueilli par des vierges qui chantent. Voici maintenant une troisième porte, en cristal, qui ouvre sur un espace où une multitude de saints couronnés et resplendissants sont assis sur des trônes d'or. Mais une quatrième porte, gardée par saint Pierre, est infranchissable, et Barontus est reconduit à l'entrée des espaces célestes[14].

La distinction entre les deux lieux paradisiaques est nette dans la vision du moine de Wenlock, rapportée au VIIIe siècle par saint Boniface dans l'une de ses lettres. Le moine se vit d'abord dans un *amoenitatis locus* traversé d'un doux parfum et peuplé d'une « multitude glorieuse d'hommes très beaux » jouissant d'un immense bonheur. « Les saints anges affirmaient que ce lieu était le fameux paradis de Dieu. » La suite du récit prouve qu'il ne s'agit pas du paradis définitif, car les âmes qui s'y trouvent doivent encore traverser sur une poutre un fleuve bouillonnant de feu et de poix avant d'accéder enfin à la Jérusalem céleste. Le moine de Wenlock aperçoit les murs de celle-ci, resplendissants de lumière, d'une longueur stupéfiante et d'une immense hauteur — référence au chapitre 21 de l'Apocalypse. C'est « dans cette sainte et noble cité que les saintes âmes jouiront du bonheur éternel ». Mais pour l'instant la lumière qui s'en dégage est trop intense pour des yeux humains[15].

Le moine de Wenlock a au moins aperçu les murailles de la Jérusalem céleste. Drythelm, exceptionnellement un laïc, dont Bède le Vénérable rapporte la vision, n'a pas ce privilège et doit se contenter d'admirer le « lieu fleuri » où se « réjouit une très belle jeunesse » mais qui reste une antichambre du royaume des cieux. C'est, lui dit son guide, « au voisinage de ce dernier qu'appartient ce lieu où tu as entendu le son de la douce psalmodie, accompagné de l'odeur de la suavité et de la splendeur de la lumière[16] ».

On retrouve l'évocation des deux lieux paradisiaques dans le récit du moine anglo-saxon Aethelwulf, racontant au début du IXe siècle un songe dont il bénéficia lui-même. Le visionnaire a même la chance d'être introduit à l'intérieur de la cité d'en haut. Après avoir traversé un *locus amoenus* fleuri et parfumé, il parvient dans une ville dont les murs montent jusqu'aux nues. Puis il franchit cette enceinte et entre dans un vaste temple de marbre, « rutilant d'une intense clarté », dessiné en rotonde et entouré de portiques superposés que couronnent « des petites cellules de formes diverses ». Ce temple a été construit « pour les mérites des saintes âmes que le Tout-Puissant a placées ici par sa bonté ». Il s'agit donc bien du séjour définitif des élus. Son sommet forme une coupole, sous laquelle se trouve un pavement portant une tombe couverte d'un tissu de lin et un magnifique autel, surmonté d'une croix d'or et de pierres précieuses. Elle symbolise l'axe du monde. À la droite de l'autel, Aethelwulf voit un *senior venerandus* assis sur un trône splendide. C'est le Christ qui siège ici dans le lieu où il accueille les saintes âmes. La tombe rappelle sa mort, et le tissu évoque peut-être la tunique sans couture tirée au sort par les soldats lors de la crucifixion. Une liturgie céleste se déroule dans le temple avec offrandes et parfums. Le narrateur de la vision semble avoir associé une évocation de l'église du Saint-Sépulcre, telle qu'on l'imaginait en Occident, un rappel de la chapelle Palatine d'Aix-la-Chapelle et, bien entendu, des souvenirs de l'Apocalypse (8, 3) : l'autel d'or placé devant le trône et les parfums s'élevant vers Dieu[17].

Les constructions paradisiaques aperçues par Aethelwulf sont à rapprocher de celles qui apparaissent dans la vision du moine Wettin, datée de 824 (nous en avons une version en prose et une autre en vers composée par Walafrid Strabon, qui la rédigea à Reichenau où il avait étudié sous la direction de Wettin). La pérégrination de Wettin dans l'au-delà est en réalité un sermon qui montre le sort éternel réservé aux pécheurs. Mais Wettin a quand même le privilège d'être conduit dans des lieux très beaux où il voit des constructions de dimensions exceptionnelles, soutenues par des arcs d'or et d'argent ciselés. Le « Roi des rois et le Seigneur des seigneurs » y arrive avec une multitude de saints, parmi lesquels Wettin distingue successivement des prêtres, des martyrs et des vierges[18].

Le XIIe siècle, âge d'or des « voyages dans l'au-delà »

Le XIIe siècle a été riche en récits de visions. Voici, par exemple, celle dont bénéficia vers 1125 un adolescent de la région de Durham, âgé de quatorze ans, que nous connaissons par une lettre conservée dans une abbaye du Lincolnshire. Orm tomba malade et pendant treize jours et treize nuits sembla presque mort. Revenant enfin à lui, il raconta ce qui lui était arrivé. L'archange Michel lui était apparu et l'avait emmené dans les espaces sidéraux, au-dessus de la lune, du soleil et d'une multitude d'étoiles. Ensemble, ils parvinrent aux portes du ciel, faites d'or et de pierres précieuses, et se trouvèrent face à Jésus en croix — une très belle croix —, entouré de Marie et des apôtres. Des myriades d'anges se tenaient devant le Christ. Puis Orm et son guide descendirent vers le nord et y virent les supplices de l'enfer. L'étape suivante les amena au sud, c'est-à-dire devant le mur de marbre du paradis. Du haut du mur, ils distinguèrent quatre groupes de saints vêtus de blanc et glorifiant Dieu : les enfants, les moines, les clercs et les laïcs. Enfin ils remontèrent dans les cieux, face au Seigneur, cette fois assis sur un trône et entouré d'une multitude d'anges. Marie se trouvait à sa droite. Les douze apôtres siégeaient, eux aussi, sur des trônes[19].

Plus complexe est la vision de Gunthelm, rapportée par le cistercien Hélinand de Froidmont dans sa *Chronique* et placée par lui en 1161. Le texte a été rédigé dans la région de Beauvais, mais relate un fait survenu dans un monastère anglais. Le visionnaire avait beaucoup offensé Dieu, puis il se repentit et entra au couvent, tout en songeant à partir pour Jérusalem. Son voyage dans l'au-delà se situe au cours d'une période durant laquelle il reste trois jours à demi mort. Il a d'abord pour guide saint Benoît, relayé ensuite par l'archange Raphaël. Gunthelm, après une difficile ascension, traverse un premier *locus amoenus* où se trouvent une multitude de moines, certains portant des couronnes. Puis il est conduit au paradis, une cité entourée de murs en pierres précieuses et à l'intérieur de laquelle il découvre, comme imbriqué, un second *locus amoenus*, plein d'oiseaux, de fleurs, de fruits et où une admirable source coule sous un arbre; sous un autre arbre se tient un beau géant, Adam, qui attend la fin du monde. De là, le visionnaire et Raphaël descendent dans les lieux des supplices, puis remontent aux *superiora loca* où Gunthelm aperçoit un ange qui règle la marche du soleil[20].

À nouveau, les trois visions d'Albéric, d'Owein et de Tnugdal, rédigées au XIIe siècle, mentionnent à la fois le *locus amoenus* et le royaume des cieux. Albéric, moine du Mont-Cassin, est guidé par saint Pierre dans les lieux de l'au-delà où il voit en détail les nombreux et divers supplices — provisoires ou définitifs — infligés aux pécheurs. Puis il accède au *locus amoenus*, un champ merveilleux au parfum de lis et de roses, au milieu duquel se trouve le paradis. La masse des élus n'y entrera qu'après le Jugement dernier, mais les saints y ont déjà accès et ils ont pu atteindre le sixième ciel, car le champ où attendent les justes est très haut et proche du ciel. Albéric est ensuite transporté dans les sept cieux successifs. Dans le sixième, il aperçoit les anges, les patriarches, les prophètes, les apôtres, les martyrs, les saints et les vierges et, dans le septième, le trône de Dieu devant lequel chantent les chérubins[21].

La distinction entre les deux lieux paradisiaques est bien soulignée dans le *Purgatoire de saint Patrick*, composé d'après les dernières études entre 1173 et 1186, mais le royaume des cieux lui-même n'y est pas décrit[22]. Le chevalier Owein, au cours d'un périple dans l'au-delà, accompli, rappelons-le, avec son corps, voit longuement les supplices des damnés et les peines purgatives infligées à des âmes qui finalement seront sauvées. Il traverse ensuite un pont, passe une porte faite de divers métaux et de pierres précieuses et pénètre dans un *locus amoenus* où il est accueilli par une procession : c'est le paradis terrestre d'où Adam fut chassé et où les âmes attendent de monter au ciel. De ce lieu de repos et de paix Owein est conduit sur une montagne. C'est là que s'ouvre la porte du ciel, qui a la couleur de l'or en fusion. Une flamme en descend, dont un rayon d'une ineffable douceur atteint Owein : c'est la nourriture quotidienne des élus[23].

La vision de Tnugdal a été écrite au milieu du XIIe siècle par un Irlandais, vraisemblablement un moine. Elle se présente comme la traduction latine d'un récit fait par un noble appelé Tnugdal. Son intérêt pour nous ici vient de ce qu'elle évoque plus longuement que beaucoup d'autres les bonheurs de l'au-delà. Tnugdal voit d'abord et à satiété les séjours infernaux, puis il pénètre dans des lieux plus cléments et entre dans une zone où séjournent des âmes, « pas tout à fait mauvaises », qui ont échappé à la nuit et à la puanteur de l'enfer tout en subissant encore l'agression de la pluie et du vent. Passé une porte, voici maintenant un champ d'aspect agréable où coule une fontaine. Les âmes y sont globalement heureuses, mais pas encore complètement. Il s'agit donc du classique lieu d'attente des sauvés. Après quoi Tnugdal et l'ange qui le guide franchissent un mur d'argent et se trouvent dans un nouveau *locus amoenus*, cette fois-ci définitivement paradisiaque. Il est d'une grande beauté et destiné à ceux qui ont conservé pur le sacrement de mariage. Leur bonheur est ainsi évoqué :

> [Tnugdal] vit des chœurs de saints qui disaient à Dieu dans l'allégresse : « Gloire à toi, Dieu Père, gloire à toi, Fils, gloire à toi, Esprit-Saint. » Ceux qui chantaient, hommes et femmes, portaient des vêtements blancs et très précieux et ils étaient très beaux, sans flétrissures ni rides. Ils étaient gais et joyeux. Leur bonheur ne s'arrêtait pas et ils ne cessaient dans leurs transports de louer la Trinité sainte et éternelle. La blancheur de leurs vêtements était comme une neige fraîche frappée par un rayon de soleil. Leurs voix diverses mais consonantes s'accordaient pour former comme un chant mélodieux. L'éclat, le charme, l'agrément, la joie, la beauté, la vertu, la santé, l'éternité, l'harmonie, ils les possédaient tous à égalité, et aussi la charité. Et que dire de l'odeur du champ où ils se trouvaient?

Tnugdal voudrait établir son séjour dans ce lieu, mais l'ange l'entraîne plus avant car, lui dit-il, « tu verras mieux ailleurs ». Les deux visiteurs franchissent alors un mur d'or et découvrent de très nombreux sièges d'or, ornés de pierres précieuses et couverts de riches tissus de soie. Ils sont occupés par des hommes et des femmes vêtus de blanc et portant des tiares et des ornements qu'aucun être humain « n'aurait pu voir ni imaginer auparavant ». Leurs visages rayonnent comme le soleil à midi. Ils ont des cheveux dorés et, sur la tête, des couronnes ornées de gemmes. Ils ont devant eux des pupitres sur lesquels sont posés des livres aux lettres d'or grâce auxquels ils chantent des cantiques si mélodieux qu'on en oublie toute musique antérieure. Dans ce lieu béni les martyrs et les continents connaissent le bonheur.

L'émerveillement de Tnugdal ne s'arrête pas là, car il aperçoit ensuite des *castra* (résidences ?) et des pavillons de soieries dorées et argentées dans lesquels chantent des élus en s'accompagnant de divers instruments de musique — tambourins, cymbales, cithares, etc. Ce sont les endroits réservés aux moines et aux moniales qui ont vécu saintement. Leurs lèvres chantent sans remuer. Leurs instruments émettent de la musique sans qu'on les touche. Au-dessus d'eux resplendit un firmament duquel pendent des chaînes d'or fin entrelacées de fils d'argent qui supportent des brûle-parfum, des coupes, des cymbales, des clochettes, des lis et des boules d'or. Entre les chaînes volent une multitude d'anges aux ailes dorées et leurs passages légers font naître une musique suave et douce.

Tnugdal voudrait à nouveau — on le comprend — fixer ici sa demeure. Mais l'ange, encore une fois, l'entraîne plus avant et lui fait voir un arbre de dimensions extraordinaires, portant en abondance des feuilles et des fleurs ainsi que toutes sortes de fruits. Dans ses frondaisons des oiseaux colorés, divers et nombreux, chantent de façon mélodieuse. Sous l'arbre poussent des lis, des roses et des plantes parfumées et sont installées des habitations d'or et d'ivoire où vivent ceux qui sur terre furent des « constructeurs et défenseurs d'églises ». L'arbre lui-même symbolise l'Église.

Enfin, dernière étape, Tnugdal et son guide se trouvent devant un mur de pierres précieuses qui, à quelques détails près, rappelle celui de l'Apocalypse (chap. 21). Du haut du mur, les deux voyageurs de l'au-delà voient les neuf chœurs angéliques et entendent des « paroles inénarrables qu'aucun être humain ne peut ni ne doit dire ». De ce belvédère sublime ils embrassent d'un seul regard la gloire de tous les élus et les supplices de tous les damnés. Tnugdal rencontre encore quelques saints évêques, puis retrouve son corps[24].

Selon Claude Carozzi, la *Vision de Thurkill*, rédigée en Angleterre vers 1207, serait « un point culminant et un point d'arrêt » dans le développement du genre littéraire des « voyages de l'âme[25] ». Elle est toutefois moins riche en évocations paradisiaques que la *Vision de Tnugdal*. Le paysan Thurkill — un laïc, pour une fois, mais son aventure est racontée par un moine —, est conduit durant son sommeil par saint Julien l'Hospitalier dans une grande basilique où les âmes sont rassemblées avant leur pesée. Le passage vers l'éternité bienheureuse se fait à travers un pont fait de pieux et de clous acérés. Le séjour définitif des élus s'appelle ici « Mont de joie ». C'est une montagne comportant une église. À l'intérieur de celle-ci les âmes, vêtues de blanc, sont réparties dans de très belles demeures (*mansiones*) et entendent le concert de l'harmonie céleste inaudible à l'extérieur de l'église[26].

Un jardin béni, un voyage au-dessus des astres, une ville céleste aux portes et murailles d'or et de pierres précieuses et aux architectures grandioses, le Seigneur et ses apôtres souvent assis sur des trônes, parfois un festin évoquant l'eucharistie, des myriades d'anges et des multitudes de saints et de saintes vêtus de blanc, une lumière à la fois immense et douce, des chants mélodieux et des parfums partout : tels furent les principaux éléments du spectacle paradisiaque réservé, en tout ou en partie, aux voyageurs de l'au-delà. Les récits de ces voyages, s'additionnant les uns aux autres, fournirent aux lecteurs — et aux artistes — un trésor de connaissances et d'images sur le bonheur des élus.

CHAPITRE VI

Les visions des mystiques

Élisabeth de Schönhau et Hildegarde de Bingen

Le XIIe siècle a produit une abondante littérature de voyages dans l'au-delà, mais il a aussi apporté son lot de visions mystiques faisant pénétrer ses bénéficiaires dans les secrets paradisiaques. On songe ici notamment aux témoignages laissés par Élisabeth de Schönhau († 1165) et Hildegarde de Bingen († 1179).

Élisabeth vit un jour, en direction de l'orient, « un édifice très glorieux entouré par trois murailles, avec diverses demeures à l'intérieur. La splendeur d'une lumière immense éclairait l'ensemble. Autour de l'édifice courait une agréable et très charmante bordure d'arbres, d'herbes et de fleurs ». Mais, avant d'accéder à ces lieux de bonheur, il fallait traverser un espace occupé par des ronces piquantes et comme brûlantes. Élisabeth vit une multitude de personnes vêtues de blanc qui, à grand effort et en hâte, se dirigeaient vers l'édifice et, finalement, y parvenaient. Dans une autre vision survenue au temps de l'avent, elle se trouva à nouveau devant un édifice entouré d'un mur et comportant au milieu une tour si haute que « son sommet paraissait pénétrer le ciel ». Il lui fut expliqué qu'il s'agissait de la Jérusalem céleste. De nouvelles visions lui ouvrirent les portes du ciel et lui permirent d'apercevoir les vierges, le trône de Dieu, l'agneau immaculé et de sentir l'odeur de parfums merveilleux[1].

Les visions des mystiques constituent des expériences différentes des voyages de l'âme dans l'au-delà vécues par des humains en état de mort apparente. Hildegarde de Bingen déclarait : « Ce que j'entends, ce n'est pas par mes oreilles corporelles; ce que je perçois, ce n'est ni par les pensées de mon cœur ni par aucun de mes cinq sens, mais uniquement dans mon âme, les yeux ouverts : ainsi je n'ai pas défailli par une extase[2]. » En tout cas, la mise par écrit de telles visions et leur transcription en images dans les manuscrits illustrés apportèrent un nouvel enrichissement à la littérature et à l'iconographie paradisiaques.

Lors de la première de ses vingt-six visions, Hildegarde reçut l'image du Créateur :

> Je vis comme une grande montagne couleur de fer, et sur elle quelqu'un était assis, resplendissant d'un tel éclat que sa lumière offusquait ma vue ; et, de chaque côté, le voilant d'une ombre douce, une aile merveilleuse de longueur et de largeur s'étendait. Et, devant lui, au pied de la montagne, une figure toute pleine d'yeux se tenait [...] et, devant elle, était une [...] figure d'enfant, sombrement vêtue mais chaussée de blanc, sur laquelle descendait une telle clarté, rayonnant de celui qui se tenait sur la montagne, que je ne pouvais regarder sa face[3].

La cinquième vision permit à Hildegarde de contempler l'Église triomphante, la Sion céleste semblable à une jeune fille :

> Et, autour de cette jeune fille, je vis une immense foule d'hommes plus lumineux que le soleil, tous admirablement ornés d'or et de pierres précieuses. Certains d'entre eux portaient même sur la tête des voiles blancs avec bordure d'or. Au sommet de ceux-ci apparaissait, comme une sphère sculptée sur le tissu, le symbole de l'ineffable Trinité [...]. Sur le front ils avaient l'image de l'agneau de Dieu ; au cou, une figure humaine ; à l'oreille droite, celle d'un chérubin ; à la gauche, celle d'une autre catégorie d'anges, de sorte qu'un rayon d'or semblait glisser du symbole de la très haute et glorieuse Trinité jusqu'à ces figures. Mais, entre ces hommes, d'autres apparurent qui portaient des bandeaux sur la tête et des palliums d'évêques sur les épaules. Et j'entendis à nouveau une voix venue d'en haut qui disait : « Voici les fils de Sion et avec eux les citharèdes et toutes sortes de musiciens. Ici s'expriment toute joie et le bonheur des bonheurs[4]. »

Le *Paradis* de Dante

Mais dès le XIIe siècle, une réaction, au moins partielle, se produisit contre ce flot visionnaire. Signe de l'apparition d'un esprit nouveau, des narrateurs de voyages dans l'au-delà tels que Henry de Saltrey, auteur du *Purgatoire de saint Patrick*, se crurent obligés de justifier la réalité des récits qu'ils présentaient. Des théologiens comme Guibert de Nogent[5] et Abélard[6] affirmèrent que les joies et les peines corporelles du paradis et de l'enfer décrites par les bénéficiaires de visions n'étaient que les figures d'une réalité inaccessible.

Honorius d'Autun, quant à lui, semble avoir évolué d'une position réaliste à une conception proche de celle de Guibert et d'Abélard[7].

Au XIIIe siècle, le franciscain David d'Augsbourg († 1272) réagit à son tour, dans un livre intitulé *De exterioris et interioris hominis compositione*, contre l'invasion des visions et révélations, apocalyptiques ou non, de son époque, car trop souvent, dit-il, elles sont des illusions, sans parler des fraudes et des tromperies[8]. David d'Augsbourg est aussi l'auteur d'un ouvrage faussement attribué à saint Bonaventure († 1274), le *De profectu religiosorum*, qui compile le précédent et fustige les personnes croyant apercevoir Jésus ou la Vierge et recevoir des consolations de leur bouche. Pour lui, ces révélations sont autant de blasphèmes[9].

Un reproche qu'on n'aurait pas pu faire à Dante. *La Divine Comédie* est, certes, un voyage dans l'au-delà, mais ce voyage, largement inspiré de la descente d'Énée aux enfers racontée par Virgile, s'écarte délibérément de ceux que nous avons évoqués. Dante, comme Énée, va outre-tombe avec son corps, ce qui, d'emblée, situe le récit dans la fiction — une fiction géniale mais qui sait ses limites. « Décrivant le paradis, avoue le poète au chant XXIII (v. 61-63), mon poème sacré doit faire un saut, comme qui trouve son chemin coupé. » Parvenu dans l'empyrée (ch. XXXIII, v. 61-62 et 121-122), il confesse : « Presque toute cesse ma vision. [...] Oh! combien est court mon dire et faible mon concept. » Dans le *Paradis*, commentait Paul Renucci, Dante n'a pas recherché « l'anthropomorphisme ou le pittoresque, [...] il n'y a de concret que la voix et la lumière, la lumière et ses jeux. Une physique divine se substitue aux lois du monde sublunaire. Et tout n'est plus jusqu'à l'extase en Dieu qu'images de lumière [...], que Dante compose et recompose sans trêve dans la chorégraphie des symboles[10] ».

Le poète déclare que « tout lieu au ciel est paradis » (ch. III, v. 88-89) et qu'il a vu là-haut « des foules de splendeurs » (ch. XXIII, v. 82), mais il les décrit peu. En revanche, il excelle à inventer des images qui se veulent approximations, ou transpositions allégoriques, des réalités sublimes. Dans le quatrième ciel, celui du Soleil, où sont rassemblés les grands docteurs de la foi, ceux-ci forment des couronnes qui tournent autour de Dante et de Béatrice. Ils sont « comme des feux vifs et éblouissants, [...] de voix plus douce encore que brillants à la vue » (ch. X, v. 64-66). Ils sont « des ardents soleils », et le poète écoute « le chant de ces lumières » (v. 73-76). Dans le cinquième ciel, celui de Mars, deux rayons forment une croix entre les pôles du monde et, de la cime au pied, des âmes se meuvent, « lumières scintillantes » comparables à de « fines poussières, vives et lentes, longues et courtes » révélées par un rayon de soleil (ch. XIV, v. 109-115). Dans le ciel de Jupiter, le sixième, celui des princes justes et pieux, l'aigle divin succède à la croix. « Comme des oiseaux surgis d'un rivage [...] forment entre eux ou des ronds ou des files », des âmes élues volant, dansant et chantant dans la lumière, se mettent à dessiner l'inscription « *Diligite iustitiam qui judicatis terram* (Aimez la justice vous qui dites le droit sur terre) » (ch. XVIII, v. 73-92) :

Puis dans l'M du cinquième vocable
elles restèrent ordonnées, et Jupiter
paraissait là, argent incrusté d'or.
Et je vis descendre d'autres lumières
sur le sommet de l'M et là se poser
chantant, je crois, le bien qui les attire.
Puis, comme au choc de tisons embrasés,
surgissent d'innombrables étincelles [...]
Je vis resurgir de là plus de mille
lumières et monter, l'une plus et l'autre moins,
selon que le soleil qui les allume le voulut,
apaisée chacune en son lieu.
Je vis la tête et le col d'un aigle,
en dessin de feu sur fond de lumière (ch. XVIII, v. 94-108).

Le septième ciel, celui de Saturne et des grands contemplatifs, est traversé de bas en haut par une échelle « de couleur d'or où brille le soleil ». Par les degrés montent et descendent les âmes élues, comme des oiseaux étincelants (ch. XXI, v. 28-40). Le ciel des étoiles fixes — le huitième — sert de cadre, plus statique, au triomphe du Christ. Mais le mouvement ascensionnel reprend vers le neuvième ciel — le ciel cristallin ou du « premier mobile » —, « cet admirable temple angélique qui a seulement amour et lumière pour confins » et où « le rire du ciel éclate dans ses beautés de toute part » (ch. XXVIII, v. 53-54 et 83-84). Là, les neuf chœurs des anges tournoient et flamboient autour de la lumière de Dieu. Enfin voici l'empyrée où Dante, se souvenant du chapitre 22 de l'Apocalypse, découvre avec émerveillement le fleuve de vie :

Et je vis une lumière en forme de rivière
fulgurante de fulgurer entre deux rives
peintes d'un admirable printemps.
Du large fleuve sortaient des étincelles vives
et de toute part se mettaient dans les fleurs,
tels des rubis encerclés d'or (ch. XXX, v. 61-65).

Le voyage de Dante au paradis s'achève par la contemplation de la Rose « aux pétales extrêmes ». C'est le « couvent des robes blanches », rassemblement harmonieux des anges et des élus. Du cœur de la « rose sempiternelle » se dilate et monte un « parfum de louange au soleil d'éternel printemps » (ch. xxx, v. 117-126).

Ainsi, c'est avec une très grande liberté que Dante a évolué dans le paradis de ses prédécesseurs. Il a beaucoup moins décrit qu'eux et a beaucoup plus imaginé, conscient d'écrire une œuvre savante mais continuellement transfigurée par des inventions poétiques où les « glorieuses roues de lumière » et le tournoiement des âmes scintillantes jouent un rôle majeur. Dans le poème de Dante, notait Émile Mâle, « les âmes sont des lueurs qui chantent. Son paradis n'est que musique et lumière [11] ». Ces âmes étincelantes se retrouvent dans les dessins que Botticelli a consacrés au *Paradis*. Mais, à l'évidence, l'artiste florentin a été moins à l'aise avec cette troisième partie de *La Divine Comédie* qu'avec les deux premières parce qu'il y trouvait beaucoup moins matière à fortes descriptions. Ses images se répètent, centrées essentiellement sur Béatrice et le poète s'élevant de ciel en ciel au milieu des anges et des âmes figurées par d'innombrables flammes.

Continuation de la littérature visionnaire

La Divine Comédie est une réalisation unique en son genre. Elle n'a sans doute pas eu d'influence sur la littérature visionnaire qui, sur sa lancée, a continué sa carrière. *Le Pèlerinage de l'âme* du cistercien Guillaume de Digulleville (milieu du XIVe siècle) prolonge sans éclat le genre des « voyages de l'âme ». Le moine aperçoit en songe la Jérusalem céleste, « et si estoit son fondement moult hault et sa massonnerie de pierres vives et précieuses. Et si y avoit grant nombre de maisons et habitacions avec toute joie et liesse, et generalement de tous biens chascun habitant y avoit plus que jamais ne sceussent penser ne demander [12] ». Au XVe siècle, l'*Imitation de Jésus-Christ* place dans bouche de Jésus s'adressant à l'âme dévote ces évocations très classiques : la joie paradisiaque sera « une perpétuelle lumière, une infinie clarté, une paix solide, un repos en toute sécurité [...]. Oh! Si tu avais vu les immortelles couronnes des saints dans le ciel! » Le texte de l'*Imitation* continue : « Séjour mille fois heureux de la céleste cité! Ô jour brillant de l'éternité, que la nuit n'assombrit point, qu'illuminent sans cesse les rayons de la vérité suprême, jour de perpétuelle joie, de sécurité sans fin, exempt à tout jamais de vicissitude [13]. »

Plus étoffées sont les visions dont bénéficient des mystiques du XIIIe au XVe siècle. Mechtilde de Magdebourg († 1298) assure que « le ciel s'ouvrit devant elle et elle tomba en arrêt ». Elle vit « le trône de Dieu [...] dans une clarté brûlante, lumineuse, embrasée; et il s'étend jusque vers les chérubins, ce qui fait du trône de Dieu et du ciel un palais magnifique [...]. Au-dessus du trône on voit le miroir de la divinité, l'image de l'humanité, la lumière de l'Esprit-Saint, et l'on connaît comment les trois ne sont qu'un ». Mechtilde apprend que Jean-Baptiste occupera la place laissée vacante par Lucifer, au-dessus des séraphins, « et, avec lui, toutes les vierges qui ont le cœur pur qui sont encore attendant leur place. Contre le trône notre Dame Sainte occupe une place qui n'a jamais été à d'autres [...]. Le vêtement des vierges est d'une blancheur de lis; celui des prédicateurs, étincelant de feu comme le soleil, celui des martyrs, rose pourpre et lumineux ». Quand un élu arrive au ciel, « Dieu lui-même, en passant à travers tous les chœurs, vient au-devant de l'âme, suivi de toute l'armée céleste. Avec les magnificences convenables on lui met sur la tête, à la porte même, une couronne ordinaire, qui est la volonté de Dieu. C'est ainsi qu'il l'introduit glorieusement[14] ».

Angèle de Foligno († 1308), une veuve entrée dans le tiers ordre de saint François, se rendit célèbre par ses visions qui lui permirent de contempler « une plénitude de clarté », c'est-à-dire la majesté divine, et « les saints qui se tenaient devant sa majesté [...] et aussi les anges qui paraissaient se tenir au-dessus des saints ». Une autre fois, elle vit « les invités » placés à table par Dieu, « les vierges, les chastes, les pauvres, les infirmes, les souffreteux ». Elle vit également l'« escorte du Christ » : « Cette escorte, c'étaient les "trônes". Leur cortège formait une milice, une armée si nombreuse que, si je ne savais pas que Dieu fait tout avec mesure, je l'aurais crue innombrable[15]. »

Plus riches sont les spectacles que la « Sagesse éternelle » révèle « aux yeux de la pure intelligence » du mystique allemand Henri Suso, disciple de Maître Eckart. Les évocations de l'Apocalypse donnent ici occasion à une belle reprise évoquant la ville pavée d'or et le triomphe des élus au ciel, « assis sur leurs vénérables sièges de juges dans une paix profonde et en grand honneur ». La « Sagesse » précise, en outre, à Suso — adjonction colorée à l'Apocalypse — que les martyrs « rutilent dans leurs vêtements roses, les confesseurs brillent d'une beauté verdoyante, les tendres vierges resplendissent dans leur pureté angélique et toute l'armée céleste surabonde de douceur divine[16] ».

Un franciscain du XVe siècle a raconté les extases et visions dont bénéficia sainte Lidwine, une mystique hollandaise morte en 1433 et dont les reliques se trouvent à Sainte-Gudule de Bruxelles :

> Un ange parfois lui décrivait les délices qui l'attendaient. « Je vois, lui disait-il, le palais du grand roi. J'aperçois dans ce palais une chambre

parée avec magnificence. Dans cette chambre est un lit superbe, dont les rideaux sont déjà suspendus, et ce lit est tout parsemé de fleurs. Les portes sont entourées de guirlandes de lis, et les fenêtres environnées de roses; les tables sont dressées et couvertes de soie. J'y vois placer des mets en abondance. Le vin déborde des vases et se répand de toutes parts. Ces vases sont tous précieux, mais de divers genres; c'est l'or qui en fait la matière, et ils ne sont différenciés que par la variété de leurs formes et de leurs ornements. Auprès de cette chambre nuptiale est un jardin délicieux émaillé de fleurs et planté d'arbres aromatiques. L'air y est embaumé de parfums délicieux [...].

Lorsque son ange recevait l'ordre de la conduire à la vision de Dieu — était-ce en corps; était-ce seulement en esprit? je l'ignore; Dieu le sait — [...] il la prenait par la main [...] et la conduisait vers l'Orient, dans un jardin délicieux, inaccessible à la vision humaine, où les lis, les roses et mille autres fleurs étalaient leurs riches couleurs, embaumaient l'air de leurs doux parfums; où ni l'aquilon ne fait sentir son souffle glacial, ni le vent du midi sa chaleur brûlante[17].

Lidwine et le religieux qui raconte pour elle ont fondu ici dans leur synthèse paradisiaque — et très sensuelle — des éléments empruntés notamment à ce que l'on croyait savoir du jardin d'Éden et au Cantique des cantiques.

Les révélations dont bénéficia sainte Brigitte de Suède († 1373) eurent plus de retentissement que celles de Lidwine, en raison de leurs annonces eschatologiques. Les évocations paradisiaques, bien que brèves, sont significatives. Comme Lidwine, Brigitte joue le rôle d'épouse du roi divin, mais elle affirme davantage le caractère « spirituel » de ses visions. Ses « yeux spirituels, dit-elle, estoient ouverts pour voir ». D'où des scènes qui sont autant d'images, certaines empruntées à l'Apocalypse et se rapportant à l'agneau, aux Anciens, à la multitude des élus, d'autres en rapport avec le culte eucharistique, en forte progression à l'époque de Brigitte, d'autres encore puisant dans le fonds commun des conceptions célestes du temps. Voici des extraits d'une traduction française des *Révélations* de sainte Brigitte publiée en 1624 :

Et lors, je vis venir Abraham avec tous les saincts venus de sa génération. Tous les patriarches et prophètes vinrent. Après je veis les quatre evangélistes, la forme desquels estoit semblable aux quatre animaux qu'on depeint es murailles de ce monde [...]. Apres je veis douze sieges et en iceux les douze apôtres attendans la puissance qui venoit. Apres tout ceci venoient Adam et Ève avec les martyrs, les confesseurs et tous les autres saincts descendus d'eux [...]. Apres je veis un autel qui estoit au siège de la Majesté, et un calice avec du vin et de l'eau, et du pain en forme de l'hostie qu'on montre à l'autel. Et lors je veis comme dans une eglise du monde un prestre revestu des ornements sacerdotaux [...]. Comme s'il fut venu aux paroles avec lesquelles on bénit le pain, je voyais que le soleil et la lune, avec les autres planettes et estoiles, tous les cieux avec leurs mouvements retentissoient d'une douce harmonie

> et leurs voix, se respondant les unes aux autres, on oyait un chant et une mélodie admirables. On voyait aussi une infinité de musiciens de toutes sortes, dont les accords estoient si doux, qu'il seroit impossible aux sens de les comprendre et de les dire [...].
> Le prestre ayant proféré les paroles divines sur le pain [... celui-ci] devenait un aigneau vivant et en l'aigneau se voyait une face d'homme [...] et une Vierge couronnée estoit assise avec l'aigneau [...] et tous les anges leur servoient, desquels on voyait un nombre aussi grand que d'athomes dans le soleil[18].

Le *Liber celestis*, un manuscrit de la fin du XIVe siècle conservé à New York, témoigne de la rapide célébrité des révélations de sainte Brigitte, morte en 1373 et canonisée dès 1391. Une des enluminures montre la sainte gratifiée d'une vision au moment de l'offrande eucharistique : elle découvrit à cette occasion la totalité des habitants du ciel, des rayons de lumière partant du Christ et de Marie en direction de la sainte[19].

Un mystique contemporain de saint Brigitte, Ruysbroeck « l'Admirable », dont l'influence fut profonde sur la *devotio moderna*, ne se complaisait pas dans l'imagerie, même « spirituelle », de telles « révélations ». Il déclarait : « Là où finissent les cieux corporels, là aussi s'arrêtent l'imagination et les sens extérieurs ; car, lorsqu'il n'y a plus de matière, il n'y a rien à quoi se prennent les sens : ni Dieu, ni les anges, ni les âmes ne peuvent être saisis par eux, car ils sont sans figure [...]. Les biens et les délices que Dieu révèle à ses amis, [...] l'Écriture ne peut nous les traduire ; nul ne saurait les décrire d'une façon claire et parfaite comme Dieu les montre aux esprits aimants. » « La suprême saveur » est dans le « non-savoir et la perte éternelle de soi[20] ».

Les visions et révélations de Brigitte de Suède firent l'objet de débats. Gerson composa un traité sur le « discernement des esprits » où il reprenait les thèmes d'un livre antérieur sur la « distinction des vraies et fausses visions[21] ». Il concluait dans le sens de la prudence, car on rapportait que le démon transfiguré en Christ s'était présenté un jour à un saint homme, qui toutefois ne s'était pas laissé abuser. Le concile de Bâle (1431-1449) discuta des révélations de Brigitte et finit par les admettre, à condition de ne pas les placer sur le même plan que l'Écriture.

Le concile de Bâle avait commencé ses sessions l'année de la mort de Jeanne d'Arc, qui affirmait avoir vu et entendu des saints. En 1440, sainte Françoise Romaine eut une vision de l'Assomption. En 1464, le dominicain Alain de la Roche, le grand diffuseur du chapelet, aurait reçu de Marie un anneau d'or. Ces quelques rappels[22] replacent les visions de sainte Brigitte dans leur contexte historique : à l'époque et depuis longtemps il était admis que des personnages privilégiés pouvaient voir Dieu et le paradis. Jacques Le Goff rapporte dans son *Saint Louis* que Philippe Auguste, sur le bateau qui le conduisait à la croisade en 1270, pris dans la tempête entre Gênes et la Sicile, vit descendre Dieu du ciel pour rassurer les voyageurs[23]. Il faut retrouver cet état d'esprit quand nous regardons des œuvres qui, comme *L'Agneau mystique* de Gand, dévoilaient les beautés de la cour céleste aux fidèles émerveillés.

Proximité de l'au-delà

Des théologiens pouvaient mettre en doute l'authenticité des visions. Mais la pastorale destinée aux masses et la littérature n'entraient pas dans ces débats et jouaient constamment du mélange des plans, présentant inlassablement l'invisible devenant visible, les morts prêts à revivre, les anges à descendre du ciel et les hommes à y monter ou à descendre en enfer.

La Légende dorée, composée par le dominicain et archevêque de Gênes Jacques de Voragine (1228-1298), contribua largement à maintenir, voire à divulguer, cette cosmologie où ciel, purgatoire et enfer étaient provisoirement accessibles aux habitants de la terre. La signification du titre « légende dorée » mérite d'être rappelée. *Legendum* veut dire « ce qui doit être lu », et la référence à l'or affirme la valeur du contenu de l'ouvrage. *La Légende dorée*, qui se présentait donc d'emblée comme un livre important et crédible, eut un succès énorme. Or, concernant le paradis céleste, elle contient un récit important qui se rapporte à la fête de la Toussaint. Il s'agit de la vision dont bénéficia, l'année qui suivit l'institution de cette fête — étendue au monde chrétien en 835 —, le « coûtre », c'est-à-dire le gardien de Saint-Pierre de Rome :

> Ravi hors de lui, [le gardien] vit le Roi des rois assis sur un trône élevé, et autour de lui, tous les anges. La Vierge des vierges, ornée d'un diadème éclatant, arriva aussitôt suivie d'une multitude de vierges et de continentes. À l'instant, le Roi se leva pour l'accueillir et l'invita à s'asseoir sur un siège qu'il fit placer à côté du sien. Après cela vint un personnage revêtu d'un habit de poil de chameau, suivi par une multitude de vieillards vénérables. Ensuite s'en présenta un autre orné de vêtements pontificaux, escorté par un chœur de plusieurs revêtus de la même manière. Enfin s'avança une multitude innombrable de soldats, après laquelle se présenta une foule infinie de nations diverses. Tous étant parvenus jusque devant le trône du Roi, ils fléchirent les genoux et l'adorèrent. Alors celui qui était orné des habits pontificaux commença les matines que tous les autres continuèrent. Or l'ange conducteur du coûtre lui expliqua la vision : « La Vierge qui se trouvait au premier rang, c'était la mère de Dieu; celui qui était vêtu de poil de chameau, c'était saint Jean-Baptiste avec les patriarches et les

prophètes; celui qui était revêtu d'ornements sacerdotaux était saint Pierre avec les autres apôtres; les soldats étaient les martyrs, et le reste de la foule se composait des confesseurs. Tous étaient venus en présence du Roi pour rendre grâces de l'honneur à eux rendu en ce jour par les mortels et pour prier en faveur de l'univers entier. » Ensuite il le conduisit dans un autre endroit où il lui montra des personnes des deux sexes, les unes sur des tapis d'or, d'autres à table, dans les délices[24].

La Légende dorée contient une autre évocation du paradis dans l'article consacré à saint Josaphat. Troublé par la vue d'une jeune fille, le saint se mit à prier et s'endormit :

Il se vit conduire dans une belle prairie ornée de belles fleurs, où les feuilles des arbres agitées par un vent agréable émettaient un bruit charmant et exhalaient une odeur merveilleuse, où [se rencontraient] des fruits de très belle apparence que l'on désirait goûter, où se trouvaient des sièges d'or et de pierres précieuses, des lits de repos brillants avec des parures de très grande valeur [et] que bordaient des eaux courantes d'une très grande limpidité. De là, [ses guides] le firent entrer dans la ville dont les murs étaient en or [...] ; elle brillait d'une merveilleuse clarté, des chœurs célestes y chantaient une hymne que jamais oreille mortelle n'avait entendue. Et on lui dit : c'est ici le séjour des bienheureux[25].

À son réveil, la beauté de la jeune fille lui parut « plus répugnante que des excréments ».

La Légende dorée est remplie de scènes d'apparitions, de sorte que le merveilleux y devient quotidien. Le jour des funérailles de saint Thomas de Canterbéry, assassiné à l'instigation d'Henri II Plantagenêt, les anges commencent la messe du martyr et entonnent le *Laetabitur justus in Domino*. Sainte Agnès, conduite au lupanar, est protégée par un ange qui remplit l'appartement d'une clarté extraordinaire. Saint Benoît voit l'âme de sa sœur monter au ciel, etc. Cette « spiritualité visionnaire[26] » était naturelle pour des mentalités qui, établissant une continuité articulée entre le passé, le présent et le futur, étaient capables de les évoquer dans la simultanéité et donc ne plaçaient pas de barrières infranchissables entre le monde des vivants et celui des morts. L'au-delà n'était jamais loin.

Dès lors pourquoi n'aurait-on pas considéré les visions comme authentiques, au même titre que des prophéties? Les récits de visions apparaissaient comme autant de confirmations de l'Apocalypse, si souvent évoquée par l'iconographie. L'« imagination visionnaire[27] » n'était pas aberrante et elle a rempli les chroniques médiévales. D'où cet éloge de la vue et la forte affirmation d'Angèle de Foligno : « L'homme aime comme il voit. » Le même état d'esprit aide à comprendre pourquoi on croyait que voir une représentation de saint Christophe éloignait la mort et pourquoi on multipliait les images protectrices des saints sur les ponts et dans les rues. Quant à l'âme en voyage, on la dotait sans difficulté de véritables qualités physiques, et notamment de la possibilité de voir[28]. C'est bien ce qui se passait lors des guérisons liées à une vision. Celles-ci furent nombreuses tout au long du Moyen Âge : les miraculés, durant leur sommeil, voyaient le saint guérisseur les soigner ou les toucher et se réveillaient en bonne santé[29].

La continuité, que l'on croyait certaine, entre le monde des vivants et celui des morts explique, bien sûr, l'importance accordée aux reliques, mais elle aide aussi à comprendre de multiples *exempla* (anecdotes) insérés dans les sermons. Les *exempla* ont connu leur âge d'or au XIIIe siècle, mais leur utilisation et leur succès ont commencé avant et se sont poursuivis bien au-delà. Retenons-en deux, maintes fois repris au cours du Moyen Âge, avec des variantes dans les détails.

Le premier, extrait des sermons de Maurice de Sully, l'évêque qui commença la construction de Notre-Dame de Paris, a pour nous l'avantage d'additionner l'évocation du bonheur paradisiaque, le passage provisoire de la terre au ciel et le glissement — provisoire, lui aussi — du temps à l'éternité où l'on ne vieillit pas. Un moine priait souvent Dieu « de lui montrer quelque chose de la grande joie et de la douceur réservées à ceux qui l'aiment ». Un ange lui apparut sous la forme d'un oiseau qui se mit à chanter de façon si merveilleuse que le bon homme en « oublia toutes choses terrestres ». L'oiseau envolé, le moine retourna à son abbaye, où personne ne le reconnut : il avait vu et écouté l'oiseau pendant trois cents ans[30].

L'autre *exemplum* — également ancien — est tiré ici d'un manuscrit du XVe siècle. Un homme récitait un *De profundis* chaque fois qu'il traversait un cimetière. Un jour, il est attaqué par ses « plus mortels ennemis » et fuit aussitôt vers le cimetière le plus proche. Là il est défendu par les défunts, chacun empoignant l'instrument dont il se servait le plus fréquemment dans sa vie professionnelle, ce qui fait déguerpir les agresseurs « esbahis »[31]. Cette anecdote voulait, bien sûr, inciter à la prière pour les défunts et notamment pour les âmes du purgatoire. Mais elle témoigne aussi de la durable survie de la croyance aux revenants. La montée de la croyance au purgatoire en Occident à partir du XIIe siècle fit que ce troisième lieu de l'au-delà devint le grand réservoir des revenants[32] et renforça la conviction plus générale que des passerelles subsistaient entre le monde des vivants et celui des morts.

Cette conviction était encore largement partagée au XVIe siècle.

On ne peut que reprendre à ce propos les analyses jadis présentées par Lucien Febvre : « Personne [alors] n'a le sens de l'impossible. » N'est pas encore venu le jour où le *non posse* engendrera le *non esse*. « Au XVIe siècle, [...] un songe prophétique, une apparition, une action ou une communication à distance : autant de faits, et comment douter d'un fait ? » Lucien Febvre ajoute que, pas plus que notre idée du « possible » par rapport à l'« impossible », les hommes du XVIe siècle ne possédaient notre notion du « naturel » s'opposant au « surnaturel »[33] ; ou plutôt, pour eux, la communication demeurait normale et incessante entre le « naturel » et le « surnaturel ».

Cette restitution de l'univers mental d'autrefois permet d'imaginer dans quel esprit nos ancêtres du XVe siècle pouvaient regarder une œuvre comme *L'Agneau mystique* de Gand. Le paradis qu'ils avaient devant eux leur semblait proche et réel. Ni les « voyages des âmes », ni les visions des mystiques, ni les apparitions ne leur paraissaient impossibles. Le paradis pouvait être vu dès ici-bas.

DEUXIÈME PARTIE

Bonheurs

Après avoir construit la charpente du paradis chrétien à partir de textes fondateurs que confirmèrent des visions et des voyages dans l'au-delà, il nous est maintenant possible de dresser un état des lieux paradisiaques et de décrire ce qu'on pourrait appeler la « vie quotidienne » au pays de la lumière sans déclin. L'existence éternellement bienheureuse peut être présentée comme une addition de bonheurs découlant d'une plénitude essentielle, la contemplation de Dieu face à face. Cette « vision béatifique » a un décor. Elle se déroule au milieu de couleurs et de parfums. Son cadre est le paradis terrestre retrouvé, désormais inclus à l'intérieur des murs étincelants de la Jérusalem d'en haut. Autour de l'agneau divin et de la Vierge couronnée elle réunit la foule hiérarchisée des habitants du ciel, éblouis, mais jamais rassasiés, par la vue de Dieu qui procure à l'homme paradisiaque science et sagesse, sécurité et jeunesse.

CHAPITRE VII

La Jérusalem céleste

L'ATTENTE D'UNE NOUVELLE JÉRUSALEM

Le lieu du bonheur éternel est la cité céleste. L'espérance de voir une nouvelle Jérusalem apparaître à l'horizon eschatologique a traversé l'histoire juive, puis l'histoire chrétienne. Isaïe (65, 17-18) fait dire au Seigneur : « Je vais créer des cieux nouveaux et une terre nouvelle. Ainsi, le passé ne sera plus rappelé et il ne remontera plus jusqu'au secret du cœur. Au contraire, c'est un enthousiasme et une exultation perpétuels que je vais créer : en effet l'exultation que je vais créer, ce sera Jérusalem. » Ézéchiel rêve à son tour de la cité où le peuple juif revigoré s'établira après la fin de sa captivité : « Dans des visions divines, le Seigneur m'emmena en terre d'Israël ; il me déposa sur une très haute montagne, sur laquelle il y avait comme les édifices d'une ville. » En fait, cette ville est un temple immense que le prophète mesure et décrit au long de huit chapitres (40 à 47 inclus) dont s'est inspiré le visionnaire de Patmos.

Par la suite, le christianisme opposa, comme saint Paul dans l'Épître aux Galates (4, 25-26), la Jérusalem « actuelle », qui est « esclave », à celle « d'en haut », qui est « libre » et qui est « notre mère ». Dans le même esprit, l'auteur de l'Épître aux Hébreux assure aux fidèles de Jésus : « Vous vous êtes approchés de la montagne de Sion et de la ville du Dieu vivant, la Jérusalem céleste, et des myriades d'anges en réunion de fête, et de l'assemblée des premiers-nés, dont les noms sont inscrits dans les cieux, et de Dieu, le juge de tous » (12, 22-23). Puis, un peu plus loin : « Nous n'avons pas ici-bas de cité permanente, mais nous sommes à la recherche de la cité future » (13, 14).

C'est l'Apocalypse de Jean — notamment les chapitres 21 et 22 — qui a surtout contribué à l'extraordinaire succès du thème de la

Jérusalem nouvelle. Au visionnaire de Patmos est montrée la cité sainte qui descend du ciel et qui brille de la gloire même de Dieu. La cité est carrée, forme parfaite comme la sphère, et « d'un or pur semblable au pur cristal ». Elle a de larges et hauts remparts et douze portes marquées aux noms des douze tribus d'Israël. Ses remparts sont de jaspe et leurs douze assises s'ornent de pierres précieuses — jaspes, saphirs, chalcédoines, émeraudes, sardoines, cornalines, chrysolites, béryls, topazes, chrysoprases, hyacinthes et améthystes. Les douzes portes sont chacune constituées d'une seule perle. La ville n'a pas de temple, « car son temple, c'est le Seigneur ». Du trône du Seigneur, qui est à la fois « Dieu et agneau », jaillit « un fleuve d'eau vive, brillant comme du cristal ». « Au milieu de la place de la cité et des deux bras du fleuve, est un arbre de vie produisant douze récoltes. Chaque mois il donne son fruit et son feuillage sert à la guérison des nations [...]. Il n'y aura plus de nuit. »

Les lecteurs, commentateurs et illustrateurs de l'Apocalypse fusionnèrent les chapitres 21 et 22 et les chapitres 4 et 7. Bien que la Jérusalem céleste n'y soit pas mentionnée explicitement, ces chapitres 4 et 7 évoquent, grâce à la « porte ouverte du ciel », le trône divin et celui qui siège dessus, les vingt-quatre Anciens, les quatre animaux « couverts d'yeux par-devant et par-derrière », les myriades d'anges, les 144 000 représentants des tribus d'Israël et « la foule immense de toutes nations » de ceux qui, « vêtus de robes blanches et les palmes à la main », acclament le Très-Haut. Cet univers de l'au-delà, c'était bien la Jérusalem éternelle.

Dans la littérature eschatologique sensiblement contemporaine de l'Apocalypse, un ouvrage juif (malgré quelques interpolations chrétiennes), le livre de Baruch, contient un bref chapitre consacré à la nouvelle Jérusalem. Le Seigneur y déclare au prophète :

> Ce n'est pas cette construction édifiée maintenant parmi vous [la Jérusalem de l'époque] qui sera révélée près de moi, mais celle qui a été préparée ici d'avance, au temps où j'ai décidé de faire le paradis [terrestre]. Je l'ai montrée à Adam avant qu'il ne péchât. Quand il eut enfreint l'ordre, elle fut enlevée avec le paradis [terrestre]. Ensuite je la montrai à mon serviteur Abraham, durant la nuit où furent partagées les victimes. De nouveau je la montrai à Moïse sur le mont Sinaï, quand je lui fis voir l'image du tabernacle et tous ses vases. Maintenant elle est auprès de moi avec le paradis [terrestre] [1].

Le livre de Baruch et l'Apocalypse de Jean affirment tous deux que Dieu tient en réserve auprès de lui une cité céleste destinée aux élus. Il faut noter ici une idée plusieurs fois reprise par la littérature des voyages dans l'au-delà : la Jérusalem éternelle et le paradis terrestre préservé se trouvent désormais l'une à côté de l'autre dans les hauteurs du ciel et seront un jour les lieux de bonheur et de paix de l'humanité purifiée.

L'*Apocalypse de Paul* évoque la cité céleste plus longuement que le livre de Baruch. Compte tenu de son influence au Moyen Âge, elle doit être rapprochée de l'Apocalypse de Jean, bien qu'elle s'en sépare à certains égards. Selon la vision attribuée à Paul, l'apôtre est introduit dans « la cité de Dieu », « toute d'or », qui est entourée de quatre fleuves — de miel, de lait, de vin et d'huile — et de douze murs, de dignités croissantes. Des trônes d'or sont placés à chacune des douze portes ; y siègent des hommes portant des diadèmes d'or et de pierres précieuses. L'ange qui accompagne Paul lui précise que cette cité, au milieu de laquelle s'élève un « autel très grand et très élevé », est Jérusalem et que « le Christ, le roi éternel [...] y viendra pour la plénitude de son règne », précédé par David, le chantre divin[2]. Paul a donc le privilège, comme le visionnaire de Patmos, d'apercevoir la cité céleste avec son or, ses murailles et le trône du Seigneur. Mais la Jérusalem d'en haut est encore en attente de son roi, alors que celui-ci est déjà là dans la ville aperçue par saint Jean.

Le thème de la Jérusalem céleste a été omniprésent dans les textes et l'iconographie du christianisme occidental jusqu'au début du XVIe siècle, depuis sa figuration dans des sarcophages des premiers siècles jusqu'à la grandiose *Apocalypse* gravée par Dürer. Les commentaires du livre des « révélations », notamment celui du moine espagnol Liebana, rédigé en 776, suscitèrent de multiples illustrations à l'époque carolingienne[3]. Puis les évocations, sculptées et peintes, du Jugement dernier fournirent l'occasion de nombreuses représentations stylisées de la cité des élus. Enfin le regain de succès de *La Cité de Dieu* durant la seconde partie du Moyen Âge provoqua à son tour un nouveau flux d'images consacrées à la Jérusalem éternelle qui, en outre, constitua l'« un des thèmes préférés de la mystique monastique[4] ».

La Jérusalem céleste dans la littérature religieuse

Origène, polémiquant contre les millénaristes de son temps qui faisaient de l'Apocalypse une lecture littérale, écrivit : « Ils imaginent Jérusalem comme une ville terrestre qui sera réédifiée sur des pierres précieuses mises dans ses fondements, avec des murs bâtis en jaspe, des retranchements ornés de cistal et une enceinte de pierres choisies et diverses — jaspe, saphir, chalcédoine, émeraude, sardoine, onyx, chrysolite, chrysoprase, hyacinthe, et améthyste. » À cette lecture il opposait une interprétation spirituelle « selon le sens des apôtres[5] ». Dans le même esprit, saint Augustin se garda, dans le dernier chapitre de *La Cité de Dieu*, de toute évocation concrète de la Jérusalem éternelle. Ce parti fut également celui de saint Ambroise, qui pourtant accorda dans son œuvre une grande place au thème de la « cité éternelle », « cité sainte », « cité de paix », « cité d'en haut », « cité bienheureuse », identifiée à la Jérusalem céleste[6].

De nombreux textes chrétiens de l'Antiquité tardive et du Moyen Âge l'évoquent avec une volontaire sobriété, et d'abord les prières pour les défunts. La *Liturgie de saint Jacques*, en usage chez les jacobites syriens, supplie le Seigneur en ces termes : « Accorde-leur [aux morts] le repos et place-les dans les habitacles de lumière, dans le lieu des esprits bienheureux, dans la Jérusalem céleste, dans l'Église des premiers-nés inscrits dans les cieux. » Le *Sacramentaire* du pape Gélase († 496) s'exprime dans des termes voisins : « Qu'il [le défunt] possède la joie au milieu des pierres étincelantes du paradis... [Seigneur], donne-lui le repos et le royaume, c'est-à-dire la Jérusalem céleste [...]. Daigne lui donner le lieu de lumière, de rafraîchissement et de paix[7]. »

Dans son *Hymne pour l'Assomption*, Odilon Mercœur est tout aussi discret au sujet de la Jérusalem éternelle :

La cité du royaume céleste
Dans toute sa magnificence
Honore de prières appropriées
La mère de son prince[8].

Au XIe siècle, le saint ascète Pierre Damien se contente d'affirmer dans son *Hymnus de... Paradisi* que « l'agneau est la lumière sans déclin de la ville du bonheur[9] ». Un peu plus tard, l'évêque allemand Otton de Freising († 1158) termine sa *Chronique* de l'histoire universelle en affirmant que la Jérusalem d'en haut ne sera pas une ville au sens littéral avec de vraies pierres, des rues pavées d'or et des portes garnies de perles. Ce sont là des images par lesquelles les prédicateurs s'efforcent de conduire les simples du visible vers l'invisible[10].

Un catéchisme du XIIe siècle, l'*Elucidarium*, pose cette question : « Le paradis est-il un lieu corporel, et où est-il ? » Réponse : « Ce n'est pas un lieu corporel, car les esprits n'habitent pas dans des lieux corporels. Mais c'est la demeure spirituelle des bienheureux que l'éternelle Sagesse a faite dès l'origine et qui se trouve dans le ciel intellectuel. Ils y voient la Divinité telle qu'elle est, face à face[11]. » Plus tard, l'*Imitation* aura cette brève exclamation : « Ô séjour mille fois heureux de la cité céleste[12] ! »

Mais il était tentant de reprendre à nouveaux frais les évocations éblouissantes de l'Apocalypse, tout en leur conservant un sens symbolique, ce qu'on appelait alors le « raisonnement anagogique » — *per visibilia invisibilia*. Ainsi, dans un *Rythme pour le jour du sabbat éternel*, du VIIIe ou du IXe siècle, on lit :

> Elle resplendit au royaume céleste, l'éternelle et noble cité de Jérusalem, qui est notre mère à tous [...].
>
> Ses nombreuses maisons sont contenues dans de vastes murailles [...].
>
> Les patriarches accompagnent Abraham [...]. Là aussi est présent le groupe sacré des apôtres [...]. Le chœur des martyrs chante un chant triomphal au Christ [...]. Ils déposent leur couronne d'or devant son trône [...]. Là tous les rois justes, les chefs, les peuples, les soldats, jeunes et vieux, louent le nom du Seigneur [...].
>
> Cette ville n'a aucun temple fait à la main. Dieu lui-même est l'agneau de ce temple unique [...][13].

La Confession théologique, texte méditatif du bénédictin Jean de Fécamp (XIe siècle), contient cette belle évocation de la Jérusalem céleste :

> Sainte Sion, Jérusalem, ma mère, heureuse es-tu, infiniment heureuse, et heureuse à jamais ! Que tu es belle et gracieuse, que tu es glorieuse et bienheureuse. Tu es toute belle. En toi nulle souillure. Cité choisie de Dieu, bâtie par la main du Créateur éternel, qui peut évaluer le prix, qui peut dire la beauté des ornements de ton édifice admirable ? On y a enchassé toutes les pierres précieuses taillées, polies et soigneusement ajustées : aussi n'est-il plus question d'entendre chez toi le bruit du marteau. Tes murs sont formés d'une variété multiple de joyaux étincelants. Tes portes sont serties de perles les plus fines. Tes places sont de l'or le plus pur. Tes demeures nombreuses reposent sur des saphirs et sont couvertes de tuiles d'or : nul impur n'y entre, nul adonné au vice n'y peut habiter. Car chez toi ne se rencontrent ni le méchant ni sa méchanceté[14].

Dans le sillage de la *Confession* de Jean de Fécamp, une *Élévation sur les gloires de Jérusalem* d'un moine resté inconnu exalte « la cité située en position sublime, dont l'architecte est Dieu [...]. Elle n'a qu'une seule pierre pour fondement, pierre d'angle vivante et singulièrement précieuse [...]. [Ô cité de Dieu], tes portes, battants ouverts, brillent des plus belles perles ». Puis l'auteur de ce poème en prose évoque à nouveau les murs et les tours faits de gemmes et les places pavées d'or[15]. Exhortant au mépris du monde, le moine Bernard de Morlas s'écrie dans la première moitié du XIIe siècle :

Sion, cité d'or, patrie de lait, illustrée par tes citoyens,
Tu remplis tous les cœurs, de tous tu combles et le cœur et la bouche [...].
Les palais de Sion sont dans la jubilation : peuplés de martyrs,
Resplendissants par leurs habitants, [...]
Assemblée candide aux blancs vêtements [...] [16].

Un poème un peu plus tardif — peut-être du début du XIIIe siècle —, également anonyme, parle du jardin fleuri « que posséda jadis le premier homme », puis décrit les douze portes et les murs, non construits de main d'homme, de la cité d'en haut, détaillant une à une les pierres précieuses des assises, et précisant que « la couleur de ces pierres signifie la vie des fidèles qui ont concouru pour la récompense éternelle [17] ». Un autre poème du XIIIe siècle en l'honneur de la Jérusalem céleste dit :

Ô, vraie mère, cité d'en haut, vers toi soupirent les âmes fidèles qui dégustent les coupes de rosée descendues du ciel.
Ta clarté est une clarté éternelle. Tes tours sont honneur et parure ; et les fortifications de tes murs chantent de joyeux cantiques de louange.
Tes pierres sont des pierres choisies. L'or est le sourire de ta beauté.
Les perles de tes portes dépassent tout ornement.
Par leurs pierres précieuses les assises de tes remparts sont toujours neuves, et sur la place l'arbre de vie donne des fruits sans cesse renouvelés.
Ô arbre bienheureux, irrigué par la source éternelle qui sort du trône et réjouit par son flux la cité de Dieu [18].

Plus tard Suso, conduit « au-dessus du neuvième ciel » par la Sagesse éternelle, s'entend dire par celle-ci : « Vois : la ville pleine de délices resplendit au loin de l'or dont elle est pavée. Elle est étincelante de nobles perles, constellée de pierreries, transparente comme du cristal [...]. Regarde autour de toi cette foule innombrable buvant selon tout le désir de son cœur à la source de vie qui jaillit, harmonieuse [19]. »

En 1431, l'humaniste Lorenzo Valla consacre le chapitre 28 de son *De voluptate* à « la beauté et au bonheur de la cité céleste ». Le texte de l'Apocalypse y est paraphrasé et parfois même traduit mot à mot. Suit ce commentaire :

Si des hommes très nombreux et célèbres, non seulement parmi les Anciens mais aussi parmi ceux dont nous conservons [personnellement] le souvenir, se soumirent de bon cœur aux longues et difficiles fatigues des voyages pour visiter d'illustres et magnifiques cités, s'informer des coutumes, manières de manger et de se vêtir des habitants, ou pour admirer des lieux naturels merveilleux comme les bouches de l'océan, le détroit de l'Euripe [entre l'Eubée et le continent] ou le feu de l'Etna — tant on prend plaisir à voir ces spectacles nouveaux et insolites ou à en entendre parler — quelle joie envahira nos sens quand une réalité aussi merveilleuse et inattendue [que la cité céleste] resplendira devant nos yeux[20] !

La Jérusalem d'en haut surgit à plusieurs reprises dans les récits de visions, parfois avec des écarts par rapport aux évocations de l'Apocalypse joannique et l'emprunt à l'*Apocalypse de Paul* des murs et portes successifs. Barontus, cheminant dans l'au-delà, franchit l'une après l'autre trois portes de la « patrie céleste ». La troisième semble de verre et, près d'elle, il voit des martyrs couronnés et de nombreux prêtres dans des demeures en briques d'or. Le moine de Wenlock aperçoit, au-delà du fleuve où les âmes se lavent de leurs péchés, « des murs étincelants, d'une clarté éblouissante, d'une longueur stupéfiante et d'une hauteur démesurée. Les saints anges lui dirent : "C'est la sainte et noble cité, la Jérusalem céleste, dans laquelle les âmes saintes connaîtront le bonheur éternel. C'est pourquoi les âmes et les murs de cette glorieuse cité, vers laquelle elles se hâtaient après avoir franchi le fleuve, resplendissent d'une lumière si intense et d'un éclat tel que les pupilles éblouies par l'excès de clarté ne pourraient les regarder en face" ».

On a dit que la *Vision de Tnugdal*[21] contient une description détaillée des espaces paradisiaques et la mention de plusieurs murs successifs : le premier, d'argent, abrite la blanche cohorte des époux qui ont respecté la sainte loi du mariage ; le deuxième, d'or, donne accès au lieu où les martyrs et les vierges sont assis sur des sièges d'or et de pierres précieuses. C'est apparemment sous la protection de ce mur que se trouvent les pavillons garnis d'étoffes précieuses des moines et des moniales ainsi que l'arbre aux mille frondaisons, toujours couvert de fleurs et de fruits, qui représente l'Église. Enfin voici un mur dont l'altitude, la beauté et l'éclat dépassent toute mesure. Il est constitué d'or et de quatorze pierres précieuses et ceux qui le voient ne peuvent que « l'aimer ». Du haut du mur, on donne sur l'indicible — « ce que l'œil n'a pas vu, ce que l'oreille n'a pas entendu, et ce qui n'est pas monté au cœur de l'homme » (I Co 2,9) — c'est-à-dire la récompense préparée par Dieu pour ceux qui l'aiment et l'univers des esprits bienheureux depuis les anges jusqu'aux séraphins[22]. Plus brièvement, *La Légende dorée* fait apercevoir à saint Josaphat « la ville aux murs d'or[23] ».

Palais ou église ?

Au long des siècles, la Jérusalem céleste devient parfois un palais ou une église, en conformité avec le temple nouveau de la vision d'Ézéchiel qui, elle-même, avait inspiré l'Apocalypse. Il en est ainsi dans la vision du diacre Saturus, martyrisé en 203, qui se voit transporté dans un parc fleuri, clos de murs et entourant un palais[24]. Au IVe siècle, l'image de l'âme accueillie dans un palais somptueux est familière aux chrétiens. Une inscription funéraire de 374, retenue entre plusieurs de la même inspiration, dit d'une âme : « Elle s'est frayé un chemin jusqu'aux astres ; elle se réjouit maintenant dans le palais du Christ[25] ». Au VIe siècle, le moine Salvi, dont Grégoire de Tours relate le voyage dans l'au-delà, raconte : « Transporté dans les hauteurs des cieux, [...] je fus introduit dans une demeure dont le pavé était brillant comme l'or et l'argent, la lumière ineffable, l'ampleur indescriptible[26] ».

Le poème du moine anglo-saxon Aethelwulf rédigé au début du IXe siècle présente, lui aussi, un édifice comme lieu d'accueil et de séjour des « saintes âmes ». Après avoir franchi les hauts murs d'une ville, Aethelwulf et son guide arrivent dans « une demeure rutilante d'une immense clarté ». Inspirée à la fois par l'église du Saint-Sépulcre de Jérusalem et la chapelle impériale d'Aix-la-Chapelle, elle est toute de marbre, en forme d'octogone, et soutenue à l'extérieur par deux portiques superposés[27]. On peut rapprocher cette vision de celle de l'enfant Guillaume, incorporée dans la chronique d'Hélinand de Froidmont à la date de 1146. L'enfant et son guide franchissent un mur, puis sont transportés dans une immense maison ronde à douze portes où les élus sont répartis sur deux niveaux de gloire[28]. La *Vision de Thurkill* — elle aussi du XIIe siècle — insiste à nouveau sur les bâtiments : d'abord la basilique Sainte-Marie où les âmes sont rassemblées pour le Jugement[29], puis l'église de Montjoie qu'atteignent les élus après une porte de pierres précieuses, ouverte dans un mur d'or. L'église, but final du pèlerinage, est, elle-même, un temple d'or.

Un bâtiment paradisiaque, c'est encore ce que voient Lidwine et sainte Brigitte. À cette dernière il est donné à plusieurs reprises d'assister à des scènes de jugement dans l'au-delà. On lit dans ses *Révélations* : « Une certaine personne [elle-même], veillant en oraison et ne dormant pas, voyait en esprit un palais d'une grandeur incompréhensible, auquel était une innombrable multitude d'hommes, vêtus de vêtements blancs et éclatants, et chacun d'iceux sembloit avoir un siège propre. En ce palais y avait principalement un siège signalé comme un soleil pour le juge. Une vierge aussi était debout auprès du siège ayant sa tête entourée d'une couronne. Tous servaient celuy qui était assis au siège, le louant avec des hymnes et des cantiques. » On explique à Brigitte : « Ce palais que vous avez veu est une figure du ciel. » Une autre fois, Brigitte assista au jugement de son fils Charles : « Elle se vit portée, assure-t-elle, en un grand et beau palais où elle se voyait et voyait N.S.J.C. assis en son siège judicial, comme un empereur qui a sa couronne en sa tête, accompagné d'une infinité d'anges et de saints. » Présente encore à un jugement dans l'au-delà, celui d'un roi, elle vit « tous les cieux comme s'ils n'eussent été qu'une maison en laquelle était un juge sur un trône, et la maison était pleine de serviteurs louans le juge chacun de sa voix[30] ».

Sur un *Jugement dernier* peint vers 1420 par un anonyme à Loreto Aprutino, un jardin paradisiaque précède un palais Renaissance à deux niveaux qui, à l'évidence, figure la Jérusalem céleste; saint Pierre se tient à la porte d'entrée[31]. Un bâtiment en forme de basilique à deux étages avec trois nefs gothiques et abside, c'est aussi la façon dont Jérôme Bosch a représenté le séjour des élus dans un *Jugement dernier* des années 1505-1510 que nous connaissons, partiellement seulement, par un dessin plus tardif du graveur et éditeur d'estampes anversois Hieronimus Cock[32].

Ce n'est pas sans fondement que visionnaires et artistes apercevaient la Jérusalem d'en haut sous la forme d'une église. Celle-ci était, elle-même, la figure de l'assemblée universelle des fidèles : l'« Église » avec un É majuscule, encore « militante » sur terre mais appelée à devenir un jour l'Église « triomphante » et éternelle. Déjà Origène avait identifié la Jérusalem définitive, cité du Roi de gloire, avec l'Église dans sa dimension spirituelle[33]. Eusèbe de Césarée[34] puis saint Ambroise confirmèrent cette équation. Le second proclama : « Voici la femme mère de tous, voici la maison spirituelle, voici la cité qui vit pour l'éternité, car elle ne connaîtra pas la mort. Elle est en effet la Jérusalem que l'on voit maintenant sur terre mais qui sera élevée au-dessus d'Élie [...]. Elle est aimée du Christ comme déjà glorieuse, sainte, immaculée et sans rides[35]. »

L'Église de la terre, anticipation de la Jérusalem céleste : tel est le sens de la planche 82 de l'*Hortus deliciarum*, qui est consacrée à la *Regina ecclesia*. Au sommet de la composition, des anges noirs luttent avec des lances et des flèches contre des anges armés de glaives : ce combat symbolise celui que l'Église militante continuera à mener sur terre et jusqu'à la fin du temps contre les forces du mal. Mais tout le reste de la planche est rempli par la figuration en grand format de l'Église, puissant édifice de pierres et à deux étages, aux murs surmontés de créneaux et dont le toit s'achève en coupole. Ce bâtiment fortifié est l'asile sûr dans lequel les fidèles sont déjà comme dans la Jérusalem d'en haut, à condition que les *subjecti*, rangés au niveau inférieur, soient des disciples « obéissants » de l'Église enseignante dont les représentants occupent le niveau supérieur.

Cette identification éclaire la relation entre des églises comme bâtiments et la Jérusalem d'en haut. La basilique du Saint-Sépulcre à Jérusalem, celle de Saint-Pierre de Rome, l'église des Saints-Apôtres à Constantinople et celle de la Rotonde à Antioche, construites à l'époque de Constantin, furent conçues comme des images et des symboles de la Jérusalem céleste [36]. Un dessin du XIe siècle, qui nous a conservé la façade de l'ancienne église Saint-Pierre de Rome, révèle qu'elle comportait au sommet de sa façade une figuration de l'agneau mystique sous lequel se tenaient les quatre « vivants » et vingt-quatre figures humaines. L'évocation de la cité céleste se référait souvent à la coupole de l'église du Saint-Sépulcre plutôt qu'au bâtiment cubique décrit par l'Apocalypse. Mais ce n'est pas par hasard que les « églises-porches » de Corvey-sur-Weser (IXe siècle) et de Saint-Benoît-sur-Loire (XIe siècle) sont à plan carré avec trois ouvertures sur chaque côté. Ce n'est pas non plus par hasard que les monastères se donnèrent des cloîtres carrés, qui rappelaient le plan de la Jérusalem d'en haut aperçue par le visionnaire de Patmos.

C'est aussi par référence à l'Apocalypse que plusieurs grandes églises furent dotées de vastes lustres de forme circulaire ou octogonale représentant une ville. Le plus ancien que l'on connaisse est celui que fit confectionner l'évêque Hézilon pour la cathédrale d'Hildesheim, en Saxe, entre 1054 et 1079. Le lustre dessine une enceinte à douze portes et ses tours sont comme des phares, l'ensemble figurant la Jérusalem éternelle. D'autres lustres fameux ressemblant à celui-ci furent suspendus dans l'octogone de la cathédrale d'Aix-la-Chapelle et dans l'église de Grosz-Kombourg (près de Schwäbish Hall) [37].

La grandiose reconstruction de l'église abbatiale de Cluny, entreprise par Hugues de Semur à partir de 1088, doit à son tour être comprise dans sa signification eschatologique. Au Moyen Âge, c'était la plus grande église de la chrétienté, avec 181 mètres de long, deux transepts, cinq nefs, des centaines de piliers et de fenêtres, un chœur de 125 stalles et un déambulatoire majestueux en demi-rotonde, dit « déambulatoire des anges », auréolé de dix-sept absidioles [38]. Cet édifice sacré devait apparaître comme une image et une anticipation de l'Église postérieure au Jugement dernier. Le prédécesseur de Hugues, retiré à Cluny, avait vu en songe saint Jean prendre les mesures du nouveau bâtiment à la façon de l'ange de l'Apocalypse. La pensée de la Jérusalem d'en haut inspira également Suger lorsqu'il reconstruisit la basilique de Saint-Denis. Il décida d'y donner une grande place à la lumière et, plus généralement, fit en sorte que, de manière anagogique, le fidèle passât de l'or, de la lumière des vitraux, de l'éclat des pierres précieuses et de l'harmonie architecturale de l'église aux splendeurs impérissables de la cité éternelle.

Les cathédrales médiévales étaient souvent conçues et comprises comme des figures de la cité céleste et en intégraient des éléments. Ainsi, la rose méridionale de la cathédrale de Chartres (vers 1230) fait voir en son milieu le trône sur lequel est assis le Seigneur, le livre scellé et deux chandeliers évoquant ceux, plus nombreux (sept), de l'Apocalypse. Les vingt-quatre Anciens entourent cette scène. Un rapprochement s'impose avec l'*Hymne pour la dédicace d'une église* (VIe ou VIIIe siècle) qui débute par cette strophe significative :

Jérusalem, cité céleste,
Bienheureuse vision de paix,
Construite de pierres vivantes,
Tu montes jusque dans les cieux,
Entourée comme une épousée
D'une escorte de milliers d'anges.
Flamboyantes de pierres précieuses,
Tes portes sont largement ouvertes...

C'est donc par référence à l'Apocalypse qu'à l'âge gothique et à l'imitation de Suger les vitraux, les reliquaires précieux et les objets d'orfèvrerie se multiplièrent dans les sanctuaires, pour rappeler la « cité sainte » qu'avait aperçue le visionnaire de Patmos et qui « brillait de la gloire même de Dieu » (21, 11). C'est encore en souvenir de l'Apocalypse que, dans de nombreuses églises gothiques, des baldaquins figurant des éléments de remparts furent placées au-dessus des statues des saints, ce qui signifiait que ceux-ci étaient déjà à l'abri des murs de la cité éternelle.

Une des évocations les plus convaincantes d'une église comme figuration de la cité d'en haut a été donnée par Roger Van der Weyden dans son triptyque des *Sept Sacrements*, peint vers 1453 pour l'évêque de Tournai, et maintenant au musée des Beaux-Arts d'Anvers. Le panneau central présente, dans une belle nef gothique avec jubé, une grande croix dominant le Christ mort, les saintes femmes et saint Jean. Dans les nerfs latérales sont administrés le baptême et l'extrême-onction. Le bâtiment religieux, où sont ainsi donnés les sacrements du salut grâce au sacrifice de Jésus, signifie l'espace sacré où l'homme sauvé connaîtra la sécurité éternelle[39].

La volonté de transcrire l'image de la Jérusalem céleste dans une église de la terre survivait dans l'Italie de la Renaissance. En témoignent les dessins conservés de la nouvelle basilique Saint-Pierre, projetée par Bramante et son équipe. Était prévue une immense église de plan carré, avec trois ouvertures de chaque côté et quatre campaniles aux angles. Il s'agissait de donner « à notre

Église militante une image certaine et un symbole sûr de l'Église triomphante », assure un document de l'époque.

La Jérusalem céleste dans l'art

Comme le suggèrent ces exemples, le thème de la Jérusalem d'en haut incita à de multiples transpositions iconographiques. Certaines se contentèrent de figurer la porte où les élus sont accueillis à leur entrée dans la cité céleste. C'est le parti adopté à la chapelle des Espagnols de Santa Maria Novella à Florence. Les âmes, de blanc vêtues, sont reçues par saint Pierre et deux anges qui les couronnent. De l'autre côté de la porte de marbre rose, les saints sont tournés vers les nouveaux arrivants.

Ce thème de l'accueil à la porte de la cité du bonheur éternel connaîtra une belle fortune au XVe siècle. Les artistes prendront alors plaisir à orner, voire à surcharger cette porte gothique de frontons ouvragés, clochetons, pinacles et ornements divers, comme dans les *Jugements derniers* de Van der Weyden (Beaune), de Lochner (Wallraf-Richartz Museum, Cologne) et de Memling (Gdansk). Sur cette dernière œuvre, les élus, dévêtus, sont rassemblés au bas d'un escalier de cristal qui conduit à un portail d'église enrichi de pinacles, niches et statues. Des anges aux ailes multicolores se pressent aux tourelles pour regarder le spectacle. Sur les marches un ange en dalmatique rouge mouchetée d'or dirige les bienheureux, que l'on revêt de la robe nuptiale, vers un saint Pierre de grandeur héroïque.

Mais, du IVe au XVIe siècle, les artistes chrétiens se plurent aussi à évoquer la Jérusalem d'en haut comme une ville entière transfigurée. Ils le firent d'abord dans la tradition romaine et en s'inspirant des bâtiments impériaux. La mosaïque absidiale de Sainte-Pudentienne (fin IVe siècle ou début du Ve), à Rome, est révélatrice à cet égard. Au centre, le Rédempteur, représenté en Christ-Roi dans un style inspiré de l'iconographie impériale, est entouré des apôtres formant cercle autour de lui. Deux figures féminines, derrière eux, couronnent Pierre et Paul et symbolisent l'Église composée à la fois de Juifs et de gentils. Au pied du Christ était un agneau qui a disparu lors d'une réfection en 1589. La scène est fermée par un portique courbe derrière lequel on aperçoit les édifices d'une ville dont une rotonde, une construction octogonale et des bâtiments carrés ou rectangulaires, qui évoquaient peut-être en les idéalisant des édifices religieux de la Jérusalem de l'époque. Les bâtiments sont en marbre avec des toitures dorées. Derrière le Rédempteur, sur une colline, se dresse une grande croix ornée de pierreries et entourée des symboles des quatre évangélistes.

Des mosaïques de la basilique Sainte-Marie-Majeure, réalisées au ve siècle — donc très antérieurement au couronnement de Marie, dans la même église, dont nous traiterons plus loin —, on retiendra ici, sur l'arc triomphal de l'abside, la représentation stylisée d'une ville dont le nom est écrit : « Hierusalem ». Ses hautes murailles et ses tours d'or et de pierres précieuses entourent des bâtiments serrés les uns contre les autres. À la porte, se préparant à entrer, six brebis symbolisent les apôtres. C'est encore la Jérusalem d'en haut qu'évoquent, à Rome toujours, les mosaïques de l'arc triomphal (ixe siècle) de Sainte-Praxède. Ses murs et ses tours, à nouveau d'or et de pierres précieuses, délimitent une enceinte en ellipse. À l'intérieur de celle-ci, on aperçoit le Christ entouré d'Élie et Moïse, Marie et saint Jean-Baptiste, sainte Praxède et les douze apôtres. De part et d'autre des portes, des anges se préparent à faire entrer des élus dans la cité du bonheur éternel. En dessous, les vingt-quatre vieillards de l'Apocalypse, vêtus d'amples toges blanches, offrent au Christ leur couronne de gloire.

On ne s'étonnera pas qu'en plusieurs églises les artistes aient représenté symboliquement non seulement Jérusalem mais aussi Bethléem. Ainsi, entre autres, à Sainte-Marie-Majeure et à Saints-Côme-et-Damien à Rome, ou à Saint-Vital et à Saint-Apollinaire-in-Classe de Ravenne. Il s'agissait à l'évidence d'un redoublement du même thème. Bethléem, lieu de la naissance de Jésus, devenait, elle aussi, une anticipation de la cité du bonheur éternel.

La ville céleste devait ensuite faire en Occident une belle carrière iconographique. On la voit dans l'*Évangéliaire de saint Médard* de Soissons, enluminure rhénane antérieure à 827. Une tenture rouge repliée laisse découvrir un large fragment de décor urbain ; au-dessus, les vingt-quatre vieillards adorent l'agneau divin[40]. La *Hierusalem celestis* figure, en pleine page, sur un manuscrit des environs de 1200 du *Liber floridus* de Lambert de Saint-Omer (conservé à la bibliothèque universitaire de Gand)[41]. C'est ici une ville enfermée dans une enceinte circulaire et de laquelle s'élèvent douze tours associées aux noms des apôtres. Les assises des remparts, comme dans l'Apocalypse, s'ornent de pierres précieuses[42].

À partir du xiie siècle, un essor urbain et une exaltation de la ville se produisirent en Europe occidentale et centrale. Signe des temps : au xiiie siècle, les ordres religieux nouveaux — notamment les dominicains et les franciscains — s'implantèrent dans les villes pour y développer leur apostolat et leur enseignement. Le discours sur le paradis et surtout l'iconographie le concernant reflétèrent naturellement cette orientation de la civilisation. Le franciscain Giacomino da Verona, composant à la fin du XIIIe siècle un poème sur la Jérusalem céleste, décrivit non seulement ses rues et ses places mais aussi ses maisons[43] :

> L'Écriture dit, texte et glose,
> Que les maisons et les palais qui s'y trouvent
> Sont si précieux et d'ouvrage si admirable
> Que nul qui se trouve sous le ciel ne le peut dire.
> Car les blocs de pierre sont de marbre fin,
> Clairs comme le verre, plus blancs que l'hermine;
> Dedans et dehors, les chambres et les cheminées
> Sont peintes de lapis-lazuli et d'or d'outre-mer.
> Les colonnes et les portes sont d'un métal
> Qui est meilleur que l'or, qui est plus clair que le cristal[44].

Gerardesca (1210-1269), une tertiaire rattachée à l'ordre des camaldules, eut une vision de la cité céleste que nous a conservée un auteur anonyme et qui a été imprimée dans les *Acta sanctorum*. La ville sainte lui apparut au centre d'un vaste territoire. Elle vit ses rues d'or et de pierres précieuses, et une avenue bordée d'arbres, eux aussi en or et portant des fleurs resplendissantes. Autour de la ville sept gracieux châteaux s'élevaient sur des rochers abrupts, rochers et constructions étant de pierres précieuses. La cour céleste résidait d'ordinaire dans la cité mais se déplaçait trois fois l'an pour visiter chacun des châteaux. À l'évidence, Gerardesca, en rêvant du paradis, avait à l'esprit les villes italiennes de son temps, lieux de sécurité, dominant un *contado* surveillé par des forteresses de campagne[45].

L'évocation de la Jérusalem d'en haut devint alors de plus en plus fréquente dans l'iconographie de l'Occident chrétien. Dans l'église abbatiale de Civate (Lombardie), une fresque du XIIe siècle présente la cité céleste enfermée dans une enceinte rectangulaire à douze portes, chacune nommée par une pierre précieuse. Au centre, le Christ est assis sur un globe avec un agneau à ses pieds. En dessous coule une source cristalline. La célèbre *Apocalypse* d'Angers, commandée vers 1373, consacre deux tapisseries à la Jérusalem nouvelle en suivant l'ordre du chapitre 21 du livre attribué à saint Jean. La première, à fond bleu, montre la ville tout entière avec sa porte, ses fortifications et ses églises. Dans la seconde, l'ange dévoile au visionnaire de Patmos « la sainte cité de Jérusalem qui descendait du ciel d'auprès de Dieu ». La tapisserie ne révèle ici, à droite de l'ange, qu'une partie de la ville : les remparts et les tours, avec créneaux et machicoulis, et les monuments entassés se détachent sur fond rouge. Le jaune, assez largement distribué, signifie l'importance de l'or dans la décoration de cette cité unique[46].

On ne sait si l'auteur des tapisseries d'Angers avait à l'esprit la forme carrée de la ville sainte certifiée au chapitre 21 de l'Apocalypse. Mais aucun doute n'est permis lorsqu'on regarde le manuscrit de la plus ancienne *Apocalypse* flamande, enluminée vers 1400 (conservée à la BNF). La Jérusalem d'en haut y est représentée par un quadrilatère avec quatre tourelles d'angle et douze portes. Un ange se tient debout devant chacune de celles-ci et regarde vers l'intérieur où se tient l'agneau à côté de l'oriflamme de la croix. En haut, le Seigneur, se détachant sur le ciel bleu étoilé, bénit d'une main et porte un globe de l'autre. En bas, trois rois et un empereur, vêtus à la mode du temps, apportent un calice, des ciboires et un reliquaire[47].

C'est encore une ville enfermée dans un quadrilatère fortifié qu'évoque la miniature (antérieure à 1416) des *Très Riches Heures du duc de Berry* consacrée à saint Jean à Patmos (musée Condé, Chantilly). L'artiste y a combiné les chapitres 4 et 21 de l'Apocalypse. De l'île où il est exilé saint Jean entend les trompettes et aperçoit le Christ, siégeant sur un trône et entouré des vingt-quatre vieillards assis dans des stalles comme dans le chœur d'une église. En dessous, séparée de Jean par la mer, surgit à l'horizon la Jérusalem céleste dont les murs, dessinant un carré, entourent des bâtiments gothiques aux formes élancées[48].

Jérusalem céleste et essor urbain

De même que les mosaïstes de Sainte-Pudentienne avaient symbolisé la cité éternelle en s'inspirant des monuments impériaux de leur temps, de même les artistes du XVe siècle transposèrent dans la Jérusalem paradisiaque les architectures raffinées du gothique flamboyant. Le dernier des quatorze bois gravés par Dürer pour illustrer son *Apocalypse* (1498) — l'œuvre qui le rendit d'emblée célèbre — montre Satan vaincu, monstre affreux, s'enfonçant dans un puits étroit, tandis qu'un ange désigne du doigt à saint Jean la cité de la joie éternelle. En fait, la cité est, sinon une reproduction de Nuremberg, du moins une ville allemande de l'époque avec ses portes, ses tours fortifiées, ses clochers effilés et un faubourg relié à l'agglomération principale par une muraille à tourelles. Un ange veille à l'entrée principale. Quelques années plus tard, vers 1526-1530, le peintre de Douai Jean Bellegambe peint un *Jugement dernier*[49] dont un panneau montre, comme d'habitude, l'entrée des élus au paradis. Celui-ci est meublé dans ses étages supérieurs de vastes bâtiments en forme de rotondes. L'influence de la Renaissance italienne a évidemment suggéré ces architectures.

Il faut introduire ici une incise à propos des villes données comme images symboliques de la Jérusalem céleste. Un document originaire de Brescia nous apprend que les habitants de cette ville voyaient dans leur cité un symbole de la Jérusalem céleste et pensaient plus généralement que « les villes sont faites à la similitude du paradis[50] ». Une miniature ornant un manuscrit du XVe siècle de *La Cité de Dieu*[51] montre saint Augustin rédigeant son livre au-dessous d'une figuration de la cité d'en haut, qui est la Rome du temps de Nicolas V. De même, la *Crucifixion* peinte par Botticelli et conservée au Fog Art Museum de Cambridge (Massachusetts) fait surgir la Florence de Savonarole comme une Jérusalem nouvelle à droite de Jésus en croix. Dans ces deux exemples, une intention apologétique voulait signifier que Rome, dans un cas, Florence, dans l'autre, étaient des images approchées de la future cité éternelle[52]. Plus anciennement, Strasbourg avait fait confectionner un sceau qui la représentait comme la Jérusalem d'en haut[53].

Au XVe siècle et au début du XVIe, dans l'art flamand et allemand, de nombreuses villes décrites avec précision, et plusieurs fois reconnaissables, apparaissent derrière des figures de saints ou derrière la Vierge. Le but est d'indiquer que la scène est placée dans un décor qui est celui de la ville éternelle. Un exemple caractéristique en est fourni par la *Légende de sainte Lucie*, d'un artiste anonyme (musée de Détroit). Marie portant l'enfant Jésus est entourée de quatre belles jeunes filles luxueusement vêtues. Derrière elles, on aperçoit un jardin merveilleux rempli de roses. Au-delà coule un fleuve sur les rives duquel s'épanouit la ville de Bruges, symbole évident ici de la Jérusalem éternelle[54].

Au cours des âges, les artistes ont ainsi tout naturellement imaginé la cité céleste en utilisant ou en recomposant les éléments que leur proposait la silhouette des villes de leur temps. Cette remarque n'est pas démentie par le polyptyque de *L'Agneau mystique*. En effet des paysages urbains y apparaissent à la fois comme fond de décor derrière les élus rassemblés autour de l'autel de l'agneau ou en marche vers lui et, le retable une fois replié, au-delà de la scène de l'Annonciation imaginée dans une chambre d'où l'on aperçoit les maisons d'une ville. Comme le Maître de Flémalle, Van der Weyden ou le maître de la *Légende de sainte Lucie*, l'auteur du retable de Gand s'est plu à associer aux histoires sacrées des clochers et des tours, des églises et des maisons. La *Vierge au chancelier Rolin* de Jan Van Eyck (au Louvre) est une autre illustration de cette interpénétration voulue du sacré et du profane. Entre Marie qu'un ange couronne d'un somptueux diadème et le chancelier à genoux devant elle une arcade ouvre sur un vaste panorama. Une large rivière y sépare les deux parties d'une ville. Au fond, on devine des montagnes. Comme d'habitude chez les peintres flamands de l'époque, chaque détail de la ville ou de la campagne est décrit avec minutie, ce qui est vrai aussi pour les joyaux, les vêtements des personnages et les plantes.

On a tenté d'identifier les bâtiments qui encadrent à l'horizon la prairie paradisiaque de Gand. Une tour gothique, à gauche du groupe des vierges, pourrait être celle de Notre-Dame de Bruges. Tout près serait le chœur inachevé de la cathédrale de Cologne et, à l'extrême droite, le dôme de Mayence. Au-dessus de l'agneau, on a cru reconnaître le clocher d'Amersfoort, près d'Utrecht, mais l'examen radiographique a montré qu'il s'agit d'un ajout du XVIe siècle. Mieux vaut supposer que le peintre a voulu suggérer la Jérusalem éternelle au moyen des architectures terrestres, mais dans une recomposition métaphorique associant des constructions élancées et des rotondes, des réalisations romanes, gothiques et byzantines. Peut-être l'octogone à coupole à droite des confesseurs voulait-il représenter, par une image de fantaisie, l'église du Saint-Sépulcre de Jérusalem telle qu'on se la figurait en Occident?

Il reste que, si on ne regarde pas le retable avec une loupe grossissante, ce ne sont pas les bâtiments de la Jérusalem céleste qui sautent aux yeux mais bien la prairie paradisiaque centrée sur l'autel de l'agneau et la fontaine de vie. Au contraire, à Saint-Nicolas de Matrei (Tyrol) des fresques du XIIIe siècle montrent, dans le chœur supérieur, la Jérusalem céleste avec ses murs fortifiés et ses douze portes surmontées des apôtres et, dans le chœur inférieur, les quatre fleuves du paradis terrestre. Dans le même esprit, des fresques de l'ancienne cathédrale de Gurk, en Carinthie, elles aussi du XIIIe siècle, se répondent de façon pédagogique : d'un côté, le paradis terrestre d'où Adam et Ève sont chassés; de l'autre, la Jérusalem céleste dont la Rédemption ouvre l'accès aux élus. On retrouve cette disposition sur un panneau de marbre de beau style Renaissance à la cathédrale de Bordeaux : le Christ surgit du tombeau, enlevé vers le ciel par un aigle puissant. À sa gauche est figuré l'arbre du bien et du mal planté au paradis terrestre; à sa droite, au-dessus des nuages, apparaît la silhouette carrée de la Jérusalem céleste. C'est l'itinéraire du salut qui est ainsi évoqué depuis le jardin béni des origines jusqu'à la cité sainte destinée aux élus.

CHAPITRE VIII

Le paradis terrestre transporté dans l'au-delà

De la tradition juive au paradis chrétien

Le polyptyque de Gand retrace, comme les œuvres citées à la fin du chapitre précédent, l'histoire du salut depuis nos premiers parents jusqu'à l'entrée dans l'éternité bienheureuse, en passant par l'Annonciation. Mais il accorde une place démesurée à la campagne paradisiaque. L'Apocalypse (22, 1-2) ne mentionnait que brièvement le fleuve qui jaillit du trône de l'agneau et l'arbre de vie aux douze récoltes. Mais une tradition remontant au judaïsme et à l'Antiquité chrétienne insista au cours des âges sur le lien presque structurel entre jardin et joie.

Très représentatif de cette tradition est le poème déjà cité du franciscain Giacomino da Verona sur la cité céleste. L'auteur insiste lui aussi, beaucoup plus que l'Apocalypse, sur les eaux, la végétation merveilleuse et les oiseaux qui animent et embellissent l'intérieur de la Jérusalem éternelle :

Les eaux et les fontaines qui courent dans la cité
Sont plus belles qu'argent ou or fondu;
Tenez pour assuré que celui qui en boira
Jamais ne pourra plus mourir et n'aura plus de soif.
Encore en son milieu court un beau fleuve,
Lequel est entouré d'une très grande verdure,
D'arbres et de lis et d'autres belles fleurs,
De roses et de violettes, qui donnent grand parfum.
Claires sont les ondes, plus que le soleil brillant,
Roulant des perles d'or fin et d'argent,
Et, tout le temps, et toujours davantage de pierres précieuses
Semblables aux étoiles qui sont placées au firmament,
Desquelles chacune a une telle vertu
Qu'elles font retourner un vieil homme à sa jeunesse,

Et l'homme qui gît depuis mille ans sous le monument
À leur contact se lève vivant et sain.
Encore : les fruits des arbres et des prés,
Qui sont placés sur la rive au bord du fleuve,
Rien qu'en les goûtant, les malades guérissent,
Et ils sont plus doux que miel ni qu'aucune autre chose.
D'or et d'argent sont les feuilles et les troncs
Des arbres qui portent ces doux fruits;
Fleurissant tous douze fois dans l'année,
Jamais ils ne perdent leurs feuilles ni ne deviennent secs.
Et chacun est [en soi] si embaumé
Que leur parfum se sent à mille milles et plus;
Aussi la cité tout entière, du dedans et du dehors,
Semble remplie de cinnamome et de menthe.
Alouettes, rossignols et autres beaux oiseaux
Chantent jour et nuit sur ces arbrisseaux,
Faisant leurs vers plus justes et plus beaux
Que ne font violes, rotes et chalumeaux.
Là-haut, les bosquets et les vergers sont toujours verts,
Dans lesquels se distraient les saints chevaliers,
Qui n'ont jamais ni plainte ni souci,
Hormis de bénir le Créateur du ciel[1]...

Ces jardins merveilleux, que plusieurs voyageurs de l'au-delà aperçurent au cours de leurs périples vers ou dans le paradis, ces verts pâturages, synonymes de joie, ont une longue histoire qui explique les mentions d'un *locus amoenus* dans les récits de visions. À l'origine, bien sûr, on trouve le « jardin d'Éden » de la Genèse (2, 8-9). Une longue tradition biblique associa ensuite bonheur et nature. Le psaume 23 (1-3) fait dire à David : « Le Seigneur est mon berger, je ne manque de rien. Sur de frais herbages il me fait coucher; près des eaux du repos il me mène, il me ranime. » Dans le Cantique des cantiques (4, 12-13), le fiancé qualifie sa compagne de « jardin » et de « paradis ». Au chœur qui lui demande : « Où est allé ton chéri ? » la jeune femme répond : « Mon chéri descend à son jardin, aux parterres embaumés pour paître un jardin et pour cueillir des lis » (6, 2).

Une prophétie d'Ézéchiel annonce aux Juifs déportés en Babylonie que le Temple sera restauré, qu'une source en sortira et qu'« au bord du torrent, sur les deux rives, pousseront toutes espèces d'arbres fruitiers; leur feuillage ne flétrira pas et leurs fruits ne s'épuiseront pas; ils donneront chaque mois une nouvelle récolte, parce que l'eau du torrent sort du sanctuaire. Leurs fruits serviront de nourriture et leur feuillage de remède » (47, 12). D'autres prophéties encore assurèrent aux Hébreux un avenir de paix : « ils cultiveront des jardins pour en manger les fruits » (Am 9, 14);

« ils fleuriront comme le lis » (Os 14, 6) ; « les collines ruisselleront de lait » (Jl 4, 18) ; « au lieu de la ronce croîtra le cyprès, au lieu de l'ortie croîtra le myrte » (Is 55, 13).

Selon la tradition messianique juive, l'homme, à la fin des temps, reviendra au jardin d'Éden et, prophétise le *Premier Livre d'Hénoch* (dont les éléments furent rassemblés au Ier siècle avant J.-C.), « la terre sera alors comblée de bénédictions au paradis terrestre. Tous les arbres de la terre se réjouiront. On plantera des vignes, et toute vigne plantée produira des jarres de vin par milliers[2] ». Ce sont ces rêves d'agriculteurs que l'Apocalypse (22, 2) reprend sobrement lorsqu'elle évoque, au milieu de la cité céleste, les deux bras d'un fleuve et un arbre de vie produisant douze récoltes.

Dans les premiers siècles de l'ère chrétienne, l'évocation du bonheur dans une nature bénie renvoyait le plus souvent au paradis perdu par Adam et Ève ou à un nouveau jardin d'Éden habité par les justes en attente de la résurrection. Selon la conception du paradis alors la plus développée, celui-ci « désigne le lieu où les âmes des justes attendent la résurrection eschatologique[3] ». Cette évocation chrétienne d'un jardin du bonheur, terre heureuse des origines devenue séjour d'attente où les élus sont déjà dans le repos et la paix, s'est très tôt enrichie d'éléments empruntés aux traditions religieuses et poétiques des Grecs et des Latins. Les thèmes de l'âge d'or, des Champs Élysées, des Îles Fortunées et du paradis orphique promis aux initiés, avec ses prairies émaillées de fleurs et ses arbres chargés de fruits, se fondirent ainsi avec celui du verger des origines[4]. « Ce que l'on avait pris pour une opposition entre païens et chrétiens n'était souvent qu'une opposition entre haut et bas Empire, constate Nancy Gauthier. En ce qui concerne le domaine des images, le christianisme a largement puisé dans le stock disponible à son époque[5]. »

Que le mot *paradisus* n'ait que rarement désigné le royaume des cieux durant les premiers siècles du christianisme nous est attesté par de multiples documents. Irénée, Clément d'Alexandrie, Athanase, Didyme, Épiphane, Grégoire de Nysse, Jean Chrysostome et bien d'autres s'accordent pour penser que le ciel ne sera ouvert qu'au dernier jour, mais que les « saints », les « doux » et les « justes » sont déjà « en repos » dans la « demeure choisie et souverainement agréable », appelée tantôt « paradis », tantôt « sein d'Abraham »[6]. Encore au VIIe siècle, Isidore de Séville présente des distinctions qui nous surprennent aujourd'hui. Il affirme en effet qu'il y a deux paradis. « Le premier est terrestre » ; c'est celui où vécurent « corporellement » Adam et Ève pendant quelque temps. Le second est « céleste, et c'est là que les âmes des bienheureux, sitôt sorties de leur enveloppe corporelle, sont transférées et où, jouissant d'une félicité bien méritée, elles attendent de retrouver leur corps ». Enfin, après la résurrection, les élus verront Dieu face à face dans le royaume des cieux. « Alors — et Isidore cite ici Matthieu (13, 43) — les justes resplendiront comme le soleil dans le royaume de leur Père[7]. »

Une géographie de l'au-delà proche de la précédente est exposée par Honorius d'Autun (XIIe siècle) dans son *Elucidarium*. Il y enseigne que « seules, les âmes des parfaits » ont le privilège de contempler la divinité éternelle « dès qu'elles ont quitté la dépouille de leur corps ». Entendez par « parfaits » « les martyrs, les moines et les vierges ». Quant à ceux qui sont simplement « justes », « lorsqu'ils ont quitté leur corps, ils sont conduits par les anges au paradis terrestre, ou plutôt dans une joie spirituelle, puisque les esprits, croit-on, n'habitent pas des lieux corporels [...]. Une fois morts, ils seront reçus selon leurs mérites dans des lieux très agréables... [Mais] tous, après le Jugement, seront associés aux anges[8] ». Saint Thomas d'Aquin, contrairement à Honorius d'Autun, ne maintient pas l'existence d'un lieu à la fois de bonheur et d'attente, mais, héritier d'une tradition ancienne, il appelle « paradis » le jardin où furent placés Adam et Ève — qui, selon lui, existe toujours dans un coin reculé de la terre[9] — et il nomme « ciel empyrée » le « séjour des bienheureux », alors qu'Honorius qualifiait de « paradis spirituel » le « palais céleste » de Dieu.

LIEU D'ATTENTE ET JARDIN DU BONHEUR

Une discussion s'est ouverte entre historiens sur les raisons pour lesquelles on a appelé « parvis » — *paradisus* en latin — l'atrium ou quadriportique précédant une église. Ce nouveau sens de *paradisus* semble avoir d'abord concerné l'atrium de Saint-Pierre de Rome et s'être généralisé à partir d'autres constructions religieuses, comme les abbayes de Saint-Gall, de Saint-Riquier et du Mont-Cassin. S'agissait-il d'un rappel du paradis terrestre? Est-ce parce que ces quadriportiques faisaient fonction de cimetières? Est-ce parce que, dans le cas de Saint-Pierre de Rome, la façade de la basilique donnant sur l'atrium comportait une mosaïque consacrée à l'Apocalypse[10]? Je répondrai : pour toutes ces raisons à la fois, car elles sont convergentes. Le parvis, champ de paix en l'attente de la résurrection, était le nouveau paradis terrestre d'où les justes entreraient après le Jugement dernier dans la Jérusalem céleste symbolisée par l'église.

Quand et comment le mot « paradis » a-t-il glissé du sens de jardin d'Éden — ou de jardin d'attente — à celui de royaume des cieux ? Une première étape a consisté à décrire le lieu d'attente des justes comme un jardin de bonheur. Ainsi, dans l'*Apocalypse de Paul*, il apparaît comme un lieu où coule un fleuve de lait et de miel, et où chaque arbre fructifie douze fois par an, donnant à chaque fois des fruits différents[11].

Plus caractéristique encore, la vision dont fut favorisé dans sa prison le diacre Saturus que relate la *Passion de Perpétue* : « Nous pénétrâmes dans un vaste terrain qui ressemblait à un verger, dont les arbres eussent porté des roses et toutes sortes de fleurs. Les arbres avaient la taille du cyprès et les feuilles faisaient entendre un murmure perpétuel... [Puis] nous approchâmes d'un lieu dont les murailles semblaient faites de lumière et devant la porte duquel se tenaient quatre anges[12]. » On a rapproché avec raison le cadre bucolique précédant (ou entourant) les murailles lumineuses des évocations idylliques de Virgile et d'Ovide et le jardin évoqué ici fait penser à un *viridarium*, parc ornemental entourant une villa romaine[13].

En tout cas, ce verger fleuri situé en avant du séjour de lumière est déjà un lieu paradisiaque. Les célèbres *Hymnes sur le paradis* d'Éphrem, prédicateur et poète syriaque († 373) dont les œuvres furent rapidement traduites en grec, ont certainement contribué, à cause de leur durable succès, à faire glisser le jardin sans hiver dans l'univers du bonheur définitif. Pourtant, Éphrem, quand il évoquait le paradis, d'une part, renvoyait au classique lieu d'attente et, d'autre part, avertissait qu'il fallait entendre ses descriptions en un sens spirituel et allégorique. Mais une fois entré dans le poème, on a du mal à distinguer ciel et paradis et on retient surtout des *Hymnes* d'Éphrem la notion d'un lieu que ne visitent « ni le froid malfaisant ni la chaleur brûlante », où « les récoltes sont ininterrompues », où des fruits délicieux sont « toujours placés à portée de la main », où « les fleurs sont denses et triomphantes[14] ».

Jésus n'avait pas décrit le lieu de la joie éternelle (« Philippe, qui me voit voit le Père », Jn 14, 10) et les premiers chrétiens cherchèrent surtout à exprimer leur tranquille assurance d'être accueillis après la mort dans le « repos » et dans la « paix » du Christ. Leur conception de l'au-delà fut d'abord limitée à cette certitude et il est probable qu'ils n'établissaient pas toujours de différence entre le lieu d'attente paisible et le séjour définitif des élus. Plutôt que de décrire l'au-delà, les premières générations chrétiennes préférèrent, dans les catacombes et sur les sarcophages, évoquer l'après-mort par des images symbolisant la résurrection : Noé dans l'arche, les trois Hébreux dans la fournaise, Daniel dans la fosse aux lions et Lazare sortant du tombeau.

Mais les témoignages iconographiques et épigraphiques révèlent que bientôt ils recoururent, pour suggérer le bonheur près du Sauveur, à des images empruntées à la fois au jardin d'Éden et au *locus amoenus* de la poésie antique. Dans les catacombes romaines de Saint-Callixte, le *cubuculum* dit des « cinq saints » est en réalité la figuration de plusieurs orants dans un jardin symbolisant le bonheur éternel. Citons ici l'excellent commentaire de Frédérick Tristan : « Il s'agissait de montrer le paradis d'hier qui deviendrait le paradis de demain, sous l'aspect d'un jardin fleuri [...]. À côté de chacun [des orants] est écrit *in pace*. Autour d'eux, des bouquets semblent sortir du sol. Au-dessus de leurs têtes s'étirent des guirlandes de fleurs. Plus bas apparaissent deux paons, symboles d'immortalité [...], et l'inscription *Arcadia pace*, souvenir classique de Virgile et de la mythique Arcadie pastorale. Plus bas encore, des oiseaux voletants se désaltèrent dans des coupes d'où l'eau semble jaillir. Voici donc [l'avenir] promis aux âmes des justes : un merveilleux jardin fleuri, une oasis où des oiseaux s'ébattent, mais ces oiseaux sont des âmes[15]. »

Au début du XXe siècle, J. Wippert avait aussi identifié dans les catacombes de Domitille et dans la crypte de Lucine (catacombe de Saint-Callixte) des « arbres du paradis[16] », notamment le palmier, toujours vert. Le phénix qui renaît de ses cendres et le paon, réputé immortel, furent rapidement associés à ces évocations bucoliques de l'au-delà. Sur une mosaïque provenant de l'église de Cherchell, deux paons entourent un vase duquel sortent deux rinceaux de vigne. Dans leurs volutes des colombes picorent des raisins[17]. Sur une mosaïque chrétienne du VIe siècle conservée au musée de Sousse (Tunisie) un palmier sortant d'un grand vase, une vigne, des paons — et aussi des faisans — symbolisent et la résurrection et l'eucharistie[18]. Cette fois encore l'éternité de bonheur est signifiée par des images empruntées à une nature paradisiaque.

Ainsi la tentation s'introduisit assez rapidement d'évoquer le bonheur sans fin grâce à des images tirées de l'iconographie bucolique. Mais, dans les textes chrétiens anciens, les mots *coelum* et *paradisus* sont peu fréquents et des hésitations subsistèrent encore longtemps sur la réalité d'un délai et d'un lieu d'attente des justes appelés ensuite, après la résurrection des corps, à parvenir dans la lumière définitive de Dieu. Rappelons, comme exemple significatif, l'inscription romaine de 382 conservée à Sainte-Agnès-hors-les-Murs et qui se rapporte à une jeune fille morte à vingt et un ans : « Parmi les parfums exquis du paradis, elle règne là où le printemps éternel entretient le gazon des rives et elle attend le Dieu qui l'élèvera à des régions supérieures[19]. » De même, de nombreuses prières pour les défunts dans la primitive Église ne faisaient pas mention du ciel et imploraient Dieu pour qu'il leur accorde le « repos dans les habitacles de lumière et de joie [...] où les esprits des justes [...] sont tournés vers la récompense qui leur est promise[20] ».

La position de saint Augustin sur le paradis s'avère complexe et non exempte de flottements. Tantôt il déclare que les saints ne sont pas encore là où ils seront après le Jugement dernier et qu'ils monteront alors « au ciel suprême ». Tantôt — formule intéressante pour nous — il affirme que le troisième ciel où a été élevé saint Paul dans sa vision du chemin de Damas est le « paradis des paradis ». Tantôt encore il émet l'hypothèse que les diverses dénominations par lesquelles on distingue paradis, sein d'Abraham et royaume éternel pourraient bien n'exprimer qu'une même réalité : le séjour commun de tous les bienheureux[21]. Quoi qu'il en soit, il lance la formule *paradisus paradisorum,* appelée à un bel avenir poétique et iconographique. L'assimilation entre paradis terrestre et paradis céleste était en route. Autre indication révélatrice : la distinction entre ciel et paradis ne se trouve pas dans saint Basile, qui emploie indifféremment les deux termes. Selon lui, dans la brillante demeure du ciel, les élus s'épanouiront comme des fleurs[22].

L'éternité dans un jardin

L'assimilation de l'éternité bienheureuse à la vie dans un jardin béni est sensible dans un texte longtemps attribué à saint Cyprien mais dû sans doute à un clerc de son entourage et, en tout cas, datable du milieu du IIIe siècle. Le « lieu du Christ, lieu de grâce », y est décrit comme « une terre luxuriante dont les champs verdoyants se couvrent de plantes nourricières et gardent intactes des fleurs parfumées ». Là, les arbres montent haut vers le ciel, donnant une ombre dense comme un vêtement. Ni le foid de l'hiver ni la chaleur brûlante de l'été ne nuisent à la végétation[23]. Il s'agirait de la première évocation détaillée du séjour définitif des élus sous les aspects d'un jardin éternel. Mais Cyprien lui-même, s'adressant à de futurs martyrs et mettant déjà au présent leur récompense prochaine, leur disait : « À l'hiver a succédé le printemps, paré de roses et couronné de fleurs. Roses et fleurs venaient à vous des jardins du paradis, et c'étaient des guirlandes de fleurs qui entouraient votre tête[24]. »

Saint Ambroise († 397), à son tour, transporte les privilèges du paradis terrestre dans l'éternité bienheureuse. Dans le *De bono mortis* il affirme : « Continuons notre route vers le rassemblement des saints et la communauté des justes [...]. Nous irons là où est le paradis de joie [...]. Ni les nuages, ni le tonnerre, ni les éclairs, ni les bourrasques de vent, ni les ténèbres, ni le soir, ni l'été, ni l'hiver ne perturberont la succession des jours[25]. » « Paradis » évoqué par des soustractions, « paradis » tout de même, car dans l'opinion commune le jardin d'Éden était à l'abri des perturbations atmosphériques et le royaume du ciel se voyait ici doté d'une sérénité comparable.

Le Syrien Aphraatès († après 345) déclare que tout ce qu'on peut dire du ciel n'en suggérera jamais l'idée. Il assure tout de même que dans le séjour de lumière, de vie et de grâce, l'air sera infiniment doux et léger et émettra des rayons éclatants. Sur les arbres plantés par Dieu un éternel printemps sèmera les fleurs et fera s'épanouir les fruits sous des feuillages toujours verdoyants[26]. Mêmes évocations édéniques chez le poète espagnol Prudence († 415). Peignant l'arrivée de l'âme bienheureuse dans la cité céleste, il la voit bientôt « étendue sur un lit de pourpre, aspirant les senteurs des fleurs éternelles et, sur sa couche de roses, buvant la rosée d'ambroisie[27] ».

Les paysages paradisiaques pour signifier le bonheur éternel sont également présents dans les *Acta sancti Sebastiani*, souvent datés du ve siècle, lesquels imaginent un palais somptueux entouré d'un grand domaine. « Là-bas, précise l'auteur, la fleur pourpre du rosier ne se fane jamais ; là-bas les bois fleuris reverdissent perpétuellement, les prés nouveaux débordent sans cesse de ruisseaux de miel ; les gazons souvent parfumés de safran et les campagnes odorantes embaument de parfums à la suavité parfaite. Les brises qu'apporte la vie éternelle exhalent une fragance de nectar[28]. » Dans les *Acta Felicis, Fortunati et Achillei*, qui ne sont pas antérieurs au VIe siècle, Felix aperçoit des agneaux éclatants de blancheur qui paissent des crocus et autres fleurs procurant la béatitude[29]. Certes, pour leurs auteurs, toutes ces évocations devaient être lues au second degré, comme des approximations inférieures à la réalité du bonheur vécu par les élus dans le royaume de Dieu. Il reste qu'elles accoutumèrent les chrétiens à imaginer ce royaume comme une campagne éternellement verte, fleurie et parfumée.

Après l'arrêt des persécutions, l'art chrétien, désormais libre de s'exprimer, accentua la comparaison entre bonheur des élus dans le royaume de Dieu et séjour dans une végétation idyllique, facilitant ainsi le glissement du *locus amoenus* dans l'espace du bonheur sans fin. À Saint-Pierre de Rome, au IVe siècle, la mosaïque de l'abside présentait une théophanie entre deux palmiers, au-dessus d'un parterre de fleurs. À Rome toujours, dans le mausolée dit de sainte Constance, destiné à recevoir le corps de la fille de Constantin, une voûte ornée d'une magnifique mosaïque datant des environs de 350 représente des enfants transportant et foulant le raisin. Le thème est assurément d'origine païenne, mais son sens ici est clairement chrétien et renvoie à l'Évangile de Jean (15, 1-17) dans lequel Jésus se compare à une vigne dont ses disciples constituent les sarments. Le vin sorti des raisins est celui du salut. L'iconographie induite par ce texte se voulait paradisiaque. C'est bien une nature bénie et même transfigurée qu'elle voulait évoquer.

Une preuve indirecte en est fournie par la très belle mosaïque (XIIe-XIIIe siècle) de Saint-Clément de Rome qui renouait avec l'art paléochrétien[30] et à laquelle il faut revenir en y repérant d'autres motifs que ceux étudiés au chapitre 3. Elle comporte en son centre le Christ en croix entouré de Marie et de saint Jean. Les bras de la croix, dépassant le corps de Jésus, sont ornés de douze colombes signifiant les apôtres. Du pied de l'instrument du supplice, qui paraît surgir de l'arbre de vie, sortent, d'une part, deux grands bras de vigne qui se ramifient sur tout le fond de l'abside, entourant de leurs volutes des figures de saints et des symboles, et, d'autre part, les quatre fleuves du jardin d'Éden qui vont rafraîchir des cerfs et irriguer les verts pâturages du troupeau chrétien. Le sens général de cette sublime composition, où dominent le vert et l'or, est que la croix a réhabilité l'humanité et toute la création. Le jardin des origines est retrouvé. C'était aussi, sur un mode mineur, le message signifié par la mosaïque du mausolée de sainte Constance.

Les mosaïques de Ravenne parlent le même langage. Le mausolée de Galla Placidia (première moitié du Ve siècle) associe un ciel d'un bleu profond constellé d'étoiles d'or à une évocation idyllique du Bon Pasteur entouré de six brebis dans une campagne verdoyante : regroupement harmonieux de thèmes paradisiaques unissant le ciel et la terre. À Saint-Apollinaire-le-Neuf, les deux grandes mosaïques latérales (du VIe siècle) présentent, d'un côté, les vierges, de l'autre, les martyrs, tournant leurs couronnes vers le Christ; ils sont séparés les uns des autres par des palmiers toujours verts et marchent sur un gazon fleuri. Plus significative encore est la célèbre prairie paradisiaque (également du VIe siècle) de Saint-Apollinaire-in-Classe. Au sommet de l'abside, une immense croix, ornée de pierres précieuses et qui se détache sur un ciel étoilé, signifie la transfiguration du Christ entre Moïse et Élie. En dessous, le premier évêque de Ravenne est représenté en orant parmi les élus, symbolisés par des brebis paissant une large et verte prairie parsemée d'arbres, de fleurs et d'oiseaux et qui occupe la plus grande partie de l'abside. Jamais peut-être dans l'iconographie chrétienne l'évocation des pâturages éternels n'a pris une ampleur comparable. Il est impossible de parler des autres transcriptions iconographiques de la prairie paradisiaque, et notamment de celle de Gand, sans prendre comme référence celle de Saint-Apollinaire-in-Classe.

Ainsi Ravenne, au VIᵉ siècle, affectionnait les paysages bucoliques à signification eschatologique. On en trouve aussi, de dimensions plus modestes, à Saint-Vital. Les trois visiteurs reçus par Abraham sous le chêne de Membré, et devant qui trois pains identiques sont placés, évoquent à la fois la Trinité et l'eucharistie. Ils sont entourés d'un tendre gazon émeraude semé de fleurs. À Saint-Vital toujours, la voûte du chœur est encore plus significative : les mosaïques représentent l'agneau mystique dans un cercle soutenu par quatre anges, qui se détachent sur des arabesques de feuillages et de fruits ; parmi les oiseaux de ce paradis il y a naturellement des paons, symboles d'immortalité.

À Rome, les mosaïques du VIᵉ siècle n'évoquent que sobrement les paysages paradisiaques. Dans l'abside de l'église Saints-Côme-et-Damien, le Christ entouré de saints domine la composition, mais, autour de lui, on distingue tout de même une prairie avec des palmiers et des fleurs, et des cerfs qui viennent boire l'eau de la source de vie. Plus tard, au IXᵉ siècle, à Sainte-Praxède, les mosaïques de l'abside intègrent le Jourdain éternel, les palmiers de l'immortalité et les douze brebis convergeant vers l'agneau mystique. Plus éclairantes pour notre propos sont les mosaïques de l'abside de Sainte-Marie-Majeure, terminées en 1295, qui exaltent l'Assomption et le couronnement de Marie. Dans une grande mandorle Jésus couronne sa mère, et autour de la mandorle des saints et des représentants des neuf chœurs angéliques sont tournés vers le Christ et Marie. Mais l'artiste — Iacopo Torriti — semble avoir repris des motifs de la mosaïque antérieure en remplissant l'espace au-dessus des saints et des anges d'oiseaux, notamment de paons, de fleurs et de feuillages d'acanthe, plante réputée, elle aussi, éternelle. En outre il a délimité l'espace des *celestia regna*, où Marie a été transportée, par un fleuve, nouveau Jourdain, sur la berge duquel on aperçoit gazon, fleurs, cerfs, agneaux et cygnes. Le paradis terrestre des origines est maintenant devenu céleste, comme il l'était dans la vision de Tnugdal où celui-ci apercevait dans les espaces du bonheur éternel un *locus amoenus* définitif. Ce jardin comportait notamment un arbre gigantesque — l'Église triomphante — abritant dans ses frondaisons des oiseaux colorés aux chants mélodieux et couvrant de son ombre des roses et toutes sortes de plantes parfumées.

Un paradis à plusieurs niveaux

Le transfert du paradis terrestre dans les *celestia regna* caractérise aussi l'ouvrage richement illustré — l'*Hortus deliciarum* — que l'abbesse Herrade fit confectionner à la fin du XIIe siècle pour ses moniales. Le titre faisait allusion à la fois au jardin du Cantique des cantiques (5, 1) et au nom donné couramment depuis les Pères de l'Église au paradis terrestre. L'ouvrage, tout ensemble histoire sainte et catéchisme, devait, dans l'esprit de l'abbesse, conduire les moniales vers leur fiancé divin, leur faire admirer sa doctrine et en goûter les « délices ». Elles accéderaient ensuite tout naturellement au « jardin de la vie éternelle[31] ».

Ce jardin, dans le manuscrit, ou du moins dans ce qui en reste, n'est pas décrit avec autant de détails que l'enfer. Néanmoins, dans la troisième partie, la planche 101 montre Abraham portant les « justes » dans ses bras, et la légende précise que « les justes seront dans le sein d'Abraham ». Il s'agit donc bien de leur destinée définitive. Or Abraham est entouré de quatre personnages versant l'eau de grandes outres, qui portent le nom des quatre fleuves du paradis terrestre. Deux palmiers, de part et d'autre d'Abraham, signifient l'éternité et deux couronnes au-dessus des palmiers sont désignées comme « la récompense des justes ». L'abbesse a ainsi évoqué l'éternité bienheureuse en fusionnant le thème du sein d'Abraham avec celui du paradis terrestre, l'un et l'autre symbolisant désormais le bonheur sans fin promis aux « justes ».

Le transport du paradis terrestre au ciel s'est aussi opéré en imaginant celui-ci comme un lieu à deux niveaux, le jardin d'Éden y étant définitivement reconstitué à l'étage inférieur. Cette conception, on l'a vu, eut une longue existence et se retrouve successivement dans les visions de l'au-delà de Barontus, du moine de Wenlock, de Drythelm, Aethelwulf, Gunthelm, Albéric et Owein[32]. On la repère encore dans un poème du XIe siècle, d'auteur incertain, intitulé *De paradiso*. Les quatre premières strophes de cette hymne évoquent « le paradis, région amène, que posséda jadis le premier homme » et les huit autres décrivent les pierres précieuses qui ornent les portes et les murs de la Jérusalem céleste. Mais le paradis est décrit au présent, comme s'il était l'antichambre de la cité des élus. « En toi, dit le poète en s'adressant au jardin, tout est beau. Pas de tourbillon. Les nuages sont loin. Les jours restent clairs et le temps est sûr. En toi, les herbes répandent leur parfum, la rose rougit, les lis blanchissent et les arbustes embaument. Ici sont le beau jardin, le ruisseau de miel et la douce brise dans les feuillages[33]. »

Une telle géographie, comme l'ont montré C. McDannell et B. Lang, s'est exprimée dans l'iconographie. Elle est lisible sur la mosaïque du *Jugement dernier* de la cathédrale de Torcello (vers 1200), où l'espace réservé aux élus comporte deux registres : celui du bas présente, de gauche à droite, Abraham avec l'âme de Lazare sur ses genoux, des enfants à côté de lui, Marie en orante et le bon larron portant une croix, puis l'entrée du paradis gardée par un chérubin, saint Pierre avec sa clé et enfin un ange; sur le bandeau supérieur, quatre groupes de saints regardent le Seigneur et tendent les mains vers lui[34].

Les deux espaces paradisiaques se retrouvent sur une fresque peinte par un artiste anonyme vers 1420 dans l'église Santa Maria in Piano à Loreto Aprutino, dans les Abruzzes. Lors du Jugement dernier les élus, après avoir franchi un pont, sont distribués entre deux lieux de bonheur. Certains vont dans un jardin des délices où, nus, ils grimpent à des palmiers et agitent des branches en direction de la Jérusalem céleste, symbolisée par un château. Celui-ci, gardé par saint Pierre, reçoit d'autres bienheureux : ils sont d'abord habillés par un ange, puis, sur la terrasse du château, ou bien ils dansent ou bien ils regardent en direction des palmiers, semblant même deviser avec les hôtes du jardin[35].

Une géographie comparable apparaît peu après dans le *Jugement dernier* de Fra Angelico (vers 1431), conservé au musée San Marco de Florence. Le sommet de la composition représente l'empyrée avec le Seigneur trônant au milieu des anges et des saints. Mais en bas, à gauche du spectateur, donc à la droite de Dieu, des élus sont accueillis dans un jardin fleuri par des anges qui les embrassent tendrement; des anges et des saints dansent sous des frondaisons en se donnant la main. Des feuillages touffus séparent cette scène très vivante de l'assemblée, sagement immobile, située un peu plus haut et qui est réunie autour du Seigneur.

Le paradis terrestre retrouvé dans l'au-delà et figuré comme un lieu de passage vers le séjour céleste apparaît encore sur une peinture de Dieric Bouts, exécutée vers 1470 pour l'hôtel de ville de Louvain. Les anges, à travers un paysage boisé, fleuri, peuplé d'oiseaux et comportant une fontaine de vie, guident les élus vers une colline au-dessus de laquelle le ciel s'entrouve pour les accueillir[36]. Érasme paraît adopter cette conception lorsque, faisant dans ses *Colloques* l'éloge de Reuchlin qui venait de mourir en 1522, il l'imagine traversant un petit pont et accédant ensuite à « un pré extrêmement agréable. À ce point charmait le regard le vert émeraude des herbes et des feuillages, à ce point souriaient les étoiles des fleurs dans l'incroyable variété de leurs couleurs, tout était tellement parfumé que l'espace situé en deçà du ruisseau limitant la bienheureuse prairie ne paraissait ni vivre ni verdir, mais semblait mort, déplaisant et fétide ». Saint Jérôme, venu accueillir Reuchlin, le conduit sur une colline au centre de la prairie. Là il l'embrasse et les cieux s'ouvrent[37].

Cette ouverture ne figure pas sur la gravure qui nous restitue un *Jugement dernier* perdu de Jérôme Bosch, réalisé sans doute vers 1505-1510. En bas est figuré un paradis terrestre avec des bienheureux nus qui conversent avec des anges ou se baignent dans le bassin de la fontaine de vie. Une tente et un bateau semblent indiquer le caractère provisoire du séjour dans ce lieu de bonheur. Des nuages séparent complètement le jardin du ciel, qui laisse apercevoir une architecture à deux étages abritant la Trinité et les anges[38]. Une distribution assez proche est encore reprise vers 1526-1530 par le peintre de Douai, Jean Bellegambe. Dans son *Jugement dernier* (conservé à Berlin) il place en bas des bienheureux nus qui conversent entre eux ou avec des anges dans une prairie ornée en son centre de la fontaine de vie. Mais, au-dessus, le ciel s'ouvre sur la Jérusalem céleste vers laquelle les élus se dirigent, alors que dans la composition de Bosch on ne voyait pas le passage entre le jardin des délices et le séjour de Dieu[39].

Ce passage existe aussi dans le *Compendium revelationis* publié par Savonarole en 1495. À l'étage inférieur de l'univers paradisiaque, le guide spirituel de Florence voit une large prairie couverte de fleurs charmantes et d'arbres peuplés d'oiseaux colorés au chant mélodieux. Elle est traversée par une rivière de cristal et animée par la présence de tendres animaux — agneaux, hermines et lapins. Au niveau supérieur se tiennent les neuf chœurs angéliques, Marie sur un trône et la Trinité. Les saints voyagent sans effort d'un espace à l'autre et Marie possède un second trône dans le jardin. Les élus disposent ainsi d'un paradis dédoublé.

Si nous revenons au retable de Gand, il saute aux yeux que, contrairement au parti adopté par Fra Angelico, Dieric Bouts, Jérôme Bosch et Jean Bellegambe, le ou les auteurs du polyptyque ont inclus complètement la prairie paradisiaque et la fontaine du salut à l'intérieur du séjour définitif des élus. Ici coïncident paradis terrestre retrouvé et paradis au sens actuel que nous donnons à ce terme.

CHAPITRE IX

La végétation paradisiaque

Renaissance et paradis

On peut rapprocher la prairie paradisiaque qui est au centre du polyptyque de Gand des peintures presque contemporaines du Siennois Giovanni di Paolo. Cet artiste évoque lui aussi l'accueil des élus dans des campagnes idylliques. Le Metropolitan Museum de New York conserve son *Paradis* (vers 1445), seul reste d'une prédelle qui comprenait cinq petits tableaux consacrés respectivement à la *Création*, au *Paradis*, au *Jugement dernier*, à l'*Enfer* et au *Déluge*. L'influence de Fra Angelico est ici évidente : accueil affectueux des élus par les anges, tapis de fleurs, arbres, etc., avec en plus de gracieux lapins. Ce paradis semble se suffire à lui seul. Cette impression est confirmée par une autre œuvre de Giovanni di Paolo, le *Jugement dernier* (vers 1460-1465; pinacothèque de Sienne) où le jardin des délices occupe pratiquement toute la place réservée à l'évocation du bonheur définitif et jouxte presque le trône de la Trinité. Ici encore, le paradis terrestre a envahi les espaces célestes. Les saints et les saintes conversent entre eux. Les anges reçoivent et embrassent les élus. Les lapins gambadent dans l'herbe fleurie. Des enfants nus cueillent des lis. Le fond du décor est constitué par six orangers chargés de fruits.

Le même Giovanni di Paolo, entre 1438 et 1444, a illustré un manuscrit du *Paradis* de Dante. Le poète n'avait pas décrit le lieu du bonheur éternel comme un jardin, mais le peintre a imaginé d'illustrer les chants XXX et XXXI consacrés à l'empyrée en représentant des bienheureux nus qui, au-dessous de la Trinité, sortent d'un champ de fleurs ou y plongent. Il évoque aussi des saints et des anges qui vénèrent Marie et l'enfant divin dans un espace fleuri de lis et de roses[1].

Le retour à l'Antiquité, caractéristique de la démarche culturelle de la Renaissance, a-t-il facilité cette représentation du bonheur de l'au-delà par des images apparentées à celles de l'âge d'or, des Champs Élysées et des Îles Fortunées[2]? Et — question connexe — doit-on estimer, en même temps, que l'intérêt à nouveau porté au corps humain par les artistes de l'époque les a naturellement conduits à figurer les élus dans la nudité glorieuse de la résurrection? Ces déductions ne me paraissent pas illégitimes mais à condition de les nuancer. D'où la nécessité d'évoquer d'abord la question de la nudité des élus pour retrouver ensuite celle de la végétation paradisiaque, car elles sont liées.

La nudité des élus, on l'a dit plus haut, pouvait s'autoriser du dernier chapitre de *La Cité de Dieu*[3]. Le Moyen Âge n'a pas démenti à cet égard saint Augustin. Donnons-en quelques preuves. Dans son *Liber prognosticorum futuri seculi*, rédigé en 688, l'archevêque Julien de Tolède, se rangeant, écrit-il, au sentiment de « très nombreux docteurs », assure que, « dans la gloire de la future résurrection, puisque nulle difformité n'affectera le corps des saints et qu'ils ne connaîtront ni fatigue ni douleur, aucun vêtement ne sera nécessaire[4] ». Dans le même esprit le camaldule saint Pierre Damien affirme, au XIe siècle, en évoquant au présent le bonheur des élus : « Purifiés de toute tache, ils ne connaissent pas les combats de la chair. La chair est devenue spirituelle[5] ». Alors, pourquoi la cacher?

De façon concordante, Honorius d'Autun, dans son *Elucidarium*, s'appuyant explicitement sur saint Augustin et Julien de Tolède, pose la question : « [Après la résurrection] les saints seront-ils habillés ou nus? » et il répond :

> Ils seront nus, mais rayonneront de beauté et ils ne rougiront d'aucune partie de leur corps pas plus qu'aujourd'hui on ne rougit de beaux yeux. Le salut et la joie seront leurs vêtements. Car le Seigneur couvrira leurs corps du vêtement du salut (Is, 61, 10) et leurs âmes de la tunique de joie. Et, tout comme ici-bas les fleurs possèdent des grâces diverses — la blancheur pour les lis, le rouge pour les roses —, de même peut-on croire que les corps des saints jouiront aussi de la diversité des couleurs : une couleur pour les martyrs, une autre pour les vierges, et elles leur tiendront lieu de vêtement[6].

On lit encore dans le *Pèlerinage de vie humaine* (vers 1335) du cistercien Guillaume de Digulleville que les élus entrent nus dans la Jérusalem céleste, dont il a une vision au début de sa pérégrination : « D'abord ils doivent se dévêtir et être nus. Car personne n'entre dans cette cité s'il est habillé[7]. » Ainsi, quand des artistes de la

Renaissance, Giovanni di Paolo, Luca Signorelli et d'autres, représentaient les élus dans leur nudité radieuse, sans doute participaient-ils à la redécouverte du corps caractéristique de l'esthétique de leur temps, mais ils se situaient aussi dans une longue tradition chrétienne, garantie par des autorités incontestées.

Honorius, tout en maintenant les justes avant la résurrection générale dans un « paradis terrestre » ou « plutôt » dans un lieu de « joie spirituelle », évoquait en ces termes les nouveaux cieux et la nouvelle terre appelés à durer éternellement :

> Alors le ciel sera revêtu de la gloire du soleil qui brillera sept fois plus que maintenant. La lune et les étoiles seront ornées d'une ineffable splendeur. L'eau, qui a baigné par le baptême le corps du Christ et des saints, atteindra la beauté du cristal. La terre, qui a réchauffé en son sein le corps de son Seigneur, sera tout entière comme un paradis et, parce qu'elle a été irriguée par le sang des saints, elle sera éternellement décorée de fleurs parfumées qui ne se flétriront pas — lis, roses et violettes[8].

Il en va de la végétation paradisiaque comme de la nudité des élus. La faveur dont jouirent à nouveau les jardins — jardins clos d'abord, ouverts ensuite — dans la civilisation occidentale dès la seconde partie du Moyen Âge, puis à la Renaissance, se répercuta tout naturellement dans la vision qu'elle se donna du bonheur dans l'au-delà. La végétation dont les artistes enrichirent les lieux paradisiaques ne peut donc être séparée de celle qui fait le charme des tapisseries « aux mille fleurs » des environs de 1500, du « jardin d'amour » cher à la littérature des XIVe et XVe siècles et de l'île de Cythère qui, dans *Le Songe de Poliphile* (1467), est l'espace où « les nymphes font honneur à Cupidon, leur maître ». De plus en plus, les princes et les grands rêvèrent de l'âge d'or en aménageant autour de leurs demeures des jardins d'une sophistication croissante[9] et où ils multiplièrent les fleurs.

L'attrait que la littérature bucolique de l'Antiquité a exercé sur la culture de la Renaissance, en train de se formuler à partir de Pétrarque, a donc certainement joué un rôle important dans cette valorisation de la nature[10]. Mais lire les représentations paradisiaques à travers cette seule grille me paraît insuffisant. D'autres facteurs explicatifs doivent entrer en ligne de compte, en particulier, conséquence indirecte des croisades, le souvenir des vergers que les Occidentaux découvrirent en Orient. Et cela d'autant plus que, par les musulmans, le goût des jardins s'était épanoui en Sicile et en Andalousie.

En outre, indépendamment sans doute des influences antiques et orientales, les hommes d'Occident, à partir du XVe siècle et notamment aux Pays-Bas et dans les pays germaniques, portèrent une attention accrue au monde extérieur, c'est-à-dire au visage humain, à la silhouette des villes, aux objets de la vie quotidienne, au paysage, à la lumière du ciel, aux animaux, aux fleurs et aux arbres. Plusieurs aquarelles de Dürer représentent de façon précise des herbes et des fleurs. Ronsard écrit des poèmes sur le Souci, le Pin et le Houx. Le plus ancien jardin botanique est créé, en 1533, à Venise; Henri VIII achète des rosiers par milliers et Philippe II collectionne fleurs et oiseaux. À la fin du XVIe siècle, tandis que la tulipe est importée en Europe, le botaniste allemand Tabernaemontanus décrit dans son *Eicones plantarum* quelque 5 800 plantes, dont 2 480 avec illustrations. En 1623, Gaspard Bauhin publie à Bâle son *Pinax theatri botanici (Peinture du théâtre botanique)* dans lequel il décrit plus de 6 000 plantes et en tente pour la première fois une classification naturelle[11].

Ce que l'on appelle aujourd'hui, depuis E. Panofsky, l'« *ars nova* » des Pays-Bas, fut, à partir du XVe siècle, cette intégration plus grande du monde extérieur dans les œuvres peintres, facilitée par l'emploi de la perspective aérienne et de la peinture à l'huile. Le polyptyque de Gand et plus généralement les œuvres de Jan Van Eyck comptent parmi les réalisations les plus représentatives de cette nouvelle pratique qui bouleversa les formes picturales[12].

La symbolique chrétienne

Depuis longtemps la symbolique chrétienne avait traduit en termes religieux la signification que le paganisme ancien avait donnée aux fleurs[13] et associé la flore à la fois aux vertus et au bonheur paradisiaque. Les tendances nouvelles — Renaissance version italienne et *ars nova* du Nord — donnèrent une fraîcheur nouvelle à ce code symbolique dont l'historiographie a peut-être sous-estimé la pérennité au long du Moyen Âge.

Pour les moines du Moyen Âge, le cloître représentait une image du paradis. Saint Bernard le proclamait avec force, fusionnant dans un même éloge cloître et jardin du cloître : « Vraiment le cloître est un paradis, une région protégée par le rempart de la discipline dans laquelle se trouve une abondance de choses précieuses[14]. » Dans l'église Sainte-Marie de Shresbury, un vitail assez tardif (XVIe siècle?) montre saint Bernard priant au chœur avec ses moines. Des anges agenouillés devant les moines chantent ou prient avec eux. Le monastère, c'était déjà le ciel. L'évêque Guillaume Durand († 1296) confirmait dans son *Rationale divinorum officiorum* : « Le jardin [monastique] planté d'arbres et d'herbes représente le grand nombre des vertus; le puits des eaux vives, l'abondance des dons qui étanchent ici-bas la soif et qui, dans la vie future, en éteindront les ardeurs[15]. » Tel était aussi le sentiment d'Herrade lorsqu'elle rassemblait sous le seul vocable d'*Hortus deliciarum* cloître, Église et Jérusalem céleste.

Révélatrice du lien établi depuis longtemps entre joie chrétienne et beauté de la nature, est cette élégie pour le jour de Pâques composée par l'évêque Venance Fortunat, († début du VIIe siècle) :

> La nuit s'achève [...]. L'année a ramené les richesses du printemps.
> Les douces violettes teignent de pourpre les campagnes,
> l'herbe verdoie dans les prés, les herbes brillent comme des chevelures.
> Les yeux étoilés des fleurs apparaissent peu à peu
> et les pelouses colorées par leur regard sourient [...].
> Voici que la grâce du monde renaissant atteste
> que son Seigneur est revenu avec tous ses dons.
> Car de toutes parts des bois saluent de leurs ramures et les plantes de leurs fleurs le Christ revenant en triomphe du sinistre Tartare [...].
> Salut, jour de fête, jour vénérable dans toute l'éternité
> où Dieu a vaincu l'enfer et conquis les étoiles!
> Noblesse de l'année, parure du mois, bienfait des jours, [...]
> Alors la forêt avec sa chevelure, la campagne avec ses épis t'applaudissent,
> la vigne avec ses sarments silencieux te rend grâces.
> Si les halliers retentissent maintenant du ramage des oiseaux,
> humble passereau, je chante avec amour au milieu d'eux[16].

Ouvrons à nouveau l'*Hymnus de gloria paradisi* de saint Pierre Damien. Décrivant par anticipation l'univers des élus, il constate :

> On ne voit plus ni boue, ni fange, ni contagion. Ici ne sévissent ni l'horrible hiver, ni l'été torride. La floraison continue des roses crée un printemps perpétuel. Les lis brillent de blancheur, le safran rougit, le baumier sécrète son parfum. Les prés verdissent, les plantes fleurissent tandis que coulent des ruisseaux de miel. [Dans la nature tout] est couleur, parfum, liqueur et aromate. Aux arbres fleuris pendent des fruits qui ne tomberont pas. La lune, le soleil et le cours des étoiles ne connaissent pas d'alternance [...]. Ici pas de nuit ni de temps. Le jour est continuel[17].

Pour comprendre le langage des fleurs et des arbres dans l'iconographie paradisiaque de la fin du Moyen Âge, il faut avoir présentes à l'esprit ces évocations qui prolongeaient celles que nous avons lues sous la plume du Pseudo-Cyprien, d'Éphrem, de saint

Ambroise, d'Aphraatès, de Prudence et dans les *Acta Sebastiani*. Il faut également se souvenir qu'un code très élaboré donnait une signification religieuse à un grand nombre d'arbres et de plantes. Ne cédons certes pas à la tentation du « symbole à tout prix ». Le végétal peut être dans une peinture un simple motif décoratif, prétexte à la figuration presque anatomique de la flore. Pourtant il serait inconcevable, dans les évocations paradisiaques, de ne pas prendre en compte tout un passé d'interprétations symboliques qui leur étaient devenues conjointes et les sous-tendaient depuis longtemps.

Les arbres du paradis

Sur le retable de Gand, on aperçoit non seulement des hêtres, des sureaux et des sapins, qui poussent en Belgique, mais aussi des palmiers, des cyprès, des figuiers, des ceps de vigne, des orangers et des grenadiers, tous d'origine méridionale. Jan Van Eyck voulait-il ainsi perpétuer le souvenir de voyages dans les pays du Midi ? C'est possible, car, en 1428-1429, il séjourna au Portugal où l'avait envoyé Philippe le Bon. Il devait y peindre « bien au vif » le portrait de l'infante Isabelle, future épouse du duc de Bourgogne. Mais, à l'évidence, l'artiste savait ce que signifiait cette végétation méridionale dans le code de la symbolique chrétienne.

Le palmier et les palmes constituent dans la peinture religieuse italienne des XIVe et XVe siècles l'élément végétal le plus souvent cité. Rien d'étonnant à ce qu'on les trouve sur le polyptyque de Gand. Un verset de psaume (92, 13) assure que « le juste pousse comme un palmier ». Le Cantique des cantiques (7, 7) fait dire à l'amant, s'adressant à sa fiancée : « Ta stature que voici est comparable à un palmier, et tes seins à des grappes. » L'auteur de l'Apocalypse (7, 9), découvrant dans la Jérusalem céleste la multitude des élus, les voit « revêtus de robes blanches, et des palmes dans les mains ». L'art antique avait fait de la palme le symbole des victoires militaires et l'iconographie chrétienne la transforma très tôt en symbole du triomphe des martyrs sur la mort, puis de la résurrection des élus[18]. Sur le retable de Gand des vierges martyrisées, telles sainte Agnès, sainte Barbe et sainte Catherine, tiennent des palmes. Jésus, le jour des Rameaux, avait été accueilli comme un roi à Jérusalem par la foule portant des palmes. Autant de raisons pour planter des palmiers autour de la prairie paradisiaque.

Les diverses significations du cyprès étaient également définies depuis longtemps. L'une d'elles importe ici : selon saint Grégoire le

Grand, il symbolisait, comme le cèdre, les élus dans le ciel parce que le bois de ces deux arbres est réputé incorruptible : « Le cèdre et le cyprès, écrivait-il, ont apparemment un bois imputrescible. C'est donc avec raison qu'ils figurent tous les élus[19]. » Le cyprès avait en outre la réputation de faire fuir le serpent, lequel ne saurait avoir sa place dans un séjour paradisiaque. Enfin, comme le sapin, arbre du Nord présent aussi dans le paradis de Gand, il fait partie des arbres éternellement verts. Dans l'iconographie religieuse, il symbolisait l'éternité. De plus, on disait que Seth, le fils de Noé, était allé jusqu'au paradis terrestre et en avait ramené trois branches, respectivement de sapin, de palmier et de cyprès, qui, plantées dans le sol, donnèrent des arbres[20].

Nul besoin d'insister sur la présence de la vigne dans le jardin céleste, Jésus s'étant comparé au cep de la vigne, dont les apôtres et, à leur suite, tous les élus constituaient les sarments. Le figuier, en revanche, demande une explication, qu'on trouve notamment sous la plume du dominicain allemand Albert le Grand (1193-1280), le maître de saint Thomas d'Aquin. Albert explique dans ses « Louanges de Marie » que le figuier est le plus fécond de tous les arbres, « car on dit qu'il porte des fruits sept fois l'an [...] et son fruit vient avant les feuilles [...]. Marie est un figuier, puisqu'elle est plus féconde en vertus et bonnes œuvres que tous les autres saints, qui sont les arbres du paradis. Mieux, par son accouchement, elle a été la fécondité par excellence. Car, même si selon la chair elle n'a mis au monde qu'un fils unique, en celui-ci elle est cependant devenue la mère d'une multitude de fils dont il est le premier-né ». Pour Albert le Grand, le figuier symbolise également le Christ : « Il porte des fruits très doux qui noircissent en mûrissant et il signifie le Christ qui, à la fin de sa vie temporelle, fut déposé noir et sans les couleurs de la vie *(discolor)* dans le sépulcre devenu un très doux brancard *(ferculum)*[21]. »

Le grenadier est aussi présent sur le retable de *L'Agneau mystique*. Albert le Grand, qui lui consacre un développement dans ses « Louanges de Marie », en faisait d'abord une figure du Christ, car, « de même que le fruit du grenadier l'emporte sur ceux de tous les autres arbres par l'aspect, le goût et l'odeur, de même le Christ dépasse tous les saints. Les saintes fleurs de ce fruit [Jésus] sont blancs de chasteté, pourpres de compassion, roses de charité ». Mais le dominicain, faisant l'éloge de la Vierge, ne pouvait manquer d'associer Marie au grenadier. Elle est, disait-il, « le fruit dont la fleur fut le Christ Notre-Seigneur, qui fut blanc à la naissance, rouge dans sa passion et rose, c'est-à-dire encore plus beau, lors de sa résurrection, quand sa chair refleurit[22] ». Cette interprétation christianisait le symbolisme païen du grenadier qui signifiait le printemps, la fertilité, la régénération, voire l'immortalité.

Plus pertinente encore pour expliquer la présence du grenadier dans les jardins paradisiaques est l'identification de cet arbre à l'Église, car, selon saint Jérôme, un seul de ses fruits contient d'innombrables graines[23]. Dès lors, on glissait tout naturellement au code proposé par Raban Maur, le théologien allemand du IXe siècle surnommé *praeceptor Germaniae*[24], pour qui le grenadier signifiait les élus au ciel et, plus spécialement, les martyrs — identification également suggérée par un poème anonyme du XIIe siècle[25]. Enfin, une hymne du XIe siècle inclut le grenadier dans la végétation du paradis : « Ici sont les fleurs et les grenadiers[26]. »

Ceux-ci apparaissent encore dans la chapelle dite « des Mages » au palais Medici-Ricardi de Florence. Benozzo Gozzoli y a peint une Nativité sur la paroi de l'abside, l'ensemble — cortège des rois et Nativité — datant de 1459-1462. Des anges ont quitté le ciel pour un jardin fleuri où ils adorent l'enfant divin et chantent auprès de lui. Il me paraît difficile, malgré plusieurs avis contraires, de ne pas voir dans ce jardin une évocation paradisiaque, même s'il est vrai que l'artiste a pris pour modèle ce qu'on appellera dans les traités spécialisés du siècle suivant un *hortus coronarius*. Certes, des jardins de ce type fournissaient « une grande quantité de fleurs nécessaires pour les guirlandes, les couronnes, et surtout les grands festons dont on ornait les salles, les édifices et les rues lors des cérémonies officielles[27] ». Mais c'est certainement par référence à un code religieux, reçu depuis longtemps, que Benozzo Gozzoli a placé derrière les anges descendus sur terre des cyprès, un palmier et un grenadier, ainsi qu'un arbre desséché symbolisant la mort apportée par le péché et que la naissance du Sauveur va remplacer par une végétation éternelle. Il s'agit donc bien d'une évocation du bonheur définitif, ce que confirme la présence de paons et d'anges avec des ailes de paon, cet oiseau signifiant l'immortalité. Comme nous le redirons plus longuement[28], Noël, c'était, à l'époque, comme si le paradis était descendu pour un jour sur la terre.

Symétriquement au grenadier, Benozzo Gozzoli a placé un oranger, arbre que l'on retrouve sur le polyptyque de Gand. La signification de l'oranger était polyvalente. Sa fleur blanche symbolisait la pureté et on en fit un attribut de Marie. Mais, plus encore, notamment en Italie, on voyait en lui l'arbre de la connaissance du paradis terrestre. Il avait été l'occasion du péché originel et donc la cause de la Rédemption. Depuis la venue du Sauveur, il était redevenu un arbre de vie appelé à rester toujours vert. Puisque l'oranger ne perd pas son feuillage, il avait sa place dans le jardin éternel — ne fournissait-il pas déjà les pommes d'or du jardin des Hespérides ? Confirmation significative : dans son *Jugement dernier*, Giovanni di Paolo donne six orangers comme fond de décor à son paradis.

LA FLORE

Dans la prairie du polyptyque de Gand, les botanistes ont dénombré une cinquantaine de plantes, dont plusieurs, aux vertus médicinales reconnues telles que la valériane, la tanaisie et la chélidoine, venaient sans aucun doute des jardins des cloîtres. Insistons ici sur le pissenlit et le plantain. Nous étonnerons-nous de trouver le premier dans les pâturages célestes? Plante amère, il est consommé par les Juifs avec l'agneau sans tache lors du *seder*, le repas de la pâque, période durant laquelle se déroula la passion de Jésus. Or le retable de Gand place en son centre l'agneau divin dont le sacrifice a rouvert le paradis à l'humanité. Le pissenlit figurait en tout cas parmi les « herbes bénies »[29]. Quant au plantain, autre plante médicinale, il avait de multiples raisons de pousser dans la prairie paradisiaque. En raison de son puissant pouvoir hémostatique, les artistes jouèrent sur son rapport avec le sang dans des scènes consacrées à la passion de Jésus et à celle des martyrs. Mais il aurait également signifié la multitude cherchant le chemin du Christ[30]. Les deux significations pouvaient s'additionner dans le retable de Gand, la mort de Jésus ayant ouvert le chemin à la foule des élus.

Parmi les fleurs du paradis de Gand les pivoines rouges, à droite, attirent le regard. Elle aussi plante médicinale, la pivoine porte une fleur que Pline l'Ancien mettait en rapport avec Apollon mais que les chrétiens identifièrent ensuite au Christ, source de toute lumière. Le lien entre Jésus et la pivoine apparaît sur des tableaux de Girolamo dai Libri († 1555), *Le Christ et la Samaritaine* (Vérone, musée de Castelvecchio), et de Giovanni di Pietro († 1528), *L'Agonie de Jésus au jardin* (National Gallery de Londres)[31]. Cette fleur, symbole du Christ, avait naturellement sa place dans la prairie céleste de Gand, illuminée par la lumière éternelle.

L'auteur du polyptyque n'a pas oublié les violettes, les fraisiers sauvages, les pâquerettes et le muguet. Toutes ces fleurs avaient des couleurs de printemps et toutes symbolisaient l'humilité, vertu nécessaire pour entrer dans l'éternité bienheureuse. En outre, Venance Fortunat avait compté la violette parmi les fleurs du paradis à côté du lis et de la rose[32], et Guillaume Durand, dans son *Rationale*, avait affirmé que le paradis est un champ plein de fleurs, les violettes y figurant les confesseurs[33]. Le fraisier, comme toutes les plantes que nous évoquons ici, avait plusieurs significations. Mais Ovide, imaginant l'âge d'or dans ses *Métamorphoses* (1, 104), avait assuré que les hommes s'y nourrissaient de fraises. Que cette plante ait glissé dans l'âge d'or définitif des chrétiens était donc normal. Elle apparaît notamment dans les deux œuvres de

Giovanni di Paolo que nous avons évoquées, le *Jugement dernier* de Sienne et le *Paradis* du Metropolitan Museum de New York.

La pâquerette est par excellence la fleur du printemps. C'est pourquoi, dans *La Naissance de Vénus* de Botticelli, une nymphe tend à la déesse sortant de l'eau un vêtement sur lequel sont représentés des bouquets de pâquerettes. Or la symbolique chrétienne a souvent imaginé le bonheur de l'au-delà comme un éternel printemps, ce qui explique la présence de pâquerettes dans le *Paradis* de Giovanni di Paolo et dans diverses peintures donnant des avant-goûts du paradis — Madone avec l'enfant Jésus, adoration des mages ou des bergers. Un herbier publié à Bâle en 1539 appelle la pâquerette « la clé du ciel » et « la clé de saint Pierre[34] ». Quant au muguet, dont le nom latin, *lilium convallium*, signifie « lis de la vallée », il a été associé à Marie par la poésie et l'iconographie religieuses. Lui aussi annonce le printemps — c'est pour cette raison qu'on l'associa à l'annonce faite à Marie le 25 mars. Sa place ne saurait surprendre dans un retable où étaient figurées à la fois la prairie paradisiaque et l'Annonciation.

Comme on pouvait s'y attendre, le lis est en bonne place dans la flore du retable de Gand. Depuis au moins saint Augustin[35], il était associé à Marie comme symbole de la chasteté. Bède le Vénérable[36] et saint Bernard[37], entre autres, avaient vu dans le lis le symbole de l'Immaculée Conception. L'iconographie chrétienne plaça donc fréquemment cette fleur dans les scènes se rapportant à Marie[38]. À Gand, la couronne de Marie, à l'étage supérieur du retable ouvert, comporte des fleurs de lis. Par extension le lis fut attribué à de nombreux saints dont il signifiait la chasteté. Sur le polyptyque de Gand, les lis fleurissent à côté de la procession des vierges se dirigeant vers l'autel de l'agneau.

Mais cette fleur comportait encore un autre symbolisme plus spécifiquement paradisiaque. Car, au ciel, nous retrouverons la pureté originelle. Jésus avait déclaré (Mt 6, 28-29, et Lc 12, 22) : « Observez les lis des champs, comme ils croissent ; ils ne peinent ni ne filent, et je vous dis que Salomon dans toute sa gloire n'a jamais été vêtu comme eux. » Saint Ambroise avait commenté : « Si les lis ou plutôt les anges sont vêtus de plus de gloire que les hommes, nous ne devons pas désespérer de la miséricorde de Dieu pour nous à qui, grâce à la résurrection, le Seigneur a promis de devenir comme des anges[39]. » Le lis devenait le symbole de la condition céleste des élus. La formule de Jésus — « ils ne peinent ni ne filent » — pouvait aussi rappeler qu'Adam et Ève au paradis terrestre n'avaient pas besoin de travailler. Dans le paradis retrouvé, le travail, ou du moins la peine résultant du travail, aura disparu.

Plusieurs raisons justifiaient ainsi la présence des lis dans une prairie paradisiaque — une présence attestée depuis longtemps. À Ravenne, la célèbre abside de Saint-Apollinaire-in-Classe place, à droite et à gauche de l'évêque, des agneaux séparés par des lis. À Saint-Vital, la mosaïque du fond situe le Christ en gloire au-dessus d'une prairie remplie d'oiseaux et de lis. Ceux-ci apparaissent également de façon stylisée sur la grande mosaïque de Saint-Clément de Rome. À l'époque même du polyptyque de Gand, Giovanni di Paolo représente les élus et les anges se donnant l'accolade entre les lis dans son *Paradis* de New York comme dans son *Jugement dernier* de Sienne.

Toutefois, c'est la rose qui a été la fleur la plus représentée dans l'iconographie religieuse. Le christianisme médiéval accorda une place d'honneur à cette fleur jadis païenne et contribua au « retour de la rose[40] », ce qui facilita la promotion des autres fleurs. Les verrières en forme de rose firent pénétrer dans les cathédrales la lumière du ciel.

Symbole de Vénus dans l'Antiquité, la rose revêtit dans le langage chrétien de multiples significations. Elle fut plus spécialement associée à Marie, depuis son Annonciation jusqu'à son couronnement dans les cieux, et donc au « rosaire » à la fin du Moyen Âge. Elle symbolisa aussi les matyrs, les apôtres, les confesseurs et les vierges. Sainte Gertrude, au XIIIe siècle, eut un jour la vision de saint Benoît :

> Plein de gloire et en présence de la Trinité, ses habits paraissant tout éclatants et son visage plein de majesté et de beauté, et des roses merveilleusement belles et vives étaient comme sortant de toutes les jointures de ses membres ; en sorte qu'elles semblaient composer un jardin plein de roses éclatantes à cause que chaque rose en produisait une autre et cette autre encore d'autres qui surpassaient la première en odeur et en beauté[41].

Les roses ont aussi une connotation plus spécialement paradisiaque dont saint Ambroise avait donné l'explication. Selon lui, dans le jardin d'Éden les roses poussaient sans épines. Depuis le péché originel elles ont conservé beauté et parfum pour nous rappeler le bonheur évanoui, mais leurs épines signifient la perte de la grâce. Quand s'épanouira la joie sans fin, les rosiers ne piqueront plus[42]. Dante, au chant XXX (v. 121-123) du *Paradis*, a imaginé dans l'empyrée une immense rose céleste qui « exhale son parfum de louange au soleil d'éternel printemps ».

Ainsi, les fleurs ont trouvé une place d'honneur dans l'iconographie chrétienne dans la mesure où elles ont été associées à l'évocation de multiples scènes religieuses, en particulier celles qui anticipaient sur le bonheur de l'au-delà. Une illustration anonyme de

La Divine Comédie réalisée au XIVe siècle et conservée à la Marciana de Venise montre la rencontre du poète et de Béatrice, « ange de lumière », ayant pris la succession de Virgile, qui s'apprête à conduire Dante vers les « palais éternels ». À celui qu'elle doit désormais guider Béatrice apparaît sur un sol recouvert de fleurs blanches et rouges, et de là lui désigne du doigt le soleil, la lune et les étoiles. Ce sont aussi des fleurs blanches et rouges qui poussent dans la merveilleuse prairie où dansent en se tenant la main les anges de Fra Angelico dans la partie paradisiaque de son *Jugement dernier* de Florence (à San Marco). D'une façon assez générale, mais sans qu'il se soit agi d'une règle stricte, les fleurs blanches renvoyaient à la pureté, les rouges à la charité et à l'amour, le bleu à la promesse du ciel.

CHAPITRE X

Clarté, couleurs et parfums du paradis

Une plénitude de clarté

Il est impossible d'évoquer le paradis sans en restituer les couleurs, mais aussi et d'abord la merveilleuse lumière. Dans le retable de Gand, cette lumière fait irruption au-dessus de la prairie paradisiaque. Émanant de la colombe du Saint-Esprit, elle forme autour d'elle un demi-cercle de rayons dorés qui traversent un espace éthéré aux nuances pastel. Elle est à la fois la lumière de la création du monde et celle qui va désormais éclairer l'éternité bienheureuse. Comme l'écrit justement Michel Pastoureau en se replaçant dans la mentalité médiévale, « elle est la seule partie du monde sensible qui soit à la fois visible et immatérielle. Elle est visibilité de l'ineffable et, comme telle, émanation de Dieu [1] ».

Car Dieu est « lumière ». Cette proclamation de l'apôtre Jean dans le prologue de son Évangile (1, 9) a traversé toute la révélation biblique. « Seigneur, mon Dieu, tu es si grand ! s'écrie le psalmiste. Vêtu de splendeur et d'éclat, drapé de lumière comme d'un manteau, tu déploies les cieux comme une tenture » (Ps 104). Ailleurs, la Sagesse est qualifiée de « reflet de la lumière divine » (Sg 7, 27). Isaïe (42, 6) et Luc à sa suite (2, 32) annoncent celui qui sera « la lumière des nations ». Jésus lui-même affirme : « Je suis la lumière du monde » (Jn 9, 5), et l'Apocalypse (21, 23-25) prophétise : « [La Jérusalem céleste] n'a besoin ni de soleil ni de lune pour l'éclairer, car la gloire de Dieu l'illumine et son flambeau, c'est l'agneau [...] en ce lieu il n'y aura plus de nuit. » « Le Seigneur répandra [sur les élus] sa lumière et ils régneront aux siècles des siècles » (22, 5). Les auteurs du retable de Gand, dans leur évocation de la Toussaint éternelle, ont à l'évidence voulu suggérer ces annonces eschatologiques, reprises dans la liturgie traditionnelle des funérailles : « Que l'archange saint Michel introduise les âmes dans la lumière sainte ! Fais briller sur eux la lumière sans fin. » L'historienne Nicole Lemaître parle à ce propos de « théologie de la vision éblouie[2] ».

Cette théologie n'a cessé de nourrir le discours chrétien. Le Pseudo-Cyprien, dans son *De laude martyrii* du IIIe siècle, annonce l'été sans déclin où le soleil ne faiblira pas en fonction des heures et où la lumière n'aura pas à s'enfuir devant la nuit[3]. Saint Grégoire de Nysse, consolant le père de la jeune Pulchérie récemment décédée, lui dit : « Pour toi elle a fermé les yeux, mais elle les a ouverts à la lumière éternelle[4]. » Saint Ambroise, décrivant la félicité dans l'au-delà, assure que nous ne connaîtrons alors ni froid, ni grêle, ni pluie. Nous n'aurons plus besoin du soleil, de la lune et des étoiles : « Seul brillera la clarté de Dieu. Car Dieu sera la lumière de tous ; et cette vraie lumière, qui illumine tout homme, luira pour tous[5]. » Grégoire de Tours place cette révélation dans la bouche du moine Salvi, revenu d'au-delà de la mort : « [Je vis] une nuée plus lumineuse qu'aucune lumière. On ne pouvait y discerner ni le soleil ni la lune, ni aucun autre astre ; mais, plus splendidement qu'eux tous, elle brillait d'un éclat naturel...[6] »

Raban Maur, au contraire, se sert du soleil pour renvoyer aux réalités éternelles. « Le soleil dans l'Écriture sainte signifie tantôt le Sauveur, tantôt la clarté dont rayonnent ses saints, tantôt l'éclat de la sagesse, tantôt la beauté des vertus[7]. » La littérature de spiritualité a souvent associé sans difficulté la lumière solaire et l'au-delà de cette lumière. Pour Pierre Damien, « l'agneau est la lumière sans déclin de la cité heureuse [la Jérusalem céleste]. La nuit et le temps ont disparu. Le jour est continu et les saints resplendissent comme un soleil étincelant[8] ». Cette dernière formule vient de l'Évangile de Matthieu (13, 43) selon lequel Jésus annonce qu'après la grande moisson de la fin des temps « les justes resplendiront comme le soleil dans le royaume de leur Père », et a été reprise par Isidore de Séville[9], saint Bernard[10], Honorius d'Autun[11], et d'autres encore.

Saint Thomas d'Aquin, dans la *Somme théologique*, s'interrogeant sur « l'état du monde après le Jugement », écrit que les corps inférieurs seront alors « surtout perfectionnés dans l'ordre de la clarté [...]. La terre sera, à sa surface, transparente comme le verre, l'eau comme le cristal, l'air comme le ciel, le feu comme les astres du ciel [...]. L'excès de la lumière sera délectable, parce qu'elle n'est pénible qu'à cause de la débilité de l'organe visuel, laquelle n'existera plus dans la vie nouvelle. L'air ne sera pas clair comme s'il projetait des rayons, mais comme une chose diaphane pénétrée par la lumière. La terre, bien que opaque par nature, revêtira sur sa surface, par la vertu divine, une gloire de clarté sans préjudice de son opacité[12] ». Ainsi, dans le monde régénéré de l'après-Jugement, tout sera lumière — les corps et les âmes —, parce que tout sera pénétré par la clarté divine.

Tandis qu'en descendant le temps nous nous approchons de l'époque du polyptyque de Gand, nous ne cessons de découvrir de nouveaux textes affirmant la beauté sans mesure de la lumière éternelle. Pour Dante, le ciel « n'a d'autre lieu que l'esprit divin [...]. Lumière et amour l'entourent de leur cercle » (*Paradis*, ch. XXVII, v. 109-112). Angèle de Foligno, racontant sa deuxième révélation, explique : « Je voyais une plénitude de clarté dont je me sentais tellement remplie que, pour le faire comprendre, je ne trouve ni parole ni comparaison[13]. » À Brigitte de Suède qui demande à Jésus pourquoi il ne se fait pas voir aux hommes dès maintenant dans sa gloire, le Seigneur répond :

> Ma gloire est ineffable et incomparable en suavité et en bonté. Si donc ma gloire était vue comme elle est, le corps de l'homme corruptible se débiliterait et défaudrait comme les sens d'iceux qui virent en la montagne ma gloire [allusion à l'épisode de la Transfiguration], leur corps aussi défaillerait à raison de la trop grande joie de l'âme et ne pourrait plus faire les exercices corporels [...].
>
> La lumière a été faite afin que l'homme, participant aux choses supérieures et inférieures, il sache et puisse supporter les peines le jour et se repentir la nuit d'avoir perdu la lumière éternelle. La nuit a été faite aussi pour le repos du corps, afin que nous excitions un ardent désir en nous d'arriver au lieu où il n'y a ni nuit ni peine mais un jour continuel et une gloire éternelle[14].

L'*Imitation* assure que viendra « ce jour unique que connaît le Seigneur et qui ne sera ni un jour ni une nuit comme ceux du temps présent mais une perpétuelle lumière, une infinie clarté, une paix solide, un repos de toute sécurité[15] ». Et cette lumière pénétrera les élus. C'est ce qu'expriment picturalement les rayons qui, dans *L'Agneau mystique*, émanent du halo lumineux entourant la divine colombe puis traversent un beau ciel d'été avant d'aboutir aux différents groupes d'élus. Une traduction française de l'*Ars moriendi* publiée par Antoine Vérard, à Paris, en 1492, rend sensible la même certitude :

> [Au paradis les élus] reçoivent les rais lumineux de Dieu qui est le grand et souverain soleil, et ils reçoivent cette lumière et rais de l'influence incommensurable et incompréhensible de la susdite vision et clarté divine ; non pas tant seulement en leur superficie, ainsi que le miroir matériel reçoit lesdits rais de soleil, mais avec cela, lesdites âmes reçoivent ladite clarté divine, tellement qu'elles sont toutes pénétrées de la divine clarté et sont aussi transformées en une même image avec Dieu. Ce qui peut être sans aucun doute commencé en la voie de ce

monde par la vertu de contemplation ainsi que note l'apôtre écrivant aux Corinthiens : « Nous serons transformés par la clarté en clarté »[16].

La symbolique de l'or

Le ciel paradisiaque a une histoire. Il a longtemps été évoqué par un fond doré derrière le Christ, la Vierge et les saints, l'or représentant la matière noble par excellence. Dès l'époque byzantine, écrit Michel Pastoureau, l'église devient « un temple de l'or » et l'orfèvrerie un art religieux. L'or est « à la fois matière et lumière [...]. Il fait resplendir la couleur. Sa fonction d'ostension et de médiation est considérable [...]. Au Moyen Âge, plus blanc que le blanc, c'est l'or[17] ».

À Saint-Apollinaire-le-Neuf de Ravenne (VIe siècle), les vierges et les martyrs, portant chacun une couronne et séparés les uns des autres par des palmiers, se détachent sur un mur d'or. Des mosaïques de Sainte-Sophie de Constantinople, échelonnées du IXe siècle à la fin du XIIe, adoptent le même parti et font ressortir sur fond d'or la Sagesse divine, saint Jean Chrysostome, Marie et Jésus entre les empereurs et les impératrices ou encore les trois personnages de la *Deisis*[18] (le Seigneur entre Marie et Jean-Baptiste). Sensiblement contemporaines des mosaïques de Constantinople, les enluminures occidentales des évangéliaires et des sacramentaires aiment entourer d'or les Nativités, le Christ environné des quatre évangélistes ou couronnant Henri II et Cunégonde. Ce sont là quelques exemples[19] entre beaucoup.

La symbolique plaçant l'or au-dessus de la création et au niveau du divin eut une longue carrière, notamment là où se fit sentir l'influence byzantine et où l'art de la mosaïque resta vivant. Au XIIe siècle, le majestueux Christ Pantocrator de la cathédrale de Cefalu, la naissance de Jésus et l'entrée de celui-ci à Jérusalem à la chapelle Palatine de Palerme, la Vierge à l'enfant qui occupe le centre de l'abside dans la basilique de Torcello : autant de thèmes rehaussés par un fond doré[20]. Celui-ci occupe à nouveau une place immense sur le plafond du Baptistère de Florence (XIIIe siècle) et dans l'abside de Sainte-Marie-Majeure (fin XIIIe siècle). Dans ce dernier exemple, Jésus couronnant sa mère, les anges et les saints qui les entourent, et, à l'étage en dessous, la Nativité, l'adoration des mages et la dormition de Marie : toutes ces scènes prennent place sur la grande abside dorée. Mieux, l'or envahit les scènes elles-mêmes, car les vêtements du Christ, de Marie et des anges sont, eux aussi, accordés à l'or environnant.

Les ors paradisiaques restent encore très présents dans l'œuvre de Giotto, bien que l'artiste ait accordé une large place au bleu. À Assise, dans la basilique inférieure, *Saint François en gloire* et les *Allégories de la chasteté* et *de la pauvreté* se détachent sur des triangles dorés. Dans la basilique supérieure, à laquelle Giotto a collaboré, une large place est faite sur la voûte de la nef à un ciel très bleu semé d'étoiles d'or. Mais le polyptyque Stefaneschi de la Pinacothèque vaticane, qui présente dans sa partie centrale, au recto, un Christ sur un trône et, au verso, saint Pierre en pontife, exalte les figures du Sauveur et de l'apôtre en les plaçant sur fond d'or. Il en va de même à Santa Croce de Florence pour les anges et les saints rassemblés au paradis autour de Jésus couronnant sa mère (polyptyque Baroncelli).

Plus tard, Fra Angelico sera un poète et un virtuose du bleu. Pourtant, plusieurs de ses *Vierges à l'enfant* (au musée San Marco de Florence, au Städelsches Kunstinstitut de Francfort, au Musée diocésain de Cortone) conservent le traditionnel environnement doré. C'est encore celui qu'il a choisi pour le *Couronnement de la Vierge* des Offices et pour *Le Christ en gloire* de la chapelle San Brizio à la cathédrale d'Orvieto.

Fait remarquable, la plus grande des œuvres de Roger Van der Weyden, le *Jugement dernier* de Beaune, postérieur d'une trentaine d'années au polyptyque de Gand et réalisé juste après un voyage du peintre en Italie, accorde à la zone dorée les trois quarts de la composition. Certes, en bas, une bande de ciel bleu clair est témoin de la résurrection des morts : c'est notre ciel habituel, celui qui va justement disparaître une fois le Jugement prononcé et le temps arrêté. Mais le large espace où se tiennent le juste Juge et les saints qui l'assistent est à dominante dorée : c'est le ciel définitif; là, il ne peut y avoir de place que pour l'or, qui ne s'altère pas.

Ce rapprochement fait saisir l'originalité du ciel du polyptyque de Gand. C'est un ciel d'été de chez nous, avec quelques petits nuages qui, à l'évidence, ne donneront pas de pluie. Sa lumière est celle de la pleine journée, mais une journée qui ne connaîtra pas de soir. Au niveau supérieur, celui de la *Deisis* et des anges chantres et musiciens, le ciel garde sa couleur bleue, qu'il conservera pour l'éternité.

Le bleu

Le ciel bleu n'était pourtant pas absent de l'iconographie chrétienne à l'âge d'or des mosaïques. L'exemple le plus significatif en est le mausolée — en réalité, la chapelle — de Galla Placidia (Ve siècle) à Ravenne. La scène bucolique avec le Christ gardant ses brebis se déroule sur fond de ciel bleu clair. Quant à la voûte de la chapelle, elle est entièrement recouverte de mosaïques d'un bleu profond, constellé de dessins géométriques or, blancs, verts et bleu pâle figurant les étoiles. Dans les basiliques romaines de Sainte-Pudentienne (Ve siècle) et des Saints-Cosme-et-Damien (VIe siècle), les absides recouvertes de mosaïques placent le Christ environné des apôtres ou de saints sur un fond de ciel gris-bleu strié de nuages, ceux-ci plus rouges à Saints-Cosme-et-Damien qu'à Sainte-Pudentienne. Mais le ciel bleu est surtout évident à Sainte-Praxède (IXe siècle), où Jésus, qui s'élève au-dessus des eaux du Jourdain, est entouré de six personnages : à sa droite, Paul, Praxède et le pape Pascal; à sa gauche, Pierre, Pudentienne et Zénon. Tout le fond de cette composition est d'un bleu profond qu'on retrouve dans la partie haute de l'arc triomphal consacré à la Jérusalem céleste et où sont représentés le Rédempteur, Marie, saint Jean l'Évangéliste, sainte Praxède, Élie, Moïse et les apôtres offrant leurs couronnes. De part et d'autre de cette scène, les élus sont accueillis aux portes du paradis. On voit à leurs pieds une prairie et des fleurs; derrière et au-dessus d'eux, un ciel bleu strié de petits nuages blancs stylisés.

Dans un inventaire des très beaux bleus anciens à haute signification, comment ne pas mentionner la magnifique mosaïque (XIe siècle) de Sainte-Sophie de Constantinople qui figure le Sauveur bénissant entre Constantin IX et l'impératrice Zoé? Jésus est habillé d'un somptueux vêtement d'un bleu soutenu et lumineux qui se détache sur un fond d'or. C'est, si l'on peut dire, sa tenue de paradis. Une œuvre très différente peut encore retenir ici notre attention : le manteau de l'empereur Henri II, réalisé vers 1020 (conservé à la cathédrale de Bamberg), qui représente le ciel déployé. D'un bleu profond, sa couleur est rehaussée par les constellations et les signes du zodiaque, eux-mêmes en or.

Toutes ces œuvres — essentiellement de tradition byzantine — renvoient à la préhistoire du bleu, car une « révolution bleue » s'est produite en Occident à la fin du XIIe siècle et au cours du XIIIe, comme l'a brillamment démontré Michel Pastoureau[21]. On sut alors fabriquer un bleu éclatant, non seulement à partir de l'indigo coûteux et lointain — il venait d'Orient —, mais aussi grâce à la guède (nom ordinaire du pastel) qui pousse dans nos pays et dont la culture progressa dès lors rapidement, aux dépens de celle de la garance qui servait à teindre en rouge. Le bleu devint une « valeur », une couleur de cérémonie, celle des rois capétiens, alors que la symbolique antérieure s'appuyait surtout sur le blanc, le rouge et le noir. On affectionna désormais le bleu dense, brillant et saturé, qui envahit l'héraldique, les vitraux et l'enluminure. Cette promotion eut naturellement des répercussions dans les évocations du paradis, qu'il s'agisse de la couleur du ciel ou des vêtements de Jésus et de Marie. Plus tard, mais cela intéresse notre propos, Rabelais écrira : « Les couleurs de Gargantua feurent blanc et bleu [...] et par icelles vouloit son père qu'on entendist que ce luy estoit une joye céleste : car le blanc signifioit joye, plaisir, délices et resjouissances, et le bleu choses célestes[22]. »

Le bleu céleste lui-même évolua. Sur les voûtes de la basilique supérieure d'Assise et au plafond de la chapelle Scrovegni de Padoue, Giotto utilisa un bleu profond, toujours égal, semé d'étoiles d'or. C'est aussi sur un fond bleu uniforme, mais un peu plus clair, que Fra Angelico situa le *Couronnement de la Vierge* conservé au Louvre — deux exemples significatifs parmi beaucoup d'autres. Les enlumineurs du xve siècle illustrant l'Apocalypse, *La Cité de Dieu* de saint Augustin ou des scènes paradisiaques diverses aimèrent pareillement placer un ciel très bleu en fond de décor : ainsi pour le couronnement de Marie des *Très Riches Heures du duc de Berry* (musée Condé de Chantilly). Le ciel de *L'Agneau mystique* de Gand est à la fois différent et multiple : au-dessus des trois personnages de la *Deisis* — le Seigneur, Marie et Jean-Baptiste —, il est d'un bleu profond et uniforme ; au-dessus des musiciens célestes, il est plus pâle et va en s'éclaircissant de haut en bas ; enfin, au-dessus des tours de la Jérusalem céleste et de la prairie paradisiaque, il est infusé de lumière dorée et parsemé de nuages légers.

Les peintres étaient déjà en train de conquérir la maîtrise du ciel atmosphérique et ils s'efforçaient de lui donner de multiples nuances, même lorsqu'ils évoquaient le paradis. Leur virtuosité s'accrut encore par la suite. On considère souvent que l'*Adoration de la Trinité* de Dürer (1511, musée de Vienne) constitue l'expression la plus haute de la Renaissance allemande. Dieu le Père, en vêtements or, vert et bleu, soutient de ses deux bras étendus la croix sur laquelle est suspendu son Fils. Au-dessus de lui le peintre a placé la colombe du Saint-Esprit et, faisant couronne autour de la Trinité, les anges et les saints, le pape et l'empereur. Tous se détachent sur un ciel enrichi de nuages et comportant différentes variétés de bleu. Une gradation un peu comparable dans les couleurs du ciel, avec ici aussi des nuages, apparaît dans le *Jugement dernier* peint par Lucas de Leyde en 1526 (Musée municipal de Leyde). Le firmament supérieur, où se trouvent Dieu le Père et la colombe du Saint-Esprit, est doré, mais le juste Juge, les apôtres et des anges ont pris place au-dessus des nuages dans un ciel bleu pâle, dont la couleur évoque celui qui domine la prairie du polyptyque de Gand.

Pour les vêtements, la promotion du bleu au plus haut niveau de la symbolique se combina avec le code adopté pour la liturgie. Vers 1195, le cardinal Lothaire — le futur Innocent III — exposa et codifia dans un traité sur la messe les usages de Rome en ce domaine. Les papes recommandèrent ensuite l'adoption généralisée de ces usages, dont la complète extension ne fut atteinte qu'au XIXe siècle[23]. Selon Lothaire,

> le blanc, symbole de pureté, convient pour les fêtes des anges, des vierges, des confesseurs et pour les plus grandes fêtes : Noël, Épiphanie, Jeudi saint, Pâques, Ascension et Toussaint. Le rouge rappelle le sang du Christ et des martyrs et est recommandé pour les fêtes de la croix, des apôtres et des martyrs et pour la Pentecôte. Le noir est lié au deuil et à la pénitence, et la liturgie doit s'en servir pour les messes des défunts, l'avent, la célébration des Saints Innocents et durant le temps du carême. Reste la couleur verte, qui doit être utilisée pour les jours et les féries ordinaires; car le vert est une couleur intermédiaire entre le blanc, le noir et le rouge [...]. Toutes les autres couleurs se résument dans ces quatre couleurs principales. Ainsi, le vermeil s'assimile au rouge, le violet au noir, le jaune au vert. Plusieurs auteurs, de leur côté, font des comparaisons avec les plantes et parlent de roses pour les martyrs, de safran pour les confesseurs et de lis pour les vierges.

Lorsque le cardinal Lothaire donnait ces consignes, le bleu n'avait pas encore fait sa grande entrée dans la panoplie des plus nobles couleurs, du moins en Occident. D'où son absence, encore aujourd'hui, dans les vêtements liturgiques, restés fidèles aux instructions du futur Innocent III. De plus, Lothaire reléguait le vert à la dernière place. En sens contraire, Hildegarde de Bingen, peu auparavant, avait fait l'éloge du vert, la *viriditas* signifiant pour elle l'espérance, la verdeur de la jeunesse et la puissance créative. L'âme humaine lui semblait un ruissellement de la sève divine et le paradis « un lieu de délices qui fleurit dans la verdeur des fleurs et des herbes[24] ».

Ces codes entrecroisés nous permettent de mieux lire les couleurs dans l'iconographie religieuse de la fin du Moyen Âge. Le bleu, couleur restée chère et difficile à fixer, y est toujours attribué à de hauts personnages de la Cité céleste, en particulier à Marie. La Vierge apparaît en effet souvent vêtue de bleu, dont les nuances varient toutefois d'une œuvre à l'autre dans les peintures de Fra Angelico. Ainsi dans des Annonciations ou quand elle tient son enfant (plusieurs retables du musée San Marco), ou encore dans deux Couronnements successifs (des Offices et du Louvre). En revanche, dans les *Heures de Marguerite d'Orléans* (XVe siècle), Marie est toujours habillée du même splendide manteau bleu profond à bordure d'or, non seulement lorsqu'elle est couronnée par Jésus, lui aussi en bleu, mais encore durant la fuite en Égypte ou au pied de la croix[25]. Dans le *Jugement dernier* de Van der Weyden, Marie, à la droite du Souverain Juge, est à nouveau en bleu; c'est la couleur que Dürer choisira pour le manteau de Marie en adoration devant la sainte Trinité (Vienne).

La signification des autres couleurs

Cette règle souffrait cependant des exceptions. Fra Angelico lui-même, dans l'une de ses célèbres fresques du couvent San Marco, celle consacrée au couronnement de Marie, a vêtu de blanc et Jésus et sa mère — le blanc était la couleur des plus grandes fêtes liturgiques. Quant au retable de Gand, s'il donne à Marie couronnée un beau vêtement bleu profond, il la présente en blanc lors de l'Annonciation, cette couleur signifiant ici la virginité. De même, le Maître de Flémalle habille d'une robe et d'une cape bleues la *Vierge en gloire apparaissant à saint Pierre et à saint Augustin* (musée Granet d'Aix-en-Provence), mais il la revêt de blanc dans la *Nativité* du musée de Dijon. Enfin, Marie, évoquée dans tout l'éclat de sa royauté céleste, est parfois dotée de somptueuses robes rouges à bordures dorées. C'est le parti adopté à plusieurs reprises par Jan Van Eyck lui-même dans trois de ses œuvres les plus réussies : la *Vierge au chanoine Van der Paele* (Bruges, musée Groeninge), la *Vierge au chancelier Rolin* (Louvre), la *Vierge en majesté* (Dresde, Staatliche Kunstsammlungen). Le peintre voulait évoquer, indépendamment du code des couleurs liturgiques — le rouge étant affecté au rappel du supplice de Jésus et des martyrs —, la gloire acquise par celle qui partage désormais dans les cieux la dignité impériale de son Fils. Dans le même esprit, certainement, Schongauer a souvent représenté Marie richement habillée de rouge tenant son enfant dans ses bras (Colmar, Bâle, Munich, Berlin, Vienne).

Quant au vert, placé en dernière position par le cardinal Lothaire mais exalté par Hildegarde de Bingen, il est magnifié dans le retable de Gand. Jean-Baptiste, à la gauche du Seigneur, porte sur une robe de bure, en grande partie cachée, une ample et lumineuse cape verte, signifiant évidemment l'espérance que réalisera celui qu'il désigne du doigt comme le Messie attendu depuis le péché originel. Mais l'exaltation du vert ne s'arrête pas là, car Marie feuillette un livre d'heures placé sur un tissu du même vert que la cape du Précurseur. Le vert est bien la couleur dominante du retable ouvert; il investit la prairie et les arbres, le paradis étant devenu ici le jardin éternel.

Le vert est désormais accueilli de plein droit, même hors de l'évocation des jardins. Dans l'*Adoration de la Trinité*, qu'on appelle aussi *La Toussaint*, Dürer donnera un vêtement vert clair à saint Jean-Baptiste et placera au centre de sa composition un grand triangle de la même couleur : le revers de la cape de Dieu le Père sur lequel est étendue la croix de Jésus. De plus, sur la gauche de cette assemblée paradisiaque, une femme parmi les élues porte une robe verte.

Les groupes réunis autour de *L'Agneau mystique* de Gand ne répondent donc que très imparfaitement au code défini par Lothaire. Certes, les anges près de l'autel sont blancs et les clercs martyrs sont revêtus de pourpre. Mais, devant, les apôtres, qui devraient être vêtus de rouge, sont représentés avec des vêtements écrus; les confesseurs non martyrs sont habillés de bleu et les vierges, elles aussi martyrisées — elles portent la palme —, ont des robes de différentes couleurs. Enfin, les autres *beati* du polyptyque — prophètes de l'Ancien Testament, « gentils », juges, chevaliers, ermites et pèlerins — portent les habits propres à leurs conditions respectives. Ils arrivent dans l'enclos sacré, ou y sont déjà parvenus, avec leur tenue terrestre qui autorise le jeu de couleurs variées. Le peintre a-t-il voulu ainsi signifier que le paradis ne serait pas le lieu de la monotonie? En tout cas, le polyptyque de Gand représente pour nous un effort exceptionnel pour humaniser le paradis.

Le vestiaire des anges

Cela se confirme quand on regarde les anges du retable et quand on les compare à leurs prédécesseurs, voire à leurs contemporains, dans l'iconographie religieuse occidentale. Un code souvent observé voulait que les séraphins, esprits brûlant de feu et d'amour selon le Pseudo-Denys et catégorie supérieure du monde angélique, soient rouges, tandis que les chérubins remplis de science divine étaient bleus. Il en est ainsi sur une peinture des environs de 1370, jadis à Florence, attribuée à Jacopo di Cione (conservée à la National Gallery de Londres), où des séraphins rouges, des chérubins bleus et d'autres anges habillés de différentes couleurs sont représentés dans une attitude d'adoration.

Enguerrand Quarton, dans son *Couronnement de la Vierge* de Villeneuve-lès-Avignon, suit cette règle qu'affectionnaient les enlumineurs car elle leur permettait de beaux contrastes. L'auteur des *Heures de Marguerite d'Orléans* respecte ce code : sur une page, il présente Dieu le Père, avec tiare et globe, entouré par neuf séraphins d'un rouge vif, et, sur la suivante, le Rédempteur, couronne impériale sur la tête, croix et sceptre dans les mains, environné par neuf chérubins d'un bleu à la fois lumineux et profond. Des anges bleus et rouges, dans les *Très Riches Heures du duc de Berry*, forment pareillement une mandorle autour du Tout-Puissant chassant du ciel Lucifer et son orgueilleuse milice. Ces enluminures figurent des anges stylisés à l'extrême : conformément à la vision d'Isaïe (6, 2), ils ont trois paires d'ailes dont deux, en se repliant, dessinent à peu près un corps. Toujours dans les *Très Riches Heures du duc de Berry*, la célèbre évocation de saint Jean à Patmos encadre le « Vivant » de quatre séraphins à tête rouge tandis que trois anges bleus sonnent de la trompette.

À l'opposé de cette tradition schématique, une longue évolution tendait à diversifier le vestiaire des anges, tandis que ceux-ci acquéraient de plus en plus des silhouettes et des attitudes humaines, tenant des encensoirs, accueillant les élus au paradis, dansant avec eux, jouant des instruments de musique, etc. Certes, la théologie, s'interrogeant sur les rapports de l'ange et de l'espace, répétait depuis des siècles que l'ange n'est pas naturellement uni à un corps. Mais saint Thomas d'Aquin, notamment, enseignait que l'ange peut prendre un corps étranger, par lequel il agit, dans lequel il ne vit pas, mais qu'il meut de façon que ce corps le représente[26]. Ainsi se trouvaient justifiées toutes les iconographies de l'Annonciation et, plus généralement, la présence concrète des anges dans les évocations paradisiaques.

Les anges sculptés et peints ont naturellement changé d'aspect en fonction des lieux, des temps et des modes. Ceux de l'art byzantin, d'allure impériale, portent souvent une tunique droite brodée et des bottes de pourpre et d'or. Ceux du VIIIe siècle français, à la silhouette svelte, sont vêtus d'une longue tunique aux plis simples avec, au-dessus, un manteau posé sur les épaules. C'est la même esthétique que retient Fra Angelico, avec les couleurs en plus. Ses anges ont une taille longue et mince, et leurs vêtements sont presque toujours de sobres tuniques retenues à la taille par des liens invisibles. En revanche un ange nouveau apparaît à la fin du XIVe siècle, surtout dans l'art du Nord. « Il ne porte plus le drapé à l'antique, ni le costume impérial de Byzance, ni même la tunique et le grand manteau du Moyen Âge classique. Il revêt l'aube de l'acolyte, la chape et la dalmatique du célébrant[27]. » Depuis longtemps les anges étaient figurés dans des fonctions rituelles, mais l'inflation liturgique, aux XIVe et XVe siècles, induisit alors, en particulier en Flandre, un enrichissement impressionnant du vestiaire des anges, occasion de multiplier les jeux de couleurs.

Retournons dans quelques-uns des paradis qui nous sont familiers. La grande abside de Sainte-Marie-Majeure présente le Christ et Marie dans une mandorle entourée sur une partie de sa hauteur par deux groupes d'anges, c'est-à-dire, à droite et à gauche, un représentant de chacune des neuf catégories angéliques, les séraphins étant naturellement placés au plus haut niveau. Tous ces anges se ressemblent beaucoup, à la fois par leurs mains qui se lèvent et par leurs vêtements dorés accordés à ceux de Jésus et de Marie et à tout le fond de l'abside. À Sainte-Marie-Nouvelle de Florence, le Christ, cette fois encore dans une mandorle, est environné par les anges debout et tournés ves lui dans une attitude de louange. Ils paraissent très semblables, mais leurs robes sont de couleurs discrètement variées, allant du vert pâle au brun-violet en passant par le blanc. À la chapelle Scrovegni de Padoue, la partie supérieure du *Jugement dernier* de Giotto est occupée par le paradis où les anges sont distribués en files régulières, seuls les huit du premier plan se distinguant de la masse par les couleurs de leurs habits et les oriflammes qu'ils portent.

Regardons maintenant, à cent vingt ou cent trente ans de distance, les anges de Fra Angelico. D'abord ils ont acquis, les ailes mises à part, des corps, très beaux sans doute, mais qui ont la dimension des nôtres. Ensuite, ils ont des occupations diverses. Les uns jouent de la musique autour de Marie couronnée par Jésus, d'autres embrassent les nouveaux habitants du paradis, d'autres encore dansent en se donnant la main dans le jardin des délices éternelles. Enfin, ils sont revêtus de robes aux couleurs merveilleuses où dominent les teintes pastel roses et bleues. Faisons nôtre cette constatation déjà ancienne à propos des anges de Fra Angelico : « Tout ce que la nature a de plus délicat, les couleurs les plus lumineuses, les plus fraîches, les plus ardentes, les plus pures surtout, chantent dans son œuvre[28]. »

Dans une représentation de Marie avec l'enfant Jésus que des anges entourent en priant (Städelsches Kunstinstitut, Francfort), Fra Angelico a pris un vrai plaisir à diversifier le vestiaire des habitants des cieux. Marie porte une cape bleu nuit sur une robe rose et or. Cinq anges sont habillés de bleu, avec un gradient allant du foncé au pâle; quatre sont vêtus dans la gamme des rouges et des roses; un dixième a une belle tunique verte et le dernier a pris dans sa garde-robe un vêtement doré.

Voici encore, nouvelle pièce à conviction, des anges à figures d'enfants groupés autour d'un couronnement de Marie. Cette peinture, due au « maître de la passion Lyversberger », a été réalisée à Cologne entre 1460 et 1490 (elle est conservée au château de Nymphenburg, à Munich)*. Les anges, étagés les uns derrière les autres, sont successivement habillés de rouge clair (sans doute les

* C'est l'œuvre représentée sur la couverture de ce livre.

séraphins), de bleu nuit (les chérubins?), de jaune vif et enfin de blanc. Rêver du paradis comportait maintenant la joie d'y voir de riches couleurs et de beaux habits.

Cette joie, en Italie comme en Flandre, s'appuyait de plus en plus sur des images terrestres pour évoquer le ciel. Les anges italiens de la fin du XVᵉ siècle et du début du XVIᵉ siècle, d'allure de plus en plus féminine, portent des jupes souples, des corsages légers, des vêtements raffinés faits de tissus brochés, de satins ou de mousselines brodées. La recherche des contrastes amène à juxtaposer tunique et manteau, haut et bas de la tunique, manches et corps de la robe, et cela par le jeu des couleurs. Dans sa célèbre fresque des anges musiciens, peinte vers 1481 pour l'église romaine des Saints-Apôtres, Melozzo da Forli oppose un vert amande à un mauve parme ou à un violet foncé, un rose passé à un vert éteint, un bleu pastel vif à une grisaille.

Longtemps les anges, dans le sillage de la tradition byzantine, ont été dotés d'auréoles. Fra Angelico continue de leur en donner. Benozzo Gozzoli suit cet exemple, dans l'abside de la chapelle des Mages, au nouveau palais Médicis, où il déploie des cohortes angéliques (aux ailes de paons) autour de Marie et du nouveau-né divin. Melozzo da Forli nimbe les magnifiques chevelures blondes de ses anges musiciens d'auréoles formées de cercles concentriques[29]. Ce sont là quelques exemples entre beaucoup.

En donnant des auréoles aux anges, les artistes étaient en désaccord avec saint Thomas d'Aquin qui avait consacré aux auréoles toute la question 96 de la *Somme théologique*. Selon Bède le Vénérable, tous les élus portent une couronne d'or comme récompense de leurs mérites. Mais une autre petite couronne d'or — « l'auréole » —, superposée à la première, distingue ceux qui, par une vie plus parfaite, se sont élevés au-dessus du niveau des vertus ordinaires[30]. Les auréoles auraient donc dû être réservées aux humains, comme le rappela saint Thomas :

> L'auréole n'est pas due aux anges, car elle correspond à une forme supérieure de perfection dans le mérite. Les choses qui chez l'homme contribuent à la perfection de son mérite sont naturelles pour les anges, ou appartiennent à leur état commun, ou font partie de leur récompense essentielle. Le motif même pour lequel l'auréole est due aux hommes fait que les anges n'en ont pas[31].

Les anges du polyptyque de Gand sont dépourvus d'auréoles. S'affirme ainsi une tradition picturale conforme à la doctrine de saint Thomas d'Aquin. Les anges du *Jugement dernier* de Van der Weyden n'ont pas non plus d'auréole; il en sera de même, plus tard, des anges de Raphaël dans la *Dispute du Saint-Sacrement* et de ceux de Dürer dans son *Adoration de la Trinité* de Vienne. Mais, innovation plus étonnante soulignée par E. Panofsky[32], les anges chanteurs et musiciens de Gand sont également dépourvus d'ailes — cas unique dans la peinture septentrionale du xve siècle, mais parti qu'adopta Piero della Francesca dans sa *Nativité* de la National Gallery de Londres (vers 1470). En revanche, les anges de Gand portent des vêtements qu'on n'avait jamais vus jusque-là dans une évocation paradisiaque : étoffes chantantes associant le rouge et l'or, velours somptueux, brocarts aux motifs fleuris. Le rapprochement s'impose avec le riche vêtement du chancelier Rolin agenouillé devant la Vierge (tableau du Louvre), elle-même habillée d'une belle robe rouge, et avec la dalmatique bleue rehaussée d'or de saint Donatien dans la *Vierge au chanoine Van der Paele* de Bruges (musée Groeninge). Le luxe vestimentaire de la cour de Bourgogne faisait ainsi une entrée en force au paradis. Cet exemple fut repris par Van der Weyden dans son *Annonciation* du Louvre, où l'ange qui apparaît à Marie a pris dans sa garde-robe pour la circonstance une cape dorée à motifs floraux noirs.

Nous arrivons ici à la limite de la pénétration du paradis chrétien par les réalités terrestres. On ne pouvait aller plus loin dans cette voie, qui effectivement ne fut pas suivie. Aussi bien le retable de *L'Agneau mystique* représente-t-il une synthèse unique dans l'histoire des évocations paradisiaques. Tout y est code et chaque détail est susceptible de recevoir une explication théologique. Mais, en même temps, jamais l'au-delà n'avait été à ce point rempli par les éléments de l'ici-bas décrits avec une amoureuse minutie — arbres, fleurs, vêtements, paysages, tours gothiques, nudité d'Adam et Ève. Les Van Eyck n'ont pas choisi entre les beautés de la terre et celles du paradis, entre les fastes de la cour de Bourgogne et ceux de la Jérusalem céleste. Leurs successeurs seront dans l'obligation de séparer davantage les plans.

Des parfums sublimes

On ne peut contempler la prairie céleste de Gand sans essayer de deviner les parfums du paradis. Une longue tradition associait en effet bonheur et parfum. Le fiancé du Cantique des cantiques (4, 14) compare sa bien-aimée à un jardin rempli de « toutes sortes d'arbres à encens » et où se trouvent en abondance « la myrrhe et l'aloès, avec tous les baumes de première qualité ». Dans le troisième ciel visité par Hénoch, « tout souffle est embaumé ». Là, est planté l'arbre de vie qui est « d'une bonne odeur indicible[33] ».

Des textes, explorés précédemment, retrouvent ici leur place pour qu'on y isole les références olfactives. Selon la *Passion de Perpétue*, Saturus, dans l'attente du martyre, est favorisé d'une vision au cours de laquelle lui et ses compagnons se trouvent dans un verger. Là, dit-il, « un parfum inénarrable nous servait à tous de nourriture et nous étions rassasiés[34] ». Les *Acta Sebastiani* évoquent un au-delà où « les gazons souvent parfumés de safran et les campagnes odorantes embaument de parfums à la suavité parfaite. Les brises qui apportent la vie éternelle exhalent aux narines une fragrance de nectar[35] ». L'inscription romaine de Sainte-Agnès-hors-les-Murs (382) assure que la jeune défunte règne « parmi les parfums exquis du paradis[36] ». Prudence, décrivant dans l'*Hamartigenia* l'entrée d'un bienheureux dans la cité céleste, voit l'âme de l'élu s'étendre sur un lit de pourpre et aspirer « les senteurs des fleurs éternelles[37] ». Les célèbres *Hymnes sur le paradis* d'Éphrem de Nisibis sont riches en notations olfactives :

Attache au paradis,
Vieillesse, tes pensées :
Son parfum te fera rajeunir.
Son haleine te donnera jouvence [...].
Le parfum, au paradis,
Fait office de pain.

Éphrem qualifie encore le paradis de « trésor de senteurs » et de « grenier de parfums » et assure que « l'air y est source délectable[38] ». Le moine Salvi, dont Grégoire de Tours raconte le voyage dans l'au-delà, « fut enveloppé d'un parfum d'une extrême suavité en sorte que, restauré par cette suavité, [il ne désirait plus] aucune nourriture ni aucun breuvage[39] ». Le parfum, nourriture des élus, c'est ce que découvre à son tour le moine de Wenlock lors d'une vision, lorsqu'il parvient dans la prairie paradisiaque qui précède le fleuve situé en bordure de la Jérusalem céleste. Une multitude de bienheureux invitent le visiteur à se joindre à eux et il s'aperçoit alors qu'« arrivait un parfum d'une merveilleuse douceur : c'était la nourriture des âmes qui s'éjouissaient ici[40] ».

Les champs fleuris et odoriférants apparaissent dans le songe d'Aethelwulf[41] et, plus encore, dans la *Visio Tnugdali*. Évoquant l'espace paradisiaque réservé aux saints époux, Tnugdal déclare : « Que dirais-je de l'odeur du champ dans lequel ils se trouvaient? Très douce et délectable, elle surpassait tous les parfums et aromates. » Plus loin dans son périple enchanté, le voyageur de l'au delà pénètre dans le lieu réservé aux « défenseurs et constructeurs d'églises » et découvre, sous l'arbre géant rempli d'oiseaux, des lis, des roses et « toutes sortes de plantes et d'espèces odoriférantes[42] ».

Des visions de saintes mystiques confirment ces notations. Jésus, expliquant à sainte Gertrude le sens des voyelles du mot *alleluia*, lui dit : « Par l'I soyez bien aise de tous les parfums et de toutes les odeurs imaginables dont je jouis à la présence de la Sainte Trinité. » Une autre fois Gertrude, « en esprit », vit saint Benoît, à qui elle demanda « en quel degré de gloire il estoit élevé ». Saint Benoît lui répondit : « Parce que j'estois en prieres quand je rendis le dernier soupir, je rends, pour le dire ainsi, une haleine qui surpasse tellement en douceur celle des autres saints, qu'ils sont ravis de se trouver avec moy[43]. » Quant à la bienheureuse Lidwine, elle pénètre dans le « palais du grand roi », y aperçoit la chambre nuptiale et, près de cette chambre, « un jardin délicieux, émaillé de fleurs et d'arbres aromatiques, où l'air est embaumé de parfums délicieux[44] ».

Ainsi, tandis que l'enfer est le lieu de toutes les puanteurs, les odeurs parfumées caractérisent les espaces paradisiaques comme ceux qui les habitent, et constituent la nourriture des élus. La littérature ecclésiastique ne manqua pas de le confirmer. L'*Elucidarium* contient cette exclamation : « Quel parfum quand [les élus] recevront les plus suaves odeurs de Dieu, la source même de la suavité, et sentiront les effluves des anges et de tous les saints[45] ! » Dans l'*Hymne sur la gloire du paradis*, Pierre Damien assure qu'au pays du bonheur éternel le baumier exhale son parfum et qu'on y respire l'odeur des plantes aromatiques[46]. Les mêmes formules (*in te spirant odore gramina* [...] *arbusta profundunt balsama*) se retrouvent dans le poème *De paradiso* déjà cité[47].

Plus fortement, la *Confession théologique* de Jean de Fécamp exalte la Jérusalem céleste en associant étroitement nourriture et odorat :

> Ton parfum procure aux saints une délectation spirituelle. Ta nourriture n'alourdit pas l'estomac, elle n'émousse pas l'intelligence, elle n'engendre pas le dégoût. Chez toi, tout ce que l'on mange est doux et parfumé, d'une saveur qui ne s'affadit jamais. Car, de même que l'ouïe est rassasiée par une bonne nouvelle, l'odorat par une bonne odeur, et la vue par un beau spectacle, sans que cette réfection puisse entraîner au résultat d'une digestion, ainsi la réfection servie à tes citoyens, douce comme le miel, prend-elle pour chacun la saveur qui le délectera[48].

S'appuyant sur la littérature scolastique et notamment sur saint Thomas d'Aquin, l'ouvrage d'un certain Rimbertino, *Liber de deliciis sensibilibus paradisi (Livre des délices sensibles du paradis)*, publié à Venise en 1498 et réimprimé à Paris en 1514, assure que les bienheureux jouiront de l'odorat et seront eux-mêmes source de parfum. Aussi bien « l'Église chante-t-elle "les corps des saints seront une odeur très suave" [...]. Le Seigneur Jésus a le corps le plus agréablement odorant parmi tout ce qui dans tout l'univers exhale des parfums[49] ». Le paradis est lumière, couleurs et parfums.

CHAPITRE XI

Les saints rassemblés autour de l'agneau

Le Bon Pasteur et ses brebis

Le thème du jardin des délices éternelles s'est naturellement enrichi de ceux de l'agneau et du Bon Pasteur. Jésus s'était comparé au berger qui rassemble les brebis dispersées, les « mène aux bons pâturages » et donne sa vie pour elles (Jn 10, 1-16). Cette comparaison se trouvait déjà dans l'Ancien Testament. Selon Ézéchiel (34, 11), Dieu dit : « Comme un pasteur s'occupe de ses brebis éparpillées, je m'occuperai de mes brebis. Je les retirerai de tous les lieux où elles furent dispersées au jour des nuées et des ténèbres. » Isaïe (40, 11) avait repris la même image : « Comme un pasteur, il conduira ses brebis au pâturage, rassemblera ses agneaux, les serrera dans ses bras, les réchauffera sur son sein et portera lui-même les brebis pleines. »

Dans l'art chrétien, très serein, des premiers siècles, l'image du Bon Pasteur était largement répandue, notamment comme thème funéraire : une brebis sur les épaules, sur fond de paysage bucolique, le divin berger emmène l'âme d'un défunt vers la vie éternelle. C'est un paysage paradisiaque qu'évoque au VIe siècle la célèbre mosaïque du mausolée de Galla Placidia à Ravenne : six brebis blanches se reposent paisiblement autour du Christ au milieu des rochers et d'une végétation toujours verte, au-dessous d'un ciel bleu et sans nuages; le Bon Pasteur a mis définitivement son troupeau à l'écart des loups et des agressions d'ici-bas.

Dans l'iconographie chrétienne les agneaux symbolisèrent aussi les apôtres et, plus largement, les saints par référence à l'investiture donnée à saint Pierre par Jésus : « Pais mes agneaux, [...] pais mes brebis » (Jn 21, 15-17). Le christianisme une fois vainqueur, de magnifiques mosaïques illustrèrent ce thème qu'il nous faut isoler dans des compositions où nous avons déjà retenu d'autres motifs. À Sainte-Marie-Majeure, l'arc triomphal du Vᵉ siècle représente, entre autres, la Jérusalem céleste où des brebis blanches s'apprêtent à entrer. Particulièrement évocatrice à cet égard est la mosaïque de Saint-Apollinaire-in-Classe de Ravenne (VIᵉ siècle). Dans l'abside, le patron de la ville, saint Apollinaire, figuré en orante, partage en deux la prairie paradisiaque que peuplent des arbres éternellement verts. Des oiseaux blancs volent au-dessus du pré ou sont posés sur des rochers et des branches. Au premier plan, en bas, des agneaux convergent vers le saint. Dans l'arc triomphal, juste au-dessous du Christ bénissant, on retrouve le motif des agneaux foulant l'herbe verte. Ils symbolisent ici les douze apôtres. Les agneaux sont également présents dans les mosaïques qui décorent, à Rome, l'abside des Saints-Côme-et-Damien (elles aussi du VIᵉ siècle). Sur les bords du Jourdain, le fleuve de la Rédemption, et dans un décor paradisiaque, Pierre et Paul présentent au Christ Côme et Damien portant des couronnes, symboles de leur martyre, le registre inférieur étant occupé sur toute sa longueur par douze agneaux alignés sur la prairie.

On retrouve les agneaux dans l'abside de Sainte-Praxède (IXᵉ siècle), dans celle de Sainte-Cécile (XIᵉ siècle) et dans celle, plus tardive, de Saint-Clément. Dans cette basilique romaine, en dessous de la grande croix, emblème de la Rédemption, douze agneaux blancs occupent le long bandeau horizontal. Sur une prairie fleurie ils convergent vers l'agneau divin dont la tête est nimbée d'or. Aux deux extrémités du bandeau, juste au-delà des agneaux, sont figurées deux villes dont les noms sont précisés : Bethléem à gauche, Jérusalem à droite. L'histoire du salut est ainsi traitée en raccourci : le troupeau des « bénis de Dieu » a trouvé la paix qui ne finira pas.

L'Apocalypse, où l'Église est définie comme la multitude des élus, dit que « l'agneau qui se tient au milieu du trône sera leur berger; il les conduira vers des sources d'eaux vives. Et Dieu essuiera toute larme de leurs yeux » (7, 17). Ainsi, le berger est en même temps l'agneau. Dans des *Hymnes ambrosiennes*, composées non par Ambroise mais par un anonyme entre le Vᵉ et le VIIIᵉ siècle, les élus chantent leur joie :

Agneaux conviés à la Cène,
Radieux dans nos robes blanches
Après le passage de la mer Rouge,
Chantons notre prince le Christ [...].
Il est l'agneau immolé;
Sa chair est offerte
Comme le pain azyme de la sincérité[1].

L'agneau pascal

Plus encore que le berger « revenu libre des enfers, emportant ses brebis sur ses épaules[2] » (Adam de Saint-Victor), c'est l'agneau divin qui a fixé la prière et l'iconographie chrétiennes en se référant à l'Ancien et au Nouveau Testament. Isaïe (53, 7) comparait le serviteur de Yahweh à un « agneau conduit à la boucherie », et Jérémie (11, 19) s'était vu lui-même comme « un agneau que l'on mène à l'abattoir ». Surtout, la tradition juive donnait une valeur rédemptrice au sang de l'agneau pascal qui avait racheté les Hébreux de l'esclavage d'Égypte et leur avait permis de devenir une « nation sainte » liée à Dieu par une alliance (Ex 19, 6).

Dès le début du christianisme, les fidèles virent dans Jésus le véritable agneau pascal. Paul écrivit aux Corinthiens : « Purifiez-vous du vieux levain pour être une pâte nouvelle, puisque vous êtes sans levain. Car le Christ, notre pâque, a été immolé » (1 Co 5, 7). Par ailleurs, si l'on suit la chronologie de Jean (19, 14), la condamnation à mort de Jésus fut prononcée par Pilate le jour de la préparation de la pâque, à midi. Or c'est à partir de ce moment qu'on immolait les agneaux dans le Temple en vue du repas pascal. Pour l'évangéliste, cette concordance avait valeur de symbole. Aussi bien avait-il placé au début de son Évangile la désignation faite par le Baptiste : « Voici l'agneau de Dieu qui enlève le péché du monde » (1, 29). Dans la crypte de Lucine (catacombe de Callixte, IIIe siècle), on voit un agneau identifié au Christ, couché, la tête tournée vers une colombe qui porte un rameau d'olivier. Son sacrifice a apporté aux hommes la réconciliation et la paix.

La poésie chrétienne a exalté le thème de l'agneau qui rachète les brebis. Saint Fortunat, au VIe siècle, exprime sa reconnaissance au « doux agneau sacré qui a retiré les brebis de la gueule du loup[3] ». De façon concordante, le clerc allemand Wipo (990-1050) écrit dans l'hymne célèbre de Pâques, *Victimae pascali* : « L'agneau a racheté les brebis. Le Christ innocent a réconcilié les pécheurs avec son père[4]. » Tout le polyptyque de Gand est centré sur l'agneau à la fois immolé et vainqueur. Ludovico Guicciardini, au XVIe siècle, dans sa *Descrizione di tutti i Paesi Bassi*, l'appelait avec raison « le triomphe de l'agneau ». L'autel rouge et blanc, situé sur une légère élévation symbolisant la colline de Sion, porte en lettres d'or la formule tirée de l'Évangile de Jean : « Voici l'agneau de Dieu qui enlève les péchés du monde. » Le sang de la victime coule dans une coupe d'or. De part et d'autre de l'autel apparaissent la croix et la colonne de la flagellation ; en contrebas, la fontaine de vie constitue elle aussi une interprétation, librement traitée, du chapitre 22, 1 de l'Apocalypse, lequel évoque « un fleuve d'eau vive, brillant comme du cristal, qui jaillissait du trône de Dieu et de l'agneau ». L'inscription latine sur le bord de la fontaine déclare en effet : « Ici est la fontaine des eaux de vie qui jaillit du trône de Dieu et de l'agneau. »

Sang divin qui purifie et eau lustrale étaient depuis longtemps associés dans la poésie pascale. L'*Hymne sur la vie du Christ* que composa au ve siècle Coelius (ou Sedulius) comporte cette strophe :

> L'agneau céleste procéda
> À une lustration dans un pur cours d'eau.
> Celui qui ôte les péchés du monde
> Nous a sauvegardés par son baptême[5].

Au XIe siècle, Reginald de Canterbury, s'adressant à la croix de Jésus, lui disait :

> Sur toi le Grand Roi, l'agneau de pitié, est devenu pieuse victime,
> Qui nous a lavés et t'a sanctifiée ;
> Accueille cette rosée d'eau vive, cette liqueur vermeille,
> Rassasie de ces breuvages nos âmes altérées[6].

L'agneau divin dans l'Apocalypse

L'Apocalypse, qui eut un immense impact, notamment sur l'iconographie, fait plusieurs mentions de l'agneau divin. Celui-ci est d'abord présenté paradoxalement comme « le lion de la tribu de Juda, le rejeton de David » (5, 5). La victime du sacrifice, « qui semblait immolée », est maintenant exaltée : c'est à l'agneau qu'appartient le Jugement. Il se dresse sur un trône, à côté du Vivant. Il a sept cornes et sept yeux qui sont les sept esprits de Dieu. Les vingt-quatre Anciens couronnés d'or se prosternent devant lui et chantent : « Il est digne, l'agneau immolé, de recevoir puissance, richesse, sagesse, force, honneur, gloire et louange. » Tous les êtres vivants entonnent ensuite le même cantique (5, 6-13). C'est donc à l'agneau d'ouvrir le livre aux sept sceaux, ce geste marquant le début des bouleversements eschatologiques.

Lorsque six des sept sceaux ont été ouverts, l'auteur de l'Apocalypse voit « une immense foule de toutes nations, tribus et langues. Ils se tenaient devant l'agneau, vêtus de robes blanches et des palmes à la main ». Ce sont ceux qui « ont lavé leurs robes et les ont blanchies dans le sang de l'agneau [...]. Ils n'auront plus faim, ils n'auront plus soif [...]. Le soleil et ses feux ne les frapperont plus »

(7, 9). Peu après est insérée la phrase citée plus haut : « Car l'agneau qui se tient au milieu du trône sera leur berger » (7, 17).

Suit la victoire sur le Dragon et les deux Bêtes. L'agneau apparaît alors « debout sur la montagne de Sion et, avec lui, les 144 000 qui portent son nom et le nom de son Père, suivant l'agneau partout où il va. Ils ont été rachetés d'entre les hommes comme prémices par Dieu et par l'agneau » (14, 1). Après le jugement de la Grande Prostituée et la chute de Babylone, on entend la rumeur d'une foule immense qui chante : « Réjouissons-nous, soyons dans l'allégresse et rendons grâce à Dieu, car voici les noces de l'agneau. Son épouse s'est déjà préparée [...]. Heureux ceux qui sont invités aux noces de l'agneau » (19, 7-9). Cette épouse, c'est la Jérusalem éternelle qui descend du ciel (21, 9). Enfin, un ange montre au visionnaire — texte que nous avons déjà rencontré — « un fleuve d'eau vive, brillant comme du cristal qui jaillissait du trône de Dieu et de l'agneau [...]. Il n'y aura pas de malédiction. Le trône de Dieu et de l'agneau sera dans la cité et ses serviteurs lui rendront un culte [...]. Il n'y aura plus de nuit » (22, 1-3). Tout au long de l'Apocalypse, le thème de la victoire croise celui de la justice et de la colère ; mais en finale, l'accent porte sur la douceur de l'agneau.

Toutefois, l'agneau en colère a été maintes fois évoqué dans les illustrations de l'Apocalypse. On le voit ouvrir le livre dont il va briser les sceaux dans de nombreux manuscrits enluminés des Xᵉ et XIᵉ siècles recopiant le commentaire que le moine galicien Beatus avait donné, vers 776, de l'ouvrage attribué à saint Jean, l'un des plus célèbres manuscrits étant celui de Saint-Sever. La même scène apparaît sur la grande tenture de *L'Apocalypse* d'Angers (années 1370) et dans la plus ancienne *Apocalypse* néerlandaise, enluminée vers 1400 (conservée à la BNF). Le doux Memling lui-même, à l'hôpital Saint-Jean de Bruges, vers 1475-1479, a représenté l'agneau qui prend le livre dont l'ouverture va provoquer les cataclysmes eschatologiques[7]. Mais, en plus d'un cas, c'est le « livre de vie », évoqué à six reprises dans l'Apocalypse (3, 5 ; 13, 18 ; 17, 8 ; 20, 12 et 15, 21, 27), que tient l'agneau, et l'accent porte alors non pas sur la colère mais sur le salut. C'est l'impression que donne l'enluminure que les frères Limbourg ont consacrée à « saint Jean à Patmos » dans les *Très Riches Heures du duc de Berry* (1415). Saint Jean y est figuré écrivant son livre, les yeux tournés vers le firmament où il aperçoit le « Vivant » avec, sur ses genoux, un agneau tenant le livre scellé. Les vingt-quatre vieillards sont sagement rangés de part et d'autre de la scène centrale sur fond de ciel étoilé.

Au VIᵉ siècle, l'Irlandais saint Colomba avait écrit en l'honneur de la Trinité :

Dans les chants des hymnes retentissant de tout cœur,
Dans les mille saintes danses fleuries des anges,
Et les yeux comblés des quatre animaux
Avec les vingt-quatre heureux vieillards
Recevant la couronne aux pieds de l'agneau de Dieu,
Que la Trinité soit louée trois fois en éternité[8].

On rejoint ici le thème de l'adoration de l'agneau — avec ou sans livre —, souvent placé sur les genoux du « Vivant », sur un trône ou sur la colline de Sion. Rappelons que l'ancienne basilique Saint-Pierre de Rome du IVe siècle comportait sur sa façade une mosaïque représentant l'adoration de l'agneau par les vingt-quatre vieillards[9]. Cette image est reprise, entre autres, sur une miniature de l'*Évangéliaire* de Saint-Médard de Soissons (BNF), réalisé avant 827, et dans un *Codex aureus* enluminé vers 870 pour Charles le Chauve (Staatsbibliothek, Munich). Un *Liber sacramentorum*, enluminé à Fulda à la fin du Xe siècle et conservé à la bibliothèque de l'université de Göttingen, et un autre que détient la bibliothèque capitulaire d'Udine — tous deux semblent dérivés d'un modèle carolingien — placent l'agneau dans un cercle entouré de la foule des élus[10]. La tenture de *L'Apocalypse* d'Angers évoque, elle aussi et à l'aide de quelques représentants des différentes catégories sociales, « la grande troupe [...] de toute nation [...] et de toute langue [...] debout devant le trône et devant l'agneau » puis, sur un autre panneau, l'agneau sur la montagne de Sion entouré des 144 000 « qui avaient son nom et le nom de son Père écrits sur le front »[11]. Dürer, en 1498, consacrera une des xylographies de son *Apocalypse* à la grande foule des martyrs porteurs de palmes devant le trône de l'agneau.

Comment ne pas évoquer à nouveau ici la grande fresque des Églises militante et triomphante peinte par Andrea Bonaiuto, à partir de 1365, dans la chapelle des Espagnols de Santa Maria Novella à Florence ? À l'étage supérieur, le Christ en gloire est assis sur un trône au milieu des saints et des anges. Juste au-dessous de lui, l'agneau blanc est couché sur un autel entouré des symboles des quatre évangélistes, et au-dessous encore, les élus entrent dans la Jérusalem céleste. Revenons aussi au sermon prononcé par Genius à la fin du *Roman de la Rose*, lorsqu'il évoque « la plus miséricordieuse, la plus belle et la plus délicieuse bête de valeur dans tout le troupeau, le blanc agnelet gambadant qui mène les brebis au parc [...]. Nous prions Dieu le Père qu'il lui accorde, à la requête de sa mère, de conduire les brebis de telle sorte que le loup ne puisse leur nuire[12] ». C'est l'agneau divin qui conduit les élus au paradis.

La promotion du culte eucharistique

Le retable de Gand se rattache donc de façon étroite à l'Apocalypse et aux œuvres de toute nature qui en dérivèrent. Ainsi les anges qui encensent l'autel rappellent le chapitre 8, 3 où il est dit : « Un autre ange vint se placer près de l'autel. Il portait un encensoir d'or. » Mais il faut aussi replacer le polyptyque dans un contexte de spiritualité propre à l'époque, celui d'un culte grandissant rendu à l'eucharistie. Urbain IV avait institué la Fête-Dieu en 1264 et, depuis lors, les processions du *Corpus Domini* s'étaient multipliées dans la chrétienté latine, où à la fin du Moyen Âge se développa un « merveilleux eucharistique ». On communiait peu, mais il importait de voir l'hostie[13]. D'une certaine façon, le retable de Gand est une Fête-Dieu et une exaltation de la messe. Le bonheur du paradis consiste à célébrer la messe éternelle dans une Fête-Dieu qui ne s'achèvera jamais, la fontaine de vie du retable étant, elle-même, une image symbolique de l'eucharistie. On la retrouve dans une œuvre de Petrus Christus, un élève de Jan Van Eyck, conservée au Prado : dans le bassin de la fontaine de Petrus Christus, on aperçoit des hosties[14].

Cette exaltation de l'agneau eucharistique s'intègre ainsi dans une large histoire de la piété. Étudiant le thème du « repas du Seigneur » dans la peinture italienne, l'historienne Dominique Rigaux constate qu'il occupe une place restreinte avant le milieu du XIIIe siècle et ne prend son essor qu'ensuite ; elle peut repérer quelque trois cents peintures consacrées à l'eucharistie entre 1250 et 1497, date de la *Cène* de Léonard de Vinci[15]. Une enquête dans les autres pays de la chrétienté latine donnerait vraisemblablement des résultats à peu près comparables. En tout cas, c'est à Liège, en 1246, à la suite des révélations d'une religieuse, que la Fête-Dieu fut introduite, le pape Urbain IV, protecteur des béguines liégeoises, l'ayant ensuite officialisée et étendue à toute l'Église.

Le retable de Gand fusionne donc Apocalypse et célébration eucharistique. L'*elevatio sacramenti* — l'élévation de l'hostie — y est symbolisée par l'autel du sacrifice, lui-même placé sur la colline de Sion. Le Seigneur couronné de la triple tiare sacerdotale et porteur d'une étole évoque le grand prêtre magnifié par l'Épître aux Hébreux (9, 11-14). On a même pensé que l'autel et la fontaine, liés picturalement entre eux sur un axe vertical, signifiaient ici le miracle de la transsubstantiation, opéré sous la bénédiction de l'Homme-Dieu en gloire au sommet de la composition et réalisé grâce à l'action du Saint-Esprit[16]. Dans cette hypothèse, la colombe entourée d'un halo de lumière ne serait pas l'incongruité dénoncée par Panofsky — « une présence surajoutée[17] » — mais un élément de l'ensemble en cohérence avec le reste. Le paradis de Gand évoquerait alors la théologie de la messe et aurait peut-être même constitué un élément majeur de l'un des premiers autels du Saint-Sacrement. Il est donc différent, et de signification théologique plus riche à cet égard, que *Le Chemin du paradis* (musée de Lille), un peu plus tardif, de Dieric Bouts (1415-1475). Sur ce tableau, les élus en route vers le ciel, où le Seigneur apparaît dans une trouée de lumière au-dessus des nuages, marchent sur un gazon moelleux tapissé de fleurs. La fécondité de cette prairie vient de la fontaine du salut, édifice à flèche gothique de laquelle coule le fleuve de vie. Au-delà de la fontaine s'élève la colline de Sion, au sommet de laquelle on est aspiré vers le ciel. Dieric Bouts n'a pas évoqué ici l'agneau divin et son autel, non plus d'ailleurs que la Jérusalem céleste. Les verts pâturages ne sont pas le paradis définitif où l'on se rassemble autour de la sainte victime qui s'est offerte pour la rédemption de l'humanité.

La Toussaint

Ces rappels permettent de situer *L'Agneau mystique* de Gand à l'intérieur d'une longue tradition iconographique, car le retable est aussi une magnifique évocation de la Toussaint. En 610, Boniface IV avait fait transférer les corps de nombreux martyrs depuis les catacombes jusqu'à l'ancien Panthéon d'Agrippa converti en église et avait créé à cette occasion une fête de « tous les martyrs ». En 835, le pape Grégoire IV la transforma en « fête de tous les martyrs et de tous les saints », ordonnant de la célébrer chaque 1er novembre dans tout le monde chrétien. Or, ce jour-là, la « lecture » qui est faite avant l'Évangile est celle de l'Apocalypse (7, 2-12). Jean y affirme qu'il a pu contempler la foule immense de tous les élus, fils d'Israël et de toutes les nations, marqués du signe de la croix, tous purifiés par le sang de l'agneau et rendant à Dieu un culte éternel. Quant à l'Évangile de la Toussaint, tiré de Matthieu 5, 1-12, il énumère ceux à qui le Royaume est donné : les doux, ceux qui pleurent, les cœurs purs, les miséricordieux, les pacifiques, les persécutés pour la justice, etc.

À Florence, sur la grande fresque de la chapelle des Espagnols, des élus sont en train d'entrer au paradis ; à Gand, au contraire, l'examen de passage est terminé. De plus, à Florence, les bienheureux, une fois franchie la porte de la Jérusalem céleste, sont mélangés les uns aux autres, même si l'on distingue parmi eux un pape et quelques membres de l'ordre dominicain, alors qu'à Grand, les *beati* sont groupés par catégories.

L'Apocalypse s'était contentée d'une diversification assez sommaire : les vingt-quatre vieillards, les 144 000 « rachetés qui ne se sont pas souillés avec des vierges » et « la foule immense de toutes nations [...] vêtus de robes blanches et des palmes à la main ». Des textes postérieurs apportèrent les précisions qui manquaient, et cela bien avant les XIIIe et XIVe siècles qui virent cette diversification se traduire dans l'iconographie[18]. Origène, au IIIe siècle, se souvenant de l'Évangile des « béatitudes », place dans la « sphère des pieux et des bienheureux » les « doux », ceux qui « ont obéi à la parole et à la sagesse de Dieu » et les « pauvres en esprit[19] ». Plus précis, son contemporain saint Cyprien, dans le *De immortalitate*, rédigé à l'occasion d'une épidémie en Afrique, se réjouit de partager un jour la suprême félicité avec « le chœur glorieux des apôtres, la foule exultante des prophètes, le peuple innombrable des martyrs, [...] les vierges [...] et les miséricordieux[20] ». Dans une lettre, il affirme par ailleurs :

> Quelle ne sera pas notre gloire et notre bonheur : être admis à voir Dieu, avoir l'honneur de participer aux joies du salut et de la lumière éternelle dans la compagnie du Christ le Seigneur notre Dieu, rencontrer Abraham, Isaac et Jacob, tous les patriarches, les apôtres, les prophètes, les martyrs, jouir au royaume des cieux de la compagnie des justes et des amis de Dieu[21].

En rapprochant les deux textes de Cyprien on obtient la liste suivante : les patriarches, les prophètes, les apôtres, les martyrs, les confesseurs, les vierges et « les justes et amis de Dieu », dont les « miséricordieux » font nécessairement partie.

Saint Augustin, dans *La Cité de Dieu*, n'avait pas énuméré les catégories de bienheureux, mais celles-ci apparaissent dans un sermon de Bède le Vénérable, car la Toussaint était déjà célébrée dans l'Angleterre du VIIIe siècle. Dans une homélie sur la « solennité de tous les saints », il énumère « le glorieux chœur des apôtres, [...] le nombre insigne des prophètes, [...] le peuple innombrable des martyrs, [...] la foule éclatante des vierges,... les confesseurs et tous ceux qui, ayant observé les préceptes du Seigneur, ont échangé les biens terrestres pour les trésors du ciel[22] ». Au IXe siècle, dans l'office canonique de la Toussaint, une hymne composée par Alcuin ou son entourage mentionne successivement les apôtres, les prophètes, les martyrs, les vierges et, notons-le déjà, les « ermites »[23]. La liste des principaux habitants de la cour céleste est dès lors constituée, les confesseurs, comme chez Bède, y remplaçant généralement les ermites.

Au XIIe siècle, le célèbre catéchisme d'Honorius d'Autun, l'*Elucidarium*, affirme que les élus verront « la gloire des patriarches, la gloire des prophètes, la gloire des apôtres, la gloire des martyrs, la gloire des confesseurs, la gloire des vierges et la gloire de tous les saints[24] ». La liste d'Hildegarde de Bingen est conforme à celle d'Honorius, omettant simplement à la fin la foule des saints anonymes[25]. Celle de la *Visio Tnugdali* place les apôtres après les martyrs et les vierges[26], mais on retrouve exactement l'ordonnancement d'Honorius dans la commande passée en 1453 à Enguerrand Quarton. Celui-ci avait en effet mission, dans son *Couronnement de la Vierge* de Villeneuve-lès-Avignon, de représenter, avec personnalisations à l'appui, les patriarches et les prophètes, les apôtres, les martyrs, les confesseurs, les vierges et « tous estas du monde[27] ». Les énumérations de sainte Gertrude[28] et de Suso[29] sont plus courtes et d'ailleurs semblables : les apôtres (ou « disciples »), les martyrs, les confesseurs et les vierges — donc l'énumération de l'office de la Toussaint moins les « ermites ». Cette liste simplifiée est aussi celle que donne le *Ci nous dit*, « livre d'instruction religieuse à base d'exemples moraux », composé entre 1313 et 1330 par un frère mendiant de la région de Soissons[30].

Bien entendu, il faut évoquer ici l'apport de *La Légende dorée*, dont l'article « Toussaint » reprend d'abord la liste des quatre catégories limitées au Nouveau Testament — apôtres, martyrs, confesseurs et vierges. Interprétant librement un commentaire de Raban Maur sur Ézéchiel[31], Jacques de Voragine symbolise ces groupes par les quatre points cardinaux : les apôtres par l'orient, les martyrs par le midi, les confesseurs par le nord et les vierges par l'occident. Ce rappel pourrait aider à comprendre la distribution des élus dans le panneau central du retable de Gand. Certes, elle ne reprend pas terme à terme celle de Raban Maur revue et corrigée par *La Légende dorée*, mais elle explique peut-être que quatre groupes de *beati* paraissent converger vers l'agneau divin en venant des quatre points cardinaux.

Mais ensuite, lorsque *La Légende dorée* rappelle la vision du « coûtre » de Saint-Pierre, le classement est plus riche et différent. À partir du « Roi des rois », on trouve d'abord les vierges, avec Marie à la première place. Viennent ensuite les patriarches et les prophètes ensemble avec Jean-Baptiste, puis les apôtres avec saint Pierre, les martyrs et enfin les confesseurs qui constituent la « foule » des autres élus[32]. Au siècle suivant, les *Révélations* de sainte Brigitte restent conformes à ce schéma : les prophètes et les patriarches, les apôtres, les martyrs, les confesseurs « et les autres saints descendus d'eux[33] ».

Les catégories d'élus dans le retable de Gand

Le polyptyque, dans sa partie centrale, groupe autour de l'autel et de la fontaine de vie les élus de la liste établie par Cyprien, Honorius et le « coûtre » de *La Légende dorée*. Les frères Van Eyck sont donc restés fidèles au canon reçu en la matière, sans retenir les diverses variantes proposées par les uns ou par les autres, car Mechtilde distinguait au paradis les veuves, les prédicateurs et les martyrs[34]; Jacopone da Todi, les prophètes, les apôtres, les docteurs, les martyrs, les confesseurs, les vierges et les prélats[35]; Angèle de Foligno, les vierges, les chastes, les pauvres, les infirmes et les « souffreteux[36] ».

À Gand, à droite de la fontaine, sont les apôtres groupés avec les martyrs, ceux-ci vêtus de rouge; à gauche, les patriarches, les prophètes et les gentils « chrétiens d'intention », parmi lesquels on croit reconnaître Virgile portant une branche de laurier. Plus haut, à droite de l'autel, s'avancent les vierges martyres et, à gauche, les confesseurs en vêtements sacerdotaux bleus. Ces quatre ensembles harmonieux regroupent donc bien les grandes catégories énumérées par Honorius d'Autun : patriarches, prophètes, apôtres, martyrs, confesseurs et vierges. La foule des *beati* représentés sur le polyptyque de Saint-Bavon se révèle ainsi bien ordonnée, alors que les élus sont moins nettement rangés par catégories dans les paradis de Fra Angelico et de Giovanni di Paolo, ou dans plusieurs enluminures illustrant à l'époque *La Cité de Dieu* de saint Augustin ou, plus tard, dans la grande *Toussaint* de Dürer (Vienne, Kunsthistorisches Museum). La composition de Gand s'est donc voulue classique, claire, rigoureuse, placée sous le signe de la symétrie. L'art de l'âge baroque abandonnera ce souci de précision au profit d'une vision foisonnante des élus dans une éblouissante lumière.

La communauté des saints représentée sur le retable s'étend aussi de part et d'autre du panneau central sur des volets latéraux, où elle s'enrichit d'éléments dont il faut expliquer la présence. Les frères Van Eyck ont incontestablement puisé à plusieurs sources pour donner plus d'ampleur et de variété au thème qu'ils avaient mission de traiter. À droite, en partant du centre, on découvre les « ermites », puis les « pèlerins » conduits par le géant saint Christophe; à gauche, les « chevaliers du Christ », puis les « juges intègres ». Peu importent ici les identifications que l'on a proposées pour tel ou tel personnage de ces groupes. En revanche, la présence des ermites doit évidemment être rattachée à l'office de la Toussaint : dans les premiers siècles de l'Église, quand la persécution s'apaisa, les ermites furent considérés et se regardèrent eux-mêmes comme les nouveaux martyrs; leur fuite au désert était un renoncement comparable à celui des chrétiens qui avaient sacrifié leur vie pour le Christ.

Si nous nous reportons à l'*Hortus deliciarum*, nous constatons que l'abbesse Herrade a représenté deux fois les catégories d'élus. L'illustration de la cour céleste (planche 95) distingue neuf catégories de bienheureux correspondant aux neuf chœurs angéliques[37]. Mais, juste auparavant, les planches 89-94 consacrées au Jugement dernier évoquent, comme à Gand, une marche des élus vers le Christ, et parmi ces élus figurent les « ermites et reclus » entre les moines et les vierges. Comment ne pas songer sur ce point à une influence de l'*Hortus deliciarum* sur le retable de Gand? Et cela d'autant plus que dans la procession que représente ce manuscrit on trouve aussi les *seculares judices*, c'est-à-dire les gouvernants intègres.

La théorie des élus dans l'*Hortus deliciarum* se termine par le groupe des *penitentes et omnes fideles*. Sans doute ce groupe se retrouve-t-il dans les pèlerins du polyptyque de Gand, car le pèlerinage était au Moyen Âge, et encore après, une forme courante de pénitence. Quant aux « chevaliers du Christ » qui, sur le retable, précèdent les juges intègres, comment ne pas les rapprocher, cette fois, de la vision de *La Légende dorée* qui, à l'occasion de la Toussaint, évoque parmi les habitants du ciel « une multitude de soldats » qui furent autant de martyrs[38]? Au nombre des sources qui ont inspiré le retable de Gand il faut donc compter aussi l'*Hortus deliciarum* et *La Légende dorée*, à côté d'ouvrages classiques comme l'*Elucidarium*. En outre, un rapprochement, au moins limité, peut être suggéré avec *La Divine Comédie* qui place au cinquième ciel du *Paradis* les combattants de la foi et au sixième les « princes justes et pieux » qui font penser aux juges intègres de Gand. *La Divine Comédie* n'eut qu'une audience limitée hors d'Italie. Mais certains thèmes paradisiaques faisaient partie d'un patrimoine commun.

Pour conclure le rapprochement entre le thème de la Toussaint et celui de l'agneau eucharistique, revenons aux *Révélations* de sainte Brigitte. Celle-ci, après avoir énuméré tous les groupes d'élus qui, au ciel, sont tendus vers l'apparition de Jésus — patriarches, prophètes, apôtres, Adam et Ève, martyrs, confesseurs et « tous les autres saints » — écrit : « Apres je veis un autel qui estoit au siège de Sa Majesté, et un calice avec du vin et de l'eau, et du pain en forme de l'hostie qu'on montre à l'autel [...]. Ce pain devenait un agneau vivant[39] ». Quant à la *Visio Tnugdali*, elle avait présenté le « pain des anges » comme le bonheur suprême du paradis (*omne gaudium*[40]).

CHAPITRE XII

Au sommet du paradis

Adam et Ève

Dans le retable de Gand ouvert, aux deux extrémités de sa partie supérieure, apparaissent Adam et Ève en grand format. À l'époque ces nus firent sensation par leur réalisme et leur vérité. Ils marquèrent véritablement l'« invention du corps » dans la peinture septentrionale[1]. Mais cette figuration des premiers parents doit être placée dans son contexte religieux, c'est-à-dire l'histoire de la Rédemption, à laquelle tout le polyptyque de Saint-Bavon est consacré.

Les mosaïques et les fresques byzantines avaient aimé évoquer la descente de Jésus aux « enfers », où il prenait Adam et Ève par la main et les entraînait dans sa résurrection avec les justes de l'Ancien Testament. Le christianisme occidental associa nos premiers parents à la grande histoire du salut d'une autre façon. En voici deux exemples tirés d'ouvrages auxquels nous avons déjà fait référence à propos du polyptyque de Saint-Bavon.

Le premier est fourni par l'*Hortus deliciarum*, dont les planches 89 à 94 représentent les différentes catégories d'élus en marche vers la croix salvatrice. Celle-ci est entourée de deux anges, et de part et d'autre sont figurés, à genoux, Adam et Ève accompagnés de légendes qui précisent : *Adam per crucem redemptus crucem adorat; Eva per crucem redempta crucem adorat.* Cette illustration du manuscrit de l'abbesse Herrade place ainsi Adam et Ève avant les patriarches, les prophètes et les apôtres. Certes, il s'agit de l'ordre chronologique, puisque la Rédemption fut d'abord le pardon du premier péché. Il reste qu'une place éminente leur était ainsi accordée. Revenons maintenant aux *Révélations* de sainte Brigitte citées à la fin du chapitre précédent. On y lit (traduction du XVIIe siècle) :

> Et lors je veis venir Abraham avec tous les saints de sa génération. Tous les patriarches et prophètes vinrent. Après je veis les quatre évangelistes. Après je vois douze sièges et en iceux douze apôtres attendans la puissance qui venoit. Après tout ceci venoient Adam et Ève et les martyrs, les confesseurs et autres saincts descendus d'eux[2].

Dans cette vision Adam et Ève occupent, cette fois encore, une place de choix, puisqu'ils viennent avant les martyrs et les confesseurs. Ces deux rappels aident à comprendre le parti adopté dans le retable de Gand, où les premiers parents sont placés à la même hauteur que les anges musiciens, Marie et Jean-Baptiste.

La *Deisis*

La Vierge et le Précurseur, à leur tour, attirent le regard. Encadrant le Seigneur, ils dominent avec lui le paysage paradisiaque où se rassemblent les élus. Cette disposition rappelle la *Deisis* familière à l'iconographie byzantine qui a inlassablement représenté Marie et Jean-Baptiste, le chef de file des saints, tendant les bras vers le Christ et priant ainsi pour le peuple chrétien. Sainte-Sophie de Constantinople et Sainte-Sophie de Kiev témoignent, l'une et l'autre, de l'importance accordée à ce thème par la piété de la chrétienté orientale[3]. La *Deisis* est en principe toujours présente dans une église orthodoxe. Comme l'écrivait André Grabar au sujet de la *Deisis* (devenue une image de la « prière ») dans le monde byzantin, « l'iconographie byzantine de la Vierge donnait la priorité au thème de la mère de Dieu intercédant auprès de Jésus. La *Deisis* élargissait le même thème, et c'est pourquoi on la trouve associée à diverses démarches de la dévotion byzantine, liturgiques ou autres. On la reproduisait au-dessus de la porte d'entrée des maisons et des églises, au début de manuscrits, sur des bagues, la *Deisis* évoquant alors la prière pour le bien-être sur terre. Mais comme il pouvait être question aussi de la prière pour l'outre-tombe et le salut des âmes, la *Deisis* faisait également partie du décor des églises funéraires et remplaçait les images plus développées du Jugement dernier. Toutes les images médiévales byzantines du Jugement dernier comprenaient le groupe des trois figures de la *Deisis*. C'est au Christ juge que s'adressent alors Marie et Jean-Baptiste[4] ».

Les évocations occidentales du Jugement dernier intégrèrent la *Deisis* en y associant souvent les anges et les douze apôtres faisant office d'assesseurs. Il en est ainsi sur la célèbre mosaïque de Torcello, où le Jugement dernier, au-dessous de la descente de Jésus aux « enfers » et de sa résurrection, se déroule sur quatre zones superposées. Dans la plus haute d'entre elles, le Christ trône dans une mandorle entre Marie et Jean-Baptiste. Les enluminures de l'*Hortus deliciarum*, qui placent le souverain juge sur deux arcs-en-ciel étagés, l'entourent, elles aussi, de Marie et de Jean-Baptiste, d'anges et des douze apôtres. À l'âge d'or de l'art gothique, la *Deisis* se retrouve un peu partout dans la sculpture, de Tisnov, en Moravie (vers 1240-1250) à Burgos (vers 1260), saint Jean l'Évangéliste prenant parfois la place du Précurseur. Elle apparaît alors sur les portails de nombreuses cathédrales, par exemple à Chartres et à Paris, ou encore sur un vitail du Jugement dernier de Bourges (avant 1214)[5].

En somme, il était habituel de placer le Christ juge entre les deux suppliants qu'étaient Marie et l'un des deux saints Jean. Des exceptions doivent toutefois être signalées. Ainsi, au Campo Santo de Pise, Orcagna a représenté le Jugement dernier avec, au sommet de la composition, Jésus qui maudit les damnés de la main et Marie, à sa droite, mais qui ne supplie pas. Une main sur la poitrine, elle accueille respectueusement la sentence divine qui reçoit les uns et refuse les autres. Autre variante : une peinture bolonaise du XVe siècle (Pinacothèque) étage de bas en haut l'enfer et ses supplices, puis la sage assemblée des saints avec, au premier rang, les apôtres, enfin au sommet des cieux les anges entourant une mandorle dans laquelle Dieu le Père et Jésus couronnent Marie.

En contrepartie, le *Jugement dernier* de Giotto à la chapelle Scovegni de Padoue, puis ceux de Taddeo di Bartolo à San Gimignano (fin du XIVe siècle ou début du XVe), de Fra Angelico à Florence (musée San Marco) et de Van der Weyden à Beaune se sont conformés à la disposition classique. Jan Van Eyck lui-même, dans son *Jugement dernier*, l'a ponctuellement observée en réservant toute la partie supérieure de sa composition au Christ juge que supplient à deux mains Marie et Jean-Baptiste. Beaucoup de gravures des premières décennies du XVIe siècle, de Dürer, de Cranach l'Ancien, de Bartsch, etc., continuaient à représenter la « double intercession », ce qui irritait Luther, car il refusait la notion du Dieu juge, estimant que cette iconographie éloignait du « très haut et principal article de notre foi chrétienne, à savoir de croire au Christ[6] ».

Mais, à Gand, le thème a été adapté avec beaucoup de liberté. Le retable, même s'il a jadis comporté une prédelle figurant l'enfer, nous transporte après le Jugement dernier et, dans la partie conservée aujourd'hui, déploie le paradis dans toute sa gloire. Jean-

Baptiste désigne le Seigneur mais ne le supplie pas. À quoi bon? Il tient un livre sur lequel on lit *Consolamini*, « Console-toi [mon peuple...] ». Il porte une tunique d'ermite, en grande partie cachée par un somptueux vêtement vert dont la bordure est enrichie de pierres précieuses, une tenue digne d'un élu de haut rang. Et il est assis sur un trône, comme Marie.

Marie non plus ne supplie pas. Elle lit un livre, symétrique de celui de Jean-Baptiste et qui, selon une tradition remontant au *Pasteur* d'Hermas, est l'attribut de l'Église[7]. Mais le livre renvoie plutôt ici à l'histoire de la piété, quand la prière silencieuse et personnelle, appuyée sur le livre d'heures, a doublé, surtout à partir du XIVe siècle, la prière collective et vocale auparavant la plus courante. Les livres d'heures, qui supposaient évidemment la pratique de la lecture, ont été adoptés à la fin du Moyen Âge par des laïcs instruits et notamment par les femmes de la haute société qui savaient lire. Leur âge d'or se situe au XVe siècle et au début du XVIe. Les femmes pieuses et instruites s'en servaient aussi comme abécédaires et les mères les transmettaient à leurs filles pendant plusieurs générations[8]. C'est ce fait de société qu'illustre la Vierge lisante du polyptyque de Gand.

MARIE, SYMBOLE DU PARADIS

Marie apparaît ici somptueusement vêtue et couronnée d'un diadème enrichi de pierres précieuses, de lis et de roses. L'inscription qui auréole son doux visage précise qu'elle est « plus brillante que le soleil et que toute l'ordonnance des étoiles. Comparée à la lumière, elle la surpasse car elle est l'éclat de la lumière éternelle, le miroir sans tache de la majesté divine » (Sg 7, 25-26).

Il est impossible de ne pas rapprocher cette Vierge en gloire d'un thème paradisiaque que la fin du Moyen Âge a affectionné : le couronnement de Marie, qui explose dans l'art occidental à partir des environs de 1400. La piété et l'iconographie occidentales prirent prétexte de ce couronnement pour évoquer avec luxe et couleurs les splendeurs de la cour céleste. Rapprochement suggestif : un *Couronnement de Marie*, de la même période que le retable de Gand, peint par Giovanni dal Ponte (1376-1437) et conservé au musée Condé de Chantilly, montre Jésus couronnant sa mère et ayant à sa gauche saint Jean-Baptiste. La *Deisis* et l'exaltation de Marie au ciel se trouvent ici imbriquées mais l'allusion au Jugement dernier a disparu.

Un autre rapprochement me paraît aussi devoir être esquissé

avec le *Jardinet du paradis*, œuvre réalisée vers 1430 par un peintre anonyme que nous appelons le « Maître du Haut-Rhin » et conservée au Städelsches Kunstinstitut de Francfort. Cette fois, il s'agit non pas d'un couronnement de Marie mais d'un espace paradisiaque figuré par un « jardin clos » parsemé de fleurs et où pousse aussi un cerisier chargé de fruits[9]. Une lecture érotique de cette œuvre me paraît peu satisfaisante, car ce paradis terrestre retrouvé, où l'enfant Jésus joue avec la cithare de sainte Catherine, symbolise surtout la virginité de Marie. Celle-ci, qui occupe la place d'honneur dans la composition, est couronnée, comme celle de Gand, et, comme elle, porte un manteau bleu nuit et lit un livre. C'est là un nouvel exemple du lien établi par la piété et l'imagination entre paradis et royauté de Marie.

Ce rapprochement était connu aussi des Églises orientales. Une hymne éthiopienne salue Marie comme « un jardin de joie, préparé pour Dieu, avant que le monde fût, gardé par les chérubins et les séraphins » et une homélie de Germain II de Constantinople († 1420) fait de Marie « un paradis planté par Dieu[10] ». En Occident, Adam, abbé de Perseigne († 1221), proclama dans son *Mariale* : « Marie est le jardin clos où blanchit le lis sans déclin de la virginité, où la violette répand le parfum de l'inviolable humilité, où rougit la rose de l'inépuisable charité[11] ». Jacopone da Todi, s'adressant à Marie, lui déclara : « Je peux te dire jardin orné de toutes fleurs, où se trouve planté l'arbre de vie[12]. »

Le *Jardinet du paradis* de Francfort n'est pas une œuvre isolée. On a pu dénombrer onze peintures italiennes des XVe et XVIe siècles consacrées à l'*hortus conclusus* marial. Hors d'Italie plusieurs œuvres sont particulièrement belles et significatives : la *Madone au buisson de roses* de Stephan Lochner (vers 1450, musée Wallraf-Richartz de Cologne) et la *Vierge au buisson de roses* de Schongauer (1473, Saint-Martin de Colmar). Cette dernière est couronnée par deux anges et son vêtement rouge annonce la mort tragique que connaîtra son fils. Celle de Lochner porte le plus classique vêtement bleu nuit. La vision est ici purement paradisiaque : Marie, qui se détache sur un treillage de roses, est déjà couronnée, comme à Gand, et des angelots jouent des instruments de musique autour de la reine des cieux et de son enfant. Très évocatrices encore de l'*hortus conclusus* sont deux œuvres de Memling plaçant Marie et son enfant, à Munich, au milieu des anges et, au Louvre, entre des vierges dont sainte Catherine. Dans ces évocations un paysage idyllique derrière la Vierge crée l'illusion du jardin d'Éden retrouvé.

À l'évidence, le thème de l'*hortus conclusus* marial a constitué une variante des évocations paradisiaques. Car, autour de la mère de Dieu et de son enfant, les œuvres que nous venons d'évoquer représentaient en outre un jardin orné de roses. Vision fugitive, certes, le spectateur sachant bien quelle serait la destinée tragique de l'enfant, mais aussi anticipation réconfortante puisque le sang de l'innocent rouvrirait les portes d'un paradis où il n'y aurait plus que fleurs et bonheur.

On n'a pas manqué de replacer l'exaltation de la reine du ciel par l'écrit et par l'image dans son contexte politique et culturel. De façon significative, le thème du couronnement de Marie a surtout connu le succès dans les pays d'Europe et les périodes où se consolidaient plusieurs États européens et où la cérémonie du sacre prenait toute son ampleur religieuse[13]. Au XIVe siècle les miniatures illustrant les *Grandes Chroniques de France* et les *Chroniques* de Froissart représentent avec insistance le couronnement de Jean le Bon et celui de Charles V[14]. En France, la liturgie du couronnement des reines se précisa et s'amplifia à l'époque de Charles V. Celui d'Isabeau de Bavière, épouse de Charles VI, revêtit une grande solennité.

On a aussi mis en rapport la montée du culte marial avec l'essor de l'amour courtois, la Vierge Marie, reine et dame du ciel, apparaissant comme le modèle suprême de la femme pour le chevalier chrétien[15]. Tous ces rapprochements sont justifiés s'ils ne font pas oublier l'essentiel : la monté du culte marial et de la croyance en l'assomption de Marie, même si cette conviction n'est devenue dogme catholique qu'en 1950. L'explosion du culte marial aux XIIe et XIIIe siècles s'exprima dans les dédicaces de multiples cathédrales françaises, espagnoles, anglaises, suisses, germaniques, etc. En 1134, l'ordre de Citeaux décida de dédier toutes ses églises à Notre-Dame. En 1288, le poète milanais Bonvesin de la Riva assure que dans sa ville 36 églises sont dédiées à Marie et qu'il y en a plus de 240 dans le *contado*[16].

L'Assomption

La croyance à l'assomption de Marie, qui a induit ensuite le thème de son couronnement, a, semble-t-il, son origine dans un récit apocryphe attribué à Méliton, qui aurait été un disciple de saint Jean, puis évêque de Sardes au IIe siècle. Le titre de son récit, traduit en latin, était *De transitu Virginis*[17]. Ce texte, qui, en réalité, paraît remonter seulement au VIe siècle, fut alors répandu en Occident par Grégoire de Tours, qui écrivit dans ses *Livres des miracles,* en résumant le Pseudo-Méliton :

Lorsque Marie eut accompli le cours de sa vie et fut sur le point d'être rappelée du siècle, les apôtres accoururent tous, de chaque pays, vers sa maison. Apprenant qu'elle allait être enlevée du monde, ils veillaient avec elle, et voici que le Seigneur survint escorté de ses anges et, recevant l'âme de Marie, il la remit à l'archange Michel et se retira. Au point du jour, les apôtres levèrent le corps avec la couche, le placèrent dans le tombeau et le gardèrent, attendant l'arrivée du Seigneur. Tout à coup Jésus leur apparut de nouveau, et, enlevant ce corps sacré dans un nuage, il le fit transporter ainsi dans le paradis, où maintenant, ayant repris son âme, Marie savoure avec les élus les biens de l'éternité qu'aucune fin ne saurait atteindre[18].

La fête de l'Assomption, célébrée en Orient depuis le VIIe siècle et en Occident depuis la fin du VIIIe, offrit la possibilité de lier la montée au ciel de Marie et sa royauté dans l'au-delà. L'*Hymne pour l'Assomption* d'Odilon Mercœur, abbé de Cluny († 1048), dit :

Voici le jour de joie
Inondé de lumière,
Où la reine des vierges
Gravit le chemin étoilé,

Entourée des cohortes
Éblouissantes des anges
Et de celles des vierges saintes.
Les légions illustres l'escortent.

Comme il nous faut tous croire,
Le Christ est né d'elle.
Il accourt à sa rencontre, éclatant
Sous son diadème céleste.

Au-dessus de la gloire,
Ignorant la faute du lit nuptial,
Elle ramène avec elle au trône
Du Père le plus grand de ses enfants.

La cité du royaume céleste
Dans toute sa magnificence
Honore des prières appropriées
La mère de son Prince.

Célébrons avec eux dans la joie
Le grand bonheur de ce jour
En louant Dieu et en l'implorant[19].

Dans ce poème figurent déjà des éléments importants du couronnement de Marie : elle est qualifiée de « reine »; elle est entourée des « cohortes éblouissantes des anges »; le Christ va à sa rencontre;

la « cité du royaume céleste [...] honore [...] la mère de son prince ». Le *Salve Regina*, au titre significatif — car la prière elle-même insiste surtout sur la miséricorde —, remonterait aussi au XIe siècle[20]. Toujours au XIe siècle, saint Anselme dédie plusieurs de ses *orationes* enflammées à la « Reine des anges, la maîtresse du monde[21] ». Au siècle suivant, saint Bernard, dans un sermon sur l'Ascension, établit un lien entre celle-ci et le couronnement de Marie et, dans une autre homélie sur le même thème, applique à Marie l'évocation par l'Apocalypse de la femme « vêtue de soleil » :

> Quelqu'un peut-il imaginer la gloire qui enveloppe aujourd'hui la reine du monde, l'enthousiasme avec lequel toutes les légions célestes vont à sa rencontre, les chants qui l'accompagnent au trône de gloire? Avec quel visage affable, quel regard tendre et quels embrassements divins son Fils ne la reçoit-il pas? Elle est placée au sommet de toute la création avec l'honneur que méritent une telle mère et la gloire d'un tel fils[22].

Des visionnaires tels que le bénédictin vénitien Gérard de Csanad († 1046) et Élisabeth de Schönau (1164) exaltèrent, eux aussi, la royauté de Marie manifestée par son Assomption[23]. À la suite d'une vision, Élisabeth écrivit :

> Je vis dans un lieu très retiré un tombeau environné d'une grande lumière et, dedans, comme l'apparence d'une femme et, tout autour, se tenait une très grande multitude d'anges. Peu après elle fut dressée hors du sépulcre et, avec cette multitude autour d'elle, elle fut élevée dans les airs. Et voici que venait à sa rencontre du plus haut des cieux un homme plus glorieux que tout ce qu'on peut imaginer, avec dans sa main droite le signe de la croix sur un étendard. Je compris qu'il s'agissait du Seigneur lui-même, notre Sauveur, entouré d'innombrables milliers d'anges. Ceux-ci, la prenant, et chantant d'une seule voix, la portèrent au plus haut des cieux.
>
> [L'ange qui, d'ordinaire, se tient auprès d'Élisabeth dans ses extases explique à celle-ci] : Ce qui t'a été montré dans cette vision, c'est comment Notre-Dame a été portée au ciel avec son corps et son esprit [...]. Elle quitta cette vie le jour où nous célébrons l'Assomption et c'est quarante jours après [...] qu'elle ressuscita [...]. Les saints Pères qui décidèrent de célébrer dans l'Église la solennité de l'Assomption n'avaient pas la certitude de l'assomption corporelle de Marie. Ils fixèrent donc cette fête le jour de sa dormition. Mais ils l'appelèrent l'Assomption car ils croyaient très fermement à cette montée au ciel avec sa chair[24].

Les spéculations théologiques sur l'assomption de Marie et, plus généralement, sur la reine des cieux se sont nourries en Occident de l'exégèse du Cantique des cantiques et du psaume 45. Honorius d'Autun, entre autres, commentant le chapitre 6 du Cantique, en applique à Marie les versets 6 et suivants qu'il place dans la bouche du Christ : « Je m'en irai au mont emmyrrhé et à la colline encensée [...]. Tu es toute belle, ma compagne [...] avec moi, du Liban, ô fiancée, avec moi, du Liban tu viendras[25]. » Et comment, en regardant toutes les Vierges couronnées de l'iconographie occidentale et notamment celle de Gand, ne pas songer au psaume 45 (11-15)? On y lit : « Écoute, ma fille! [...] Que le roi s'éprenne de ta beauté! C'est lui ton Seigneur [...]. Majestueuse, la fille du roi est à l'intérieur en robe brochée d'or. Parée de mille couleurs, elle est menée vers le roi. »

Le couronnement de Marie est absent de l'*Hortus deliciarum.* Mais la planche 82, à laquelle il faut revenir un instant, est tout entière consacrée à la *Regina Ecclesia,* assise sur un trône dans un bâtiment à deux étages où sont placés les clercs et les laïcs. L'inscription précise : « La Reine assise dans le temple, c'est l'Église, appelée Vierge-Mère... » Il y a tout lieu de penser que l'Église « Vierge-Mère » représentée ici est à mettre en liaison avec la mère de Jésus. Plus largement on peut penser avec Georges Duby que la diffusion du thème de la royauté de Marie n'a pas coïncidé par hasard avec la revendication par les papes, et notamment par Innocent III, de la souveraineté universelle de l'Église[26]. L'illustration de l'*Hortus deliciarum* soulignerait alors le lien entre l'une et l'autre.

Quant à *La Légende dorée,* elle aborde au moins à deux reprises l'exaltation de Marie. Un très long article y est consacré à l'Assomption. L'auteur rappelle les récits merveilleux concernant la mort, la dormition, les funérailles, la résurrection et l'assomption de Marie racontés, dit-il, par Denys l'Aréopagite, en réalité par le Pseudo-Méliton, et les déclare d'abord « apocryphes » en s'appuyant sur une lettre de saint Jérôme à Paula et Eustachium (qui, en fait, est du IXe siècle). Mais, se fondant sur cette lettre et sur les visions de Gérard de Csanad et d'Élisabeth de Schönau, il en rétablit finalement l'essentiel, « à savoir qu'elle trépassa sans douleur, [...] que Jésus-Christ et toute la cour céleste vinrent au-devant elle, [...] enfin qu'elle fut enlevée en corps et en âme ». Au sujet du transport au ciel, il cite un texte de Gérard :

> Ce jour, les cieux ont reçu la Bienheureuse Vierge avec joie. Les anges se réjouissent, les archanges jubilent, les trônes s'animent, les dominations la célèbrent dans les cantiques, les principautés unissent leurs voix, les puissances accompagnent de leurs instruments de musique, les chérubins et les séraphins entonnent leurs hymnes. Tous la conduisent jusqu'au souverain tribunal de la divine Majesté[27].

Du point de vue qui nous retient ici, aussi important peut-être que l'article sur l'Assomption est, dans *La Légende dorée*, celui consacré à la Toussaint que nous avons déjà cité. Il relate en effet que le gardien de Saint-Pierre de Rome, dans sa vision de la Toussaint, aperçut d'abord « le Roi des rois assis sur un trône élevé ». Puis « la Vierge des vierges, ornée d'un diadème éclatant, arriva, aussitôt suivie d'une multitude de vierges et de continentes. À l'instant le Roi se leva pour l'accueillir et l'invita à s'asseoir sur un siège qu'il fit placer auprès du sien[28] ». Le couronnement lui-même n'est pas mentionné, mais Marie porte un diadème et s'assoit juste à côté de son fils. Dante, en revanche, assure au chant XXIII du *Paradis* qu'il vit descendre du milieu du ciel « un flambeau formé en cercle, à guise de couronne » qui « ceignit » Marie et « tourna autour d'elle », et toutes les lumières angéliques « faisaient sonner le nom de Marie » (v. 94-109).

La Vierge couronnée

Alors que l'art byzantin maintint sa prédilection pour la dormition de la Vierge et ignora l'évocation de son couronnement, l'iconographie chrétienne d'Occident, guidée par la poésie religieuse et la prédication, amplifia de plus en plus ce thème, merveilleux prétexte pour rêver du paradis, et joignit souvent dans une même évocation Assomption et couronnement de Marie. Ce n'est pas un hasard si des manuscrits enluminés de *La Légende dorée*, en particulier en France, représentèrent au frontispice le couronnement de la Vierge, alors que celui-ci n'est pas explicitement décrit dans l'ouvrage de Jacques de Voragine[29]. Néanmoins ce best-seller a certainement beaucoup contribué, mais indirectement, au succès de ce thème dans la seconde partie du Moyen Âge.

Les plus anciennes représentations du couronnement de Marie sont toutefois antérieures à *La Légende dorée* et remontent au XIIe siècle : le tympan de l'église de Quenington, dans le Gloucestershire, vers 1140, un vitrail donné par Suger à Notre-Dame de Parie et qui disparut avant la Révolution française et surtout un tympan de la cathédrale de Senlis (1160-1170) qui servit de modèle[30]. Marie couronnée par son fils apparut ensuite fréquemment sur les portails des cathédrales : à Paris, à Chartres, à Reims, à Laon, à Pampelune, à León, etc.

L'Italie s'en tint longtemps à la glorification de Marie assise avec le Christ sur un *synthronos* — un trône pour deux personnes. Puis elle adopta, à son tour, le thème du couronnement de la Vierge à la fin du XIIIe siècle à partir du vitrail en rosace de la cathédrale de

Sienne, daté de 1287 et attribué à Cimabue. Une de ses plus splendides figurations dans la Péninsule se trouve dans l'abside de Sainte-Marie-Majeure, balise désormais familière dans notre itinéraire paradisiaque. Dans les années 1290, contemporaines de la mort de Jacques de Voragine, le franciscain Iacopo Torriti, à la demande du pape Nicolas IV, consacra sa composition de mosaïques dans l'abside de la basilique au couronnement de Marie. Celle-ci reçoit la couronne de la main du Christ, assis sur le même trône de gloire que sa mère (le *synthronos*). Au pied du trône, le soleil et la lune brillent au milieu des étoiles. Des saints et des anges entourent Jésus et Marie. Le fleuve de vie avec ses berges fleuries limite cet espace de bonheur[31]. En dessous, c'est-à-dire à un niveau qui veut être celui de la terre, Marie s'endort dans la mort, entourée par les apôtres, mais cette dormition est représentée à beaucoup plus petite échelle que le couronnement.

Les peintres italiens multiplièrent par la suite les évocations du couronnement de Marie : Giotto (pinacothèque de Bologne et Arena de Padoue), Giusto de'Menabuoni (Londres, National Gallery), Gentile da Fabriano (musée Brera, Milan), Fra Angelico à plusieurs reprises (musée des Offices, San Marco, Louvre), Quartararo (Musée national de Palerme), Filippo Lippi (Académie des beaux-arts de Florence), Botticelli (Offices), Giovanni Bellini (Pesaro), Francesco di Giorgio (pinacothèque de Sienne), Crivelli (Brera), Raphaël (Vatican), Véronèse (sacristie de San Sebastiano, Venise) etc.

En dehors d'Italie, une œuvre majeure consacrée au couronnement de Marie est celle que réalisa en 1454 Enguerrand Quarton à Villeneuve-lès-Avignon. Il est impossible de ne pas rapprocher cette Vierge couronnée de celle de Gand, un peu antérieure, même si dans le polyptyque de Saint-Bavon on n'assiste pas au couronnement proprement dit. Dans les deux œuvres, Marie, dotée d'une chevelure blonde, porte un riche diadème et un somptueux vêtement et se trouve au sommet du ciel. Toutefois Enguerrand Quarton fait couronner Marie par la Trinité, une symbolique qui s'était répandue à partir de la fin du XIVᵉ siècle et qu'adoptera plus tard le Greco (Prado et chapelle San José de Tolède).

La Vierge couronnée du retable de Gand est encore mieux replacée dans son temps lorsqu'on la rapproche d'une représentation de la cour céleste illustrant un manuscrit français du XVᵉ siècle de *La Cité de Dieu*. Au sommet de celle-ci, sur fond d'architectures gothiques, se détache la Trinité à la droite de laquelle (donc à gauche pour le lecteur) Marie est assise, couronnée et vêtue d'un beau manteau bleu, comme à Saint-Bavon. Deux anges musiciens encadrent la scène. Les élus, comme à Gand encore, sont rassemblés en dessous et séparés verticalement de l'espace sublime où siègent la Trinité, Marie et les anges. À l'époque où furent réalisées ces deux évocations du paradis il aurait été impensable de placer Marie à son sommet sans lui attribuer une couronne, puisqu'elle était pour tous la reine du ciel.

Les enlumineurs de livres d'heures aimèrent à leur tour évoquer la Vierge couronnée. Un *Livre de la vigne de Notre-Seigneur* du troisième quart du XVe siècle consacre une page à Marie, vêtue de bleu, assise sur un trône, les mains ramenées humblement sur la poitrine et entourée d'anges chantant et jouant des instruments de musique. La légende rappelle le verset : « *Regina coeli, laetare, alleluia...*[32] » Des *Heures de la Vierge*, datées de 1474, montrent aussi Marie couronnée, cette fois avec l'enfant Jésus dans les bras, environnée d'anges dont plusieurs accompagnent leurs chants de musique[33].

Le thème du couronnement de Marie était en pleine faveur au début du XVIe siècle, comme l'indique l'œuvre de Dürer, qui lui consacra plusieurs tableaux (l'un est perdu, mais il en subsiste plusieurs dessins préliminaires). *La Fête du rosaire* (1506), conservée au Musée national de Prague, avait été commandée à l'artiste, tandis qu'il séjournait pour la seconde fois à Venise, par la paroisse des Allemands de la ville. Marquée par l'influence de Giovanni Bellini, cette œuvre suscita chez les peintres vénitiens à la fois admiration et jalousie et fut abondamment copiée. Couronnée par deux anges, Marie, blonde et vêtue d'une magnifique robe de velours d'un bleu lumineux, pose une couronne de fleurs symbolisant le rosaire sur la tête d'un personnage agenouillé. Sur les genoux de sa mère, l'enfant Jésus est en train de placer une couronne semblable sur sa propre tête. La dévotion au rosaire, alors en plein essor[34], donnait un surcroît de signification au couronnement de Marie.

Mise en page révélatrice : plusieurs œuvres des XVe-XVIe siècles — enluminures ou peintures — consacrées à l'assomption de Marie rejettent le Christ ou la Trinité accueillant la Vierge dans le sommet de la composition, de sorte qu'il faut un effort pour les repérer. La plus grande partie de l'espace pictural est occupé par la blonde madone, soulevée par des anges multicolores richement vêtus. Ce parti est celui adopté par l'auteur des *Petites Heures d'Anne de Bretagne* (vers 1503)[35] et, à plus grande échelle, par le maître de *La Légende de sainte Ursule*, œuvre flamande des environs de 1485 conservée à la National Gallery de Washington[36]. Marie, mains jointes et qui porte déjà la couronne tandis qu'elle est élevée au ciel, est entourée d'anges musiciens et d'autres anges aux vêtements somptueux dans la tradition de ceux de Gand.

Ainsi, pour les frères Van Eyck et les artistes de leur siècle, une des façons les plus évidentes et les plus séduisantes d'évoquer la beauté et le bonheur du paradis consistait à faire apparaître Marie, reine du ciel, aux yeux éblouis de leurs contemporains. Précision utile : au XVIe siècle, les gens comprenaient la partie supérieure du retable de Gand comme un couronnement de la Vierge et des guides de l'époque présentaient même tout le polyptyque comme une « ascension de Marie[37] ». Au XVIIe siècle, Carel Van Mander assurait, de façon inexacte mais significative : « Au-dessus [du panneau central] on voit la Vierge couronnée par le Père et le Fils[38]. »

Mais le couronnement de Marie est aussi un thème nuptial. À Gand, son diadème comporte des éléments floraux caractéristiques des couronnes de mariage. On se trouve donc ici devant la transcription imagée d'un thème théologique, le mariage mystique de Marie avec son fils symbolisant celui de l'Église avec son époux, le Christ. Aussi aperçoit-on parfois dans la partie supérieure du retable une correspondance entre la couronne de Marie et celle, typiquement royale, qui est posée aux pieds du Seigneur.

« Le grand prêtre du bonheur qui vient »

Le Seigneur, dans le retable de Gand, est évidemment le Christ, comme dans toute *Deisis* où Jésus, le juste juge, est entouré de Marie et du Précurseur, celui-ci désignant du doigt le Messie. La tenture derrière le Sauveur porte le symbole christologique du pélican entouré de pampres et de l'inscription IHESUS XPS. Enfin, la triple tiare — celle des papes — renvoie à celui dont les pontifes romains se veulent les vicaires. Surcroît de sens : la tiare et le vêtement rouge signifient aussi le grand prêtre exalté dans l'Épître aux Hébreux (9, 11-15) :

> Le Christ est le grand prêtre du bonheur qui vient. Le temple de son corps est plus grand et plus parfait que celui de l'ancienne alliance; il n'a pas été construit par l'homme et n'appartient donc pas à ce monde. C'est par ce temple qu'il est entré une fois pour toutes dans le sanctuaire du ciel en répandant, non pas le sang des animaux, mais son propre sang : il a obtenu ainsi une libération définitive [...]. Son sang purifiera notre conscience des actes qui mènent à la mort pour que nous puissions célébrer le culte du Dieu vivant. Voilà pourquoi il est le médiateur d'une alliance nouvelle : puisqu'il est mort pour le rachat des fautes commises sous l'ancienne alliance, ceux qui sont appelés peuvent recevoir l'héritage éternel déjà promis.

Le polyptyque de Gand dans son entier évoque bien cet « héritage éternel » obtenu par le sang du « grand prêtre du bonheur » et on a pu penser[39] que l'arc trois fois répété qui entoure le Christ traduit la formule de l'Apocalypse (21, 3) : « Voici le tabernacle de Dieu avec les hommes. Il demeurera avec eux. » L'Apocalypse précise encore (19, 12-13) que le Messie victorieux porte « sur sa tête de nombreux diadèmes » et qu'il « est revêtu d'un manteau trempé de sang ». Quant à sainte Gertrude, elle avait aperçu dans une de ses visions « le Fils de Dieu, le Seigneur des vertus [...] revestu d'ornements pontificaux[40] ». Mais — surcroît de sens — le personnage pontifical du retable n'est pas seulement le Christ. Son étole porte en broderies de perles l'expression vétéro-testamentaire *Sabaoth* et sur la bordure de son vêtement on lit *Rex regum, Dominans dominantium*, formule tirée à la fois de l'Apocalypse (19, 15) et de la première lettre de saint Paul à Timothée (6, 15), dont saint Augustin disait qu'elle ne s'appliquait ni au Père, ni au Fils, ni au Saint-Esprit mais à la Trinité entière et au Tout-Puissant unique et béni[41]. Sur la triple voussure nimbant la tête de celui-ci on lit : « Il est Dieu, tout-puissant par sa divine majesté, le premier entre tous, le meilleur par la bonté de sa douceur, le rémunérateur le plus libéral à cause de son infinie largesse[42]. »

Enfin, les plus anciens textes faisant mention de la figure principale du retable et Dürer, dans son *Journal de voyage* de 1521, l'identifièrent à Dieu le Père[43]. Cette identification se comprend si l'on regarde une miniature flamande (xve siècle) du *Liber floridus* conservée au musée Condé de Chantilly et qui représente Dieu le Père. Dieu y est représenté barbu et couronné de la triple tiare ; il porte un vêtement rouge et bénit de la main droite. Il est bien certain que la disposition verticale adoptée à Gand depuis l'Être suprême au sommet jusqu'à l'agneau pascal en bas avec, entre les deux, le trait d'union de la colombe évoquant le Saint-Esprit suggère la Trinité.

Ne voyons pas de contradiction entre les deux lectures renvoyant respectivement au Père et au Fils. Elles se complètent au contraire. On peut ici tenter une comparaison avec une page d'un *Missel à l'usage de Nantes* des années 1450-1455[44], sur laquelle Dieu est représenté en pontife assis sur un trône avec tiare, étole et vêtement rouge. Une inscription précise qu'il est le *Creator omnipotens*. Mais il est entouré par les symboles des quatre évangélistes tandis que deux anges habillés de jaune portent, l'un des tables de la Loi, l'autre un calice surmonté d'une hostie. Ainsi le Dieu couronné symbolise-t-il les deux Testaments réunis. Le Père et le Fils sont en quelque sorte fusionnés en un seul personnage.

Il en va de même à Gand, où le pontife portant sceptre et *triregnum* est à la fois l'une et l'autre personne de la Trinité, suivant l'un des sens que l'on peut donner à la composition globale. Il est le

Père éternel qui a voulu depuis toujours l'incarnation de son Fils. Mais il est aussi celui-ci présent à deux niveaux : en haut, en roi ; en bas, en victime dont le sacrifice a sauvé les hommes. La colombe, « qui plane dans le glorieux ciel bleu d'un matin paradisiaque, entourée d'un halo de lumière[45] », constitue le lien entre les deux étages de cette géographie céleste où, sous la main bénissante de Dieu, les bienheureux se rassemblent pour célébrer la messe éternelle. Celle-ci est la manifestation de joie de l'humanité rachetée.

Le retable de Gand affirme alors sa grande cohérence à la fois doctrinale et thématique : à l'extérieur, l'Annonciation signifie l'espérance apportée aux hommes après le péché d'Adam et Ève ; à l'intérieur, les splendeurs du paradis réalisent cette promesse de bonheur.

CHAPITRE XIII

L'homme paradisiaque

Contempler Dieu face à face

Le « bonheur du paradis », qu'est-ce à dire? La lumière sans déclin, les couleurs enchanteresses, la prairie couverte de fleurs, la rivière de cristal, la ville aux murs d'or et de pierres précieuses, que signifiaient-elles puisque, au moins dans l'esprit des théologiens, il s'agissait d'un discours anagogique, s'efforçant de faire deviner l'invisible par le visible, l'indicible par des images? Aucun doute n'a jamais traversé les spécialistes chrétiens de l'au-delà : le bonheur des bonheurs de l'homme paradisiaque consistera à contempler Dieu face à face.

Cette conviction s'appuie sur l'autorité de saint Paul et de saint Jean. Le premier écrivit aux Corinthiens : « [Actuellement] notre connaissance est limitée [...]. À présent nous voyons dans un miroir et de façon confuse, mais alors ce sera face à face » (1 Co 13, 9-12). Saint Jean confirme : « Mes bien-aimés, dès à présent nous sommes enfants de Dieu, mais ce que nous serons n'a pas encore été manifesté. Nous savons que, lorsqu'il paraîtra, nous lui serons semblables, puisque nous le verrons tel qu'il est » (1 Jn, 3, 2-3). Alors nous jouirons de la vision « béatifique », cette vision qui rend infiniment heureux et qui nous transfigurera.

Le discours théologique a répété et commenté à longueur de siècles les deux déclarations de saint Paul et de saint Jean. Saint Augustin, dans le chapitre final de *La Cité de Dieu,* assure, en parlant du Tout-Puissant : « Il sera lui-même la fin de nos désirs, lui, que nous contemplerons sans fin, aimerons sans satiété, louerons sans lassitude[1]. » L'archevêque Julien de Tolède († 690) reprend à nouveaux frais les thèmes abordés par saint Augustin en conclusion de *La Cité de Dieu* et précise :

> La récompense de notre foi sera la vision dont a parlé saint Jean [« Lorsqu'il paraîtra nous lui serons semblables... »]. Mais la face de Dieu ne doit pas être entendue comme la manifestation de membres tels que ceux de nos corps et que nous appelons ainsi. Nous serons semblables aux anges. Car, de même que maintenant ils voient Dieu, de la même façon nous le verrons après la résurrection[2].

Isidore de Séville explique de son côté que « la contemplation du Créateur suprême » nous donnera « une bonne volonté parfaite[3] ». Un texte mis au compte de saint Patrick, l'apôtre de l'Irlande († 461), dit, au sujet de l'« ineffable suavité » que procurera la vision de Dieu : « [Au ciel] on ne connaîtra ni le désir de nourriture ni l'incendie de la soif. La vision du Christ et de la sainte Trinité sera la nourriture et la boisson de tous[4]. » Parlant du « ciel super-céleste », saint Bernard s'écrie, en insistant sur le mot « bienheureux » : « Ô, bienheureuse région des vertus supérieures où la bienheureuse Trinité est vue face à face par les bienheureux, où les sublimes armées [angéliques] ne cessent de proclamer avec l'applaudissement de leurs ailes "*Sanctus, sanctus Dominus Deus sabaoth*"[5]. »

L'*Élévation sur les gloires de Jérusalem* d'un moine disciple de Jean de Fécamp assure à son tour :

> [Le Seigneur] est ce qu'il y a de plus beau à contempler, de plus désirable à voir, *celui en qui les anges aspirent à plonger leurs regards* [1 P 1, 11]. Il est *le roi pacifique dont tout l'univers désire le visage* [liturgie de l'avent]. Il est la clémence des repentis, l'ami des malheureux, le consolateur des attristés, le protecteur des petits, le docteur des simples gens, le guide des pèlerins, le rédempteur des morts, le puissant secours des combattants [de la foi], le rémunérateur affectionné des vainqueurs [les martyrs][6].

Une hymne, déjà citée, en l'honneur de la Jérusalem céleste et attribuée à Thomas a Kempis, le rédacteur final de l'*Imitation*, proclame : « Nous verrons dans la clarté les personnes de la Trinité. Nous contemplerons à nu l'essence de son unité. Nous admirerons ensemble l'unité et la trinité[7]. »

Saint Thomas d'Aquin a longuement disserté, et en plusieurs occasions, sur la vision béatifique. Pour lui non plus aucun doute n'est possible : l'aspiration la plus profonde de l'homme est de voir Dieu, car notre « désir naturel de connaître ne peut s'apaiser en nous avant que nous ne connaissions la première cause non d'une façon quelconque mais par son essence. Or la première cause est Dieu [...]. La fin dernière d'une créature intellectuelle est donc de voir Dieu par son essence[8] ». Se demandant si « l'élément principal de la béatitude est la vision plutôt que la délectation », Thomas répond sans ambage que « la vision l'emporte sur la délectation [...]. La délectation est une certaine perfection concomitante à la vision, et non une perfection qui rende la vision même parfaite[9] ». Dans d'autres passages de la *Somme théologique*, il dit : « Selon la foi, nous tenons que la fin ultime de la vie humaine est la vision de Dieu [...]. La clarté de Dieu [...], bien qu'elle soit maintenant invisible, ne le sera plus alors[10]. »

Le discours chrétien, orthodoxe ou non, a été inépuisable sur ce thème. Dante, au chant XXX du *Paradis* (v. 97-102), s'écrie : « Une lumière est là-haut, qui rend visible le créateur à ses créatures qui ont leur paix seulement à sa vue[11]. » La béguine Marguerite Porète, qui rédigea en 1306 le premier traité de vie mystique en français mais fut brûlée comme hérétique à Paris en place de Grève, affirma dans son *Miroir des simples âmes anéanties* : « Paradis n'est autre chose que voir Dieu uniquement[12]. » Ce que confirme le bienheureux Henri Suso, invité par la Sagesse éternelle à contempler « cette foule innombrable [des élus] buvant selon tout le désir de son cœur à la source de vie qui jaillit, harmonieuse. Vois comme ils contemplent le miroir pur et lumineux de la nue Déité, où toutes choses sont manifestes et révélées[13] ».

Il faut citer ici une édition tardive de l'*Art de bien vivre et de bien mourir* publiée à Louvain en 1589, qui montre, entre les multiples documents qu'on pourrait invoquer, la permanence du discours sur la vision béatifique. Les élus, y assure-t-on, auront « invincible liesse par possession de divine délectation ». Ils bénéficieront d'une « apperte, claire et immoyenne [sans intermédiaire] vision de Dieu ». « Ils verront Dieu en soy et Dieu en eux. » La lumière divine sera pour eux « vivifiante, clarifiante, simplifiante et faisant l'âme déiforme et semblable aucunement à Dieu[14] ». La vision béatifique apparaît comme une situation absolument privilégiée où la distance est abolie. Le regard, au paradis, ne bute pas sur l'obstacle de l'espace.

Quand est donnée aux élus la vision béatifique complète ?

Des débats entre théologiens se firent jour au cours des siècles pour déterminer si les élus, une fois reçus dans les lieux du bonheur éternel, y connaissent la totalité de celui-ci avant la résurrection des corps du Jugement dernier. Redisons que, durant les premiers siècles de l'Église, on fut convaincu que le « paradis » n'était pas déjà le « royaume des cieux »[15]. « Ce n'est pas encore autre chose, lit-on dans le *Dictionnaire d'archéologie chrétienne*, qu'un séjour provisoire où les âmes des justes attendent l'heure de la résurrection. Celle-ci marquera l'instant du Jugement général suivi de l'introduction dans le royaume où le Père céleste se manifestera aux admis de la vision béatifique[16]. »

Tel semble bien avoir été le sentiment de saint Augustin. Dans deux de ses sermons, il affirme que « la vie éternelle avec les anges » ne sera accordée aux élus qu'après la résurrection. Les récompenses dans l'au-delà, si grandes soient-elles, sont comme une « ombre » et un « rêve » par rapport à l'accroissement de bonheur qui viendra ensuite[17]. Cette croyance, présente dans diverses visions médiévales de l'au-delà[18], fut aussi formulée par saint Bernard dans plusieurs sermons, où il développa quatre points. 1° Les âmes saintes, après la mort, sont admises dans le ciel et la compagnie des anges. 2° Elles « sont plongées dans une mer immence d'éternelle lumière et de lumineuse éternité ». 3° Elles voient alors l'humanité du Christ, mais non déjà sa divinité. « En attendant [la résurrection], les saints reposent heureusement sous l'autel, c'est-à-dire l'humanité du Christ, que les anges eux-mêmes désirent contempler de près. » Après la résurrection ils seront « sur l'autel » et auront la pleine contemplation de la divinité. 4° Dès maintenant « ils se réjouissent dans l'Esprit-Saint et, au fond du cœur, ils ont une grande joie mais une joie imparfaite ». Car le désir qu'ils ont de reprendre leur corps les empêche de se précipiter librement vers Dieu de toute la force de leur affection[19].

Au XIIe siècle toujours, le bénédictin Eadmer de Canterbury, disciple de saint Anselme, assurait à son tour : « Il est manifeste que les âmes des saints, tout en bénéficiant déjà des biens célestes, ne jouissent pas encore de la pleine félicité tant qu'ils ne sont pas en possession de leurs corps incorruptibles[20]. » La doctrine du bonheur complet différé fut une dernière fois reprise par le pape d'Avignon Jean XXII qui affirma, en 1331-1333, qu'avant la résurrection générale les âmes séparées n'ont pas encore accès à la vision béatifique et que les démons ne seront cantonnés en enfer qu'après le Jugement dernier. À quoi bon en effet un jugement final, estimait le pape, si les justes — et aussi les damnés — ont leur rétribution dès le jugement particulier qui suit immédiatement la mort? Une même cause peut-elle être jugée deux fois? Cette doctrine, déjà rejetée par l'Université de Paris en 1241, fut définitivement refusée par le successeur de Jean XXII, le cistercien Benoît XII, auteur en 1336 de la constitution *Benedictus Deus* consacrée à cette question. On lit dans ce document :

> Toutes les âmes, aussitôt après leur mort et l'expiation [...] pour celles qui avaient besoin d'une expiation, même avant la résurrection de leur corps et le Jugement général, et cela depuis l'ascension de

Jésus-Christ notre Sauveur, sont et seront au ciel, au royaume des cieux, et au céleste paradis avec le Christ, admises dans la société des anges[21].

Mais, dans ces conditions, de quelle modification dans la vision béatifique bénéficieront les élus après qu'ils auront reçu leur corps glorieux? Réponse de saint Thomas d'Aquin :

> La béatitude des saints sera augmentée en étendue après la résurrection, car elle ne sera plus seulement de l'âme mais aussi du corps. Et la béatitude de l'âme elle-même sera accrue en étendue puisqu'elle ne jouira pas seulement de son propre bien, mais aussi du bien du corps [...]. La gloire du corps coopérera à l'intensification de la joie au sujet de Dieu, en tant qu'elle perfectionnera l'opération par laquelle l'âme adhère à Dieu. En effet plus une opération est parfaite, plus la jouissance est grande[22].

À propos de la vision béatifique achevée les théologiens ajoutèrent à la question *quando* des interrogations connexes, en particulier celles-ci : en quoi consiste cette vision? et comment se réalise-t-elle? Les deux principales réponses furent fournies par saint Bonaventure et saint Thomas. Le premier enseigna que l'union ultime de Dieu et de l'homme se fait dans l'amour. Pour le second, c'est dans l'union intellectuelle que la créature est rendue capable de voir l'essence infinie et incréée de Dieu[23].

Au paradis existent différentes demeures

Autre question encore : tous les habitants du paradis y jouissent-ils d'un bonheur égal? La réponse officielle de l'Église catholique a été qu'il existe des degrés de gloire, donc de béatitude, en fonction des mérites de chacun. À l'appui de cette affirmation, deux textes ont été constamment cités : « Dans la maison de mon Père, il y a beaucoup de demeures » (Jn 14, 2), et « Aucune chair n'est identique à une autre [...]. Il y a des corps célestes et des corps terrestres et ils n'ont pas le même éclat [...]. Une étoile même diffère d'une autre étoile. Il en est ainsi pour la résurrection des morts » (1 Co 15, 39-42). Et saint Augustin de commenter :

> Il y aura des degrés, [...] cela n'est pas douteux. Et cette bienheureuse cité [céleste] constatera encore elle-même comme un grand bien, que ceux d'un rang inférieur ne porteront aucune envie aux autres, de même que maintenant les autres anges ne sont pas jaloux des archanges. Nul ne désirera être ce qu'il n'a pas reçu, tout en étant uni

par le lien de la plus sereine concorde à celui qui l'aura reçu, pas plus que dans le corps ne veut être œil ce qui est doigt, l'un et l'autre faisant partie de l'organisation pacifique du corps entier. Ainsi, chacun possédera son propre don, l'un plus grand, l'autre plus petit, et aussi le don de ne rien vouloir de plus[24].

La conviction qu'il existe des degrés dans la béatitude éternelle a été affirmée de siècle en siècle. Dans le *Rythme pour le jour du sabbat éternel*, on lit :

Elle resplendit au royaume céleste, l'éternelle et noble cité
De Jérusalem, qui est notre haute mère à tous.
Le Roi éternel l'a créée pour les bons comme la digne patrie
Où, heureux et sans maux, ils se réjouissent sans fin.
Ses nombreuses maisons sont contenues dans des vastes murailles,
Car chacun reçoit sa demeure, qui correspond à ses mérites.
Mais en retour il est favorisé d'une récompense commune,
L'amour unique qui les embrasse dans ses murs sacrés[25].

Le moine Bernard de Morlas exprime la même certitude d'une autre façon :

[Pour les élus] la vision réelle du Tout-Puissant est une collation complète.
Si haletante que soit leur soif de Lui, ils ont de Lui à suffisance :
Plus de fièvres, plus de labeurs, plus de plaintes.
Plus pour celui-ci, moins pour celui-là, puissant est le sein de la Divinité.
Les demeures sont multiples, et multiple la rétribution du Père[26].

L'*Elucidarium* d'Honorius d'Autun pose la question : « Qu'est-ce que la maison du Père, et que sont les multiples demeures ? » et répond : « La maison du Père est la vision du Dieu tout-puissant en laquelle les justes sont glorifiés dans le Seigneur. Les diverses demeures sont les récompenses des mérites[27]. »

La *Confession théologique* de Jean de Fécamp, très pédagogique sur la question des niveaux de bonheur céleste, assure :

Commune est l'allégresse de tous, mais différente la gloire de chacun, car chacun est récompensé en proportion de la peine qu'il s'est donnée. En toi [la Jérusalem céleste], il y a vraiment différentes demeures, mais à raison de la charité qui seule y règne à jamais d'une manière totale et parfaite, toute jalousie en est absolument bannie : voilà pourquoi la gloire d'un seul saint devient celle de tous par la charité. Il suffit en effet à chacun de posséder ce qu'on lui donne et, comme il n'en cherche pas davantage, il ne peut ni ne veut jalouser la gloire de ceux qui lui sont supérieurs[28].

À son tour, saint Thomas d'Aquin s'est interrogé sur le sens du mot « demeures » employé par saint Jean, se demandant si « les degrés de béatitude doivent être appelés demeures ». Sa réponse est que « la demeure inclut la notion de fin et par conséquent celle de récompense qui est la fin du mérite. Bien qu'il n'y ait qu'un seul lieu spirituel, il y a divers degrés de rapprochement à son égard : cela constitue les diverses demeures[29]. »

Ruysbroeck « l'Admirable » reprenait donc l'enseignement classique lorsqu'il affirmait que « les bienheureux [...] ont la ressemblance avec Dieu dans la lumière de gloire, chacun selon le mérite acquis dans la lumière de grâce [...]. Chacun connaît et goûte dans la proportion où il a été doué par Dieu et selon ses propres mérites et selon son degré d'amour divin[30] ». Cette doctrine s'harmonisait en outre avec la conception dionysienne de la « hiérarchie céleste » et avec la répartition des élus en groupes distincts — patriarches, prophètes, apôtres, martyrs, vierges, etc. —, présente, nous l'avons vu, aussi bien dans les « visions » d'Hildegarde de Bingen que dans le polyptyque de Gand. Elle explique l'architecture du *Paradis* de Dante où le poète, guidé par Béatrice et montant de ciel en ciel, découvre successivement les diverses catégories de bienheureux. En revanche, Luther, convaincu que nos mérites sont incapables de nous valoir le ciel, refusera la doctrine des degrés de récompense.

Science et sécurité

Dissertant sur « la béatitude dans la patrie céleste », le bénédictin Eadmer de Canterbury assure au XIIe siècle que les ressuscités auront « tout ce à quoi les hommes aspirent, à savoir : la beauté, la rapidité, la force, la liberté, la santé, la volupté et l'éternité de la vie[31] ».

L'*Elucidarium* distingue d'abord plus sobrement « vie éternelle, béatitude perpétuelle, suffisance de tous biens sans aucun manque ». Puis l'interlocuteur supposé du catéchiste demande plus de précisions et obtient une réponse détaillée formulée, comme chez Eadmer, dans le moule classique du septénaire mais avec un dédoublement :

> Les élus auront sept gloires spéciales du corps et sept de l'âme. Quant au corps, la beauté, la rapidité, la force, la liberté, la jouissance, la santé et l'immortalité. Quant à l'âme, la sagesse, l'amitié, la concorde, la puissance, l'honneur, la sécurité et la joie[32].

Plus que ces distinctions un peu artificielles, il faut souligner plusieurs insistances majeures pour bien faire saisir la personnalité de l'homme paradisiaque. D'abord, les élus, parce qu'ils verront « Dieu face à face », ne connaîtront plus « par énigme » et donc posséderont connaissance et sagesse. Origène écrit :

> Ce que mangeront les saints, c'est le pain de vie qui nourrit l'âme des aliments de la vérité et de la sagesse, illumine l'intelligence et l'abreuve de la coupe de la Sagesse divine [...]. [L'âme retournée à Dieu connaîtra] les raisons de tout ce qui s'est passé sur la terre [...]. La connaissance de tous ces mystères et la grâce d'une science complète [la feront] jouir d'une joie inénarrable [...]. Après avoir conçu sur terre le goût et l'amour de la connaissance, nous en recevrons après la mort la science et la compréhension[33].

Saint Augustin, abondant dans le même sens, affirme :

> [La connaissance] ne fera plus défaut lorsque, une fois les corps recouvrés à la résurrection des morts, ce corps corruptible sera revêtu d'incorruptibilité, et ce corps mortel revêtu d'immortalité [1 Co 15, 53]. Car toutes choses seront évidentes ; et, sans fausseté, sans ignorance, elles seront distribuées selon leur ordre — et corporelles et spirituelles et intellectuelles — dans une nature qui aura recouvré son intégrité et sera dans une béatitude parfaite[34].

Une affirmation tirée de l'*Élévation sur les gloires de Jérusalem*, rassemblant comme dans un bouquet les bonheurs du ciel, offre une transition avec une autre caractéristique majeure de l'existence paradisiaque : la sécurité définitive par l'évasion hors du temps. L'auteur proclame en effet :

> Là sont les vraies richesses, les trésors de sagesse, la vie heureuse et durable. Là est la pleine puissance puisque toute faiblesse est absente et que rien ne manque à la force. Là est la pleine sagesse puisque toute ignorance est absente et qu'il ne manque rien à la vraie connaissance. Là est le bonheur suprême puisque toute adversité est absente et qu'il ne manque rien à la bonté. Là est la pleine santé puisqu'il y a pleine charité. Là est la pleine béatitude puisqu'il y a pleine vision de Dieu. Car la vision est dans la connaissance, la connaissance dans l'amour, l'amour avec la louange, la louange avec la sécurité et tout cela éternellement[35].

Le bonheur de l'au-delà est lié à l'abolition du temps, symbole de la finitude, source du changement et donc de toutes les « vicissitudes ». Dans le polyptyque de Gand, sur la marche du trône de Dieu, se trouve l'inscription : *« Vita sine morte, in capite. Juventus sine senectute, in fronte. Gaudium sine merore, a dextris. Securitas sine timore a sinistris* (Sur la tête, la vie sans mort. Au front, la jeunesse sans vieillesse. À droite, la joie sans tristesse. À gauche, la sécurité sans crainte) ». Peu avant *L'Agneau mystique*, Gerson avait pareillement annoncé — formule citée dans notre premier chapitre : « [Au paradis] il y aura jour sans nuict. Sapience sans failhir. Jeunesse sans envelhir. Sancté sans maladie. Vie sans mourir. Liesse sans tristesse[36]. » Antérieurement encore, Honorius d'Autun avait affirmé dans le même esprit : en comparaison avec la permanence du statut dont bénéficieront les élus au paradis, « la santé de Moïse serait infirmité et [...] la longévité de Mathusalem une longue difficulté de mourir[37] ».

On s'est interrogé sur l'origine des formules de Gerson et du polyptyque de Gand. En réalité, elles plongent leurs racines dans l'Antiquité chrétienne. Rappelons-nous l'affirmation du Pseudo-Cyprien dans ce qui est sans doute la plus ancienne description détaillée du paradis terrestre que donne la littérature chrétienne d'Occident : « Les habitants connaissent ici un repos heureux et y jouissent d'une assiette paisible[38]. » C'est la même notion de stabilité éternelle qu'exprimait Éphrem de Nisibis au IVe siècle lorsqu'il évoquait de façon symbolique les « récoltes ininterrompues » et la « fertilité sans terme des arbres » du paradis[39]. Ayant échappé au temps, domaine de l'instabilité et de la corruption, nous connaîtrons enfin le « repos ». Telle est aussi la conviction de saint Augustin dans *La Cité de Dieu* :

> [Au ciel] régnera la véritable paix où nul n'éprouvera d'opposition ni de soi-même ni des autres [...]. Là s'accomplira la parole *Reposez-vous et voyez que je suis Dieu* (Ps 88, 2) [...]. Et ce sera le sabbat suprême qui n'aura pas de soir.
>
> Là, dans le repos, nous verrons que lui-même est Dieu, ce que nous avons voulu devenir nous-mêmes, quand nous lui avons fait défection, prêtant l'oreille au séducteur : *Vous serez comme des dieux* (Gn 3, 5), et nous éloignant du vrai Dieu qui nous aurait permis, grâce à son action, d'être des dieux par voie de participation à sa divinité, non par voie de désertion [...]. Mais, refaits par lui et par une grâce supérieure rendus parfaits, nous jouirons de l'éternel repos, en voyant que lui-même est Dieu ; et nous serons remplis de lui quand il sera tout en tous [...]. Là, nous nous reposerons et nous verrons ; nous verrons et nous aimerons ; nous aimerons et nous louerons[40].

Saint Augustin, dans l'*Enchiridion*, parla à nouveau du « royaume où la vie sera sans la mort, la vérité sans l'erreur, la félicité sans perturbation[41] ». Voilà l'origine des multiples affirmations, plus ou moins longues, égrenées sur ce thème au cours des siècles.

Saint Grégoire le Grand déclara à son tour : « Là [au ciel], c'est la lumière sans éclipse, la joie sans le gémissement, le désir sans la souffrance, la satiété sans le dégoût, le salut sans le péché, la santé sans la maladie[42]. » Pour Isidore de Séville, lorsque l'« Église », c'est-à-dire l'assemblée des élus, sera « illuminée par la majesté divine », elle jouira de la compagnie des anges « dans la sérénité sans trouble d'une perpétuelle félicité ; et dans cette sérénité elle possédera tous les biens sans effort. Alors la lumière ne sera pas suivie de la nuit, la vie de la mort, la santé de la douleur, la joie de la tristesse, la jeunesse de la vieillesse, l'amour de l'absence ou de la disparition des êtres chers, la beauté de la laideur, la vigueur de la débilité et l'état de grâce ne se terminera pas par le péché[43] ».

Le bénédictin Eadmer a exprimé, lui aussi, le privilège de stabilité définitive dont bénéficieront les élus grâce à l'évasion hors du temps. Ils jouiront « d'une santé si perpétuelle, si invariable et si invulnérable qu'elle remplira tout l'être d'une douceur dont la suavité sera à la fois sensible et ineffable. Tout soupçon de vicissitude, de changement et de lésion sera écarté et repoussé au loin[44]. » Cette permanence de la « santé » s'entend, bien sûr, à la fois du corps (ressuscité) et de l'âme. Plus fortement encore, Hugues de Saint-Victor († 1141) reprit le thème de la stabilité du bonheur éternel en écrivant :

> Dans cette céleste patrie la vie est sans la mort, la jeunesse sans la vieillesse, la santé sans la maladie, le repos sans la fatigue, la joie sans la tristesse, la paix sans la discorde, la délectation sans le dégoût, la lumière sans les ténèbres, la beauté sans la honte, l'agilité sans l'obésité, la force sans la faiblesse, le plaisir sans l'anxiété, la longévité sans la fin de la vie, la science sans l'ignorance, l'amitié sans les haines, la concorde sans les discordes, l'honneur sans l'infamie, la sécurité sans la peur[45].

De ce *topos* paradisiaque répété de siècle en siècle il ressort que sécurité, stabilité et sérénité seront assurées ensemble aux bienheureux. Les formules de Gerson et du retable de Gand citées plus haut reprennent cette certitude.

La *Confession théologique* du bénédictin Jean de Fécamp comporte un beau développement sur le « repos » dont bénéficient les habitants de la Jérusalem céleste. Là ils connaissent « une paix souveraine, une charité pleine, une jubilation et une louange de Dieu éternelles, un repos tranquille et sans fin, ainsi qu'une joie pour toujours dans l'Esprit-Saint [...]. Le temps est toujours serein sans l'ombre d'un nuage. Les yeux jouissent d'une lumière très pure exempte de ténèbres [...]. Dans la sécurité et le repos, rassasié pour l'éternité par le pain vivant et céleste, chacun demeure en Dieu et Dieu en lui[46] ». Saint Bernard développe, lui aussi, le thème de la permanence d'un bonheur qui ne faiblira pas. Dans le « paradis supercéleste », dit-il, il y aura « joie éternelle », « satiété » et « sagesse sans ignorance, mémoire sans oubli, compréhension sans erreur, raison sans obscurité[47] », et cela pour une raison majeure, c'est que notre vision de Dieu « ne sera altérée par aucune vicissitude[48] ».

Ainsi le bonheur paradisiaque sera débarrassé des finitudes, erreurs, menaces, vicissitudes et changements qui troublent notre existence temporelle. Hildegarde de Bingen, sur la foi d'une de ses « visions », assure, en écrivant au présent :

> Le Jugement dernier une fois terminé, [...] cessent les terreurs des éléments, les tonnerres et les vents tempétueux. Tout ce qui est caduc et transitoire se dissipe pour ne plus réapparaître. Comme la neige s'évanouit quand elle est dissoute par la chaleur du soleil, de même le don divin fera naître le plus grand des repos et la tranquillité [...]. Alors le jour sera sans mutation. Car le maître de toutes choses, par la clarté de sa divinité que ne trouble aucun changement, illuminera ceux qui avaient fui par sa grâce les ténèbres du temps[49].

En des termes différents mais dans le même esprit, le franciscain Giacomino da Verona proclame dans son poème sur la Jérusalem céleste : « Ni taon, ni mouche, ni couleuvre, ni serpent » ne peut faire nuisance à cette cité. Et,

> Parce que le Christ en est le chef et seigneur,
> Et de tous les gens est le défenseur,
> Ainsi il n'a pas besoin d'avoir aucune crainte
> Celui qui de cette cité doit être habitant [...]
> La nuit ne vient jamais, mais il fait tout le temps jour.
> Ni nuage, ni brume comme il fait ici-bas,
> Ne peuvent obscurcir la clarté de là-haut[50].

L'*Imitation* n'a pas manqué d'exalter à son tour la stabilité rassurante du bonheur céleste : « [La paix sera nôtre] en ce jour brillant que connaît le Seigneur et qui ne sera ni un jour ni une nuit [Za 14, 7] comme ceux du temps présent mais une infinie clarté, une paix solide, un repos de toute sécurité [...]. Ô jour brillant de l'éternité, que la nuit n'assombrit point, qu'illuminent sans cesse les rayons de la vérité suprême, jour de perpétuelle joie, de sécurité sans fin, exempt à tout jamais de vicissitude[51]. » « Sécurité », pour les élus, cela signifie nécessairement l'impossibilité de pécher grâce à la récupération entière d'une liberté que le péché originel avait inclinée vers le mal. L'enseignement de saint Augustin sur ce sujet a traversé l'histoire de la chrétienté, particulièrement en Occident. Le chapitre final de *La Cité de Dieu* dit :

> Les élus ne seront pas privés de libre arbitre, parce qu'ils ne pourront plus éprouver l'attrait du péché. Au contraire, ce libre arbitre sera plus

> libre, parce que libéré de l'attrait du péché, au point de trouver un inébranlable attrait à ne plus pécher. En effet le premier libre arbitre donné à l'homme, quand il fut créé d'abord dans la rectitude, pouvait ne pas pécher, mais il pouvait également pécher. Le dernier sera d'autant plus puissant qu'il lui sera impossible de pécher[52].

Dans le sillage de saint Augustin, Isidore de Séville enseigna à son tour :

> De même que les anges, d'abord créés sujets au changement — à preuve ceux qui tombèrent — sont maintenant devenus stables par la contemplation de Dieu, si bien qu'ils ne craignent plus de pécher ni ne le peuvent; de même les hommes, eux aussi faits par nature instables — ce qui s'est vérifié dans Adam et sa descendance —, devenus immuables par la contemplation du Créateur, ne désireront plus pécher et ne le pourront plus. Car toute créature raisonnable qui est restaurée par la contemplation de Dieu ne peut plus pécher[53].

L'immutabilité des bienheureux aura cette autre conséquence : ils seront « impassibles » et ne pourront être affectés par aucune tristesse. Même apercevoir les damnés du haut du ciel ne troublera pas leur bonheur. Selon Honorius d'Autun, parmi les spectacles « ineffables » qui réjouiront les élus, à côté des chœurs angéliques, de la compagnie des saints, du « nouveau ciel et de la nouvelle terre », il y aura « la vue dans l'enfer éternel des ennemis qui leur firent jadis du mal[54] ». Saint Thomas, entre autres, a été catégorique sur ce point. Se posant la question du comportement des saints au paradis envers les réprouvés, il affirme :

> Tant que les pécheurs sont en ce monde, ils se trouvent dans un tel état qu'ils peuvent être libérés de leur misère et de leur péché [...]. La compassion est donc possible envers eux [...]. Mais, dans l'au-delà, les pécheurs ne pourront plus sortir de leur misère. Il n'y aura donc plus de possibilité d'une compassion, voulue avec rectitude, à l'égard de leurs souffrances. Les bienheureux qui seront dans la gloire n'auront donc aucune compassion pour les damnés[55].

Une jeunesse éternelle

Parce que le temps n'aura plus cours au paradis, les élus y jouiront après la résurrection de leur corps d'une jeunesse éternelle. Saint Augustin, tout en se refusant à décrire la Jérusalem céleste, a longuement traité du statut corporel des élus ressuscités dans le dernier chapitre de *La Cité de Dieu*, pour répondre « aux calomnies des infidèles qui raillent les chrétiens sur leur foi en la résurrection de la chair ». Parmi les questions qu'il se pose figurent notamment les suivantes : les « avortons » seront-ils exclus de la résurrection? Les petits enfants ressusciteront-ils en l'état corporel qu'ils auraient acquis avec le progrès de l'âge? Les femmes retrouveront-elles et garderont-elles leur sexe? Nos défauts physiques seront-ils maintenus dans l'au-delà paradisiaque? Et qu'adviendra-t-il des cadavres qui auront disparu en mer ou auront été fragmentés en plusieurs morceaux? etc.

Les réponses de saint Augustin, reprises plus tard par Julien de Tolède, sont rassurantes. Dès lors qu'un enfant aura été conçu, même si un avortement se produit, il ressuscitera. Tous les bienheureux auront la stature adulte qui était celle de Jésus lorsqu'il a commencé sa vie publique. Les femmes garderont leur sexe. Bien entendu, « aucun des défauts corporels qui, en cette vie, s'opposent à la beauté de l'homme, n'existera plus à la résurrection, en laquelle, puisque subsistera la substance du corps, ses qualités comme sa grandeur concourront à réaliser une même beauté ». On ne sera ni trop maigre ni trop gros, et on ne renaîtra pas avec deux têtes ou trois bras. Ceux dont le corps aura été dévoré par les fauves ou coupé en morceaux retrouveront l'intégrité de leur être physique, « quelle que soit la manière dont les cadavres auront pu être dispersés ». Les élus n'auront besoin ni de manger ni de boire ni de se couvrir de vêtements[56].

Dans le sillage de saint Augustin et de Julien de Tolède, le Milanais Bonvesin de la Riva (vers 1240-vers 1313) composa un poème savoureux sur « le bienheureux au paradis », qui est pour nous comme une synthèse des images et croyances se rapportant aux corps des élus ressuscités, telles qu'elles étaient alors couramment reçues :

Il est si beau, son aspect si lumineux,
Sa forme est si ornée et si bien disposée,
Qu'en se regardant, il en a si grande douceur,
Qu'il se transfigure tout entier de bonheur et de fraîcheur.
Son visage éclatant resplendit d'une telle couleur,
Qu'auprès d'elle le soleil perd toute valeur.
Lorsqu'il parle son langage a trop de douceur,
Ses yeux pleins de délices ont trop de splendeur.
Ses cheveux d'or sont brillants et à merveille arrangés,
Ses dents très blanches, ses joues colorées,
Ses mains très belles, ses pieds très délicats,
Tous ses membres, très délicats et très bien formés.
Nul d'entre eux n'est malade, ni triste, ni amer,
Ni petit, ni trop grand, ni estropié, ni hernieux,
Ni vieux, ni difforme, ni muet, ni lépreux,

Ni boiteux, ni contrefait, ni aveugle, ni taché de rousseur.
Mais là chacun est sain et joyeux,
De taille modérée, parfait et beau,
Et frais et bien formé et gracieux,
Droit et net et jeune, accompli et charmant[57].

Le bienheureux sera lui-même à l'image du paradis qui l'entourera. D'où cette exclamation de saint Bernard dans un sermon :

> Lieu de volupté où les justes boivent des torrents de volupté; lieu de splendeur où les justes resplendissent comme la splendeur du firmament; lieu de joie où la joie éternelle repose sur leurs têtes; lieu d'abondance où rien ne manque à ceux qui voient Dieu; lieu de suavité où ton suave Seigneur apparaît à tous; lieu de paix, car le séjour divin est établi dans la paix; lieu d'admiration où sont rassemblées les œuvres admirables de Dieu; lieu de vision où sera vue la grande vision; ô région sublime, remplie de richesses, depuis la vallée de larmes nous soupirons après toi[58].

TROISIÈME PARTIE

Transformations

Jusqu'ici nous avons surtout envisagé le paradis de façon statique en nous référant souvent au retable de Gand. Nous avons cependant noté que l'œuvre des Van Eyck apparaissait aussi comme le témoin d'une évolution cherchant à introduire un nombre croissant d'éléments terrestres dans le décor de l'au-delà. Le ciel tendait ainsi à se rapprocher de la terre et nous allons d'abord suivre la continuation de cette tendance à propos des anges musiciens.

Puis la Renaissance catholique, à partir du XVI*e* *siècle, s'efforça de limiter cette intrusion du profane dans le sacré céleste. Mais ce fut en intégrant d'une autre façon les avancées de la civilisation occidentale et en utilisant coupoles, perspective et trompe-l'œil pour évoquer le paradis. Désormais on chercha moins à en décrire les richesses qu'à suggérer le mouvement aspirant les anges et les saints vers les hauteurs du ciel. En quoi l'art fit écho à l'expérience mystique. Le paradis s'éloignait alors de la terre. En contrepartie, la luxuriante décoration baroque tendit à transformer les églises en lieux paradisiaques.*

CHAPITRE XIV

La musique céleste

Joie paradisiaque et musique

Le paradis est chant et musique, car les élus ne cessent de louer le Dieu qu'ils contemplent. Or louange et musique sont synonymes. Cette certitude remonte loin dans le temps. Le psaume 150 proclamait déjà :

> Louez Dieu dans son sanctuaire.
> Louez-le dans la forteresse de son firmament [...].
> Louez-le avec sonneries de cor.
> Louez-le avec harpe et cithare.
> Louez-le avec tambour et danse.
> Louez-le avec cordes et flûtes.
> Louez-le avec des cymbales sonores.
> Louez-le avec les cymbales de l'ovation.

Dans le *Deuxième Livre d'Hénoch*, le voyageur de l'au-delà, grimpant de ciel en ciel, voit « au milieu du [quatrième] une milice armée servant le Seigneur avec les tambours et les instruments », puis, dans le septième, les chérubins et les séraphins « chantant devant la face du Seigneur[1] ». Les scènes paradisiaques de l'Apocalypse font elles aussi place à la musique. Les vingt-quatre vieillards entourant le trône céleste tiennent chacun une harpe et une coupe d'or pleine de parfum (5, 8); les 144 000 « rachetés », groupés autour de l'agneau sur la montagne de Sion, font entendre une voix qui est « comme le chant de joueurs de harpes touchant de leurs instruments » et, devant le trône, ils chantent « un cantique nouveau » (14, 2-3); enfin, l'« Alléluia » qu'entonne la « foule immense » des élus est un chant de triomphe au moment des noces de l'agneau (19, 1-7).

L'*Apocalypse de Paul*, dont on a dit la grande diffusion, associe dans la Jérusalem d'en haut la joie paradisiaque à la musique par l'intermédiaire de David. Paul assure en effet :

> Je vis au milieu de la cité un autel très grand et très élevé. Quelqu'un se tenait près de l'autel le visage resplendissant comme le soleil, tenant dans les mains un psaltérion et une cithare. Il chantait et disait « Alléluia », et sa voix remplissait toute la cité. Tous ceux qui l'écoutaient sur les tours et les portes répondaient ensemble « Alléluia », et les fondements de la cité en étaient ébranlés. Je demandai à l'ange : « Qui est, Seigneur, celui qui possède pareille puissance ? » L'ange me dit : « C'est David et la cité est Jérusalem. Quand viendra le Christ, roi éternel, dans la plénitude de son règne, celui-ci le précédera pour louer [Dieu], et tous les justes répondront ensemble "Alléluia"[2]. »

Toute une littérature a par la suite exalté la musique céleste. Éphrem de Nisibis qualifie le séjour de l'éternelle lumière par les expressions « chœur de harpes », « demeure de cithares », « clameurs d'hosanna[3] ». Dans une *Hymne au Seigneur*, saint Colomba (VIe siècle) s'écrie : « Dans les chants des hymnes retentissant de tout cœur, dans les mille saintes danses fleuries des anges, [...] que la Trinité soit louée trois fois en éternité[4]. » Pierre Damien affirme que dans le lieu béni où l'on ne connaît ni la saturation ni, à l'inverse, les tourments de la faim, « des voix mélodieuses font sans cesse retentir des harmonies nouvelles et les instruments répandent des sons qui caressent et réjouissent les oreilles[5] ». Le clunisien Bernard de Morlas exalte la « paix des âmes » dans la Jérusalem céleste : « Ô pieuse, ô bonne, ô paisible musique de leur hymne[6] ! » Un autre poème, déjà cité, en l'honneur de la Jérusalem d'en haut (XIIIe siècle) assure que de ses remparts s'élèvent « des chants joyeux de louange[7] ». Selon Hidegarde de Bingen,

> toutes les légions [d'anges] font retentir, par toutes sortes de musique et avec des voix merveilleuses, les miracles que Dieu opère dans les âmes bienheureuses, et ainsi glorifient Dieu avec magnificence. C'est que les esprits bienheureux, par la puissance de Dieu, font résonner leur grande joie dans les hauteurs du ciel par des harmonies indicibles, exaltant les miracles que Dieu accomplit dans ses saints[8].

L'*Elucidarium*, décrivant le bonheur des élus, s'exclame : « Oh ! Quelle volupté pour leurs oreilles quand résonneront sans cesse pour eux les harmonies des cieux, les concerts des anges, les doux instruments des saints[9] ! » L'auteur de l'*Élévation sur les gloires de* [la] *Jérusalem* [future] assure : « [Dans tes murs] on aura la vision de gloire, on chantera un cantique de joie ; tous entendront le suave concert des cieux et la symphonie des chœurs. Tous diront d'une seule voix "Alléluia"[10]. » C'est le même paradis musical que laissent entrevoir les *Révélations* de sainte Gertrude : « Le paradis, écrit-elle, est cette cité si sacrée et si aimée de Dieu où l'on n'entend que des mélodies et des louanges de Dieu mesme, où tous les saints, selon la différence de leur vertu, chantent les louanges de Dieu d'une manière différente[11]. »

Rien d'étonnant, compte tenu de cette continuité dans le discours ecclésiastique, à ce que des ouvrages de plus large audience aient affirmé à leur tour l'omniprésence de la musique dans l'univers paradisiaque. *La Légende dorée*, citant saint Jérôme à propos de l'assomption de Marie, tient pour certain que « la milice des cieux alla en triomphe au-devant de la mère de Dieu, qu'elle l'environna d'une immense lumière et qu'elle la conduisit en chantant ses louanges et des cantiques jusqu'au trône de Dieu[12] ». Quant à Tnugdal, il rencontre le bonheur des chants et des sons à plusieurs étapes de son parcours au pays de la joie éternelle. Les martyrs et les continents, rapporte-t-il, « chantaient "Alléluia" avec un cantique si nouveau et une mélodie si douce que l'âme qui, une seule fois, entendrait leurs voix oublierait tout le passé ». Arrivant ensuite devant les pavillons de soie, or et argent réservés aux moines et aux moniales, le visiteur de l'au-delà entend, ou plutôt croit entendre, « des instruments à cordes et des orgues, des tambourins et des cithares, avec des vielles et des cymbales et toutes les autres sortes d'instruments de musique émettant ensemble les sons les plus suaves[13] ». S'approchant davantage, Tnugdal et son guide « virent des moines de l'un et l'autre sexe, semblables à des anges, dont les voix étaient si douces et si suaves qu'elles semblaient surpasser tous les instruments de musique[14] ».

Dans le *Paradis* de Dante, la musique est moins souvent mentionnée que la lumière mais elle est, bien sûr, présente. Au troisième ciel, celui des âmes qui aimèrent, retentit un Hosanna « si beau, assure le poète, que jamais je n'ai cessé de désirer le réentendre » (ch. VIII, v. 28-29). Dans le quatrième ciel, les âmes s'ordonnent autour du soleil, « ajustant chant à chant, danse à danse; chant qui surpasse autant nos muses et nos sirènes, en ces flûtes suaves, qu'une lumière dépasse son reflet » (ch. XII, v. 6-9). Dans le ciel des étoiles fixes, lieu de l'apothéose de la Vierge, une « mélodie tournoyante » et de multiples lumières font « résonner le nom de Marie » (ch. XXIII, v. 111-113). Dante a repris à sa manière le thème néo-platonicien de la « musique des sphères » qu'avait accrédité dans l'Occident latin *Le Songe de Scipion*.

La liste serait longue des textes qui ont ainsi associé musique et joie paradisiaque. Clôturons-la par deux d'entre eux. Le premier est fourni par les invitations que la Sagesse éternelle adresse à Henri Suso. Elles mentionnent à la fois le chant des étoiles et les chœurs de l'« armée céleste » :

> Vois [...] le ciel empyrée [...] immobile et incorruptible. C'est là la cour magnifique où réside l'armée céleste, où me louent en chœur les astres du matin, où tous les enfants de Dieu chantent dans l'allégresse [...]. Vois, entre ceux qui s'aiment, les regards échangés; voici des harpes, des violes, voici des chants, des ébats, des danses, des rondes, une joie parfaite et sans fin[15]

Le second texte est extrait des *Révélations* de sainte Brigitte. Celle-ci assiste à une messe dans le ciel et, au moment de la consécration, dit-elle,

> je voyais que le soleil et la lune avec les autres planettes et estoiles, tous les cieux avec leurs mouvements retentissaient d'une douce harmonie et, leurs voix se respondant les unes aux autres, on oyait un chant et une mélodie admirables. On voyait aussi une infinité de musiciens de toutes sortes, dont les accords étaient si doux qu'il serait impossible aux sens de les comprendre et de les dire[16].

Cette fois encore, la musique du paradis est une symphonie unissant le mouvement harmonieux des corps célestes aux mélodies vocales et instrumentales de ceux qui habitent la cité de la joie.

La musique, un des arts libéraux

Dans l'histoire de l'Église, deux discours sur la musique se sont opposés, ou entremêlés : l'un d'exaltation, l'autre de défiance. Au Moyen Âge, la musique fait partie des « arts libéraux », et plus précisément du *quadrivium,* à côté de l'arithmétique, de la géométrie et de l'astronomie. À ce titre, elle figure par exemple, près de Pythagore, au portail royal de Chartres et, avec les six autres arts libéraux, aux voussures de l'étage de la rose occidentale de la cathédrale de Laon. Ce noble statut de la musique devait beaucoup au philosophe, poète et homme politique latin Boèce, mort sous la torture en 524 et auteur de la célèbre *Consolation de la philosophie,* mais aussi commentateur de Platon et d'Aristote, notamment dans son livre intitulé *De la musique.*

Une longue tradition philosophique avait en effet insisté sur l'harmonie engendrée par les sphères célestes. Pythagore avait affirmé que l'univers chante. Platon, dans *La République,* enseigna que « sur le haut de chaque cercle [du ciel] se tient une Sirène qui tourne avec lui en faisant entendre un seul son, une seule note, et ces huit notes composent ensemble une seule harmonie[17] ». Cicéron reprit le même thème dans *Le Songe de Scipion* en un dialogue célèbre :

— Que se passe-t-il ? Quel est donc ce son qui remplit mes oreilles, si intense et si agréable ?

— Ce son provient des orbes que tu vois : l'impulsion et le mouvement de ces orbes sont réglés selon certains intervalles inégaux, obéissant à des rapports de proportion très exacts. Les plus aigus sont tempérés par les plus graves, et leur équilibre donne différentes harmonies. Le trajet le plus élevé, celui du ciel qui transporte les étoiles [fixes], est très rapide et produit un son très aigu et perçant ; au contraire le trajet lunaire, le plus bas, produit un son extrêmement grave. Ces huit trajets, dont deux ont la même force, produisent par leurs intervalles sept sons différents ; car c'est ce nombre qui est la clé de presque toutes choses. Mais vous, les hommes, vos oreilles sont assourdies, parce qu'elles sont remplies de ce son. Il est si intense que les oreilles des hommes sont incapables de l'entendre, comme vous ne pouvez pas regarder le soleil[18].

Boèce, dont l'influence fut immense, affirma à son tour que le nombre est le principe de toutes choses et que la musique est la science des nombres qui régissent le monde. La musique est donc la source de l'harmonie universelle, de la course des astres, du mouvement des éléments, de l'accord entre l'âme et le corps et entre l'homme et l'univers. Elle se fonde sur l'arithmétique et les proportions, d'où son lien avec l'architecture. Car les rapports les plus simples sont en même temps les plus beaux, et cette vérité se vérifie dans l'architecture comme dans la musique. Cette conception philosophique de la musique devait connaître un regain de faveur à la Renaissance, dans le climat néo-platonicien de l'époque.

Il n'est pas indifférent de noter, remarque Françoise Ferrand, que le compositeur Guillaume Dufay écrivit le motet *Nuper rosarum flores* pour l'inauguration de la coupole de Brunelleschi, à la cathédrale de Florence, qui eut lieu le 15 août 1436. Cette musique enchanta les auditeurs au point qu'ils crurent entendre les chœurs angéliques. Or les proportions de ce motet, le nombre et la répartition des valeurs de durée correspondent exactement aux mesures des différentes parties de l'édifice, y compris celles de la coupole. Le ténor est même doublé à la quinte dans un rapport égal à celui des nervures et de leur renforcement interne[19].

Plusieurs conséquences découlaient des conceptions de Boèce. L'une d'elles est que l'ouïe est supérieure à la vue. Une autre est que la réflexion « théorique » sur la musique nous fait prendre conscience de l'harmonie du monde, mais qu'à l'inverse la musique « pratique » et sonore, celle du chant et des instruments, risque de nous rendre esclaves des sens et d'amollir l'âme. Nous reviendrons bientôt sur cette défiance[20]. Toutefois, dans le sillage du psaume 150, le discours ecclésiastique, notamment celui des Pères de l'Église, a parfois combiné cette défiance avec la sublimation de certains instruments de musique. Il faut se souvenir de cet éloge pour comprendre la place faite aux anges musiciens dans l'art occidental des XIVe-XVIe siècles.

Saint Athanase, faisant référence au psaume 150, écrit que la formule « louer Dieu avec des cymbales et des cithares » est une allégorie pour signifier que les pensées agissent comme des cymbales et que les membres du corps sont bien accordés entre eux[21]. Dans le même esprit, et à propos du même psaume, Clément d'Alexandrie déclare que la langue est le psaltérion du Seigneur, la cithare la bouche quand elle est mise en action par le Saint-Esprit, les « cordes » les nerfs lorsqu'ils sont tendus pour vibrer sous la poussée divine[22].

Saint Basile et saint Augustin affirment tous deux que le psaltérion, trapèze ou triangle à cordes pincées, est agréable à Dieu en corrélation avec la cithare, le premier ayant son centre de résonance en haut et l'autre en bas. Ainsi, « le psaltérion louant Dieu avec la partie supérieure et la cithare avec la partie inférieure, ils symbolisent la glorification par les choses célestes et terrestres de celui qui a fait le ciel et la terre[23] ». Théodore Gérold constate justement que « tous les instruments mentionnés dans les psaumes ont fait l'objet d'explications allégoriques plus ou moins développées[24] ». Ainsi Origène voyait dans « la cymbale bien sonnante [...] l'âme active attachée au désir du Christ[25] ».

Le psaume 150 et l'Apocalypse additionnant leurs influences, l'iconographie chrétienne donna assez tôt une place, notamment dans la sculpture et les miniatures, à David et à ses compagnons jouant des instruments et aux « vieillards musiciens célestes ». Les premiers apparaissent dans plusieurs édifices de l'époque romane — au cloître de Moissac, à celui de la Daurade (musée des Augustins à Toulouse), etc. Quant aux vieillards musiciens de l'Apocalypse, on les trouve au portique de la Gloire à Saint-Jacques-de-Compostelle et aux voussures du portail occidental de la cathédrale de Chartres : ils y sont présentés en joueurs de harpes, rotes, psaltérions, etc.[26].

Un discours de défiance

Cette exaltation de la musique céleste croisa toutefois une forte culpabilisation de la musique terrestre, considérée à tout le moins comme suspecte, c'est-à-dire capable d'entraîner l'âme hors du chemin du ciel. Dans le livre de Daniel (3, 5) un héraut crie avec force : « On vous le commande, gens de tous peuples, nations et langues ! Au moment où vous entendrez le son du cor, de la flûte, de la cithare, de la harpe, du luth, de la cornemuse, vous vous prosternerez et vous adorerez la statue d'or que le roi Nabuchodonosor a dressée. » Musique et paganisme se trouvaient ici liés. Clément d'Alexandrie range Orphée parmi les « trompeurs » qui, « sous prétexte de musique, [...] étant au service des démons, ont, par un enchantement artistique, [...] conduit les hommes vers les idoles[27] ». Épiphane († 409), évêque de Constantia à Chypre, affirme que la flûte est le symbole du serpent par lequel le Malin trompa la première femme[28]. Pour saint Cyprien, le diable « exerce son action de tentation sur les oreilles par une belle musique, pour réduire et amollir par l'audition de doux sons la vigueur d'âme des chrétiens[29] ». Derrière cet avertissement, nous devinons le caractère licencieux de nombreuses fêtes païennes où les danses et les instruments de musique accompagnaient histrions et prostituées.

Un aveu de saint Augustin dans les *Confessions* éclaire le débat auquel la musique a donné lieu dans l'espace chrétien. L'évêque d'Hippone y souligne fortement la puissance et les dangers de la musique. Il ne cache pas éprouver du plaisir à écouter de belles mélodies chantées en l'honneur de la parole de Dieu. Mais il ajoute, s'adressant à Dieu :

> Les plaisirs de l'ouïe m'avaient captivé [avant ma conversion], subjugué plus tenacement, mais vous avez dénoué leurs liens et m'en avez délivré. Aujourd'hui encore, je l'avoue, j'écoute avec une certaine complaisance les mélodies que vivifient vos paroles, lorsque c'est une voix agréable et bien conduite qui les chante ; cependant je ne m'y laisse pas enchaîner au point de ne plus pouvoir me lever, quand je le veux. Admises en moi avec les pensées mêmes grâce auxquelles elles vivent, elles réclament dans mon cœur une place qui ne soit pas indigne d'elles ; mais j'ai peine à ne leur réserver que celle qui convient. Il me semble que quelquefois je leur accorde plus d'honneur qu'il ne faudrait : je sens bien que ces paroles saintes, quand elles sont ainsi chantées, me pénètrent d'une plus religieuse, d'une plus ardente flamme de piété que si elles ne l'étaient point [...]. Mais la délectation des sens, à laquelle il ne faut pas permettre d'énerver l'âme, m'abuse souvent, quand la sensation ne veut plus, en accompagnant la raison, passer modestement derrière elle, et, alors qu'elle ne doit qu'à celle-ci d'être accueillie, prétend la précéder et la conduire. C'est là que je pèche, sans m'en apercevoir : je ne m'en rends compte qu'après coup[30].

« C'est là que je pèche » : nous avons bien lu. Certes saint Augustin a « flotté », comme il le dit un peu plus loin dans les *Confessions*, « entre le danger du plaisir sensible et l'évidence des bons effets » du chant des psaumes et, concluait-il, « sans porter une sentence irrévocable, j'incline à approuver l'usage du chant dans l'église afin que le plaisir de l'oreille élève l'âme encore faible aux sentiments de la piété[31] ». Mais l'évêque d'Hippone, qui commença un traité intitulé *De musica*, eut toujours tendance à voir dans la musique une science pure. En contrepartie, il réduisait l'art à l'habileté de l'exécutant et, dans le sillage du néo-platonisme, il rabaissait tout ce qui n'était pas rationnel, confondant sensible et sensuel[32].

Henri-Irénée Marrou a rédigé, sous un pseudonyme, un *Traité de la musique selon l'esprit de saint Augustin*, où il a admirablement exposé la position de l'évêque d'Hippone sur cette question, position qui a ensuite profondément influencé le discours de l'Église latine sur la musique. On peut la résumer ainsi : à cause du péché originel, la musique sur terre est source de tentation; elle risque constamment de nous écarter de la difficile voie du salut. En revanche, dans la joie du ciel la musique aura perdu ses aspects lascifs et dangereux, nous pourrons nous y abandonner sans inquiétude : « Un jour viendra, après la consommation des jours, où la concupiscence éteinte, le corps atteindra son parfait accomplissement et la plénitude promise. La musique, alors, bien loin d'être abolie, participera à sa gloire. Après la résurrection, quand nous contemplerons la vérité divine face à face, alors ces sons qui émeuvent notre oreille, cette harmonie et ce rythme que nous imprimons aujourd'hui à ces corps matériels, nous pourrons les entendre sans éprouver ni inquiétude ni trouble et nous en réjouir[33]. »

Quand nous regardons des concerts angéliques, peints ou sculptés, des XIVe-XVIe siècles, il faut avoir à l'esprit cette pénétrante analyse : selon saint Augustin, le plaisir musical sera totalement permis au paradis.

Mais pas avant. D'où la volonté ecclésiastique de contrôler étroitement les chants religieux, et, à plus forte raison, la musique à l'église. Ce qui compte avant tout, c'est la Parole révélée que les fidèles récitent; la mélodie n'en est que l'accompagnement et doit rester à la seconde place. Cette règle une fois établie, des textes admirables ont fait l'éloge de la psalmodie, c'est-à-dire de la récitation chantée des psaumes. Saint Basile assure :

> La psalmodie, [...] pour les débutants est un commencement, pour ceux qui sont plus avancés un moyen de progresser, pour ceux qui sont déjà fermes un soutien. C'est la voix de l'Église. Le psaume rend les fêtes joyeuses. Il donne au deuil un caractère qui lui convient selon Dieu. Le psaume peut même faire sortir des larmes d'un cœur de pierre. Il est l'œuvre des anges, la conversation céleste, l'encens spirituel[34].

Saint Ambroise confirme : « Le psaume calme la colère, délivre des soucis, allège la tristesse [...]. [Il est] un bouclier dans les moments de peur, un soutien de la sainteté, une image de la tranquillité, un gage de paix et de concorde[35]. » De cette position découlaient deux conséquences principales : 1° les fidèles doivent chanter à l'unisson ; 2° si quelques instruments entrent à l'église, qu'ils soient subordonnés à la parole. « Dans le jeu du tympanon et du psaltérion, écrivait Prosper d'Aquitaine, disciple de saint Augustin, la main doit être en accord avec la voix[36]. »

La défiance à l'égard de la musique s'est longtemps maintenue dans une large partie de l'Église. Ainsi Agobard, évêque de Lyon († vers 840), s'appuyant sur saint Jérôme, écrivait :

> Ceux qui chantent, conformément à David, avec crainte et dans un esprit de gravité spirituelle peuvent éloigner des auditeurs les esprits malins. Ceux, par contre, qui se plaisent aux sons du théâtre et aux mélodies qu'on entend sur la scène, ou mêlent à des paroles divines des chants d'une douceur exagérée, ceux-là non seulement n'éloignent pas les [démons] des autres, mais, ce qui est terrible, les introduisent dans leur âme même[37].

À l'époque (XIIIe-XIVe siècle) où se développait la technique musicale et où celle-ci acceptait de plus en plus difficilement de rester le simple support des mots, le pape Jean XXII tenta de réagir contre une dérive qui lui paraissait dangereuse pour la piété. Il promulgua donc en 1324 une décrétale célèbre sur la question, dont le titre, *Doctrina sanctorum Patrum*, révèle bien les sources. On y lit notamment :

> Certains disciples de la nouvelle école, tandis qu'ils mettent toute leur attention à mesurer le temps, s'appliquent à faire les notes de façon nouvelle, préfèrent composer leurs propres chants plutôt que chanter les anciens, divisent les pièces religieuses en semi-brèves et minimes ; ils hachent le chant avec des notes de courte durée, tronçonnent les mélodies par des hoquets, polluent les mélodies avec des déchants [= contrepoints] et vont jusqu'à les bourrer de voix supérieures en langue vulgaire [...]. Ils courent sans se reposer, enivrent les oreilles au lieu de les reposer, miment par des gestes ce qu'ils font entendre. Ainsi la dévotion qu'il aurait fallu rechercher est ridiculisée, et la lascivité, qu'on aurait dû fuir, est étalée au grand jour[38].

S'étonnera-t-on, à cause de nos idées parfois simplistes sur les humanistes, de voir Érasme emboîter le pas à Jean XXII ? Ce serait oublier qu'il était familier des Pères de l'Église et qu'il professait une vive admiration pour saint Jérôme et saint Jean Chrysostome. Jean-Claude Margolin a naguère montré que le jugement d'Érasme sur la musique suit de près la position des Pères. Tout d'abord, Érasme est très hostile à la musique profane, comme il le déclare fortement dans son *Institutio christiani matrimonii* (1525) dédiée à Catherine d'Aragon :

> [Les anciens veillaient] à ce que ne soit pas accueillie dans une cité une musique qui corrompe les sentiments des citoyens. Or dans la musique qui se pratique chez nous, en admettant que nous négligions l'obscénité des paroles et des thèmes, que de légèreté, et même que d'insanité ! Il existait jadis un genre d'action dramatique qui, sans aucune parole et par la seule gesticulation du corps, permettait aux acteurs de représenter tout ce qu'ils voulaient. De même dans nos chansons modernes, même si les paroles se taisaient, on découvrirait pourtant, par la seule considération de la musique, le caractère ordurier du thème. Ajoutez-y encore les flûtes des corybantes et le vacarme des tambourins, qui déchaînent la rage. C'est au son de cette musique que dansent les vierges ; elles s'y accoutument, et nous n'estimons pas qu'il y ait là le moindre danger pour les mœurs[39].

Jean-Claude Margolin rapproche la sévérité d'Érasme des invectives des prédicateurs du temps, hostiles aux danses et à la musique des fêtes populaires, et cite un sermon de Gilles Pépin évoquant « les danseurs sautant jusqu'au plafond, mimant et figurant avec les mouvements de leur corps l'air et les paroles des musiciens [tandis que] des mimes et des histrions, avec des instruments de musique, accompagnaient des chansons infâmes[40] ».

Érasme, condamnant la musique profane, ne pouvait manquer de rejeter toute intrusion de celle-ci dans les offices religieux. Le passage de l'*Institutio* qui vient d'être cité se poursuit de la façon suivante :

> Pis encore : n'avons-nous pas introduit dans nos églises ce genre de musique à partir des chœurs de danseurs et des fêtes orgiaques ? Et, chose encore plus absurde, c'est à grands frais que l'on engage des gens pour souiller par leur inepte caquetage la majesté des cérémonies du culte. Je ne rejette pas la musique des offices religieux ; mais je réclame des accords qui soient dignes d'eux. Or, de nos jours, des paroles sacrées sont adaptées aux musiques les plus infâmes, et l'effet n'est pas plus beau que si l'on ajoutait à Caton les atours de Thaïs. Cependant la liberté qui est laissée aux chanteurs ne fait pas taire les paroles impudiques. Il faudrait pourtant, devant la carence des lois, que les prêtres et les évêques soient vigilants[41].

Ainsi Érasme, qui, comme les Pères de l'Église, se méfiait de la « musique humaine », souhaitait que dans les offices on s'en tînt au chant des psaumes :

> À mon avis, aucun mode musical n'est plus efficace que celui des psaumes, où l'esprit divin a voulu que soient enfouies pour nous les plus secrètes délices de ses mystères; il y a disposé certains modes des plus efficaces pour transformer nos sentiments d'une manière digne du Christ, pour peu que l'on trouve une personne capable d'émouvoir habilement les cordes de ce psaltérion[42].

Calvin a tenu sur la musique religieuse le même discours qu'Érasme. En revanche, Luther avait une position beaucoup plus nuancée. Qualifié de *musicus eruditus,* il a fait l'éloge de *Frau Musica* et a composé des cantiques en allemand qui ont ouvert la voie aux chorals de Bach. Mais il ne faudrait pas se méprendre sur sa pensée. Compte tenu de la puissance suggestive de la musique, celle-ci ne devait servir que des fins religieuses et n'être utilisée que pour exciter la dévotion. Il fallait bannir du culte tout ce qui pouvait distraire l'attention du croyant — vêtements soi-disant liturgiques, encens, images, recherches musicales, etc. La musique devait orienter toutes ses notes et tous ses chants vers la mise en valeur d'un texte de prière devenu intelligible. Le cantique devait enseigner et exprimer la Parole. Alors il serait une arme efficace contre Satan[43].

Le courant religieux hostile à la musique, notamment à la musique instrumentale, s'est largement — et longtemps — exprimé dans l'iconographie. On a pu regrouper sous le titre *Diabolus in musica* les formes et les thèmes par lesquels cette hostilité a été illustrée dans les enluminures, sculptures et peintures[44] : la flûte et le tambourin, instruments du diable; le chant voluptueux des sirènes; les animaux pervers, tels les singes, ou ridicules, comme l'âne, s'exerçant à la musique; les danseuses, en particulier Salomé ou la Luxure issue de la *Psychomachie* de Prudence, accompagnées par les musiciens.

Dans les *Triomphes de la Mort* ou les représentations du Jugement dernier, souvent et jusqu'à une époque tardive, danseurs et musiciens furent placés du mauvais côté : dans la fournaise infernale ou sur le chemin de celle-ci. Le *Triomphe de la Mort* de Pise place en bas, et à droite par rapport au spectateur, des jeunes gens en train de jouer de la musique et de chanter sous de frais ombrages. Oublieux de leur salut, ils ne voient pas que la faux de la Mort va interrompre leurs ébats et leurs rires. De même, dans la chapelle des Espagnols de Santa Maria Novella de Florence, Andrea di Bonaiuto, figurant sur deux niveaux les Églises militante et triomphante, a réservé un coin à part à des musiciens et à des danseuses : jeu dangereux que le leur! Ils feraient mieux, comme un personnage situé plus à droite, de se confesser à un dominicain qui leur indiquerait la porte du ciel.

Dans la chapelle du château de Lublin une fresque du XIVe siècle contient une dérision du Christ : ce sont des joueurs d'instruments de musique qui se moquent de lui. Contemporain d'Érasme, Bosch a, lui aussi, puissamment culpabilisé la musique en s'aidant des images les plus inattendues et les plus cocasses. Ses enfers sont remplis d'instruments de musique. Ainsi, dans la partie infernale du triptyque du Prado, un damné tourne éternellement la manivelle d'une vielle démesurée, un autre est crucifié sur une harpe gigantesque, un troisième est ligoté à un luth, une cornemuse abrite une taverne mal famée, etc.

Le musée de la cathédrale de Saragosse conserve une grande tapisserie bruxelloise de la deuxième décennie du XVIe siècle qui s'accorde parfaitement avec la position d'Érasme et de Bosch sur la musique. On l'a parfois appelée *La Musica,* mais on lui restitue maintenant le nom qui lui convient : c'est un *Jugement dernier*[45]. Si on lui a accolé le premier titre, c'est qu'elle représente en grand format et avec une précision pédagogique un certain nombre d'instruments de musique : orgue positif, harpe, luth, flûtes, tambour. Or ces instruments et ceux qui en jouent sont placés dans la partie inférieure de la tapisserie, là où une humanité oublieuse du sérieux de la vie et de la proximité de la mort se laisse entraîner aux péchés capitaux. Les Vertus attaquent, lors de la grande reddition des comptes, ceux qui ont cédé aux attraits du vice — orgueil, cupidité, luxure, etc. Les instruments de musique symbolisent les différents chemins empruntés par les hommes et les femmes fuyant leurs responsabilités terrestres et s'évadant hors de la route du salut. Ce traitement du Jugement dernier se retrouve à la même époque dans d'autres tapisseries disséminées aujourd'hui entre plusieurs musées : Hampton Court, Metropolitan Museum de New York, Lamego au Portugal.

Il faut sans doute ranger aussi du côté de la défiance religieuse à l'égard de la musique profane le tableau en l'honneur de sainte Cécile que Raphaël peignit en 1514 (Bologne, pinacothèque). La sainte, en dépit de ce qu'on a souvent écrit, n'est pas en train de jouer de l'orgue et elle ne chante pas ; au contraire, elle délaisse les instruments mondains pour écouter le chant des anges. Ce n'est que plus tard, à l'époque baroque, que Cécile sera représentée jouant de divers instruments[46].

LE COURANT FAVORABLE À LA MUSIQUE

Un autre discours sur la musique s'est aussi fait entendre dans l'Église qui n'a pas seulement exalté David et les vieillards de l'Apocalypse. Des chapiteaux du XIIe siècle provenant de Saint-Georges-de-Boscherville (Normandie), de Saint-Benoît-sur-Loire ou de Cluny figurent des joueurs de vièle[47]. À la cathédrale Notre-Dame de León (Espagne), sur la façade ouest, des élus sont groupés autour d'un orgue positif (fin XIIIe siècle)[48]. Ces quelques exemples suggèrent de se reporter, comme le faisait Davenson-Marrou, à un passage de *L'Échelle du paradis,* œuvre principale du moine du Sinaï saint Jean Climaque († 649), consacrée à l'ascension spirituelle :

> Quant aux âmes pures qui aiment vraiment Dieu, toute musique, profane aussi bien que sacrée, les portera naturellement vers la joie intérieure, l'amour divin et les larmes; quant à ceux qui aiment la volupté charnelle, ce sera tout le contraire. Tout est pur aux cœurs purs. La même règle vaut pour la musique et pour toute espèce de beauté : le propre de l'âme devenue parfaite est, remontant aussitôt vers le Créateur, d'en tirer occasion pour chanter la gloire de Dieu, être mû vers l'*agapé* de Dieu et les larmes, au lieu d'y trouver une occasion de chute[49].

Selon Davenson-Marrou, « notre conception de la musique est apparue chez saint Jean Climaque » et il met celui-ci en consonance avec le moine Appert, évêque d'Orléans († vers 695) qui aurait affirmé : « Que seront les chœurs des anges, si déjà la musique terrestre suffit à nous émouvoir de la sorte, à nous pousser à louer Dieu, créateur de toutes choses[50] ! » Sur sa lancée, Davenson-Marrou ne pouvait manquer d'évoquer l'épisode de la « cithare angélique » entendue par saint François d'Assise à Rieti, en 1225, un an avant sa mort — épisode attesté par Tommaso de Celano, saint Bonaventure et les *Fioretti.* Il faut reprendre ici, tant il est éclairant pour le thème des anges musiciens, le texte qui figure dans le livre de Davenson-Marrou :

> [François déclara à l'un de ses frères] : « Frère, les fils de ce siècle ne comprennent rien aux mystères de Dieu. Les instruments de musique ne devraient servir qu'aux louanges divines et les basses passions de l'homme les ont détournés à ne plus flatter que la volupté de l'oreille charnelle. Voici ce que je voudrais, petit frère : va chez un homme sérieux et emprunte-lui en secret un luth; tu l'apporterais ici et tu me ferais une musique honnête, convenable, qui donnerait quelque consolation à mon frère le corps. »
>
> Le frère lui répondit : « Cela me ferait trop honte; je craindrais qu'on ne m'accuse de m'être laissé tenter à nouveau par cette frivolité-là. » Alors le saint : « Eh bien, tant pis ! »
>
> Or, la nuit suivante, comme le saint veillait, méditant les choses de Dieu, voici que tout d'un coup lui parvint le son d'un luth, d'une

harmonie admirable et d'une très suave mélodie. D'où venait-il? Les uns disent que le saint ne voyait personne, mais que le son tour à tour s'enflait et diminuait, comme si le musicien mystérieux allait et venait auprès de lui; d'autres racontent que saint François vit effectivement apparaître un ange prenant entre ses mains viole et archet.

L'esprit tout entier tendu vers Dieu, notre saint père jouit d'une si grande douceur dans ce chant au son si beau qu'il lui semblait avoir quitté notre monde pour l'autre. Le lendemain matin il appela le susdit frère et, lui racontant tout ce qui lui était arrivé, ajouta : « Le Seigneur consolateur des affligés ne me laisse jamais sans réconfort. Tu vois, moi, qui ne pouvais plus entendre les cithares des hommes, j'ai entendu une cithare plus belle[51]. »

Anecdote significative : le « frère » de saint François manifeste envers la musique la défiance radicale issue de l'enseignement de plusieurs Pères de l'Église. Le saint lui répond que cithare et luth peuvent ne pas être détournés de leur mission angélique de louange divine. Alors ils apportent la félicité suprême. Dans le même esprit, Hildegarde de Bingen, dans ses *Divines Harmonies,* avait enseigné qu'avant le péché, la voix pure de nos premiers parents se joignait à celle des anges pour louer Dieu. Après la chute, il fallut inventer la musique et les instruments pour exprimer à nouveau la joie et la beauté originelles[52].

CHAPITRE XV

Les anges musiciens

La polyphonie

Les chœurs et orchestres angéliques qui peuplent les paradis des XIVe-XVIe siècles sont inséparables de la promotion de la musique qui s'est alors produite dans la civilisation occidentale. Cette explosion musicale fut précédée d'une longue préhistoire dont il faut rappeler les principaux jalons.

Le premier chant chrétien sortit de la liturgie juive. Il s'agissait de sobres mélodies sur lesquelles on récitait les textes bibliques. Le chant dit « grégorien » ou « plain-chant », qui atteignit son apogée au VIIIe siècle, se situait dans cette tradition monodique. Puis diverses innovations intervinrent. Au IXe siècle, à l'abbaye de Saint-Gall en Suisse et à l'abbaye Saint-Martial de Limoges, apparaissent les « tropes », hymnes brèves que l'on chantait après chaque verset de psaume. Le trope de l'*Alleluia* fut bientôt une composition indépendante, appelée « séquence », et les séquences devinrent de plus en plus libres. « 4 500 de ces pièces ont été composées jusqu'aux interdits du concile de Trente[1]. » Les tropes et les séquences « bousculèrent largement l'ordre grégorien au nom de la liberté d'invention[2] » et donnèrent naissance aux drames liturgiques — *Jeu de Pâques, Jeu de Noël, Jeu de Daniel* — qui, aux Xe-XIIe siècle, étaient exécutés dans les églises.

Au IXe siècle émerge la polyphonie, c'est-à-dire l'art de faire entendre simultanément plusieurs voix différentes. Ses débuts furent modestes. Dans ses tâtonnements des IXe et Xe siècles, il ne s'agissait encore que de l'accompagnement du chant liturgique, auquel était réservée la partie supérieure, par une voix inférieure, dite « organale ». Mais on était là au début d'une révolution musicale que favorisèrent ensuite inventions et perfectionnements. La liturgie « grégorienne » était désormais dépassée.

Puis un moine, Guido d'Arrezo (995-1050), donne un nom aux notes (*ut, ré, mi,* etc.) et met au point la portée musicale sur des lignes colorées. Au XIIe siècle naissent les notes longues et brèves et, au siècle suivant, le compositeur parisien Pérotin réalise des polyphonies à trois et quatre voix. À cette époque apparaît le « motet » (petit mot) qui fournit un texte différent à chaque voix, avec parfois usage simultané du latin et de la langue vernaculaire. Le motet prenait ainsi du champ par rapport à la liturgie traditionnelle. Vers 1320-1325, le futur évêque de Meaux, Philippe de Vitry, désignant la pratique musicale de son temps par le titre orgueilleux d'*Ars nova,* imagine les signes de mesure.

Cette musique devenait un art et l'Église s'en inquiéta. Rappelons-nous la colère de Jean XXII contre les « hoquets » tronçonnant les mélodies. Ces « hoquets » étaient une poussière de notes brèves se répondant d'une voix à l'autre. Au XIVe siècle, le poète et musicien Guillaume de Machaut (1300-1377), indépendamment de nombreuses œuvres profanes, compose une *Messe Notre-Dame* justement célèbre qui, sans être complètement unitaire, présente tout de même des motifs assurant une cohérence auditive. Le siècle suivant — celui de Guillaume Dufay (1398-1474) — voit l'émergence de la messe unitaire dans laquelle les différentes sections sont reliées par un élément commun qui sert de structure à chaque pièce et donne son nom à la messe. L'orgue, connu des anciens et qui gagna l'Occident aux VIIe et VIIIe siècles par l'intermédiaire de Venise, fait partie du mobilier des cathédrales et des églises abbatiales à la fin du Moyen Âge.

Ainsi la musique religieuse tendait-elle à prendre de plus en plus de liberté par rapport aux normes officielles. À preuve, entre autres, le succès des *laudi* en Italie. Saint François d'Assise, l'auteur de l'*Hymne au soleil,* souhaitait que la louange de Dieu pût s'exprimer en langue vulgaire et hors de la musique ecclésiastique. Il lança donc le genre des *laudi spirituali* (louanges spirituelles) avec alternance de solistes et de chœurs, de chant grégorien et de mélodies profanes, et encouragea la naissance de sociétés de « musiciens de Dieu » qui chantaient dans les processions. Leur succès fut grand et durable et explique sans doute la place faite à la musique dans le *Paradis* de Dante[3].

La présence de la musique dans les paraliturgies aux XIVe-XVIe siècles est attestée par de multiples documents, notamment en Italie. Le talent de narrateur de Gentile Bellini (1429-1507) nous restitue les fastueuses processions qui se déroulaient sur la place Saint-Marc de Venise, où en bonne place, à côté des chantres, se trouvaient des joueurs de harpes, de gigues (de la famille des vièles), et de luths. À Rome, en 1462, lors de la translation des reliques de saint André, on put voir « des enfants figurant des anges ; les uns chantaient doucement, les autres jouaient des instruments. Il ne manquait aucun instrument de l'art musical[4] ». De même, à l'occasion de la Fête-Dieu de Viterbe la même année, il y eut une représentation du paradis où « des chanteurs, comme des anges, entonnèrent de doux chants [...]. Tantôt on entendait les suaves mélodies des voix humaines, tantôt les délicieux accords des instruments de musique ». Tandis que la procession avançait « retentirent les trompettes et un nombre infini d'instruments de musique ». Pour finir, on figura l'assomption de Marie : ce fut « un chant de troupes d'esprits célestes, le toucher d'instruments magiques, la joie, les gestes, le bonheur du ciel tout entier[5] ».

Comment ne pas remarquer dans ces descriptions le lien entre paradis, anges et musique, par ailleurs si évident dans les multiples évocations des anges musiciens que l'art du temps nous a laissées ? Plus tard, en 1565, pour le mariage de François de Médicis avec Jeanne d'Autriche à Florence, au Palazzo Vecchio, un spectacle extraordinaire fut réservé aux invités. C'était, assure-t-on, comme si « le paradis avec tous les chœurs des anges s'était ouvert à cet instant. Cette impression fut merveilleusement accrue par un très suave, très magistral et très ample concert d'instruments et de voix[6] ».

Danses religieuses

Paradis, musique. Danse aussi. Un poème anonyme de la fin du XIIIe siècle intitulé *La Court du paradis* décrit une fête que Dieu donne à ses saints au ciel. Il s'agit donc d'une « Toussaint », le Seigneur tenant au ciel une sorte de cour plénière. Marie invite « tous ceux qui sont enamourés » de Dieu à danser de gracieuses « caroles ». L'orchestre est composé des quatre évangélistes qui sonnent du cor pendant que dansent les différentes catégories d'élus[7].

Il y avait longtemps que l'on dansait dans les églises, les danses, en principe réservées aux clercs, voulant imiter les rondes des séraphins autour du trône de Dieu. Appelées en français caroles (du latin *chorea*), elles constituaient des paraliturgies collectives où les danseurs se tenaient par la main et formaient des chaînes se refermant en cercles. À la fin du XIIe siècle, après les vêpres de Noël, les diacres de la cathédrale d'Amiens dansaient avant le *magnificat*. Cette réjouissance s'insérait, ici et ailleurs, dans un cycle plus large de *tripudia* (mot latin désignant les cérémonies dansantes). Au milieu du XIIe siècle, le litugiste Jean Beleth dans sa *Somme des offices ecclésiastiques* mentionne quatre *tripudia* dans les jours suivant Noël : les diacres dansaient le jour de la Saint-Étienne (26 décembre), les prêtres à la Saint-Jean d'hiver (27 décembre), les enfants de chœur le lendemain (fête des Saints-Innocents) et les sous-diacres à la Circoncision ou à l'Épiphanie (1er ou 6 janvier)[8]. En 1215, avant le départ pour la cinquième croisade, les chevaliers qui allaient partir dansèrent une *chorea* dans la célèbre abbaye Saint-Martial de Limoges.

Autre exemple : à la date tardive de 1582, on lit dans le rituel de la collégiale Sainte-Marie-Madeleine de Besançon : « Après le déjeuner et le sermon et une fois achevé l'office de none [qui commençait vers 15 heures] on fait des danses dans le cloître ou au milieu de la nef de l'église, si le temps est pluvieux, en chantant quelques-uns des chants contenus dans les processionnaux. » Un autre passage du même manuscrit ajoute : « Les chanoines et les chapelains, se tenant par la main, exécutent une danse [*choream*][9]. »

Au chapitre des danses dans les églises rappelons ici un passage du *Péché et la peur* relatif à la *Dansa de la Mort* de Montserrat, conservée par un manuscrit du XIVe siècle, le *Livre vermeil.* Cette danse était exécutée par des chanteurs et des danseurs à la veillée dans l'église face à l'autel et en dehors des offices liturgiques. Détail intéressant : le *Livre vermeil* contient les plus anciens signes chorégraphiques connus actuellement en Europe, et qui renvoient à une « danse ronde ». L'instrumentation comprenait notamment une cornemuse, une *rota* (sorte de lyre) et une *samfoina* (flûte de Pan)[10].

Bien sûr, la hiérarchie ecclésiastique, hostile par principe aux danses profanes, marqua une mauvaise humeur croissante à l'égard des danses paraliturgiques, surtout lorsqu'elles se prolongeaient par des « fêtes des Fous » de plus en plus suspectes. Elle suivit la même démarche que vis-à-vis de la musique. Des conciles successifs — de Vannes (465), de Tolède (589), de Rome (853), d'Avignon (1209) — condamnèrent les danses en général, notamment les jours de fêtes religieuses, et les danses dans les églises. Celui de Trente, en 1562, les visa indirectement dans son décret sur la musique où il demandait « d'écarter des églises ces musiques qui, soit par l'orgue[11] soit par le chant, introduisent dans le culte un élément lascif et impur, et toutes ces gestuelles séculières que sont les dialogues vains et profanes, les circulations, les vacarmes et les clameurs, afin que la maison de Dieu puisse être appelée une maison de prière et soit perçue comme telle[12] ».

En revanche, rien n'empêchait les saintes âmes de rêver d'un paradis où les élus, purifiés de toute souillure et exempts de toute tentation, danseraient en se donnant la main en présence du

Seigneur. Ce que firent Fra Angelico dans la ronde des bienheureux de son *Jugement dernier* et Botticelli dans sa *Nativité mystique* (National Gallery, Londres) où douze anges, dans le ciel, forment une ellipse au-dessus de la crèche de Bethléem.

ESSOR DE LA MUSIQUE PROFANE ET MULTIPLICATION DES INSTRUMENTS

En tout cas, la suspicion de l'Église ne put empêcher l'essor de la musique profane dans l'Europe de la fin du Moyen Âge et de la Renaissance.

Le chant profane médiéval semble être né d'un élargissement du chant d'église aux thèmes laïcs — en particulier l'amour et la femme — que magnifièrent les troubadours dans les pays de langue d'oc et les trouvères dans ceux de langue d'oil. Les premiers se manifestèrent à partir de 1100, les seconds aux environs de 1180. Le succès de cette littérature courtoise — *lais, pastourelles, reverdies,* etc. — chantée fut considérable : il nous reste 3 500 poèmes de troubadours avec 350 mélodies et 2 500 poèmes de trouvères avec 4 000 mélodies. Chant, musique et danse faisaient désormais partie de la vie seigneuriale. Dans le même temps fleurissait dans les pays germaniques l'art du *Minnesang* célébrant la femme aimée, la nature, Dieu et le pays natal. Un manuscrit de Heidelberg ne contient pas moins de 7 000 chansons composées par 140 poètes-compositeurs.

Le XIVe siècle est marqué par l'œuvre de Guillaume de Machaut. Or ce chanoine de la cathédrale de Reims, qui parcourut l'Europe et passa les trois quarts de sa carrière au service des princes, composa autant d'œuvres profanes que religieuses et n'hésita pas à faire l'éloge de la musique profane (et de la danse), affirmant : « Musique est une science / Qui veut qu'on vie, chante et danse / Cure n'a de mélancolie [...] / Elle fait toutes les caroles / Par bours, par citez, par escoles. » Machaut a laissé plus de 120 ballades, rondeaux, lais, virelais et motets (profanes). À son époque, l'Italie, qui par ailleurs chantait les *laudi spirituali* issues du génie religieux du *poverello* d'Assise, s'adonnait aussi à la musique profane à Florence et dans les cours septentrionales de la Péninsule — à Milan, Padoue, Vérone. En témoigne le *Décaméron* de Boccace.

Le XVe siècle voit s'affirmer encore davantage la musique profane. Dufay compose quelque soixante rondeaux, une dizaine de ballades et quatre virelais ; et si Ockeghem reconduit le motet à sa vocation religieuse, il compose néanmoins vingt et une chansons. Cette tendance s'amplifie avec Josquin Des Prés (1440-1524), qui porte à son sommet la chanson polyphonique franco-flamande, et avec Clément Janequin (1485-1558), « compositeur ordinaire du roi », auteur de 254 chansons restées célèbres par leur verve descriptive — *Le Chant des oiseaux, Bataille (de Marignan), Cris de Paris.* L'Italie impose ensuite en Europe le madrigal, dont l'acte de naissance est un recueil de *madrigali* publié à Rome en 1530. C'est un poème libre où toutes les voix acquièrent une égale importance et dans lequel on multiplie les audaces, notamment par l'emploi des demitons (chromatisme). Roland de Lassus, Marenzio, Gesualdo, Monteverdi y excelleront.

Tandis que le madrigal fait fortune, la musique affirme sa présence dans les *pastorales* dont sont friandes les cours italiennes. L'*Aminta* du Tasse (1573) et le *Pastor fido* de Guarini (1590) connaîtront un succès européen, et seront régulièrement mises en scène et en musique. Rien ne devait arrêter désormais l'essor de la musique profane.

Cet essor a été solidaire de la promotion des instruments par une évolution qui mit plus de mille ans à s'accomplir depuis l'Antiquité jusqu'à la fin du Moyen Âge[13]. Graduellement, les instruments à cordes se transformèrent en instruments à touches[14]. Aux Xe et XIe siècles, les lyres et les cithares antiques avaient déjà évolué au point de devenir méconnaissables, alors que d'autres instruments hérités de l'Antiquité restaient plus fidèles à leur passé : orgues, harpes, flûtes, trompettes, cors, cymbales, clochettes, grelots, etc.

En revanche apparurent deux instruments appelés à une durable fortune : la vièle et le luth. La vièle, présente dès le XIe siècle, va se dédoubler. Sous le nom de viole (ou encore de vièle) elle comporte, telle qu'on la voit figurée à Chartres et à Saint-Denis, un archet frottant des cordes qui pouvaient varier de trois à six; c'est elle qui accompagnait les chansons évoquées plus haut — rondeaux, lais, virelais, etc. L'autre variante, la vielle, est plus volumineuse (quelquefois jouée par deux personnes) et formée d'un clavier dont les cordes sont frottées par une roue. Leur longueur vibrante est modifiée par les touches du clavier. La vielle, appelée aussi *organistrum* (nom savant) et *chifonie* (vocable vulgaire), connut sa période de gloire au XIIIe siècle, puis continua une longue carrière, mais plutôt dans les milieux paysans. De la famille des violes, le violon émerge vers 1520 en Italie et en France. « Solide et élancé, armé de ses quatre cordes bien tendues, il est svelte, élégant, dégagé [...]. Il a presque sa forme définitive; on devine en lui le futur roi de l'orchestre[15]. » Quant au luth (du mot arabe *al 'ûd*), introduit en Espagne par les Maures, il commence au XIVe siècle une brillante carrière en terre chrétienne. « Difficile à jouer mais facile à porter », il devient bientôt l'instrument de musique préféré de l'élite cultivée et des amateurs délicats. Les peintres aimèrent représenter sa forme élégante due à sa caisse bombée, à sa table d'harmonie percée d'une rosace ajourée et à son manche allongé et recourbé. Venue, elle aussi, d'Espagne et donc d'origine orientale, la guitare connut à son tour rapidement le succès. Luth et guitare eurent d'abord quatre cordes. La guitare ne dépassa pas six cordes, alors que le luth, au XVIe siècle, multipliait les siennes.

L'iconographie des anges musiciens a fait une place d'honneur au psaltérion. Les Grecs désignaient par ce nom tous les instruments à cordes pincées. Mais, à partir du XIIIe siècle, on l'a dit, on appelle psaltérion — et aussi « canon » — une cithare à cordes pincées aux doigts ou au plectre et dont la caisse a le plus souvent une forme trapézoïdale. Or, nouveauté importante, on le munit d'un clavier dès le XIVe siècle. Ainsi est né le *clavicordium,* ou *clavicembalum,* dont dérivèrent l'épinette, le virginal et le clavecin. La première description technique de celui-ci apparaît au milieu du XVe siècle dans le traité d'Arnault de Zwolle († 1466). Le succès de cette famille d'instruments fut rapide. Les femmes s'en emparèrent et Marot se plaisait à voir « leurs doigts sur les éponettes / Chantant sainctes chansonnettes ».

Les anges musiciens sont très souvent représentés avec des orgues, portatifs ou positifs. L'orgue, nous l'avons rappelé, remontait à l'Antiquité grecque et le premier connu en France aurait été envoyé à Pépin le Bref par l'empereur de Constantinople. On a mention d'un orgue immense, construit en 951 à la demande de l'évêque de Winchester, qui avait 400 tuyaux, 40 touches, était joué par deux organistes et alimenté par 26 soufflets mis en mouvement par 70 hommes ! Le Moyen Âge donna naissance à trois types d'orgues : le portatif, porté sur la hanche et dont on jouait d'une main ; le positif, plus lourd, dont on jouait des deux mains ; et le grand orgue de tribune. Celui-ci, dès le XIVe siècle, groupa deux claviers et, à la fin du siècle suivant, s'enrichit d'un pédalier qui doubla les ressources de l'instrument.

Au chapitre des innovations instrumentales, ajoutons encore deux ou trois précisions. La bombarde, instrument à anche et à son grave, bien attestée au XIIIe siècle, donna le basson, inventé, semble-t-il, en 1539 et qui comporte une anche battante double. Le trombone avec sa coulisse remonte sans doute au XIVe siècle. Les carillons se multiplient au XVe siècle à partir des Flandres. Cloches et clochettes, ensemble et frappées par des marteaux, constituent désormais un instrument qui non seulement marque les heures, mais aussi, avec l'adjonction d'un clavier et plus tard d'un pédalier, diffuse depuis les beffrois de véritables mélodies. Cette innovation est comme un symbole de l'essor de la musique dans l'Occident des XVe et XVIe siècles.

De multiples documents attestent cet essor, bientôt facilité par l'invention de l'imprimerie. Dans le *Conte de l'écuyer*, Chaucer, évoquant la fête du roi, assure que « devant lui vont les jongleurs jouant tout haut jusqu'à ce qu'il soit entré dans sa chambre tapissée où l'on jouait de divers instruments, d'une telle façon que quiconque les écoutait se sentait au paradis [16] » — encore le lien entre musique et paradis. En 1454, Philippe le Bon, duc de Bourgogne, rassembla à Lille les principaux princes de la chrétienté afin d'organiser une énième croisade. Au cours des fêtes, on joua « d'une musette moult nouvellement », d'un cornet d'Allemagne « moult estrangement », de quatre « clarons moult haultement », mais aussi d'un luth, d'une « douçaine » (instrument à anche), d'une harpe, de deux violes, d'un luth et de quatre flûtes [17]. Lors des noces de Charles le Téméraire et de Marguerite d'York, de « haults menestriers » déguisés en chèvres et boucs « saillirent » par les fenêtres et jouèrent un motet [profane], les trois chèvres sur des chalemies [ancêtres du hautbois], le bouc sur une « trompette sacqueboute »; enfin, une chanson fut donnée par « quatre loups ayant fluctes en leurs pattes ». Un orchestre uniquement féminin jouant d'une dizaine d'instruments, tous différents, figure sur une miniature d'un manuscrit français du XVe siècle, *Le Champion des dames* (rédigé vers 1440-1442 par Martin Le Franc) [18]. En 1515, l'empereur Maximilien, à défaut de pouvoir s'offrir un vrai triomphe à l'antique, commande à trois artistes — Burgkmair, Dürer et Altdorfer — les gravures d'un immense cortège virtuel dont la surcharge nous laisse pantois : l'un des chars, tiré par un dromadaire, portait un orchestre ambulant dont les musiciens jouaient de la viole de gambe, de la harpe, de la viole à archet, du luth, de la bombarde, du fifre et du tambour [19].

Quelques années plus tard, François Ier divise sa « Musique du Palais » en « Grande Écurie » (pour les cuivres et les bois) et « Musique de chambre » (pour les instruments d'intimité : flûtes, violes, etc.). Son contemporain et adversaire Henri VIII, musicien et compositeur, possède au moment de sa mort, en 1547, une impressionnante collection de 381 instruments : 272 à vent et 109 à cordes. Un peu plus tard, les Fugger, grands hommes d'affaires d'Augsbourg, se font construire une « Chambre de musique » où sont rassemblés plus de 140 luths, des instruments en ivoire et en bois exotiques et de nombreux violons fabriqués à Brescia et Padoue.

Le public friand de musique déborde désormais le monde privilégié de l'aristocratie. Sous François Ier, on signale à Paris un bourgeois simplement aisé qui possède chez lui épinettes, clavicordes, violes, rebecs, une harpe et... une bibliothèque musicale[20]. En France toujours, les acheteurs d'instruments de musique sont relativement nombreux : le tirage des tablatures de luths, cistres et guitares semble en effet avoir tourné autour de 1 200 exemplaires, chiffre important pour le XVIe siècle et qui laisse deviner une clientèle déjà bien constituée de professionnels et d'amateurs éclairés. Détail révélateur : on fabriquait des automates musiciens dans l'Allemagne de la fin du XVIe siècle.

Cette éclosion — faut-il écrire explosion? — musicale dans la civilisation occidentale se traduisit, en dépit d'Érasme, par de vibrants éloges de la musique, dont celui que plaça Ronsard dans une « préface » de 1560, d'abord dédiée à François II, puis, celui-ci étant mort prématurément, à Charles IX. Le poète, dans le sillage de Boèce et de Ficin, ne manque pas de rappeler l'ordre musical de l'univers, car « toutes choses sont composées d'accords, de mesures et de proportions, tant au ciel qu'en la terre ». Il affirme aussi que « les plus honorables personnages des siecles passez se sont curieusement sentiz espris des ardeurs de la musique ». Mais, portant aux nues les musiciens de la Renaissance, il évoque « le divin Orlande [Roland de Lassus] [...] qui semble avoir seul desrobé l'harmonie des cieux pour nous en resjouir en la terre, surpassant les Anciens et se faisant la seule merveille de notre temps ». Surtout, Ronsard affirme catégoriquement :

> Celuy n'est digne de voyr la douce lumiere du soleil, qui ne fait honneur à la musique, comme petite partie de celle qui si armonieusement [comme dit Platon] agitte tout ce grand univers. Au contraire, celuy qui luy porte honneur et reverence est ordinairement homme de bien, il a l'ame saine et gaillarde, et de son naturel ayme les choses haultes, la philosophie, le maniement des affaires politicques, le travail des guerres, et, bref, en tous offices honorables il faist tousjours apparoistre les estincelles de sa vertu, [...] d'autant que la musique a tousjours esté le signe et la marque de ceux qui se sont monstrez vertueux, magnanimes et veritablement nez pour ne sentir rien de vulgaire[21].

Brillant éloge de la musique, mais qu'il faut dépasser. Certes, la musique est toujours pour les gens de la Renaissance l'un des arts libéraux, jeune femme ravissante sculptée par Pollaiolo sur le tombeau de Sixte IV ou peinte par Filippino Lippi (Berlin). Elle gouverne l'harmonie des sphères. Elle reste un remède contre la mélancolie qu'utilisent les jeunes Florentins du *Décaméron* et que préconise Ambroise Paré. Un imprimeur alsacien illustre vers 1500 un ouvrage de Ficin par une gravure expliquant que la fatigue intellectuelle est guérie à la fois par la diététique et par la musique[22]. Mais la musique désormais est beaucoup plus que cela. Elle est devenue synonyme de bonheur — au ciel et sur la terre — et l'indispensable compagne de l'amour. Or, au ciel, il n'y aura qu'amour.

Les orchestres angéliques

La musique est donc omniprésente dans l'iconographie paradisiaque depuis la seconde moitié du XIVe siècle jusqu'au milieu du XVIe. A-t-on été jusqu'ici suffisamment attentif à cette irruption du thème des anges musiciens dans l'art occidental ? Et à sa signification ? Est-ce un hasard s'il envahit les églises alors que la polyphonie s'impose et que les instruments de musique se diversifient et se perfectionnent ? Peut-on parler *in abstracto* des musiciens du ciel sans se référer aux divertissements de la cour de Bourgogne, aux collections d'instruments des souverains, aux « chapelles » des princes et des papes ? Les paradis de l'époque n'ont-ils pas exprimé la victoire de la musique dans la civilisation occidentale au moment où celle-ci entrait par de multiples chemins dans l'espace de la modernité ?

Dans l'iconographie chrétienne, les anges avaient pris l'habitude de circuler entre ciel et terre et même de sourire aux humains, comme l'attestent, entre autres, de magnifiques sculptures des XIIIe-XIVe siècles[23]. Mais longtemps les seuls anges musiciens représentés furent ceux qui soufflaient dans les trompettes de l'Apocalypse pour annoncer le Jugement dernier. Absences révélatrices : dans l'*Hortus deliciarum*, il n'y a pas d'anges musiciens et, sur la façade de Notre-Dame de Paris, les anges qui assistent au couronnement de Marie ne jouent d'aucun instrument de musique ; ils portent des candélabres. En revanche, Villon († après 1463) fait dire à sa mère : « Au moustier voy dont suis paroissienne / Paradis paint ou sont harpes et lus [luths][24] », témoignage significatif sur la prolifération des anges musiciens dans les paradis de l'époque. Une prolifération récente : les premiers anges musiciens semblent être apparus sur des manuscrits anglais du XIIe siècle[25]. Au début du siècle suivant, on en découvre dans les écoinçons et arcatures de la cathédrale de Winchester[26]. Au XIIIe siècle toujours, sur un linteau de la façade ouest de la cathédrale de León, des élus s'entretiennent dans la paix et l'amitié ; au milieu d'eux, un ange assis frappe les touches d'un orgue positif dont un personnage active la soufflerie ; derrière l'orgue, un autre ange bat la mesure[27].

La présence d'orchestres angéliques et non plus seulement de solistes est de plus en plus fréquente dans l'iconographie paradisiaque postérieure (en incluant bien sûr les couronnements de Marie). Dans ces chœurs, le nombre des exécutants varie en fonction de différents impératifs — sujet, espace... — mais a tendance à s'accroître. Dans un manuscrit enluminé du XVe siècle intitulé *Psalterium chori*, conservé au monastère franciscain de Zadar, une lettrine — un C de couleur rouge — enveloppe trois anges sur fond bleu jouant respectivement du psaltérion, du cistre et du tambourin. Dans le polyptyque de Gand, il y a dissymétrie entre le groupe des anges qui chantent autour du lutrin — ils sont huit — et celui des trois musiciens célestes jouant respectivement de l'orgue, de la vièle de gambe et de la harpe, l'orgue occupant toutefois une place considérable. Ouvrons ici une parenthèse pour rappeler que selon E. Panofsky le polyptyque, conçu et commencé par Hubert Van Eyck, aurait été remanié et terminé par son frère Jan en fonction des demandes du donateur. Les « anges musiciens » auraient été à l'origine des éléments indépendants du retable, probablement la décoration d'un buffet d'orgue ensuite incorporée au retable[28].

Un mouvement de fond, impulsé par l'essor de la musique, poussait à installer au paradis des orchestres de plus en plus fournis, comme pour suggérer que les concerts de l'au-delà utilisaient toutes les sonorités connues, anciennes ou récemment découvertes. Un *Couronnement de la Vierge*, peint par Stefano di Sant'Agnese au XIVe siècle et conservé à l'Académie de Venise, rassemble un orchestre angélique dont les musiciens jouent respectivement du psaltérion, de la harpe, de la trompette, du cistre, du luth et de la viole.

Mention spéciale doit être faite ici des fresques exécutées dans une chapelle de la cathédrale du Mans entre 1370 et 1395, plus tard badigeonnées, et restaurées en 1995. Elles sont une action de grâce à Marie, en l'honneur de laquelle des anges interprètent l'hymne *Gloriose flos celorum*, bien lisible sur des phylactères qui comportent aussi la notation grégorienne. Sur fond rouge, quarante-sept anges aux auréoles dorées chantent ou jouent d'instruments très divers : instruments à cordes (harpe, mandore, psaltérion, vielle à bras, vielle à roue, monocorde, cithare) ; instruments à vent (trompette, cor, cornemuse, flûte double, chalemie, orgue à main) ; instruments à percussion (cymbales, tambour, triangle, « eschaquier d'Engleterre », hochet et timbales)[29].

Au XVe siècle et au début du siècle suivant, les artistes ne pouvaient plus imaginer l'espace paradisiaque sans y inclure des anges musiciens. Dans un triptyque du musée d'Anvers parfois attribué à Memling, dix anges, en deux formations symétriques de cinq musiciens autour du Christ bénissant, jouent chacun d'un instrument différent de celui des autres : d'un côté, psaltérion, dicorde à archet, luth, bombarde et hautbois; de l'autre, deux variétés de trompettes, orgue portatif, harpe et viole[30]. Sur le *Jugement dernier* de Lochner (Cologne, Wallraf-Richartz Museum) comme sur celui, à tous égards très voisin, de Memling (Gdansk, musée Narodowe), on aperçoit, au-dessus de la porte gothique du paradis par laquelle entrent les élus, des tribunes où se pressent des anges en train de jouer de la harpe, du luth, de l'orgue, de la flûte, etc.

Les paradis musicaux de l'époque sont si nombreux, particulièrement en France, en Italie, dans les Pays-Bas et dans les régions germaniques, qu'il est peut-être impossible d'établir leur liste exhaustive[31]. Retenons-en quelques-uns qui témoignent pour les autres. Sur la voûte de la chapelle ducale, au Castello Sforzesco de Milan, une vaste fresque, due sans doute à Bonifacio Bembo et peinte dans le troisième quart du XVe siècle, présente treize anges musiciens, sur fond de ciel bleu, entourant Dieu le Père; en dessous, le Christ ressuscite et monte vers le paradis. Les instruments des anges ici aussi sont très divers : trompettes, luths, tambourin, vielle de bras, flûte, cornet, chalemie (ancêtre du hautbois) et harpe. Dans la chapelle San Brizio de la cathédrale d'Orvieto décorée par le célèbre *Jugement dernier* de Luca Signorelli (terminé vers 1503-1504), le « couronnement des élus » doit nous retenir. À l'intérieur d'un grand arc, neuf anges musiciens symbolisent les neuf chœurs angéliques, tandis que d'autres anges en dessous répandent des fleurs et posent des couronnes sur la tête des élus.

Le thème de l'Ascension a suscité l'un des plus beaux orchestres angéliques de la Renaissance, la grande fresque absidiale peinte par Melozzo da Forli vers 1480 pour l'église des Saints-Apôtres de Rome. La modernisation de l'église au XVIIIe siècle provoqua le démantèlement de l'œuvre : le Christ se trouve maintenant au Quirinal et les anges à la Pinacothèque vaticane. Ceux-ci, blonds, aux figures d'adolescents, aux ailes et aux vêtements pastel, nous enlèvent avec Jésus vers les hauteurs de l'espace paradisiaque. Le dessin est net, mais souple. C'est déjà l'annonce des raccourcis et des effets plafonnants du baroque.

Au début du XVIe siècle Louis II d'Amboise fit appel à des peintres bolonais qui décorèrent la voûte et l'abside de la cathédrale d'Albi. À l'abside, Jésus, entouré des évangélistes et des principaux docteurs de l'Église, plane au-dessus du sanctuaire et tient un livre sur lequel on lit « *Ego sum lumen mundi et via veritatis* (Je suis la lumière du monde et la voie de la vérité) ». Autour de lui se rassemblent les anges : les uns, des séraphins, donc sans corps et réduits à des têtes ailées, chantent *Alleluia*; les autres, des chérubins, nus, de taille plus grande que les *putti*, jouent d'instruments variés — orgue, flûte, viole, harpe, lyre, cithare, cor, busine, guitare, tambour, tambourin et araine (trompe à circonvolution et large pavillon, ancêtre du clairon)[32]. C'est l'âge d'or des anges musiciens.

Très représentative encore de la place donnée aux orchestres angéliques est la verrière en forme de rose exécutée à la cathédrale de Sens en 1517-1519. Il s'agit de l'un des plus extraordinaires concerts célestes jamais réalisés : 66 interprètes y jouent de 31 instruments, à propos desquels on a pu parler d'un « véritable échantillonnage » parfois hétéroclite. Certains instruments sont carrément archaïques pour l'époque, comme les busines, ces grandes trompettes médiévales qui n'étaient plus guère en usage au début du XVIe siècle. Des flûtes à bec et des trompettes recourbées sont représentées avec des inexactitudes, ce qui suggère que les artistes se sont servis de dessins qu'ils n'ont pas bien compris. En revanche, d'autres instruments sont correctement figurés, comme le carillon aux clochettes sans battant et le triangle muni d'anneaux. Pour nous, l'important est que les commanditaires de la rosace aient souhaité meubler le paradis de la plus grande variété possible d'instruments de musique : plus il y en avait, plus le bonheur du paradis était grand[33].

C'est aussi l'impression que dégage le *Concert d'anges* peint en 1535-1536 à l'intérieur de la coupole du sanctuaire de Saronno (Lombardie) par Gaudenzio Ferrari, qui avait été l'élève de Léonard de Vinci. Certains prient, les mains jointes, d'autres chantent en se groupant à deux ou trois pour lire textes et mélodies. D'autres encore jouent de la flûte, du luth, du violon ou de la viole de gambe. Plusieurs esquissent en outre un pas de danse. Les couleurs douces des vêtements, le sourire des visages, les chevelures bouclées, l'allégresse des mouvements créent une atmosphère de bonheur surnaturel. Le chœur et l'orchestre angéliques de Saronno comptent 140 participants : c'est sans doute le record dans ce type d'iconographie.

Une caractéristique des orchestres angéliques est qu'ils associent les « hauts instruments », souvent bruyants et très en faveur dans les fêtes urbaines — cymbales, tambourins, triangles à anneaux, carillons — et les « bas instruments » plus intimes — psaltérions, flûtes, violes, luths, etc. Cette association, qualifiée de « concert brisé », s'est peu à peu défaite par la séparation au cours du XVIe siècle des ensembles de plein air et des ensembles de chambre. Rappelons-nous que François Ier divisa sa « Musique du palais » en « Musique de chambre » et « Grande Écurie ». En même temps se dessinait une évolution complémentaire où se distinguaient de plus en plus nettement deux domaines : le vocal et l'instrumental. Le premier recueil destiné à un ensemble exclusivement instrumental fut publié à Venise en 1540[34].

L'EFFACEMENT DES ANGES MUSICIENS

Or, tandis que ces mouvements de fond s'amplifient, les anges musiciens se raréfient de manière assez soudaine. Ce relatif effacement a-t-il été lié au rigorisme musical manifesté par le concile de Trente (1545-1563) ?

On a dit que la consécration de la nouvelle cathédrale de Florence, en 1436, donna lieu à l'exécution de chants « harmonieux » accompagnés « du son de divers instruments ». Les deux *cantorie* sculptées de l'église — celle paganisante et bachique de Donatello et celle très recueillie de Luca Della Robbia — étaient destinées aux chanteurs. Mais sous la seconde était gravé le texte latin du psaume 150 : « *Laudate eum in sono tubae, laudate eum in psalterio et cithara...* » C'était comme une invitation à introduire les instruments de musique dans le sanctuaire. Effectivement, ceux-ci ne se contentaient plus d'accompagner les processions et les paraliturgies à l'extérieur des églises. Les manuscrits des XVe et XVIe siècles comportent de nombreux fragments de messes portant mention, en plus de l'orgue, de trompettes et autres « hauts » instruments.

Le concile de Trente marqua sa défiance à l'égard de toute musique qui aurait pu introduire dans le culte des éléments profanes, mais il le fit en termes suffisamment vagues et généraux pour ne pas fermer la porte aux instruments. Roland de Lassus, à la chapelle des ducs de Bavière, ne se priva pas de faire appel à eux. Et, surtout à Venise, les Gabrieli, l'oncle et le neveu, à la fin du XVIe et au début du XVIIe, à la fois à Saint-Marc et à la scuola di San Rocco, doublèrent les chœurs d'authentiques orchestres. Les *Sacrae Symphoniae* de Giovanni Gabrieli sont de 1597[35]. Un voyageur anglais les entendit avec admiration en 1608 à San Rocco :

> Parfois seize ou vingt hommes chantaient ensemble, ayant leur maître ou modérateur pour les garder en bon ordre ; et, quand ils chantaient, les instrumentistes jouaient aussi. Parfois, seize jouaient ensemble sur leurs instruments qui étaient dix sacqueboutes [trombones], quatre cornets, et deux violes de gambe d'une grandeur extraordinaire, parfois, c'étaient six sacqueboutes et quatre cornets, parfois, deux instruments seulement, un cornet et un dessus de viole[36].

L'iconographie qui a meublé le ciel d'orchestres angéliques a donc exprimé le moment où la sensibilité européenne, explorant les richesses et l'étendue de l'univers musical, accorda une place nouvelle à la musique dans les composantes de la culture. S'agissant de l'espace religieux, la forte insistance sur le lien entre bonheur et musique avait été précédée par les déclarations enthousiastes de saint Jean Climaque et de saint François d'Assise. De plus, la présence des anges musiciens au paradis était compatible avec le discours rigoriste des Pères de l'Église sur la musique puisqu'ils affirmaient qu'au ciel elle est purifiée de toutes ses tendances lascives et « mondaines ». Alors que la suspicion à son endroit doit persister sur terre, il n'y a aucune raison de la maintenir dans un espace d'où le péché a disparu.

Un *Traité du Paradis et de ses merveilles* du début du XVIIe siècle, plusieurs fois réédité, peut éclairer à la fois la position catholique officielle de l'époque sur la musique religieuse et toute l'iconographie antérieure qui avait magnifié les anges musiciens. François Arnoux, « chanoine de l'église cathédrale de Riez », y écrit :

> [Au Paradis le bonheur consistera aussi] en la musique très-mélodieuse, en l'harmonie très-plaisante, aux fredons très-gentils et aux très-délectables, douces et belles voix, car on n'entendra là que cantiques célestes et divines chansons [...]. Là il y a le maître de chapelle; il y a aussi des chantres et musiciens en toute abondance; il y a mille millions de très-belles voix qui s'accorderont en tons divers et très-parfaite observation de toutes les regles de la musique, la moindre desquelles [voix] est mille et mille fois plus belle, plus mélodieuse que la plus excellente voix du monde sur les instruments les plus harmonieux. Le maître de la chapelle, c'est Jesus-Christ, les chantres sont les anges avec tous les bienheureux; il y a là trois escadrons d'anges, et chacun d'iceux fait trois chœurs; [...] les dominations et les principautés font la contrehaute; les vertus et les puissances font le tenor; les archanges et les anges, qui sont au plus bas chœur, font les basses. Les saints mêmes sous-entrent aussi avec ces chantres pour chanter ensemble avec eux. Jesus-Christ donne la voix à tout [...].
>
> Or, parmi cette celeste musique et mélodieuses voix, par espece infuse nous aurons encore pour l'entiere perfection d'icelle le son de l'harpe, de flutes, de violes, de l'epinette, du luc, et de toutes autres sortes d'instrumens de musique qui chatouillent à merveilles de delicatesse nos oreilles, avec sons et harmonies melodieuses.

L'historien, après avoir souligné la concomitance entre la montée de la musique dans la civilisation occidentale et le succès soudain du thème des anges musiciens, doit s'interroger sur son sensible effacement postérieur, que ce texte pourrait conduire à sous-estimer. Sont certainement entrés en jeu l'importance croissante de la musique profane et le lien renforcé entre celle-ci et les plaisirs terrestres, notamment ceux de l'amour. L'iconographie s'y rapportant se mit tout d'un coup à proliférer. Au XVIe siècle en effet se multiplièrent les représentations de « festins en musique », de « concerts de dames », de réunions musicales « à la campagne », de « noces » avec joueurs de luths et d'épinettes et de scènes mythologiques accompagnées de musique. Le tableau de Maarten De Vos,

Apollon et les muses (Bruxelles, musée des Beaux-Arts) est significatif. Neuf instruments y apparaissent : épinette, violon, cistre, tambourin, lyre, cornet, trompette, harpe et luth. Plus révélatrice encore est l'œuvre de Titien intitulée *Vénus, l'amour et la musique* (Prado). Dans cette allégorie où tout est luxe, raffinement et beauté, le paysage, l'eau de la fontaine, la musique de l'orgue et les conseils de Cupidon invitent la jeune femme nue à s'abandonner aux plaisirs de l'amour avec l'homme qui la contemple. Devant cette profusion soudaine d'images sensuelles, les autorités ecclésiastiques tendirent à se réfugier dans une attitude rigoriste et à abandonner les instruments musicaux à l'exaltation du bonheur terrestre.

Un retour en arrière d'une centaine d'années est ici éclairant. L'Église romaine, en cours de rénovation à l'époque du concile de Trente, pouvait en effet s'interroger sur la présence dans un sanctuaire des petits musiciens du « temple Malatesta » de Rimini. Il s'agit d'une église, mais Sigismond Malatesta voulut en faire son panthéon et, au milieu du XVᵉ siècle, il demanda à Agostino di Duccio d'illustrer par le marbre une complainte amoureuse adressée à Isotta. D'où la présence de ces *putti* musiciens — sont-ce des anges ou des amours ? — qui, de chaque côté de la nef, accompagnent de leurs instruments la poésie amoureuse du tyran.

Vis-à-vis de la musique les deux Réformes — la protestante, d'abord; la catholique, ensuite — eurent des réactions assez semblables[37]. De part et d'autre, on mit l'accent sur les textes plutôt que sur l'accompagnement musical. On les voulut plus intelligibles par les auditeurs et on s'efforça d'écarter les mélodies profanes. On ne peut pas ne pas rapprocher ici les compositions de Palestrina et l'harmonisation des psaumes par Goudimel.

Certes, la musique instrumentale allait quand même continuer sa pénétration dans les cérémonies catholiques et dans les Églises luthérienne et anglicane. Luther, lui-même musicien, n'avait pas de préventions en ce domaine et voyait dans la musique un moyen de lutter contre Satan[38]. Du côté romain, les exemples bavarois et vénitien firent progressivement tache d'huile. En revanche, le protestantisme était peu favorable à l'iconographie religieuse et le catholicisme, qui la maintint, ne voulut pas prêter le flanc aux critiques. Il lui sembla sans doute dangereux d'exalter dans la gloire du ciel des instruments qui sur terre, de plus en plus, invitaient à l'érotisme.

Nous retrouvons ici une conclusion déjà avancée précédemment à propos du polyptyque de Gand : on atteignait une limite, dans l'inclusion des réalités terrestres — végétation, bâtiments, vêtements, etc. — à l'intérieur de l'espace paradisiaque. Ce que confirment les orchestres angéliques que l'on vit surgir un peu partout. Était-ce bien l'au-delà que l'on évoquait ou une terre ayant atteint les degrés superlatifs de la beauté ?

Les anges ne vont certes pas disparaître du ciel catholique ; nous les verrons au contraire plus nombreux que jamais à l'époque baroque, mais ils joueront moins fréquemment des instruments de musique. Plus éthérés, plus spiritualisés, ils seront pris dans une spirale vertigineuse qui les entraînera au-delà des réalités terrestres ; ou, en sens inverse, ils descendront du firmament pour apporter aux hommes des rayons de la lumière qui surpasse toute clarté. Le ciel sera moins humain et plus divin.

CHAPITRE XVI

Le ciel a visité la terre

La joie paradisiaque de Noël

Les anges musiciens sont venus du ciel sur terre au moment de Noël. Pour cette circonstance exceptionnelle, le paradis, l'espace d'un jour, est descendu ici-bas. La figuration de Noël avec l'étable apparaît dès le IVe siècle sur des sarcophages romains. Mais l'Évangile de Luc (2, 10-13) relate qu'un ange annonça « une grande joie » aux bergers la nuit de Noël et que « soudain se joignit à l'ange une troupe nombreuse de l'armée céleste qui louait Dieu en disant "Gloire à Dieu au plus haut des cieux" ».

L'iconographie s'empara de ce beau thème. Retenons-en quelques exemples. Sur un panneau d'ivoire du Xe siècle (conservé à la Bibliothèque vaticane) sont regroupés plusieurs épisodes de la Nativité et, notamment, dans la partie supérieure, l'annonce faite aux bergers et l'entrée en scène de l'« armée céleste » symbolisée par trois anges. À Daphni, une mosaïque de la nef des environs de 1100 place quatre anges dans le ciel de Bethléem : trois désignent de la main le berceau de l'enfant Jésus près duquel se trouvent Marie, en grand format, et, tout petits, le bœuf et l'âne; le quatrième fait connaître aux bergers la grande nouvelle. Autre mosaïque significative, celle de la chapelle Palatine de Palerme (XIIe siècle), avec, cette fois, cinq anges : deux montrent de la main l'enfant et sa mère; deux esquissent un geste de louange; le cinquième annonce la naissance aux bergers que l'on voit ensuite en bas apporter leurs présents au nouveau-né; en haut et à droite, les mages cheminent vers Bethléem.

La présence des anges au-dessus de la grange (ou de la crèche) de Bethléem, suggérant l'ouverture de l'espace paradisiaque, appartenait presque structurellement à l'iconographie de la

Nativité, ce qui explique la diffusion de ce thème. Un manuscrit du XIIIe siècle (conservé au Musée arménien d'Ispahan) divise verticalement en deux parties la scène de Noël : en bas, Marie, l'enfant Jésus, près duquel l'âne et le bœuf semblent rire de bonheur, et deux bergers ; en haut, six anges qui montrent de la main le miracle survenu à Bethléem. Même disposition et aussi même dominante de la couleur rouge dans une *Adoration des bergers* du Siennois Giovanni Fei (1372-1410) de la Pinacothèque vaticane : huit anges — auréoles dorées, ailes partagées entre le blanc, l'or et le rouge, tuniques rouges — peuplent le ciel ; l'un annonce la naissance aux bergers ; et les sept autres prient.

Les anges ne sont pas descendus tout de suite à même le sol pour la nuit lumineuse de Noël. Dans la chapelle Scrovegni de Padoue, Giotto, vers 1303-1305, a représenté cinq anges. Trois sont tournés vers le ciel et deux vers le lieu de la Nativité, dont l'un révèle aux bergers ce qui vient d'arriver. Mais tous les cinq volent nettement au-dessus de la grange où Marie allongée, conformément à l'ancienne iconographie syrienne, regarde avec amour le divin bébé. Sur une Nativité peinte par Fra Angelico datant des années 1451-1453 (maintenant au musée San Marco de Florence), six anges à genoux prient au-dessus du toit de la grange autour d'une nuée lumineuse et mystérieuse ; ils n'ont pas quitté l'espace céleste. On retrouvera encore ces anges qui regardent depuis le toit de l'étable ou qui dansent une ronde aérienne, par exemple dans la clôture de la cathédrale de Chartres (XVIe siècle).

Mais, en 1459, l'élève de Fra Angelico, Benozzo Gozzoli, avait adopté un parti différent à la chapelle du palais Medici-Ricardi de Florence. Celle-ci, rappelons-le[1], comporte le brillant cortège des mages, ainsi que, de part et d'autre d'une Nativité, des cohortes angéliques aux vêtements chatoyants et aux ailes de paons, elles aussi associées à l'événement. Il y a quelques anges dans le ciel, au-dessus des pins parasols et des cyprès, qui regardent vers la crèche. Mais la plupart sont descendus au niveau de Bethléem et du jardin paradisiaque, entourant le lieu de la naissance de l'enfant-Dieu. La milice céleste venue exceptionnellement sur terre se répartit en plusieurs groupes : des anges jardinent et cueillent des roses ; d'autres, plus nombreux, prient, agenouillés de part et d'autre de l'enfant et de sa mère ; d'autres encore, debout, sont alignés sur plusieurs rangs ; ceux de devant chantent sous la conduite de deux chefs de chœur, mais il n'y a aucun instrument de musique. Les commentateurs[2] supposent qu'il s'agissait de chant grégorien, car une polyphonie aurait exigé des rouleaux ou des livres pour les différentes partitions. Le texte du chant est intégré aux auréoles dorées des anges : « *Adoramus Te. Gloria in excelsis.* »

En faisant descendre les anges sur terre au moment de la Nativité, Benozzo Gozzoli se situait, peut-être sans en avoir conscience, à l'intérieur d'un courant de l'iconographie religieuse alors en train de s'affirmer et qui se cherchait déjà depuis un certain temps. Une *Adoration des mages* sculptée dans la première partie du XIVe siècle sur la façade de la cathédrale d'Orvieto place deux anges au niveau de Marie assise avec l'enfant Jésus sur ses genoux. Une autre *Adoration des mages* (vers 1360-1365, Madrid, collection Thyssen), peinte cette fois et attribuée à l'Italien Luca di Tommè, adopte la même disposition. Plus tard, vers 1457, une enluminure de Jean Fouquet pour les *Heures d'Étienne Chevalier* aligne six anges derrière une petite barrière qui, à l'intérieur de l'étable, les sépare de la sainte famille[3].

Ouvrons ici une parenthèse — mais est-ce vraiment une parenthèse ? — à propos d'une œuvre de Memling (Munich, Vieille Pinacothèque). Elle associe, de haut en bas, l'Annonciation dans la chambre ouverte d'un château et l'« annonce » de Noël faite aux bergers dans une prairie entourée d'arbres, la scène se déroulant en plein jour. Les trois pasteurs voient venir et écoutent un ange vêtu de blanc qui marche sur l'herbe verte. Le céleste visiteur au visage très doux a même taille que les humains. Il est de plain-pied avec eux, pour un instant unique dans l'histoire.

Revenons à la crèche. En 1451-1452, Van der Weyden, peignant une *Nativité* (Berlin, musée Dahlem) pour l'église principale de Middelburg, avait associé six petits anges au mystère de Noël : trois en prière au-dessus de l'étable ; et trois autres, eux aussi mains jointes, agenouillés devant l'enfant Jésus, à côté de Marie, de Joseph et du donateur[4]. Dans une *Nativité* peinte par Petrus Christus (mort à Bruges en 1473), quatre petits anges prient pareillement à genoux sur le sol de l'étable à côté de Marie et de Joseph (Washington, National Gallery).

Plus impressionnante encore est l'*Adoration de l'Enfant*, panneau central du triptyque Portinari (Florence, musée des Offices), peint par Hugo Van der Goes en 1475-1478. Dans cette composition puissante et contrastée, les traits rustiques des bergers s'opposent au doux visage de Marie, à genoux, tournée vers son enfant. Des anges volent dans le ciel, annonçant la nouvelle aux pasteurs, et surtout chantent et prient au-dessus de l'étable. D'autres — il y en a neuf — sont à genoux en cercle à côté des bergers. Deux portent des tuniques blanches, deux des tuniques bleues et cinq des dalmatiques somptueuses. L'artiste a voulu rendre sensible l'interpénétration du ciel et de la terre que signifie Noël. Les bergers, la campagne, les maisons, l'église avec son portail roman, l'étable, l'âne et le bœuf appartiennent à la vie quotidienne. Mais Marie, de très grande taille, en belle robe bleu nuit, saint Joseph, de grande taille lui aussi et portant un ample vêtement grenat, et, bien entendu, les anges nous transportent dans un autre univers. Dans l'étable de Bethléem, le péché disparaît et un moment de vie paradisiaque est accordé aux hommes, annonce de la transfiguration définitive de l'après-mort. À la fin de sa carrière tourmentée, Hugo Van der Goes peignit une autre *Adoration des bergers* (Berlin, musée Dahlem), accentuant encore ces caractères : les bergers se précipitent, affolés par l'étonnante nouvelle qu'ils ont apprise. Marie et Joseph, recueillis et mains jointes, portent de riches vêtements, l'un bleu, l'autre rouge; neuf anges se pressent autour du panier où repose l'enfant Jésus.

Autre œuvre significative de la joie paradisiaque de Noël, la *Nativité* (Londres, National Gallery) peinte par Botticelli aux environs de 1500. Les anges y tiennent une telle place qu'ils relèguent presque dans une demi-pénombre Marie, l'enfant Jésus et Joseph, pourtant placés au centre de la composition. Il y a des anges partout : douze dansent en se donnant la main dans un jardin irréel situé au-dessus du ciel; trois esquissent une ronde sur le toit de l'étable; cinq sont descendus sur terre et entourent la sainte famille, deux de ceux-ci désignant l'enfant divin aux bergers arrivés les premiers, les trois autres accueillant par des accolades le deuxième contingent de pasteurs.

La représentation des anges sur terre au moment de la naissance de Jésus s'est accompagnée d'une autre modification importante : à partir du début du XVe siècle, l'iconographie de Noël devient une adoration. La source de cette représentation est peut-être à chercher dans les *Révélations* de sainte Brigitte, où on lit : « Après, Marie se leva, ayant son cher enfant entre ses bras; saint Joseph et elle le mirent en crèche et l'adorèrent à genoux avec des joies indicibles[5]. » Désormais Marie fut figurée à genoux, les mains jointes ou croisées sur la poitrine ou encore écartées dans un geste d'adoration[6]. Les anges vinrent tout naturellement se joindre à Marie dans cette prière plus céleste que terrestre. C'est à Santa Maria Novella de Florence que ce modèle iconographique serait apparu pour la première fois.

Noël et la musique des anges

Il était normal que les anges finissent par se manifester avec leurs instruments de musique à l'occasion de Noël. L'iconographie à cet égard n'est certes pas très prolixe; elle permet tout de même de constituer un dossier dont voici quelques pièces rangées selon la chronologie. Une Nativité en ivoire de la première moitié du XIVe siècle de facture française (conservée au Louvre) représente, au-dessus des anges annonçant aux bergers la naissance de Jésus, deux autres anges dans les hauteurs des cieux : l'un joue de la viole, l'autre d'un orgue portatif[7].

Au début du XVe siècle, une miniature des *Très Riches Heures du duc de Berry* illustre elle aussi l'« annonce aux bergers », et l'on y voit neuf anges qui leur apparaissent dans la nuit. Cinq, dans la partie centrale et supérieure du ciel, chantent en lisant leur partition sur un rouleau déplié. Quatre autres, un peu plus bas et sur les côtés, jouent respectivement de la trompette et de la viole à gauche, de la harpe et du luth à droite.

Une composition étonnante et, me semble-t-il, unique en son genre a été réalisée par un Italien anonyme du XVe siècle. Résolument horizontale et destinée sans doute à une *pala* (devant d'autel) ou à un *cassone* (coffre), elle groupe dans un même ensemble la Nativité et la visite des mages sur fond de collines et de villes fortifiées. L'étable avec la sainte famille n'occupe que le quart gauche et l'attention est d'abord attirée par le cortège des rois — il pourrait bien avoir influencé celui de Benozzo Gozzoli — et les remparts de la ville devant laquelle il défile. Mais si l'on regarde attentivement l'espace où est située la crèche, un véritable paradis se révèle : on n'y compte pas moins de vingt-six anges. L'un annonce la naissance aux bergers. Cinq, près du toit de l'étable, chantent en lisant un rouleau déroulé. Dix, du même côté du toit, regardent, mains jointes, en direction de l'enfant Jésus. Trois sont descendus jusqu'au niveau de Marie, près de laquelle ils prient. Enfin — et là est la surprise —, sur l'autre versant de la toiture, sept petits anges nus, mais qui ne sont pas des *putti,* jouent d'instruments de musique, tous différents[8].

Les anges musiciens, eux aussi, ont fini par descendre sur terre. C'est là que Piero della Francesca les situe dans sa *Nativité* peinte aux environs de 1475 (Londres, National Gallery)[9]. À gauche de Marie et de l'enfant divin étendu sur une étoffe bleue, trois personnages chantent et deux les accompagnent en jouant du luth. Ils n'ont ni ailes ni auréoles, mais on ne peut guère douter qu'il s'agisse d'anges. Les anges ne portent pas davantage d'ailes dans la *Madone entourée d'anges musiciens* de Cosmè Tura (Londres, National Gallery)[10], et saint Thomas d'Aquin, rappelons-le, refusait les auréoles aux anges[11]. Dans la *Nativité* de Piero della Francesca, la jeunesse des personnages, leurs tuniques pastel bouffantes à la taille, leurs visages auxquels il est difficile d'attribuer un sexe ne laissent pas de doute sur leur identité céleste.

La pièce la plus convaincante et la plus étonnante sur les anges musiciens descendus sur terre pour la naissance du Sauveur est le retable peint par Grünewald en 1511-1516 pour les Antonites d'Issenheim (musée d'Unterlinden de Colmar). Le panneau consacré à l'« image de Noël » nous transporte dans un monde totalement imaginaire par l'architecture compliquée de la chambre de Marie, les éclairages surnaturels, les couleurs fulgurantes, le halo rouge et or qui entoure le visage et le haut du corps de la Vierge. Celle-ci, agenouillée, écoute un concert d'anges. Au premier plan, en effet, un ange aux vêtements roses joue d'une impressionnante viole de gambe. Derrière lui a pris place l'orchestre angélique dans lequel on distingue surtout un joueur de viole. La musique céleste transfigure un coin de la terre.

On reçoit la même impression, mais procurée cette fois par une œuvre déjà maniériste, en regardant au musée d'Evora un triptyque de Jan Gossaert, dit Mabuse, daté des environs de 1505, quand la demande de peinture flamande était à son maximum au Portugal. Il est intitulé *La Sainte Famille*[12]. Sur fond de collines, de montagnes et de constructions compliquées — châteaux et fontaine gothique —, Marie tend la pomme (du péché originel) à son enfant qu'elle tient sur ses genoux et enveloppe partiellement de son beau manteau bleu nuit. À côté, Joseph, vieillard au vêtement rouge, lit la Bible. Six anges musiciens les entourent. Au sommet de la composition Dieu le Père et la colombe de l'Esprit-Saint sont placés au-dessus de deux angelots qui portent la couronne de la Vierge. Cette peinture recherchée et artificielle voulait incontestablement rendre manifeste, ici encore, l'interpénétration du ciel et de la terre permise par l'Incarnation.

Le succès des noëls

Comment ne pas établir un lien entre l'abondante iconographie consacrée à la Nativité aux XVe et XVIe siècles et le succès des noëls à cette époque[13] ? À l'origine de ceux-ci, on trouve les tropes chantés et dialogués des IXe et Xe siècles, qui étaient des variations sur des textes liturgiques. Puis, au XIIIe siècle, naquit la paraliturgie des pasteurs qui précédait la messe de Noël. Ce jour-là, une crèche était confectionnée derrière l'autel. En entrant dans l'église le clergé, jouant le rôle des bergers, se dirigeait vers elle. D'en haut un ange chantait : « Ne craignez pas... » Des enfants entonnaient *Gloria in excelsis Deo.* Les bergers continuaient leur marche en paraphrasant l'Évangile de Luc. Devant la crèche les attendaient deux prêtres vêtus de dalmatiques et figurant les sages-femmes appelées par

Joseph, selon les apocryphes. Suivait un dialogue commençant par la question posée aux pasteurs : « Qui cherchez-vous ? » Après quoi les bergers repartaient vers le chœur de l'église et la messe commençait.

De ces scènes dialoguées en latin on passa progressivement aux mystères en langue vulgaire, joués sur le parvis des églises et dont beaucoup, aux XIVe et XVe siècles, prirent comme sujet la naissance ou la résurrection de Jésus, ou l'une et l'autre, comme dans la *Passion* d'Arnoul Gréban (avant 1452). Les noëls procédèrent des mystères ; ils transposèrent en raccourci les scènes de la Nativité qui s'y trouvaient en reprenant le modèle et souvent les mélodies des chansons profanes.

Les chants de Noël constituaient, en outre, des substituts des mystères pour les gens des campagnes et des petites villes qui ne pouvaient assister aux représentations paraliturgiques données dans les grandes cités. Et, dans celles-ci, le succès des noëls ne put que grandir lorsque les mystères, devenus suspects aux yeux des autorités, eurent été interdits — ainsi à Paris en 1548. Constatons en tout cas la simultanéité entre la prolifération des chants de Noël, à partir du XVe siècle, et l'abondance à la même période de l'iconographie se rapportant à la naissance de Jésus.

Une monographie consacrée à des livres d'heures de Basse-Normandie aux XIVe-XVIe siècles apporte un éclairage ponctuel mais significatif sur l'importance à l'époque du thème de Noël (au sens large). Sur 139 sujets représentés dans ces ouvrages de piété, 33 (23,8 %) concernent la Nativité, l'annonce aux bergers et l'adoration des mages. La crucifixion vient en seconde position, mais nettement derrière avec seulement 12 occurrences (8,6 %)[14].

La France a été, plus que tout autre, le pays des noëls. Il y eut, au XVe siècle et, plus encore, au XVIe, une floraison de pièces à chanter ayant pour thème la naissance de Jésus, le premier grand auteur de ces pièces étant le franciscain Jehan Tisserant, confesseur d'Anne de Bretagne, mort en 1494. Dans un corpus qui alla en s'enrichissant rapidement il faut surtout retenir[15] : en 1512, les *Noelz nouveaulx* [...] *composez par maistre François Briand, maître des écoles de Sainct Benoist, en la cité du Mans ;* en 1520, les *Nouels que composa feu maistre Lucas Le Moigne, en son vivant curé de Saint-George du Puy-la-Garde, du diocese du Poytou* ; en 1524, les *Noëls* [écrits] *par les prisonniers de la Conciergerie* ; entre 1524 et 1529, les *Noëls nouveaux* [composés par] *maistre Jehan Daniel* organiste à Angers ; avant 1545, les *Noëls* [écrits par Samson Bédouin] *bénédictin de la Coulture du Mans* ; en 1545, les *Noëls* de Nicolas Denisot du Mans. Maine, Anjou et Poitou semblent bien avoir constitué en France l'épicentre de la diffusion des noëls, la Provence et la Franche-Comté prenant le relais aux XVIIe et XVIIIe siècles[16].

Dans les noëls, la musique est bien sûr partout, mais les chants sont de deux sortes. Les uns viennent du ciel et sont entonnés par les anges, parfois comparés à des « oisillons » à cause de la douceur de leurs voix :

Allez veoir la pucelette.
Disoit le petit oyseau [...]
Je croy que de toute ma vie
Ne fust si très bien chanté[17].

Les « chansons angéliques » sont mentionnées dans la plupart des noëls. On peut retenir comme significative cette strophe écrite par Jehan Daniel et mise dans la bouche d'un berger :

J'ay ouy la criée
Des haulx anges chantant,
Qui toute la nuytée,
Se sont montrez tout blancs,
Noël, Noël!
Jamais ne cessera la feste,
Toujours on chantera Noël[18].

L'autre musique des noëls vient de la terre et exprime bruyamment la liesse populaire, qui s'extériorise en outre par des danses et des banquets. La joie paradisiaque devient alors celle, très charnelle, d'un provisoire pays de cocagne. D'où cette invitation placée en tête d'un noël poitevin du XVIe siècle :

Chantons plus haut qu'à la foire,
Ma foi voire,
Disons naulet, naulet, nau[19].

Dans un corpus de 114 noëls du XVIe siècle (de François Briand, Lucas Le Moigne, Jehan Daniel et Samson Bédouin), on a pu repérer 65 mentions d'instruments de musique, dont 33 très en vogue dans les fêtes populaires : chalumeau, chalemie, hautbois, « flucte », « flageau », etc. Ces instruments devaient naturellement servir à réjouir le nouveau-né et sa mère. Devant eux un berger « souffle un chalumeau » et un autre « sonne de sa chevriotte[20] » (noël anonyme du XVe siècle). Mais s'il y a joie sur terre cette nuit-là, c'est parce que le ciel l'a visitée durant un moment exceptionnel de l'histoire. On en revient à l'omniprésence angélique dans cette rupture du temps. Un noël anonyme du XVIe siècle assure :

On voit par la nue voler,
Mille légions d'anges,

Que Dieu envoye parmi l'air;
Raconter ses louanges,
En ce jour amoureux,
Ô jour heureux[21].

Le célèbre noël du XVIe siècle *Entre le bœuf et l'âne gris*, lui aussi anonyme, commence par l'évocation de la multitude angélique :

Entre le bœuf et l'âne gris
Dort, dort, dort le petit fils.
Mille anges divins, mille séraphins,
Volent à l'entour
De ce Dieu d'amour[22].

Ici, comme dans plusieurs œuvres peintes que nous avons analysées, les anges semblent descendre au niveau de la terre. Il en est effectivement ainsi dans un certain nombre de chants anciens en l'honneur de la Nativité. L'un d'entre eux (du XIVe siècle) dit que « l'ange descendit du ciel parmi les pâtres et leur annonça grande joie à tous, que la Vierge pure enfantait un Dieu, une créature pour sauver le monde. Grande compagnie d'anges descendit du ciel, à l'ange fidèle s'unit aussitôt...[23] »

Un noël de Lucas Le Moigne affirme :

En Bethléem, c'est chose bien prouvée,
La Vierge mit le benoît fils de Dieu,
Environnée des anges glorieux
En une étable rompue et dépecée[24].

Nicolas Denisot « voit déjà les anges caresser » l'enfant divin[25] et un noël anonyme de la fin du XVIe siècle assure que Marie en son accouchement « fut consolée des anges des cieux[26] ».

Ainsi la nuit de Noël enveloppe la terre d'une atmosphère céleste. Les anges descendent à notre niveau et à celui de l'enfant Dieu. Le paradis terrestre est, provisoirement, de retour. Tout danger semble avoir disparu. Il n'y a plus que lumière, musique, amour et paix, proclame Nicolas Denisot :

Dansez en cette prée
Faite de mille fleurs
Et mille diaprées
En cent mille couleurs [...]

Cette nuit tant heureuse
Plus claire que le jour
Ne sera dangereuse
Par aucun long détour.

Bergers, quelle harmonie !
Quelle musique des cieux ! [...]

C'est Dieu qui nous assemble
À lui divinement [...]

C'est lui qui nous envoie
La paix en l'univers[27].

Concerts célestes autour de la Vierge à l'enfant

Dans les noëls anciens, les anges chantent mais sans s'accompagner d'instruments. Nous retrouvons toutefois les anges musiciens dans la peinture et l'enluminure, convoqués pour un autre thème paradisiaque proche de celui de Noël : la Vierge tenant son enfant dans ses bras ou sur ses genoux, au milieu d'un décor irréel et d'un concert angélique. L'iconographie se rapportant à ce thème connut un grand succès entre la fin du XIVe siècle et le début du XVIe. Cette évocation diffère de celle de la Vierge souriant à son enfant, qui fut sculptée avec prédilection aux XIVe-XVIe siècles, notamment en France.

Ouvrons ce nouveau dossier par une peinture d'Andrea Orcagna, réalisée vers 1350 pour l'église Santa Annunziata de Florence et maintenant à la galerie de l'Académie de cette ville. Marie, très hiératique et se détachant sur un fond doré, est assise sur un trône. Elle porte une robe, elle aussi dorée, et un ample manteau bleu nuit. Le divin bébé joue avec le voile transparent qui couvre les cheveux de Marie et descend sur le haut de sa poitrine. Mais sa mère ne lui sourit pas et ne le regarde pas. Elle a les yeux fixés sur un autre horizon : celui de l'infini céleste. À ses côtés ont pris place deux anges qui jouent l'un de l'orgue portatif et l'autre de la flûte, et les saints André, Nicolas, Jean-Baptiste et Jacques. Est-on encore sur terre ? Non, plutôt dans un ailleurs déjà paradisiaque, que souligne la dominante or qui s'affirme dans toute la composition.

Nous retrouvons ici, mais par une approche différente, le lien établi par la piété et l'iconographie entre Marie et le paradis. Nous l'avions déjà découvert d'abord à propos du couronnement de la Vierge, puis de l'*hortus conclusus* marial[28]. Le thème de la Vierge à l'enfant entourée d'anges musiciens s'apparente, bien sûr, aux deux précédents, mais il découle par ailleurs de celui de Noël, bien que l'enfant divin ne soit plus tout à fait un nouveau-né.

L'iconographie de ce thème est riche et il suffit de la rendre présente par quelques œuvres significatives. Des *Heures de la Vierge,* manuscrit enluminé français des environs de 1474 (Pierpont Morgan Library), présentent Marie debout, tenant son enfant à demi allongé dans ses bras et semblant le présenter aux anges bleus et blancs rangés de part et d'autre d'elle. Marie porte une couronne — car elle est la reine des cieux —, mais ses pieds reposent sur un sol où l'on distingue des touffes d'herbes. Elle est donc à la fois au ciel et sur terre, comme la Vierge « au grand manteau » que j'ai étudiée dans un autre ouvrage[29]. Mais ici le motif de la protection de l'humanité inquiète a disparu. En bas de la composition, deux anges en grand format jouent respectivement de la harpe et du luth. La vision est donc presque exclusivement paradisiaque.

Voici une autre enluminure provenant de la bibliothèque de l'Escurial. Marie, couronnée et somptueusement vêtue de bleu, est assise sur un trône gothique dans une abside ogivale. Elle regarde tendrement son enfant qui joue avec une pomme. Quatre anges l'entourent. Deux chantent en suivant la partition sur des livres à couverture verte, les deux autres jouent, l'un de l'orgue portatif, l'autre de la harpe. Un cadre de dessins floraux entoure la scène.

On retrouve les mêmes éléments, mais avec de plus riches détails, dans un livre d'heures (XVe siècle) du duc de Bedford, (Vienne, Bibliothèque nationale d'Autriche). Marie, ici encore, est couronnée. Vêtue d'une belle robe bleu nuit, elle est assise sous un dais rouge et présente une pomme — évidemment celle du péché originel — au divin bébé. Deux petits anges ont pénétré dans la chambre, où l'on aperçoit un vase rempli de roses rouges. Cette chambre est, elle-même, incluse dans une coquette maison dont un pan du toit en majoliques est apparent. La vignette est complétée par un grand encadrement parsemé de motifs floraux et d'étoiles, au milieu duquel huit anges musiciens jouent de leurs instruments : deux luths, une viole, un psaltérion, une harpe, un orgue positif et deux trompettes. Terre et ciel se trouvent une nouvelle fois imbriqués, comme ils l'étaient dans le polyptyque de Gand.

Ils le sont aussi dans *La Vierge en majesté* de Memling (Washington, National Gallery). Marie, sur un trône et sous un dais, tient l'enfant Jésus sur ses genoux. Elle est entourée par un arc sculpté et deux colonnes. Entre l'arc et la tenture du dais apparaît un paysage avec château, arbres, prairie et rivière. Deux anges ont pris place de part et d'autre de la Vierge et de son bébé. L'un joue de la harpe. Son vis-à-vis tient une viole de la main gauche et de la droite tend à l'enfant divin la pomme d'Adam et Ève. Le bébé s'apprête à la prendre et dirige une main vers elle, tandis que l'autre désigne une page de la Bible que Marie feuillette. Cette fois encore resurgit l'interrogation : où sommes-nous? La terre et le ciel semblent ne plus faire qu'un.

Que la peinture flamande ait, plus que toute autre à l'époque, fait une place aux anges musiciens ne doit pas surprendre : c'est surtout de cet épicentre que s'est répandu l'art de la polyphonie. Parmi les multiples preuves de cette relation privilégiée, mentionnons *Notre-Dame de gloire,* due à un élève de Hugo Van der Goes et maintenant au musée d'Evora (fin du xve siècle). Marie est assise sur un trône à très haut dossier, et le divin bébé joue avec la bordure dorée du manteau bleu foncé de sa mère. Dix anges les entourent : les uns chantent; les autres jouent des instruments; quatre autres, au-dessus de la Vierge, tiennent sa couronne royale[30].

La pièce la plus étonnante de ce corpus d'images consacrées à la Vierge en gloire associée à l'enfant Jésus[31] se trouve au musée de Bilbao. Datée du début du xvie siècle, elle est, cette fois encore, d'origine flamande. Le contraste entre Marie, au centre, enveloppée dans un grand manteau rouge et, autour d'elle, un orchestre d'anges aux tuniques bleu pastel est frappant. Marie est assise sous un dais, l'enfant sur ses genoux. Elle le maintient de la main droite, et de la gauche porte un livre — la Bible, comme précédemment — vers lequel Jésus étend le bras. Toute l'histoire de la Rédemption se trouve résumée ici, jusqu'à la joie paradisiaque atteinte en fin de parcours et que symbolisent les anges. Ceux-ci jouent d'une vingtaine d'instruments repérables sur la peinture, tandis que le reste de l'orchestre céleste se fond à l'arrière-plan dans une nuée variant du bleu pâle au mauve. Aux pieds de Marie s'épanouissent des lis et des roses. L'Incarnation a permis cette rencontre du ciel et de la terre ou, plutôt, cette évasion colorée au pays du bonheur éternel.

Plusieurs remarques historiques peuvent se greffer sur cette lecture. La première renvoie à l'abondance, aux xive-xvie siècles, dans la chrétienté latine, des images se rapportant à Marie comme symbole ou promesse de la joie paradisiaque. Dans la monographie déjà citée sur les livres d'heures de Basse-Normadie, les miniatures évoquant l'Annonciation, la Visitation, la Nativité, l'annonce aux bergers, l'adoration des mages et le couronnement de la Vierge forment un total de 66 occurrences contre 12 consacrées à la crucifixion et 19 à l'office des morts[32]. Une visite dans plusieurs sites, par exemple à la section italienne du musée Jacquemart-André de Paris ou à l'Ambrosiana de Milan, laisse la même impression : les œuvres de la période se rapportant à l'Annonciation, à la Nativité et aux rois mages y sont plus nombreuses que les images traumatisantes.

Je ne veux pas rétracter ici ce que j'ai écrit dans *La Peur en Occident* et dans *Le Péché et la peur* sur l'importance des figurations macabres et infernales aux XIVe-XVIe siècles, mais seulement mettre l'accent sur la nécessaire contrepartie[33] que l'art et la piété du temps apportèrent à un discours psychologiquement déstabilisant. La focalisation sur Marie protectrice des humains angoissés, porte du paradis et reine du ciel, grâce à l'Annonciation acceptée et au mystère de Noël, fut le principal antidote à une « pastorale de la peur » dont on ne doit pas sous-estimer le poids historique.

Insister sur l'atmosphère paradisiaque de Noël et sur l'environnement angélique placé autour de Marie et de l'enfant divin entre le XIVe et le XVIe siècle, c'est aussi rencontrer la problématique naguère soulevée par Philippe Ariès à propos de la montée en Occident du « sentiment de l'enfance ». Depuis la première édition, en 1960, de son ouvrage profondément novateur, *L'Enfant et la vie familiale sous l'Ancien Régime,* les historiens et l'auteur lui-même ont nuancé ou corrigé plusieurs affirmations initiales et distingué davantage « affection pour les enfants » et « sentiment de l'enfance ». Il est apparu aussi que celui-ci s'était déjà exprimé avant l'« automne du Moyen Âge »[34], qu'il n'a pas forcément suivi un parcours rigoureusement linéaire[35] et, enfin, que son contenu est difficile à définir.

Mais comment ne pas penser que l'exaltation de Noël par l'image et par le chant et la place nouvelle accordée à Marie — tantôt en adoration devant son divin bébé, souvent représenté nu, tantôt assise sur un trône de gloire avec l'enfant Jésus sur les genoux, mais dans les deux cas située dans un contexte paradisiaque — ont à la fois traduit et renforcé une plus grande attention à l'enfance, du moins à un certain niveau culturel? Cette question, qui appelle une réponse positive, rejoint une remarque récente, présentée cette fois à propos de l'histoire des pères. Selon le médiéviste Didier Lett, en effet, « les plus beaux témoignages [médiévaux] de tendresse paternelle proviennent de l'Italie des deux derniers siècles du Moyen Âge[36] ».

Or ce regard sur l'enfance s'est progressivement laïcisé. La Renaissance, par son attirance vers le réel (en reprenant d'ailleurs le thème gothique de Marie jouant avec son bébé), comme la Réforme tridentine par sa volonté de mieux distinguer le ciel et la terre, conduisirent à l'abandon graduel d'une iconographie qui imbriquait trop les deux espaces. Les anges de Noël regagnèrent peu à peu le ciel, emportant avec eux leurs luths et leurs violes. Marie et son nouveau-né durent choisir entre le trône de gloire du paradis et la vie au niveau des humains. Jésus, devenant un bébé comme les autres, aima se blottir contre sa mère *(Vierge du Grand Duc)*, s'amuser avec une fleur ou un oiseau *(Vierge au chardonne-*

ret), passer un anneau au doigt de sainte Catherine. La Nativité de Jésus et la première enfance de celui-ci devinrent des scènes de la vie quotidienne. Dans l'*Adoration des bergers* de Jacopo Bassano († 1592, Venise, Académie), dans celles de Barocci († 1612, Milan, Ambrosiana), de Ribalta († 1628, musée de Bilbao) et, bien entendu, de La Tour († 1652, Louvre et Rennes), l'adoration de l'enfant divin a lieu en l'absence des anges. Au même moment, la peinture hollandaise du XVIIe siècle faisait une large place aux enfants dans ses évocations de la société du temps. Cette laïcisation écartait le ciel de la terre. Nous y reviendrons.

CHAPITRE XVII

Horizontalité et verticalité

Horizontalité et immobilité

La descente des anges sur la terre, notamment au moment de Noël, établissait une circulation verticale entre l'au-delà et l'ici-bas que la fin du Moyen Âge se plut à souligner. C'est une invitation pour nous à approfondir, d'abord en remontant le temps, la signification et l'évolution de cette insistance sur la verticalité. C'est aussi un nouveau chemin pour pénétrer dans les changements que la représentation du paradis a subis au cours de l'histoire occidentale.

Une forte tension entre horizontalité et verticalité a traversé au cours des âges l'iconographie paradisiaque. Devant le polyptyque ouvert de Gand, nous voyons certes deux étages, celui de l'agneau mystique vers lequel convergent les élus et celui, au-dessus, que domine le Seigneur assis sur un trône de gloire. Néanmoins, la dominante horizontale s'impose au regard. Il s'agit pour le spectateur de deux bandes longitudinales superposées, et dont on a pu penser que, n'étant pas à la même échelle, elles ne sont pas parfaitement raccordées entre elles. La prairie édénique de l'étage inférieur se déploie devant nous, presque à portée de main. Nous sommes nous-mêmes au niveau du paradis.

On éprouve la même impression devant le *Couronnement de la Vierge* peint par Giovanni dal Ponte (1367-1437) et conservé à Chantilly. Tout se passe comme si nous assistions de près à la scène. Jésus qui pose la couronne sur la tête de sa mère, saint Pierre, saint Jean-Baptiste et les autres personnages ne sont pas situés dans un lointain inaccessible. N'était une crainte respectueuse, liée au thème évoqué, on pourrait toucher le manteau de Marie ou la clé de saint Pierre.

On pourrait multiplier de tels exemples. Arrêtons-nous encore devant un *Couronnement de la Vierge*, miniature célèbre, et à juste titre, de Jean Fouquet pour les *Heures d'Étienne Chevalier* (avant 1460, Chantilly). Une architecture à l'italienne abrite les trois trônes du Dieu en trois personnes. Deux d'entre elles sont assises, mais la troisième, Jésus, a descendu les quelques marches qui séparent les sièges divins du pavement de marbre sur lequel Marie — visage doux et recueilli, longue chevelure blonde, cape bleu nuit à filets d'or — est agenouillée. Mains jointes, elle reçoit la couronne que son Fils dépose avec tendresse sur sa tête. Des rangées d'anges rouges, orange et bleus, sagement alignés en bandes horizontales superposées, assistent au spectacle, bras croisés sur la poitrine. La tête de Marie est au niveau du regard : le spectateur supposé se trouve comme à l'intérieur du palais paradisiaque. Il n'a pas besoin de lever la tête pour assister à la plus belle des fêtes que puissent voir des yeux humains.

L'Apocalypse d'Angers est peut-être l'exemple le plus frappant d'un parti d'horizontalité appliqué à des « visions » qui auraient dû inviter plutôt à privilégier la verticalité. Certes, il s'agissait ici d'évoquer une multitude de scènes qu'il fallait en quelque sorte additionner les unes aux autres. En outre, le support de l'image entra en ligne de compte pour contraindre à cette préférence pour l'horizontal, car cette tapisserie, la plus longue jamais réalisée, couvrait cent trente mètres, et était articulée en six pièces relatant les quatre-vingt-quatre épisodes de l'Apocalypse. Quoi qu'il en soit de ces contraintes, observons comment est placé saint Jean par rapport aux scènes eschatologiques qu'il a le privilège exceptionnel de regarder. Il n'est pas situé en bas, les yeux tendus vers le haut. Au contraire, il est le plus souvent logé dans une sorte de « guérite » gothique, à droite ou à gauche, mais au niveau de la vision évoquée, qu'il s'agisse du trône de Dieu, de l'agneau entouré des quatre animaux et des vingt-quatre vieillards ou de la Jérusalem céleste.

Ce cas extrême est éclairant dans la mesure où il révèle que l'art chrétien a assez souvent préféré l'horizontalité pour la représentation de scènes extraterrestres. Pour nous en convaincre, regardons à nouveau l'image de l'*Ecclesia*, autrement dit la Jérusalem céleste, que propose le sacramentaire de Fulda conservé à l'université de Göttingen[1]. L'agneau divin est, certes, figuré au centre d'un cercle placé en haut de la composition, mais cette illustration du xe siècle est nettement plus large que haute. Les anges, les saints de l'Ancien et du Nouveau Testament et les moines de saint Benoît, alignés sur quatre bandeaux superposés, pierres vivantes de la cité d'en haut, signifient, écrit Hélène Toubert, « l'Église saisie dans sa totalité et dans l'intemporel[2] » et aussi hors espace. Il existe, assurément, une hiérarchie parmi les habitants de la Jérusalem définitive : d'où l'étagement en quatre rangées. Mais l'accent porte plutôt sur la globalité harmonieuse que les anges et les élus forment autour de l'agneau, tous connaissant dans la contemplation de celui-ci la plus grande des joies dans une parfaite unité.

Le Jugement dernier a souvent fourni l'occasion d'évocations eschatologiques dans lesquelles prédomine l'horizontalité. Celle-ci découle du texte de saint Matthieu qui place les élus à la droite du souverain juge et les réprouvés à sa gauche. Si, dans une sorte de musée virtuel, on dispose côte à côte le tympan de Conques, la chaire de Nicola Pisano à Sienne, la fresque d'Orcagna au Campo Santo de Pise et le retable de Van der Weyden qu'on ouvrait pour la messe à l'hôtel-Dieu de Beaune, on éprouve la même impression d'un espace paradisiaque plus large que haut. En outre, la représentation de la résurrection des morts place logiquement à un même niveau — celui de la sortie du tombeau — les élus et les damnés.

Voici encore deux fresques (du XIIIe siècle) consacrées au Jugement dernier et qui se ressemblent beaucoup : l'une de Pietro Cavallini à Santa Cecilia de Rome, l'autre, anonyme, à Santa Anastasia, la plus grande église de Vérone. Les deux peintres ont adopté le même parti à dominante horizontale : le Jugement se déroule sur deux longs bandeaux superposés. Au niveau supérieur se tient le Sauveur dans une mandorle, entouré de Marie, de Jean-Baptiste et des douze apôtres, assesseurs du juge, qui sont assis, immobiles. À l'étage inférieur, les anges répartissent les ressuscités en deux groupes symétriques, les élus et les damnés.

Les constatations précédentes ne se veulent pas schématiques. Même là où l'horizontalité domine, la verticalité, bien sûr, n'est pas absente. Elle souligne toujours, à Conques, à Pise, à Beaune, à Santa Cecilia de Rome ou à Santa Anastasia de Vérone, la place éminente du Christ juge. Beaucoup de compositions présentant des registres superposés voulaient à l'évidence inviter le regard à se déplacer de bas en haut. Néanmoins, il n'est pas inutile de mettre en relief, dans le prolongement des remarques sur le thème du Jugement dernier, la propension de nombreux artistes du Moyen Âge à peupler la verticalité paradisiaque d'anges et d'élus pieusement rangés, immobiles et passifs dans des bandeaux horizontaux. Les mosaïques de Torcello (XIIe-XIIIe siècle) évoquant le *Judizio universale* et la fresque de Giotto dans la chapelle Scrovegni de Padoue (début du XIVe siècle) consacrée au même sujet sont à cet égard révélatrices. Toutes deux alignent de bas en haut des bandes horizontales qui comprennent aux étages supérieurs des personnages symétriquement disposés par rapport au Christ. Dans ces deux œuvres, les apôtres sont assis sans bouger à droite et à gauche de

Jésus. À Torcello, au sommet de la composition, deux grands anges figés encadrent la résurrection du Sauveur. À Padoue, quelques anges déploient des oriflammes, mais tous les autres sont alignés sur sept rangs et groupés par paquets bien distincts, séparés les uns des autres. La statique l'emporte sur la dynamique[3].

C'est sans doute dans l'espace orthodoxe que la division du paradis en bandes horizontales superposées a atteint son expression la plus frappante. On en retiendra ici comme preuve les fresques (peintes en 1582) qui couvrent à l'extérieur l'abside de l'église monastique de Sucevita, en Roumanie. Sur six longues rangées disposées les unes au-dessus des autres est figurée l'Église triomphante, représentée dans la « prière des séraphins et des saints » — prophètes, martyrs, apôtres, etc. Souvent habillés de rouge sur fond bleu, anges et saints peuplent l'éternité en ne laissant aucun espace libre autour de l'abside du sanctuaire. Si les anges et les prophètes des deux bandeaux supérieurs disposent de quelque liberté de mouvement, en dessous, les bons élèves de l'Église sont figés à l'intérieur de rectangles juxtaposés. La même disposition en bandes superposées se retrouve dans une icône du XVIIe siècle conservée au mont Athos et consacrée à l'évocation de « tous les saints ». Ceux-ci — anges et humains — sont symétriquement disposés par rapport au Pantocrator. Le ciel est constitué ici de sept étages surmontés du firmament étoilé, mais l'attention du fidèle se porte d'abord sur les stricts alignements horizontaux où prennent place les bénéficiaires de la Toussaint[4].

Les œuvres que nous venons de mentionner et beaucoup d'autres conçues dans le même esprit présentent toutes les anges et les saints en situation de passivité et d'immobilité. Pourquoi bougeraient-ils? Ils sont pénétrés de bonheur. Que peuvent-ils désirer d'autre? Ils voient Dieu. Or la joie du ciel, c'est de voir Dieu[5]. Cette immobilité renvoie à une doctrine, à la fois théologique et physique[6], qui affirmait que la perfection réside dans le fixe et le stable et l'imperfection dans le mouvement et le changeant : le ciel supérieur était le lieu de la stabilité éternelle. Dans un paradis ainsi conçu, on ne bouge pas, on contemple. L'accent sur l'horizontalité découlait de l'immobilité dans la contemplation. La spiritualité orthodoxe enseignait que la perfection de l'ascèse est l'impassibilité. Celui qui est délivré de ses passions a acquis cette « bienheureuse impassibilité ». Les changements extérieurs et les mutations du monde ne l'atteignent pas. Il a échappé au mouvement. Aucun bruit ne peut plus troubler les profondeurs de son âme. Telle est bien la situation des anges et des élus que rien ne vient distraire au paradis de la vision béatifique. En Occident aussi, les théologiens étaient persuadés que « le salut est dans le repos[7] ».

Le regard vers le ciel

Un des plus grands paradis de l'histoire de la peinture se trouve dans le palais des Doges à Venise. C'est une toile gigantesque de vingt-deux mètres sur sept, réalisée sous la direction du Tintoret, alors âgé de soixante-dix ans, pour la salle du Grand Conseil dont elle recouvre tout le fond. L'architecture des lieux imposait un cadre horizontal. Mais l'art du Tintoret consista à le faire éclater. Il introduisit dans le ciel des mouvements ascendants et entoura Jésus accueillant Marie au plus haut des cieux d'auréoles concentriques d'anges et d'élus. En même temps, il remplit le paradis d'une multitude d'habitants, de sorte que le visiteur qui entre dans la salle du Grand Conseil est d'abord frappé par le spectacle d'une immense foule dansant une sorte de ronde autour du Sauveur et de sa mère.

Saluons cette œuvre magistrale comme un témoin significatif dans l'évolution des représentations paradisiaques. À l'époque du Tintoret, l'Occident avait abandonné les images statiques — et un peu archaïques — de l'au-delà pour leur préférer le dynamisme et les mouvements ascensionnels. Essayons de retrouver leur origine.

Depuis l'Ancien Testament, le regard des croyants était dirigé vers le ciel, demeure de Dieu. Le psaume 115 (16) dit : « Les cieux sont les cieux de Yaweh, mais il a donné la terre aux fils d'Adam. » L'espérance d'Isaïe (63, 19) s'exprime par la formule : « Ah, si tu déchirais les cieux et si tu descendais ! » À cet appel répond le psaume 18 (7-11) :

> Dans ma détresse, j'ai appelé le Seigneur
> et j'ai crié vers mon Dieu.
> De son temple il a entendu ma voix;
> le cri jeté vers lui est parvenu à ses oreilles [...].
> Il déplia les cieux et descendit,
> un épais nuage sous les pieds.
> Sur le char du chérubin il s'envola,
> planant sur les ailes du vent.

Le Nouveau Testament confirme que le ciel est la demeure de Dieu. Jésus apprend à ses disciples à prier ainsi : « Notre Père qui es aux cieux, fais connaître à tous qui tu es » (Mt 6, 9). Il assure à Nicodème : « Nul n'est monté au ciel sinon celui qui est descendu du ciel, le Fils de l'homme » (Jn 3, 13). Auparavant, il avait prophétisé à Nathanaël : « En vérité, en vérité, je vous le dis, vous verrez le ciel ouvert et les anges de Dieu monter et descendre au-dessus du Fils de l'homme » (Jn 1, 51). Au grand prêtre qui lui demande s'il est le Messie le Christ répond : « Tu le dis. Seulement, je vous le déclare, désormais vous verrez le Fils de l'homme siégeant à la droite du Tout-Puissant et venant sur les nuées du ciel » (Mt 26, 64).

Saint Luc achève son Évangile en écrivant (24, 51) : « Or, comme il les bénissait, il [Jésus] se sépara d'eux et fut emporté au ciel. » Dans les Actes des apôtres (7, 56) il place dans la bouche d'Étienne qu'on va lapider l'affirmation : « Voici que je contemple les cieux ouverts et le Fils de l'homme debout à la droite de Dieu. » Saint Paul assure aux Philippiens (3, 20-21) : « Notre cité, à nous, est dans les cieux, d'où nous attendons, comme sauveur, le Seigneur Jésus-Christ qui transfigurera notre corps humilié pour le rendre semblable à son corps de gloire. » Enfin, l'auteur de l'Apocalypse voit « la cité sainte, la Jérusalem nouvelle, qui descendait du ciel d'auprès de Dieu » (21, 2). Un peu plus loin dans ce livre (22, 16), Jésus se qualifie lui-même d'« étoile brillante du matin ». La Bible a donc fortement invité à regarder vers le ciel. La littérature et l'art chrétiens n'ont pas manqué de répondre à cette invitation.

À l'instar de l'Apocalypse, les autres récits de visions confirmèrent que le ciel est bien le séjour de Dieu. On n'a que l'embarras du choix parmi les textes que nous avons cités dans les chapitres 4, 5 et 6. Hénoch est « déposé à la frange des cieux ». L'*Apocalypse de Pierre,* évoquant la scène de la Transfiguration, assure que « le ciel était ouvert » devant l'apôtre. L'*Apocalypse de Paul* nous entraîne dans un mouvement ascensionnel vers les cieux successifs. Le martyr carthaginois Saturus et ses compagnons sortent, au cours de leur vision, « de l'atmosphère de notre planète ». Scipion, lors de son célèbre songe, avait été transporté à une hauteur d'où il pouvait « contempler les sphères », et, de même, saint Augustin monte par une ascension vertigineuse jusqu'« à la région d'inépuisable abondance ».

Le Moyen Âge continua sur cette lancée. Le moine Salvi « est transporté dans les hauteurs des cieux ». L'anachorète Baldarius vole au-dessus des astres pour atteindre le sommet d'une très haute montagne. Une trajectoire ascensionnelle permet à Barontus et au moine de Wenlock d'apercevoir au loin la Jérusalem céleste. Orm est enlevé par l'archange saint Michel dans les espaces sidéraux au-dessus du soleil, de la lune et des étoiles pour parvenir aux portes du ciel. Tnugdal traverse des murs successifs — d'argent, d'or et de pierres précieuses — pour apercevoir enfin du haut du dernier mur les neuf chœurs angéliques. Élisabeth de Schönhau, ravie hors d'elle-même, se voit « ouvrir les portes du ciel » et aperçoit alors les vierges, le trône de Dieu et l'agneau immaculé. Mechtilde de Magdebourg fait la même expérience : « Le ciel s'ouvrit devant elle. Elle tomba en arrêt et elle vit le trône de Dieu. » Quant à Brigitte de Suède, elle eut la révélation que « le soleil et la lune, avec les autres planettes et estoiles, tous les cieux avec leurs mouvements retentissaient d'une douce harmonie ». La vision dont bénéficia, selon *La Légende dorée*, le « coutre » de Saint-Pierre de Rome entre en résonance avec les précédentes. L'accueil de Marie par son divin Fils « assis sur un trône élevé » a évidemment lieu au plus haut des cieux.

Le mouvement ascendant depuis la terre jusqu'au domaine de Dieu a été exprimé en images par plusieurs textes bibliques. On songe d'abord à la postérité issue de Jessé, le père de David. Isaïe (11, 1) avait prophétisé : « Un rameau sortira de la souche de Jessé, un rejeton jaillira de ses racines. » Saint Paul le confirma aux Juifs d'Antioche de Pisidie : « C'est de sa descendance [de Jessé] que Dieu, selon sa promesse, a fait sortir Jésus, le sauveur d'Israël » (Ac 13, 23). L'arbre généalogique de David, précisé par ailleurs dans le livre de Ruth (4, 22), et celui de Jésus furent complétés par les évangélistes Matthieu (1, 1-16) et Luc (3, 23-38), le premier en remontant jusqu'à Abraham, le second jusqu'à Adam. Cet arbre, dans l'esprit des évangélistes puis dans la pensée de ceux qui le reproduisirent en images, symbolisait à la fois l'incarnation de Dieu dans l'histoire et, grâce au Rédempteur issu de Jessé et de David, l'assomption finale de l'humanité au ciel de l'éternel bonheur.

Cette double symbolique explique sans doute le succès iconographique que connut l'arbre généalogique du Christ. C'est le thème d'une des plus belles illustrations de l'*Hortus deliciarum*[8]. Elle a pour titre *Dominus Deus plantator,* car c'est Dieu lui-même qui « plante » l'arbre vertigineux qui monte depuis Abraham jusqu'à Joseph. Entre eux deux, des branches stylisées encadrent six rangées de têtes, correspondant aux trente-huit noms énumérés par Matthieu. Quatorze têtes sont couronnées : ce sont les rois, de David à Josias. Au-dessus de la sixième rangée, Joseph se détache, isolé. Au-dessus encore, encadrée de belles branches, apparaît Marie dans l'attitude de l'Église en prière. Elle est surmontée par un calice floral, d'où émerge le Christ. Enfin, l'auréole de Jésus supporte en son sommet celle de la colombe du Saint-Esprit.

Dans les longues branches vrillées de l'arbre, qui s'étendent à droite et à gauche, sont figurées diverses catégories de membres de l'Église : patriarches, prophètes, rois, princes, évêques, clercs et — ô surprise ! — des Juifs, placés au même niveau que les gens d'Église et reconnaissables à leurs chapeaux pointus. Toute la composition se veut ascendante. Le lecteur est invité à regarder dans la direction du ciel, qu'un ange montre du doigt à Abraham en lui disant : « Compte les étoiles si tu le peux. »

Plus fréquente que la figuration de la généalogie du Christ depuis Adam ou Abraham fut celle de son ascendance depuis Jessé. Celui-ci est représenté couché et endormi. De son ventre, de sa poitrine ou de sa tête s'élance un tronc dont chaque ramification porte un ancêtre de Jésus, des prophètes qui désignent le Sauveur prenant éventuellement place sur des rameaux latéraux. Au sommet apparaissent Marie, puis Jésus, celui-ci surmonté de la colombe du Saint-Esprit. Au XVIe siècle, on aimera placer en haut de l'arbre la Vierge tenant son enfant : c'est le cas, par exemple, à l'église Sainte-Madeleine de Troyes (verrière de 1510) [9].

L'arbre de Jessé a souvent été représenté au cours du Moyen Âge. Il apparaît déjà sur une enluminure du IXe siècle (Lorbach, *Codex aureus*), puis sur des miniatures des XIe et XIIe siècles : ainsi dans le psautier de Chantilly, exécuté en Angleterre au début du XIIIe siècle pour Ingeburge de Danemark, deuxième épouse de Philippe Auguste [10]. Surtout, il trouve dans le vitrail son espace idéal et son meilleur support lorsque Suger commande en 1144 un arbre de Jessé pour les verrières de Saint-Denis. Ce modèle est imité dès 1150 dans un des vitraux situés au-dessus du portail royal de la cathédrale de Chartres, où huit compartiments à fond bleu conduisent de bas en haut depuis Jessé allongé jusqu'au Christ en gloire que surplombe la colombe. Sur une verrière de 1215-1230 à Saint-Cunibert de Cologne, les ancêtres de Jésus sont remplacés par des scènes en rapport avec la Rédemption; elles aboutissent à une ascension du Sauveur entouré des sept dons du Saint-Esprit [11].

La fortune de l'arbre de Jessé dans le vitrail s'est prolongée jusqu'au XVIe siècle inclus, en particulier en Normandie et en Picardie (à Roye, Conches, Verneuil, Evreux, Rouen, Elbeuf, Beauvais). C'est à Beauvais, dans l'église Saint-Étienne, que le principal maître verrier français du XVIe siècle, Engrand Leprince, réalisa son chef-d'œuvre en 1522-1523. Or il s'agit précisément d'un arbre de Jessé, grande composition où l'artiste déploya pleinement, écrit André Chastel, « la liberté de son style fluide et sûr », « la hardiesse et la profonde harmonie de ses couleurs [12] ».

Le thème de l'arbre de Jessé, qui conduit le regard du sol où s'est endormi le père de David jusqu'au sommet du ciel où trône le Rédempteur, a donné lieu à de multiples figurations dans les différentes formes de l'art sacré d'Occident. On le voit sur des portails sculptés à Amiens, Chartres, Compostelle, Gênes ou Orvieto; sur de grands bas-reliefs à Gisors, Issoudun ou Chaumont; sur des stalles à Solesmes; sur des retables à Cracovie ou à Braga [13]; sur des maisons à colombages comme à Sens ou sur les pages illustrées de nombreux livres d'heures [14]. Cette trajectoire verticale suggérait la vocation de la communauté humaine dans son ensemble et celle de chacun de ses membres en particulier : le sens de l'histoire conduisait vers une destinée céleste.

L'échelle du ciel

Les thèmes ascensionnels sont le lot commun de beaucoup de religions[15], mais le christianisme leur a accordé une importance particulière. Pour s'en convaincre on n'a que l'embarras du choix dans les multiples traités de spiritualité qu'ils ont suscités. Dans le sillage du livre de Christian Heck, je ne citerai que quelques textes significatifs limités au temps des Pères de l'Église et au Moyen Âge. Grégoire de Nysse s'écrie : « Qui me donnera des ailes pour pouvoir m'envoler en esprit dans les hauteurs ? Ainsi je quitterai toute terre, je traverserai tout l'air qui s'étend dans l'intervalle, j'atteindrai les spendeurs de l'éther [...] et, étant sorti de tout ce qui est soumis au mouvement et au changement, j'atteindrai la réalité immobile qui meut et dispose tout ce qui existe[16]. »

Au XIIe siècle, Hugues de Saint-Victor pose la question : « Quand l'âme, élevée à des hauteurs sublimes, comprend sa propre mesure, reconnaît qu'elle est au-dessus du monde corporel, se porte par sa pensée vers la pensée du Créateur, que fait-elle d'autre que de tendre, après s'être purifiée, [...] vers la sérénité du ciel et vers le céleste silence[17] ? » Toujours au XIIe siècle, le théologien monastique liégeois Rupert de Deutz, commentant Jean 1, 51, explique : « Vous verrez tous les saints, soutenus et soulevés par le Fils de l'homme, montant vers Dieu, les enceintes des cieux leur étant ouvertes par la rédemption du Fils de l'homme[18]. »

La Divine Comédie est tout entière fondée sur le symbolisme de l'ascension et le « désir d'être là-haut », car « la race humaine [est] née pour monter au ciel » (*Purgatoire,* ch. XII, v. 95) et « nous sommes des vers nés pour former l'angélique papillon qui vole sans écrans vers la justice » (*Purgatoire,* ch. X, v. 124-126)[19]. Du fond du purgatoire jusqu'au paradis terrestre, puis de celui-ci jusqu'à l'empyrée, le parcours de Dante et de ses guides successifs — Virgile, Béatrice et saint Bernard — est une ascension vers la rose céleste où les bienheureux apparaissent avec les corps dont ils seront revêtus au Jugement dernier.

Certes, pour le mystique qui s'abandonne à Dieu, la distance de la terre au ciel disparaît dès maintenant : c'est ce que proclame une des *Laudi* de Jacopone da Todi : « Depuis que Dieu a ma volonté je suis possesseur de toute chose. Mes ailes ont tant de plumes : de terre au ciel n'ai distance[20]. » Mais pour la plupart des humains l'ascension vers le paradis est comparable à la longue montée d'une échelle qui s'appuie mystérieusement sur une réalité invisible : le ciel. C'est ce qu'exprime le songe de Jacob rapporté par la Genèse (28, 10-19) :

> Il eut un songe : voici qu'était dressée sur terre une échelle dont le sommet touchait le ciel; des anges de Dieu y montaient et y descendaient. Voici que le Seigneur se tenait près de lui et lui dit : « Je suis le Seigneur, Dieu d'Abraham ton père et Dieu d'Isaac. La terre sur laquelle tu couches, je la donnerai à toi et à ta descendance... » Jacob se réveilla de son sommeil et s'écria : « Vraiment, c'est le Seigneur qui est ici et je ne le savais pas. » Il eut peur et s'écria : « Que ce lieu est redoutable ! Il n'est autre que la maison de Dieu, c'est la porte du ciel. » [...] Il appela ce lieu Béthel, c'est-à-dire maison de Dieu.

Le songe de Jacob invitait à vivre du désir du ciel et servit de support à une spiritualité et à une iconographie placées sous le signe de la verticalité. On retrouva ensuite l'allégorie de l'échelle dans des textes célèbres, à commencer par la *Passion de Perpétue et Félicité*. Il y est dit que Perpétue dans une « vision » se trouve au pied d'« une échelle d'airain d'une hauteur extraordinaire », mais très étroite et garnie d'instruments de supplice. Au pied de l'échelle est couché un énorme dragon. Perpétue lui écrase la tête et s'en sert pour gravir le premier échelon et s'élancer vers le haut[21]. Christian Heck souligne avec raison que c'est « un texte majeur pour l'histoire du christianisme [...] et une source essentielle pour l'histoire de l'échelle céleste[22] ». Elle a été notamment diffusée par les sermons de saint Augustin[23] et par *La Légende dorée*[24].

Deux significations de l'échelle céleste

La symbolique de l'échelle céleste a été plurielle. On peut schématiquement lui découvrir dès maintenant deux grandes significations, l'une morale, l'autre eschatologique, qui parfois s'additionnent. La signification morale ou spirituelle est souvent liée au nom de saint Jean Climaque, « nouveau Moïse du Sinaï » qui composa vers le milieu du VIIe siècle une *Échelle sainte* ou *Échelle du paradis*, l'œuvre spirituelle la plus répandue dans le monde byzantin[25]. Ce traité, qui valut à son auteur le surnom de « Climaque » (échelle), est une pédagogie indiquant au moine comment monter graduellement au ciel par le détachement et la prière. Cette échelle spirituelle comprend trente degrés, nombre correspondant aux années de la vie du Christ avant son baptême. Le premier signifie le renoncement au monde, le trentième l'épanouissement suprême dans l'amour divin; et le lecteur est averti que « les saintes vertus ressemblent à l'échelle de Jacob[26] ».

L'Échelle sainte fut connue en Occident dès le XIe siècle (au Mont-Cassin) mais ne s'y diffusa vraiment qu'au XIVe. En revanche, on n'avait pas assez souligné avant le beau livre de Christian Heck que le thème de l'échelle céleste avait connu sa propre histoire dans la chrétienté latine : d'une part, de façon largement indépendante de la tradition orientale et, d'autre part, en revêtant des formes beaucoup plus variées que dans la chrétienté grecque.

S'agissant de la signification morale ou spirituelle de l'échelle, la règle de saint Benoît joua un rôle essentiel. Saint Benoît, qui la rédigea à la fin de sa vie († 547), y exhorte le moine à gravir les douze échelons de l'« échelle d'humilité » qu'il compare à celle « qui apparut à Jacob durant son sommeil, et par laquelle il voyait des anges descendre et monter » :

> Cette descente et cette montée, continue saint Benoît, signifient pour nous, sans aucun doute, que l'on descend par l'élèvement et que l'on monte par l'humilité.
>
> Cette échelle ainsi dressée, c'est notre vie en ce monde, que le Seigneur élève jusqu'au ciel, si notre cœur s'humilie.
>
> Les deux côtés de cette échelle sont, selon nous, notre corps et notre âme; et la grâce divine qui nous a appelés y a disposé divers échelons d'humilité et de vie régulière qu'il nous faut monter[27].

Le thème de l'ascension morale par degrés successifs se retrouve, entre autres, dans le *De gradibus humilitatis* de saint Bernard, commentaire de la règle de saint Benoît. Il a également inspiré la spiritualité rhénane du XIIe siècle, telle qu'elle s'exprime en particulier dans le *Scivias,* le *Speculum virginum* et l'*Hortus deliciarum.* Dans ce dernier ouvrage, peut-être partiellement influencé par le livre de saint Jean Climaque, l'échelle de Jacob est évoquée deux fois : d'abord dans la première partie qui relate les grands faits de l'Ancien Testament; ensuite, et avec plus de détails, dans la troisième partie, où il est indiqué :

> Cette échelle [ici de quinze barreaux entre le dragon en bas et la main divine qui couronne en haut] signifie l'ascension des vertus et le religieux exercice de la sainteté, qui permettent d'obtenir la couronne de la vie éternelle. Beaucoup s'appliquent à la gravir, mais, blessés par les flèches que lancent les diables, ils se désespèrent; séduits et tirés vers le bas par les soucis terrestres et leurs concupiscences, ils tombent misérablement, [leur restant toutefois disponible] le remède de la pénitence[28].

La signification morale de l'échelle céleste, très présente dans la littérature religieuse occidentale du XIIe siècle — chez Honorius d'Autun, Jean de Salisbury, Alain de Lille, etc. —, connaît un supplément de vitalité avec l'entrée en scène au XIIIe siècle des ordres mendiants et l'essor de la prédication en direction des laïcs. Elle s'exprime désormais, et durant toute la dernière partie du Moyen

Âge, dans des ouvrages qui eurent une diffusion relativement large : *Welsche Gast (Hôte étranger)*, *Somme le roi*, *Speculum theologiae*, *Bible moralisée*, *Pèlerinage de vie humaine* de Guillaume de Digulleville, *Scala coeli* du dominicain Jean Gobi, *Horloge de Sapience* de Suso, etc. De façon suggestive, Christian Heck oppose à cet égard Brigitte de Suède et Suso. La première voit une échelle dressée de la terre au ciel où se tiennent le Christ, la Vierge et les saints, mais elle affirme que la voie mystique est plus directe que l'échelle des théologiens. Suso enseigne au contraire, avec les Pères du désert, que seule la montée progressive des gradins de la vertu peut conduire au repos en Dieu[29].

Dans le discours chrétien, l'échelle a donc souvent figuré la difficile montée par degrés vers la vertu. Mais, sans contredire cette fonction, elle a aussi servi, au moins en Occident, à mettre l'accent sur les visions eschatologiques. L'Apocalypse y invite dès son premier chapitre : « Après cela je vis une porte ouverte dans le ciel et la première voix que j'avais entendue me parler, telle une trompette, me dit “Monte ici et je te montrerai ce qui doit arriver ensuite” »(4, 1). Les premières illustrations de ce verset où l'on voit Jean escalader l'échelle céleste datent des années 1270-1290. Plus tard, dans la grande *Apocalypse* flamande de la BNF (néerl. 3) du début du XVe siècle, cette scène est évoquée par un escalier, substitut de l'échelle, que gravit saint Jean, hissé par un ange qui le tire à deux bras. En revanche, dans ce même manuscrit et à propos du chapitre 7, l'échelle réapparaît, mais avec son sens moral : elle signifierait ici les vertus des douze tribus d'Israël[30].

La vision de Perpétue fait apparaître une échelle « d'une hauteur extraordinaire » garnie d'instruments de supplice, et dont un dragon semble interdire l'accès. Mais la jeune martyre écrase la tête du monstre et peut dès lors « s'élancer » vers le haut. Là, elle se trouve devant « un immense jardin » où l'accueille un berger bienveillant[31].

La victoire du salut étant acquise, c'est l'ouverture sur le bonheur paradisiaque qui est soulignée dans l'utilisation moins moralisante et plus eschatologique de l'image de l'échelle (ou de ses substituts). Christian Heck rappelle ce passage de *La Légende dorée* où l'on raconte que deux moines furent avertis de la mort de saint Benoît en voyant « une traînée de lumière, ornée de tapis et resplendissante d'une quantité innombrable de lampes, qui, partant de la cellule de saint Benoît, se dirigeait vers le ciel du côté de l'orient [...]. Il leur fut dit : “Voilà le chemin par lequel Benoît, l'homme chéri de Dieu, monte au ciel”[32]. »

La Légende dorée rapporte une autre histoire assez semblable au sujet de la mort de saint Dominique, décédé à Bologne : deux frères prêcheurs de Brescia virent le ciel s'ouvrir et deux échelles blanches en descendre jusqu'à terre. Au sommet se trouvaient Jésus et Marie, et les anges montaient et descendaient joyeusement. Un siège, situé en bas et sur lequel était assis le saint, fut hissé vers le ciel par Jésus et Marie qui tiraient les échelles « jusqu'à ce que le frère [saint Dominique] eût été élevé au ciel dont l'ouverture fut alors refermée[33] ». Plus tard, en 1441, sur les murs de l'hôpital de la Scala, à Sienne, Vecchietta représentera Marie faisant monter au ciel par une échelle les âmes des petits enfants décédés dans cet hôpital[34].

Dans tous ces cas, dont on pourrait allonger la liste, l'échelle n'est pas un parcours semé d'épreuves, comme pouvait l'être la passerelle étroite et périlleuse sur laquelle, selon plusieurs visions médiévales, doivent passer les humains avant d'accéder à la sécurité paradisiaque. Elle est le chemin de lumière des bienheureux en route — et déjà en toute sécurité — vers le lieu du bonheur éternel. C'est bien le sens qu'elle a dans *La Divine Comédie*. Parvenu dans le ciel de Saturne (celui des grands contemplatifs), le poète voit « d'une couleur d'or traversée de rayons, une échelle si longue vers le haut que le regard ne pouvait la suivre » (*Paradis*, ch. XXI, v. 28-30). Bientôt Dante rencontre l'âme de saint Benoît qui lui explique à propos de la plus haute sphère du ciel que « notre échelle arrive jusqu'à elle ; c'est pourquoi elle vole ainsi hors de ta vue. Jusque là-haut la vit le patriarche Jacob dresser sa partie supérieure, quand elle apparut si chargée d'anges » (ch. XXII, v. 68-72). Les références monastiques de Dante sont ici évidentes : saint Benoît est placé au bas de l'échelle et, au sommet, saint Bernard remplacera Béatrice comme guide vers l'empyrée. Néanmoins, cette échelle part du septième ciel et non de la terre. Nous sommes déjà au cœur de l'univers paradisiaque. Il n'est plus question d'acquérir de nouveaux mérites par l'ascèse. Le parcours initiatique a été accompli avant. L'échelle d'or relie entre eux les étages du ciel[35].

L'échelle de Jacob, tantôt dans son sens moral, tantôt dans son sens eschatologique et parfois avec les deux ensemble, a été jointe dans les textes et les images à des thèmes voisins — généalogie du Christ, psaumes (119 à 133) qui accompagnaient dans le judaïsme ancien la montée des pèlerins à Jérusalem, marches du Temple, montagne de la contemplation. L'Église lui a été comparée, car elle est posée sur la terre, mais sa tête est au ciel. Marie a été représentée comme une échelle puisque, faisant partie de l'humanité, elle est aussi la « porte du paradis ». La croix sur laquelle a été élevé le Sauveur a souvent fusionné avec l'échelle de Jacob. Enfin, dans le sillage de Boèce, on n'a pas manqué de représenter les arts libéraux comme une échelle dont les barreaux, disait Alcuin, permettent de « monter jusqu'au sommet de la perfection évangélique[36] ».

Le thème vertical de l'échelle a bien été omniprésent dans la spiritualité chrétienne de l'Occident médiéval. Il était plus que jamais à l'honneur à la fin du Moyen Âge et au début du XVIe siècle, avant de s'estomper ensuite. On le retrouve, entre autres, sur une peinture des environs de 1490 réalisée par l'école d'Avignon (maintenant au Petit Palais de cette ville). L'échelle est presque droite et comporte cinq anges. Jacob, la tête sur une pierre, dort au pied d'une grande falaise. À l'arrière-plan s'épanouit un joli paysage de montagnes et collines stylisées.

Plus impressionnante est la façade de l'église abbatiale de Bath reconstruite à la fin du XVe siècle ou au tout début du XVIe. Elle rappelle un rêve, comparable à celui de Jacob, dont bénéficia le fondateur de l'abbaye, Oliver King, évêque de Bath et de Wells de 1495 à 1503. Il avait vu en songe son ami Henri V ramener en Angleterre la paix et l'unité. Les deux tours de la façade occidentale sont décorées d'échelles à trente barreaux (référence silencieuse à saint Jean Climaque) que six anges de chaque côté gravissent allégrement. L'église abbatiale de Bath fut la dernière des grandes constructions religieuses anglaises de style perpendiculaire. Or, sur le large fronton triangulaire qui domine la haute verrière encadrée par les échelles, voici à nouveau des anges — une trentaine. Ils se meuvent dans l'espace céleste et chantent les louanges de Marie placée au sommet de la composition sculptée. Toute la façade est ainsi une invitation à regarder vers le ciel. On a aussi interprété l'échelle qui apparaît à l'arrière-plan de la *Melencolia I* de Dürer (1517) comme une allégorie de l'ascension vers le ciel.

Verticalité et eschatologie

On ne peut pas séparer la démarche religieuse du regard vers le ciel. Mais c'est particulièrement vrai, redisons-le, du christianisme et, plus précisément encore, du christianisme latin où l'Apocalypse a tenu tant de place. Entre mille exemples probants, retenons la façade occidentale de la cathédrale d'Angoulême, édifice commencé vers 1100. Georges Duby y voyait « une gigantesque composition d'entrée de ville, de triomphe impérial et de vision d'Apocalypse[37] ». Depuis le sol, le fidèle est invité à regarder vers le grand ovale où apparaît le Christ, bras ouverts. Au-dessus de Jésus triomphant, deux anges descendent de nuages stylisés. La mandorle est entourée par les symboles des quatre évangélistes. Sur le linteau et de chaque côté du portail, anges et prophètes pointent le doigt et dirigent leur tête vers le Sauveur. La verticalité prend ici une forte signification eschatologique.

On est invité à la même lecture par la « chapelle des Archanges » dans l'abbatiale romane, récemment restaurée, de Saint-Chef en Dauphiné — un exemple entre cent autres possibles, retenu ici parce que remarquable mais insuffisamment connu[38]. Cette chapelle est entièrement couverte de peintures du XIIe siècle représentant la cour céleste selon l'Apocalypse. À la clé de voûte, donc au plus haut des cieux, trône le Christ, le Livre sur les genoux, bras levés et mains ouvertes, accueillant les élus. Sur les quatre pans de la voûte se déploie la cour céleste. À droite et à gauche de Jésus sont les archanges dont les ailes semblent porter la gloire du Seigneur. Au pied de celui-ci, la Vierge, entourée d'anges, apparaît en orante. Sur le pan de voûte qui part de la tête du Christ, une ville aux murailles crénelées symbolise la Jérusalem céleste. Le mur situé en dessous est consacré à la figuration des élus qui attendent d'être admis dans la cité du bonheur éternel. Celui qui a conçu ce programme iconographique voulait, à l'évidence, diriger les regards vers les hauteurs du ciel où doit se réaliser dans sa plénitude la destinée humaine.

Le gothique accentua cette tendance. Il fut « une recherche de la verticalité initiatique[39] », écrit Georges Duby. L'heureuse combinaison de l'arc brisé et de la croisée d'ogives favorisa la construction d'églises plus élancées que celles des périodes antérieures. Dans l'esprit des théologiens du XIIe siècle, la nouvelle architecture permettait une meilleure symbolisation de la Jérusalem céleste et, grâce à la plus grande place donnée aux vitraux, une plus vive pénétration de la lumière divine à l'intérieur du sanctuaire créé par les hommes[40]. Les verrières de Saint-Denis et des églises gothiques postérieures voulaient « élever l'esprit du matériel à l'immatériel », selon la formule de Suger. Elles jouaient un rôle comparable aux pierres précieuses et multicolores de la Jérusalem d'en haut évoquée par l'Apocalypse. À Saint-Denis, la première grande création de l'architecture gothique, volonté de verticalité et recherche de la lumière furent deux objectifs conjoints. Les colonnes élancées, les voûtes d'ogives au profil mince et la « splendide variété de nouveaux vitraux » — c'est toujours Suger qui parle — firent que « toute l'église resplendit de la lumière merveilleuse et ininterrompue des fenêtres étincelantes qui rayonnent leur beauté à l'intérieur[41] ».

Goethe avait-il tort d'apercevoir dans le parti pris de verticalité du gothique « un caractère fantastique ou sublime » ? D'autres commentateurs du XVIIIe siècle opposèrent, fût-ce pour le regretter, l'« infini » et l'« illimité » auquel tendait le gothique à la sagesse de l'art grec qui savait se contenir dans des limites savantes et harmonieuses. Le gothique leur paraissait inachevé parce qu'il visait trop haut et qu'il était trop rempli de visions de l'autre monde. Les murs de plus en plus élancés et ajourés des églises de la seconde partie du Moyen Âge, la voûte de la cathédrale de Beauvais, la plus haute de France (48 mètres) mais qui s'écroula en 1284 et qu'il fallut reprendre, le style perpendiculaire anglais à partir du milieu du XIVᵉ siècle, l'élévation vertigineuse de la flèche de Strasbourg terminée en 1439 et la plus aérienne d'Europe (142 mètres) jusqu'au XIXᵉ siècle : autant de preuves que le gothique se voulait prière tendue vers le ciel, même si la compétition entre commanditaires de cathédrales poussa à quelques surenchères : c'était à qui construirait l'édifice le plus élevé.

Tandis que l'architecture poursuivait ses escalades, la peinture, l'enluminure et la gravure religieuses privilégiaient de plus en plus la verticalité et marquaient une prédilection pour les scènes ascensionnelles : montée au ciel ou transfiguration du Christ, assomption de Marie, Madone en gloire, etc. Quelques œuvres, retenues ici parmi beaucoup, sont significatives à cet égard. Vers 1485, le maître de la *Légende de sainte Lucie*, qui travaillait à Bruges, évoque « Marie, reine du ciel » (Washington, National Gallery) : tout à fait en bas, arbres, prairie, château et rivière marquent le niveau terrestre mais, sur une échelle verticale, ils ne remplissent pas plus du dixième de la composition. Le ciel occupe tout le reste et est peuplé d'anges aux vêtements somptueux, comme ceux de *L'Agneau mystique* de Gand. Les uns enlèvent Marie vers la Trinité qui, au sommet, l'attend pour la couronner; les autres chantent ou jouent de la musique. Si on oppose cette œuvre au *Couronnement de Marie* d'Enguerrand Quarton, de trente ans antérieur, on est frappé par le mouvement donné aux personnages célestes contrastant avec l'immobilité de ceux de Villeneuve-lès-Avignon. L'artiste de Bruges a fait porter l'accent plus sur l'Assomption que sur le couronnement. Les anges participent physiquement, mais avec grâce et légèreté, à la montée de Marie vers son haut séjour de gloire.

L'ascension du Christ, évoquée depuis longtemps déjà par les artistes[42], attire particulièrement ceux du XVᵉ siècle et du début du XVIᵉ, car elle invite à mettre en jeu des perspectives verticales de mieux en mieux maîtrisées. Dans le tableau de Mantegna (Florence, Offices), Marie et les apôtres contemplent du bas le Ressuscité qui s'éloigne de nuage en nuage au milieu de la mandorle dessinée par des angelots rouges. Pérugin (Lyon, musée des Beaux-Arts) reprend les mêmes éléments, notamment la mandorle et les angelots, mais il ajoute quatre anges musiciens à la hauteur du Christ, déjà dans le ciel, tandis que deux autres anges désignent du doigt le Sauveur qui rejoint son séjour de gloire. Évolution à souligner : la transfiguration de Jésus, à partir de Giotto et de Ghiberti, est de plus en plus traitée comme une ascension où le Christ plane dans les airs avec Moïse et Élie. C'est le parti adopté par Raphaël dans le tableau célèbre qu'il exécuta en 1518-1520 pour le futur Clément VII.

La grande *Trinité* de Dürer de 1511 (Vienne, Kunsthistorisches Museum), qui est aussi, comme il a été dit plus haut[43], une « Toussaint », illustre bien la volonté des artistes de la Renaissance d'intégrer des mouvements ascensionnels dans leurs représentations du ciel. Ici, la répartition des plans et la perspective à partir du groupe inférieur — celui des fidèles ordinaires, pape et empereur compris — conduit progressivement le regard de la terre jusqu'au plus haut des cieux. Toute la composition est conçue comme une apparition, au milieu des nuages, de la Trinité vers laquelle les yeux et les mains sont tournés. Au sommet, les robes et les ailes des anges annoncent déjà par leurs mouvements la vie intense et les vents célestes qui rempliront les paradis baroques.

Cette recherche de verticalité a quelque chose de paradoxal au moment où l'architecture de la Renaissance, renouant avec l'Antiquité, marque une préférence pour les lignes horizontales. Paradoxe apparent seulement, car la Renaissance, dans sa recherche de perfection, privilégie aussi la coupole. Or, avec la coupole la verticalité va s'affirmer à nouveau mais d'une autre façon. La science de la perspective maintenant acquise et la virtuosité dans la réalisation des trompe-l'œil permettront un renouvellement des images du paradis sur les coupoles et les voûtes des églises.

CHAPITRE XVIII

Le cercle et la coupole

« La figure parfaite de l'unité... »

Dans la cathédrale d'Ulm une figure des stalles du chœur, sculptée par Syrlin le Vieux en 1469, représente Ptolémée portant une sphère armillaire. Cette sculpture, de facture vigoureuse, confirme le grand intérêt porté à Ptolémée par la culture européenne du temps. Ses œuvres, dont le texte grec fut récupéré en Occident vers 1420, furent bientôt diffusées par l'imprimerie naissante et connurent de nombreux produits dérivés sous forme d'atlas et de cartes. L'humanisme, se situant à cet égard dans le sillage du Moyen Âge, est inséparable d'une cosmographie qui concevait l'univers comme un globe. Renforçant même la réflexion sur le cercle et la sphère, il en tira des conséquences philosophiques et religieuses. De cette réflexion sortirent des innovations architecturales qui, à terme, modifièrent la représentation du paradis.

Le très platonicien Nicolas de Cues († 1464), théologien et cardinal, écrivit : « Le cercle est la figure parfaite de l'unité et de la simplicité. Déjà [...] le triangle est un cercle. Ainsi la Trinité est-elle unité. Mais cette unité est infinie, comme le cercle infini [1]. » Ces formules éclairent et résument un long passé d'éloges du cercle. Les Anciens avaient construit des tombeaux et des temples de forme circulaire, dont certains étaient toujours visibles à l'époque de la Renaissance. L'art chrétien, à son tour, magnifia le cercle, comme en témoigne, entre autres, à Saint-Apollinaire-in-Classe de Ravenne, celui, tout rempli de lumière et d'étoiles, sur lequel se détache la croix victorieuse du Rédempteur, qualifiée de *salus mundi*.

Très révélatrice aussi de l'admiration continuée pour la forme circulaire est la planche de l'*Hortus deliciarum* consacrée à la Philosophie. L'enluminure se présente comme la rosace d'une cathédrale, avec un cercle central où la Philosophie est assise en reine, et une série de demi-cercles rayonnant autour. Du sein de la Philosophie jaillissent sept sources, « les sept arts libéraux qui ont pour auteur l'Esprit-Saint ». Sur le bandeau entourant le cercle intérieur on lit : « Moi, la Divine Philosophie, je gouverne toutes choses avec sagesse ; je dispose par sept les arts qui me sont subordonnés[2]. »

Pour l'abbesse Herrade, le cercle était l'image idéale pour signifier la totalité de la science et de la sagesse. Cette notion de totalité exprimée par la circonférence constitue une clé pour la lecture de nombreuses images chrétiennes. Ouvrons à nouveau l'*Hortus deliciarum.* Deux grandes images circulaires côte à côte, et renvoyant l'une à l'autre, évoquent respectivement les sacrifices de l'Ancien et du Nouveau Testament. Au centre de la première est figuré un homme à deux têtes, « Moïse et le Christ réunis en un seul », précise une légende. Il est assis sur un arc-en-ciel. Dix médaillons l'entourent, à l'intérieur desquels dix hommes offrent les animaux et les objets de sacrifice prévus par l'ancienne Loi. Le cercle symétrique du premier présente en son centre le Christ, roi et évêque, tenant la coupe eucharistique, qui est entouré, à son tour, de dix médaillons avec figures féminines : ce sont les vertus. C'est par elles qu'on accomplit la volonté divine, et non par des holocaustes[3]. L'histoire humaine est ainsi résumée par ces deux cercles riches de symboles, celui de la Loi mosaïque préfigurant celui de l'accomplissement évangélique. Les deux miniatures ont été réalisées à l'époque où l'art roman finissant multipliait les rosaces dans les sanctuaires. Elles furent reproduites peu après, avec quelques légères variantes, dans deux rosaces de la cathédrale de Strasbourg, au transept sud.

À propos de la rosace du bras sud du transept de Notre-Dame de Paris, Georges Duby parle de « synthèse de l'histoire terrestre et de la rotondité céleste par la fusion de la pierre et du verre[4] ». La totalité revêt ici une portée eschatologique. Les cercles qui la symbolisent ne renvoient pas à la roue de la Fortune ou à des cycles qui se répéteraient. Ils signifient au contraire un parcours unique parti de Dieu et aboutissant à lui au terme de l'histoire. À l'issue de celle-ci s'ouvrent pour les élus les portes du bonheur sans déclin.

Cette conception globale et harmonieuse du parcours de l'humanité, avec correspondance entre l'Ancien et le Nouveau Testament, a été à nouveau exprimée — un exemple entre beaucoup — par Fra Angelico, vers 1451-1453, sur un panneau de « l'armoire des vases sacrés » conservée au musée San Marco de Florence. Se référant à la vision d'Ézéchiel, le moine-artiste a presque entièrement rempli le panneau par deux cercles concentriques tournant autour d'un soleil. Le plus intérieur est réservé aux évangélistes et aux auteurs des Épîtres ; le plus extérieur aux douze prophètes. Autour du cercle le plus court on lit le début de l'Évangile de Jean *(In principio erat verbum...)* ; autour du plus grand, des extraits de la Genèse se rapportant à la création du monde. La totalité de l'histoire est ainsi inscrite à l'intérieur de deux circonférences concentriques tournant autour du soleil divin. La perfection du dessein de Dieu créateur et rédempteur ne pouvait être mieux symbolisée que par le cercle. D'où la coupole du narthex de Saint-Marc de Venise, dont les mosaïques (du XIIIe siècle) illustrent les premiers chapitres de la Genèse en trois cercles concentriques tournant autour d'un centre bleu et or.

Évoquons maintenant « la rose de la création », magnifique verrière réalisée à la cathédrale de Beauvais par l'atelier de Nicolas le Prince au milieu du XVIe siècle[5]. Au centre de la rose est le créateur, vêtu de vert et de rouge et ceint de la couronne impériale. Autour de lui se déploient deux cercles concentriques formés de pétales historiés qui racontent d'abord la naissance du monde, puis le péché, enfin la remontée à partir d'Abraham jusqu'à l'épisode de la manne dans le désert. Le cercle le plus intérieur est celui des créatures matérielles et animales; le plus extérieur, celui des anges et de l'aventure humaine. Le cycle monotone de l'éternel retour dont se contentaient les Anciens est désormais brisé. Le Christ, dont il faut deviner en filigrane la constante présence, a transformé la roue de la mort en rose de la vie. Celle-ci était aussi dans le *Paradis* de Dante le symbole de l'empyrée.

Symboliser l'achèvement et la perfection par le cercle ou l'arc de cercle était donc une façon d'évoquer la création et son épanouissement final dans l'au-delà. Aussi n'est-il pas abusif de deviner des allusions eschatologiques, souvent paradisiaques, dans de nombreuses œuvres d'art chrétiennes faisant appel aux formes circulaires : Créateur au-dessus du globe du monde, Juge trônant sur l'arc-en-ciel, Christ en gloire dans une mandorle — figure approchée du cercle —, anges des voussures se penchant pour voir le couronnement de Marie ou assister au grand Jugement, voûtes bleues semées d'étoiles d'or, rosaces consacrées à la création du monde, à la glorification de Marie ou peuplées d'anges musiciens et laissant déjà pénétrer dans le vaisseau de l'église — préfiguration de la Jérusalem céleste — les rayons merveilleux de la lumière éternelle.

Macrocosme et microcosme

La perfection du cercle a longtemps servi à évoquer et à expliquer la correspondance entre l'homme et le monde, le microcosme et le macrocosme : conception antique de l'homme comme abrégé de l'univers que le Moyen Âge transmit à la Renaissance. Proclus († 485), commentant le *Timée* de Platon, écrit : « L'homme est un microcosme et tout ce qui est dans le cosmos, sous forme divine et totale, se trouve partiellement dans l'homme[6]. » Si donc le monde est une sphère, l'homme, qui le résume, s'inscrit logiquement dans un cercle.

Revenons encore à l'*Hortus deliciarum*, dont une enluminure est intitulée *Microcosmus*. L'homme, présenté dans son état naturel, y est encadré par les quatre éléments : la terre, l'eau, l'air et le feu. Une légende précise que « sa tête est ronde comme la sphère céleste ; deux yeux y brillent comme les deux luminaires du ciel [le soleil et la lune] ; il s'y trouve sept ouvertures [yeux, narines, oreilles et bouche] correspondant aux sept harmonies de la sphère céleste[7] ». De façon concordante Hildegarde de Bingen, dans le *Liber divinorum operum simplicis hominis*, présente « l'homme au centre de l'univers ». L'une des magnifiques enluminures du manuscrit de la bibliothèque municipale de Lucques montre l'homme, bras ouverts, inscrit à l'intérieur de quatre cercles concentriques, symboles des quatre éléments, mais aussi à l'intérieur des sphères entourant la terre. De ces cercles partent des rayons qui atteignent le corps humain — justification de l'astrologie. Dieu a manifestement voulu que l'homme soit le centre du monde. Aussi bien le globe terrestre est-il ici figuré derrière le corps de l'homme par un cercle brun.

La correspondance entre l'homme et l'univers est encore affirmée dans le *De imagine mundi* d'Honorius d'Autun avec une netteté pédagogique. Dans deux chapitres qui s'enchaînent, respectivement consacrés à la « musique céleste », puis à l'« homme microcosme », il écrit :

> De la terre au firmament on compte sept tons : de la terre à la lune, un ton ; de la lune à Mercure, un demi-ton ; de Mercure à Vénus, un demi-ton ; et de là jusqu'au soleil, trois demi-tons ; du soleil à Mars, un ton ; puis un demi-ton de Mars à Jupiter ; de celui-ci à Saturne, un demi-ton ; enfin trois demi-tons de là jusqu'au ciel des étoiles fixes, Soit sept tons en tout. Chaque ton correspond à 15 625 milles et chaque demi-ton à 7 812,5 milles [...]
>
> De même que notre monde est caractérisé par sept tons et notre musique par sept voix, de même l'assemblage de notre être résulte de sept conjonctions — le corps avec les quatre éléments, l'âme avec les trois forces — que la nature harmonise à la façon de l'art musical. Aussi l'homme est-il un *microcosme*, c'est-à-dire un petit univers, puisqu'il se révèle en harmonie avec la musique céleste par la consonance des nombres[8].

La Renaissance reprit à nouveaux frais cette doctrine. Les intervalles, évalués en tons et demi-tons, entre la terre, la lune, le soleil, les planètes et le ciel des étoiles fixes apparaissent à nouveau dans la *Practica music*e de Franchino Gafurio (1496)[9]. Léonard de Vinci affirme que « l'homme est le modèle du cosmos » et Charles de Bovelles, disciple de Lefèvre d'Étaples, écrit en 1509 : « Si l'homme est un microcosme, il faut qu'il soit dirigé et éclairé par autant de lumières [...] que nous apercevons de lampes évoluant en chœur autour du macrocosme [...]. Or la nature a dans le macrocosme allumé sept lampes [le soleil, la lune et les cinq planètes connues à l'époque] [...]. Nature a donc accordé à l'homme sept luminaires, pas un de moins dans le même ordre[10]. » C'est ce qu'enseignait l'*Hortus deliciarum.*

La représentation de l'être humain, bras étendus, à l'intérieur d'un cercle connut donc un regain de fortune à l'époque de la Renaissance lorsque les théoriciens de l'art voulurent renouer avec les canons esthétiques des Anciens et exaltèrent la symbolique des nombres. L'attestent, entre autres, les dessins de Léonard de Vinci et de Dürer. Vitruve avait précisé dans son *De architectura,* un des bréviaires des XVe et XVIe siècles, comment l'homme de proportions normales s'inscrit dans un cercle. Léonard reproduisit une traduction italienne — d'ailleurs fautive — de ce texte et l'illustra par le dessin (Venise, Académie) qui, depuis, a été mille fois reproduit. Quant à Dürer, il laissa inachevé à sa mort un *Traité des proportions du corps humain* dans lequel il se demandait comment l'artiste doit s'y prendre pour œuvrer de la même façon que la nature. Pour l'un de ses croquis, il s'est servi d'un cercle centré sur le nombril d'un homme afin de déterminer les longueurs des membres. À l'époque, commentait André Chastel, « des efforts presque absurdes furent accomplis pour fixer la mesure des figures, c'est-à-dire le canon des proportions et [...] surtout les relations numériques définies [...] par le rapport de chaque membre [du corps] avec la tête prise comme unité[11] ». C'est avec raison que le franciscain et mathématicien Luca Pacioli, ami de Piero della Francesca et de Léonard de Vinci, nous apparaît comme une figure emblématique de la Renaissance italienne. Imbu de philosophie pythagoricienne et platonicienne, il s'occupa de la géométrie des corps simples, étudia l'harmonie des nombres ainsi que leur application aux proportions du corps humain et donna dans le *De divina proportione* (1509) la définition de la proportion dorée.

L'importance accordée aux formes circulaires se maintint durant toute la Renaissance. Alberti avait affirmé dans le *De re aedificatoria* : « Des productions de la nature il ressort clairement qu'elle préfère la forme ronde puisque nous voyons que telles sont ses œuvres

— globe terrestre, étoiles, etc.[12]. » Trois quarts de siècle plus tard, Serlio, au cinquième livre de son *Architettura,* confirma : « Parce que la forme ronde est la plus parfaite de toutes, je commencerai par elle », ajoutant plus loin : « Après les rotondités parfaites, les formes ovales approchent plus de la perfection[13]. » Auparavant il avait écrit :

> Parmi les monuments antiques que l'on voit à Rome, j'estime que le Panthéon constitue l'ensemble le plus beau, le mieux intégré et le mieux distribué. S'il surpasse les autres, c'est parce que, pourvu de nombreux membres, tous s'harmonisent si bien avec l'ensemble que quiconque s'avise de cette correspondance en demeure satisfait. Et cela vient de ce que le sage architecte qui en fut le créateur a choisi la forme la plus parfaite, celle de la rotonde[14].

Plus fermement encore, Palladio assurait :

> Nous qui n'adorons pas de faux dieux, nous ne sommes pas contraints d'adapter la forme des temples à leur usage [allusion aux bâtiments rectangulaires]. C'est pourquoi nous élirons la forme la plus parfaite, la plus excellente, comme étant la rotonde ; car, seule parmi les figures, elle est simple, uniforme, égale, et, si nous le pouvons, nous ferons des temples ronds. Cette figure leur convient parfaitement, car elle s'enferme sur elle-même. On ne peut trouver en elle ni commencement ni fin ; toutes les parties sont semblables entre elles ; chacune participe au tout. Enfin chaque partie est à la même distance du centre et ainsi démontre l'Unité, l'Essence infinie, l'Uniformité et la Justice de Dieu[15].

Dessin révélateur de cette philosophie architecturale : une étude graphique de Walter Rivius consacrée en 1558 à la très gothique cathédrale de Milan la présente inscrite dans un cercle, surmonté, il est vrai, par le triangle de la flèche[16].

L'harmonie des proportions et l'église à plan central

Selon l'esprit de la Renaissance italienne, les formes circulaires pouvaient mieux que toutes les autres réaliser l'harmonie des proportions qui constituait pour les artistes du temps l'exigence suprême. Le *De re aedificatoria* d'Alberti, un livre fondateur, apporta une définition de la *concinnitas* — l'harmonie — qu'il faut ici rappeler : « La beauté est cette harmonie raisonnée de toutes les composantes d'un corps que toute addition, suppression ou changement compromettrait[17]. » C'est la *concinnitas* qui donne à l'architecture « honneur, prix, autorité et valeur[18] ».

Une telle conception privilégiait le calcul mathématique des proportions par rapport à la décoration, sculptée ou peinte, et éliminait les surcharges au profit de la pureté des lignes. L'esthétique définie par Platon et remise en honneur par Marsile Ficin enseignait que le beau ne provient pas d'agréables décorations mais de la mise en œuvre de règles et de proportions strictes. Platon avait déclaré dans le *Philèbe* (51 c) : « Par beauté des formes [...] je parle de lignes droites et circulaires et des surfaces et formes qui en proviennent [...]. De telles formes, en effet, j'affirme qu'elles sont belles, non relativement comme d'autres, mais belles toujours, en elles-mêmes et par nature. »

La Renaissance italienne fit sien ce discours, qu'avait confirmé saint Augustin, persuadé que la beauté divine s'exprime dans l'univers à travers les proportions, les nombres et l'harmonie et donc à la fois dans la musique des sphères et dans les réalisations architecturales[19]. Or, depuis le XIVe siècle, la culture occidentale opérait un retour à saint Augustin que la Renaissance porta très haut.

L'église, à la fois image du cosmos et symbole de la perfection divine, devait en toute logique approcher au plus près de la beauté absolue telle que la définissaient les théoriciens du XVe siècle. D'où ce souhait exprimé par Alberti : « Je voudrais qu'il y eût dans le temple toute la beauté imaginable et telle que nulle part elle ne puisse être dépassée, et qu'il fût disposé de manière à provoquer chez ceux qui y pénètrent avec stupéfaction un frisson d'émerveillement devant la dignité et l'excellence des objets, au point qu'ils aient peine à s'empêcher de s'écrier à haute voix : "Ce lieu est digne de Dieu"[20]. » Ce résultat ne pouvait s'obtenir que par le savant calcul des proportions, c'est-à-dire des rapports entre les mesures.

Ce « lieu digne de Dieu », sorte de paradis réalisé sur terre ou, du moins, dessiné sur le papier, ce fut l'église à plan central surmontée d'une coupole, le cercle étant pour Marsile Ficin à la fois le « hiéroglyphe » de Dieu et « la première et la dernière figure[21] », la symétrie de tous les éléments par rapport au centre signifiant l'harmonie suprême. C'est Brunelleschi qui donna, dans les années 1420, à la Vieille Sacristie de San Lorenzo de Florence, le nouveau modèle de l'église à plan central. De tels édifices, soit circulaires, soit polygonaux, soit en croix grecque, avaient déjà été construits en Occident, du temps du paganisme d'abord (Panthéon d'Agrippa, temples ronds du Forum Boarium ou de Tivoli, etc.), par les chrétiens des premiers siècles ensuite (San Stefano Rotondo et Sainte-Constance à Rome, San Lorenzo à Milan). Cette dernière église, élevée au IVe siècle, encore intacte au XVe — elle s'effondra en 1573, mais fut rebâtie presque à l'identique —, fournissait un excellent modèle de plan quadrilobé[22].

Erreur révélatrice de l'admiration de la Renaissance pour le plan central : on croyait à Florence au XVe siècle, et non sans fierté, que le baptistère octogonal, en réalité roman, remontait à l'Antiquité. Il est vrai qu'on y avait réemployé des éléments romains. On pensait aussi que l'église San Stefano Rotondo de Rome avait d'abord été un monument préchrétien. Elle a probablement inspiré le grand édifice circulaire que Ghiberti sculpta sur la « porte du Paradis » du baptistère de Florence pour évoquer l'*Histoire de Joseph*[23]. En outre, on savait qu'à Jérusalem l'église constantinienne du Saint-Sépulcre comportait un bâtiment circulaire couronné par une coupole; il était relié par un atrium à un édifice rectangulaire servant aux offices. Détruit par les Perses en 614, il fut refait ensuite. En tout cas, lorsque dans l'iconographie occidentale on voulait évoquer l'église de l'*Anastasis* de Jérusalem, c'est toujours un bâtiment circulaire qu'on représentait, quitte à le confondre avec la mosquée d'Omar.

Relatant à la cathédrale d'Orvieto « les méfaits de l'Antéchrist », Luca Signorelli plaça derrière celui-ci un grand édifice en croix grecque, surmonté d'un étage carré, lui-même couronné par deux rotondes de diamètres décroissants. Une légende médiévale assurait en effet que le temple de Jérusalem serait réédifié par l'Antéchrist — l'un des faux « miracles » par lesquels l'ennemi de Dieu chercherait à séduire les foules. Pour les peintres humanistes de ce temps, comment évoquer ce bâtiment mythique qu'était à leurs yeux le temple de Jérusalem autrement que par un édifice répondant à toutes les exigences de la symétrie?

Cette référence à l'Orient chrétien importe pour comprendre l'intérêt de la Renaissance italienne pour les églises à plan central, et notamment celles à croix grecque. Non seulement l'influence byzantine marqua les architectes de la Péninsule grâce à Saint-Marc de Venise, bâtiment à croix grecque et à coupoles, et à un édifice relais comme le baptistère de Padoue, mais encore les églises de Constantinople furent mieux connues grâce aux colonies italiennes qui vivaient dans la ville ou aux voyageurs qui en revenaient. Ainsi Giuliano da Sangallo (1443-1516), élève de Brunelleschi, laissa dans ses carnets un schéma complet de Sainte-Sophie d'après les notes ramenées par Cyriaque d'Ancône[24]. Or il sera l'auteur à la fin du XVe siècle de la plus parfaite des nouvelles églises en croix grecque, celle de la Madona delle Carceri à Prato (1484). On a également supposé que son maître Brunelleschi avait eu connaissance de l'église du Pantocrator (Chora) de Constantinople, la cathédrale des Vénitiens pendant le royaume latin (1204-1261)[25].

Les églises byzantines d'Orient et d'Italie, le baptistère de Padoue du XIIe siècle avec ses dômes sur pendentifs, celui de Florence et, sans doute aussi, le modèle du Panthéon de Rome conduisirent Brunelleschi à la création riche d'avenir que fut la Vieille Sacristie de San Lorenzo de Florence, commandée par les Médicis pour être leur chapelle funéraire. Son plan, explique Arnaldo Bruschi, semble avoir été inspiré « par une méditation sur le cheminement mort-résurrection-glorification spirituelle des défunts qui, depuis la terre, c'est-à-dire la base cubique, s'élèvent en un crescendo de lumière et sont accueillis aux cieux, représentés ici par la coupole éclairée par douze *oculi* — les yeux des apôtres ? — et par une lanterne reposant sur des colonnes et s'achevant en spirale[26] ». L'ensemble architectural frappe par sa simplicité et sa clarté. Le cube, aux parois délimitées par un entablement posé sur des pilastres d'angles et surmontées d'arcs, soutient une coupole à pendentifs sphériques. Légère entorse à un plan central rigoureux : du côté opposé à l'entrée, la chapelle carrée s'ouvre sur un autre carré plus petit, le chœur, surmonté, lui aussi, d'une petite coupole hémisphérique.

Le nouvel édifice suscita l'enthousiasme des contemporains. Une *Vie de Brunelleschi* attribuée à Manetti rapporte que « la sacristie, par la nouveauté et la beauté de son style, provoqua l'admiration de tous les habitants de la ville et des étrangers qui eurent la chance de la voir. Les nombreuses personnes qui s'assemblaient constamment devant elle causaient de grandes difficultés aux ouvriers[27] ». Manifeste de l'architecture nouvelle, la Sagrestia Vecchia, achevée en 1428, devint désormais un prototype, « souvent repris et dessiné avec des interprétations et des dimensions diverses[28] ». On a parlé d'une « généalogie » d'édifices — une trentaine — issus, avec plus ou moins de variantes, du modèle donné par Brunelleschi à San Lorenzo[29]. La Vieille Sacristie n'était pas une totale réalisation de plan central, mais Brunelleschi, sollicité vers 1434 par l'Arte de Calimala de Florence (la corporation des lainiers), dessina la première église complètement à plan central de la Renaissance, Santa Maria degli Angeli. Les travaux en furent bientôt interrompus. Mais le dessin de la rotonde impressionna les contemporains et inspira plus tard Léonard de Vinci dans ses études milanaises pour des édifices religieux[30].

Deux réussites exemplaires de la nouvelle architecture religieuse doivent être rappelées ici : Santa Maria della Consolazione à Todi et la Madonna di San Biagio à Montepulciano. La première, commencée en 1508, a peut-être été conçue par Bramante, la réalisation étant de Cola de Capranica. La seconde, édifiée de 1518 à 1545, est l'œuvre d'Antonio da Sangallo l'Ancien. L'un et l'autre sanctuaire se situent dans le sillage des conceptions de Brunelleschi. Celui de Todi, croix grecque parfaite, comporte une coupole centrale et quatre semi-coupoles couronnant le quadrilobe rayonnant autour du chœur de l'édifice. Celui de Montepulciano déroge au plan central par une abside pour la sacristie et un campanile (deux étaient prévus à l'origine), mais, à l'intérieur, la croix grecque est sans défaut. Dans les deux cas, l'architecture se voulait « musicale », inspirée par la philosophie néo-platonicienne et la conception sacrée du nombre que la civilisation chrétienne avait héritée de Pythagore. La volonté de symétrie, l'utilisation de formes sphériques ou cubiques, le parti pris de pureté exprimaient le désir de concrétiser dans la pierre l'harmonie du monde et la perfection de l'œuvre divine. Dans l'esprit de leurs concepteurs, ces sanctuaires devaient refléter sur terre la beauté du paradis. Telle était certainement aussi l'inspiration de Philibert de l'Orme lorsqu'il réalisa, en 1549-1552, la chapelle du château d'Anet. Ce fut en France le premier édifice religieux à plan central, avec projection sur le sol des caissons de la coupole.

Néanmoins, le plan basilical à croix latine était plus approprié aux offices liturgiques, du moins tels qu'on les célébrait en Occident. Aussi les églises à plan central construites dans le monde catholique à l'époque de la Renaissance et après furent-elles moins nombreuses, même en Italie, que celles en croix latine. Les hésitations auxquelles donna lieu la reconstruction de Saint-Pierre de Rome sont révélatrices à cet égard. Le plan central qu'avait conçu Bramante et repris Michel-Ange fut finalement abandonné.

En revanche, la nouvelle esthétique triompha, au XVe siècle et au début du XVIe, soit dans des réalisations exceptionnelles mais de petit format, comme le Tempietto circulaire de Saint-Pierre-in-Montorio élevé par Bramante sur le Janicule, soit dans les dessins et la peinture. Filarete imaginant une cité idéale, Sforzinda, Léonard dans ses études d'églises, Baldassare Peruzzi dans ses projets pour Saint-Pierre nous ont laissé des esquisses de grands sanctuaires à plan central. Ceux-ci apparaissent encore au premier plan de deux panneaux célèbres d'architecture géométrique du XVe siècle consacrés à des villes de rêve. L'un (à la Walters Art Gallery de Baltimore) et l'autre (au palais ducal d'Urbino) semblent issus des ateliers de cette « Athènes de la Renaissance » que fut Urbino. Le premier propose une église octogonale, sorte de variante du baptistère de Florence ; le second un sanctuaire en rotonde. Si les architectes du temps avaient pu organiser l'espace urbain à leur guise, ils auraient fait sortir du sol des villes rythmées avec rigueur, comportant à la place d'honneur une église circulaire ou polygonale.

Les églises à plan central de ces deux panneaux sont évidemment à rapprocher de celles, polygonales et surmontées de coupoles, que le Pérugin plaça derrière Jésus remettant à Pierre les clés du Royaume (chapelle Sixtine) et en fond de décor du mariage de Marie et Joseph (musée de Caen). Raphaël s'inspira à son tour de ce modèle de temple pour sa propre version du mariage de Marie (Milan, Brera) et Filippino Lippi, situant *La Résurrection de Drusiane* (Florence, Santa Maria Novella, 1502) dans un décor antiquisant, enrichit celui-ci d'une église en rotonde avec coupole. Ni contrainte liturgique ni environnement urbain déjà en place n'empêchaient alors ces peintres de donner libre cours à leurs préférences esthétiques dans la représentation d'églises dont ils voulaient faire des symboles de l'harmonie céleste. Or la coupole apparaissait comme le couronnement nécessaire de ces édifices.

Le succès de la coupole

Dans la symbolique de l'art chrétien, absides et coupoles constituaient depuis longtemps déjà des références au ciel, au double sens cosmique et religieux. L'abside, en principe à l'orient de l'église, représentait la partie de la voûte céleste « où se lève le *Sol salutis*, où le Christ est monté au ciel et d'où, *Sol justiciae*, il viendra pour juger les vivants et les morts[31] ». Par extension, la glorification exaltée par les absides pouvait aussi être celle de la mère ou des apôtres du Sauveur. Dans tous les cas, il s'agissait d'un volume architectural réservé au mystère du salut et aux habitants du paradis.

Aucune abside n'est plus probante à cet égard que celle de Saint-Apollinaire-in-Classe à Ravenne. La grande croix dorée sur fond de ciel étoilé y domine les verts pâturages de la prairie paradisiaque. Les absides romaines de Sainte-Agnès, de Santa Maria in Domnica, de l'ancien Saint-Pierre, des Saints-Côme-et-Damien, de Sainte-Cécile ou de Saint-Clément doivent pareillement être lues en y cherchant un message venu du ciel qui s'ouvre pour les fidèles.

La révélation à ceux-ci des étages les plus élevés du paradis est patente dans les grandioses mosaïques (XIIe siècle) sur fond or de la cathédrale de Cefalu. Au sommet de l'abside, en très grand format, le Pantocrator vêtu d'un somptueux manteau bleu bénit d'une main et de l'autre tient le livre de vie. En dessous, sur trois registres, la Vierge, entourée de quatre archanges, puis les apôtres par groupes de six, complètent la vision dorée.

Plus encore que les absides et les voûtes, fragments de firmament, les coupoles étaient conçues pour signifier à la fois le globe de l'univers et le royaume de Dieu. Leur vocation paradisiaque était évidente. Ainsi celle de Sainte-Sophie de Salonique : ses mosaïques des IXe et Xe siècles représentent, au centre, le Pantocrator assis sur un arc-en-ciel, trônant dans un médaillon circulaire soutenu par deux anges ; un second médaillon concentrique au premier est réservé à la Vierge orante et aux douze apôtres. Très significative aussi, la coupole centrale de la basilique Saint-Marc de Venise comporte des mosaïques du XIIIe siècle consacrées à l'Ascension. Le Chist, au centre, s'élève au-dessus d'un arc-en-ciel dans le firmament bleu étoilé. Trois cercles concentriques entourent celui du Sauveur. Le plus proche est réservé à quatre anges tournant autour de Jésus ; dans le deuxième sont placés Marie, deux anges et les apôtres ; dans le plus extérieur sont représentées les vertus. L'ensemble de la composition est une exaltation de la gloire paradisiaque qu'a retrouvée Jésus après son pèlerinage terrestre, gloire à laquelle accéderont les hommes s'ils écoutent le message des apôtres et en pratiquent les vertus.

La Renaissance, bien sûr, n'a pas inventé la coupole. Mais l'art gothique l'avait abandonnée. À l'inverse, l'époque suivante fut conduite à y revenir à la fois par son admiration pour l'Antiquité, en particulier pour le Panthéon de Rome, et par sa philosophie la plus profonde. Ses prouesses techniques dépassèrent alors les réalisations des périodes antérieures. Chateaubriand a eu cette formule : « Au moyen du dôme [...] la religion a fait un heureux mélange de ce que l'art gothique a de hardi et de ce que les ordres grecs ont de simple et gracieux[32]. »

Le Panthéon de Rome paraissait admirable parce que la hauteur de sa coupole est égale à son diamètre : 43,40 mètres (150 pieds romains). Sainte-Sophie de Constantinople, terminée sous Justinien en 548, s'éleva plus haut (à 56,50 mètres du sol), mais le diamètre de la coupole est seulement de 31 mètres. Les architectes de l'empereur l'avaient primitivement réalisé plus long, mais un séisme fit s'effondrer le sommet de l'édifice en 559 et le diamètre fut alors diminué. La coupole de Sainte-Sophie stupéfia les contemporains qui y virent une image du ciel. Paul le Silentiaire, au VIe siècle, lui consacra ce poème :

Sphère scintillante portant la croix;
Avec quarante petites fenêtres par où sont conduits
Les rayons de la blonde aurore : tout est revêtu
De beauté! Tout remplit l'œil d'étonnement!
Les mots ne peuvent décrire l'illumination
Du soir; on dirait qu'un soleil nocturne
A rempli le temple majestueux de lumière[33].

Procope ne se montra pas moins admiratif. Il qualifia l'immense église de « spectacle supérieurement beau », de « merveille pour les yeux qui peuvent la contempler, incroyable pour ceux qui ne la connaissent que par ouï-dire. Elle s'élève jusqu'au ciel »; elle est « un observatoire d'où on contemple toute la ville [...]. Elle est inondée de lumière et de splendeur solaire, à tel point qu'on la dirait non illuminée par le soleil mais elle-même source de lumière[34] ».

Une des réussites les plus admirées du quattrocento fut l'énorme dôme de la cathédrale de Florence élevé par Brunelleschi. Celui-ci, tandis qu'il travaillait à la Vieille Sacristie de San Lorenzo, fut chargé avec Ghiberti, puis seul, de la construction de la coupole de Sainte-Marie-de-la-Fleur. Pour la première fois, un artiste, au lieu d'une corporation, se voyait confier la responsabilité d'un chantier aussi considérable. La silhouette du dôme demeura gothique par son galbe que rythment des arcs brisés. Mais deux faits créèrent la stupéfaction : Brunelleschi construisit la coupole sans échafaudage extérieur; et ne lui donna ni contreforts ni arcs-boutants. Les Florentins, dont Ghiberti, croyaient à l'écroulement prochain de cette voûte sans clé. La forme ovale surhaussée permit l'élévation par couronnes successives, les anneaux étant emboîtés les uns dans les autres. Les deux calottes — couvrante et portante — furent reliées par des nervures méridiennes en briques et la coque intérieure fut cerclée par une chaîne de poutres en bois reliées par des bandes de fer. La coupole de la cathédrale de Florence, explique B. Jestaz, « fut moins une création architecturale qu'une performance d'ingénieur. Mais sa réussite contribua incontestablement à la diffusion de la coupole, qui devint un des éléments essentiels de l'architecture de la Renaissance[35] ».

L'éloge fut unanime et durable. Brunelleschi fut comparé à Dédale, l'architecte légendaire, et sa coupole mise en rapport avec le ciel. Alberti demanda : « Qui serait assez dur et assez envieux pour ne pas faire l'éloge de Pippo l'architecte en voyant une structure si grande, élevée au-dessus du ciel et assez large pour couvrir de son ombre tous les peuples toscans, faite sans le secours d'aucune poutre ni d'une grande quantité de bois[36] ? » Selon Manetti, « tous jugeaient qu'un seul homme au monde était capable [d'élever une telle coupole], justement celui qui l'avait faite : d'où on voyait bien que c'était proprement une opération de Dieu[37] ». Après la mort de Brunelleschi, on grava dans la cathédrale ces vers censés exprimer sa carrière et son idéal : « Pierre après pierre, de cercle en cercle éternellement j'ai bâti. Une spirale sans fin mêmement vers le ciel m'attire[38]. » Un religieux, Domenico da Corella (1403-1484), rédigeant en latin une *Vie de Marie,* y inséra un passage admiratif sur la coupole de Brunelleschi :

> Le sommet de ce temple s'élève jusqu'aux cieux, plus haut que n'importe quelle forteresse. Car son architecte fut en notre temps un autre Dédale, Philippe, artiste d'un talent fulgurant. Il ne plana pas sur les espaces avec des ailes fictives. Mais, rigoureux et génial, il construisit la masse immense de cette calotte robuste qui, depuis la terre, aboutit aux étoiles. Triple à la base, une au sommet, elle n'est soutenue par aucun appui[39].

Au siècle suivant, Vasari résuma l'opinion devenue commune depuis un siècle :

> On peut affirmer que les Anciens ne construisirent jamais rien d'aussi haut et ne coururent jamais le risque de rivaliser avec le ciel, comme semble vraiment le faire la coupole de Sainte-Marie-de-la-Fleur quand on la voit se dresser avec une telle hauteur qu'elle égale les montagnes voisines, puisque les éclairs l'assaillent continuellement[40].

Brunelleschi ne vécut pas assez pour voir la lanterne couronner la coupole de la cathédrale. Mais, rapporte Vasari, il avait « stipulé par testament qu'elle serait construite conformément au modèle » qu'il avait établi. Brunelleschi mourut en 1446 et la lanterne ne fut mise en place qu'en 1461. La hauteur totale du dôme s'éleva alors à 107 mètres, soit 23,30 mètres au-dessus du campanile de Giotto, dépassant la coupole du Panthéon de Rome de 63 mètres et celle de Sainte-Sophie de Constantinople de quelque 50 mètres. Michel-Ange se souviendra de cette prouesse quand il sera appelé à travailler au dôme de Saint-Pierre. Brunelleschi avait répondu d'avance à une question posée par Marsile Ficin :

> Puisque l'homme a vu l'ordre du mouvement des cieux, sa progression et ses proportions ou ses résultats, comment pourrait-on nier qu'il possède presque le même génie que l'auteur des cieux et qu'il puisse, dans une certaine mesure, créer des cieux, s'il trouvait des instruments et une matière céleste, puisqu'il les crée maintenant, d'une autre manière, bien sûr, mais d'après un plan semblable[41] ?

Comment, par ailleurs, ne pas rapprocher la réussite du dôme de Brunelleschi des considérations mathématiques développées plus tard — en 1509 — par Luca Pacioli ? Celui-ci, dans le *De divina proportione* dont les figures furent dessinées par Léonard de Vinci, se référant au *Timée*, fait correspondre le tétraèdre, le cube, l'octaèdre et l'icosaèdre (solide à vingt faces triangulaires) respectivement au feu, à la terre, à l'air et à l'eau ; et il voit dans le dodécaèdre (solide à douze faces pentagonales) le symbole du ciel. Particularité de ces cinq solides réguliers : ils s'inscrivent tous dans une sphère[42].

Avant la Renaissance, le plus souvent, les coupoles étaient

portées par des trompes, voûtes en demi-cône ou en cul-de-four placées dans les angles. Le quattrocento, au contraire, utilisa les pendentifs, triangles concaves qui paraissent découpés dans une sphère. Ils permettent un passage aisé du plan carré au cercle de la coupole ou de son tambour et offrent des surfaces à la décoration[43]. En outre, Brunelleschi, au portique de l'hôpital des Innocents de Florence et dans les bas-côtés de ses églises, introduisit la voûte en pendentifs s'harmonisant avec le plein cintre des arcs. La Renaissance, enjambant le gothique, renoua avec cette forme d'arcs. Ainsi voûtes et coupoles allaient pouvoir s'ouvrir à un nouveau regard sur le paradis; mieux, elles suggérèrent une nouvelle vision de celui-ci.

Encore fallait-il y introduire suffisamment de lumière. La coupole de Sainte-Marie-de-la-Fleur est posée sur un tambour. En revanche, celle de la Vieille Sacristie de San Lorenzo, « montée en ombrelle », manquait de tambour et aussi de lumière malgré les *oculi* ouverts à la base des voûtants[44]. En dehors de l'exception de la cathédrale de Florence, les premières coupoles de la Renaissance furent élevées directement sur pendentifs et on les dissimulait même partiellement à l'extérieur par un environnement de maçonnerie : d'où, entre autres inconvénients, une perte de lumière.

On remédia progressivement à ces imperfections en bâtissant la coupole sur un tambour cylindrique par les fenêtres duquel on éclairait l'intérieur du transept. En outre, on mettait ainsi le dôme en valeur à l'extérieur. Enfin, comme l'avait prévu Brunelleschi pour la cathédrale de Florence, on ajouta le plus souvent une lanterne au dôme, permettant à un surplus de lumière de pénétrer dans le sanctuaire. Lorsque l'on regarde le Tempietto de Saint-Pierre-in-Montorio, l'église de la Consolation de Todi ou San Biagio de Montepulciano, on se convainc que la coupole avait trouvé dès le début du XVIe siècle sa pleine définition architecturale.

Sigismond Ier Jagellon, roi de Pologne à partir de 1506, voulant faire construire dans la cathédrale de Cracovie la chapelle qui porte son nom, conseillé par son épouse, l'Italienne Bona Sforza, fit appel à des artistes italiens, dont le Florentin Bartolomeo Berecci. Celui-ci éleva sur le carré de la chapelle une coupole dorée à lanterne, appuyée sur un tambour octogonal à lucarnes. Il était maintenant évident pour les architectes italiens et leurs élèves étrangers qu'un sanctuaire digne de ce nom devait comporter une coupole et des voûtes en plein cintre. Quand Diego de Siloé, qui avait été formé en Italie, prit en main en 1528 le chantier de la cathédrale de Grenade, commencée dans le style gothique, il conçut pour ce qui devait être le panthéon royal une rotonde avec coupole qui voulait rappeler celle du Saint-Sépulcre de Jérusalem. De même, dans un bâtiment aussi prestigieux que l'Escurial, commencé en 1563, il parut normal que l'église fût en croix grecque et surmontée d'une coupole. Juan de Herrera, directeur des travaux de 1567 à 1584, admirateur de Bramante et de Michel-Ange, était un « passionné de la symbolique des figures cubiques et de la pureté des formes et des volumes[45] ». Coupole désormais signifiait prestige.

C'est toutefois l'achèvement — en 1593 — de la coupole de Saint-Pierre, dont le dessin est de Michel-Ange corrigé par Giacomo della Porta, qui fit le plein succès du nouveau style d'église et assura son rayonnement mondial. L'édifice culmine à 145 mètres de haut — la flèche la plus élevée (108 mètres) de la cathédrale de Milan s'y abriterait aisément. La hauteur de la nef sous la voûte atteint 44 mètres. En termes d'altitude, la nouvelle architecture pouvait maintenant rivaliser avec le gothique. Les églises avec dôme, déjà nombreuses en Italie à la fin du XVIe siècle, se multiplièrent ensuite dans tout le monde catholique, de Cuzco à Lwow. En Belgique, la première — à Scherpenheuvel — date des années 1609-1621. En France, la chapelle de la Sorbonne fut commencée en 1635. Ensuite la plupart des églises élevées à Paris aux XVIIe et XVIIIe siècles comportèrent des coupoles : Saint-Paul-Saint-Louis, Notre-Dame du Val-de-Grâce, Saint-Louis de la Salpêtrière, la chapelle du collège des Quatre-Nations (aujourd'hui l'Institut), les Invalides, Saint-Roch, plus tard Sainte-Geneviève (le Panthéon actuel)[46]. Molière s'enthousiasma pour le Val-de-Grâce « dont le dôme superbe élevé dans la nue / Pare du grand Paris la magnifique vue[47] ».

Tantôt associées à un plan central — par exemple, à la Salute de Venise, à Sainte-Agnès de la place Navone et à Saint-Yves-de-la-Sapience à Rome, à San Luis de Séville, à Saint-Charles-Borromée de Vienne — tantôt couronnant une église à silhouette allongée, le cas le plus fréquent, les coupoles devinrent de la fin du XVIe siècle à celle du XVIIIe l'élément architectural majeur des églises catholiques construites ou reconstruites. L'exemple déborda l'espace romain. Christopher Wren, chargé de rebâtir Saint-Paul de Londres après l'incendie de 1666, s'inspira pour le dôme à la fois de Brunelleschi, de Michel-Ange et de Jules Hardouin-Mansart (l'auteur de la coupole des Invalides). C'est à lui aussi qu'on doit les dômes de Greenwich. Au XVIIIe siècle, la Russie, à son tour, adopta les coupoles imitées de celles de l'Occident, notamment au grand couvent Smolny de Saint-Pétersbourg édifié par l'Italien Bartolomeo Rastrelli.

La fresque peinte en 1663 par Pierre Mignard à l'intérieur de la coupole dessinée par François Mansart pour l'abbaye bénédictine du Val-de-Grâce peut apporter une conclusion au présent chapitre.

Car le peintre s'efforça de créer au centre une perspective sur un ciel ouvert. Il s'agit, bien sûr, d'un paradis : Dieu en gloire est entouré d'anges, de saints et de grandes figures de l'histoire de l'Église. La composition en spirales met en mouvement quelque deux cents figures plafonnantes. La coupole trouvait ici sa pleine signification paradisiaque. Ainsi, à partir du XVIe siècle, les représentations du paradis s'adaptèrent aux courbes des coupoles et des voûtes et s'y déployèrent avec prédilection, apportant une vision neuve du ciel où s'épanouit le bonheur des élus.

CHAPITRE XIX

Le triomphe du virtuel

La réduction du stock des images paradisiaques

La comparaison entre les ciels chrétiens de l'âge baroque et ceux des périodes antérieures peut engendrer une certaine frustration. Car comment éviter le constat d'un appauvrissement, dans l'iconographie et dans les textes, du stock des images paradisiaques ?

Les thèmes du songe de Jacob et de l'arbre de Jessé s'épuisent. Les Jugements derniers, jadis occasions fréquentes de représenter le paradis, ne disparaissent certes pas, mais ils se font moins nombreux et la *Deisis* devient rare. La Jérusalem céleste abandonne ses toits d'or, ses portes serties de perles et ses murailles de pierres précieuses. Les anges musiciens [1], bien qu'on en trouve encore ici ou là, ne forment plus les orchestres fournis qui nous réjouissaient entre le milieu du XIVe et le début du XVIe siècle. Les prés fleuris et les arbres de Ravenne ou du polyptyque de Gand s'évanouissent, même si des motifs végétaux sont à nouveau convoqués pour enrichir les retables baroques d'Europe et d'Amérique. Les vêtements somptueux des habitants de la cour céleste, confectionnés par les couturiers virtuoses des Flandres, laissent la place à des drapés flottants. Les neuf milices angéliques chères au Pseudo-Denys et à Dante se fondent le plus souvent dans des tournoiements vertigineux où s'estompent les différences entre elles, de même que se dissout progressivement la distinction issue de Ptolémée entre les cieux successifs.

Le thème de la Vierge à l'enfant avait induit de magnifiques mises en scène associant la reine des cieux, richement vêtue et assise sur un trône, aux orchestres angéliques et à des jardins de rêve. La Renaissance sécularisa sensiblement cette image, des exemples frappants de ce glissement vers le profane étant les

Madones à l'enfant de Raphaël. Noël avait permis à l'imagination paradisiaque de se donner libre cours. Les anges venaient chanter et jouer de la musique au-dessus de la crèche, ils descendaient adorer l'enfant Dieu près de Marie et de Joseph, et on les voyait aussi parfois à côté des rois mages. Par la suite, ils ne disparaissent pas complètement de l'évocation de Noël. On en voit encore dans l'*Adoration des bergers* d'Annibale Carrache (vers 1597, musée d'Orléans), dans celle de Zurbaran (1638, musée de Grenoble), dans une *Nativité* de Carle Van Loo (milieu du XVIIIe siècle, musée d'Amiens), dans les grandes crèches napolitaines ou portugaises, elles aussi du XVIIIe siècle, etc. Mais ils sont maintenant le plus souvent absents des Nativités et des Adorations des bergers, sous l'austère pinceau de Georges de La Tour (Louvre et musée de Rennes), comme dans la *Sainte Famille* du Greco (Madrid, hôpital Tavera), dans la *Vierge à l'enfant* de Vélasquez (Prado), dans l'*Adoration des bergers* de Murillo (Prado). La naissance du fils de Dieu est ainsi ramenée à sa dimension terrestre.

Le réservoir des images paradisiaques, qui était particulièrement riche et coloré à l'aube du XVIe siècle, se rétrécit donc sensiblement dans la période suivante. Mais, ce constat une fois établi, il faut souligner, en contrepartie, le renouvellement spectaculaire que la Renaissance et surtout l'art baroque apportèrent dans la représentation du ciel chrétien.

Les coupoles de l'âge baroque

La Renaissance, dans sa démarche de retour à l'Antiquité, avait préféré pour les églises des nefs moins aériennes que celles de l'âge gothique[2], mais elle corrigea cette préférence horizontale en lançant les coupoles vers le ciel. L'époque baroque la suivit sur ce chemin et elle marqua, en outre, son aspiration à la verticalité dans les motifs ascensionnels des voûtes, des façades et des retables.

Les coupoles et les voûtes en plein cintre des églises eurent vocation à accueillir le ciel et ses habitants. De multiples exemples le démontrent qu'on peut choisir à l'intérieur d'une large chronologie allant du début du XVIe siècle à la fin du rococo, celui-ci étant, du point de vue retenu dans ce livre, le bouquet terminal du feu d'artifice baroque. Retenons ici quatre réalisations, groupées deux par deux et séparées par deux siècles.

En 1512-1513, le « marchand » siennois Agostino Chigi fit dessiner par Raphaël sa chapelle funéraire dans l'église romaine de Santa Maria del Popolo. L'artiste conçut un plan centré et la couronna d'une coupole. Il fournit aussi les cartons des mosaïques de la coupole. D'inspiration néo-platonicienne, celles-ci figurent, au sommet, le Père éternel créateur du firmament et, sur les côtés, les symboles des sept planètes et du soleil. Comme dans *La Divine Comédie*, des anges guident ces astres dans leur course.

Quelques années plus tard, en 1526-1530, Corrège rebâtit et décora le dôme de la cathédrale de Parme. L'Assomption qu'il peignit sur la coupole revêt à nos yeux une importance majeure dans l'histoire de l'art et dans celle du paradis : pour la première fois, on osait représenter des personnages s'envolant et tournoyant dans les hauteurs de ciels lumineux sans contours définis.

Transportons-nous maintenant, au XVIIIe siècle, dans l'abbaye bénédictine d'Altenburg, en Autriche, sur le revers des monts de Bohême. Dans l'église, la vaste coupole de la nef fut décorée en 1733 par le plus doué des peintres baroques autrichiens, Paul Troger, à propos de qui Germain Bazin écrivait : « Sa peinture vraiment céleste, aux teintes joyeuses, l'air de béatitude qu'il donne aux habitants du paradis font de lui en quelque sorte un Fra Angelico du baroque[3]. » L'artiste a représenté sur la coupole une des visions de saint Jean dans l'Apocalypse : la femme vêtue de soleil face au Dragon. S'ajoute à cet épisode dramatique le geste de saint Michel précipitant en enfer la légion des mauvais anges. Le spectateur n'est pas traumatisé par ce châtiment qu'il doit faire effort pour identifier, car ce qu'il voit surtout, sans s'arrêter vraiment aux détails, c'est un large ciel elliptique où dominent l'or et le bleu pastel, Dieu le Père entouré des vertus et de figures allégoriques, des anges qui tournoient dans le firmament et, au sommet, dans un ovale de lumière, la colombe du Saint-Esprit.

Quatrième exemple, au Mexique cette fois : le *camarín* — chapelle secondaire — de la Santa Casa de Lorette, dans le noviciat jésuite de Tepotzolán. Il date des années 1730, a la forme d'un octogone et comporte une coupole éclairée par un lanternon. Par la profusion du décor, c'est une merveille de l'art churrigueresque. Au sommet du lanternon, la colombe du Saint-Esprit descend sur la Vierge et les apôtres. Quatre grands archanges en stuc, entourés d'étoiles et de multiples petits séraphins, soutiennent la partie supérieure du ciel. Le fidèle, lorsqu'il levait la tête, était transporté dans un autre univers que celui de tous les jours et s'envolait vers le pays des anges, de l'or et de la lumière.

À partir du XVIe siècle, l'architecture religieuse s'est efforcée de varier les coupoles, toutes étant conçues comme des figures du ciel. On leur découvre donc des formes diverses dans le temps et dans l'espace. Parmi les plus « classiques » et les plus fidèles à l'esprit puriste de la Renaissance, citons le dôme imposant construit par

Sanmicheli pour San Giorgio in Braida de Vérone (1536-1540) et les coupoles de Palladio dont les dômes vénitiens, à Saint-Georges-Majeur et à l'église du Rédempteur, s'imposent par leurs volumes clairs et majestueux.

L'exemple de Saint-Pierre aidant, les coupoles se multiplièrent bientôt, à Rome, en Italie et dans tout le monde catholique. Celle de l'église romaine des Théatins, San Andrea della Valle, édifiée par Maderno en 1622, domine depuis lors le paysage de la ville — c'est la plus haute de la cité après celle de Saint-Pierre. Or elle est ornée d'une fresque peinte par Lanfranco qui évoque « la gloire du paradis » — la première fresque à Rome conçue pour ce type de surface. Impossible, en regardant les coupoles et les voûtes des églises d'Autriche, d'Allemagne, de la péninsule Ibérique, de Belgique, de France, de Pologne, du Mexique et du Pérou, de ne pas penser à la Rome baroque et à l'image du ciel proposée par elle.

Mais jeux, diversifications et variations s'emparèrent du dessin des surfaces courbes, compliquant la simplicité initiale et donnant aux paradis qu'elles évoquaient une sophistication croissante. Plusieurs architectes aimèrent multiplier les coupoles sur un même édifice. Ainsi, dans l'église de la Salute de Venise, élevée de 1631 à 1687 sur les plans de Longhena pour remercier de la fin de la peste de 1630, deux coupoles inégales couronnèrent, l'une la nef octogonale, l'autre le chœur. On trouve trois coupoles alignées à l'église Saint-Michel d'Olomouc, en Moravie (troisième quart du XVIIe siècle), trois aussi à la vaste cathédrale de Cadix, commencée en 1720, et quatre au *sagrario* (chapelle du Saint-Sacrement) de la cathédrale de Grenade (première moitié du XVIIIe siècle), « carré parfait couvert de coupoles disposées en croix grecque[4] ». L'exemple extrême se trouve sans doute dans la basilique Notre-Dame-du-Pilar de Saragosse, réédifiée à partir de 1677 et dont les travaux continuèrent fort avant dans le XVIIIe siècle. Construite sur l'emplacement d'une ancienne mosquée, elle se présente à nous comme un immense quadrilatère avec quatre tours d'angle et onze coupoles — une grande et dix petites : l'ingéniosité associée au sens de la grandeur[5]. Autant de coupoles, autant d'échappées vers le ciel.

Le jeu des courbes

Une combinaison assez exceptionnelle, me semble-t-il, du plan central et du jeu des lignes courbes est fournie par l'église de pèlerinage de Stadl-Paura, en Autriche, à quatre-vingts kilomètres à l'est de Salzbourg[6]. Reconstruite à partir de 1714 par les soins de l'abbaye bénédictine de Lambach dont elle dépendait, elle est dédiée à la sainte Trinité : d'où sa conception étonnante et séduisante.

L'intérieur est constitué par un cercle surmonté d'une coupole aplatie, cette circonférence étant coupée par trois autres cercles dont chacun comporte en abside un autel. Les autels sont respectivement consacrés au Père, au Fils et au Saint-Esprit. Les fresques du tambour et de la coupole peintes par Carlo Carloni, artiste qui travailla notamment au Belvédère de Vienne, transportent les fidèles au paradis. Sur les parois du tambour, transition entre terre et ciel, la Foi devenant révélation, l'Espérance accomplissement et l'Amour éternité emportent les hommes vers les sommets de l'au-delà. Mission qu'accomplit aussi l'eucharistie, « pain du ciel » et « vie du monde ». Sur la coupole elle-même, dans les hauteurs célestes, les saints glorifient et prient la Trinité. Enfin, au sommet, sous le lanternon, est figuré le triomphe de la croix portée par les anges entre Dieu le Père et Jésus ressuscité.

À l'extérieur, la coupole est surmontée par un lanternon triangulaire qui atteint 34 mètres et qu'achève une pyramide terminée par un œil, l'« œil de Dieu ». La forme générale du bâtiment est donc celle d'un triangle, symbole classique de la Trinité, mais adoucie par des courbes concaves et convexes qui dessinent notamment les trois angles, chacun d'eux étant marqué par une tour surplombée d'une coupolette. Cette église me paraît exemplaire d'une théologie incarnée dans l'esthétique rococo qui jouait avec bonheur de l'harmonie des courbes pour transporter les fidèles dans les mystères du ciel.

Au moment de la reconstruction de l'église de Stadl-Paura, il y avait déjà longtemps que les architectes les plus audacieux avaient introduit des innovations hardies dans le traitement des coupoles. En tête de ceux-ci vient Borromini (1599-1667), mystique à l'humeur mélancolique — il finit par se suicider —, « révolutionnaire silencieux[7] » qui lança dans l'architecture le jeu des courbes et des contre-courbes. Germain Bazin écrit de lui qu'il voulut « célébrer l'élan de l'âme de la pénombre terrestre vers la lumière[8] ». Cette formule s'applique bien à la chapelle Saint-Yves-de-la-Sapience que Borromini éleva à partir de 1642 pour l'université de Rome. La construction s'étira sur deux décennies et trois pontificats, et nécessita plusieurs rectifications des plans. Si la chapelle ne fut donc pas le « produit d'un seul et unique trait de génie[9] », la volonté de réaliser une création théâtrale se maintint néanmoins du début à la fin des travaux. Le plan hexagonal, la coupole et sa lanterne firent sensation et nous séduisent toujours. L'architecte a, bien sûr, recherché les effets de surprise. Le tambour manque à l'intérieur, mais se retrouve à l'extérieur, car « Borromini a enfoui sa coupole dans un faux tambour qui fournit un premier étage convexe à une façade dressée au fond d'un *cortile* concave[10] ».

On a proposé de cet édifice étonnant plusieurs lectures qui ne s'excluent pas. L'architecte voulait sans doute élever un hommage à la Trinité vers laquelle s'élance la coupole en forme de rose épanouie, coiffée d'une spirale à triple révolution, modèle d'asymétrie. Cette spirale paraît s'échapper vers le ciel. Décoration qui ne surprendra pas : de part et d'autre des six nervures qui scandent l'intérieur de la coupole se détachent quatre-vingt-seize étoiles en relief. Ces nervures aboutissent au cercle qui sert de base au lanternon et ce cercle est, à son tour, semé de douze étoiles. Il s'agit bien d'une ascension vers le ciel. Victor Lucien Tapié a eu raison d'écrire que « les œuvres de Borromini ont un climat de paradis[11] ».

Mais on peut superposer à cette interprétation une autre lecture qui a maintenant la faveur des commentateurs[12] : les étoiles descendraient du lanternon vers le bas de la coupole et symboliseraient les langues de feu que la Sagesse divine — la *Sapienza* — répandit sur les apôtres le jour de la Pentecôte. Les spirales qui, à l'extérieur, s'élancent au-dessus du lanternon, formant une sorte de tour de flammes, constitueraient la réponse de la Rédemption à la tour de Babel. Cette « couronne », ce « phare », serait la « tour de la Pentecôte ». Elle signifierait la réconciliation des hommes entre eux par l'effacement dans et par l'Église des incompréhensions nées de la confusion des langues.

Borromini avait repris dans un style nouveau les élévations gothiques. Guarini fit de même. Ce théatin (1624-1683) originaire de Modène, architecte, mathématicien et philosophe, eut une carrière internationale et travailla en Sicile et à Paris, dessina les plans d'une église de Lisbonne, détruite plus tard par le tremblement de terre de 1755, et donna toute sa mesure à Turin. Les églises qu'il construisit dans cette ville influencèrent ensuite profondément l'art religieux germanique de la période suivante. Guarini a tiré des leçons du gothique et s'est peut-être aussi souvenu des monuments musulmans de Sicile, mais son inspirateur le plus évident est Borromini, dont « l'esprit inventif traitait l'architecture comme une expression symbolique de la vie spirituelle[13] ». Le maître mot de Guarini est liberté[14]. C'est lui qui a inauguré à Turin — je cite encore Germain Bazin — « les jeux de courbes et d'intersections dont le rococo fera son profit, dans une architecture lyrique où l'espace intérieur est traité comme un thème musical, parcouru de vibrations, d'échos, de résonances[15] ». Les deux réalisations les plus étonnantes de Guarini sont, à Turin, la chapelle du Saint-Suaire de la cathédrale (à partir de 1667) et l'église San Lorenzo (1668-1680) : deux édifices à plan central et aux coupoles paradoxales. Le premier, à base circulaire, évoque un mausolée dont le morceau de bravoure est l'empilement des hexagones, de dimensions décroissantes et disposés en quinconce, qui s'élance vers la base de la lanterne, elle-même circulaire. San Lorenzo reprend le thème architectural de la superposition des plans, « octogone sur carré, croix grecque sur octogone, cercle sur croix grecque[16] ». Guarini, le virtuose, ne peut se résoudre à fermer son église. Il veut que le regard et la prière montent toujours plus haut. Le paradis est au bout d'une vertigineuse ascension.

L'héliocentrisme spirituel

Le sommet des cieux dans les coupoles baroques est presque toujours occupé par un cercle de lumière qui, d'en bas, fait penser à un soleil. D'où la question : l'héliocentrisme affirmé par Copernic en 1543, puis par Galilée en 1615, a-t-il inspiré les artistes en dépit de l'hostilité catholique — c'était aussi celle de Calvin — à la nouvelle cosmographie? La question mérite d'être posée, en raison notamment de ce texte de Bérulle, naguère mis en relief par Henri Bremond :

> Un excellent esprit de ce siècle [il ajoute en marge Nicolaus Copernicus] a voulu maintenir que le soleil est le centre du monde, et non pas la terre; qu'il est immobile, et que la terre, proportionnément à sa figure ronde, se meut au regard du soleil [...]. Cette opinion nouvelle, peu suivie en la science des astres, est utile et doit être suivie en la science du salut. Car Jésus est le Soleil immobile en sa grandeur. Jésus est semblable à son Père, et étant à sa dextre, il est immobile comme lui et donne mouvement à tout. Jésus est le vrai centre du monde et le monde doit être en mouvement continuel vers lui. Jésus est le soleil de nos âmes duquel elles reçoivent toutes les grâces, les lumières et les influences. Et la terre de nos cœurs doit être en mouvement continuel vers lui, pour recevoir, en toutes ses puissances et parties, les aspects favorables et les bénignes influences de ce grand astre[17].

Bremond parla donc de « révolution copernicienne » opérée par Bérulle dans l'histoire de la spiritualité. Il faut nuancer cette affirmation, car la comparaison entre Jésus et le soleil avait cours depuis longtemps dans l'Église[18]. Clément d'Alexandrie, dans un poème à la gloire du Christ, soleil de justice, avait écrit : « Celui qui sur son char solaire touche toutes choses dans sa traversée de l'univers, lui, le soleil de justice, visite l'ensemble de l'humanité[19] ». Si l'on s'approche de la période étudiée ici, on trouve dans les *Dialogues* de sainte Catherine de Sienne un texte saisissant sur le soleil divin, à la fois Père, Fils et Esprit. Le « Dieu éternel » dit à la sainte :

> [Les prêtres] sont chargés d'administrer le soleil : ils ont reçu la lumière de la science, la chaleur de la divine charité et la couleur unie à la lumière et à la chaleur : le sang et le corps de mon Fils. Ce corps est un soleil puisqu'il ne fait qu'un avec moi, vrai soleil [...]. Ce verbe, mon Fils, avec son très doux sang est un soleil, tout-Dieu et tout-homme, car il est une seule chose avec moi et moi avec lui. Ma puissance n'est point séparée de sa sagesse, ni la chaleur du feu de l'Esprit-Saint, de moi qui suis le Père, ni de lui qui est le Fils car il est une seule chose avec nous puisque l'Esprit-Saint procède de moi Père et du Fils, et nous sommes un seul et même soleil[20].

Luther, à son tour, magnifia le Christ en le comparant au soleil. Commentant l'Épître du premier dimanche de l'avent, il déclara :

> Le soleil le plus ravissant, c'est Jésus-Christ; c'est pourquoi Malachie le nomme « soleil de justice » [...]. Il est lui-même le soleil, dont l'éclat et le jour [c'est-à-dire l'Évangile] rayonnent et luisent sur le monde tout entier [...]. De même que les cieux naturels apportent le soleil et le jour — et le soleil dans les cieux —, de même les apôtres avec leur prédication apportent et ont en eux le véritable soleil du Christ[21].

Dans l'église des Dominicains de Saint-Domingue, construite entre 1524 et 1535, donc avant la publication du livre de Copernic, la voûte de la chapelle du rosaire comporte une représentation cosmologique remarquable : des personnages en relief qui ressemblent à des atlantes et figurent les planètes Jupiter, Mars, Mercure et Saturne, supportent un ciel piqueté d'étoiles au centre duquel brille un large soleil. Le reste du décor montre aussi les douze signes du zodiaque mis en rapport avec les douze apôtres, les douze prophètes et les douze patriarches[22]. Le soleil central est bien ici un symbole du Christ autour duquel gravitent l'Ancien et le Nouveau Testament.

Inversement, dans les coupoles et sur les voûtes baroques, la partie la plus haute et la plus lumineuse du ciel fut plus souvent réservée à la Trinité, au Père éternel ou à la colombe de l'Esprit-Saint qu'à Jésus seul. Il est cependant intéressant de mettre le texte de Bérulle que nous venons de citer en rapport avec les exaltations célestes si fréquentes dans les églises des XVIe-XVIIIe siècles. Car Bérulle a bien compris que l'héliocentrisme, rejeté par l'Inquisition comme explication astronomique, pouvait être fécond si on le transposait dans le domaine spirituel. L'héliocentrisme était, en tout cas, parfaitement adapté à des évocations paradisiaques déployées sur des coupoles. Pour nous en convaincre faisons un bref retour en arrière, et ouvrons un ouvrage que Nicolas Oresme remit en 1377 à Charles V de France, le *Livre du ciel et du monde* (traduction du *De caelo* d'Aristote). Une enluminure accompagnant le texte présente les cercles célestes centrés non sur la terre mais sur Dieu créateur. L'artiste a représenté le monde comme s'il était peint sur l'intérieur d'une coupole d'église[23]. Il a donc placé logiquement Dieu au centre de l'univers comme dans le futur héliocentrisme de Copernic. On trouverait aisément d'autres cas similaires au Moyen Âge.

Plus tard, l'art baroque, privilégiant dans le sillage de la Renaissance les coupoles et les courbes, opta en fait, comme Bérulle, pour l'héliocentrisme du ciel chrétien. Copernic n'aurait pu qu'acquiescer à cette promotion religieuse du soleil. Il écrivit en effet dans le *De revolutionibus orbium coelestium :* « Dans ce temple magnifique [l'univers], qui donc placerait cette lampe en un lieu autre et meilleur que celui d'où elle peut éclairer tout en même temps[24] ? » Du haut des ciels baroques Dieu éclaire « tout en même temps ».

L'ELLIPSE

Une question connexe surgit ici qu'il faut, sinon résoudre, du moins poser : celle des relations entre les coupoles et voûtes elliptiques et les recherches astronomiques du temps. L'œuvre où Borromini manifesta pour la première fois son génie est l'église romaine Saint-Charles-aux-Quatre-Fontaines (1638-1641). Il y commit une « hérésie » par rapport aux canons esthétiques de l'époque : seize colonnes corinthiennes depuis l'entrée jusqu'au chœur enveloppèrent une nef en ellipse. Quelques années après, en 1653-1657, il dessina pour l'église Sainte-Agnès de la place Navone une coupole ovoïde[25]. Le Bernin lui donna bientôt la réplique en construisant, en 1658, pour le noviciat des Jésuites de Rome l'église Saint-André-du-Quirinal, dont le plan est une ellipse, comme l'est aussi celui de la place Saint-Pierre, autre réalisation du Bernin (1656-1665). Cette dilatation du cercle correspondait aux aspirations profondes du baroque s'éloignant de la rigidité première de la Contre-Réforme qui avait eu tendance à concevoir l'église comme « une forteresse de la foi fermée au monde extérieur[26] ». Le baroque au contraire chercha à faire éclater le plan basilical, privilégia les espaces complexes, affectionna le jeu des courbes.

Les ellipses dès lors se multiplièrent. Guarini imagina pour l'église de la Divine-Providence de Lisbonne, détruite en 1755, le dessin séduisant de quatre coupoles ovales et, dans son ouvrage *L'Archittetura civile* (qui s'occupe aussi d'édifices religieux), il projeta pour le sanctuaire d'Oropa un polygone entouré de sept ellipses, l'emplacement d'une huitième ellipse étant occupé par un cercle[27]. Et voici — échantillonnage réduit d'exemples marquants — les nefs ovales de la Trinité de Salzbourg (1694) et de Saint-Charles-Borromée de Vienne (1716), l'une et l'autre de Fischer von Erlach ; les coupoles elliptiques de Balthasar Neumann dans l'église de pèlerinage de Vierzenheiligen, en Bavière (1743) ; l'éblouissante voûte allongée dessinée par Dominikus Zimmermann pour la Wies, autre église bavaroise de pèlerinage (1746), etc.

Or l'ellipse avait fait son entrée dans le ciel des savants avec Kepler qui, dans son *Astronomia nova* (1609), énonça la première des lois qui l'ont rendu célèbre : chaque planète décrit dans le sens direct une ellipse dont le soleil occupe un des foyers. La « beauté harmonique » découlant de ce caractère elliptique des orbites lui parut supérieure à celle, « plus simple », qui existerait si les orbites étaient purement circulaires, comme on le croyait jusque-là[28]. Ou plutôt, il affirma que les « harmonies » musicales qu'on apercevait depuis longtemps dans les structures du ciel ne sont pas constituées par les intervalles entre les planètes mais par les mouvements (elliptiques) de celles-ci.

De plus, Kepler, le premier, accorda une influence physique prépondérante au soleil, auquel il attribua une force motrice entraînant les planètes[29]. Adoptant à son tour le système de Copernic, il proclama dans la préface de l'*Astronomia nova* que le soleil « est la source de vertu qui fait tourner toutes les planètes » et qu'il « émet hors de soi dans l'étendue du monde une apparence immatérielle de son corps analogue à l'apparence immatérielle de la lumière ». Il affirma encore que « le corps du soleil est magnétique[30] » et que « quelque chose de divin se tient caché dans le corps du soleil et doit être comparé à notre âme[31] ». De même, dans les ciels baroques, les anges et les élus sont irrésistiblement attirés, et même aspirés, vers le haut, par le soleil divin.

Dans la seconde moitié du XVIIe siècle et au XVIIIe, les orbes elliptiques font désormais partie de l'imaginaire paradisiaque européen. Cette dilatation en ellipse convenait bien à l'évocation de l'Apocalypse, par exemple sur le plafond de l'église ovale d'Altenburg. En outre, elle exprimait désormais l'« univers sans cesse en expansion des connaissances humaines[32] ».

Trompe-l'œil, raccourcis et vertiges

Si les paradis de l'âge baroque furent profondément différents de ceux qui les avaient précédés, c'est parce qu'ils se déployèrent avec prédilection sur des surfaces courbes, mais c'est aussi parce qu'ils furent remplis par les mouvements vertigineux des anges et des élus. Auparavant ceux-ci étaient soit immobiles, soit saisis par les artistes dans des déplacements de faible amplitude.

Ce contraste ne signifie pas que la théologie en images renonçait à la conviction médiévale que les bienheureux passent leur éternité à contempler Dieu face à face. Mais l'âge baroque procéda, au moins implicitement, à une réhabilitation du mouvement par rapport à la philosophie traditionnelle : le mouvement, pensa-t-on, est bon et beau puisque Dieu en est l'auteur[33]. Et surtout, ce que l'art du temps exalta, ce fut moins la cour céleste réunie dans sa plénitude que le moment fulgurant de l'ascension de Jésus, de Marie, des anges et des saints vers le sommet des cieux. Des thèmes voisins rejoignirent les précédents, en particulier les « triomphes » de l'Eucharistie, de l'Église, de la Croix et des athlètes de Dieu, etc. Tous ces thèmes justifièrent la représentation de mouvements giratoires et ascensionnels sans cesse plus étourdissants que les fidèles regardaient, éblouis, depuis la terre. Très haut, des nuages s'ouvraient un instant qui leur permettaient d'entrevoir une lumière surnaturelle et la gloire divine.

Les paradis de l'âge baroque résultèrent donc de la conjonction de deux éléments essentiels : d'une part, la faveur désormais accordée aux coupoles et aux voûtes et, d'autre part, les prouesses que permit la maîtrise de la perspective, des raccourcis et du trompe-l'œil. Le XVe siècle, en Italie et aux Pays-Bas, avait beaucoup travaillé pour acquérir cette maîtrise. Les Italiens inventèrent le terme *quadratura* pour signifier « la réduction géométrique des formes, la recherche systématique des proportions et le schéma de mise en carreau projectif[34] ». Le domaine privilégié de ces expériences fut d'abord la marquetterie — ainsi dans le célèbre *studiolo* du palais d'Urbino. « Les vues de villes, note André Chastel, existèrent en marquetterie avant de se multiplier en peinture[35] ». Le problème de la transposition sur un plan, et bientôt sur des surfaces courbes, d'un espace à trois dimensions excita de façon croissante la virtuosité des artistes qui jouèrent avec de plus en plus d'habileté de la perspective centrale ou cavalière, des points de fuite et des points de distance. Devinrent alors possibles des trompe-l'œil stupéfiants et des raccourcis à couper le souffle. L'art baroque put ainsi s'épanouir dans le virtuel. On ne saurait donc trop insister sur les immenses conséquences culturelles qu'induisit la maîtrise de la perspective. L'« ordre ancien du regard » s'en trouva modifié[36]. Une distance s'établit entre l'œil et la scène peinte. Celle-ci perdit de son immédiateté. La perspective éloigna le paradis des fidèles.

Le premier artiste qui eut l'idée de peindre sur des plafonds des personnages vus *sottinsù*, c'est-à-dire de bas en haut, est Mantegna. En 1471-1474, dans la chambre des Époux du castello San Giorgio de Mantoue, il imagina des femmes dominant le spectateur à la verticale et bavardant derrière la balustrade d'une lunette entourée de petits amours et ouverte en haut sur un large ciel. C'est encore à Mantoue, mais cette fois à la périphérie de la ville, dans la résidence d'été des Gonzague, que Jules Romain, dans les années 1530-1532, peignit les fresques de la salle des Géants. Ici le décor n'est qu'illusion : des géants paraissent écrasés sous les murs et les colonnes de la salle qui s'écroule sur eux. L'Italien Francesco Marchini se souvenait peut-être de l'œuvre de Jules Romain à Mantoue, lorsqu'il peignit beaucoup plus tard, en 1728, la coupole d'une chapelle sépulcrale dans l'église de Wiesentheid, en Bavière. Il y représenta l'écroulement d'une voûte, symbole qui voulait ici évoquer la mort[37].

Raccourcis et trompe-l'œil furent d'abord réservés à des scènes profanes. Michel-Ange, au plafond de la Sixtine, constate Germain Bazin, « hisse ses colosses sur des architectures feintes ; mais, respectant encore l'intégrité des corps, il ne les raccourcit que selon un angle de visée à 45 degrés ; et même les scènes de la Genèse, peintes sur la voûte, le sont le plus souvent comme si elles étaient vues orthogonalement sur une paroi verticale, et rabattues telles quelles sur la surface courbe[38] ». La révolution en ce domaine fut accomplie par le Corrège à Parme dans les deux coupoles de Saint-Jean-l'Évangéliste (1520-1523) et de la cathédrale (1526-1530) — une *Ascension* et une *Assomption*. Il est « le premier qui ait osé peindre des figures *sottinsù* volant en plein ciel[39] ».

À Parme toujours, revenons un instant en arrière. La ville possède le plus insigne monument lombard à plan central de toute l'Italie : le baptistère construit de 1196 à 1260. L'extérieur est octogonal, mais l'intérieur se dédouble pour former un polygone à seize côtés se terminant par une coupole divisée, elle aussi, en seize compartiments. La décoration sommitale de cette coupole associe histoire sainte et paradis. Autour d'un soleil central — nouvelle anticipation médiévale de l'héliocentrisme spirituel — sont déployés des cercles concentriques de plus en plus larges à mesure qu'on perd de l'altitude. Viennent d'abord les étoiles, puis, à l'étage au-dessous, et assis, les apôtres et les évangélistes ; plus bas et, cette fois, debout, les prophètes et les rois de l'Ancien Testament. Chacun de ces personnages immobiles a sa propre « demeure » dans le royaume des cieux, c'est-à-dire son logement bien délimité dans l'un des seize compartiments.

Le contraste est saisissant avec l'*Assomption* peinte par le Corrège sur la coupole de la cathédrale voisine. Il permet de mesurer d'un coup les transformations en trois siècles et demi de l'imaginaire paradisiaque. Cette prodigieuse réussite fut l'acte de naissance de la peinture religieuse baroque. On ne peut mieux faire ici que de reproduire le pénétrant commentaire qu'en donna Victor L. Tapié dans *Baroque et classicisme* : « L'expression "danse sacrée", dont ceux qui écrivent sur le baroque devraient se garder, tant elle revient facilement sous la plume pour traduire un des caractères les plus fréquents de cet art, se présente [ici] à la pensée avec une singulière exactitude. Il semble que la pierre se soit transformée en nuage à la base de la coupole et qu'un mouvement rythmé, analogue à celui de la danse, soulève ces anges. Dans une étourdissante palpitation de leurs ailes et de leurs jambes gracieuses, ils emportent la Vierge à demi couchée à la rencontre de son fils, cependant qu'en haut de la coupole un dernier ange, drapé d'étoffe bleue, a pris un vol trop rapide qui le détache de la ronde et l'entraîne plus loin que les autres. La lumière où la scène se déroule veut être celle dont parlent les hymnes, et ne ressembler à celle du monde que parce qu'elle en amplifie les qualités[40]. »

En bas, le spectateur est trop subjugué pour s'attarder aux détails. Voit-il que certains anges jouent des cymbales et d'autres du tambourin ? Peut-il attarder son regard sur le visage de Marie en extase ? Non, sans doute, car ce qui le frappe, c'est le tourbillon des anges, la spirale vertigineuse aspirant la Vierge et la milice céleste vers la trouée de lumière qui fait reculer les cercles de gros nuages gris. Ici tout est mouvement, gravitation et ascension vers le soleil surnaturel du bonheur. Si les coupoles et les voûtes baroques se sont, en si grand nombre, offertes et ouvertes aux évocations paradisiaques, c'est surtout au Corrège qu'on le doit. Il a créé la peinture religieuse baroque dix ans avant l'ouverture du concile de Trente.

On mesure la hardiesse du Corrège quand on compare son *Assomption* de Parme au *Paradis* que Gaudenzio Ferrari, qui avait travaillé dans l'atelier de Léonard de Vinci et collaboré avec Raphaël au décor de la Farnésine à Rome, représenta en 1535-1536 sur la coupole du sanctuaire de Saronno (Lombardie)[41]. Dans cette église, il s'agit d'un concert d'anges, très beau assurément, mais dans la tradition de ceux que nous avons admirés depuis le milieu du XIVe siècle jusqu'aux premières décennies du XVIe. Les musiciens et les chanteurs célestes, pressés les uns contre les autres, sont répartis sur des orbes concentriques clairement dessinés. Au-dessus d'eux des angelots nus — des *putti* — dansent une ronde autour du Père éternel. Le mouvement n'est pas absent de cette fresque paradisiaque, mais il est géométrique, sage et ordonné. Ferrari, contrairement au Corrège, a esquivé les problèmes spatiaux.

Ces problèmes seront résolus avec une habileté croissante dans les paradis des coupoles et des voûtes du XVIIe et du XVIIIe siècle. On a dit que la coupole de San Andrea della Valle, élevée par Maderno en 1622, voulut être la plus haute de Rome après celle de Saint-Pierre et qu'elle fut aussi la première conçue à Rome pour accueillir une fresque consacrée au paradis[42]. Peinte par Giovanni Lanfranco en 1622-1625, cette *Gloire du paradis* dérive de celle du Corrège et s'inspire de ses perspectives illusionnistes. Lanfranco récidive dans la cathédrale de Naples en 1641-1643 où il reprend les orbes concentriques de Ferrari, mais en introduisant plus de mouvement et, surtout, une forte dose de perspective, de sorte que le regard monte de nuage en nuage vers le sommet des cieux où le Tout-Puissant ouvre ses bras et ses mains en direction des élus et des anges.

Jeux illusionnistes

Désormais coupoles et voûtes constituent des espaces privilégiés pour la représentation de l'univers céleste. Pierre de Cortone, un des artistes majeurs travaillant à Rome dans la première moitié du XVIIe siècle, s'impose comme un maître des perspectives plafonnantes, d'abord au palais Barberini, puis à la Chiesa Nuova, l'église des Oratoriens. Le paradis qu'il peint sur la coupole de celle-ci en 1647-1651 se distingue de celui de Lanfranco à Naples par la rotation accélérée des anges et des élus qui, sur fond de nuées, gravitent autour du cercle de lumière auréolant la colombe du Saint-Esprit.

Dès lors on peut suivre aisément dans le temps et l'espace la virtuosité croissante des artistes. Dans le domaine des prouesses paradisiaques, une étape importante est en effet marquée par *La Gloire du nom de Jésus* peinte en 1672-1679 par le Génois Baciccio au plafond de l'église du Gesù de Rome. Le virtuel fait ici une entrée en force dans le sanctuaire par l'association des figures peintes et des stucs, de l'espace illusionniste de la peinture et de celui, réel, de l'architecture. Grâce aux jeux du trompe-l'œil, les cadres explosent, l'inertie des lignes est rompue et l'univers céleste fait irruption dans l'église. À une extrémité de la vaste composition, des anges en stuc portent une banderole avec ces mots : « Au nom de Jésus tout genou fléchira. » À l'extrémité opposée, et débordant l'ellipse comme un torrent furieux sorti de son lit, des damnés gigantesques sont rejetés hors de l'espace du salut. En revanche, dans l'ovale céleste et autour, les anges et les élus, têtes et bras tendus vers le monogramme du Christ, sont comme aspirés dans un tourbillon vers celui-ci. Le firmament est de plus en plus doré à mesure qu'on s'approche du saint nom de Jésus qu'entoure une couronne d'angelots vaporeux. De ce noyau placé à l'un des centres de l'ellipse partent des rayons, dont celui qui précipite les damnés dans l'abîme. En ce sens, la grandiose fresque de Baciccio est un Jugement dernier, mais l'accent y est mis sur l'immense lumière du paradis accordée à ceux qui acceptent de s'agenouiller devant le Seigneur.

Baciccio eut un grand successeur : le jésuite Andrea Pozzo, l'un des maîtres des architectures peintes. Né à Trente, venu à Rome en 1681, il y réalisa un « chef-d'œuvre absolu », le décor plafonnant de l'église Saint-Ignace (1685-1694). Il ne s'agit pas d'un paradis proprement dit, mais d'un « triomphe » — celui du fondateur de la Compagnie — et d'une exaltation de l'œuvre missionnaire des jésuites. Il n'est pas hors de propos d'en parler ici, car l'artiste a voulu faire pénétrer le ciel dans le sanctuaire et donner aux fidèles non seulement l'illusion mais la conviction qu'ils étaient pour un instant les témoins d'une vision de l'au-delà[43].

Voici cette vision : au centre Jésus, brandissant la croix, est comme perdu dans la lumière. Un rayon sort de sa poitrine, frappe au cœur saint Ignace en extase et, réfléchi comme par un miroir, va projeter la clarté de l'Évangile sur les quatre parties du monde. Pozzo, théoricien de la perspective, était aussi un décorateur de théâtre, soucieux ici de procurer aux fidèles un ravissement comparable à ceux qu'offraient les constructions amovibles du *theatrum sacrum*. À Saint-Ignace, les jeux illusionnistes prolongent en hauteur l'architecture de l'église par des arcades monumentales ouvrant sur un large ciel centré sur Jésus et le fondateur de la Compagnie. Ce ciel, dont le noyau le plus lumineux entoure Jésus, pénètre littéralement dans l'édifice. Il est rempli de figures savamment distribuées sur des plans multiples et traitées avec une science du raccourci parfaitement maîtrisée.

Auteur d'un traité de *La Perspective des peintres et des architectes* (1693) traduit en français dès 1700 et en allemand en 1719, Pozzo termina sa carrière à Vienne où l'avait appelé l'empereur. On raconte que, sollicité de décorer la résidence électorale de Bamberg, il refusa à cause des plafonds trop bas qui ne lui auraient pas permis de réaliser de beaux effets de perspective. Avec Guarini il influença profondément l'art germanique du XVIIIe siècle, qui ne se comprend que rattaché à ces deux maîtres de l'illusion.

Dans les églises catholiques du XVIIIe siècle, les ciels sont nombreux, et de plus en plus sophistiqués à mesure qu'on glisse du baroque au rococo. Les faux encadrements architecturaux, les corniches transgressées, l'enchevêtrement des lignes réelles et virtuelles bannissent la vraisemblance. Les assauts perspectifs du ciel s'y révèlent de plus en plus hardis. Les concavités et les convexités s'emboîtent. Les raccourcis accélèrent la montée du regard. Les gestes en diagonale augmentent la profondeur de champ.

C'est en Europe centrale que cet art du décor appliqué aux évocations paradisiaques atteignit ses sommets. Évoquons quelques-unes de ces réalisations éblouissantes. L'abbaye de Weingarten, en Souabe, fut reconstruite au XVIIIe siècle et on y éleva la plus importante église d'Allemagne (longueur de la nef, 102 mètres ; hauteur de la coupole, 66 mètres). Cosmas Damian Asam, qui, à Rome, s'était mis avec son frère à l'école de Pierre de Cortone et d'Andrea Pozzo, y réalisa dans les années 1720 un vaste programme de peintures et, parmi celles-ci, le plafond du chœur. Il est consacré à la Pentecôte et, comme tel, doit être rattaché à l'iconographie paradisiaque. De puissantes colonnes feintes paraissent soutenir une coupole du sommet de laquelle la colombe du Saint-Esprit, auréolée d'un cercle de lumière, envoie ses langues de feu sur les apôtres. L'architecture en trompe l'œil s'inspire de Pozzo, mais une trouvaille particulière réside dans les trois cascades de nuages lumineux que les anges dirigent depuis le sommet des cieux jusqu'au niveau des apôtres en bas de la coupole.

De la première moitié du XVIIIe siècle est aussi l'église Saint-Nicolas-de-Mala-Strana, qui s'impose depuis lors dans le paysage de Prague par sa monumentalité et par l'association du campanile à étages et de la coupole à nervures surmontant un haut tambour. Elle était destinée à la maison professe des Jésuites et fut élevée de 1704 à 1752, selon le projet du grand architecte, d'origine tyrolienne, Kilian Ignaz Dientzenhofer. L'édifice reprend des dispositions devenues habituelles à l'époque en y ajoutant la grâce des courbes. À l'extérieur, « les murs, les frontons, les balustrades se creusent ou se gonflent [...] dans une ondulation de tout l'ensemble ». L'intérieur rappelle celui du Gesù, mais « les pilastres de stuc sont présentés en diagonale par rapport à la nef, les balustrades s'incurvent au bord des tribunes. Un mouvement qui paraît de danse sacrée anime tout l'édifice[44] ». On est ici à la pointe extrême du baroque, au moment où il s'incurve et se diversifie pour devenir le rococo.

Un telle église avait vocation à accueillir de multiples images paradisiaques, dont la grande fresque de L. Kracker, l'apothéose de saint Nicolas. On y évoque le port de Smyrne avec ses bâtiments, ses marchands, ses galériens et des fidèles qui se pressent autour du tombeau du saint thaumaturge. Mais — souvenir de la vision de saint Ignace — une grande nuée oblique conduit ensuite le regard depuis le tombeau vers le centre du ciel où Nicolas est figuré dans sa gloire éternelle. Redoublement d'images paradisiaques : la coupole présente des anges et des élus tournant autour du cercle lumineux centré sur la colombe du Saint-Esprit et, à l'entrée de l'église, l'orgue blanc et or, à l'architecture ondulée, est prolongé en hauteur par des colonnes feintes et un entablement ouvrant sur un ciel ovale habité par des anges musiciens.

Pozzo et ses prédécesseurs avaient opté pour une perspective centrée, conçue pour un spectateur fixe. À l'église Saint-Ignace de Rome, un cercle de marbre, voulu par l'artiste, marque l'aboutissement du cône visuel où l'on doit se placer pour avoir la bonne perspective sur l'ensemble de la fresque plafonnante. Mais de plus en plus, notamment dans l'art religieux de l'âge rococo, on abandonna cette perspective zénithale. On lui préféra un espace dynamique conçu pour un spectateur mobile se déplaçant à l'intérieur du sanctuaire et progressant de découverte en découverte.

Un chef-d'œuvre : Wies

L'un des monuments religieux les plus attachants de Bavière est l'église de pèlerinage de Wies, justement célèbre et construite par les Prémontrés en l'honneur d'une statue miraculeuse du Christ flagellé. On peut d'abord s'étonner que l'architecte, Dominique Zimmermann, chargé de la construction du sanctuaire à partir de 1746, et son frère Jean-Baptiste, l'auteur des fresques, aient choisi d'honorer une image de Jésus torturé par un splendide édifice, qui diffuse la joie par le rayonnement de la matière, la richesse des couleurs et l'intensité de la lumière. Mais il n'y a pas désaccord entre la théologie sous-jacente et la réalisation éblouissante, puisque le Sauveur par ses souffrances a ouvert le paradis à l'humanité pécheresse.

La nef de l'église est ovale. Sur les côtés, des piliers doubles avec chapiteaux blanc et or supportent des corniches, des cartouches et des petits balcons, eux aussi blanc et or, qui ouvrent sur le ciel bleu. Le bas de la nef est traité en blanc sobre, mais la partie haute donne l'impression d'une fleur qui s'épanouit à la chaude lumière du paradis. Le plafond est presque plat, mais l'art de la perspective, le jeu des courbes, notamment la présence d'un arc-en-ciel, et le glissement des couleurs du bleu vers l'or donnent l'illusion d'une voûte réelle étirée en longueur.

Au-dessus de l'entrée intérieure du sanctuaire s'élève en trompe l'œil, dans les hauteurs de la fausse voûte, la « porte de l'éternité ». Elle est encore fermée mais va bientôt s'ouvrir, car la scène peinte au plafond est un Jugement dernier. À l'autre bout de l'ellipse, répondant à la « porte de l'éternité », le trône du Christ juge est pour un instant encore inoccupé. Pas pour longtemps, car les anges ont déjà en main les trompettes du Jugement. Celui-ci n'est pas évoqué ici comme un *dies irae*, même si dans la couronne de gloire placée au-dessus du trône où va s'asseoir Jésus est représenté le glaive de justice, associé d'ailleurs à un olivier. Symbole rassurant : une belle draperie bleue est déployée en arrière du trône divin.

Or voici que, sur l'arc-en-ciel, symbole de paix, apparaît le Christ transfiguré et auréolé de couleurs joyeuses. Il est entouré des neuf chœurs angéliques, Marie étant reconnaissable entre Michel et Gabriel. Elle porte des ailes, en tant que « reine des anges ». Au-dessus de la riche couronne de moulures en stuc sont figurés les apôtres, témoins traditionnels du Jugement dernier. Enfin, dans les cartouches surmontant les corniches apparaissent, en blanc sur fond d'or, des anges symbolisant les huit « béatitudes ».

L'église de Wies forme un tout cohérent. On ne peut séparer le ciel de la voûte, ni du chœur de tonalité rouge qui illumine le sacrifice du Rédempteur, ni de l'éblouissante chaire en stuc doré qui évoque la tempête de la Pentecôte accompagnant la descente du Saint-Esprit sur les apôtres. Le message des frères Zimmermann, qui n'est paradoxal qu'en apparence, était certainement accessible même à d'humbles fidèles : le Christ flagellé et crucifié a ouvert les portes d'une éternité qui sera bonheur et lumière pour ceux qui entendent le langage des « béatitudes ». Pénétrer dans cette église de pèlerinage riche de formes et de couleurs, c'était d'un coup être transporté pour quelques instants au-delà de la grisaille et des misères d'ici-bas.

Après Wies, en fin de parcours, le rococo s'épuise dans l'illusion. Les visions sont décentrées. Les orbes elliptiques se déforment. Les nuées déferlent en vagues. La multiplication des axes fait éclater l'espace. Les structures et les masses se dissolvent. Les personnages sont éparpillés dans l'éther comme des flocons. La science de la perspective, livrée à elle-même, devient un jeu[45]. Le fidèle est emporté dans une sorte de rêve chaotique où il ne trouve plus la béatitude céleste que voûtes et coupoles voulaient auparavant lui apporter.

Mais avant cette dissolution de l'imaginaire paradisiaque, celui-ci avait pu s'épanouir dans des réalisations éblouissantes. L'une de celles-ci apportera une conclusion au présent chapitre. Jean-Baptiste Zimmermann peignit en 1733 les fresques de la voûte ovale de l'église Saint-Pierre-Saint-Paul de Steinhausen — église à la fois abbatiale et de pèlerinage. Par un jeu de trompe-l'œil, l'artiste figura allégoriquement les quatre continents et le jardin d'Éden, celui-ci assez rarement évoqué à l'époque. Du haut de la voûte le jardin, interdit depuis le péché originel, est rendu accessible aux fidèles par des peintures et des stucs qui lui en présentent des éléments réalistes et familiers — arbres, fontaine, oiseaux, écureuil. Mais le ciel du paradis terrestre s'ouvre lui-même sur l'espace bleu, les nuages blancs et les habitants du paradis définitif. Ainsi, des retables et des piliers jusqu'aux balustrades donnant sur les deux paradis successifs, les fidèles étaient conduits vers l'éternité radieuse par un chemin de bonheur[46].

CHAPITRE XX

Exaltation, profusion et fête

Le baldaquin et la chaire de Saint-Pierre

La Renaissance puis l'âge baroque corrigèrent la préférence pour les lignes horizontales issue de l'esthétique gréco-romaine par l'élévation des coupoles et par des trompe-l'œil donnant aux voûtes une concavité plus apparente que réelle. Cette recherche d'altitude, destinée à l'évidence à conduire le regard et l'âme vers les hauteurs du paradis, s'exprima aussi avec éclat dans le baldaquin et la chaire de Saint-Pierre que le Bernin réalisa dans la basilique vaticane.

Le Bernin avait vingt-cinq ans lorsqu'il commença le baldaquin dont la construction prit dix ans (1623-1633). On en a maintes fois souligné la puissante originalité. Au lieu de construire au-dessus du maître-autel un *ciborium* colossal qui eût été lourd, l'artiste imagina un dispositif de « tapissier », c'est-à-dire une architecture rappelant les étoffes déployées dans les processions au-dessus du Saint-Sacrement. « Il fixa dans le bronze ce qui n'était jusque-là que bois et tentures ; il rendit stable, puissant et gigantesque ce qui demeurait provisoire et mobile[1]. » Ce baldaquin fut reproduit dans le monde entier. Ses colonnes torses, dites salomoniques, n'avaient pas été inventées par le Bernin — l'ancienne basilique constantinienne en comportait déjà — mais elles se multiplièrent dans les églises à partir de la réussite du baldaquin de Saint-Pierre.

Il faut insister ici sur la volonté du Bernin d'exprimer dans cette architecture inhabituelle les notions de mobilité et d'ascension. Le baldaquin s'élève à 28 mètres de hauteur. Les colonnes torsadées traduisent par leur mouvement un élan vers le ciel. Elles soutiennent une courtine de bronze découpée et flottante, d'où jaillissent des volutes portant le globe et la croix dans l'axe du sommet de la coupole. Aux extrémités, des anges paraissent soutenir ce tissu par des guirlandes, tandis que des angelots, revêtus d'ornements liturgiques, débordent la partie supérieure de la courtine pour en rompre la régularité.

Ce monument puissant traduisait l'idéal et la sensibilité catholiques de l'époque. Il exaltait le Saint-Sacrement, comme s'il était porté dans une procession permanente, et affirmait la primauté spirituelle des papes. Mais il était aussi mouvement, élan, invitation à l'ascension. Il dirigeait le regard vers les mosaïques, certes assez blafardes, de la coupole, qui évoquent les papes, les saints et les anges groupés autour de Dieu le Père. Il s'agissait bien d'une envolée vers le paradis.

Beaucoup plus tard, à soixante-quatre ans, le Bernin éleva, en 1667, dans la basilique vaticane la « Gloire » de l'abside, c'est-à-dire le reliquaire de la chaire de saint Pierre. Il s'agissait d'héroïser au fond de l'église un vénérable trône épiscopal censé avoir été celui de l'apôtre, mais qui datait du IVe siècle. Comment y parvenir? L'artiste en fit un symbole de la communication du ciel et de la terre et voulut rendre sensible l'assistance divine rayonnant sur le magistère pontifical. Il enferma l'antique chaire cathédrale dans un grand reliquaire en forme de fauteuil, visible depuis la nef entre les colonnes du baldaquin, et imagina un ensemble cohérent mais composé de deux parties distinctes. En bas, les Pères de l'Église soutiennent le reliquaire dont la décoration fouillée laisse apercevoir des anges et des angelots présentant les « clés du royaume » et des tiares pontificales. En haut, le regard est attiré par l'explosion d'une ellipse lumineuse centrée sur une fenêtre traversée par la lumière du jour. Elle accueille la colombe du Saint-Esprit. Anges tumultueux, nuages et rayons de gloire constituent l'entourage du soleil central. « On croirait, commentait V. L. Tapié, que les anges de l'*Assomption* du Corrège ont quitté le dôme de Parme, qu'ils ont pris forme et chair pour venir, dans un vol enchevêtré, s'ébattre au fond de la basilique[2]. » Ce rapprochement vient à point ici nous rappeler la signification doctrinale de l'œuvre du Bernin : une Pentecôte renouvelée fait s'ouvrir le ciel devant les fidèles éblouis qui peuvent alors entrevoir la lumière du Saint-Esprit et le vol des anges dans le ciel.

Deux rappels permettent de suivre la postérité du baldaquin et de la chaire de Saint-Pierre : au château de Bruchsal, sur les fresques du chœur de la chapelle, Cosmas Damian Asam, en 1728, évoqua Rome par les colonnes salomoniques du baldaquin du Bernin et par la colombe du Saint-Esprit entourée de rayons; Matthäus Günther, en 1741, reprit les deux mêmes éléments, à l'entrée de l'église paroissiale d'Oberammergau, dans une composition théâtrale qui fait parvenir le regard par leur intermédiaire jusqu'au niveau du ciel[3].

Les retables

La volonté d'orienter les fidèles vers le ciel s'est fortement exprimée, tout au long des XVIe-XVIIIe siècles, dans l'architecture et la décoration des retables. Le gothique tardif avait, certes, déjà montré le chemin et, de la Pologne à Madère, multiplié les hauts retables. Témoin, entre beaucoup, deux exemples admirables. L'un est le grand retable en bois de tilleul polychromé et doré (hauteur 13 mètres, largeur 11 mètres) que Veit Stoss sculpta de 1477 à 1486 pour l'église Notre-Dame, paroisse des Allemands de Cracovie. Fermé, le retable présente douze panneaux sculptés consacrés à la vie de la Vierge et du Christ. Ouvert, il comporte un corps central de 7,25 mètres de haut sur 5,34 de large où sont successivement évoqués de bas en haut la *Dormition de Marie,* puis l'*Assomption.* Certaines figures d'apôtres autour de la Vierge expirante atteignent 2,80 mètres de haut. Il faut souligner ici l'accent mis sur la monumentale verticalité mais aussi le thème ascensionnel évoqué, qui sera si souvent repris par la mystique et l'iconographie baroques. Le second exemple est le grandiose retable en mélèze de la Capilla Mayor dans la cathédrale de Tolède (début du XVIe siècle). Ce retable s'élève presque jusqu'au sommet de la nef, qui atteint 30 mètres de haut. Divisé en cinq étages, il retrace des scènes de la vie de Jésus et en son centre contient un grand ostensoir. L'art baroque, à son tour, aimera exalter le Saint-Sacrement dans les hauteurs de ses compositions théâtrales.

Tout ce que nous avons dit sur *L'Agneau mystique* de Gand prouve à l'évidence que l'âge baroque n'a pas inventé le retable (mot signifiant « arrière-table » et, plus précisément, « arrière-autel »), mais il en a fait un plus grand usage que les périodes précédentes. S'est alors produite une véritable « inflation[4] » de ces constructions, à dominante souvent verticale, portant un décor peint et sculpté. Elles furent, sur le plan visuel, une des manifestations les plus caractéristiques et les plus attachantes de la Réforme catholique.

Depuis une vingtaine d'années la recherche historique et la restauration du patrimoine artistique, l'une aidant l'autre, nous ont rendus attentifs à la fois au nombre et à la décoration des retables qui ont enrichi des églises même modestes. On en compte plus de trois cents en Roussillon. Dans l'ancien diocèse du Mans (10 935 km^2), Michèle Ménard en a inventorié 1 005 répartis entre 415 églises paroissiales[5]. Une enquête systématique a repéré en Bretagne (diocèse de Nantes exclu) 1 350 retables des XVIIe et XVIIIe siècles encore conservés et en a recensé 260 aujourd'hui disparus[6]. La présence des retables a donc été générale dans le mobilier des églises, grandes ou modestes, de l'âge baroque. En ce qui concerne la France dans ses limites actuelles, leur décoration fut particulièrement riche dans les régions qui ne faisaient pas encore partie du royaume ou qui étaient éloignées de l'austérité centrale : comté de Nice, Provence, Roussillon, Pays basque, Bretagne, Alsace, Savoie, etc.

Grâce au retable, chaque autel fut enchâssé dans une sorte d'« édifice particulier », l'un et l'autre formant ensemble un « petit temple » — ou un petit théâtre — dont les colonnes et la décoration, lors des cérémonies, entraient en symbiose avec la lumière des cierges et la fumée de l'encens. Le retable formait un « arc de triomphe » autour et au-dessus de l'autel qu'il entourait et dominait. C'était l'un des supports d'une religion d'ostentation, d'exaltation, de liturgie et de triomphe, mais il avait aussi mission d'enseigner le dogme aux fidèles, de lui rendre présente la Trinité ou l'Eucharistie et d'exalter la vertu des saints qu'il fallait imiter[7].

Doit nous retenir ici la manière — pédagogique assurément — qu'avait le retable de désigner le ciel aux fidèles. Le retable ouvrait un coin du voile sur l'au-delà. Michèle Ménard a bien souligné cette signification du retable. Il était, écrit-elle, une « porte du ciel », un « arc de gloire dressé pour l'entrée du Seigneur en même temps que l'accès triomphal des élus au paradis ». Il réalisait une « trouée vers l'au-delà » et traduisait une « aspiration vers le haut[8] ». Cette interprétation est valable pour l'ensemble du monde catholique de l'époque. Une étude portant sur les retables de l'Amérique latine voit, certes, en eux des constructions théâtrales et des « machines de persuasion », mais souligne aussi qu'ils invitaient à une « lecture ascendante » d'un « ordre hiérarchisé », car ils définissaient des proximités avec la figure sacrée du Christ et visualisaient les pouvoirs de médiation et d'intercession dont les saints disposent auprès de Dieu[9]. La trame de l'ornementation, la spirale des colonnes salomoniques, les volutes et les enroulements renforçaient le sentiment global d'élan vers le haut.

Trinité et Assomption

Dans l'iconographie des retables, deux thèmes invitèrent plus particulièrement à regarder vers le ciel : celui de la Trinité et celui de l'assomption de Marie.

La représentation de la Trinité pouvait poser problème — ce qui est bien expliqué dans le *Traité des saintes images* publié en 1570 par le théologien de Louvain Molanus. Fidèle aux consignes du concile de Trente, Molanus rejette les positions extrêmes. Certes, *stricto sensu,* on ne peut laisser croire que les yeux du corps peuvent voir les couleurs ou les formes du Père ou du Saint-Esprit (session XXV du concile), et que « la divinité est semblable à l'or, à l'argent ou à la pierre façonnés par l'art et la pensée de l'homme » (Ac 17, 29). Mais, à condition de donner aux fidèles les explications suffisantes, « personne ne jugera que l'on s'en prend à la religion et à la loi de Dieu en montrant une des personnes de la très sainte Trinité "au moyen de signes sous lesquels elle est apparue dans l'Ancien Testament comme dans le Nouveau" (*Catéchisme du concile de Trente*) [10] ».

L'iconographie des retables baroques prouve que ce conseil fut entendu. La Trinité y est fréquemment représentée de différentes façons, notamment par le triangle équilatéral (l'ancien diocèse du Mans comprenait 110 évocations trinitaires sous la forme du triangle [11]), ou par l'évocation du baptême de Jésus dans une mise en scène à trois niveaux — en bas, le baptême dans le Jourdain; à mi-hauteur, l'apparition de la colombe du Saint-Esprit; au sommet, la présence du Père. À ces évocations de la Trinité il faut ajouter des figurations du Saint-Esprit, entouré de nuées et source de rayons, et de Dieu le Père, seul au sommet des retables et des voûtes et posant souvent la main sur un globe. Ces images comportent presque toujours des nuages qui s'entrouvrent et des angelots — chérubins ou séraphins — entourant les personnes divines. Il s'agissait bien d'ouvertures sur le mystère glorieux de l'au-delà.

Quant au thème de l'Assomption, il s'accordait avec la doctrine et la sensibilité catholiques du temps, bien que le dogme la concernant n'ait été proclamé qu'en 1950. Depuis longtemps l'art occidental aimait évoquer Marie élevée au ciel par les anges sous les yeux des apôtres. La Renaissance abonda dans ce sens : Fra Angelico, Ghirlandaio, Mantegna, Fillipino Lippi, entre autres, représentèrent l'Assomption. L'attirance des artistes pour ce thème s'accrut encore durant la période suivante, comme le prouvent des œuvres célèbres de Titien, de Guido Reni, de Poussin, de Rubens ou de Murillo. Le seul Rubens représenta douze fois l'Assomption. L'accent mis fortement sur le culte marial par l'Église catholique après la naissance du protestantisme et la prédilection de l'art baroque pour les motifs ascensionnels expliquent ensemble la profusion des œuvres qui furent consacrées à l'Assomption aux XVIe-XVIIIe siècles, à commencer par la fresque du Corrège à la cathédrale de Parme. Précision significative : les Jésuites, qui élevèrent à Lisbonne en 1566 leur première église au Portugal — Saint-Roch —, placèrent une Assomption dans le retable dominant l'autel majeur.

Les retables consacrés à l'Assomption sont légion. Dans l'ancien diocèse du Mans, s'agissant des peintures « plates » et des reliefs, c'est le thème qui vient en tête : 48 occurrences contre 21 pour la Résurrection de Jésus, 11 pour son Ascension et 9 pour sa Transfiguration[12]. Il a donc été ici — et aussi ailleurs — l'image choisie de préférence pour guider le regard des fidèles vers les hauteurs du paradis. Les multiples « chemins du baroque », à travers le temps et l'espace, conduisent à la fréquente découverte de retables consacrés à l'Assomption.

Dans le village basque d'Ainoa (Pyrénées-Atlantiques), un beau retable en bois doré du milieu du XVIIe siècle se présente au visiteur comme une construction pyramidale à trois niveaux. Au centre du deuxième, une statue représente Marie dont les bras commencent à s'élever vers le ciel. À l'étage supérieur, Dieu s'apprête à l'accueillir. Plus somptueux est le chœur de Notre-Dame-des-Anges à L'Isle-sur-la-Sorgue (Vaucluse) qui reçut son décor en 1672. En arrière du maître-autel s'élève un véritable monument formant abside. Des colonnes, les unes engagées, les autres salomoniques, et des panneaux de bois doré dessinent une concavité centrée sur une Assomption de grand format. Marie, bras largement ouverts, est emportée par les anges. Au-dessus de l'arc qui limite le sommet de la peinture, d'autres anges, en stuc cette fois, se penchent pour voir la scène. Ils sont eux-mêmes surmontés par un grandiose fronton triangulaire, qui supporte une composition en stuc doré figurant à nouveau Marie, debout, mains jointes, entre deux anges et apparemment parvenue au sommet des cieux[13].

Autre exemple en France parmi des centaines : le retable, du milieu du XVIIIe siècle, qui meuble le chœur de l'église Saint-Sulpice de Fougères. Au-dessus d'un autel de marbre surmonté d'un énorme tabernacle doré, historié et sculpté, un grand tableau placé au centre d'une paroi lambrissée à pilastres montre Marie emportée par les anges. La Trinité domine toute la composition au-dessus d'un arc doré formant arc-en-ciel[14].

Une Assomption emblématique est offerte par le retable théâtral, en stuc partiellement doré, que réalisa Egid Quirin Asam, en 1717-1723, pour le maître-autel, volontairement surbaissé, de l'église abbatiale de Rohr (Bavière). Architecture et sculpture aérienne, inséparables l'une de l'autre, créent ici une composition complexe et de grandes dimensions. En bas, les apôtres s'agitent, étonnés, autour du tombeau désormais vide. Plusieurs lèvent les bras. L'un d'eux brandit une rose retirée de la tombe. Un autre tient un cierge. Au-dessus, Marie, soustraite à la pesanteur, est enlevée vers le ciel par deux anges. Le vent soufflant en diagonale agite ailes, draperies et vêtements. Les trois personnages en cours d'ascension occupent la plus grande partie du retable auquel l'artiste a donné une forte dominante verticale. Tout en haut, nuages, rayons lumineux et angelots entourent la Trinité qui s'apprête à l'accueil de celle qui va devenir la reine des cieux. Le Père et le Fils ont en main la couronne qu'ils vont poser sur sa tête[15].

Dresser une liste de tous les retables consacrés à l'Assomption — ou à Marie dans sa gloire céleste — à l'époque baroque est impossible. Mieux vaut donc isoler encore quelques exemples significatifs. Nous voici au Mexique dans le *camarín* de l'église du Carmel à San Luis Potosí, ville proche de mines d'argent. Cette chapelle s'ouvre par un gigantesque retable « qui semble sculpté dans l'écume », que l'on nomme tantôt « la porte de Marie », tantôt « la porte des archanges », car il semble donner accès au paradis. Réalisé au milieu du XVIIIe siècle par un artiste indien illettré, il se présente comme une paroi de stuc accumulant dans une véritable surenchère amortissements, consoles, décrochements, plates-bandes et motifs divers. Le foisonnement décoratif et la couleur blanche (évoquant la virginité mariale) avec rehauts d'or font penser au rococo germanique. Dans les hauteurs du retable, au milieu d'un « orage ornemental », Marie est enlevée au ciel pour son couronnement par des angelots semblables à des poupées. Redoublement des effets : cette « porte du paradis », traitée en retable, ouvre sur une chapelle entièrement dorée comportant un autre retable formant une conque et symbolisant une grotte dorée. Marie y est placée au centre. Sur les côtés deux statues figurent Anne et Joachim, ses parents[16]. Le concepteur de cette œuvre a ainsi emboîté deux retables l'un dans l'autre pour faire accéder le fidèle à un univers paradisiaque en contraste total avec l'expérience quotidienne.

Il est tentant de rappeler ici une réalisation bien différente, mais qu'on peut rapprocher de la précédente. Il s'agit de l'église des Augustins de Diessen (Bavière) élevée par Johann Michael Fischer en 1732-1739. Dans ce long vaisseau de 70 mètres, on aperçoit dès l'entrée, emboîtés par la perpective et adossés aux piliers, tous les retables latéraux. Ceux-ci ont pour fonction de diriger le regard vers le grand retable placé au-dessus du maître-autel et qui est consacré à l'Assomption. De chaque côté de cet autel, les Pères de l'Église latine semblent accueillir les prières des fidèles et les adresser à Marie qui, à son tour, les transmet à la Trinité figurée en coronnement de la composition[17]. Belle association de retables en perspective et des thèmes chers à l'art religieux du temps, l'Assomption et la Trinité.

Des retables aux façades

Consacrés à l'Assomption ou à d'autres thèmes — Trinité, Ascension, Eucharistie, Pentecôte, exaltation des saints —, les retables baroques, surtout dans les exemples les plus prestigieux, furent traités comme de véritables monuments élevés vers le ciel, tel celui que José de Churriguera éleva en 1693-1696 derrière l'autel majeur de l'église San Esteban à Salamanque. Ses puissantes colonnes torsadées soutiennent un tableau montrant saint Étienne martyrisé mais voyant le ciel s'ouvrir pour l'accueillir. Le monument culmine à 27 mètres de haut.

Autre retable monumental qui stupéfia les contemporains, l'extraordinaire *Transparente* en marbre et bronze de la cathédrale de Tolède auquel travailla pendant douze ans (1721-1732) Narciso Tomé, membre d'une famille de sculpteurs comparable à celle des Churriguera. Un éclairage zénithal de source invisible éclaire un édifice illusionniste réunissant dans une synthèse indissociable architecture, peinture et sculpture. Au-dessus de l'autel, un encadrement sculpté relativement sobre et hérité de la Renaissance italienne entoure une Vierge à l'enfant. Mais cet étage inférieur est inséré dans une vertigineuse composition verticale en l'honneur de l'Eucharistie. Anges, nuages et rayons solaires, en dessous de la Cène du Jeudi saint, semblent de loin une explosion cosmique. L'impression d'irréel est encore accentuée par l'entassement des volutes, consoles, balustres et chapiteaux. Les colonnes qui limitent le monument sont enveloppées dans un faux tissu déchiqueté, ou peut-être une écorce feinte déchirée, dont les trous laissent apercevoir des cannelures classiques. On a parlé d'une anticipation du *modern style* d'Antonio Gaudi. « Les formes [...] coulent les unes dans les autres ; le marbre retourne à un état fluide », écrit Germain Bazin, qui voit encore dans le *Transparente* « une clameur anarchique, [...] une aspiration à une architecture métaphysique [18] ». En tout cas, l'artiste a voulu créer un dépaysement total et, par la multiplication des effets de surprise, transporter les fidèles dans un ailleurs éblouissant — celui dont l'Eucharistie ouvre la porte.

Une variante portugaise des retables, au XVIIIe siècle, fut constituée par les *tronos* dressés en général au dessus du maître-autel. Il s'agit de gradins richement décorés montant en pyramide vers une plate-forme mettant en valeur une statue ou le Saint-Sacrement. Un modèle en fut fourni par l'église du monastère bénédictin de São Bento à Porto en 1705. D'ordinaire, l'élévation comprenait sept parallélépipèdes décroissants, chiffre évidemment religieux. À Porto, le *trono* est encadré par des colonnes salomoniques et surmonté d'arcs en plein cintre, les unes et les autres traitées en vert et or. Élevé en l'honneur du Saint-Sacrement à Evora (Carmo) et à Braga (São Victor), puis exporté au Brésil, le *trono* y connut un triomphe, en particulier à l'autel majeur de São Francisco à Ouro Preto. L'Aleijadinho le dessina en 1778-1779, l'enchâssant dans un somptueux encadrement rococo. Celui de São Bento à Olinda est un « magnifique exemple de rocaille-volume, a écrit P. Charpentrat. Chaque degré du *trono* semble fait de ressacs, de jaillissements contrariés ; des socles entièrement gauchis sortent les uns des autres, jusqu'à la niche en forme de violon qui doit contenir l'ostensoir[19] ». À São Bento de Rio de Janeiro, le décor de la chapelle du maître-autel fut réalisé en 1789-1793. Cette fois encore, il s'agit d'un *trono* à sept niveaux meublant tout le fond de l'église. Il est encadré par des statues de saint Benoît et de sa sœur Scholastique et, à son sommet, une Vierge couronnée porte l'enfant Jésus[20]. Le message est clair : l'ordre bénédictin est un des chemins du ciel.

De même que les retables se dilatèrent souvent en monuments, de même des façades d'églises furent traitées en retables, étirées en hauteur et compliquées de surcharges en opposition avec la rigidité horizontale et l'austérité affichées par les premiers monuments de la Réforme catholique — extérieurs du Gesù de Rome ou de Saint-Pierre. Le parti adopté dans les façades baroques fut d'abord celui d'une richesse décorative croissante des trois ordres de chapiteaux, depuis le sobre dorique à l'étage inférieur jusqu'à la luxuriance du corinthien au niveau supérieur. Ce schéma initial se compliqua ensuite et intervinrent de croissantes surcharges ornementales.

Un exemple caractéristique de façade traitée en retable, encore relativement sobre mais de plus en plus animée à mesure qu'on s'approche du ciel, est celle de l'église jésuite Saint-Michel de Louvain (vers 1650). Une forte verticalité culmine dans un pinacle où flammes, guirlandes et anges avec trompettes entourent le blason du Christ. La façade, dessinée en 1737, de la cathédrale de Murcie, d'ordre corinthien au premier corps, d'ordre composite au second, est un grand retable transporté à l'extérieur de l'édifice. Il en a l'ordonnance pyramidale, l'encadrement de colonnes, la disposition scénique qui orientent le regard vers un fronton curviligne orné d'une superbe Assomption.

L'étagement et le jaillissement d'une décoration qui se multiplie avec la hauteur se retrouvent au superlatif à Tepotzotlán, à quarante kilomètres au nord de Mexico —, un monument qui témoigne pour beaucoup d'autres. C'était l'église d'un collège et noviciat des Jésuites, achevée en 1762, peu avant que la Compagnie ne fût expulsée de Nouvelle-Espagne. La façade, de style churrigueresque, formant retable, se développe sur trois étages bien différenciés. Elle ne comprend pas de colonnes torses, contrairement à la fréquente décoration des retables intérieurs, mais une accumulation d'*estipites* — piliers en troncs de pyramides inversés avec chapiteaux ornementés et tailloirs saillants. Le niveau inférieur encadre la porte ; celui du milieu une statue du Christ entouré de saints et de martyrs de la Compagnie ; celui du haut constitue un fronton sommé d'urnes se découpant sur le ciel. L'ascension du regard se poursuit encore grâce à une tour unique placée sur le côté, qui renforce le lyrisme de l'ensemble[21].

Sites religieux

Dans cette enquête sur la verticalité à signification théologique, comment ne pas souligner l'insertion de certains sanctuaires dans le paysage, de sorte qu'ils invitaient à regarder vers le ciel ? La somptueuse église du couvent de Melk, en haut d'une falaise dominant le Danube, avait cette vocation, et aussi la basilique de Superga, bâtie à 670 mètres au-dessus de Turin, de 1715 à 1731, sur les plans de Juvara.

On ne peut éviter ici un détour par la Sicile méridionale, dévastée par le terrible tremblement de terre de 1693. Les architectes qui reconstruisirent Raguse et surtout Noto et Modica eurent tout le loisir, compte tenu de l'importance des dégâts, de créer *ex nihilo* églises, palais et escaliers. Ce qu'ils firent dans le goût baroque du temps, avec un fort parti de théâtralité et en jouant avec bonheur sur la déclivité des lieux. À Modica, un site grandiose et étagé permit la construction de bas en haut de la ville d'un « escalier d'églises ». En effet, trois églises à grandes façades, mises en valeur par de larges parvis à degrés, sont reliées par des escaliers. Celui menant à San Giorgio, le sanctuaire à mi-hauteur, présente un caractère monumental. Surprise : la façade de San Giorgio, dont la haute tour centrale domine la partie de la ville située en dessous, cache, elle-même, une troisième église, San Giovanni, qui marque le sommet du paysage urbain. Impossible, quel que soit le caractère « scénographique » de la composition globale, de ne pas voir dans cette succession d'escaliers et de sanctuaires un « chemin du paradis ».

La construction, en 1721-1735, de l'escalier de la Trinité-des-Monts, à Rome, avec son dessin gracieux et sinueux de rampes et de paliers, voulait, à l'évidence, orienter regards et prières vers un sanctuaire (fondé en 1495 et consacré en 1585) dédié au dogme trinitaire. Il en va de même de certaines églises de pèlerinage portugaises et brésiliennes, le sanctuaire du Bom Jesus de Braga servant de modèle. À Braga, sur une « montagne sacrée », lieu de culte depuis 1494, fut réalisé à partir de 1723 un admirable ensemble à la fois théâtral et religieux : un chemin de croix et la façade de l'église auquel il conduit. À mi-pente de la *via crucis* commence un superbe escalier, dit des « cinq sens », dont les paliers symbolisent les cinq sens de l'homme par des fontaines et des statues. Au bas de l'escalier, une fontaine exprime les souffrances du Christ qui a racheté les péchés de nos sens. Le parcours pénitentiel se termine à un « patio des évangélistes » comportant des fontaines dédiées à chacun d'eux et des chapelles consacrées à l'apparition du Christ à Marie-Madeleine et aux pèlerins d'Emmaüs, puis à l'Ascension. Il s'agit bien d'un itinéraire orienté de la terre vers les espérances de l'au-delà. L'effet purificateur de l'eau et la montée vers l'église sommitale avaient pour missions convergentes d'indiquer aux fidèles le chemin du ciel.

Au Brésil, on retrouve à nouveau des églises dédiées au Bom Jesus à Salvador de Bahia et surtout à Congonhas, dans l'État du Minas Gerais. C'est là qu'Antonio Francisco Lisboa (l'Aleijadinho), un métis estropié — peut-être lépreux —, sculpta entre 1800 et 1805, avec un ciseau vigoureux digne de Claus Sluter, les douze prophètes monolithes qui s'élèvent sur la terrasse précédant l'église. Celle-ci, comme à Braga, voulait être le terminus, sur un haut lieu, d'un chemin de croix ascensionnel. Avec les puissantes sculptures de l'Aleijadinho, à la fois « farouches et merveilleuses[22] », l'ère du baroque se clôt au Brésil sur un message fort. Une *via crucis,* au long de laquelle les soldats romains torturent le Christ innocent, aboutit au sommet d'une colline abrupte, à un théâtre de pierre où des prophètes inspirés « annoncent dans un ciel nuageux que les temps changeront un jour[23] ».

Or et métaux précieux

Revenons à l'église São Bento de Rio de Janeiro. À l'extérieur, le visiteur voit une façade sobre, pour ne pas dire austère. La surprise est complète quand il pénètre à l'intérieur du sanctuaire, recouvert en sa totalité de boiseries dorées et formant comme une grotte d'or. Ce type de décoration, la *talha dourada,* trouve son origine dans le vieil art portugais. Il connut une nouvelle fortune au Portugal à partir des années 1660 avec l'essor des retables baroques et l'élévation des *tronos,* notamment à São Bento de Porto (début du XVIIIe siècle). Il descendit du nord vers le sud du royaume, puis gagna le Brésil, explosant dans la « chapelle dorée » de Recife, à la cathédrale et à São Francisco de Bahia, dans les églises des couvents de São Bento et São Antonio de Rio de Janeiro, etc. À São Bento, nef centrale et chapelles latérales, arcades, balustrades, tribunes, voûtes, piliers, chapiteaux, statues et panneaux derrière celles-ci, tout est en bois doré; pas un seul centimètre carré ne fait exception.

Même si le Brésil connut au XVIIIe siècle une belle fortune avec la découverte de mines d'or à Ouro Preto (1694), dans le Mato Grosso (1718) et dans le Goiás (1725), une telle utilisation dans l'art religieux demande explication. Une première constatation s'impose : il s'est agi d'une évolution progressive de l'art baroque, religieux et civil, accordée évidemment à une idéologie qui, aux plans spirituel et temporel, privilégiait le pouvoir et la richesse qui l'exprime. Bronze doré du baldaquin du Bernin, dorure des parties hautes du Gesù de Rome (réalisées vers 1680-1690), nuées et rayons de stuc doré partout multipliés, même dans de modestes églises, exprimèrent dans la totalité du monde catholique de l'époque une attirance croissante vers l'or, symbole du superlatif religieux et de la présence divine. Avec d'autres méthodes artistiques les créateurs des mosaïques chrétiennes avaient fait le même choix.

En tout cas, l'or envahit les sanctuaires, surtout dans les pays germaniques et ibériques, à partir de la seconde moitié du XVIIe siècle. À preuve, entre mille, le grand retable (30 mètres de haut) élevé en 1693-1694 par José Benito de Churriguera au couvent dominicain San Esteban de Salamanque et doré en 1730-1740. Tel qu'il nous apparaît aujourd'hui, il est de bas en haut entièrement recouvert d'or — autel, arcs, baldaquin, colonnes salomoniques, rameaux de la vigne eucharistique, guirlandes, etc. L'abbaye de Melk, qui jaillit des rochers surplombant le Danube pour s'élever vers le ciel, privilégie, même à l'extérieur, la couleur jaune qui s'épanouit pleinement sur le tambour du dôme, la façade de l'église et les avant-corps précédant celle-ci. Éclairé par le soleil, l'immense bâtiment donne l'impression d'une Jérusalem céleste descendue sur terre. À l'intérieur, la lumière distribuée par les hautes fenêtres du tambour fait vibrer l'or du chœur, de la chaire, des chapiteaux et des balustrades, et plus encore celui du maître-autel, des arcs et des voûtes, de sorte que le visiteur pénétrant dans l'église, sans s'arrêter d'abord aux détails, est envahi par la présence multiforme de l'or dans les peintures, les architectures et les stucs.

Le Mexique a poussé à la limite cette exaltation de l'or. On y a l'embarras du choix. Dans la chapelle du rosaire à Santo Domingo de Puebla (fin du XVIIe siècle), le bouillonnement des ors explose à partir d'un immense soleil entourant, au centre de la coupole octogonale, la colombe du Saint-Esprit. « C'est un déluge d'or, [...] une tornade de richesses flamboyantes, [...] un flot incandescent qui évoque les coulées d'un volcan [...]. Par les gerbes de lumière aveuglante de cette joaillerie en fusion, l'espace se dissout en une torrentielle transfiguration[24]. » Le spectacle se renouvelle dans d'autres églises mexicaines, notamment dans la région de Puebla, à Santa Maria Tonantzinla ou à San Francisco Acatepec (sanctuaire franciscain) : les voûtes et les absides sont recouvertes d'un décor en stuc doré « où tout n'est que fusion et scintillement ». Volutes, pampres, saints et *putti* sont noyés dans le déferlement de l'or. Pour les concepteurs de ces sanctuaires et pour les fidèles qui y entraient, le paradis était synonyme d'éblouissement devant un feu d'artifice d'où s'échappaient une profusion d'étoiles dorées.

L'avalanche de l'or et la luxuriance chromatique dans les églises baroques sont indissociables de l'usage surabondant qu'on y fit des autres matières rares et précieuses. Emblématique à cet égard est l'autel de saint Ignace réalisé par Pozzo, en 1696-1700, dans l'église romaine du Gesù. Cette composition ascendante est évidemment orientée vers « l'entrée de saint Ignace dans la gloire céleste » peinte sur la voûte dominant l'autel. Pozzo a déployé ici ses talents d'ornemaniste et de coloriste et recherché la somptuosité de la décoration, associant lapis-lazuli, argent, marbres vert et blanc et bronzes dorés, mais corrigeant la tentation de la surcharge par la sûreté du goût.

L'art baroque n'a pas toujours conservé cet équilibre. Mais nous importent ici la signification et la justification de cet appel systématique aux matières précieuses, qui s'exprima souvent dans des églises modestes par des peintures donnant l'illusion du marbre. Rappelant les propos sévères de saint Bernard contre une trop riche décoration des sanctuaires, en particulier monastiques, le théologien Molanus, à la fin du XVIe siècle, aborde de front cette question et lui consacre un chapitre entier intitulé « Que c'est à très bon droit que les images des saints sont recouvertes d'or et d'argent et ornées de couronnes et de vêtements précieux. » Son argumentaire, résolument « paradisiaque », vise d'abord la riche ornementation dont on revêt les saints mais justifie aussi par extension toutes les somptuosités dans les églises. Le paradis, pense-t-il, est un lieu de gloire et il est logique de faire appel aux attributs de la gloire pour l'évoquer :

> Il est évident que c'est pour les motifs les plus profonds que l'Église a été amenée à recouvrir d'or et d'argent plusieurs images des saints, à les orner de couronnes et de vêtements précieux. En effet, les images des saints présentent, d'une part, les hauts faits qu'ils ont autrefois accomplis durant leur vie [...] et, d'autre part, les hauts faits qu'ils accomplissent maintenant qu'ils sont dans les cieux. Puisque les saints à l'œuvre dans le ciel, comme chacun sait, jouissent d'une immense

gloire, tout l'or et l'argent, les pierres précieuses, les cierges, les vêtements, les couronnes dont on les embellit ne sauraient suffire à décrire la moindre parcelle de la gloire que Dieu leur prodigue dans la vie éternelle.

Quand le chrétien s'avance vers l'église, il doit donc prendre conscience qu'il s'avance vers une sorte de ciel terrestre, où Dieu emplit toute sa maison de telle manière que sa gloire apparaisse à toute la multitude (Lv 9, 23), et où les saints se tiennent, rendus participants de la gloire divine par la grâce[25].

Plus loin, Molanus explique qu'« on peint à bon droit le nom de Jésus au milieu de rayons de soleil » pour signifier que Jésus a « établi sa demeure et son tabernacle dans le soleil » (Ps 18, 6)[26]. Les justifications apportées par le théologien de Louvain et acceptées par le catholicisme de l'âge baroque expliquent les prodigieuses statues surchargées d'ornements qui se multiplièrent alors en Italie et dans les pays ibériques. Je retiendrai ici, comme exemple significatif, une *Vierge au rosaire* du XVIIIe siècle exécutée aux Philippines et transportée au Mexique. Haute de 105 centimètres, elle est en bois, avec les mains et le visage en marbre, et vêtue d'un large manteau recouvert d'or, d'argent et de pierres précieuses, évasé vers le bas. Dans la partie haute du vêtement, une sorte d'ostensoir laisse apparaître, au lieu de l'hostie, le visage de Marie, comme celui d'une déesse. Au sommet de cette composition théâtrale un soleil diffuse ses flammes en direction d'un cercle doré qui l'entoure[27].

Dans son penchant pour la profusion, le baroque religieux de l'Amérique latine a affectionné l'emploi de miroirs dans les retables et aussi l'appel à la végétation exotique, comme dans des églises de Bogota, où l'altitude ne lui permet pourtant pas de pousser. Au Pérou, on a simulé des guirlandes sinueuses de plantes américaines et des jarres débordant de fruits tropicaux pour symboliser l'Eucharistie. La nature était ici repensée par la mystique[28]. La faune et la flore américaines étaient ainsi convoquées avec les chérubins pour rendre hommage au Créateur.

Une décoration envahissante

L'accumulation des matériaux rares sur une statue ou sur un retable introduit à une réflexion sur la surcharge décorative que l'art baroque a de plus en plus affectionnée dans son glissement vers le rococo et tandis qu'il s'éloignait de façon croissante de la « rude langue de la Contre-Réforme intégriste[29] » — celle de l'Escurial, par exemple. Dans une « histoire du paradis », quelle signification donner à l'exaspération ornementale qui nous stupéfie aujourd'hui ?

La tendance à multiplier les détails sculptés n'était pas nouvelle. Le gothique tardif, le plateresque et le manuélin l'avaient déjà manifestée. Mais elle atteignit au XVIIIe siècle des limites insurpassables, dans des édifices civils, certes, mais surtout dans les « palais de la foi » — heureuse formule de Germain Bazin pour les abbayes mais extensible à beaucoup d'églises du temps.

L'itinéraire en direction d'une ornementation foisonnante peut être balisé en choisissant quelques monuments représentatifs. À Lecce, dans les Pouilles, une des capitales du baroque européen où Célestins, Carmes, Théatins et Franciscains rivalisèrent dans la construction ou la transformation d'églises entre 1650 et 1730, la basilique Santa Croce présente une façade encore clairement dessinée grâce à de puissantes colonnes, à la rosace et au fronton supérieur entouré de deux volutes. Mais, tant à l'extérieur qu'à l'intérieur, elle est fastueusement décorée. Sur la façade l'architecte et sculpteur Zimballo a introduit à mi-hauteur une galerie de personnages fantastiques — hommes et animaux — qui soutiennent un balcon à balustres. On peut rapprocher cette façade de celle de la chartreuse Santa Maria à Jerez de la Frontera qui date de 1667. Réalisée dans une belle pierre dorée, traitée en retable et de conception résolument verticale, elle associe des colonnes, des pilastres, une rosace, des arcs et des frontons vigoureusement dessinés à une ornementation encore maîtrisée mais déjà abondante culminant au sommet — rinceaux, volutes, statues, pots à feu, urnes, etc.

Beaucoup plus chargée, mais compensant l'accumulation des éléments décoratifs par une puissante verticalité, nous apparaît la façade de la cathédrale de Saint-Jacques-de-Compostelle, entourée par deux tours atteignant 75 mètres. Elle fut réalisée à partir de 1738 par Fernando de Casas y Novoa qui parvint à harmoniser plusieurs contraintes : intégrer le porche roman, prendre en compte l'escalier extérieur baroque à double rampe (de 1606) déjà en place, élever la tour nord qui manquait encore. Dans la façade flanquée des deux tours le regard est attiré de bas en haut par les fausses arcades habillant les parties basses des tours, les deux gigantesques fenêtres de la partie centrale, le jeu des saillies et des retraits et, en hauteur, le fronton déployé sur plusieurs niveaux. Dans ce morceau de bravoure du sanctuaire, les statues de l'apôtre, de rois et de saints, la figuration sculptée de la châsse de saint Jacques entourée d'anges, les niches, les volutes, l'esquisse de frontons curvilignes, les colonnes, les pilastres et la petite tour centrale sommée d'une coupolette créent un sentiment de profusion.

C'est cette profusion qu'il faut maintenant souligner. Elle s'épanouit, nous l'avons dit, à Salamanque, au retable du maître-autel de San Esteban réalisé par José Benito Churriguerra (1692-1694). Elle triomphe au *Transparente* de Tolède. Elle explose dans la sacristie de la Chartreuse de Grenade commencée en 1732, lieu unique en son genre et « l'œuvre la plus élaborée du baroque espagnol ». La décoration en stuc blanc, qui recouvre en totalité les piliers et les corniches aux multiples plans, ne mobilise pas moins de quarante-cinq motifs d'inspiration classique — impostes, cimaises, volutes, candélabres, « oreilles » (petits arcs aux angles des piliers), etc. Le fourmillement des détails et la surcharge plastique sur les éléments structuraux donnent l'impression d'entrer dans un écrin[30].

Les églises germaniques virent elles aussi s'épanouir la démesure des surcharges. Un bon exemple en est fourni en Bavière par l'église Saint-Jean-Népomucène, élevée à Munich par les frères Asam dans les années 1729-1746. La nef, étroite et encaissée, est encore rétrécie par les puissantes décorations de stuc doré autour du maître-autel et par l'avancée au niveau de l'étage d'une balustrade ondulée d'où coulent de lourdes et fausses tentures et sous laquelle courent de riches guirlandes. La surprise vient ici de l'espace situé entre la balustrade et la très haute voûte. Des colonnes torsadées vertigineuses, encadrant un soleil et une croix aérienne, aboutissent au milieu d'anges et d'une végétation en stuc à une corniche, ouvrant, elle-même, sur l'ovale d'un ciel doré. On y célèbre dans les hauteurs du paradis les hauts faits du « martyr de la confession ». Les frontières sont alors gommées entre l'univers réel et l'univers peint. Une « architecture céleste » nous projette dans l'éclat du règne divin.

Dans cette église de Munich, l'inflation ornementale se concentre surtout sur l'abside du sanctuaire, là où s'élèvent le maître-autel, puis, au-dessus de lui, le décor théâtral qui met en relief le soleil et la croix. Il faut généraliser la remarque : la prolifération et l'exubérance voulaient souligner les parties les plus nobles de l'édifice religieux : l'autel majeur, bien sûr, mais aussi les retables latéraux, la chaire, les orgues et les confessionnaux — pensons à ceux de Belgique, chefs-d'œuvre d'architecture et de sculpture sur bois. Autrement dit, elles avaient une mission pédagogique à l'intérieur du discours religieux. Elles n'étaient pas seulement un jeu.

Alors, pourquoi ce besoin de surcharger à l'infini le lieu de culte? La virtuosité et l'accumulation, parfois délirante, étaient synonymes de fête. Elles voulaient amener le fidèle à décrocher par rapport au quotidien, lui rendre présente, par le recours à l'invraisemblable, une réalité autre que celle de la monotonie et de la grisaille terrestres, lui apporter une plénitude introuvable ici-bas. C'est à travers cette grille de lecture qu'il faut regarder les spécimens les plus déroutants d'un art sacré qui poussa l'horreur du vide jusqu'aux limites de la démence. Impossible en effet de ne pas éprouver le choc d'un éblouissement lorsqu'on entre dans les églises de Wies, d'Ottobeuren ou de Birnau, toutes trois du XVIIIe siècle. La combinaison des espaces bombés, des trompe-l'œil, des stucs tantôt dorés, tantôt blancs comme de la porcelaine, les passages escamotés des nefs aux chœurs et des murs aux voûtes créent une vie intérieure qu'on ne pouvait deviner de l'extérieur. Les éléments architecturaux deviennent ornementation et spectacle. La recherche des effets théâtraux dématérialise les structures. On a pénétré dans un monde autre, totalement dépaysant, en opposition avec l'expérience quotidienne.

L'extrême démesure dans la décoration a explosé en Espagne et au Mexique. La sacristie de la Chartreuse de Grenade, décorée dans la première moitié du XVIIIe siècle, offre le cas exemplaire d'un autel enchâssé dans un grand écrin dont aucune partie n'est laissée sans peintures ou sculptures. Tout ici veut surprendre : les travées inégales donnent le rythme de progression vers l'autel ; une coupole située en avant de celui-ci apporte l'éclairage ; marbres et bois précieux s'ajoutent aux peintures et aux stucs. Toutefois il ne s'agissait pas seulement d'éblouir mais de susciter chez les moines une émotion qui les transportait dans l'univers du divin.

La volonté de subjuguer par la surcharge s'est donné libre cours en de multiples sanctuaires mexicains, à l'intérieur et à l'extérieur, notamment grâce à l'emploi systématique de l'*estipite.* « Ce balustre à pied mince et à taille renflée, au profil haché de brusques ressauts, terminé vers le haut par un empilement de chapiteaux gigognes, a polarisé », en Espagne d'abord, au Mexique ensuite, l'« exubérance décorative[31] ». Des retables il gagna la façade des églises à Taxco, Tepotzotlán, Ocotlán et dans la région de Guanajuato, etc. Une des plus belles réussites de façades mexicaines enrichies d'*estipites* est visible à Ocotlán (région de Tlaxcala). Entre deux tours, dont les bases sont couvertes de faïences brun-rouge, se déploie une éblouissante façade blanche. Le rez-de-chaussée est formé *d'estipites* juxtaposés dont la hauteur s'accroît vers le centre. *Estipites* et pilastres impulsent une poussée ascensionnelle vers une statue de Marie entourée d'étoiles qui se dresse sous un riche baldaquin à rideaux embrassés. Cet ensemble modelé en stuc est surmonté d'une conque, elle aussi en stuc blanc, qui s'épanouit sur toute la largeur de la façade. On a parlé à son propos de portail « churrigueresque ».

Avec ou sans *estipites,* les façades des plus belles églises mexicaines du XVIIIe siècle affectionnèrent le bouillonnement héroïque, les décors débordants, les accumulations de volutes, les végétations stylisées, les motifs échevelés. À Zacatecas, centre d'une région argentifère — dernière étape de notre incursion dans le baroque extrême —, la cathédrale s'impose d'abord par deux clochers surchargés de piliers ornementaux et culminant dans des coupoles d'*azulejos* surmontées de tours lanternes. Ils encadrent l'*imafronte*, ou façade, dont on a dit qu'il est « la plus extraordinaire végétation de pierre que l'Amérique ait engendrée ». Certes, les statues, distribuées sur trois niveaux, y sont bien mises en relief. Mais tout le reste, sculpté dans une pierre blonde, est foisonnement, donnant l'impression d'une plaque ciselée. Les colonnes s'effacent à mesure que monte le regard. Elles deviennent au sommet des algues et des gnomes. Les entablements se dissolvent. Le réseau décoratif dévore l'architecture. Devant cette tenture sculptée viennent à l'esprit les adjectifs « somptueux », « torrentiel », « fantastique[32] ».

L'art baroque est aujourd'hui réhabilité, même dans ses réussites les plus déroutantes. Néanmoins il ne nous est pas toujours facile de le comprendre, en particulier dans ses réalisations religieuses. Il était tributaire du théâtre par ses visées illusionnistes. Il rencontrait les aspirations de souverains et de nobles épris de grandeur et soucieux de paraître. Mais il offrait aussi des rêves dorés à des sociétés pénétrées d'un sens aigu du transitoire et convaincues que « la vie est un songe ». Il permettait à la masse des pauvres plongés dans la précarité du quotidien de pénétrer, éblouis, le temps d'un office ou d'une prière, à l'intérieur d'un univers merveilleux marqué par la surabondance. Il rencontrait donc des demandes conjointes venant des deux pôles opposés de la société.

Dans son apothéose finale du XVIIIe siècle, le baroque se présente à nous comme une fusion des arts. Le décor mobilise l'espace ; les surfaces s'atomisent ; la structure se dissout dans l'accumulation des stucs ruisselant le long des murs et des pilastres. Peinture, sculpture et architecture glissent des unes aux autres. Toute vraisemblance est bannie. Le grouillement des *putti*, les anges virevoltants, les grappes de personnages tourbillonnant dans les hauteurs des cieux, un répertoire chromatique nouveau dématérialisent le sanctuaire, créent un enchantement festif, suscitent une allégresse cosmique. Le ciel envahit ou plutôt annule le quotidien. L'église dans sa totalité devient un lieu paradisiaque.

CHAPITRE XXI

Musique, multitude et mouvement

UN ART TOTAL

Étudiant la Bohême du XVIIe siècle, Victor Lucien Tapié estimait que l'art baroque « forme un tout » et que « l'architecture y est inséparable de la peinture, de la sculpture et de la musique[1] ». Cette mise en perspective est globalement exacte, même s'il faut la nuancer dans le détail. La musique religieuse de Schütz et de Bach fut en effet le plus souvent exécutée à l'époque dans des édifices qui n'avaient pas la pompe et les raffinements des églises de Rome, de Prague ou de l'Espagne. Néanmoins, le rapprochement de cette musique protestante avec les autres composantes de l'art du temps n'est pas déplacé, car c'est par la musique que l'esthétique baroque a pénétré dans le monde protestant. On a pu caractériser le choral de Noël de Bach, *Du ciel descend la cohorte des anges*, comme « une guirlande rapide de gammes ascendantes et descendantes, légères comme un frissonnement d'ailes[2] » — un thème de prédilection de la peinture du temps.

Un des principaux bâtiments religieux de Saxe est la Frauenkirche de Dresde, élevée de 1722 à 1738, détruite en février 1945 mais qui doit être reconstruite d'ici 2006. Il s'agit d'un temple protestant mais inspiré de modèles catholiques, avec un plan horizontal carré et un octogone intérieur ouvrant par des arcades sur un espace central circulaire d'où s'élançait une puissante coupole avec lanterne. Les huit piliers élégants et dégagés créaient une large perspective comme dans une salle de fêtes où la musique était appelée à jouer un rôle majeur. Un orgue majestueux dominait un espace surélevé ressemblant beaucoup au chœur et à l'autel d'une église catholique. Sur les côtés se trouvaient les tribunes des chanteurs et des musiciens. Le temple, véritable salle de spectacle, comportait cinq galeries et pouvait accueillir cinq mille fidèles[3].

Ce rappel invite à rechercher quelques-unes des affinités qui ont lié les différentes composantes de l'art baroque « total » dans une sorte de synthèse paradisiaque. Des nuances s'imposent à nouveau, car le terme « baroque » est parfois doté d'une extension abusive. Plusieurs œuvres marquantes de l'art européen entre la Renaissance et le néo-classicisme ne sont pas justiciables de ce qualificatif, ce qu'ont montré successivement Victor Lucien Tapié dans *Baroque et classicisme* et François Sabatier dans *Miroirs de la musique*[4]. Une facture « classique » s'est maintenue dans tous les secteurs de l'art — par exemple dans les peintures de Poussin et du Lorrain. Dans l'œuvre immense de Bach on relève des souvenirs de la grande tradition contrapuntique médiévale et, plus encore, « l'influence indéniable de la polyphonie des maîtres de la Renaissance[5] ».

En contrepartie, de nombreuses partitions de Bach, et notamment les plus célèbres, se rattachent à l'esthétique baroque, non au sens d'irrégulier et de bizarre — connotation première et péjorative de l'adjectif —, mais dans celui d'une esthétique ayant ses caractéristiques propres. Il s'agit alors d'un style dynamique, lyrique, pathétique et synthétique, s'exprimant dans toutes les formes d'art et faisant particulièrement appel aux sens et à l'émotion.

Découvrons-y d'abord une sorte de puissance artistique exprimable en chiffres. À partir de Monteverdi se produit dans la civilisation occidentale un raz de marée musical comparable à la fortune du cinéma au XXe siècle. Aux multiples anges des ciels sur les voûtes et les coupoles, à la surcharge des retables et des façades, aux avalanches décoratives correspondirent, dans le domaine de la musique, une prodigieuse créativité et une production quantitativement stupéfiante. À propos de Vivaldi viennent les formules « invention mélodique foisonnante », « fureur de composition », « exubérance merveilleuse[6] ». L'œuvre de Marc-Antoine Charpentier est immense : la Bibliothèque nationale de France possède vingt-huit volumes manuscrits recopiés de sa main. La vitalité créatrice de Bach nous confond : dans la seule année 1723, il compose quarante-huit cantates, presque une par semaine[7] ! Quant à Telemann, « il fut sans nul doute le plus fécond de tous les musiciens de tous les temps [...]. Tête de chapitre : douze séries de cantates pour les cinquante-deux dimanches de l'année : assez pour en entendre une chaque semaine pendant douze ans ! Quarante-quatre passions, cent oratorios, quarante opéras, six cents ouvertures à la française, des centaines de concertos, des centaines de sonates, des trios, des quatuors. On ne voit pas le fond[8] », même s'il est vrai qu'il composa son premier opéra à douze ans et mourut à quatre-vingt-six ans (en 1767).

À cette puissance d'invention correspondirent la richesse des moyens mis en œuvre et les grands effets de masse. Paolo Agostini (1593-1629) écrit un *Magnificat* à vingt voix — point de départ du style « polychoral »; Orazio Benevoli (1605-1672), des œuvres religieuses à seize voix, et même une messe à cinquante-deux voix; Marc-Antoine Charpentier, des grands motets à double chœur, orchestre, solistes, orgue et clavecin, et une messe pour quatre chœurs et orchestre. Les groupes instrumentaux continuent de s'étoffer, le baroque affectionnant la richesse des sonorités. Giovanni Legrenzi (1626-1690), devenu à la fin de sa vie maître de chapelle à Saint-Marc de Venise, y réunit un ensemble de trente-quatre instruments. Corelli (1653-1713) donne sa forme parfaite au concerto grosso en faisant dialoguer deux orchestres inégaux, par exemple dans le célèbre concerto *Pour la nuit de Noël.* Vivaldi dispose en permanence à l'Ospedale della Pietà, où il est chargé de l'instruction musicale de jeunes filles, de soixante-quinze exécutants — orchestre, chœurs et solistes — et utilise pour ses compositions tous les instruments disponibles à l'époque[9].

La musique religieuse n'est pas toujours synonyme, bien sûr, d'exaltation paradisiaque. Dans son domaine entrent des Passions, des *Requiem,* des *Stabat Mater,* des *Dies irae* et des « Leçons des ténèbres ». Pourtant de forts passages des messes — *Gloria, Credo, Sanctus* —, les *Te Deum* dont le public était friand, les *Magnificat,* les vêpres de la Vierge, les oratorios de Noël, etc., ouvraient aux assistants l'espace céleste. La liturgie de la Toussaint commence par un appel à la joie : « Réjouissons-nous ensemble dans le Seigneur, car c'est la fête de tous les saints. Cette solennité réjouit les anges, et tous en chœur louent le Fils de Dieu. » La musique baroque, plus que toute autre, avait vocation à exprimer ce bonheur paradisiaque. Par sa puissance, sa couleur, la richesse de ses sonorités, elle entrait en consonance avec le décor ambiant pour créer un lieu de dépaysement situé hors de la grisaille terrestre. Ce décor constituait un écrin pour le chant des voix et des instruments.

Musique sacrée et musique profane ont alors en commun le désir de créer du spectacle et c'est pour cette raison qu'elles se coulent de plus en plus dans un langage et un décor d'opéra. Venise, ville de faste et de fêtes, a joué dans cette évolution un rôle décisif. En 1637, au moment du carnaval, s'y ouvrit le premier théâtre lyrique payant. C'est pour lui que Monteverdi écrivit ses dernières œuvres dramatiques, notamment *Le Couronnement de Poppée* (1642). Vers 1700, lorsque Vivaldi (1678-1741) commence sa brillante carrière, quatre opéras sont en pleine activité à Venise et on peut estimer que c'est « un homme de théâtre qui s'exprime dans ses concertos », visant moins la description que l'évocation de sentiments ou d'une atmosphère[10]. Bach, à son tour, se révèle dans ses Passions « un homme de théâtre sans théâtre : on devine qu'il aurait pu écrire de somptueux opéras [...]. [Dans la *Passion selon saint Matthieu*] il a employé tous les moyens dont on pouvait disposer : deux chœurs [plus un chœur d'enfants], deux orchestres, deux orgues qui se répondaient de part et d'autre de l'église — héritage baroque des musiciens de Venise —, des solistes vocaux et instrumentaux[11] ». La coloration instrumentale de cette Passion, estime Remy Sticker, fait penser à un « décor sonore » remplaçant « les moyens visuels de représentation [...]. La Passion selon Bach est en définitive un opéra sacré ». Plus généralement, beaucoup de ses cantates constituent de « pures manifestations du baroque religieux [...] par [leur] goût de la mise en scène[12] ». Quant à la « rhétorique théâtrale » du *Messie* de Haendel, elle a été maintes fois soulignée. Elle explose dans l'*Alleluia* de cet oratorio pour célébrer la résurrection du Christ entrant dans la gloire paradisiaque de son Père.

Hypertrophie stylistique, prodigalité, amour du faste, littérature du superlatif, perspective de l'illusion, primat de l'artifice sur le naturel, goût exacerbé de l'ornementation, autant de formules par lesquelles on caractérise d'ordinaire l'art baroque dans son ensemble et qui en soulignent la composante théâtrale. Ce n'est pas par hasard que les jésuites, utilisateurs géniaux de la rhétorique visuelle et qui eurent à Paris pendant plusieurs années Marc-Antoine Charpentier comme maître de chapelle, furent à la fois de grands diffuseurs de l'esthétique baroque et des rénovateurs du théâtre religieux.

Plus généralement, la musique du temps entra en symbiose avec le déploiement des mises en scène, le jeu des machineries et la technique des trucages. Ces artifices de théâtre établissaient des passages entre terre et ciel. Il faut lire sur la question les textes éclairants du père Ménestrier (1631-1705), un jésuite qui inaugura les recherches sur l'histoire du théâtre, des spectacles et du décor. Englobant dans un même ensemble arts sacré et profane, il écrivait en 1681 dans son ouvrage sur les *Représentations en musique anciennes et modernes :*

> Les machines sont d'un grand secours [...] parce que tout d'un coup elles font passer de la terre au ciel, de la mer aux enfers, du ciel en terre[13] [...]. [Auparavant, il avait précisé que ces machines permettent de faire voir] des cieux ouverts, des enfers, des mers, des naufrages, des dieux qui volent du ciel en terre ou qui enlèvent des mortels dans le ciel, des monstres, des animaux extraordinaires, des palais enchantés qui descendent du ciel ou qui y montent[14].

Plus haut dans son livre, il ajoutait ces rappels historiques :

> L'une des plus extraordinaires [...] représentations fut celle qu'on fit à Turin le 10 février 1628 pour célébrer la naissance de Mme de Savoye. On fit une grande machine du vaisseau de la félicité. Toutes les divinités qui sont propices aux hommes parurent dans le ciel et firent chacune un récit en musique [...].
>
> [Au sujet de la représentation du *Retour des plaisirs,* aux Tuileries :] La Victoire, accompagnée d'un grand nombre de victoires et de héros, descendit au bruit des trompettes, déchaîna la Paix et les divinités qui l'accompagnaient et enchaîna la Discorde[15].

Théâtre et musique furent ainsi étroitement associés, notamment dans le but d'établir des passages entre terre et ciel. Ménestrier affirmait encore que dans « les pièces de théâtre composées en musique [...] on cherche plus le merveilleux que le vraisemblable », d'où le « besoin de machines et de décorations extraordinaires[16] ». Quant à ceux qui composent des paroles pour les drames sacrés, ils doivent « choisir les endroits de l'Écriture les plus pathétiques et les plus propres à exprimer les grands mouvements de l'âme où la musique triomphe quand elle est d'un excellent maître, monsieur Charpentier[17] ». La musique baroque a effectivement voulu provoquer ces « grands mouvements de l'âme » s'élevant vers le ciel dans un décor favorisant cette ascension.

L'anecdote selon laquelle Palestrina aurait « sauvé la musique sacrée » du rigorisme tridentin en composant sa *Messe du pape Marcel* n'est plus acceptée aujourd'hui. Reste vrai que le concile de Trente, dans sa session XXII, légiféra sur la musique dans le sanctuaire en exigeant « que soient bannies des églises ces musiques, où soit l'orgue, soit le chant introduisent des éléments lascifs ou impurs ; de même aussi que toutes actions, conversations vaines et profanes, déambulations, bruits et clameurs, afin que la maison de Dieu apparaisse comme une maison de prière et puisse être appelée telle[18] ».

Le cardinal Borromée — saint Charles — était parmi ceux qui portaient un regard soupçonneux sur la musique à l'église. Aussitôt après le concile général il fit décider par le concile provincial de Milan que seraient exclus du sanctuaire non seulement les chants profanes mais aussi toute « lascivité » et toute « molle flexion » dans les chants religieux. L'orgue excepté, tous les instruments de musique étaient interdits dans les cérémonies religieuses. Les fidèles devaient pouvoir comprendre les paroles des chants. Les chanteurs seraient, si possible, des clercs ; à tout le moins ils devraient porter un survêtement clérical[19]. En revanche, le concile de la province d'Urbino de 1569, tout en insistant sur la nécessaire intelligibilité du texte chanté, donna pour consigne de « convaincre en émouvant » et laissa aux chanteurs une inhabituelle liberté d'improvisation, leur permettant d'apporter des adjonctions aux chants liturgiques, pourvu que la nature et la qualité de ceux-ci n'en fussent pas affectées[20]. L'avenir était de ce côté.

En Italie, en France et ailleurs la polyphonie sacrée, accompagnée de l'orgue seul, continua encore assez longtemps sa carrière. Mais le besoin d'une musique religieuse mieux accordée à la sensibilité du temps et plus capable d'exprimer lyrisme et émotion finit par s'imposer. Naquirent donc les musiques baroques, profane et religieuse, qui recoururent à des genres nouveaux — opéra, oratorio, cantate, sonate, concerto. L'écriture musicale privilégia le dialogue (style concertant avec basse continue), l'ornementation, les beaux « airs » et le *bel canto* individuel.

La naissance de la nouvelle musique religieuse est bien datée : 1600. Auparavant — en 1576 — s'était créée à Florence une académie (Camerata fiorentina) dont faisait partie le père de Galilée. On y prônait le chant monodique des Anciens et le récitatif chanté se dégageant de la matière polyphonique. Un des membres de cette académie, Emilio dei Cavalieri, vint à Rome et y composa en 1600 le premier oratorio, la *Rappresentazione di Anima e di Corpo.* La dénomination « oratorio » est plus tardive. Mais, appliquée rétroactivement, elle s'explique par le fait que l'œuvre était destinée aux pieuses réunions romaines qu'organisait Filippo Neri, fondateur de l'Oratoire. Mystique souriant, Filippo Neri voulait rendre moins austères les exercices de piété, varier la musique et faire en sorte que « les paroles, tout en restant intelligibles, puissent grâce à l'harmonie pénétrer plus doucement le cœur des auditeurs[21] ». Cet objectif éclaire toute la musique baroque, religieuse et profane, qui était maintenant conçue comme expression des sentiments. Fait significatif : la *Rappresentazione di Anima e di Corpo* vit le jour la même année que le premier opéra florentin, l'*Euridice* de Peri. L'oratorio se présenta bientôt comme un drame musical pouvant revêtir deux formes : soit il racontait la vie d'un saint ou un épisode de la Bible ; soit il développait un thème moral en mettant en scène des personnages allégoriques — ainsi l'Âme et le Corps dans l'œuvre d'Emilio dei Cavalieri. Dans ce sillage cantates et concertos, avec la participation croissante des instruments, envahirent progressivement le champ de la musique religieuse, y compris dans l'espace luthérien à partir de Schütz (1585-1672), qui séjourna à deux reprises à Venise.

La foule angélique

La place faite aux anges dans la peinture et la sculpture baroques permet d'affiner l'analyse des relations entre les différentes composantes d'un art total. On a dit que les anges musiciens, si nombreux de la fin du XIVe au milieu du XVIe siècle, devinrent ensuite plus rares[22]. Certes, à l'âge baroque on en rencontre toujours : dans un *Couronnement de Marie* de Guido Reni (1626, musée Bonnat de Bayonne), dans une *Nativité* de Zurbaran (1638, musée de Grenoble), à l'« ermitage Notre-Dame » de Font-Romeu (sculptures de Sunyer, début du XVIIIe siècle), autour de l'orgue à Saint-Nicolas-de-Mala-Strana à Prague, au plafond monumental de Santa Maria della Visitazione de Venise où Tiepolo peignit en 1754 un *Couronnement de l'Immaculée Conception* avec une variété d'anges musiciens autour du motif central[23], etc. Mais les anges de l'art baroque nous frappent moins par leurs instruments de musique que par leur nombre et par le mouvement qui les emporte.

D'abord le nombre. Cette fois encore, des nuances s'imposent, car l'art du Moyen Âge avait, lui aussi, évoqué les multitudes angéliques. À preuve, celles peintes par Giotto dans la chapelle de l'Arena de Padoue. Mais l'art baroque, lorsqu'il convoque les anges dans ses peintures et ses sculptures, donne une impression nouvelle de grouillement, de sorte que les anges sont partout et de toutes tailles, petits amours *(putti)* ou géants emportant Marie dans les hauteurs du ciel.

L'évocation de cette multitude était conforme à un discours théologique depuis longtemps établi mais que confirma la Réforme catholique. Dans son *Traité des saintes images* Molanus consacre deux chapitres aux représentations angéliques et il y justifie les « innombrables images des saints anges répandus dans toute la chrétienté[24] ». Ceux-ci peuvent être représentés avec « un corps entier et parfait » ou au contraire « figurés seulement par une tête ailée ». Tantôt ils sont nus, car la nudité signifie chez les anges « vertu [...], sainteté, immortalité [...] et innocence », tantôt ils portent un habit militaire, celui de la milice céleste, ou un vêtement blanc, symbole d'innocence, ou tout autre costume se rapportant à leurs fonctions. Si on leur donne des parures de pierres précieuses et de gemmes, c'est pour attester l'éclat des différentes vertus réunies en eux. Bien sûr, ils doivent être représentés jeunes, éblouissants « comme la splendeur du firmament » :

> Ils sont entourés de nombreuses nuées, soit parce que leur résidence est dans les cieux, soit parce qu'ils ont parfois soutenu la personne de Dieu dans les nuées, soit parce que, de même que la splendeur du soleil se communique au regard humain par l'intermédiaire des nuées,

de même la lumière divine de la vérité qu'ils reçoivent d'en haut avec respect se répand par dérivation seconde vers les mortels à proportion de la faculté de chacun d'eux [...]. [Enfin, leurs ailes signifient] la promptitude à exécuter les misions divines.

De plus, ajoute Molanus, selon Denys (*La Hiérarchie céleste*, chap. 5), les anges, « libres du fardeau du corps terrestre, sont portés tout entiers sans mélange ni pesanteur aux choses célestes, et tout occupés à la contemplation divine[25] ». Autant d'affirmations ayant valeur rétroactive et rendant compte de la forte présence angélique dans l'art chrétien antérieur, mais qui éclairent bien la façon dont l'esthétique baroque allait s'emparer des anges en insistant sur leur nombre, leurs rapports avec les nuages et la lumière, et la rapidité de leurs mouvements.

S'agissant d'abord de leur multitude, viennent à l'appui de nombreux textes qui mettent celle-ci en relief. Pierre d'Alcantara, réformateur de l'ordre des Franciscains et mystique († 1562), méditant sur le ciel, affirme :

Saint Denis [il s'agit du Pseudo-Denys] dit que le nombre des anges est si grand qu'il dépasse, sans comparaison, celui de toutes les choses matérielles que renferme la terre. Saint Thomas, se conformant au sentiment de saint Denis, dit : « De même que la grandeur des cieux l'emporte, sans proportion, sur celle de la terre, de même la multitude de ces esprits glorieux l'emporte, avec la même supériorité, sur celle de toutes les choses matérielles qui sont renfermées en ce monde[26]. »

Saint François de Sales invite, à son tour, à considérer « la noblesse, la beauté et la multitude des citoyens et habitans de cet heureux païs [le paradis] : ces millions de millions d'anges, de cherubins et seraphins[27] ». Thérèse d'Avila, un jour, à l'église, est « saisie d'un grand ravissement ». Elle voit « le ciel s'ouvrir » et y aperçoit « le trône de la Divinité » entouré d'« une multitude d'anges[28] ». Celle-ci est justifiée par le théologien jésuite Suarez à partir d'un raisonnement qui fait frémir. Les anges, assure-t-il, sont plus nombreux que la totalité des hommes passés, présents et futurs, car

les hommes qui sont damnés sont incomparablement plus nombreux que ceux qui sont sauvés. Donc, pour que le nombre des prédestinés surpasse celui des réprouvés, il faut que les saints anges soient incomparablement plus nombreux que les hommes prédestinés [au salut] et, donc, que le nombre total des anges surpasse celui de la totalité des humains, même si on ignore la quantité du dépassement[29].

Le jésuite allemand Jérémie Drexel (1581-1638), ancien luthérien, écrivain et prédicateur à succès, est convaincu, comme

Suarez, du nombre immense des damnés mais, en même temps, de la multitude des anges. Il écrit dans son *Tableau des joyes du paradis* (adaptation française de 1639) :

> Le prophète Daniel (7, 10), parlant du nombre des anges, dit qu'il y en avoient des millions qui estoient occupez à servir Dieu, et plus de cent millions qui n'avoient point d'autre employ que de se tenir en sa presence [...]. Sainte Brigitte, éclairée du ciel, dit en ses *Revelations* que le nombre des anges est si grand qu'encore que Dieu en eust donné dix à chaque homme pour le garder, cependant ils ne seroient pas tous deputez à cet office; au moyen de quoy nous pouvons bien dire avec le sainct homme Job (25, 3) : croyez-vous que l'on puisse faire le denombrement de ses sodats? Nenny certes, car ils sont innombrables[30].

Ce n'est donc pas par hasard que les anges ont envahi les ciels baroques. Un chanoine de Riez, Arnoux, dissertant au XVIIe siècle *Du paradis et de ses merveilles,* unit au sujet des anges beauté et quantité :

> Si toutes les beautez de tous ceux et celles qui ont jamais été, sont et seront beaux, étoient à une seule personne, tout cela ne seroit rien comparé à la beauté du plus infime des anges et autres qui sont en paradis, parce que toutes les choses belles et delectables de ce monde ne sont que petites goutes qui fluent de cette mer de delectations et beautez divines. Que sera-ce donc, mon âme, de la beauté d'une si grande multitude d'anges tant beaux et tant bien formez?
>
> Que si le contentement et joye qu'on a de voir un seul ange surpasse tous les plaisirs, joies et contentements du monde, [...] quelle joye, quel contentement, quelle heur, quelle félicité sera-ce d'en voir un si grand nombre? [...] Là [au ciel] les Anges courent, les Archanges servent, les Principautés triomphent, les Puissances s'éjouissent, les Dominations commandent, les Vertus resplendissent, les Trônes reluisent, les Cherubins éclairent, les Seraphins ardent, et tous chantent la gloire et loüange de Dieu[31].

Plus loin, Arnoux s'écrie : « Quel plaisir de voir en un instant mille millions d'anges et dix mille millions d'archanges qui fréquentent la cour de ce grand Prince[32] ! » Le discours insistant à la fois sur la multitude et la beauté angéliques se retrouve en 1668 sous la plume de l'archidiacre d'Évreux, Henri-Marie Boudon, qui contribua beaucoup au XVIIe siècle à développer la dévotion aux anges.

> Si tous les anges, écrit-il, sont différents en espèce et par conséquent de différente beauté, que, d'autre part, leur nombre soit comme infini, ne pouvant être compté des hommes mais de Dieu seul, ô, mon Dieu, que de beautés en la Sainte Sion! [...]

> [Saint Anselme] dit que, si Dieu mettait un ange à la place du soleil et qu'il l'environnât d'autant de soleils qu'il y a d'étoiles, [...] il éclipserait toutes les clartés de ces soleils[33].

Le lien entre soleil divin et multitude angélique apparaît encore, en 1691, dans un ouvrage de Louis Abelly, évêque de Rodez, qui écrivit par ailleurs une *Vie de saint Vincent de Paul.* Pour lui,

> les anges, archanges et autres esprits célestes furent comme les premiers rayons que le soleil de la Divinité poussa hors de luy-même et comme les premiers ruisseaux (ainsi que parle saint Grégoire de Nazianze) qui découlèrent de cet océan infini de lumière qui est en Dieu, lequel, dès les premiers instants de leur création, les orna et les enrichit de plusieurs excellens dons de nature et de grâce [...].
>
> Comme donc les anges sont les plus nobles et les plus parfaites des créatures, Dieu, pour montrer sa grandeur et puissance, en a créé un nombre presque innombrable [...]. La multitude de ces esprits célestes est telle qu'elle surpasse le calcul et le nombre de toutes les choses matérielles. Les Saintes Écritures, parlant de ces bienheureux esprits, disent qu'il y en a des milliers de milliers et des millions de millions.
>
> La création d'un million d'anges et de séraphins ne lui [à Dieu] a pas été plus difficile que la production d'une fourmy[34].

L'agilité des anges

La peinture des périodes antérieures au baroque, et notamment celle de la Renaissance, était « un art de la présence ». Une Madone de Giotto, de Raphaël ou de Titien, la Vénus de Botticelli, un portrait de Charles Quint ou de Paul III s'offraient au regard et ne s'esquivaient pas. Au contraire, dans le baroque, le mouvement, la distance et le temps s'installent. « Il est l'art de ce qui bouge, de ce qui passe, de ce qui fuit. » Les personnages se dérobent. L'architecture, elle-même, se met en mouvement et les façades s'incurvent. Or la musique, surtout celle de cette époque, est mouvement. « Elle se meut dans le temps, s'efface aussitôt que saisie. Elle affleure l'esprit et disparaît [...]. Ce qu'elle dit ne s'impose pas comme une figure, mais se suggère. L'héritier de l'art mouvant et fuyant du Tintoret ne pouvait être qu'un musicien comme l'héritier du grand spectacle de Véronèse ne pouvait être qu'un homme de théâtre[35]. »

Les anges dans l'art baroque sont synonymes de mouvement, et cela dès le XVIe siècle. Rappelons-nous l'*Assomption* du Corrège sur la coupole de la cathédrale de Parme. « Dans une étourdissante palpitation de leurs ailes et de leurs jambes gracieuses[36] », des anges en foule s'adonnent à une danse sacrée autour de la Vierge emportée au ciel. D'en bas, le visiteur voit moins l'enlèvement de Marie que l'ange au drapé bleu qui a pris un vol trop rapide et se détache, isolé, sur le fond doré du ciel supérieur. De même, le Greco, avec sa prédilection pour les figures allongées et pour l'évocation des contacts fulgurants entre ciel et terre, ne pouvait que se complaire dans la représentation du mouvement des anges circulant de haut en bas et de bas en haut. Son *Annonciation* (Prado), *L'Enterrement du comte d'Orgaz* (San Tomé, Tolède), l'*Allégorie de la Sainte Alliance* (Escurial), le *Baptême* et la *Résurrection du Christ* (Prado), l'*Adoration des bergers* (Prado), autant d'œuvres où des anges, dont les vêtements et les ailes sont agités par le vent, se détachent sur fond de ciels remplis de nuages changeants.

Des coupoles de Giovani Lanfranco et de Pierre de Cortone à la fresque peinte par Tiepolo à Santa Maria della Visitazione de Venise *(Couronnement de l'Immaculée Conception)*, en passant par les plafonds rococo des pays germaniques, le ciel a été rempli d'anges (et d'élus) gravitant à vive allure, en cercles ou en ellipses, au milieu des nuages. Le baptême et l'ascension de Jésus, l'assomption de Marie et le triomphe des saints, autant de thèmes particulièrement accordés à une esthétique insistant sur la circulation des messagers célestes. D'où le contraste saisissant entre les anges de l'époque baroque et ceux des périodes antérieures. Les anges sont sans cesse en mouvement. Ils flottent dans l'air, circulent entre les nuées. On voit plus leurs ailes et leurs draperies que leurs visages ou le dessin de leurs corps. Souvent, dans la foule céleste on ne les distingue pas bien des élus, eux-mêmes emportés par un vent de Pentecôte. S'ils ont des instruments de musique, on a de la peine à les repérer. La présence de nuages accentue l'impression de décor changeant, comme dans les mises en scène d'opéras. Alors que le Moyen Âge et encore la Renaissance — du moins celle d'Alberti et de Raphaël — avaient privilégié les valeurs de stabilité prônées par l'aristotélisme, l'art baroque exalte le mouvement et les formes qui s'envolent. Il préfère l'explosion au recueillement et insiste sur le fugitif. Les peintures plafonnantes, les sculptures de marbre ou de stuc présentent les envoyés du ciel en action, accomplissant leur rôle de messagers, tel celui du Bernin dans la *Transverbération de sainte Thérèse.*

Il n'est donc pas inutile de marquer, cette fois encore, la consonance entre les insistances de l'art et le discours théologique. Celui-ci avait, certes, évoqué depuis longtemps le va-et-vient des anges entre ciel et terre, comme le prouve au Moyen Âge le succès du thème de l'échelle de Jacob[37], auquel se réfère à nouveau sainte Thérèse d'Avila dans le *Livre de la vie*[38]. Mais le XVIIe siècle, même en dehors de l'espace catholique, apporte sur la question un éclairage particulier en soulignant le rôle des ailes et la rapidité des êtres célestes. Agrippa d'Aubigné, se transportant « au palais flamboyant du haut ciel empyrée », y voit les anges prêts à répondre aux ordres de Dieu. « Au moindre clin de l'œil du Seigneur des Seigneurs / Ils partent de la main ; ce troupeau sacré vole / Comme vent descoché au vent de la parole[39]. » Milton, dans *Le Paradis reconquis,* racontant à nouveaux frais les tentations subies par Jésus au désert, recompose ainsi la scène qui suit l'échec de Satan dans sa tentative pour tromper le Sauveur :

> Ainsi tomba Satan ; et soudain, semblable à un globe ardent, une troupe d'anges passa près de là en volant de toute la rapidité de leurs ailes. Ils reçurent le Sauveur au milieu d'eux et, le soutenant sur le tapis moelleux de leurs plumes, ils le transportèrent à travers un ciel serein ; puis le déposèrent sur un banc de gazon dans un vallon fleuri[40].

On imagine aisément une transcription picturale de ce texte, qu'il faut classer dans le dossier de la littérature consacrée à l'époque aux ailes des anges et à la rapidité de leurs déplacements. Jérémie Drexel, après avoir assuré que les corps glorieux des élus auront l'invulnérabilité et l'incorruptibilité des anges, déclare qu'ils en auront aussi « l'agilité qui a pour effet de faire [...] qu'[on] se puisse transporter comme un esclair d'un bout du monde à l'autre[41] ». Quant à Boudon, il approuve qu'on peigne les anges avec des ailes, car c'est « pour marquer leur vitesse qui surpasse celle des cieux et des vents[42] ». Enfin Arnoux assure aux futurs élus qu'ils auront, comme les anges, « le privilège royal qu'en un instant [...] ils voleront du ciel en terre, galoperont d'un pôle à l'autre et verront les quatre coins du monde, sans qu'aucune chose leur puisse résister[43] ».

Cette rapidité permet l'incessante circulation des anges entre Dieu et les hommes. Ce vieux thème venu du néo-platonisme, repris, entre autres, par saint Benoît et saint Bernard, est plus que jamais d'actualité du XVe au XVIIIe siècle. Selon Ludolphe le Chartreux († 1378), « des milliers d'anges vont continuellement du ciel en terre et de la terre au ciel, semblables à ces abeilles qui passent sans cesse des fleurs à la ruche et de la ruche aux fleurs[44] ». Luther, évoquant la future Jérusalem d'en haut — mais qui est un déjà-là pour les prédestinés —, place dans la bouche du Christ s'adressant aux futurs élus cette affirmation :

> Vous êtes à présent des citoyens célestes et [...] vous êtes dans la communauté des anges bien-aimés qui sans relâche montent et descendent vers vous [...]. Le ciel est ouvert, [...] les anges montent et

descendent et, dans le royaume du Christ, servent les croyants, nous protègent, sont des messagers entre Dieu et nous, de fidèles serviteurs [...]. Ils font monter notre prière vers le ciel et nous apportent en retour la nouvelle que notre prière est exaucée[45].

À un siècle de distance, le jésuite Coton reprend le même thème : « Que dirais-je des allées et venues [des anges] de Dieu à nous, de nous à Dieu ? Excitant l'un, apaisant l'autre, portant des vœux, rapportant des présens[46]. » Bossuet affirme, à son tour, dans son *Sermon pour la fête des saints anges gardiens* (2 octobre 1659) : « Les anges de Dieu [...] viennent à nous chargés de ses dons ; ils retournent chargés de nos vœux ; ils descendent pour nous conduire, ils retournent pour porter à Dieu nos désirs et nos bonnes œuvres[47]. »

Le Moyen Âge avait transcrit cette doctrine dans l'iconographie en se servant notamment de l'échelle de Jacob. L'âge baroque, sans négliger complètement cette dernière, préféra l'exprimer par le vol vertigineux des anges circulant à grande vitesse entre le ciel et la terre.

CHAPITRE XXII

Les nuages se déchirent

L'envol mystique

Dans la sensibilité et l'expérience religieuses de l'époque baroque, le vol vertigineux des anges rejoint l'extase dont sont favorisés nombre de saints. La soudaineté, désormais traduisible par la science du raccourci, est un point commun à la rapidité des esprits célestes et au « ravissement » qui arrache les mystiques à la pesanteur du monde terrestre. Art et littérature spirituelle ont alors exalté la rapidité avec laquelle des saints pouvaient en un instant franchir la distance, d'ordinaire incommensurable, qui sépare l'ici-bas de l'au-delà [1]. Le saint ou la sainte en extase semblait alors « aussi léger que l'ange [2] ».

Le Moyen Âge n'avait pas manqué de mystiques, notamment féminines, dont les vocations et les écrits fleurirent dans les régions les plus urbanisées d'Occident : Flandre, Rhénanie et Italie. Mais, comme l'a fait remarquer Michel de Certeau, « mystique » n'est devenu un substantif qu'au XVIIe siècle [3], cette évolution sémantique ayant été précédée en Occident d'un ressourcement et d'un enrichissement de la littérature consacrée à la perception intuitive du divin.

Les écrits de Gerson furent décisifs en ce domaine par ses trois traités de théologie mystique, rédigés entre 1402 et 1424. Sa définition de celle-ci éclaire toute une histoire ultérieure. « La théologie mystique, écrit-il, est une connaissance expérimentale de Dieu par l'union de l'affection spirituelle avec Lui, selon ce que dit l'apôtre "Qui s'unit à Dieu, est un seul esprit avec Lui"; et cette union advient assurément dans l'amour extatique, comme l'atteste le bienheureux Denys [4] ». Gerson était devenu un familier des écrits de celui-ci, qui connut un regain de fortune aux XVe et XVIe siècles.

Marsile Ficin publia en 1492 une nouvelle traduction latine du *De mystica theologia* du Pseudo-Denys, œuvre à laquelle l'imprimerie donna une audience accrue. Pour le seul XVIe siècle, on a pu comptabiliser soixante et onze éditions des divers écrits du Pseudo-Denys dans des traductions latines, tant anciennes que nouvelles. À quoi s'ajoutèrent des éditions du texte grec et de nombreux commentaires, tel celui de Josse Clichtove[5].

Cependant commençait le siècle d'or de la mystique espagnole avec le *Traité sur l'oraison* de saint Pierre d'Alcantara (1556) et les ouvrages de sainte Thérèse d'Avila († 1582) : *Le Chemin de la perfection* publié en 1583, *Le Livre de la vie* édité en 1588, le *Livre des demeures* ou *Château intérieur* (en 1588 également). Suivirent assez rapidement des traductions, notamment en italien et en français. La publication des œuvres de saint Jean de la Croix († 1591) fut plus tardive : *La Montée du carmel, La Nuit obscure* et *La Vive Flamme d'amour* en 1618 ; le *Cantique spirituel* en 1630. Reste que la mystique espagnole influença alors profondément la spiritualité française de la première moitié du XVIIe siècle.

Les textes sont nombreux qui nous révèlent les expériences surnaturelles — visions, apparitions, extases, lévitations, stigmates — dont furent favorisés les saints et les saintes de la fin du Moyen Âge et des XVIe-XVIIe siècles. Dans le *Traité de l'oraison*, sainte Catherine de Sienne († 1380, canonisée en 1461), reconnue comme un modèle de sainteté mystique au temps de la Réforme catholique[6], place dans la bouche de Dieu le Père, au sujet de ceux qui « ont atteint la grande perfection », cette affirmation : « Ils se sont élevés au-dessus d'eux-mêmes à hauteur du ciel. » Le Tout-Puissant dit aussi à Catherine au sujet de saint Paul qu'il « a goûté ce que c'est que jouir de moi sans le poids du corps puisque je lui ai concédé de me goûter par union tout en ne le libérant pas de son corps ». Définissant à sa « très douce enfant [...] la perfection de l'état d'union [et] l'état d'excellence que l'âme, alors qu'elle est encore mortelle, goûte au milieu des immortels », Dieu révèle à la sainte que l'âme « parvient parfois à une union tellement étroite qu'elle sait à peine si elle est encore dans son corps ou si elle en est sortie[7]. » En Italie, Catherine de Sienne fut l'une des saintes les plus représentées dans tous les arts plastiques au cours des années 1470-1650.

Saint Ignace de Loyola a souvent déclaré que les nombreuses « visions » et « visitations » célestes, dont il bénéficia depuis sa retraite à Manresa jusqu'à la fin de sa vie, s'adressaient à ses « yeux intérieurs ». Mais ces expériences extraordinaires s'accompagnaient d'un « arrachement et d'une suspension divine » et il lui arrivait de rester plusieurs jours « en extase[8] ». Alors son entendement « s'élevait [...] plus au-delà des cieux » pour sentir et voir « de façon non obscure l'être même ou l'essence divine[9] ». Sainte Thérèse d'Avila, elle aussi, entra de nombreuses fois dans le « ravissement » et l'« extase » :

> Un jour, raconte-t-elle, je me sentis saisie d'un véhément transport, dont je ne connaissais pas la cause. Mon âme semblait vouloir s'échapper de mon corps ; elle était comme hors d'elle-même et incapable d'attendre davantage le bien qu'elle entrevoyait. Ce transport était si excessif que je ne pouvais y résister [...]. Mon âme était si troublée qu'elle ne savait ni ce qu'elle avait, ni ce qu'elle voulait. Je dus m'appuyer, car, même assise, je ne pouvais me soutenir, les forces naturelles m'abandonnant entièrement [...]. La gloire de ce ravissement fut immense[10].

Les extases de sainte Thérèse avaient un caractère irrésistible. Elles soulevaient son corps au-dessus du sol : « Lorsque je voulais résister, précise-t-elle, je sentais sous mes pieds une pression surprenante qui m'enlevait. » Distinguant l'« union » du « ravissement », elle écrivait : « Dans l'union, nous nous trouvons encore sur notre propre terrain, nous le pouvons encore. Dans le ravissement c'est tout à fait impossible. Vous voyez, vous sentez s'élever cette nuée, ou, si vous le voulez, cet aigle puissant vous emporter sur ses ailes[11]. » Une des compagnes de Thérèse, Ana de Jésus, qui implanta ensuite le Carmel en France, fut, elle aussi, enlevée au ciel. Elle témoigne :

> Un jour de Saint-Dominique nous allâmes à Regina écouter le sermon et, étant dans le sermon, je ne l'entendis pas parce que je fus ravie et en esprit je vis toute la fête qui se faisait dans le ciel. Mais rien de ces jouissances et allégresses ne peut se dire jusqu'à ce que l'âme en jouisse [...]. Mieux vaut taire des choses si hautes que de les gâter par des comparaisons.
>
> Étant [un autre] jour en oraison pour mes Pères et mon saint ordre, je fus élevée et dans cette élévation me fut montré le trône de la très sainte Trinité, lequel était entouré de séraphins tous emportés et transformés dans ce divin amour[12].

À Rome, saint Filippo Neri, une des figures les plus attachantes de la fin du XVIe siècle, connut des expériences semblables. Pour ses contemporains, écrit É. Mâle, « il était déjà un corps glorieux échappant aux lois de la pesanteur[13] ». On l'avait vu maintes fois s'élever au-dessus de la terre[14].

Le jésuite Louis Lallemant (1588-1635), dont la doctrine spirituelle a marqué le XVIIe siècle français, analysant « les propriétés et les effets de la contemplation », la distingue avec finesse du

« ravissement » et de l'« extase », se servant de comparaisons tirées du vol des oiseaux :

> La contemplation élève l'esprit au-dessus de sa manière ordinaire d'opérer, et l'attire surnaturellement à des opérations sublimes [...]. L'esprit ainsi élevé demeure comme suspendu dans la connaissance de la vérité qui charme. Ceci s'explique par la comparaison du vol des oiseaux, qui ne montent pas toujours en haut, mais, après s'y être élevés, se tiennent parfois suspendus en l'air sans agitation des ailes et sans aucun mouvement sensible [...]. Le ravissement, à proprement parler, est un transport subit des puissances que l'esprit de Dieu élève tout d'un seul coup. L'extase est l'état et le repos où se trouve l'âme ainsi élevée au-dessus d'elle-même [15].

« Ravissements », « extases » et visions furent, au « siècle des saints », un siècle à cheval sur le XVIe et le XVIIe siècle, des privilèges expérimentés par de nombreux mystiques, hommes et, surtout, femmes. On a pu constituer un corpus d'autobiographies spirituelles demandées à cent treize contemplatives espagnoles ayant, pour la plupart, vécu entre 1535 et 1670 [16]. Leurs vies sont remplies d'apparitions et manifestations « extraordinaires ». Leur répondent en France les carrières mystiques de nombreuses religieuses, parmi lesquelles on n'a que l'embarras du choix. Marie de l'Incarnation, fondatrice de la première maison des Ursulines au Canada, raconte :

> [Un lundi de Pentecôte, dans la chapelle des Feuillants de Québec,] ayant les yeux levés vers l'autel, en y envisageant sans dessein de petites images de séraphins qui étaient attachés au bas des cierges, en un moment mes yeux furent fermés et mon esprit enlevé et absorbé en la vue de la très sainte et auguste Trinité, en une façon que je ne puis exprimer [...] Mon âme était toute perdue en ces grandeurs [...]. Je fus un grand espace de temps que je ne pouvais sortir de l'application aux trois divines personnes [...]. Au fond de mon âme j'expérimentais un paradis.
>
> [Ainsi agit l'amour] de Dieu qui d'un coup ravit l'âme [17].

Quant à sainte Marguerite-Marie, la confidente de Jésus, elle bénéficia de quelque vingt-cinq apparitions du Seigneur, les principales en 1673, 1674 et 1675, durant lesquelles elle était comme « embrasée » et « enivrée [18] ».

« Transport véhément » ou « excessif », « irrésistible impétuosité », « ravissement » de l'âme soudain « enlevée » (avec ou sans le corps ?) jusqu'au niveau du ciel où elle est « suspendue » dans l'« extase », telles furent les expériences « extraordinaires », et pourtant fréquentes, que l'art baroque se plut à traduire en images. Non sans rappeler toutefois que ces « arrachements » à l'habituelle condition humaine s'opéraient dans la douleur. Ainsi, par exemple, celle que connut sainte Thérèse lors de sa transverbération, que le Bernin n'a pas été le seul à représenter[19]. La sainte aurait conservé la trace de cette blessure. Au cours de ses visions, Filippo Neri ressentait des palpitations si fortes qu'une tumeur se produisit près de ses côtes dans le voisinage du cœur[20]. Même traumatisme chez Charles de Condren, troisième supérieur de l'Oratoire en France et conseiller entre 1630 et 1640 de tous les « saints » de Paris. Un jour, dans un élan d'amour de Dieu, il fut affecté d'une « palpitation si violente » que plusieurs de ses côtes changèrent de place « pour donner de l'espace à son cœur » et qu'il se forma dans sa poitrine « une éminence » qu'il conserva jusqu'à sa mort.

« Les grands saints des temps nouveaux furent représentés presque toujours dans les minutes exceptionnelles de l'extase[21] », a noté É. Mâle. À la demande de la Compagnie de Jésus, les artistes évoquèrent souvent l'apparition dont Ignace de Loyola, se rendant à Rome et aux approches de la ville, fut favorisé. Alors qu'il se trouvait dans une chapelle abandonnée, Ignace vit le Christ portant sa croix et recommandant le saint et ses compagnons à son Père. Cette vision donne le sens de la statue extatique placée dans l'église romaine du Gesù au-dessus du tombeau d'Ignace : celui-ci, les bras levés vers le ciel, contemple le Père et le Fils au sommet du fronton.

De même encore, remarque É. Mâle à propos de Filippo Neri, les artistes « ne furent pas libres de le célébrer à leur guise ; ce qu'on leur demanda, ce furent, à la réserve d'un ou deux miracles, uniquement ses extases et ses visions[22] ». Il s'évanouit dans les bras des anges en célébrant la messe, il voit saint Jean-Baptiste lui apparaître, il est en extase devant Marie portant son enfant et entourée d'anges (tableau de Guido Reni à la Chiesa Nuova de Rome), etc.

La vie de sainte Thérèse d'Avila donna lieu à des choix comparables. Cette contemplative eut pourtant une vie très active. Mais c'est la transverbération qui figura sur une bannière suspendue à la voûte de Saint-Pierre le jour de sa canonisation[23]. Par ailleurs, aucune vision de la sainte ne fut plus représentée que celle qui, le jour de l'Assomption 1561, lui révéla que la Vierge et saint Joseph bénissaient son projet de créer un nouveau couvent de carmélites avec une règle plus austère. Elle se vit entourée de Marie et de Joseph qui l'enveloppèrent d'un manteau blanc. La Vierge, belle et radieuse, lui remit un collier d'or auquel pendait une croix. Puis les anges présents à la scène remontèrent au ciel avec Marie et son époux[24].

É. Mâle, que je suis de près, a justement remarqué qu'à l'époque de la Réforme catholique les saints des temps nouveaux ne furent pas les seuls à être représentés dans « les minutes exceptionnelles de l'extase. Mais par un curieux phénomène, les saints d'autrefois, eux aussi, apparurent sous cet aspect. Ce furent ces côtés de la vie, jadis voilés, qui furent mis en pleine lumière[25] ». L'existence de saint François d'Assise fut résumée en quelques scènes de vision : il écoute la merveilleuse cithare d'un ange ; il reçoit l'enfant Jésus des mains de sa mère entourée d'anges. L'impression des stigmates se transforme en une défaillance mystique comparable à la transverbération de sainte Thérèse. Chiffre révélateur : le Greco représenta plus de vingt fois les stigmates de saint François.

La descente de Marie depuis les cieux jusqu'à la terre pour mettre son enfant dans les bras d'un saint fut pareillement évoquée à propos de saint Antoine de Padoue, de sainte Claire, de saint Félix de Cantalice, etc. « Presque tous les ordres religieux eurent un saint ou une sainte portant l'enfant Jésus[26]. » De la vie de sainte Catherine de Sienne l'art ne retint désormais que ses visions. De façon plus étonnante encore, les moines de Marmoutiers, au XVIIe siècle, demandant à Le Sueur de célébrer par deux tableaux leur fondateur, saint Martin, choisirent comme thèmes, non pas deux miracles — il en avait pourtant fait beaucoup — mais deux visions. De même encore, les apôtres et les saints des premiers siècles furent représentés de préférence dans les moments où ils avaient communiqué avec le ciel[27].

L'irruption du divin

Répétons-le : les mystiques catholiques de toute époque, et en particulier ceux et celles des XVIe et XVIIe siècles, plaçaient bien au-dessus des visions « imaginaires » les visions « intellectuelles » qui ne sont destinées à aucun regard mais manifestent mystérieusement l'évidence de la présence divine. « Qu'est-il [alors] besoin, écrit saint François de Sales au début du XVIIe siècle, de se représenter en image, soit extérieure, soit intérieure, celui de la présence de qui on jouit[28] ? »

L'ami de Richelieu, Desmarets de Saint-Sorlin (1595-1676), dont Molière joua la comédie *Les Visionnaires*, fut aussi, contre les partisans des Anciens, un défenseur du « merveilleux chrétien ». Un des ouvrages où il défendit la richesse de l'inspiration chrétienne est intitulé *Les Délices de l'esprit* (1658). H. Bremond s'est amusé à en extraire de longs passages relatifs aux étapes de la prière que suivent Eusèbe et Philédon en quête de l'absolu divin. Cet itinéraire à travers un immense appartement, ou plutôt une suite de

« demeures », va du pittoresque au dépouillement. Voici d'abord le « grand salon de l'Amour de Dieu », un temple voûté avec pavés de porphyre vermeil, colonnes de diamant, corniches, murs et arcades d'or ciselé, etc. Plus en avant se trouve la « chambre de l'Amour de l'extension de la Foi », où est évoquée la diffusion du christianisme. Elle ressemble, commente avec humour H. Bremond, à « un musée de la Marine ».

Les deux pèlerins pénètrent ensuite dans la « demeure de la sainte Oraison ». Désormais, les détails concrets se font de plus en plus rares. Dans la « chambre de l'Oraison vocale » on voit encore le *Pater* écrit en lettres d'or et on entend des cantiques à la gloire de Dieu. Mais, au-delà, dans les chambres successives des « Affections », des « Résolutions », de la « Contemplation » et de l'« Union », l'imagination s'essouffle. Ainsi, dans la chambre de la « Contemplation », lieu « d'autant plus délicieux qu'il est plus ténébreux, l'entendement perd toutes ses lumières et demeure comme hébété en contemplant son objet par les yeux de la Foi et non par les siens qui ne voient plus rien ». Dans la « sombre » chambre de l'Union, l'âme, « ne faisant plus d'acte perceptible, ni d'entendement, ni même de volonté, mais étant tout anéantie en elle-même et tout absorbée en Dieu, n'a plus ni mouvement, ni regard quelconque ». Il est vrai que le Saint-Esprit la réveille alors pour la conduire « dans le cabinet admirable de la plus grande union avec Dieu, qui est tout brillant de clartés, où son céleste Époux l'attend dans une riche couche couverte d'un haut pavillon d'azur ». Mais ne nous laissons pas abuser par cette dernière évocation, car il est précisé, aussitôt après, que l'âme possède alors « la force de connaître, autant qu'on le peut en cette terre, la sainte présence de Dieu sans être troublée par l'imagination[29] ».

Desmarets de Saint-Sorlin avait bien lu la littérature mystique de son temps, et celle-ci ne s'est pas complu dans les descriptions du paradis, comme l'avaient fait au Moyen Âge les voyageurs de l'au-delà ou les peintres représentant avec minutie les bâtiments de la Jérusalem céleste et la flore des prairies éternelles. Dans les textes spirituels des XVIe et XVIIe siècles, les évocations paradisiaques sont sobres — et même pauvres. Jérémie Drexel, qui consacre 640 pages au *Tableau des joyes du paradis*, a le souffle court sur la question. Il pose la question : « Pourquoy désirons-nous si froidement le ciel? », alors que

> le ciel est le lieu le plus beau du monde; tous les plus beaux Louvres des Roys de la terre ne sont en comparaison que des toits plains d'ordure, et des estables plaines d'horreur. Figurez-vous la plus jolie maison de plaisance ou la plus belle ville du monde, qui ne soit bâtie, si vous voulez, que d'or et de perles, tout cela ne semble aux bien-

heureux qu'un petit nid faict de boue et de terre, qui s'en va tous les jours par pièces; au lieu qu'en cette belle maison de plaisance et cette éclatante ville le ciel demeure éternellement [...].

[Au paradis] tous les sens seront plainement et parfaictement satisfaicts. Les yeux y verront des objets ravissants en beauté, les oreilles jouiront d'une douce et charmante musique, l'odorat d'une odeur divine et du parfum le plus délicieux du monde, le goust d'une certaine liqueur merveilleusement agreable, et enfin l'attouchement qui est épandu sur tout le corps sentira la félicité du corps et des membres par la présence de la gloire de l'âme qui l'animera et le rendra heureux[30].

Même allusion sommaire à la Jérusalem céleste de l'Apocalypse, même comparaison stéréotypée avec le Louvre, mêmes brefs rappels des « délices » multiples offertes aux élus sous la plume de François Arnoux traitant, lui aussi, des « merveilles du paradis » :

Si vous cherchez de l'or, il [y] en a tres-grande abondance [au paradis], parce que la cité de Dieu [...] n'est que or; ses rues et ses places sont pavées de fin or, émaillées et enrichies d'émeraudes; c'est saint Jean qui le dit dans l'Apocalypse [...]. Si vous cherchez des honneurs [...] quel honneur, je vous prie, pourrez-vous désirer plus grand que d'être ordinairement avec le Roi, manger à sa table et habiter dans le Louvre avec lui? Tout cela vous l'aurez dans ce beau paradis, car vous demeurerez éternellement avec le Roi éternel [...].

Et si vous cherchez la volupté, honnête toutefois, chaste et sainte, il vous rassasiera du torrent de sa volupté, et conviera jusqu'à vous enivrer de vins tres-delicats, qui décendent et découlent de ces torrens très abondants en toutes sortes de delices qui rendent yvres les Bienheureux[31].

L'art baroque voulant exprimer en images l'expérience mystique, c'est-à-dire l'accès au divin, s'est trouvé devant une réelle difficulté : comment exprimer visuellement des réalités qui, dans leurs manifestations les plus hautes, n'étaient perceptibles que par les « yeux intérieurs » — expression chère à saint Ignace de Loyola. « Il y en a parfois de si sublimes, écrivait aussi sainte Thérèse, que, sans doute, il ne convient pas que des mortels vivant encore sur la terre en aient une connaissance qui aille jusqu'à pouvoir les exprimer[32]. »

Une des solutions de l'art religieux fut, nous l'avons dit, de traduire grâce au raccourci et au trompe-l'œil l'envol impétueux vers les hauteurs célestes — ou la descente inattendue sur terre des habitants du paradis. Une seconde trouvaille, complémentaire de la première, fut d'évoquer celui-ci non comme un monde bien défini avec ses palais et ses jardins éternels, ses saints et ses anges bien rangés autour du trône divin, mais comme une trouée de lumière, presque aveuglante, laissant voir soudainement, grâce à une déchirure du ciel, les plus illustres habitants de l'au-delà. Les analyses de Peter Dinzelbacher sur la « littérature des révélations au Moyen Âge » founissent aussi une grille de lecture pour la période suivante. Il place au XIIe siècle une modification sensible dans la perception de l'espace extra-terrestre fourni par les récits de visions. « Tandis que les lieux de l'au-delà, écrit-il, jouent un rôle important pour le premier groupe de visionnaires (VIe-XIIe siècle), [...] le deuxième groupe (à partir des XIIe-XIIIe siècles) ne donne que des descriptions faibles et peu impressionnantes de ces lieux, car l'accent est mis sur les personnages célestes. La fascination exercée par la topographie eschatologique se perd à tel point qu'après le XIIe siècle les récits de visions racontent uniquement la rencontre avec le Christ, avec Marie ou les saints[33]. » L'auteur, bien sûr, invite à ne pas rigidifier la coupure chronologique qu'il propose, car l'ancienne mentalité dans le domaine des visions a persisté en même temps que la nouvelle se développait et se fortifiait[34]. Et surtout, longtemps encore après le XIIe siècle, les peintres continuèrent à proposer des descriptions riches et précises des lieux paradisiaques — à preuve, parmi beaucoup d'exemples possibles, *L'Agneau mystique* de Gand.

Reste vrai que les récits de visions prirent de plus en plus un caractère charismatique insistant sur l'union extatique et le mariage mystique, tandis que s'estompait la description des lieux de l'au-delà. Jacques Le Brun remarque à propos de sainte Marguerite-Marie : « Ce qui nous frappe dans le langage de la religieuse du XVIIe siècle, ce n'est pas l'abondance des images, la représentation exubérante des effets de la grâce à travers les formes naturelles et les comparaisons tirées du spectacle de l'univers ou du trésor du langage biblique [...]. Même l'image du cœur est à bien des points de vue moins riche, plus discrète que dans les écrits des mystiques du Moyen Âge[35]. » Cette grille de lecture, qu'adopte Isabelle Poutrin dans son étude sur les mystiques espagnoles du XVIIe siècle[36], s'applique aussi et très logiquement à beaucoup d'œuvres artistiques de l'époque baroque consacrées aux expériences spirituelles « extraordinaires ». Celles-ci en effet, dans leurs évocations paradisiaques, voulurent essentiellement suggérer une brusque ouverture du ciel.

Dans la vie d'Ignace de Loyola écrite par Rivadeneira on lit, avec référence à l'année 1538, que le saint, « s'efforçant de jour et de nuit, et de toutes les forces de son âme et de son cœur, de contempler les choses divines », s'adressa humblement à la glorieuse Mère de Dieu, lui demandant, « puisqu'elle est la porte du ciel et la médiatrice privilégiée entre les hommes et Dieu, qu'elle lui ouvre cette porte et lui procure l'accès à son précieux Fils[37] ».

Sainte Thérèse d'Avila, méditant sur la « gloire du ciel », assure qu'à la suite d'un « ravissement » elle « fut transportée en esprit au ciel [...] et, dans un très court espace de temps, celui d'un *Ave Maria,* [elle découvrit] d'inénarrables merveilles[38] ». Plus loin, dans le même chapitre (38) de son autobiographie, elle s'écrie : « Heureuse l'âme à qui Dieu a ouvert le ciel [...]. On peut bien dire que déjà sa conversation est au ciel. Pour se recueillir, il lui suffit d'y élever son regard[39] ». Au chapitre suivant, elle raconte : « [Un jour] arrivée à l'église, je fus saisie d'un grand ravissement. Il me sembla voir les cieux s'ouvrir, et non plus simplement s'entrouvrir comme d'autres fois[40]. »

C'est une expérience comparable que vécut Marie de l'Incarnation, qui raconte dans une *Relation* de 1654 : « En un moment mes yeux furent fermés et mon esprit enlevé et absorbé en la vue de la très sainte et auguste Trinité, en une façon que je ne puis exprimer [...]. Mon âme était toute perdue en ces grandeurs, et il semblait que la divine Majesté se plût de l'illuminer de plus en plus de choses indicibles à l'imbécillité de la créature[41]. »

ÉVOQUER DES « CHOSES INDICIBLES »

Un regard « qui s'élève », l'« illumination d'un moment », l'« ouverture du ciel » dévoilant soudain « des choses indicibles », autant de formules que l'art baroque s'efforça de dire en images en s'éloignant des thèmes concrets que les représentations paradisiaques antérieures avaient affectionnés : jardins fleuris, murs étincelants de la Jérusalem céleste, tuniques damassées des anges, etc.

Deux œuvres célèbres du Greco illustrent ce violent désir de rendre sensible la brusque déchirure du ciel : *L'Enterrement du comte d'Orgaz* (Tolède, église San Tomé) et *L'Allégorie de la sainte alliance* (Escorial). D'après une légende, le comte d'Orgaz († 1323), qui avait financé la construction de l'église San Tomé, aurait été enseveli par saint Étienne et saint Augustin spécialement descendus du ciel. Le Greco a transcrit cette légende sur la toile en opposant fortement deux registres. En bas, les deux saints, entourés par de graves gentilshommes et quelques prêtres, descendent en terre le cadavre livide. Au-dessus d'eux des anges écartent les lourds nuages qui, comme des tentures, cachaient le ciel. Le regard, en s'élevant, aperçoit alors, soudain éclairé par une lueur d'éclair, Jésus au sommet d'une invisible pyramide. Au-dessous se tient Marie médiatrice. L'un et l'autre accueillent le nouveau venu au paradis peuplé d'anges et de saints.

L'Allégorie de la sainte alliance est aussi connue sous le nom de

Songe de Philippe II — le souverain avait commandé l'œuvre — et sous celui d'*Adoration du nom de Jésus* qui lui convient le mieux, car elle illustre, à propos de la victoire de Lépante, la parole de saint Paul, « Qu'au nom de Jésus, tout genou fléchisse au ciel, sur terre et dans les enfers » (Ph 2, 10)[42]. Cette fois encore, la composition est à deux étages, la gueule béante d'un monstre remplie de damnés se trouvant au même niveau que la terre où Philippe II, le pape et le doge de Venise concluent l'alliance qui va être victorieuse des Turcs. Eux-mêmes et les personnages les entourant ont les yeux tournés vers le ciel qui s'ouvre pour eux. Ils y voient, au-dessus des nuages, des anges, ailes et vêtements agités par un vent de Pentecôte, en cercle autour du monogramme lumineux du Christ — IHS — que Baciccio fera aussi briller à la voûte de l'église romaine du Gesù.

La soudaine déchirure du ciel permettant, le temps d'un éclair, d'entrevoir le séjour de Dieu, c'est ce que veulent rendre sensible les artistes qui, depuis le Corrège jusqu'à l'époque rococo, font éclater les architectures, réelles ou feintes, des voûtes et des coupoles, pour en ouvrir le sommet sur un univers totalement différent du nôtre par son altitude, ses couleurs et les mouvements vertigineux des anges et des élus.

La volonté de créer chez le spectateur une céleste surprise en enlevant le toit qui aurait dû normalement être posé sur les colonnes, les architraves et les corniches et en le remplaçant par un vaste espace aérien a été commune à la plupart des architectes, peintres et sculpteurs qui conçurent les églises de l'âge baroque. Le *Triomphe de saint Ignace* d'Andrea Pozzo, le *Jugement dernier* au plafond de l'église de Wies, la *Pentecôte* à la croisée de l'église d'Ottobeuren constituent trois bons exemples, moins de la compénétration du ciel et de la terre, comme on le dit souvent, que de l'irruption du divin. Tout d'un coup, le divin envahit le sanctuaire, il en fait exploser les limites et il éblouit.

On a affirmé avec raison que « le principal objet des plafonds baroques est le ciel[43] ». Or le ciel baroque a beaucoup plus de profondeur que celui des périodes antérieures. Les anges y diminuent de taille et sont de plus en plus diaphanes à mesure qu'ils s'approchent du sommet de la composition. Il faut être attentif à la signification qu'y revêtent les nuages. Sainte Catherine de Sienne constatait avec mélancolie que « l'âme qui s'est haussée à l'union parfaite [doit ensuite] retourner dans le nuage de son corps[44] ». Cette comparaison renvoyait à la cosmographie traditionnelle selon laquelle les nuages appartiennent encore à la partie corruptible de l'univers située en deçà de l'orbe de la lune. Ils doivent donc nécessairement se déchirer pour permettre, soit la descente depuis le monde de l'immuable et de la pureté permanente, soit l'ascension vers celui-ci. Les ciels baroques sont restés à cet égard précoperniciens, s'accordant en outre avec la vision d'Ézéchiel. Car le prophète avait écrit : « Je regardai : c'était un vent de tempête soufflant du nord, un gros nuage, un feu jaillissant, avec une lueur autour, et au centre comme l'éclat du vermeil au milieu du feu[45] » (Éz 1,1).

Ce n'est donc pas par hasard que les nuages sont si fréquents dans l'abondante iconographie du temps. Sur les coupoles paradisiaques du Corrège à Parme, de Lanfranco à Naples, de Pierre de Cortone à Santa Maria in Vallicella, de Mignard au Val-de-Grâce, de Troger à Altenburg, etc., le regard, en s'élevant, constate que les nuages perdent de leur épaisseur avec l'altitude et s'écartent de plus en plus pour permettre au sommet l'irruption de la clarté divine. Au centre de celle-ci on voit souvent le Père éternel, ou la colombe du Saint-Esprit, ou le Rédempteur, ou la Trinité. L'empyrée, pour un instant, s'est dévoilé.

Il faut lire de la même façon de multiples scènes religieuses traitées à l'époque baroque en des formats divers et sur des supports variés — toiles, stucs ou livres. L'Assomption, alors si souvent évoquée, conduit naturellement Marie au-dessus des nuages. L'abondante iconographie consacrée à l'époque aux âmes du purgatoire montre celles-ci secourues par les anges traversant les nuages pour venir les délivrer[46]. L'Annonciation, par exemple sous le pinceau des frères Le Nain dans l'église parisienne de Saint-Jacques-du-Haut-Pas, est aussi l'occasion de faire voir la déchirure du ciel : de gros nuages gris et noirs s'ouvrent pour livrer passage à l'ange et à la colombe du Saint-Esprit qui apparaissent à Marie à genoux sur un prie-Dieu. Le baptême de Jésus, prétexte dans de très nombreuses églises à une leçon de catéchisme en images sur la Trinité, mobilise pareillement les nuages entre lesquels fait irruption la lumière venue du Père et de l'Esprit qu'on aperçoit, l'un et l'autre, en haut du ciel.

Il s'agissait alors d'un code universellement employé dans l'iconographie religieuse. Murillo, peignant la *Sainte Famille* (Louvre), présente une ravissante Marie montrant son divin enfant à Élisabeth et au jeune Jean-Baptiste et, au-dessus de cette scène terrestre, il fait apparaître, dominant les nuages, le Père éternel et la colombe entourés d'angelots. Et encore, combien de martyrs, les yeux levés vers le ciel au moment de leur supplice, aperçoivent, au-delà des nuages, les anges qui leur tendent la couronne ou la palme de l'éternelle victoire ! Et dans les églises de pèlerinage, combien d'ex-voto figurant la Vierge ou un saint protecteur intervenant depuis le ciel et au-dessus des nuages, souvent sombres, pour sauver des humains en péril sur terre ou en mer ! Est ainsi suggérée une immense distance, qu'on ne trouvait pas ou qu'on trouvait moins dans l'iconographie antérieure qui plaçait souvent les fidèles de plain-pied devant les spectacles célestes, sans l'interposition des nuages. Ceux-ci s'ouvrent maintenant, mais pour marquer le caractère exceptionnel et provisoire d'une béance qui permet dans un instantané l'irruption fulgurante du divin.

La lumière des cieux

L'irruption s'accompagne d'une clarté surnaturelle. La littérature mystique est formelle à cet égard. Racontant la vie d'Ignace de Loyola, Rivadeneira assure que, lors de ses visions, le saint avait son âme « éclairée d'une lumière céleste[47] ». Sainte Thérèse d'Avila, à la suite d'une extase, écrivait :

> Je voudrais pouvoir donner une idée de la moins élevée de ces visions, mais je trouve que c'est impossible; car il y a tant de différence entre la lumière de ce divin séjour où tout est lumière, et la lumière d'ici-bas, que celle du soleil ne semble que ténèbres [...]. Mon âme, depuis qu'elle a contemplé ces merveilles du paradis, voudrait toujours demeurer dans cette région de lumière sans revenir à la vie, tant elle a conçu de mépris pour toutes les choses de la terre[48].

Dans l'autobiographie de la sainte on lit aussi :

> Quant à la clarté à l'aide de laquelle on perçoit cette beauté toute divine [l'humanité de Jésus glorifié], c'est une lumière entièrement différente de celle d'ici-bas. La clarté du soleil que nous voyons semble même si terne en comparaison de cet éclat, de cette lumière, qui s'offre à nos regard intérieurs, qu'on voudrait ensuite ne pas ouvrir les yeux.
>
> Il y a autant de différence entre ces deux clartés, qu'entre une eau très limpide qui coulerait sur du cristal en réverbérant les rayons du soleil, et une eau trouble qui, sous un ciel nuageux, courrait à la surface du sol[49].

Dans un cantique pour la Pentecôte Jean-Joseph Surin parle de « feu de joie » :

> Ce torrent [de l'Esprit-Saint] qui nous noie
> Et vient du paradis,
> Est aussi feu de joie
> Qui vient du Père et du Fils.
> Vive Jésus[50] !

C'est dans cette lumière surnaturelle que les mystiques du temps purent deviner quelque chose du mystère de la Trinité, objet privilégié de leur recherche spirituelle et l'un des thèmes majeurs de l'iconographie baroque. Celle-ci maîtrisait désormais l'art de peindre le ciel, d'en nuancer les couleurs et d'en raffiner les dégradés. On savait gonfler ou distendre les nuages, enrouler des tourbillons, simuler la violence du vent par l'agitation des drapés et des ailes. Mais peintres et stucateurs conservèrent à l'or l'exceptionnelle valeur religieuse que lui avaient donnée l'art byzantin et le Moyen Âge : le ciel définitif en son plus haut sommet ne pouvait être que doré.

Il nous faut donc revenir une dernière fois sur ce thème déjà rencontré à plusieurs reprises[51]. Car, le plus souvent, sur les coupoles et les voûtes baroques, la couleur du ciel vire au doré à mesure qu'on s'approche de ce qui est censé être le lieu suprême de l'au-delà. On peut le vérifier en regardant — recourons à des exemples déjà donnés — la *Sainte Alliance* du Greco, l'*Adoration du nom de Jésus* de Baciccio, le *Paradis* de Mignard au Val-de-Grâce, la *Pentecôte* de Zeiller à Ottobeuren, le *Jugement dernier* de Wies. La règle, conformément à une longue tradition et en accord avec la littérature spirituelle, était de situer le monogramme du Christ, ou sa croix, ou la colombe du Saint-Esprit, ou Dieu le Père, ou la Trinité dans la partie la plus élevée et la plus lumineuse du ciel. Et c'est de ce secteur du firmament que devaient logiquement provenir les rayons fulgurants apportant tout d'un coup sur terre la révélation sublime du divin. Ils accompagnent l'ange du Bernin qui transperce le cœur de sainte Thérèse. À la basilique vaticane ils traversent les nuages et descendent sur la fenêtre dorée où plane la colombe du Saint-Esprit au-dessus de la chaire de saint Pierre. Au *Transparente* de Tolède, ils explosent au-dessous de la cène où Jésus accomplit le miracle de l'eucharistie, etc.

L'hostie, attestant la présence du Christ ressuscité, devait nécessairement être entourée de lumière. C'est pourquoi les reposoirs du Jeudi saint, où l'on déposait les hosties consacrées qui seraient consommées le lendemain, appelés parfois « tombeaux » en France, furent plus justement nommés « paradis » en Italie. Ils connurent un éclat nouveau à l'époque où la Réforme catholique renouvela, face à la contestation protestante, la doctrine de la présence réelle. Le Jeudi saint, fleurs, cierges accumulés et ostensoirs dorés honoraient ensemble le saint sacrement. Ces « paradis » d'un jour étaient en consonance à la fois avec l'expérience mystique et avec les trouées de lumière divine que les artistes plaçaient au sommet des coupoles et des voûtes.

Mais l'or signifiait aussi la gloire. « Gloire » et « Divin » étaient depuis longtemps associés. L'âge baroque renforça ce lien, attesté en outre par une longue tradition biblique. L'Ancien Testament avait parlé de la « gloire de Yaweh » pour signifier sa puissance, sa majesté, sa sainteté et les manifestations éclatantes par lesquelles il s'était manifesté à son peuple. Isaïe (6, 1 s) avait contemplé la gloire royale du Très-Haut, son trône élevé et sa cour de séraphins. Le Nouveau Testament révéla que cette gloire était aussi, tout entière, présente en Jésus. L'Épître aux Hébreux (1, 3) affirma que le Fils de Dieu « est le resplendissement de la gloire [du Père] » et « l'expression de son être ». « La gloire de Dieu est sur sa face » (2 Co 4, 6) et il est « le Seigneur de gloire » (1 Co 2, 8). « Gloire », qui en latin classique signifiait « renommée », prit en langage chrétien le sens de « majesté » et « magnificence » de Dieu, et aussi celui de « béatitude éternelle ». Saint Pierre d'Alcantara, opérant la synthèse de ces significations, écrivait :

> Quant à la beauté de ce séjour [le paradis], il n'est pas de langage qui puisse la peindre. Si Dieu, dans cette vallée de larmes, dans ce lieu d'exil, créa des choses si admirables et d'une si grande beauté, que n'aura-t-il pas créé dans ce séjour qui est le sanctuaire de sa gloire, le trône de sa grandeur, le palais de sa majesté, la maison de ses élus, le paradis de toutes les délices[52] ?

« Un jour de fête de saint Paul, raconte sainte Thérèse d'Avila, pendant que j'entendais la messe, la sainte humanité [de Jésus] se fit voir à moi tout entière, telle qu'on la représente après la résurrection, dans une beauté et une majesté extraordinaires. » Et, un jour de Pentecôte, la sainte eut aussi le privilège de voir « une colombe très différente de celles d'ici-bas ». « La gloire de ce ravissement, écrit-elle, fut immense. Je demeurai la plus grande partie des fêtes de la Pentecôte tout interdite et comme privée d'intelligence[53]. »

Le va-et-vient entre textes et images, qui a été notre méthode dans ce chapitre, aide à comprendre que le mot « gloire » ait pris, au XVIIe siècle dans les beaux-arts, le sens d'auréole lumineuse enveloppant le corps du Christ, puis en soit venu par extension à signifier de façon plus globale la représentation picturale du ciel avec ses anges et ses saints. Il fut plus particulièrement appliqué au faisceau de rayons dorés, entremêlés de têtes ailées de chérubins, que les artistes groupèrent autour du triangle de la Trinité, de la colombe du Saint-Esprit ou de l'image d'un saint. Celui-ci, accueilli au paradis, entrait dans la « gloire ». La *Vie de saint Ignace* de Rivadeneira contient un passage essentiel sur ce sujet dans la mesure où il éclaire les réalisations artistiques consacrées à la « glorification » des saints par la Réforme catholique :

[Ignace avait un compagnon, le P. Hozes, qu'il aimait beaucoup et qui mourut. Or, étant au mont Cassin, Ignace] vit une âme entourée et vêtue d'une lumière resplendissante entrer au ciel et il connut que c'était celle de Hozes, son compagnon. Plus tard, disant la messe et au moment de réciter la confession générale qui est au début, arrivant aux paroles *et omnibus sanctis*, « et à tous les saints », il vit, placés devant ses yeux, des saints en grand nombre avec une splendeur de gloire. Parmi eux se tenait Hozes, plus resplendissant et éclairé de gloire que les autres. Non qu'il fût plus saint mais[...] pour que, de cette façon, Dieu permît de le reconnaître en le distinguant des autres[54].

Cette entrée dans la gloire était une apothéose, un « triomphe ». À l'époque où l'Église catholique réaffirmait la légitimité du culte des saints et où les ordres religieux exaltaient les vertus des leurs, l'art baroque se plut à évoquer l'entrée grandiose au ciel des héros de la foi. Le *Triomphe de saint Ignace* de Pozzo est un exemple illustre de cette apologétique fastueuse, mais dans une série bien fournie. La *Gloire de saint Dominique* de Piazzetta (San Giovanni e Paolo, Venise), *Saint Norbert accueilli au ciel* (abbaye de Grimbergen, Belgique), la *Gloire de saint Benoît* (à Melk), l'*Apothéose de saint Jérôme* de Zurbaran (Guadalupe), illustrent, entre autres, ce thème caractéristique de l'iconographie religieuse baroque, qui voulait figurer ainsi l'« assomption » des saints. En extase, les bras largement ouverts, ils entrent dans la gloire lumineuse que leurs vertus leur ont acquise auprès de Dieu.

QUATRIÈME PARTIE

Déconstruction ?

« Déconstruction » du ciel, mais non de l'au-delà, car l'un et l'autre vont désormais se séparer. Le premier est d'abord envahi par les divinités mythologiques et les « gloires » humaines, puis il devient l'objet de prédilection des peintres du quotidien et, surtout, le vaste champ d'étude de la « nouvelle astronomie ». En même temps, sous la double influence du protestantisme et d'un croissant souci catéchétique (y compris dans l'Église romaine), le discours sur le paradis est de moins en moins descriptif et de plus en plus fidéiste. L'au-delà n'est plus situé dans le ciel. Il n'est plus un lieu. Il perd ses couleurs et ses formes. Est-ce à dire qu'il s'est évanoui ? Jésus n'a pas décrit le paradis, mais il a affirmé la réalité d'un avenir éternel de paix et de bonheur. Pour la sensibilité moderne, cet état de plénitude doit forcément inclure la fraternité universelle enfin réalisée et les retrouvailles avec ceux que nous avons aimés. Le christianisme ne l'avait-il pas enseigné dès le début ?

CHAPITRE XXIII

Laïcisation

Gloires terrestres

La littérature et l'iconographie chrétiennes n'ont pas attendu l'époque baroque pour exalter, dans le sillage de Matthieu (25, 31) et de l'Apocalypse (20, 11), la royauté divine et le « trône de gloire » sur lequel siégera le Fils de l'homme lors du Jugement dernier. Mais à partir de la Renaissance la convergence du retour à l'Antiquité et de la consolidation monarchique conduisit de plus en plus à employer le terme « gloire » et la constellation d'images et de symboles qui l'entourent pour connoter à la fois la puissance divine et la royauté terrestre. D'où un danger de confusion entre les deux registres.

Les textes spirituels de l'époque révèlent en effet un vocabulaire inspiré par l'idéologie monarchique. Sainte Thérèse d'Avila parle de la « majesté extraordinaire » de Jésus lui apparaissant dans « sa sainte humanité ». Elle qualifie le Seigneur de « Roi, puissant, sage et riche de tous biens » et assure que, dans son « royaume, une portion, si restreinte soit-elle, est toujours immense, parce qu'en Dieu, il n'y a rien qui ne soit grand[1] ».

Thérèse affectionnait l'expression « Sa Majesté ». Dans son sillage, des religieuses espagnoles ne manquèrent pas de l'employer, ce qui ressort de leurs autobiographies : « Sa Majesté accroissait ses dons [en moi] [...]. Je faisais quelques disciplines et d'autres mortifications que Sa Majesté m'enseignait toutes » (Mariana de San José). « [Mon père] promit à la divine Majesté, tandis que ma mère approchait du jour de l'accouchement, que, si le fils ou la fille qui allait naître ne mourait pas prématurément, il le rendrait à Sa Majesté en lui donnant l'état religieux » (Antonia de Jesus). « Sa Majesté me libéra d'un grand péril par le moyen de l'oraison » (Inès de l'Incarnation)[2]. Révélatrice encore est cette confidence d'une franciscaine, Ana Maria de San José :

> Me trouvant une fois en très haute contemplation, désirant le voir [Jésus] dans la majesté de sa gloire et être transformée en lui, [...] je me trouvais dans un ravissement très profond, plongée dans les abîmes de ma petitesse, très loin, plus bas que les enfers, car je disais : « Vous me trouverez là où commence le rien. » De cette extrême bassesse et de ce vide de mon être, je regardais cette très haute majesté dans la sublimité de sa grandeur, devant qui tous les bienheureux étaient presque comme rien [...]. Depuis cette très haute majesté il me regardait et, par ce regard, il m'élevait et me faisait un seul esprit avec lui[3].

Ces citations sont réunies dans le livre d'Isabelle Poutrin, *Le Voile et la plume,* qui analyse également les visions d'une autre mystique, Marina de Escobar de Valladolid († 1633), en faisant remarquer qu'elles sont « saturées de symboles monarchiques[4] ». « Proche des gouvernants, la visionnaire de Valladolid semble ne pouvoir se représenter la divinité, les anges et les saints que sous les catégories du pouvoir royal et de la société de Cour. Dieu le Père et son Fils sont ainsi dotés de tous les insignes du pouvoir monarchique, le trône, le sceptre et la couronne. Le Christ est désigné par une expression redondante, "le grand roi de Sa Majesté". Se tenant dans "un grand et beau château", il est revêtu "de vêtements royaux très riches et très précieux" et "porte sur sa tête une couronne royale très belle et divine". Comme les États terrestres, le ciel dispose d'organes de gouvernement tel le "Consistoire" ou "Tribunal" de la Trinité. Dieu envoie des ambassadeurs, les anges. Il octroie des cédules à ses sujets[5]. »

Hors des récits de visions, le vocabulaire monarchique est aussi très présent dans la littérature spirituelle du XVIIe siècle, et pas seulement dans la bouche de Bossuet (« Roi du ciel, conservez le roi de la terre[6] »). L'adaptation française du livre de Jérémie Drexel fait dire à David : « Mon Seigneur, j'ayme cordialement la beauté de vostre palais et le sejour de vostre gloire ! Seigneur des armées, Roy des vertus, que vos pavillons sont aymables[7] ! » Ailleurs dans le même livre, on promet aux élus qu'au paradis, « dans cet heureux estat de la gloire, [...] ils seront rayonnants comme autant de soleils, couronnez comme autant de roys, glorieux comme autant de petites divinitez ou de parfaites images de Dieu[8] ».

Plus lyrique, le chanoine Arnoux, s'adressant dans son *Échelle du paradis* (éd. de 1645) à une âme qui sera bientôt accueillie au ciel, lui assure :

[Les anges] vous viendront prendre pour vous introduire et mener en triomphe devant la majesté de Dieu, vous meneront à luy, vous faisant entrer dans la salle royale, où vous verrez ce grand Roy des roys, Dieu éternel, assis sur son haut thrône qui remplit de gloire toute cette cour celeste [...]

Vous serez peu après admise aux honneurs et couchée sur l'estat de ce grand Roy de l'univers, et place vous sera donnée en sa table royale [...]. Et de là, passant en la contemplation de ce beau soleil de la divine essence et du reste de ses grandeurs et merveilles, tout estonné et ravy d'admiration, après mille et mille extases, je vous vois et entends publier, haut et clair confesser qu'il n'y a rien de pareil sous les deux pôles, à l'occasion de quoy, vous trouvant comme hors de vous d'admiration, humblement vous vous adresserez à ce grand Roy, lui disant : « Quelle magnifiscence est la vostre! [...] Quelle gloire, quelle splendeur vois-je partout en vostre royaume[9]! »

Ce texte, qui parle pour beaucoup d'autres, démontre la forte pénétration des références monarchiques dans le langage paradisiaque. Celui-ci fut également utilisé par des auteurs réformés. Dans *Les Tragiques*, Agrippa d'Aubigné évoque le « palais flamboyant du haut ciel empyree », où Dieu se tient « sous un clair pavillon d'un grand arc de couleur ». Il y est assis sur « un thrône de gloire » et l'univers « adore en fremissant sa haute Majesté[10] ». Le puritain Richard Baxter, dans un ouvrage qui fut très lu, *The Saints' Everlasting Rest* (1650), évoquant la Jérusalem céleste et glissant de l'avenir au présent, s'adresse en ces termes au futur élu : « Transporte-toi par le cœur, au sommet, si possible de la plus haute montagne, sur quelque Atlas au-dessus des nuages et vois le royaume du Christ et sa gloire [...]. Le Seigneur t'accordera tout cela [...]. C'est son bon plaisir de te donner ce royaume. Vois-tu cette gloire éblouissante au-dessus de toi? C'est ton héritage. Cette couronne est tienne[11]. »

Mais vint un moment où la monarchie terrestre confisqua à son profit les images, symboles et métaphores que le langage religieux avait abondamment utilisés pour signifier la souveraineté du Tout-Puissant et le royaume des cieux. Alors qu'on avait souvent parlé du « soleil » divin, Louis XIV prit cet astre pour emblème. Au palais de Versailles, la journée du souverain se calqua sur le parcours et les effets du soleil. « Le roi régnait en soleil qui irradie tout, la cour étant considérée comme le reflet du cosmos. » De même qu'au paradis les élus ne sont pas tous placés à la même hauteur par rapport à Dieu, de même, à Versailles, « plus un courtisan jouissait de la faveur royale, plus il pouvait pénétrer à l'intérieur du palais pour y contempler, entre le lever et le coucher, la majesté royale[12] ». Jamais, au cours de l'histoire chrétienne, on n'avait construit un palais ayant l'extension colossale de celui de Versailles — 670 mètres pour la façade principale; 75 mètres pour la seule galerie des Glaces — car les très grandes dimensions avaient été jusque-là réservées aux églises. Versailles fut le lieu où se déroulait le « triomphe » permanent du roi. Les glaces de la grande galerie avaient pour fonction de refléter la lumière du jour ou celle des chandeliers et constituaient ainsi une métaphore du Roi-Soleil.

L'étroite association des royautés divine et humaine, élevant cette dernière au niveau de la transcendance, est flagrante dans la décoration peinte de plusieurs grandes abbayes de l'espace germanique. Certaines comportaient en effet une *Kaisersaal* où l'on accueillait l'empereur lors de ses passages et dont l'iconographie est significative. Celle d'Ottobeuren, réalisée dans les années 1723-1727, glorifie l'alliance de l'Église et du Saint Empire. Au plafond est figuré le couronnement de Charlemagne. Tout autour de la salle on voit non seulement les grands empereurs du Moyen Âge et seize empereurs Habsbourg mais aussi des papes, des défenseurs de la Foi et huit tableaux exaltant les miracles de l'hostie. Le plafond de la *Marmorsaal* de l'abbaye de Melk, peint par Troger, est sous forme allégorique une « glorification » de l'empereur représenté en *Hecules heroicus.* Celui-ci menace de sa massue Cerbère dont les trois têtes signifient les péchés d'orgueil, avarice et luxure. Des mythes et allégories symbolisent les vertus d'Hercule, la principale étant la tempérance. Quant à la *Kaisersaal* du palais-monastère de Klosterneuburg, elle comporte un plafond ovale consacré sans aucun détour à la gloire de la maison d'Autriche. C'est un ciel dont les couleurs, du pourtour vers le centre, évoluent du rouge au doré. Dans la partie centrale, des allégories tournent autour d'un médaillon représentant l'empereur Charles VI[13].

Des monarchies prenant la place de Dieu dans le secteur doré du ciel, c'est aussi ce que donnent à voir James Thornhill et Giambattista Tiepolo. Le premier, sur le plafond du *Painted Hill* du Royal Hospital de Greenwich, montre Guillaume III et la reine Anne accordant du haut des nuées la paix à l'Europe (à la suite de la paix de Ryswick, 1697). Le second, au palais royal de Madrid, utilise un plafond ovale pour y peindre une *Apothéose de la monarchie espagnole,* celle-ci trônant dans les nuages et couronnée par Mercure. Au-dessus de Mercure se tient Apollon sur son char solaire et, au sommet, on aperçoit Jupiter sur son trône, entouré d'un arc-en-ciel.

Le ciel mythologique

Cette dernière peinture aide à souligner un autre glissement et une autre confusion. Le ciel de l'au-delà, depuis la Renaissance, est à la fois celui du christianisme et celui de la mythologie réemployée. Un survol de la littérature française du XVIe siècle permet de suivre cette évolution. Certes, aucun poète ne met alors en cause le ciel chrétien, mais les références aux Champs Élysées se font plus nombreuses à mesure qu'on descend dans la chronologie. Et, tandis que dans un premier temps la subordination de la mythologie à l'eschatologie paradisiaque du christianisme est nettement affirmée, les Champs Élysées étant habités par le Dieu de la Bible, à partir de Marot et de la Pléiade un courant se dessine qui réactualise l'Antiquité païenne[14]. Ainsi, Marot, dans l'*Églogue sur le trepas de Ma Dame Loyse de Savoie* (1531), évoque le paradis comme un *locus amoenus* d'où le Dieu chrétien semble absent :

Là où elle est, n'y a rien défloré ;
Jamais le jour et ses plaisirs n'y meurent.
Jamais n'y meurt le vert bien coloré,
Ne ceulx avec qui là dedans demeurent :
Car toute odeur ambrosienne y affleure[15].

Dans l'*Ode* consacrée à l'« élection » de son sépulcre, Ronsard s'imagine, à son tour, jouir après la mort du « pourpris » (séjour) élyséen :

Serai par la demeure
Où les heureus espris
Ont leur pourpris [...].

Mais bien constante i dure
L'immortelle verdure,
Et constant en tout tens
Le beau printens [...].

Et Zephir i alaine
Les mirtes, et la plaine
Qui porte les couleurs
De mille fleurs[16].

La Renaissance française, à partir des années 1530-1540, redonna donc une nouvelle jeunesse aux Champs Élysées des Anciens comme séjour éternel des poètes et des amants. À l'époque, on ne voyait dans ce langage de fiction aucune contradiction avec la théologie chrétienne. Mais l'habitude se prit de recourir de plus en plus fréquemment à ce mythe païen.

Cette dérive s'opéra sans heurts. D'une part, à l'époque de l'humanisme et encore plus tard, les dieux de l'Olympe furent entendus par les artistes, les littérateurs, les spectateurs et les lecteurs comme des symboles du Dieu unique. Ainsi Ronsard, dans son *Hymne de justice*, d'apparence païenne, emprunte beaucoup à la Bible et, représentant Jupiter avec un glaive dans la bouche, tire cette image de l'Apocalypse. D'autre part — on rejoint ici le mixage entre la monarchie du ciel et celles de la terre —, la Renaissance puis l'âge baroque mobilisèrent les dieux de l'Olympe pour exalter la puissance des souverains[17]. Il reste qu'on glissa progressivement, pour évoquer l'amour ou la gloire, du ciel chrétien à un ciel pseudo-mythologique et que cette substitution en douceur masqua, mais aussi entraîna, une déchristianisation croissante des images qu'on se donnait de l'au-delà. L'abbé Noël-Antoine Pluche († 1761), à la fois apologiste chrétien et vulgarisateur scientifique dont les neuf volumes du *Spectacle de la nature* connurent un grand succès, nota avec pertinence : « L'abus du ciel poétique est que, parmi les hommes qui se piquent de raison, de délicatesse et de religion, il s'en trouve un très grand nombre qui se repaissent toute leur vie de paganisme[18]. »

Comme l'a rappelé A. Beijer[19], on appelait « gloires », dans les théâtres des XVIIe et XVIIIe siècles, des appareils, devenus à l'époque indispensables sur toutes les scènes, qui permettaient notamment la descente depuis les nuages des habitants de l'Olympe. Ces machines, particulièrement utiles dans les opéras, dérivaient des « voleries » que l'on mettait en œuvre dans les mystères du Moyen Âge pour faire descendre sur des nuages des apparitions célestes.

L'Italie constitue le meilleur lieu pour saisir sur le vif le glissement scénique, machineries à l'appui, du ciel chrétien au ciel néo-païen. C'est au XVIe siècle que « se généralisent au théâtre les apparitions d'êtres célestes descendant des hauteurs[20] », mais il faut d'abord remonter un peu en deçà. En 1439, l'évêque russe de Sousdal, séjournant à Florence à l'occasion du concile qui tenta de réconcilier Églises orthodoxe et romaine, y assista à deux spectacles évoquant respectivement l'Annonciation et l'Ascension. Pour représenter la première, Brunelleschi avait construit un paradis, à l'intérieur de la cathédrale, au-dessus de la porte d'entrée. En son milieu trônait un Dieu le Père majestueux, revêtu d'habits splendides. Autour de lui et à ses pieds des jeunes gens figuraient des anges. Sept cercles entouraient le trône, sur lesquels étaient posées des centaines de lampes à huile allumées. Sur le cercle le plus extérieur quatre anges portaient cithares et cymbales. Les cercles symbolisaient évidemment les sphères célestes. Au milieu de l'église une scène avait été aménagée, supportée par quatre piliers. Marie y attendait dans une chambre la visite de l'ange Gabriel. Celui-ci y arrivait en descendant du ciel par une sorte de télésiège passant au-dessus de la tête des spectateurs. L'annonce une fois achevée, une grande flamme descendait du paradis au milieu d'un bruit de tonnerre. Parvenue sur la scène, elle y éclatait en une gerbe d'étincelles. À ce moment on allumait tous les cierges de l'église. La représentation de l'Ascension fut une nouvelle occasion d'évoquer le paradis, placé, cette fois, un peu en retrait de la scène élevée au milieu de l'église. Là, Dieu le Père trônait au-dessus des nuages et au milieu d'un cercle éblouissant d'anges portant des lumières. Une puissante musique vocale et instrumentale accompagnait ce spectacle paradisiaque.

Reportons-nous maintenant à l'année 1565, toujours à Florence, où l'on célébra le mariage du fils du duc. Le cortège nuptial se dirigea vers le Palazzo Vecchio où un spectacle inattendu fut réservé aux invités. On y avait aménagé un théâtre « à l'antique » dont la voûte s'ouvrit brusquement pour laisser voir le paradis. Mais celui-ci n'était plus peuplé d'anges ni de saints. Au milieu de rayons apparaissait Vénus sur un char doré tiré par des cygnes. Elle était nue et ornée de guirlandes. Suivaient les Grâces, nues elles aussi, et les quatre Saisons. Toutes étaient réunies sur le même nuage. Derrière elles, on voyait toutes les divinités de l'Olympe qui, lentement, descendaient vers la terre et y rencontraient l'enfant Cupidon ailé et nu, suivi de l'Espérance et de la Crainte, de la Joie et de la Tristesse. Vénus récitait une « ballade » à Cupidon, puis remontait au ciel sur son char. Durant le spectacle une douce musique de source invisible s'était fait entendre, des parfums avaient été répandus dans la salle et les Grâces avaient distribué des fleurs.

À Florence encore, en 1589, un autre mariage princier permit la réalisation de spectacles « cosmiques », l'un profane, l'autre religieux. Le premier glorifiait la puissance de la musique et voulait illustrer par la mythologie la théorie platonicienne de l'harmonie des sphères. On a pensé, non sans vraisemblance, que l'auteur de cet intermède, Buontalenti, s'était inspiré des esquisses peintes à l'huile que le Tintoret avait réalisées pour son *Paradis* du palais ducal de Venise. En tout cas, commente A. Beijer, il faut constater « l'identité entre une représentation du paradis céleste selon la religion chrétienne et celle qui veut évoquer pour les spectateurs l'antique légende de l'Olympe[21] ». Une confirmation de ce double emploi fut donnée durant ces mêmes fêtes florentines de 1589. Dans un pré des environs de la ville une confrérie représenta le songe de Jacob qui, durant son sommeil, voyait le ciel s'ouvrir au milieu des nuages. L'un de ceux-ci portait sept anges, tandis que d'autres anges jouaient de la musique. Puis, les anges s'envolaient, le ciel s'éclaircissait et, dans le fond, on apercevait Dieu le Père assis sur son trône et revêtu de pourpre. De son trône descendait une échelle céleste dirigée par deux anges projetant des rayons scintillants sur la scène et les spectateurs. Cette mise en scène rappelait par sa technique l'évocation mythologique de 1565. Mais, ajoutée à celle qui évoquait la musique des sphères, elle illustrait l'aisance avec laquelle on passait désormais avec les mêmes moyens scéniques du registre du sacré à celui du profane et inversement.

Reviennent alors en mémoire les propos, cités plus haut, du jésuite Ménestrier faisant l'éloge des machines « qui tout d'un coup font passer de la terre au ciel, permettent de faire voir les cieux ouverts [et] [...] des dieux qui volent du ciel en terre[22] ». Le ciel servait maintenant indifféremment au paradis chrétien et aux divinités gréco-romaines. Aussi l'art du temps a-t-il tour à tour célébré les « triomphes » chrétiens — de l'Eucharistie, du Nom de Jésus, de l'Église, de saint Ignace, de saint Jean Népomucène, de saint Benoît, etc. — et ceux des dieux de l'Olympe.

Révélateur à cet égard, pour ne retenir qu'un exemple fameux, est l'ensemble de fresques réalisé par Tiepolo en 1752-1753 dans la résidence du prince-évêque de Würzburg. Le somptueux escalier d'apparat, prouesse technique de Balthasar Neumann, a été conçu pour que le visiteur découvre progressivement le plafond à mesure qu'il monte. Tiepolo a joué avec bonheur de cette disposition lorsqu'il a peint au-dessus de l'escalier *Apollon et les continents.* Dès que l'on s'est engagé dans l'escalier, on voit le ciel s'ouvrir, au-delà de lourds nuages, sur un Apollon rayonnant de lumière. Plus bas, Vénus et Mars se reposent sur un nuage, les signes du zodiaque apparaissant sur un arc de cercle plus en arrière. Après un palier de l'escalier, un changement de direction permet d'apercevoir l'allégorie de l'Europe et, au-dessus de cette scène, un médaillon avec un portrait du prince-évêque que des génies et autres figures allégoriques emportent vers le ciel. Du point de vue qui nous retient ici, beaucoup d'éléments sont imbriqués les uns dans les autres : un haut dignitaire de l'Église (et de l'Empire) place Apollon au centre du ciel dans la plus belle partie de son palais, lui-même se faisant porter en « triomphe », comme un saint, dans les hauteurs célestes. On pouvait difficilement faire mieux dans la confusion des symboles. Le ciel mythologique tendait à évincer le ciel chrétien.

L'éviction graduelle du firmament chrétien a pris de multiples aspects. Dans les années 1550 Palladio élève à Vicence la plus célèbre de toutes les villas qu'il a réalisées et celle qui a été la plus imitée, la *Rotonda,* dont il existe quatre copies dans la seule Angleterre. Insérée dans un paysage noble et serein tel que les aimaient les humanistes, orientée en fonction des points cardinaux, elle signifiait par son plan central la perfection du cosmos. Pour la première fois, une coupole était utilisée pour un séjour de plaisance. Auparavant elle avait été réservée à des temples et à des églises.

Le ciel de tous les jours

Voici maintenant une autre forme d'effacement du ciel chrétien : l'azur et les nuages de tous les jours devenant objet de peinture tandis que s'affirme la conquête du paysage par les artistes. Depuis les *Très Riches Heures du duc de Berry* le paysage occupait une place croissante dans les œuvres peintes, fournissant le fond de décor de scènes sacrées ou profanes et de portraits. Ce paysage, urbain ou rural ou les deux à la fois, apparaît aussi bien dans *L'Agneau mystique* et la *Madone du chancelier Rolin* que derrière *La Joconde* et la *Vierge aux rochers* de Léonard. *La Pêche miraculeuse* de Conrad Witz (musée de Genève) fut à sa date (1444) la première représentation (relativement) exacte d'un paysage européen. Dans la *Vierge à l'enfant* de Giovanni Bellini, Marie et son bébé ont moins d'importance que la campagne évoquée autour d'eux et, apparemment, sans rapport avec eux — bêtes qui broutent, puits, village sur une élévation, etc. Dans la *Tempête* (de Giorgione ou de Titien?), le peintre a rejeté aux extrémités du tableau l'homme en rouge et la femme qui allaite pour donner aux feuillages, à la rivière, au pont et aux remparts de Castelfranco une évidente priorité. Dürer est le premier à consacrer des aquarelles à des sujets ne comportant aucun être humain — villes, villages, carrières de pierres, touffes de plantes, etc. Aux Pays-Bas, Patinier et surtout Brueghel aiment à situer leurs scènes dans de larges panoramas mi-réels, mi-imaginaires, composés de montagnes, de villes au bord de lacs, de rochers et de rivières sinueuses. *La Fuite en Égypte* de Patinier (Anvers, musée des Beaux-Arts) laïcise complètement ce sujet religieux pour donner la priorité à un large ciel d'été et à un paysage associant des éléments flamands — maisons et champs de blé — à la mer et à des reliefs alpins. De même, si l'on s'attarde un instant sur *La Moisson* de Brueghel (New York, Metropolitan Museum), on constate que la place essentielle est tenue moins par les paysans au travail ou en train de manger que par un immense paysage s'étendant à perte de vue jusqu'à un lac. Toute la composition baigne dans la lumière dorée d'une chaude journée d'été.

Ces rappels nous conduisent à la peinture du XVIIe siècle et à la place qu'elle accorde au ciel — un ciel qui n'est plus celui du paradis éternel. De lourds nuages noirs annonciateurs de l'orage plombent le paysage dans lequel Poussin situe le drame des amants de Babylone, *Pyrame et Thisbé* (1653, Francfort-sur-le-Main). Une douce lumière méditerranéenne enveloppe le *Port au lever de soleil* de Claude Gelée dit le Lorrain (1674, Munich). Dans cette composition, les personnages ne sont là que pour donner l'échelle et les constructions antiquisantes que pour créer la perspective. Cette

« marine », d'où se dégage une grande impression de calme, veut avant tout restituer l'événement quotidien qu'est l'apparition du soleil dissipant les brumes du matin.

C'est, bien sûr, la peinture hollandaise du XVIIe siècle qui donna la place d'honneur au ciel quotidien. Certes, ce réalisme n'est pas toujours rigoureux ni exempt de significations philosophiques ou religieuses. Le *Moulin de Wijk* de Ruysdael (1680, Amsterdam, Rijksmuseum) livre sans doute un message mélancolique : de même que le moulin, isolé au milieu du paysage, est exposé à la violence de la nature, de même l'homme est soumis à la puissance de Dieu ou du destin. Au moment où le peintre décrit la scène, rien ne bouge et le vent ne gonfle pas encore les voiles du bateau qui glisse sur les eaux calmes, mais de sombres nuages traversent déjà le ciel, laissant présager la tempête prochaine. On peut aussi estimer que la *Cascade avec château* du même Ruysdael (1665, Brunswick) force volontairement le trait et dramatise le site de Bentheim en Allemagne, où un château s'élève sur un modeste promontoire. Le ciel chargé de nuages, le piton devenu escarpé sous le pinceau du peintre et la violence du torrent symboliseraient dans le tableau de Ruysdael le caractère éphémère de la vie. Mais sa grande toile, *Scène de blanchissage près de Haarlem* (1670-1675, Zurich), est avant tout consacrée à un immense ciel de plaine qui occupe plus des deux tiers de l'espace. Seules les églises, en particulier la puissante silhouette de Saint-Bavon, percent l'horizon. Le regard est fasciné par les alternances de nuages pommelés et de trouées bleues qui permettent au soleil de faire étinceler les draps de lin en cours de blanchiment. Ce paysage de Hollande, évoqué avec une rare maîtrise, renvoyait à l'expérience quotidienne des habitants.

C'est encore la place du ciel météorologique dans l'humble vie de chaque jour qu'évoquent d'autres toiles célèbres des peintres hollandais du XVIIe siècle, entre lesquelles on n'a que l'embarras du choix. Retenons comme particulièrement significatifs le *Bac* de Van de Velde (1622, Amsterdam, Rijksmuseum), le *Paysage de rivière avec laitière* de Cuyp (1646, Karlsruhe) et l'*Allée de Middelharnis* de Hobbema (1689, Londres, National Gallery). Dans ces trois exemples le ciel occupe au moins la moitié de l'espace. C'est lui qui d'abord et surtout attire le regard, comme il le fait à nouveau dans la *Vue de Delft* de Vermeer (1658, La Haye, Mauritshuis), chère à Marcel Proust, où il éclaire un beffroi, plusieurs toits et le sable doré du premier plan. Mais ce ciel n'est pas celui de l'au-delà. Il apporte plus modestement sur les travaux et les jours la pluie et la lumière, le vent et les nuages.

Sur cet effacement progressif du ciel de l'au-delà au bénéfice de celui de la météorologie, donnons encore un autre témoignage inattendu et plus tardif, ce décalage dans le temps ne nuisant pas à la démonstration globale. Il est fourni par les ex-voto provençaux qu'a minutieusement étudiés Bernard Cousin. Cet historien constate, mesures à l'appui, que si les deux espaces, céleste et humain, y cohabitent, la part qu'ils occupent respectivement évolue au cours des trois siècles (XVIIe, XVIIIe et XIXe). La place de l'espace céleste, c'est-à-dire de celui qui rapproche l'ex-voto du tableau religieux, est importante, et parfois prédominante au XVIIe siècle et encore au XVIIIe : c'est souvent le quart, ou la moitié, du tableau. Les espaces célestes inférieurs au huitième de la toile font figure d'exceptions. Au lendemain de la Révolution, cette place diminue, dépassant rarement le quart du tableau, et se faisant quelquefois minuscule. Dans la seconde moitié du XIXe siècle, l'espace céleste n'est plus de règle, et quelques ex-voto, essentiellement marins, ne lui font plus de place du tout[23].

La peinture hollandaise protestante avait anticipé sur les ex-voto marins catholiques, mais l'évolution dans la longue durée était la même : il devenait de plus en plus difficile de faire coïncider le ciel de Dieu avec celui de la terre.

CHAPITRE XXIV

Essoufflement ?

UN DISCOURS THÉOLOGIQUE PLUS ABSTRAIT

Tandis que le firmament chrétien se brouillait en se laissant envahir de gloires humaines et de fables mythologiques, tandis qu'il perdait du terrain devant l'évocation croissante, et sans cesse plus précise, du ciel quotidien, le discours des théologiens catholiques sur le paradis ne donnait-il pas des signes d'essoufflement ?

Essoufflement quantitatif ? Non, assurément ! Car si l'on consulte sur la béatitude et la vision béatifique le *doctor eximius* de la théologie à l'époque de la Réforme catholique, Francisco Suarez (1548-1617), dont les œuvres remplissent quelque trente in-folio, on découvre qu'il est revenu plus d'une centaine de fois sur ces questions. Le savant jésuite n'en finit pas de distinguer « béatitude formelle » et « béatitude objective », « béatitude accidentelle » et « béatitude essentielle », « béatitude simple » et « béatitude surnaturelle [1] ». Il enseigne que la béatitude résulte de la mise en action à la fois de l'intelligence et de la volonté [2]. À l'instar de saint Thomas d'Aquin, il s'interroge sur ce qu'est le bonheur des élus avant le Jugement dernier et ce qu'il sera après. Et, comme son prédécesseur, il conclut que « la béatitude de l'âme ne cessera pas après que celle-ci aura retrouvé son corps. Elle ne sera pas augmentée mais elle gagnera grandement en extension *(non augebitur, erit tamen major extensiva)* [3] ». Sur le bonheur éternel, Suarez, à l'évidence, ne voulait laisser aucune question sans réponse. D'où, au moins à nos yeux aujourd'hui, une inflation fastidieuse du discours théologique noyant la joie paradisiaque dans un océan d'austères subtilités.

Faut-il généraliser ce constat ? Le *Tableau des joyes du paradis* de Drexel, synthèse adaptée aux lecteurs du XVIIe siècle de toute la littérature sur le sujet, contient des passages qui ne manquent pas de force. Traitant des « plaisirs de l'œil » dont jouiront les élus, le jésuite allemand s'écrie, en se souvenant des invitations déjà anciennes, mais toujours actuelles au XVIIe siècle, au « mépris du monde » :

> Combien donnera de joye et de contentement la veuë de la beauté souveraine de tant de milliers et de millions de ravissants objets qui sont dans le ciel ! C'est là où la beauté est comme en son jour et comme en plain triomphe, où tous les bien-heureux sont autant de soleils et de miracles de beauté parfaite, où finalement le chœur des anges et des hommes predestinez est si ravissamment beau dans le temple de gloire, que toutes les plus grandes beautez de la terre ne peuvent sembler au prix que de monstrueuses laideurs [...].
>
> Allez donc, beautez de la terre, retirez-vous bien loing de moy ! Car vous n'estes que masques couverts, que corps puants, que carcasses pourries qui, sous un mince voile de peau un peu blanche et vermeille, cachez mille pauvretez et mille ordures ! Allez, tout vostre fard et vos déguisemens palliatoires me font horreur quand je contemple cette eternelle et naïve beauté des bien-heureux. Non, je ne puis supporter la veuë de ces corps mourans et hydeux, qui sous couleur de quelque beauté sont adorez sur terre, quand je vois ces belles ames ou ces nobles esprits qui sont bien-heureux dans le paradis[4].

Le *Tableau des joyes* comporte un long développement sur la musique céleste qui, tout en rabaissant celle de la terre à l'aide de comparaisons injurieuses, renvoie tout de même à la place croissante tenue par le chant et les instruments dans la civilisation du XVIIe siècle. Drexel démarre ici en affirmant : « La théologie dit parfaitement bien [...] que l'amour et la joye enfantent la musique. » Il s'ensuit que les bienheureux, « estant comblez d'un amour et d'une joye parfaite, sont toujours occupez à chanter melodieusement en Paradis ». Et chacun avec sa seule voix constituera un chœur :

> Comme nous voyons ces horloges industrieuses et pleines d'artifice qui, se servant de tymbres comme d'autant de voix, chantent quelque air avant que de sonner l'heure ; et comme il n'y a en cette musique artificielle qu'une seule horloge où quantité de voix se rencontrent ; de mesme il sera au pouvoir d'un seul bien-heureux de faire une musique parfaite de tous les sens de son corps et de toutes les facultez de son ame. Combien grande sera donc la douceur de cette musique celeste dans la conjoncture [conjonction] de tant de milliers et de millions de braves musiciens qui seront capables de faire tous autant de chœurs d'excellente musique !

Comparées à la musique céleste, les mélodies et harmonies d'ici-bas ne sont que « les plaintes importunes ou les cris confus qui resonnent dans un hospital de malades [...]. Les musiciens de la terre ne sont au prix que voix de cigales qui lassent le ciel à force de gemissemens et de soupirs. En un mot, on chante proprement au ciel, et on ne fait que souspirer ou que gemir en ce monde ». Et Drexel de reprendre à nouveaux frais l'anecdote de l'ange qui consola saint François malade, puis de poser la question :

> Hé, je vous prie, quelle impression de joye fera donc sur nos cœurs et sur nos esprits une infinité de tels braves musiciens et maistres joüeurs de luth [anges et élus] qui se retrouvent au ciel pour chanter sans relasche et sans pause et, mariant tousjours la douceur de leurs voix avec la delicatesse de leurs luths, de leurs mandores luthées et de leurs espinettes organisées, ne cessent jamais de donner un parfait contentement à l'oreille et au cœur des bien-heureux[5] !

Plus loin, Drexel s'émerveille devant la stabilité du bonheur dont nous jouirons au ciel. Annexant à sa démonstration un verset d'Isaïe (32, 18), il assure : « Nous serons assis dedans le ciel comme vainqueurs et nous reposerons dans la beauté d'une paix souveraine et souverainement parfaite, dans l'abondance de tout genre de biens dont nous ne cesserons jamais de jouyr dans les pavillons d'asseurance eternelle[6]. » Prenant à son compte l'« héliocentrisme spirituel » cher au XVIIe siècle, l'éloquent jésuite, dans un des trois chapitres qu'il consacre à la « claire vision de Dieu », décrit celui-ci comme « un beau et rayonnant soleil dans le Paradis de la gloire [qui] va tellement respendant la splendeur de sa lumière sur tous les bien-heureux qu'eux-mesmes, comme autant d'images et de miroirs de ce divin soleil, jetteront des rayons capables d'eclairer tout l'univers[7] ». Glissant ensuite du futur au présent, il enchaîne, en reprenant une vieille comparaison :

> Comme nous voyons que le feu penetre tellement le fer qui est tout rouge, que le fer semble n'estre que feu; de mesme la lumiere et la gloire de Dieu penetrent tellement chaque bien-heureux qu'il semble [...] estre une vive et une parfaite ressemblance de Dieu, suivant ces belles paroles de sainct Jean (3, 2) qui nous assure de la part de Dieu que, quand nous aurons le bien de le voir, nous luy serons semblables[8].

Ces morceaux choisis d'un livre oublié aujourd'hui, mais rédigé par un auteur à succès du XVIIe siècle, invitent donc à ne pas traiter par le mépris la littérature paradisiaque du temps. Cependant, malgré de belles envolées, les 640 pages in-octavo du livre de Drexel engendrent la lassitude. Sa pédagogie est lourde par excès de méthode. Fidèle à la vieille tradition scolastique, il segmente et catégorise les bonheurs de l'au-delà avec une épuisante précision : « joies » de chacun des cinq sens, puis de l'entendement, de la volonté et de la mémoire; « plaisirs » du lieu de la béatitude, de la compagnie des bienheureux, de l'abondance de tous genres de délices, de la satisfaction de tous les désirs, de la claire vision de Dieu et, en finale, « plaisir de l'éternité mesme ». En somme, Drexel ne peut s'empêcher, en dépit de trouvailles ingénieuses, de redire un discours bien des fois entendu. En outre, il recourt constamment au procédé rhétorique consistant à dévaluer le terrestre pour magnifier le céleste : la vie n'est qu'un voyage. « Les plus magnifiques Louvres des roys ne sont que des nids ou des estables » en comparaison du paradis. Les plus charmantes musiques de la terre ne sont que « cris » et « plaintes » de malades par rapport aux mélodies célestes. « Tout ce que vous pouvez voir icy bas de beau n'est que vanité. La-haut dans le ciel vous verrez choses mille fois plus belles », etc.

Il est possible, devant de tels textes, que le recul du temps renforce chez nous aujourd'hui le sentiment de déjà-lu, s'agissant d'un discours mille fois répété. Éprouvait-on déjà cette impression dès le XVIIe siècle? Ce n'est pas certain. Toutefois, comment inventer toujours du nouveau pour exprimer l'indicible? Cette difficulté apparaît en pleine lumière dans les sermons de Claude Joly (1610-1678), successivement curé de Saint-Nicolas-des-Champs à Paris, évêque de Saint-Pol-de-Léon, puis d'Agen. Il fut en son temps un orateur réputé dont on vanta « l'imagination vive et pénétrante, l'esprit vaste mais recueilli, [...] l'air grave et dévot, [...] le ton de voix agréable et insinuant ». Il laissa huit volumes de *Sermons*. Plusieurs de ceux-ci sont consacrés au paradis. Mais, quand on nous rapporte des anecdotes sur ses succès d'orateur sacré, elles concernent surtout des instructions sur les fins dernières où l'exposition des funestes conséquences dans l'au-delà des péchés mortels tenait la plus grande place[9].

Cependant, sur le bonheur des élus, Joly, comme Drexel, est capable d'innover :

> Oh! quel bonheur, s'écrie-t-il, d'être plongé dans l'abîme des plaisirs de Dieu, de nager dans l'océan de sa joie et de ses consolations ineffables! Figurez-vous un poisson en pleine mer; il nage avec délices; il y a cent piques d'eau au-dessus de lui, cent piques au-dessous, cent piques devant, cent piques derrière, cent piques à droite, cent piques à gauche; de quelque côté qu'il se tourne, du côté de l'orient, du côté de l'occident, du côté du midi, du côté du septentrion, il est environné d'eau, où il nage à son aise.
>
> Voilà une sensible figure de la joie des bienheureux, voilà ce que leur ont valu leurs larmes et leurs peines. Ils nagent dans les torrents des plaisirs de Dieu[10].

Mais cette nage dans les eaux de l'éternel bonheur ne peut s'obtenir que par le « mépris du monde », en raison de l'« intempérance » d'Adam qui « a ruiné notre nature ». Dès lors, « ce n'est plus que par les tristesses, par les douleurs, par les gémissements, par les larmes, par les pénitences et les mortifications de cette vie qu'on achète les douceurs, les consolations, les plaisirs, les joies de l'autre [11] ». Plus que cette opposition classique entre les deux bonheurs — celui du ciel et celui de la terre —, me frappe l'utilisation d'un langage intellectuel et abstrait puisé dans la lourde tradition scolastique. « Quelles sont les sources de la joie des bienheureux et de ces torrents de plaisirs dont l'inondation fait leur félicité? » se demande Joly. Il répond :

> Ce que j'ai trouvé sur ce sujet dans la lecture de l'Écriture et les Pères se réduit à quatre choses : la première, c'est la grandeur et l'excellence de l'objet; la seconde, c'est la capacité du sujet; la troisième, c'est la parfaite union qui se trouve entre la puissance et l'objet, et la quatrième, c'est le goût, la saveur et la réflexion éternelle que feront les bienheureux sur l'état où ils se trouvent [12].

En phase avec l'art de son temps qui faisait graviter les anges et les élus autour de la lumière du ciel supérieur, Joly insiste à plusieurs reprises sur les effets que la « lumière de gloire » produit dans l'âme des bienheureux. Mais il le fait à l'aide d'un vocabulaire désincarné qui laissait forcément l'auditeur en panne d'images :

> [La lumière de gloire élève les bienheureux] au-dessus de tout ce qui n'est pas Dieu; et Dieu seul est au-dessus d'eux. Car comme une âme avec un seul degré de grâce est au-dessus de tout ce qu'il y a de plus grand et de plus noble dans la nature; de même, par cette lumière de gloire, elle est au-dessus de tout ce qu'il y a de plus excellent dans l'ordre de la grâce [13] [...].
>
> La lumière de gloire, qui découvre aux saints l'essence de la divinité, les rend parfaitement, pleinement et souverainement bienheureux. Ils voient Dieu face à face, ils le considèrent, ils le contemplent, et dans cet aimable et vaste objet ils voient ce qu'il y a de plus grand dans l'ordre de la nature et de la grâce; ce que le Seigneur, par un excès de son infinie bonté, a fait pour eux, et ce qu'ils eussent été s'il les avait laissés, avec une infinité d'autres, dans la masse d'une corruption universelle. Ô vue de Dieu, que tu es charmante! Ô lumière de gloire, que tu es admirable [14]!

Retenons moins ici l'allusion pessimiste et très augustinienne à la « masse de perdition » que le recours à des mots austères pour tenter de faire saisir au public les mystères du bonheur sans fin; et importe surtout à l'historien, loin de tout jugement de valeur, l'explication d'un fait culturel important : celui d'une plus grande abstraction, à l'époque de la Réforme catholique, du discours sur le paradis.

Significatif à cet égard est le sermon que saint François de Sales prononça en 1617 pour la Toussaint devant des religieuses. L'évêque de Genève-Annecy y assura que les bienheureux jouissent de trois choses « grandes et éminentes » :

> Là ils voyent face à face, clairement, nettement, sans ombre, image ni figure, Dieu trin et un, non par énigme mais tel qu'il est, avec une telle clarté qu'on voit la lumière en la lumière. Ils voyent en icelle la grandeur et excellence de la maternité de la Vierge, et encores quelle et combien grande est la gloire que Dieu donne à ses esleus. En cette claire vision de Dieu ils descouvrent [...] des autres plus hauts et inscrutables mysteres, dont ils ont la connaissance avec une telle allegresse qu'ils n'en peuvent souhaitter ni desirer plus grande. C'est là qu'ils reçoivent la mesure pleine et comble, et qui regorge de toutes parts, parce que la joye et liesse dont ils jouissent en cette gloire essentielle par la connaissance des plus profonds mysteres les rassasie tres parfaitement[15].

Dans la suite de son sermon, saint François de Sales rapporte la vision de la Trinité dont bénéficia saint Ignace de Loyola, ajoutant que « Dieu luy fit connaître de ce divin mystere tout ce qui s'en peut connoistre en cette vie, si que cette verité demeura si fort gravée en son cœur et en son esprit, qu'il eut dès lors une singuliere devotion au sacré mystère de l'adorable Trinité, se fondant de joye toutes les fois qu'il en avoit le souvenir[16]. » Bel exemple de l'évocation, en langage théologique et sans recours aux images, du bonheur paradisiaque à partir d'une expérience mystique.

Certes, la littérature mystique du temps fut riche et belle, mais elle fut moins explicite que celle des siècles antérieurs sur les lieux célestes. Elle insista plutôt sur l'intime communion entre le Sauveur et l'âme à laquelle il a choisi de se révéler. Quant à l'art baroque, porté par l'envol de celles et ceux qui s'engouffraient dans les déchirures du ciel, il parvint, certes, à renouveler la vision de l'au-delà en jouant avec brio sur les nuances de la lumière, les mouvements giratoires et les illusions rendues possibles par la maîtrise des raccourcis et des trompe-l'œil. Il reste, on l'a souligné, qu'en accord avec le langage religieux contemporain, il fut, lui aussi, moins précis que l'iconographie des périodes précédentes sur le monde d'en haut et ses habitants. Les verts pâturages, les fleurs du paradis, les vêtements somptueux et les instruments de musique des anges, les murailles étincelantes de la Jérusalem céleste, les distances marquant les hiérarchies de la cour céleste s'effacèrent désormais devant l'ascension vertigineuse emportant les saints vers le soleil de la Divinité. Se produisit donc alors dans les évocations paradisiaques une sorte de désincarnation, et dans l'écrit et dans l'art, ce que renforça la volonté pédagogique et catéchétique de l'Église issue du concile de Trente.

Une volonté didactique

Car l'iconographie baroque fut fortement didactique. Elle voulut rendre présente la doctrine concernant la Trinité, la présence réelle, l'assomption de Marie, l'intercession des saints, etc., mais elle avait à sa disposition des moyens visuels que l'écrit n'avait pas. Or celui-ci prit de plus en plus, en particulier dans les sermons et les cantiques, le langage du catéchisme. Autrement dit, ce qui peut nous sembler aujourd'hui essoufflement ou répétition était le résultat d'un choix, ou mieux, d'une stratégie déjà sensible dans les sermons de la seconde partie du Moyen Âge [17]. Désormais il s'agissait plus de montrer le chemin du ciel que de décrire les détails de celui-ci. Le discours ecclésiastique, pointant du doigt au loin la joie paradisiaque, enseigna inlassablement les vertus pour y accéder. Il fut plus affirmation d'espérance que peinture chatoyante des lieux et des habitants du pays de l'éternel bonheur.

Les *Cantiques spirituels de l'amour divin* du jésuite Jean-Joseph Surin († 1665), considérés dans leur ensemble, constituent un bon exemple de l'alliance entre mystique et catéchisme. L'un d'eux, intitulé *Reproche d'amour*, exprime dans le langage précieux du temps l'ardeur de l'amour surnaturel. Il pourrait servir de commentaire aux représentations de la transverbération de la sainte d'Avila :

Âme que Jésus-Christ poursuit incessamment,
Pourquoi ne cédez-vous à ce divin amant?
Si vous ne recevez son feu dans votre cœur,
Craignez de ressentir les traits de sa rigueur.

Ne vaudrait-il pas mieux l'avoir pour votre Époux,
Qu'au lieu de sa douceur, éprouver son courroux?
Préparez votre cœur aux foudres amoureux :
Qui peut mourir d'amour se voit bientôt heureux.

Si vous pouviez sentir l'attrait de ses beaux yeux,
En terre vous auriez tous les plaisirs des cieux.
Le cœur blessé d'amour ne fait que soupirer,
Voyant que son exil doit si longtemps durer.

Il faut pourtant aimer, malgré tout ce tourment;
Il faut pour mon Jésus brûler uniquement,
Aussi bien pourquoi fuir l'ardeur de cet amour?
Qui n'en brûle à présent, il faut qu'il brûle un jour[18].

Mais dans d'autres cantiques de Surin l'accent catéchétique est fortement marqué. Ainsi dans *Le Triomphe des saints dans la gloire* où on lit, formulé dans une langue abstraite, ce discours d'espoir :

Heureuse la pénitence!
Heureux les cris et les pleurs!
L'éternelle récompense
Paie toutes nos douleurs;
Notre peine terminée,
Au royaume de la paix,
Aboutit à la journée
Qui ne finit jamais[19].

L'attrait du bonheur céleste et la menace pédagogique en direction des cœurs endurcis sont aussi entremêlés dans un autre cantique consacré par Surin aux *Justes en train de mourir* :

Ô malheureuses âmes!
Qui ne connaissez pas
Le bien de ces douces flammes,
Venez goûter leurs appas.
Vive Jésus!
Mondains plus misérables
Que les plus insensés,
Ces biens sont plus désirables
Que ceux que vous pourchassez.
Vive Jésus[20]!

Strophes abstraites, certes. Mais il est possible que la mélodie empruntée, comme c'était alors souvent le cas, à des chansons profanes en ait corrigé l'austérité.

Dans le sillage de cette réflexion, je voudrais m'attarder un instant sur le plus célèbre des cantiques bretons, *Sentimancho an ine mad o sangall er gloar ar barrados (Sentiments de la bonne âme pensant à la gloire du Paradis)*. Très populaire en Bretagne depuis le XIXᵉ siècle sous le titre abrégé *Ar Baradoz,* attribué tour à tour à saint Hervé (VIᵉ siècle) et à Michel Le Nobletz (XVIIᵉ siècle), il ne paraît pas remonter plus haut que 1734, date du plus ancien manuscrit retrouvé. Sa terre d'origine est probablement le Trégor.

Le manuscrit de 1734, sur lequel s'est penché avec attention Georges Provost, comporte 48 stophes, alors qu'aujourd'hui on ne chante plus guère que les quatre ou cinq premières. Le texte du XVIIIᵉ siècle, remarque Georges Provost, a une coloration nettement post-tridentine. Le sort de chacun se joue immédiatement après la mort, de manière strictement personnelle, sans référence à l'eschatologie médiévale du Jugement dernier et de la résurrection collective à la fin des temps. À certains égards, ce texte de 1734 paraît pleinement de son temps avec ses longs soupirs après la béatitude céleste, en rapport avec la thématique des « saints désirs de la mort ». Plusieurs couplets affirment que « le corps est pesant », la terre « une vallée remplie de douleur » et que les « biens » d'ici-bas sont « dangereux ». Fond et forme « suggèrent la signature d'un prêtre de la Réforme catholique[21] ».

Alors — courte digression — pourquoi depuis deux siècles le succès de ce cantique, chanté à la Toussaint et lors des enterrements, et qui provoque une forte impression chez ceux qui l'entendent pour la première fois ? Avant tout, à cause de son émouvante mélodie, peut-être d'origine grégorienne, qui associe l'espérance à la mélancolie. Elle est chargée des tristesses de la vie mais promet qu'elles se changeront en joie. Elle est à la fois larmes et sourire. Quant aux strophes que les XIXᵉ et XXᵉ siècles ont privilégiées, elles additionnent des éléments romantiques avant la lettre à l'ancienne conception de l'empyrée :

Alors, comme seront
Brisées mes chaînes,
J'irai soudain dans les airs
Comme une alouette.

Quand je regarde les cieux
Vers mon vrai pays,
J'aimerais y voler
Comme une petite colombe blanche.

Je passerai la lune
En allant vers la gloire
Par-delà les étoiles
Je serai enlevé[22].

Cette parenthèse refermée, destinée surtout à mettre en relief la mélodie admirable d'*Ar Baradoz,* soulignons, malgré leurs objectifs communs, le décalage, à l'époque de la Réforme catholique, entre la littérature paradisiaque et les plus belles réussites de l'art baroque ouvrant voûtes et coupoles sur la gloire du ciel. Et insistons une nouvelle fois sur le caractère catéchétique des cantiques sur le paradis. Les trois dernières strophes d'*Ar Baradoz,* dans sa version de 1734, sont significatives :

Souffrez tous de cœur
Avec résignation
Vos peines et vos chagrins
Pour vos péchés.

Détestez le péché.
Aimez toujours Dieu.
Suivez ses lois
Jusqu'à la fin de vos jours

Voilà le chemin assuré
Pour aller vers le bonheur.
Quiconque le suivra
Ira certainement aux cieux[23].

L'historien met aisément ce cantique en consonance avec ceux que composa Grignion de Montfort pour ses missions et ceux que l'on faisait chanter aux élèves, au XVIIIe siècle, dans les institutions de saint Jean-Baptiste de La Salle. Le premier écrivait :

Lorsque je lève les yeux
Jusque dans ma patrie,
Je me trouve malheureux
D'être dans cette vie.
Ôtez-moi de cet exil fâcheux,
Dieu, je vous en prie.

Vos beautés, ô Paradis,
Sont toutes ravissantes,
Vos plaisirs sont sans ennuis,
Vos douceurs innocentes,
Vos beaux jours n'auront plus de nuit,
Vos splendeurs sont charmantes[24].

Voici maintenant un extrait du cantique *Du paradis* que chantaient les élèves des Frères des écoles chrétiennes :

Ce que je crois touchant le paradis
Est bien plus grand que tout ce que j'en dis.
Le grand désir où je suis d'y aller
Fait que mon cœur se plaît à en parler.

Heureux séjour, heureux cent mille fois,
Divin palais où est le Roi des rois,
Louvre de Dieu, admirable cité,
Dont le soleil est la Divinité[25].

Impossible, à la lecture de ces strophes, de ne pas constater la répétition un peu épuisée de thèmes qui, au cours des siècles, avaient perdu de leurs couleurs mais que l'on s'efforçait de réactualiser dans une présentation pédagogique.

Le mysticisme en question

Si donc l'on compare la littérature ci-dessus aux nombreux textes que l'Antiquité chrétienne et le Moyen Âge nous ont laissés sur le paradis — récits de voyages dans l'au-delà, poèmes sur la Jérusalem céleste, évocations concrètes et savoureuses de la joie des élus dans un jardin éternel —, on ne peut que constater une croissante désincarnation.

Or — nouvelle piste à explorer — les évocations imagées et colorées du paradis ne pouvaient que souffrir de la réaction contre le mysticisme qui se développa dès la fin du Moyen Âge. En effet on s'inquiéta alors de la prolifération de visions et d'apparitions qui venaient à l'appui de prophéties déstabilisatrices et qui pouvaient mettre en cause les hiérarchies de l'Église. C'est dans ce climat que les visions de sainte Brigitte suscitèrent un débat et furent suspectes à Gerson. Grand prédicateur populaire, saint Bernardin de Sienne († 1444) s'en prit, lui aussi, à la crédulité de certains voyants que le diable trompait, disant dans un sermon :

> Voilà ce que je sais de celles qui disent : « Oh, il m'est venu une belle vision cette nuit. Je l'ai vue comme ci et comme ça et la vision lui dit qu'elle aura telle ou telle chose. » L'autre dit : « La Vierge Marie m'est apparue. » L'autre dit : « Il m'est apparu un ange. » Et l'autre dit : « M'est apparue la lune »; et l'autre dit : « le soleil », et l'autre, « l'étoile dans ma chambre éclairant tout » [...]. Ne sois pas trop léger à croire ce que te montrent de telles visions. Il vaut mieux d'abord prouver que croire[26].

Saint Vincent de Paul ne tenait pas un autre langage en 1659, lorsqu'il donna aux religieux de sa congrégation une longue conférence sur la manière de distinguer « les vraies lumières et les illusions ». Mettant en garde contre le « faux jour » et les « fausses lumières » que l'esprit malin est susceptible par ses artifices « illusoires » et « trompeurs » de mettre dans les imaginations, Monsieur Vincent précisait :

> [Ces fausses lumières] font paraître les choses d'une autre manière qu'elles sont! Vous dites que ce qui est blanc comme cygne est noir comme un corbeau, et ce qui est noir est blanc comme un cygne! — Oui, je dis un faux jour que produit le malin esprit dans l'imagination, lui représentant des espèces différentes de la vérité des choses qu'elles doivent exprimer. Ces espèces donc entrent dans l'imagination, montent à l'entendement et se réfléchissent enfin sur la volonté; de sorte que cet ange de ténèbres fait paraître blanc ce qui est noir, et vérité ce qui est mensonge[27].

Assurément Monsieur Vincent visait ici la trop grande assurance de ceux et celles qui se croient favorisés de révélations venant du ciel, au point de sous-estimer les règles, enseignements et traditions de l'Église. Mais un mouvement était en marche, reprenant un discours déjà tenu au XVe siècle et maintenant favorisé par le jansénisme et les critiques protestantes, qui allait examiner sans indulgence les envolées mystiques grâce auxquelles des âmes croyaient obtenir en leur faveur une déchirure du ciel. Les écrits de Pierre Nicole fortifièrent grandement ce mouvement. Il s'agit des *Visionnaires* (1665), des *Essais de morale* (1671-1678), du *Traité de l'oraison* (1679) et de la *Réfutation des principales erreurs des quiétistes* (1695)[28].

Nicole, prudemment, ne rejette pas en bloc l'expérience mystique. « Je ne suis pas, écrit-il, de ceux qui traitent tout ce qu'on en dit ou de fable ou d'imagination [...]. Quand ce serait même des imaginations, ce serait des imaginations extraordinaires, que tout le monde n'a pas et ne peut pas avoir[29]. » Saint Bernard, par exemple, a éprouvé des « grâces » hors du commun. Mais cette concession une fois accordée, Nicole, d'une part, se méfie de toutes les expériences mystiques reçues postérieurement à saint Bernard et, d'autre part, marque une défiance invincible à l'égard de la « crédulité indiscrète[30] », des « visions extravagantes[31] » et des « fausses spiritualités[32] ».

La pointe de son propos vise surtout ceux et celles qui s'adonnent sans mesure à l'« oraison de quiétude » et qui, « ayant ouï parler dans quelques livres spirituels de vie intérieure, d'opérations divines, de recueillement, de pur amour, se laissent surprendre par l'éclat de ces mots [...]. Ils s'imaginent aussitôt que c'est Dieu qui le leur a révélé et qu'ils sont du nombre de ces petits à qui il a découvert ce qu'il tient caché aux sages et aux sçavants[33] ». Nicole attaque donc à la fois les quiétistes et les millénaristes qui ont en commun « de prendre pour lumière et inspiration divine les effets d'une imagination échappée[34] ». Mais le mot accusateur — « imagination » — a une portée plus vaste. En attaquant l'« hérésie imaginaire », Nicole fait porter la suspicion sur toute expérience mystique. Or celle-ci était à la racine, et de la spiritualité de la Renaissance catholique et de l'art religieux de l'époque baroque, notamment dans les révélations célestes offertes aux fidèles sur les voûtes, les coupoles et les retables des églises. La critique de Nicole et des rationalistes chrétiens de son temps atteignait donc, à la base même, l'inspiration qui avait permis de renouveler, à partir du Corrège, l'imaginaire paradisiaque.

Sa méfiance à l'égard de l'imagination dans le domaine religieux rejoignait la défiance plus globale de Pascal à l'égard de cette « partie décevante dans l'homme, cette maîtresse d'erreur et de fausseté, et d'autant plus fourbe qu'elle ne l'est pas toujours; car elle serait règle infaillible de vérité, si elle l'était infaillible de mensonge. Mais, étant le plus souvent fausse, elle ne donne aucune marque de sa qualité, marquant du même caractère le vrai et le faux[35] ». Pascal, dans ses *Pensées*, s'est bien gardé de décrire le paradis chrétien, se contentant de qualifier de « ridicule » celui de Mahomet[36] et d'affirmer que le « gouffre infini » créé par le bonheur perdu à la suite du péché originel « ne peut être rempli que par un objet infini et immuable, c'est-à-dire que par Dieu même[37] ».

De la même famille spirituelle que Pascal, Nicole était aussi en consonance avec Esprit Fléchier, auteur de quatre dialogues ironiques contre les quiétistes. Dans l'un de ceux-ci, une femme de bon sens raille une fervente du quiétisme en lui disant :

Ô vous, contemplatifs de céleste origine,
Et qui participez à la grandeur divine,
Qui par vos actes purs, simples et solennels
Vous mettez au-dessus du reste des mortels,
Travaillez un peu moins à devenir tranquilles,
Soyez moins glorieux et soyez plus utiles [...].
Les Marthes quelquefois valent bien les Maries[38].

Une pointe d'antiféminisme venait, en outre, renforcer l'hostilité au mysticisme. Nicole écrivait encore : « Il y a beaucoup d'illusions à craindre dans les oraisons extraordinaires. Car il y a d'étranges ressorts dans l'imagination, et surtout dans celle des femmes. La mobilité des esprits qui remplissent leur cerveau leur fait éprouver des sentiments qui les étonnent elles-mêmes et leur font croire qu'elles sont en des états surnaturels[39]. »

Redisons-le : les attaques convergentes de Nicole et de Fléchier visaient surtout l'« oraison de quiétude ». Mais, plus largement, elles s'en prenaient aux « contemplatifs de céleste origine » et constituaient une invitation à refréner l'imagination dans le domaine religieux. Elles jetaient le doute sur toutes les visions du paradis et sur les « transports hors de soi » — formule de Fléchier —

qui peuvent les procurer. Elles prenaient place dans un contexte global de rationalisation du sentiment religieux qui, démonétisant la mystique, dépassait les limites du catholicisme, voyait Bossuet s'opposer à Fénelon et Locke proposer le modèle d'un *Christianisme raisonnable* (1695) peu propice au renouvellement de l'imaginaire paradisiaque.

CHAPITRE XXV

« Sobriété » protestante

Encore quelques évocations concrètes

Les *Propos de table* de Luther contiennent une conversation savoureuse qui se déroula entre le Réformateur et ses invités et dont il est intéressant de rappeler ici les passages les plus significatifs :

Le docteur Martin et ses hôtes, après avoir longuement plaisanté, se mirent à parler d'objets sérieux, de la vie éternelle [et] de la manière dont les cieux et la terre seraient rénovés. [Luther déclara] : « En Christ nous avons tous une seconde vie future et éternelle. Nous aurons de nouveaux cieux et une terre nouvelle; les fleurs, le feuillage, l'herbe seront aussi beaux, aussi gais, aussi aimables à voir que les émeraudes, et toutes les créatures seront les plus belles du monde. Et si nous avons la grâce de Dieu, toutes les créatures nous souriront. Si je commande à une tuile de se transformer en émeraude, ce sera fait sur l'heure [...].

« Le corps sera léger comme un duvet, afin d'obéir plus facilement à la volonté. Les yeux et les cils luiront comme de l'argent fin. Les membres et les doigts que nous avons maintenant, nous les aurons mais sous une autre forme, sous une apparence transfigurée [...]. »

Le docteur H. demanda : « Y aura-t-il là-haut des animaux? » Le docteur Martin répondit : « Il ne faut pas entendre que les cieux ne seront qu'airs et la terre rien que sable. Il faudra y mettre tout ce qui leur appartient, sans quoi la terre, le ciel et les airs ne seraient pas ce qu'ils sont : les moutons, les bœufs, les autres animaux, les poissons, et le reste [...]

« Nous verrons de nos yeux la lumière, le Créateur du ciel et de la terre. Nous y aurons tant de joie, que notre corps ne réclamera plus tout ce dont il a besoin ici, manger, boire, dormir, etc. [...]. »

On demandait au docteur Luther : « Dans la vie future, dans le royaume du ciel, y aura-t-il les chiens, et les autres animaux? » Il répondit : « Bien sûr!... saint Pierre (2 P 3, 13) dit que le Jugement dernier sera le jour de la restitution de toutes choses, ce jour où la terre et le ciel seront transformés. Ailleurs aussi on vous dit plus clairement : Dieu créera une nouvelle terre et de nouveaux cieux, créera aussi de nouveaux toutous et de nouveaux petits chiens, dont la peau sera d'or, les poils et boucles en pierres précieuses. Aucun animal ne dévorera l'autre, il n'y aura point de ces animaux venimeux, crapauds, serpents, qui sont, d'ailleurs, ici-bas, venimeux et nuisibles à cause de notre péché originel[1]. »

Les *Propos de table* ne sont peut-être pas à lire avec les mêmes lunettes que les autres œuvres de Luther. D'une part, ils constituent un rapport seulement indirect sur ce que disait le Réformateur au cours des repas. D'autre part, le caractère informel de ces entretiens permettait l'expression de formules humoristiques ou paradoxales. Mais les affirmations de Luther correspondaient bien à la lecture fondamentaliste que, comme la presque unanimité de ses contemporains, il faisait de l'Écriture et notamment de la formule « nouveaux cieux; nouvelle terre ». Il se contentait ici d'en tirer des conclusions exprimées de façon amusante.

Il existe au moins un autre texte protestant — et de grande diffusion — très explicite dans sa description des lieux et bonheurs paradisiaques, mais beaucoup moins pittoresque que celui de Luther. Il s'agit du *Voyage du pèlerin (The Pilgrim's Progress)*. Son auteur, John Bunyan (1628-1688), d'abord chaudronnier, s'engagea dans les armées de Cromwell. Devenu baptiste et prédicateur itinérant, il fut emprisonné pendant douze ans (1660-1672) sous Charles II. *Le Voyage du pèlerin,* son livre le plus célèbre, rédigé de 1678 à 1684, connut une diffusion énorme dans les pays protestants de langue anglaise où il devint une « Bible du peuple ». Rompant avec une certaine morosité calvinienne et reprenant l'imagerie chevaleresque, il exhortait le fidèle à fuir Babylone pour la cité céleste à travers la vallée de l'ombre et le bourbier du découragement[2].

Les deux pèlerins de Bunyan, Chrétien et Plein Espoir, dont l'auteur suit en rêve l'itinéraire, désormais proches du but, ont quitté le val de la mort et dépassé le château du doute. Déjà en vue de la Jérusalem céleste, ils traversent une contrée dont « l'air est doux et agréable ». C'est la reprise des voyages dans l'au-delà du Moyen Âge qui plaçaient volontiers, tel celui du moine de Wenlock, une sorte de paradis terrestre — un *locus amoenus* — avant le fleuve ou le fossé, parfois périlleux, entourant la cité céleste :

Ici, nos pèlerins n'avaient aucune disette de blé ou de vin, car ils trouvaient en abondance tout ce qu'ils avaient vainement cherché pendant leur pèlerinage [...]. Il y avait sur leur route des vergers, des vignes et des jardins dont les portes étaient ouvertes. Quelques-uns des jardiniers se tenaient sur le chemin; les pèlerins leur demandèrent :

— À qui appartiennent ces vignobles et ces jardins délicieux?

— Ils appartiennent au Roi, qui les a fait planter pour son propre agrément et pour celui des voyageurs.

Les jardiniers les firent entrer et les conduisirent dans les vignes en les invitant à se rafraîchir. Ils leur montrèrent les allées du Roi et les bosquets où il prend plaisir à s'arrêter. Les voyageurs s'y reposèrent et y dormirent.

Depuis cette contrée avenante et reposante, nos voyageurs entrevoient déjà les caractéristiques de la Jérusalem éternelle. Bunyan les emprunte à l'Apocalypse, comme l'aurait fait un récit médiéval. « La cité, écrit-il, était construite en perles et en pierres précieuses; toutes ses rues étaient pavées d'or [...]. Mais la reverbération du soleil sur la ville, construite en or pur, était si éclatante qu'ils ne pouvaient en supporter la vue et qu'ils durent la regarder dans un miroir » [utilisation ici de 2 Co 3, 18 : « Nous réfléchissons comme en un miroir la gloire du Seigneur »].

Avant de pouvoir franchir la porte de la ville du bonheur éternel, nos voyageurs doivent passer par une dernière épreuve et traverser le fleuve où ils craignent de se noyer. Encouragés toutefois par deux hommes « resplendissants » qui se tiennent sur l'autre rive, ils surmontent leur frayeur et le souvenir décourageant de leurs péchés et parviennent du bon côté du fleuve. Les hommes « resplendissants » qui les attendaient les aident maintenant à gravir sans effort la montagne d'où l'on peut tout savoir sur le lieu béni de la joie définitive, car, dirent-ils, c'est là que se trouvent

> la montagne de Sion, la cité du Dieu vivant, la Jérusalem céleste, les myriades qui forment le chœur des anges, l'assemblée des esprits des justes parvenus à la perfection. Vous arrivez maintenant dans le paradis de Dieu, où vous verrez l'arbre de vie, et vous mangerez de ses fruits qui ne passent jamais. Quand vous y entrerez, vous serez revêtus de robes blanches et vous serez en la présence du Roi avec qui vous vous entretiendrez chaque jour pendant l'éternité. Là, vous ne trouverez plus certaines choses que vous avez vues dans les régions terrestres, telles que la douleur, la maladie et la mort, car les premières choses sont passées.

Les deux messagers guident maintenant les pèlerins vers la porte du paradis, tandis que des élus viennent à leur rencontre. Habillés de blanc, jouant « une marche triomphale », ils manifestent leur joie d'accueillir leurs nouveaux compagnons d'éternité. Chrétien et Plein Espoir sont invités à frapper à la porte de la cité sainte. Ce qu'ils font et la porte s'ouvre.

> Je vis dans mon rêve, écrit Bunyan, que les deux pèlerins, au moment où ils franchirent la porte, furent transfigurés et revêtus de vêtements qui brillaient comme le soleil. Des anges vinrent au-devant d'eux et leur offrirent des harpes et des couronnes : les harpes pour louer Dieu, les couronnes comme marques d'honneur.

> Dans mon rêve, j'entendis le son joyeux de toutes les cloches de la cité et une voix qui criait : « Entrez dans la joie de votre Seigneur. » J'entendis aussi les pèlerins chanter d'une voix forte : « À celui qui est assis sur le trône et à l'agneau soient la louange, l'honneur, la gloire et la force aux siècles des siècles »[3].

Pour composer cette conclusion paradisiaque du voyage des deux pèlerins, Bunyan s'est appuyé avant tout sur l'Apocalypse, enrichissant son récit d'éléments complémentaires tirés notamment d'Isaïe, du Cantique des cantiques, des Évangiles et des Épîtres. L'ensemble de la composition ne révèle aucune originalité et se situe plutôt dans le registre d'une répétition restrictive par rapport à toute la littérature des visions et voyages dans l'au-delà produite par l'Antiquité chrétienne et le Moyen Âge.

Mais, peut-être parce que cette littérature était déjà perdue de vue par le public du XVIIe siècle, en particulier en pays protestant, Bunyan se tailla, sans l'avoir cherché, un beau succès auprès de lecteurs avides d'espérances célestes et peut-être peu sensibles à l'austère discours sur le sujet des théologiens de métier. Ce retentissement explique la place que j'ai accordée à l'ouvrage du prédicateur baptiste.

Le déjà-là du paradis

En dépit de l'exemple fourni par Bunyan, le discours protestant sur le paradis a été globalement très sobre, s'opposant ainsi assez nettement à celui des périodes antérieures. Certes, pour Luther, la grande et définitive rénovation de la fin des temps concernera toutes les créatures. Cette affirmation ne se trouve pas seulement dans les *Propos de table,* elle figure aussi, mais sans détails pittoresques, dans d'autres déclarations telles que celle-ci : « En même temps que nous, il [le Seigneur] ressuscitera aussi toutes les créatures soumises maintenant à la vanité et qui attendent avec crainte notre révélation : elles seront libérées de l'être éphémère et seront glorieuses[4]. »

Mais Luther, assez prolixe sur la fin des temps, le jour du Jugement et le retour glorieux du Christ au terme de l'histoire, s'est voulu le plus souvent prudent sur les détails de la vie éternelle, déclarant un jour — cette fois encore dans les *Propos de table :* « De même que les enfants dans le corps de leur mère savent peu sur leur naissance, nous savons peu de la vie éternelle[5]. » Le Réformateur a montré la même retenue au sujet des cieux supérieurs, bien qu'il n'ait pas remis en cause l'astronomie classique couronnée par l'empyrée. Commentant la Genèse, il avoue ne pas pouvoir se prononcer sur les eaux qui seraient au-dessus des cieux et qui auraient pour fonction de rafraîchir les sphères situées au-dessous, et il élargit l'affirmation en disant : « Nous ne le pouvons pas davantage quand il s'agit du ciel, où les anges et Dieu ont leur demeure avec les bienheureux, ni des autres choses qui seront révélées au dernier jour, lorsque nous serons revêtus d'une nouvelle chair[6]. » Dans le même esprit, Luther s'était déjà élevé dans son écrit sur *La Captivité babylonienne de l'Église* contre la répartition des milices angéliques qu'avait établie le Pseudo-Denys, écrivant :

> Il me déplaît entièrement que l'on ait tant d'égards pour ce Denys, quoi qu'il ait pu être, car il n'y a presque rien en lui qui relève d'une science solide. En effet, ce qu'il imagine des anges, dans sa *Hiérarchie céleste* — ce livre sur lequel ont transpiré tant d'esprits curieux et superficiels —, au nom de quelle autorité et par quelles raisons le prouve-t-il[7]?

Ailleurs, dans le commentaire de la Genèse, Luther donne ce conseil de méthode au sujet du récit de la création : « Laissons donc là cette curiosité et ne nous demandons plus pourquoi l'Écriture dit à deux reprises, à propos du troisième jour : "Et Dieu vit que...", etc., alors qu'elle omet cette mention à propos du deuxième jour... Il ne faut donc pas que nous soyons trop curieux[8]. » Cette critique de l'excès de « curiosité », au sujet de la création, rejoint un texte sur « La Cène du Christ » dans lequel le Réformateur stigmatise l'« esprit visionnaire » qui « divague grossièrement » en traitant l'Écriture de « façon grossière [il répète le mot], malhabile et déraisonnable[9] ».

Ces appels à refréner l'imagination interprétative prennent tout leur sens quand on les rapproche des conseils donnés par le Réformateur dans son « Explication du *Notre Père* ». Luther y propose un véritable retournement des préoccupations eschatologiques habituelles, en affirmant :

> Alors qu'on lui demandait quand le royaume de Dieu viendrait, le Christ dit : Le royaume de Dieu ne vient pas avec un geste ou un éclat extérieur; sachez-le, le royaume de Dieu est au-dedans de vous. De même, il dit aussi (Mt 24, 23 s.) : on ne dira pas : « Il est ici! Ou bien il est là »; et si quelqu'un vous dit : « Voyez, il est ici! », ou bien « Il est là! », ne le croyez pas, car ce sont de faux prophètes; comme s'il disait : Si vous voulez connaître le royaume de Dieu, il n'est pas besoin que vous le cherchiez bien loin, ni que vous changiez de pays. Il est près de toi; qui plus est, il n'est pas seulement près de toi, mais en toi[10].

Si nous avons en nous — bien sûr, grâce à l'action efficace du Christ — « l'honnêteté, l'humilité, la vérité, la chasteté et toutes les vertus », le royaume est déjà « commencé » en nous. Autrement dit : préoccupez-vous moins d'attendre la fin des temps et d'imaginer le paradis et davantage de « commencer » en vous le royaume du ciel.

Dans une prédication de 1538 Luther revient sur ce thème, assurant aux vrais croyants que la Jérusalem céleste et les anges du paradis ne constituent pas pour eux un avenir, mais un déjà-là. Partout où la Parole divine est « prêchée purement » et acceptée « d'un cœur croyant [...], le ciel est largement ouvert » :

> Depuis que le Sauveur est né le ciel est ouvert et, comme le dit saint Paul aux Éphésiens, au chapitre 2 « nous appartenons aussi à la communauté civique des anges [...]. Nous sommes citoyens et habitants de la même maison que les saints, et notre citoyenneté n'est pas séculière ni terrestre, mais au contraire là-haut, dans le ciel, d'où nous attendons le Sauveur Jésus-Christ ». En ce lieu est la véritable cité et la véritable Jérusalem, où nous sommes concitoyens des anges, habitants de la même maison et compatriotes de ceux qui habitent dans le ciel et y agissent et y cheminent [...]. Vous avez à présent votre citoyenneté là-haut dans la Jérusalem céleste et vous êtes dans la communauté des anges bien-aimés qui sans relâche montent et descendent vers vous. À présent la terre et le ciel sont devenus un, et c'est exactement la même chose que si vous siégiez là-haut et que si les anges bien-aimés vous servaient [...]. C'est dire en vérité que le ciel n'est pas fermé et que porte et serrure ont été ôtées[11].

Dans ce sermon, Luther est presque intarissable sur la présence du ciel, par la foi, dans l'âme du fidèle, qui doit donc se défier de toute image « corporelle » de l'au-delà. « Avec mes yeux corporels, poursuit-il, je ne peux voir le Christ face à face ; et, même si je le pouvais, comme saint Étienne l'a pu, cela, néanmoins, ne serait pas aussi certain pour moi que lorsque je le vois dans la foi [...]. Quand on voit Dieu dans la foi, cette vue spirituelle est plus certaine que la vue corporelle, et je ne souhaiterais pas non plus une autre vue. » Le diable n'est pas en peine pour tromper nos yeux corporels, mais « la Parole est certaine. D'une façon générale, nos yeux corporels sont beaucoup trop sombres pour voir ces beaux esprits [que sont] les anges. Mais la foi voit d'une manière si perçante qu'elle voit à travers les nuées et à travers le ciel, voire même dans le cœur de notre Seigneur Dieu. C'est cette vue que nous voulons avoir ». Et Luther de répéter : par la foi, « nous habitons nous-mêmes dans le ciel [...] le ciel nous est ouvert [...]. Les anges bien-aimés font cercle autour de nous[12] ».

Il fallait souligner cette invitation vigoureuse, adressée dans un sermon aux chrétiens de tous les jours, à intérioriser les attentes eschatologiques et à se défier de toute image « corporelle » du bonheur céleste. Certes, le Réformateur affirme très fort que, par la foi, « le ciel est ouvert ». Néanmoins, le fidèle est clairement invité à renoncer à un imaginaire paradisiaque superflu pour accueillir intérieurement la présence du Sauveur en lui, « non avec des yeux qui dorment ou dans une vision, comme Jacob [lorsqu'il vit l'échelle qui montait vers le ciel], mais, au contraire, bien plus certainement et manifestement par la foi, à savoir par la Parole divine[13] ». Une direction était ainsi proposée à la spiritualité qui s'écartait radicalement de celle qu'allait bientôt privilégier l'art baroque mais qui retrouvait, nous le dirons plus loin[14], un courant déjà ancien dans le christianisme.

Discrétion calvinienne

Calvin, sur ces sujets, abonde dans le sens de Luther. Il accepte comme lui l'assurance que la terre, après la fin de l'histoire, sera renouvelée. « Les bêtes brutes, et même les créatures insensibles, jusqu'au bois et aux pierres, ayant comme quelque sentiment de leur vanité et corruption, [sont] en attente du jour du Jugement pour en être délivrées (Rm 8, 19-21)[15]. » Persuadé qu'« Adam par sa chute a dissipé le vrai ordre et intégrité de [la] nature », il affirme avec saint Paul que « tout ce qui est au ciel et sur la terre aspire avec travail à être renouvelé[16] ». Commentant l'Épître aux Romains, il annonce : « Dieu, en même temps que le genre humain, restituera dans son intégrité le monde maintenant complètement écroulé. » Mais il fait aussitôt suivre cette prédiction d'une mise en garde : « En quoi consistera cette future intégrité des animaux, des plantes et des métaux, il ne convient pas de s'en enquérir davantage, et ce n'est pas permis[17]. » Un sermon du Réformateur va dans le même sens. Calvin y donne en effet ce conseil : « Attendons patiemment que la possession de cet héritage que promet N.S.J.C. apparoisse, et que nous cognoissions que la terre nous est donnée. Et contentons-nous, cependant que nous avons à courir yci pour parachever notre course et notre pèlerinage[18] ».

De la même façon, l'essentiel du discours de Calvin sur le quand et le comment de la félicité paradisiaque est marqué au coin de la « sobriété », terme qui revient à plusieurs reprises sous sa plume. La « béatitude » future, dit-il, nous est présentement « cachée, comme si nous poursuivions une ombre qui nous échappera toujours [durant notre vie actuelle]. La résurrection de la chair [...] est une chose trop haute pour attirer à soi les sens humains[19] ». Et il n'y a pas lieu, comme l'avait fait par exemple saint Thomas d'Aquin[20], répété au XVIIe siècle par Suarez, de se demander ce qui se passe pour les âmes séparées en attente de la résurrection générale :

> De nous enquérir plus curieusement de l'état qui est entre la mort et la résurrection, il n'est ni licite ni utile. Plusieurs se tourmentent tant et plus à disputer en quel lieu les âmes sont logées, et si elles jouissent déjà de la gloire promise, ou non. Or c'est folie et témérité de nous enquérir de choses inconnues, plus haut que Dieu nous permet d'en savoir. L'Écriture, après avoir dit que le Christ leur est présent, et qu'il les reçoit en paradis pour leur donner repos et joie, [...] s'arrête là et ne passe point outre. Qui sera le maître ou le docteur qui nous enseignera ce que Dieu nous a celé?
>
> La question quant au lieu est bien frivole et sotte, vu que nous savons que l'âme n'a pas ses mesures en long et en large, comme le corps. Que la retraite bienheureuse des saints esprits soit nommée le sein d'Abraham, c'est bien assez : d'autant que par là nous sommes instruits qu'en sortant de ce pèlerinage terrestre nous sommes reçus du père de tous les fidèles, pour ce qu'il participe au fruit de la foi avec nous.
>
> Cependant, puisque l'Écriture veut que nous soyons en suspens jusqu'à la venue de Notre-Seigneur Jésus, et nous commande de l'attendre, et nous remet à ce jour-là pour recevoir la couronne de gloire, tenons-nous comme barrés en ces bornes que Dieu nous assigne, à savoir que les âmes fidèles, après avoir achevé leur terme de combattre et travailler, sont recueillies dans le repos où elles attendent avec joie la fruition de la gloire promise; et ainsi les choses demeurent en suspens jusqu'à ce que Jésus-Christ apparaisse pour Rédempteur[21].

Traitant ensuite de la résurrection de la chair, Calvin rappelle que saint Paul use à son sujet du mot « mystère » (1 Co 15, 51) et donc « nous exhorte à la sobriété, et bride la licence de spéculer trop hardiment et trop subtilement » sur ce sujet. Car, « bien que l'Écriture enseigne que le royaume de Dieu est plein de clarté, joie, félicité et gloire, néanmoins tout ce qu'elle en dit est bien loin de notre intelligence, et quasi enveloppé en figure, jusqu'à ce que vienne le jour où le Seigneur se déclarera à nous face à face [...]. C'est pourquoi les prophètes, parce qu'ils ne pouvaient exprimer en paroles cette béatitude spirituelle dans sa substance, l'ont décrite et quasi dépeinte sous des figures corporelles[22] ».

> La félicité permanente [éternelle], poursuit Calvin, est le but de notre résurrection, de l'excellence de laquelle, quand on aura tout dit ce que pourront exprimer toutes langues humaines, à grand'peine en aura-t-on touché la moindre partie[23] [... D'où les conseils que voici :] Ainsi devons-nous d'autant plus suivre la sobriété en cet endroit, de peur qu'ayant oublié notre petitesse, en prétendant de voltiger par

> notre folie sur les nues, nous soyons écrasés par la clarté céleste. Nous sentons bien combien nous sommes toujours frétillants d'un appêtit désordonné de plus savoir qu'il n'est licite [...].
>
> [Que] les enfants de Dieu [...], chassant loin toutes les questions entortillées qu'ils connaîtront ne leur pouvoir tourner qu'à retardement, s'en tiennent tous cois entre les bornes que Dieu leur a mises [...]. Le meilleur expédient est de nous contenter cependant que nous sommes pèlerins sur la terre, de voir en un miroir et obscurément les choses que nous verrons à la fin face à face (1 Co 13, 12). Car on en trouve bien peu en tout le monde qui se soucient par où il faut aller, et qui cependant veulent savoir ce qu'on fait au paradis. Tous presque sont lâches et froids à combattre, et cependant ils se forgent des triomphes imaginaires[24].

« Voltiger par notre folle audace sur les nues », vouloir « tout savoir du paradis », se forger « des triomphes imaginaires », autant de « curiosités » et de comportements qui, selon Calvin, détournent du chemin du salut. Il invitait donc les chrétiens à se défier à la fois des expériences mystiques, des « questions entortillées » sur l'au-delà et des présentations trop précises du séjour des élus. Dans le sillage de Luther, il suggérait à la spiritualité une direction autre que celle qu'allait bientôt encourager l'art baroque et creusait une piste que devait rejoindre, à la fin du XVIIe siècle, le courant incarné par Nicole.

Si nous nous tournons à nouveau un instant vers le catholicisme post-tridentin, nous y constatons un sensible décalage entre l'exubérance des ciels baroques et l'austérité du langage religieux, même quand il exprimait l'expérience mystique. Mais décalage n'est pas forcément contradiction. Il s'est agi plutôt d'une complémentarité, comme si la parole avait abandonné aux arts visuels l'évocation vertigineuse et lumineuse de l'ascension vers le paradis.

Le protestantisme s'est orienté vers une autre complémentarité : il a demandé au chant collectif des fidèles — on pense notamment, bien sûr, aux chorals — de compenser la discrétion des images paradisiaques par l'expression chantée, en langue vernaculaire, de la confiance et de l'espérance chrétiennes.

Paradis et catéchisme

En tout cas, l'invitation protestante à la « sobriété » à propos du paradis a rejoint une volonté de catéchèse qui, elle, a été commune, à l'âge des deux Réformes, au catholicisme et au protestantisme. L'un et l'autre se voulurent didactiques, par des méthodes partiellement différentes.

En terre protestante, la priorité n'était pas de décrire en détail les lieux paradisiaques mais d'inciter au désir de la joie parfaite et d'indiquer le chemin — de foi et de vertu — pour y parvenir. À preuve, le livre de Baxter sur *Le Repos éternel des saints*, autre ouvrage à succès de la littérature protestante. L'auteur, de sensibilité puritaine, pose la question : « Pourquoi le Saint-Esprit [la Bible] décrit-il la gloire de la nouvelle Jérusalem en des termes qui doivent plaire à la chair? Est-ce pour nous faire croire que le ciel est fait d'or et de perles, que les anges et les saints mangent et boivent? » Réponse : « Non, mais il se sert de ces phrases comme d'un miroir dans lequel nous pouvons voir une représentation imparfaite de ces objets jusqu'à ce que nous les voyions de nos yeux sans intermédiaire[25]. » Baxter par conséquent ne déconseille pas de contempler avec l'auteur de l'Apocalypse « les trônes, la majesté, les armées célestes et la gloire resplendissante qu'il vit[26] ». Mais il insiste surtout dans son livre sur la « nécessité de chercher diligemment [durant notre vie terrestre] le repos des saints[27] ». Il veut moins décrire le paradis qu'y conduire.

Le mot « paradis » vient rarement sous la plume de Luther et il n'apparaît pas dans les trente-six cantiques qui sont authentiquement de lui. Dans ceux-ci, « Royaume des cieux », « ciel », « anges », « chœurs célestes », « vie éternelle » donnent lieu à un total de 36 occurrences. Mais « foi » et « salut » réunis à 42, « chant » et « louange » ensemble à 36, « joie » à 25, « amour » à 22, « protection » à 21[28] : ce comptage est révélateur d'une insistance sur la foi qui, en rassurant, conduit au bonheur éternel et en donne déjà un avant-goût sur terre. Les strophes ci-dessous, empruntées à deux cantiques différents, me paraissent résumer le message que Luther voulait faire passer dans les chants qu'il composait :

Dans la paix et la joie
Je m'en vais dans la volonté de Dieu.
Mon cœur et mon esprit sont consolés,
Calmes et tranquilles.

Réjouissez-vous maintenant, assemblée des chrétiens bien-aimes,
Et laissons éclater notre joie,
Pour, consolés et tous ensemble, chanter avec plaisir et amour
Ce que Dieu a fait pour nous[29].

Les recueils de cantiques et de prières se multiplièrent dans l'Église luthérienne. Un cantique attesté dès 1545 témoigne assez bien de la façon dont l'espérance paradisiaque s'exprimait alors dans l'Allemagne protestante. On y remarquera, avec l'insistance sur la joie et la foi, l'imbrication de thèmes classiques empruntés à l'Apocalypse et de la certitude que la terre sera renouvelée. Est manifeste, d'autre part, l'invitation à la sobriété du langage lorsqu'il s'agit du bonheur éternel :

> Je me réjouis de tout cœur en pensant à ce jour d'été où Dieu viendra tout embellir et renouveler pour l'éternité. Il recréera entièrement le ciel et la terre. Toutes les créatures deviendront somptueuses, belles et lumineuses.
>
> Aucune langue ne peut exprimer la grandeur et la beauté éternelles. On ne peut les comparer à rien. Les mots sont beaucoup trop pauvres pour cela. Aussi devons-nous les économiser jusqu'au dernier jour. Alors nous connaîtrons de Dieu, et son être et sa puissance.
>
> Alors, dans la joie, nous contemplerons le Sauveur, qui par son sang et ses souffrances a ouvert le ciel, et, en même temps, près de lui, en grand nombre, tous nos bons patriarches, les prophètes, les martyrs et les apôtres.
>
> Il nous libérera de toute détresse, du diable, des méchants, de l'inquiétude, de la peur et de la dérision, des afflictions, de la douleur et des gémissements, de la maladie, du chagrin et de la misère, de la mélancolie, des soucis et du découragement. Il nous fera sortir du temps du malheur.
>
> Il nous fera entrer, joyeux, dans le paradis éternel pour y célébrer avec honneur et gloire le mariage mystique. Alors, du trésor de Dieu et de sa fontaine sortiront, chaque jour et toujours nouveaux, le bonheur et les ravissements d'un amour parfait et constant.
>
> Les instruments feront résonner d'harmonieuses mélodies. La musique répandra en abondance la joie divine. Dans l'empire de Dieu les anges et tous les saints chanteront éternellement avec des langues célestes.
>
> Avec Dieu nous célébrerons la Cène éternelle. Dans la salle [du banquet] et à la table de Dieu la nourriture ne s'altérera pas. Nous mangerons toujours les fruits de l'arbre de vie et nous boirons avec lui à la source vivifiante.
>
> Devant le Seigneur siégeant sur son trône, dans la joie, tous, nous chanterons ce cantique toujours beau et nouveau : « Éloge, gloire, honneur, puissance, force, louanges et actions de grâce à Dieu le Père, à son Fils et aux œuvres de l'Esprit-Saint!
>
> « Seigneur, que ta bonté envers moi me garde dans le droit chemin, Seigneur Christ. Autrement je m'égarerai. Conserve-moi ferme dans la foi en ce temps mauvais. Au secours! pour que je puisse parvenir, serein, à la joie du mariage éternel[30]. »

Un sondage dans des recueils luthériens postérieurs confirme l'impression laissée par le cantique précédent. Les descriptions paradisiaques y sont peu précises. On évoque seulement la « belle salle du ciel », le « palais des justes », la « chambre de Dieu » et les « chants de joie » que les élus chanteront avec les anges. Alors « on entendra résonner le jeu des cordes célestes » et « nous brûlerons d'un amour véritable[31] ».

Si nous nous reportons maintenant à la célèbre cantate de Bach, *Que ma joie demeure* (BWV 147), composée pour la fête de la Visitation (visite de Marie enceinte à sa cousine Élisabeth attendant la naissance de Jean-Baptiste), nous y trouvons un prolongement de la spiritualité eschatologique préconisée par Luther. Pour le croyant, le jour du salut a commencé à luire ; la joie du ciel est déjà là, le paradis dès maintenant donné :

> Le cœur, la bouche et tout notre être doivent témoigner, sans crainte ni doute, que le Christ est Dieu et Sauveur [...].
>
> Heureux chrétiens, soyez prêts ; voici le temps béni, le jour du salut. Le Sauveur vous appelle, corps et esprit, à vous revêtir de l'armure de la foi. Criez-lui votre désir ardent de le recevoir dans la foi [...].
>
> Il est la force de ma vie, la lumière de mes yeux, le soleil de mon âme, mon trésor et mes délices. C'est pourquoi je ne veux pas laisser Jésus loin de mon cœur et de ma vie[32].

Notre incursion en pays protestant rejoint alors l'un de nos constats en terre catholique : dans les deux espaces, le discours sur le paradis s'est fait plus abstrait et moins imagé. Cependant l'art catholique renouvela les images paradisiaques par la conjonction, qui dura deux siècles, des inventions de l'esthétique baroque et d'insistances théologiques porteuses de visions célestes — assomption de Marie, triomphes de l'Eucharistie et des saints, forte dépréciation de l'existence terrestre, etc. Le protestantisme, au contraire, se défia de la mystique, supprima les ordres religieux (et donc, parmi eux, ceux qui se vouaient à la contemplation), abandonna le culte de Marie et des saints, fit silence sur l'assomption de la Vierge, se refusa à représenter l'hostie, écrasa les hiérarchies célestes, affirma que la vision béatifique est la même pour tous les élus[33], valorisa l'existence quotidienne et le devoir d'état. Il marginalisa le concept de récompense des vertus pour magnifier la grâce qui sauve l'homme pécheur. Cette théologie insistait sans doute sur le déjà-là du ciel dans l'homme intérieur, mais elle éloignait du regard les spectacles paradisiaques, dont on ne devait parler qu'avec prudence et « sobriété ». La croissante mise à l'écart de l'imaginaire paradisiaque ajouta ses effets à la laïcisation du ciel à laquelle la civilisation occidentale était par ailleurs entraînée, notamment par ses avancées scientifiques sur lesquelles il nous faudra bientôt insister.

CHAPITRE XXVI

Les derniers siècles de l'empyrée

Le prochain chapitre montrera la laïcisation progressive et irréversible du ciel sous la poussée de la science nouvelle. Mais, auparavant et pour comprendre le procès intenté à Galilée, il faut faire ressortir combien était forte, généralisée et tenace la croyance à l'empyrée.

L'empyrée dans la poésie

La poésie française du XVIe siècle, pour ne retenir qu'un exemple certainement transposable à d'autres littératures de l'Europe du temps, est remplie d'allusions à l'empyrée. Pontus de Tyard précise qu'il est ainsi appelé « non proprement pour aucune qualité chaleureuse, mais à cause de l'indicible splendeur dont il est illustré, comme siège destiné pour l'éternelle demeure de Dieu, des anges et des saincts bienheureux [1] ». Dans *La Cabale métrifiée,* traité édifiant composé en 1519 par Jean Thenaud pour François Ier, le séjour des élus est tour à tour appelé « ciel empire », « beau ciel empire », « sacre ciel empire », « haut ciel susdit imperial [2] ». L'auteur fusionne ici deux étymologies — *empyrius* (feu) et *imperium* (puissance). Mais c'est bien l'empyrée chrétien qu'il exalte dans ces vers :

Hault ciel imperial
On quel, pour vray, habonde plenitude
De vie, joye, amour, beatitude,
Doulceur, bonté, equité, charité,
Dilection, repoux et verité,
De loz, d'honneur et biens inestimables.
Et est si plain d'anges innumerables,

Tous glorieux et intellectuelz,
Incorporelz et immaterielz[3].

Dans d'autres poésies du temps, même si le mot « empyrée » n'est pas prononcé, il est sous-entendu et l'allusion est évidente à une cosmographie additionnant l'héritage de Ptolémée, la conception platonicienne de la remontée de l'âme vers le divin après la mort et la localisation du séjour des élus dans un paradis coiffant toutes les sphères de l'univers. Marot imagine Florimond Robertet défunt « survolant maintenant les neuf cieulx[4] ». Jean Bouchet, le dernier des « grands rhétoriqueurs » († 1557), célébrant « le triomphe [...] de François premier de ce nom », affirme :

Par le dessus est le premier mobile,
Neufiesme ciel, puis le ciel immobile,
Qui point ne tourne, et le ciel de cristal,
Puis est sur tous le ciel imperial,
Où le hault Dieu tient son empire eterne,
De tous les cieulx le plus haut et superne[5].

Peu importe pour nous que Jean Bouchet multiplie les cieux supérieurs. La troisième partie de *La Divine Comédie* fondait au contraire ensemble « premier mobile » et « ciel cristallin ». Reste que, pour Bouchet comme pour Dante, le « ciel imperial », c'est-à-dire l'empyrée, est concrètement situé au-dessus de tous les autres cieux. Il est donc logique que, de là-haut, l'âme bienheureuse puisse contempler, comme d'un belvédère, l'ensemble de l'univers situé en dessous. C'est bien ainsi que Ronsard, dans l'*Hymne de la mort*, décrit le panorama qui s'offre aux élus :

[L'âme] n'endure avec son Dieu là-haut
Ny peines, ni soucy, ni froidure, ny chaut,
Proces, ny maladie : ains de tout mal exempte,
De siecle en siecle vit bien-heureuse et contente,
Aupres de son facteur [...].
Demourant dans le ciel, son antique maison,
Pour contempler de Dieu l'eternelle puissance,
Les daimons, les heros et l'angelique essence,
Les astres, le soleil, et le merveilleux tour
De la voute celeste qui nous cerne à-l'entour,
Se contentans de voir dessous elle les nuës,
La grand'mer ondoyante et les terres congnuës,
Sans plus y retourner[6].

Ces vers sont en consonance avec ceux de l'*Hymne du ciel* du même Ronsard :

Tu prends tout, tu tiens tout dessous ton arche ronde.
D'un contour merveilleux la terre couronnant
Et la grand'mer qui vient la terre environnant,
L'air épars et le feu, et bref, on ne voit chose
Ou qui ne soit à toi, ou dedans toi enclose,
Et de quelque côté que nous tournions les yeux
Nous avons pour objet la clôture des cieux.

La conception selon laquelle l'âme, du haut du paradis, contemple les étoiles situées désormais en dessous d'elle explique ces trois vers d'un *Sonet sus le trespas de Damoiselle Marguerite Nicolaï* d'Étienne Forcadel (1579) :

[...] le haut ciel en son sein la reçoit [...]
Là ceste fleur entre roses herite,
Et sous ses pieds les astres apperçoit[7].

Agrippa d'Aubigné, rédigeant *Les Tragiques,* y expose la même cosmographie religieuse plaçant dans l'empyrée le séjour de Dieu et des neuf milices angéliques :

Au palais flamboyant du haut ciel empyree
Reluit l'Éternité en presence adoree
Par les anges heureux : trois fois trois rangs de vens,
Puissances du haut ciel, y assistent servans[8].

Longtemps après d'Aubigné, l'empyrée survivait encore dans la poésie française. À preuve, ce *Chant royal à l'honneur de la Vierge Marie,* publié en 1667 par un certain « Sire de Saint-Martin, mathématicien ». La Foi et la Raison, qui suit derrière, guident le mathématicien-poète « sur cette horrible [énorme] masse / Que le ciel Empyrée en sa rondeur embrasse ». Cette masse est celle du firmament. Or

[...] cette boule azurée
Cède autant pour le moins à l'immense Empyrée
Que l'immobile corps du terrestre élément
Cède au mobile azur du vaste firmament.
Au-dessus de ce ciel, tout est pur et celeste.
L'air ne s'y corrompt point et n'a rien de de funeste.
Les qualitez des corps ne s'altèrent jamais.
Et l'on y voit regner une éternelle paix.
Il n'est pas eclairé par des rayons solaires.
L'empyrée y répand des clartez salutaires,
Qui, de tous les côtés chassant l'obscurité,
Imitent les splendeurs de la divinité [...].
[Dieu] a parsemé le ciel [empyrée] d'angéliques étoiles

Que la nuit ne doit pas obscurcir de ses voiles.
Et ce brillant séjour dans ses beaux pavillons
Loge tant de milliers d'immortels bataillons,
Qu'ils surpassent en nombre, en pouvoir, en noblesse,
Tous les corps qu'a produits l'éternelle sagesse[9].

Pour l'auteur, c'est comme si Copernic et Galilée n'avaient pas existé. Sinon par la forme, du moins pour le fond, ce poème aurait pu être écrit au XIIIe siècle. On y trouve en effet toute la cosmographie chrétienne traditionnelle : « l'immobile corps du terrestre élément », le firmament « mobile » autour de la terre, l'incorruptibilité des cieux supérieurs, les « clartez salutaires » diffusées à partir de l'empyrée, celui-ci « embrassant » la « masse » des cieux inférieurs et étant peuplé de « milliers d'immortels bataillons ».

La résistance de l'empyrée dans le discours théologique

On comprend mieux la longue survie de l'empyrée quand on se reporte à ce qu'écrivait sur la question le *Catéchisme du concile de Trente* :

> Si Dieu est présent partout, en tout lieu et en toutes choses, sans être borné [...] par aucune limite, cependant nos saints livres répètent souvent qu'il a son séjour dans le ciel. La raison en est que les cieux que nous voyons au-dessus de nos têtes sont la plus noble partie du monde, qu'ils demeurent incorruptibles, qu'ils surpassent tous les autres corps en force, en grandeur, en beauté, et qu'ils sont doués de certains mouvements réguliers et constants. C'est donc pour exciter les hommes à contempler sa Puissance infinie et sa Majesté, qui brillent surtout dans l'œuvre des cieux, que Dieu nous atteste dans la Sainte Écriture que le ciel est son séjour[10].

Autant d'affirmations révélatrices de l'étroite imbrication de la théologie et de la cosmographie issue d'Aristote et de Ptolémée. On la retrouve, plus fortement marquée encore, sous la plume de Francisco Suarez, le « Thomas d'Aquin des jésuites », mort il est vrai en 1617, donc seize ans avant la condamnation de Galilée, mais trois quarts de siècle après la disparition de Copernic. Ses livres — une véritable bibliothèque — formèrent des générations de religieux, et aussi d'élèves dans les collèges de la Compagnie. Suarez déclare qu'il existe « une ultime sphère céleste »; que, « là où il est, ce corps a une vraie et réelle présence; néanmoins il n'y a aucun autre corps à l'entourer ». Il s'agit « du ciel empyrée, supérieur à tout autre ciel. En raison de ce mode d'être il ne requiert aucune surface enveloppante dont il dépendrait ». En revanche, « il jouxte le ciel du premier mobile[11] » situé sous lui.

Les questions que se pose Suarez sur l'empyrée et les autres sphères célestes sont, à nos yeux, étonnamment nombreuses. Mais il a réponse à toutes :

> Où l'on démontre qu'au premier instant du monde ont été créés tous les cieux, du premier mobile à la lune inclusivement.
> Multiples arguments qui prouvent l'incorruptibilité des cieux [...].
> Outre les cieux mobiles il existe un ciel immobile et plus éminent, qui est l'empyrée [...].
> Le ciel empyrée a une matière et une forme [...].
> Comment on peut dire qu'il est immobile.
> Il est solide [...].
> L'empyrée est, lui aussi, sphérique [...].
> Le huitième ciel et les orbes des planètes commencèrent à se mouvoir de leur propre mouvement à partir du soir du quatrième jour de la création [...].
> Les cieux se sont ouverts lorsque le Christ a été baptisé [...].
> Les cieux ouverts ont alors été vus non seulement par le Christ mais aussi par les autres personnes présentes [...].
> Le ciel empyrée demeurera complètement semblable à lui-même après le Jugement dernier [...].
> Les orbes célestes ont été créés de rien en même temps que l'empyrée, etc[12].

Ainsi, un contemporain de Galilée, homme d'une grande autorité intellectuelle et religieuse, en se référant au récit de la création dans la Genèse, continuait d'affirmer l'incorruptibilité des cieux, la séparation entre le monde sublunaire et les sphères célestes et la réalité d'un empyrée « solide » et « immobile », séjour de Dieu, des anges et des élus, coiffant les orbes inclus en lui.

Ouvrons à nouveau le *Tableau des joyes du paradis* du jésuite Jérémie Drexel — adaptation française de 1639. Cet ouvrage de large diffusion internationale permet de toucher du doigt ce qui était alors couramment enseigné sur l'empyrée. L'auteur a eu vent des nouvelles connaissances astronomiques procurées notamment par la lunette de Galilée et semble en adopter quelques-unes qu'il invoque pour démontrer la fragilité de tout ce qui n'appartient pas à l'éternelle stabilité du paradis. Il écrit en effet : « Il y a quelque temps que les astrologues [on dirait aujourd'hui les astronomes] ont remarqué qu'il pouvoit naitre et mourir quelque chose, mesme dans le ciel. Que si ces grands corps du monde, qui nous semblent du tout incorruptibles et eternellement durables, sont neantmoins destinez à la corruption et au trépas, qui pourra promettre à la terre ou aux creatures de la terre une eternelle et constante durée[13] ? »

Drexel accepte donc de remettre en question l'incorruptibilité des corps célestes. Mais il maintient ferme la hiérarchie traditionnelle des cieux successifs couronnés par l'empyrée, « ce riche palais du paradis où il y a plus de plaisirs que d'étoiles[14] ». Il déclare alors s'appuyer sur l'autorité d'un « fameux mathématicien », le père Clavius (1537-1612), jésuite lui aussi, traducteur d'Euclide, qui suggéra à Grégoire XIII la modification du calendrier. Pour Drexel, le ciel « le plus bas » est celui de la lune, le quatrième est celui du soleil, le huitième est le firmament « où sont les estoiles [fixes] » et dont l'étendue est « d'environ cinquante-trois millions trois cent vingt-cinq mille quatre cent quinze lieuës communes ». Parvenu à cette altitude où les dimensions paraissent vertigineuses, Drexel, s'appuyant sur Platon, conseille

> de ne pas passer au-delà du huictiesme ciel pour mesurer l'immense et enorme grandeur des autres cieux qui l'environnent, et notamment de l'empirée qui est le plus grand corps du monde où se trouve le paradis des bien-heureux [...]. [Car] tous les astrologues maintiennent d'une commune voix que le paradis est si élevé en hauteur, et par conséquent si grand en estenduë, que ni le sens ni l'entendement ne le peuvent comprendre [...]. Il est si grand qu'il est comme infiny, si haut que l'on le perd de veuë et l'on ne le peut voir que l'on n'ayt le bon-heur d'entrer dedans[15].

Dans la suite de son développement, Drexel s'efforce de montrer, chiffres à l'appui, que l'empyrée est plus grand que tout ce qu'on peut imaginer. Mais, pour lui, il s'agit bien d'un lieu, même s'il est situé plus haut que toutes les étoiles et s'étend sur des dimensions qui dépassent nos capacités de calcul :

> 1° Nul ne pourrait faire en huit mille ans le chemin qu'il y a de la terre au ciel Empyré, quoy que tous les jours il fist plus de deux cents cinquante lieuës. 2° Que si une meule de moulin venoit à tomber du firmament, elle ne toucheroit pas la terre avant quatre-vingt-douze ans, quoy qu'elle pourroit faire en si peu de temps. 3° Que si Dieu vouloit partager le ciel à tous les bien-heureux, quoy que chacun eut pour sa part un espace plus grand que n'est la terre, cependant il en resterroit encor beaucoup à diviser de la mesme maniere à quantité d'autres. 4° Qu'en comparaison du ciel [l'empyrée], la terre n'est qu'un poinct.

Après avoir dit que le ciel (empyrée) est « une sphère » qui a « une circonférence inimaginable », Drexel enchaîne :

> Il est vray que nous ne pouvons pas bonnement l'imaginer, et qu'encore que quelques-uns soustiennent que la grandeur du ciel empyré est d'environ trois milliers deux cents quatre millions vingt-

cinq mille quatre cents trois lieuës communes et ordinaires de France, cependant les theologiens se contentent de dire que le ciel est immense et qu'ils aiment mieux admirer que de mesurer sa grandeur. Jusques-là qu'un certain docteur est venu à dire, que si Dieu creoit autant de globes de la terre qu'il y a de grains de sable sur le rivage de la mer, quoy que ce nombre soit innombrable, il ne seroit pas toutesfois capable d'emplir l'immense et infinie capacité du ciel? Ô qu'il est vray que le Louvre du Roy des cieux est grand et que son royaume est d'une longue et prodigieuse estenduë[16].

Nous sourions devant les mesures précises de l'empyrée données par « quelques-uns » et Drexel conseille avec sagesse de s'abstenir de tels calculs. Il reste que, pour lui, le paradis, au sommet de l'univers, a une surface et une hauteur. Il est une « circonférence », mais dont le diamètre confond l'intelligence des mortels.

Les affirmations précoperniciennes de Drexel sont à rapprocher de celles, encore plus catégoriques, qu'on peut lire dans le *Traité du paradis et de ses merveilles* du chanoine Arnoux, ouvrage que j'ai déjà plusieurs fois utilisé ici dans une édition de 1690. Le chanoine de Riez, dès le début de son livre, invite ses lecteurs à renoncer au péché et à prendre la résolution de « pâtir » et même de « mourir, s'il est necessaire pour parvenir » en « la vraye terre de promission, [...] demeure [...] fortunée et heureuse placée dans ces belles voutes [et] larges campagnes du ciel Empirée » :

Lequel est bien si admirable, que, parlans d'icelui, quelques philosophes l'ont preferé à tous les meubles de la nature, tant par son immense clarté [et] demesurée grandeur, que parce qu'en iceluy ce grand Dieu deploye [et] fait luire les perfections de sa divine Essence. Car il reluit comme un cristal de substance très-claire et lumineuse : dont il se nomme Empire ou Empirée, c'est-à-dire, enflâmé; non qu'il aye quelque propriété du feu, mais pour son inestimable lumiere et naturelle clarté, et pour la divine splendeur qui glorieusement rayonne en lui si demesurément que, quand toutes les étoiles du firmament seroient converties en très clairs soleils, même quand chacune seroit sept fois plus claire que le soleil à plein midy, ce seroit rien comparé à la brillante splendeur de ce beau miracle de la nature, le ciel Empyrée, vrai chef d'œuvre de la toute-puissante main de Dieu.

Arnoux pousse plus loin que Drexel les évaluations chiffrées : pour la largeur du paradis Drexel proposait (avec réserve) 3 204 025 403 lieues; Arnoux, s'appuyant sur les « mathematiciens » et les « astronomiens », corrige en 3 600 millions de lieues. En outre, il donne la hauteur de l'empyrée — 10 314 085 710 lieues : « Ô largeur incomprehensible! Ô hauteur demesurée! » En revanche, reprenant la supposition ancienne de la pierre de moulin tombant de l'empyrée sur la terre, il diminue le temps de parcours de 92 à 15 ans, l'objet parcourant quotidiennement 3 278 000 lieues. En effet Arnoux donne la distance entre l'empyrée et la terre : 1 790 925 000 lieues[17] !

Très logiquement, notre chanoine reprend à son compte la physique aristotélicienne et la cosmographie des cieux successifs, l'empyrée « embrassant » et « enserrant dedans son sein tous les autres cieux[18] ». « Ce ciel [empyrée], affirme-t-il, est le souverain et le plus haut de tous les globes celestes. Car il est au-dessus des quatre elemens, au-delà des sept planetes, au-delà du firmament, du ciel mobile et du ciel cristallin[19]. »

Après avoir donné les dimensions du ciel supérieur, Arnoux rappelle ce qu'il contient :

> Dans cette belle étendue du ciel Empirée, il y a un roïaume contenant autant en grandeur, que le même ciel, lequel le Fils de Dieu promet au Jugement à ses élus, disant, « Venez bienheureux de Dieu, mon Père, recevez le roïaume qui vous a été preparé dès le commencement du monde ». Mais c'est un roïaume puissant qui doit durer éternellement, l'état duquel n'ira jamais en decadence, duquel les anges sont courtisans, les saints sont les habitans et Dieu est le roy[20].

Ces extraits rassemblent de manière pédagogique la cosmographie chrétienne, telle qu'elle s'était constituée au cours des siècles : ce n'est pas par hasard que le chanoine Arnoux invoque au passage l'autorité du *De sphaera* de Sacrobosco[21]. Nous retrouvons ainsi une énième fois les quatre éléments et les globes emboîtés. Mais, surtout, l'empyrée est présenté comme étant un véritable lieu qui a ses dimensions propres, même s'il est vrai que son étendue est « admirable ». Et ce lieu est composé d'une substance « très-claire et lumineuse, [...] très-polie et conforme au temperament des corps beatifiez[22] ». Enfin, l'empyrée, avec l'« inestimable lumière et naturelle clarté » qui l'illumine, est qualifié de « beau miracle de la nature ». Le paradis est donc localisé; il est l'endroit le plus élevé de l'univers; il fait partie de la « nature »; il est le chef-d'œuvre de la création; et sa lumière, que Dante avait exaltée, est sublime parce qu'elle est le rayonnement de la « divine splendeur ».

Résistances de l'empyrée dans l'astronomie

L'empyrée, justifié par une théologie qui s'était emparée d'une cosmographie plurimillénaire, ne céda pas facilement aux arguments, aux calculs et aux observations de la nouvelle astronomie.

Le *De sphaera* de Sacrobosco, celui de Peckham et le commentaire de Michel Scot sur le premier, ouvrages classiques de l'astronomie médiévale, furent encore diffusés par l'imprimerie au XVIe, voire au XVIIe siècle. Le jésuite allemand Clavius fut célèbre en son temps non seulement pour avoir mis au point le calendrier grégorien mais aussi pour avoir rédigé un grand commentaire du *De sphaera* de Sacrobosco.

En 1584, on publia à nouveau la *Cosmographia* de l'Allemand Apian, éditée pour la première fois soixante ans plus tôt. Apian est, certes, l'un des grands astronomes du XVIe siècle : il observa, entre autres, la comète de Halley. Mais dans la réédition de 1584 de sa *Cosmographia* un dessin représente l'image d'un monde comme le concevaient Dante, Ruysbroeck, Suso et leurs contemporains, à ceci près que le « ciel cristallin » est distingué du « ciel des étoiles fixes », dédoublement qui fait que le « ciel du premier mobile » porte le numéro dix. Mais à l'extérieur de celui-ci on trouve, comme prévu, le *coelum empireum habitacio Dei et omnium electorum*.

Le dédoublement précédent est absent d'une *Figura dos corpos celestes* dessinée pour Charles IX de France par le cosmographe portugais Bartolomeu Velho en 1568 (Paris, BNF). Cette cartographie de l'univers est particulièrement intéressante, car elle juxtapose des connaissances géographiques très à jour et la représentation traditionnelle du cosmos. Au centre de la composition deux hémisphères, non pas horizontaux mais verticaux, figurent, l'un, l'Amérique et, l'autre, l'ancien monde. On est surpris par la relative précision avec laquelle sont dessinés les contours de l'Afrique, de l'Extrême-Orient et de l'Amérique : à l'évidence, la cartographie portugaise du temps se tenait bien au courant des voyages de découvertes. Mais, au-delà de la terre, nous revenons au système de Ptolémée complété par les spécialistes chrétiens du paradis. Et le ciel du premier mobile y est de façon classique circonscrit par l'empyrée, *habitacio Dei et omnium electorum*, que des anges entourent de leurs ailes.

Cette survivance de l'empyrée se comprend mieux quand on rappelle les résistances que suscita le système de Copernic indépendamment même des oppositions religieuses. En 1551 un Allemand, Erasme Reinhold, fut le premier à construire et à publier des tables astronomiques fondées sur le *De revolutionibus* de Copernic en vue de remplacer les *Tables alphonsines* remontant aux années 1320 et basées sur le système de Ptolémée. Ces tables devaient permettre de calculer par avance, pour une année donnée, les positions des planètes, soit quotidiennement, soit à des intervalles de temps donnés. Désormais, on se trouva devant le choix de construire des éphémérides sur les tables alphonsines ou sur celles de Reinhold, dites *pruténiques*. Dans la longue durée, les *Tables pruténiques* détrônèrent progressivement les *alphonsines* et contribuèrent à la diffusion du copernicianisme. Mais, d'une part, Reinhold n'était nullement un héliocentriste enthousiaste — il tendait vers un compromis qui sera celui de Tycho Brahé — et, d'autre part, l'astronomie alphonsine resta encore d'actualité pendant un certain temps[23].

Le cas de Mersenne († 1648) est significatif des hésitations d'esprits éminents de l'époque devant les bouleversements astronomiques qu'entraînent les affirmations de Copernic et de Galilée. Il encourage Descartes ; il fait connaître à Pascal l'expérience de Torricelli ; il affirme que « les théologiens ne s'attachent à aucun auteur si la raison est contre lui », et refuse de qualifier l'héliocentrisme d'« hérétique ». Il va même jusqu'à proposer à Galilée de faire imprimer en France le livre qui a provoqué la condamnation de 1633. Néanmoins, il paraît finalement se ranger, en matière d'astronomie, à la lecture littérale de la Bible et déclare qu'« il n'y a point de démonstration naturelle qui contraigne d'embrasser la stabilité ou la mobilité de la terre[24] ». « Plusieurs, écrit-il en 1634, ont essayé, après Aristarque et Copernic, de prouver que la terre se meut chaque jour autour de son axe et chaque année autour du soleil, mais nul ne nous a donné des raisons qui puissent contraindre de bons esprits, qui ne se rendent qu'à la démonstration lorsqu'il s'agit de choses naturelles, d'embrasser cette opinion[25]. »

Le philosophe et moraliste Jean de Silhon, secrétaire de Richelieu, connaît le système de Copernic, mais veut s'en tenir « à l'ancienne opinion, comme la plus conforme aux façons de parler de la Bible et au commun sentiment des hommes ». Il maintient donc que « les cieux sont des corps simples et uniformes », décèle trois mouvements distincts dans le « ciel des étoiles fixes » et professe que « la fin de tous ces mouvemens [des sphères et des étoiles] est le bien, la conservation, et la perfection des choses de çà bas, afin d'appliquer les diverses parties des cieux aux divers endroits de la terre pour y decouler leurs influences[26] ». Guy Patin, doyen de la faculté de médecine de Paris en 1650, se refuse pareillement à abandonner le géocentrisme[27]. Le cardinal de Retz, bien que devenu cartésien, ne veut pas choisir entre Copernic et Tycho Brahé, ce dernier proposant une solution intermédiaire entre le système de Ptolémée et celui de Copernic[28]. Même prudence de la part de Bayle, dont le *Dictionnaire historique et critique* (1696-1697) ne comporte aucun article consacré à Copernic ou à Galilée. Certes, les « Éclaircissements sur les Manichéens » lui donnent l'occasion d'affirmer que « [le système] de Copernic est si dégagé, si simple, si méchanique qu'on le devrait préférer à celui de Ptolémée, encore qu'il satisfit moins heureusement à quelques-unes des apparences »; en outre les lunettes l'ont confirmé[29]. Mais, ailleurs, Bayle s'étonne qu'on ait renoncé à l'hypothèse des puissances motrices des astres et assure : « Je m'imagine que les sectateurs de Copernic l'adopteront tôt ou tard par rapport à leurs planètes[30]. »

À la fin du XVIIe siècle paraissent coup sur coup en France deux dictionnaires concurrents : en 1690, celui, posthume, de Furetière, mort deux ans auparavant, et, en 1694, la première édition de celui de l'Académie française. Ces ouvrages veulent donner la liste et le sens des mots, mais, ce faisant, ils traduisent un état des connaissances. Ami de Molière, de La Fontaine et de Racine, Furetière entra à l'Académie française puis en fut exclu. Son dictionnaire parut en Hollande et fut préfacé par Bayle. On y lit à l'article « Ciel » :

> Region étherée au-dessus de l'élementaire, dans laquelle se meuvent tous les astres. Les Anciens ont admis autant de *cieux* solides qu'ils y ont observé de mouvements differents. Ainsi ils en ont mis sept pour les sept planettes. [...] Le huitième est pour les estoiles fixes qui est le Firmament. Quelques uns en ont admis beaucoup d'autres, selon leurs differentes hypotheses [...]. La vraye opinion est qu'il n'y en a que trois : la region des planettes, le Firmament et le *Ciel* des Bienheureux. Ainsi il est vray de dire que saint Paul fut ravi au troisième *Ciel*.
>
> Ciel Empyrée est le paradis, le sejour de Dieu, des anges et des saints [...]. Il est ainsi nommé à cause de sa splendeur et de sa lumière[31].

Voici maintenant la définition du « Ciel » dans le *Dictionnaire de l'Académie française* (1694) :

> La partie supérieure du monde, qui environne tous les elements et dans laquelle se meuvent les astres. *Les estoiles du ciel, les influences du ciel, le ciel de la lune, le ciel de Mars, les cieux des planetes, le ciel empyrée, le ciel cristallin, le ciel bien estoillé, la voûte des cieux...*
>
> Il signifie aussi le sejour des bienheureux, le paradis. *Gagner le ciel, le royaume des cieux, notre Pere qui estes dans les cieux, Nostre Seigneur monta aux cieux, Lucifer fut précipité du ciel, le chemin du ciel*[32].

Les définitions données par les deux ouvrages témoignent assurément d'une certaine prudence : Furetière se démarque de ceux qui ont multiplié les « cieux solides »; l'Académie présente en italiques, donc sans les prendre à son compte, des formules courantes reflétant l'astronomie traditionnelle. Mais Furetière affirme bien qu'il existe trois « cieux solides » : celui des planètes, le firmament et le ciel des bienheureux, qualifié de « séjour de Dieu ». Le *Dictionnaire de l'Académie* maintient, comme celui de Furetière, les « éléments » issus de la physique aristotélicienne et sous-entend, lui aussi, le système des sphères s'enveloppant l'une l'autre.

Le trouble dans les esprits

Le maintien en cette fin du XVIIe siècle de la cosmographie ancienne s'explique, bien sûr, par les raisons religieuses et philosophiques sur lesquelles insistera le prochain chapitre, mais aussi par le fait que l'héliocentrisme de Copernic ne parut pas convaincant à un nombre important de scientifiques de son siècle et encore du suivant. Son ouvrage, le *De revolutionibus,* était à la fois bref et difficile. Il fallut plusieurs décennies pour qu'il pénètre les milieux cultivés. Il ne simplifiait pas la pratique astronomique quotidienne. Il conservait la corporéité des sphères. Contrairement à ce que fera Kepler plus tard, Copernic n'accordait au soleil aucun rôle dynamique important. En outre, il ne proposait pas un système pleinement héliocentrique, le soleil n'étant pas placé par lui exactement au centre des orbites circulaires et chaque planète étant différemment excentrée pour répondre aux observations[33]. Ce dont s'avisa le Danois Tycho Brahé (1546-1601), observateur génial des phénomènes stellaires et qui opta pour une solution intermédiaire entre celle de Ptolémée et celle de Copernic : les planètes, affirma-t-il, accompagnent le soleil dans sa révolution autour d'une terre qu'il donnait à nouveau pour immobile. Témoin de la perplexité des milieux scientifiques, le grandiose *Atlas* de Cellarius, publié en 1661, consacre une planche à chacun des trois systèmes rivaux de Ptolémée, de Copernic et de Tycho Brahé[34].

Un des arguments qui retardèrent l'adhésion au système de Copernic fut la conviction, alors très répandue et conforme à la physique aristotélicienne, que, si la terre tournait, une pierre lancée du haut d'une tour élevée ne toucherait pas le sol à son pied mais un peu plus à l'ouest, puisque la pierre, tombant à la verticale, se serait éloignée de la tour en mouvement vers l'est. Tel était encore le raisonnement de Tycho Brahé. Copernic ne sut pas réfuter cette objection de façon convaincante. C'est Giordano Bruno qui le premier pressentit que le mouvement d'un navire et celui des choses qu'il contient sont dépendants l'un de l'autre. Le poète gentilhomme Racan († 1670) exprimait bien les perplexités d'un homme cultivé du XVIIe siècle devant les débats scientifiques de son temps lorsqu'il écrivait :

> Si j'avais à prendre party, ce seroit plustot du côté de Copernic et de Galilée que de celuy de Ptolémée et de Sacrobosco, si l'on me pouvoit

faire comprendre comment cet air, que l'on dit qui suit le mouvement rapide de la terre, peut estre capable de changer celuy d'un corps solide et pesant, et de faire tomber une bale de plomb, que l'on aurait jettée en l'air, plus d'un quart de lieue loin d'où elle devroit tomber perpendiculairement si la terre tournoit en vingt quatre heures. Je ne vois pas d'exemple de cela, et ces grands vents qui nous ont emporté nos maisons la semaine passée n'estoyent pas seulement capables d'emporter à dix pas une bale de pistolet. Outre ces difficultés que je trouve en ces nouvelles opinions, il me semble qu'elles choquent quelques passages de l'Écriture sainte. C'est pourquoy j'aime mieux demeurer dans le doute entre la vieille et la nouvelle que de prendre party d'un côté ni d'autre, puisque pas un des deux ne me contente[35].

Le « doute » exprimé par Racan fut partagé par bon nombre de ses contemporains. Il engendra pendant un certain temps une sorte de découragement qu'Henri Busson souligna naguère dans son enquête sur *La Pensée religieuse française de Charron à Pascal.* Gassendi, pourtant acquis aux conceptions de Copernic et de Galilée, affirme, désabusé, que « l'auteur de la nature est comme un ouvrier qui, ayant fabriqué l'automate de Dédale et d'autres merveilles, les fait marcher, mais sans nous révéler les ressorts intérieurs [...]. Aux spectateurs doit suffire le plaisir de les voir sans qu'ils s'enquièrent de l'ouvrier ni s'estiment malheureux de ne pas comprendre son art ». L'abbé Cottin, ami de Gassendi et, comme lui, tenté par l'atomisme d'Épicure, reprend la vieille formule : « Il n'est rien de certain que notre incertitude. » L'ami d'Étienne Pascal, Le Pailleur, tient le mouvement de la terre pour une question insoluble, s'en prend à la « présomption » des savants et conclut : « En un mot je hay la science / Mais j'ayme la belle ignorance[36]. » La nouvelle astronomie à ses débuts induisit donc un énorme doute dans l'élite européenne du temps. On en trouve un écho indirect dans la lettre que Shakespeare fait écrire par Hamlet à Ophélie (acte II, scène 2) :

Doute que les astres soient de flamme,
Doute que le soleil tourne,
Doute que la vérité soit la vérité,
Mais ne doute jamais de mon amour.

Ainsi la remise en cause de conceptions astronomiques que l'on croyait définitivement acquises entraîna chez de bons esprits une sorte de vertige douloureux. À preuve, le célèbre poème dans lequel le prédicateur anglican John Donne (1573-1631) exprima son désarroi devant le géocentrisme et la nouvelle « philosophie » :

La nouvelle philosophie remet tout en question,
L'élément feu est totalement éteint,
Le soleil est perdu, et la terre aussi,
Et aucun homme intelligent ne peut dire où les chercher.
Les hommes avouent sans difficulté que ce monde est passé,
Quand dans les planètes et dans le firmament
Ils cherchent tant de nouveautés. Ils voient que celui-ci
A éclaté en ses atomes. Tout est en pièces, toute cohérence s'en est [allée,
Toute juste loi, toute hiérarchie;
Prince, sujet, père, fils : autant de notions oubliées[37].

Le même inconfort existentiel trouva une sublime formulation dans la méditation de Pascal sur les deux infinis, le plus long fragment des *Pensées*. Pascal a compris que l'univers n'est pas clos, contrairement à ce qu'enseignait la cosmologie ptolémaïque christianisée. Reprenant une formule plus ancienne[38], il le conçoit comme « une sphère infinie dont le centre est partout et la circonférence nulle part ». La terre n'est qu'« un canton détourné de la nature », un « petit cachot » où l'homme se trouve logé. Dès lors « qu'est-ce qu'un homme dans l'infini[39] ? » Cette question induit « un désespoir éternel de connaître » le principe et la fin des choses et cet aveu tragique : « Le silence des espaces infinis m'effraie[40]. »

Il était difficile de se séparer d'un système du ciel qui avait pour lui non seulement l'ancienneté mais aussi la cohérence. Car il localisait et mettait à leur juste place tous les constituants de l'univers visible et invisible — l'empyrée, les cieux enveloppés par lui, la terre et l'enfer. Il expliquait les mouvements planétaires autour de la terre, centre du monde, et la dégradation de la lumière depuis le paradis où elle brille sans brûler jusqu'à l'enfer où elle brûle sans briller.

CHAPITRE XXVII

L'irruption de l'héliocentrisme

La « nouvelle astronomie »

Galilée a-t-il fait peur à l'Église romaine parce qu'il prenait ouvertement parti pour l'héliocentrisme ou parce que l'« atomisme » sous-jacent à certaines de ses théories risquait de ruiner la doctrine eucharistique de l'Église catholique ?

La seconde hypothèse a été soutenue par Pietro Redondi, mais n'a pas convaincu. Selon cet auteur, les jésuites du Collège romain, et en particulier le père Grassi, ennemi acharné de Galilée, auraient aperçu dans le soubassement « atomistique » de la physique galiléenne une attaque contre la transsubstantiation et un danger plus grand pour l'Église catholique que celui résultant de la nouvelle astronomie[1]. Celle-ci, présentée dans la préface du livre de Copernic (en 1543) sous forme d'hypothèse, n'avait pas alors provoqué de protestation véhémente de la part du magistère romain. Lors du procès de 1633, Galilée, avec la complicité discrète de ses anciens amis Barberini (dont le pape Urbain VIII), aurait, selon Pietro Redondi, été sauvé de la peine capitale par un « procès alibi ». On l'accusa, certes, d'avoir enfreint une interdiction, qui lui aurait été faite en 1616, de soutenir l'héliocentrisme de Copernic, mais c'était pour éviter de le juger sur des prises de position incompatibles avec le dogme de la transsubstantiation.

Il semble en effet que des jésuites s'alarmèrent des conséquences possibles des théories de Galilée sur la croyance à la transsubstantiation. Mais, si l'on replace le « cas Galilée » dans l'histoire de la civilisation chrétienne, une évidence s'impose : Copernic, puis Kepler et Galilée, en démontrant l'héliocentrisme, provoquèrent un véritable séisme intellectuel. Cette rupture culturelle ébranla les fondements mêmes des plus fortes certitudes physiques et astronomiques sur lesquelles on avait vécu depuis Aristote, c'est-à-dire depuis vingt siècles. Or le christianisme avait accroché le ciel de Dieu et des bienheureux à cette construction, qui fut pulvérisée en moins de deux cents ans. Une vision du monde s'effondra et, avec elle, une théologie.

Aux XVIe et XVIIe siècles, un véritable cas de conscience se posa à de très grands esprits — non seulement Copernic, Galilée et Kepler mais aussi Mersenne, Gassendi et Descartes, etc. : comment concilier l'héliocentrisme avec la fidélité à la foi chrétienne[2]? Fallait-il renoncer à la lecture littérale des textes bibliques? Galilée effectivement l'affirma. Or la lecture littérale avait été déclarée seule légitime, notamment pour le récit de la création et le paradis terrestre, par les plus hautes autorités chrétiennes, saint Augustin, saint Thomas d'Aquin et beaucoup d'autres[3].

Ce serait une erreur de voir les choses d'hier avec nos yeux d'aujourd'hui. Beaucoup d'esprits éminents du XVIIe siècle prenaient très au sérieux l'obligation faite aux chrétiens de lire la Bible d'une manière littérale. Dans leurs hésitations sur l'héliocentrisme il n'y avait pas seulement prudence de leur part pour ne pas subir le sort de Galilée — prudence, certes, évidente chez Gassendi et Descartes — mais aussi révérence sincère à l'égard du texte sacré, présenté depuis des siècles comme révélé en toutes ses parties par l'Esprit-Saint. Le cas de Mersenne est éclairant à cet égard. Dans la suite du développement que j'ai cité au chapitre précédent, on lit :

> Si l'on s'imagine que le temps en produira quelqu'une [une démonstration de l'« opinion » de Copernic], il est aussi facile de s'imaginer le contraire; c'est pourquoy il faut se tenir à ce que l'Église en ordonnera, ou à ce que les prélats en diront. Je scay que les hérétiques prennent la liberté de tenir cette mobilité, encore que l'un des plus scavants, Tycho Brahé, ayt fait conscience de la suivre, à cause des passages de l'Écriture Sainte, qui parlent de la stabilité et de l'immobilité, et que plusieurs se sont efforcez de monstrer que les textes sacrez peuvent être expliquez en faisant la terre mobile[4].

Parmi ceux qui proposaient cette solution révolutionnaire, il y avait évidemment Galilée. Nous y reviendrons. Mais retenons ici, et en sens inverse, le renvoi à Tycho Brahé. Ce protestant, apparemment pour des raisons religieuses, tenta de concilier la nouvelle astronomie avec le texte biblique en faisant tourner le soleil autour de la terre mais les planètes autour du soleil. Ce n'est pas par hasard que les astronomes et mathématiciens jésuites du Collège romain, savants estimables de l'époque[5], se rallièrent à la solution de Tycho Brahé : elle paraissait tenir compte des découvertes les plus récentes sans contredire la lettre des Écritures. Luther était un partisan résolu de cette lecture littérale et, d'après un « propos de table » de juin 1539, il aurait vilipendé « le fou qui vient renverser tout l'art de l'astronomie ». Une autre relation de ce même « propos » est plus explicite :

> Mention fut faite de quelque nouvel astrologue qui voulait prouver que la terre bouge, et non le ciel, le soleil et la lune, comme si quelqu'un, se déplaçant sur un véhicule ou sur un bateau, voulait penser qu'il est immobile, mais que la terre et les arbres se déplaçaient. [Luther, intervenant, aurait dit] : Celui qui veut être intelligent ne doit pas se satisfaire de l'opinion des autres. Il doit toujours avancer quelque chose de son cru, comme le fait celui-là qui veut renverser toute l'astrologie. Mais quoique l'astrologie ait été bouleversée, je crois, quant à moi, à l'Écriture Sainte, car Josué a commandé au soleil et non à la terre, de s'arrêter[6].

L'intervention de Luther appelle un bref commentaire. 1° En 1539, le Réformateur avait déjà connaissance des thèses de Copernic, apparemment par l'élève de celui-ci, Rheticus, qui avait appartenu à l'université de Wittemberg et qui publia au début de 1540 la *Narratio prima*, premier texte consacré à la nouvelle astronomie, trois ans avant la parution du *De revolutionibus*. 2° Luther voyait *a priori* d'un bon œil une démarche telle que celle de Copernic qui ne se satisfaisait « pas de l'opinion des autres ». 3° Mais, puisque cette démarche aboutissait à contredire l'Écriture, alors il la récusait en invoquant l'épisode de Josué, qui sera plus tard opposé à Galilée et que celui-ci discutera longuement : preuve que, pour l'époque, il était important. Quant à Melanchthon, bien qu'ami de Rheticus, il se montra, lui aussi, réticent vis-à-vis de l'héliocentrisme.

Depuis la thèse de doctorat de Richard Stauffer, on sait que Calvin n'était pas moins hostile à Copernic. La phrase qu'on lui a prêtée — « Qui oserait s'aventurer à placer Copernic au-dessus de l'Esprit-Saint? » — est sans doute apocryphe. Mais il déclara dans le 34e sermon sur le livre de Job : « Nous voyons bien que le soleil fait tous les jours un circuit, qu'après s'être levé il se couche et qu'il tourne à l'entour de la terre aussi bien dessus nous comme dessous. » Il partit en guerre plus catégoriquement encore contre Copernic dans un sermon sur les chapitres 10 et 11 de la première Épître aux Corinthiens dans lequel il affirma :

> Ne soyons pas semblables à ces fantastiques qui ont un esprit d'amertume et de contradiction pour trouver à redire partout et pour pervertir l'ordre de la nature. Nous en verrons d'aucuns si frénétiques, non pas seulement en la religion, mais pour monstrer partout qu'ils ont une nature monstrueuse, qui diront que le soleil ne se bouge et que c'est la terre qui se remue et qu'elle tourne. Quand nous voyons de tels

esprits, il faut bien dire que le diable les ait possedez [...]. Mais voilà, comme il y a des forcenez qui voudraient avoir changé l'ordre de nature, mesme avoir ébloui les yeux des hommes, et avoir abruti tous leurs sens[7].

Calvin ne voyait pas dans la théorie de Copernic une menace contre la doctrine de l'eucharistie, sur laquelle il se démarquait d'ailleurs totalement de la conception catholique, mais bien une tentative de perversion de l'ordre de la nature — tentative qu'il estimait inspirée par le « diable ». C'est donc une vision religieuse du monde qui, pour lui, était en jeu. Seuls des « frénétiques », des « possedez » et des « forcenez » pouvaient proposer un tel bouleversement.

Pourtant ce bouleversement était en cours. Et, pour le comprendre, il faut remonter au XVe siècle, c'est-à-dire à *La Docte Ignorance* de Nicolas de Cues (1439) dont Maurice de Gandillac a été le pénétrant exégète. « Philosophe et théologien, juriste et mathématicien », écrit-il, ce cardinal allemand largement imprégné de culture italienne, « dénonçant tous les faux savoirs, débusquant l'arrogante prétention des sophistes, retourne pour ainsi dire au point zéro de la connaissance pour s'imposer la discipline du questionnement systématique[8] ». Ce qui lui permet de proposer des « semi-utopies », à nos yeux étonnantes, et des « suggestions » prophétiques.

À lire *La Docte Ignorance,* on est stupéfait devant la force d'affirmations, qualifiées par le Cusain lui-même d'« inouïes » et de « surprenantes », que la science devait progressivement confirmer à partir de Copernic. En procédant à un regroupement de formules chocs dans l'ouvrage on découvre notamment les déclarations suivantes :

Le monde n'a pas de circonférence, car, s'il avait un centre et une circonférence, il aurait ainsi en lui-même son commencement et sa fin [...].

Donc la terre, qui ne peut être le centre, ne peut être privée de mouvement, il est même nécessaire qu'elle ait un mouvement [...]. Il n'y a pas dans le ciel de pôles immobiles et fixes [...] mais, nécessairement, toute partie du ciel est en mouvement [...]. La figure de la terre est mobile et sphérique; son mouvement est circulaire, tout en n'étant pas parfait [...].

Il n'est pas vrai que la terre soit le plus vil et le plus bas des astres [...]. La terre possède les mêmes éléments [que le soleil] [...]. Et il ne faut pas dire, parce que la terre est plus petite que le soleil et qu'elle est sous son influence, qu'elle est plus vile pour cette raison-là [...]. Même la corruption des choses de la terre, dont nous faisons l'expérience, n'est pas une preuve valide de manque de noblesse [...]. La mort, en effet, paraît n'être qu'une résolution du composé dans le composant.

À ce que nous venons de dire les Anciens n'avaient pas touché, car [du point de vue de] la docte ignorance ils se sont trouvés en défaut. Il nous est déjà manifeste que cette terre se meut en vérité, bien qu'elle ne le paraisse pas, car nous ne saisissons le mouvement que grâce à une comparaison avec un point fixe. Si quelqu'un ignorait que l'eau coule, qu'il ne vît pas les rives et se trouvât sur un navire au milieu des eaux, comprendrait-il que le navire est en mouvement? [...]

La machine du monde a, pour ainsi dire, son centre partout et sa circonférence nulle part, parce que Dieu est circonférence et centre, lui qui est partout et nulle part [...].

[L'homme a, parmi les êtres vivants,] la nature la plus noble et la plus parfaite [...] et cela même s'il y a dans d'autres étoiles des habitants d'un autre genre[9].

Les Anciens (Aristote et Ptolémée) se sont trompés; la terre est en mouvement et elle n'est pas le centre du monde; celui-ci est, sinon infini, du moins indéfini; la matière terrestre n'est pas « vile »; rien n'exclut que les autres astres soient habités : autant de déclarations fracassantes qui bouleversaient les croyances communes sur l'univers.

La même audace réapparut un siècle plus tard sous la plume de Copernic. Il est vrai que la préface rédigée par le théologien luthérien Osiander présentait l'héliocentrisme seulement sous forme d'hypothèse. Néanmoins, Jean-Pierre Verdet souligne à bon droit le caractère « courageux », souvent passé sous silence, de l'adresse à Paul III placée au début du *De revolutionibus*. Dans ce texte, Copernic, après avoir annoncé son système héliocentrique, prévoit qu'il va choquer « ceux qui savent être confirmée par le jugement de nombreux siècles l'opinion que la terre est immobile au milieu du ciel comme si elle en était le centre ». Puis il demande au pape d'« empêcher les calomniateurs de mordre, même si, comme le dit le proverbe, il n'y a pas de remède contre la morsure d'un sycophante ». Après quoi il revendique, la tête haute, le droit de la science à l'autonomie contre les mauvaises lectures de l'Écriture et l'autorité de certains Pères de l'Église :

Si d'aventure de vains discoureurs qui, tout en étant totalement ignorants des mathématiques, prétendent néanmoins juger de ces matières et qui, en raison de quelque passage de l'Écriture malignement détourné dans le sens de leur opinion, osent blâmer et attaquer mon ouvrage, eh bien! je ne me soucie aucunement d'eux; mieux même, je méprise leur jugement comme téméraire. On n'ignore pas en effet que Lactance, par ailleurs célèbre écrivain, mais piètre mathématicien, parle d'une façon tout à fait puérile de la forme de la terre, lorsqu'il tourne en dérision ceux qui ont enseigné que la terre a la forme d'un globe. C'est pourquoi les savants ne doivent pas s'étonner si de telles gens nous tournent aussi en dérision. Les mathématiques sont écrites pour les mathématiciens, aux yeux de qui mes propres travaux, si je ne me trompe, paraîtront apporter quelque chose à la république ecclésiastique dont Ta Sainteté occupe actuellement la tête[10].

Le raidissement romain

La Docte Ignorance de Nicolas de Cues passa presque inaperçue à son époque. Quant aux thèses de Copernic, elles semblèrent, à la date de leur publication, protégées des foudres romaines par l'étiquette d'« hypothèses » dont elles étaient couvertes. Avant même leur parution, elles avaient reçu l'approbation du cardinal allemand Nicolas Schönberg qui, en 1536, avait écrit de Rome à Copernic : « J'ai appris [...] que tu as constitué une nouvelle doctrine du monde, selon laquelle la terre se meut tandis que le soleil occupe le lieu le plus bas et, par conséquent, le plus central de l'univers [...]. C'est pourquoi, homme très docte, je te demande de la manière la plus instante [...] de communiquer aux savants ta découverte[11]. »

La thèse de Copernic fut bien accueillie par plusieurs humanistes français, dont l'évêque de Chalon, Pontus de Tyard, et Scaliger. Dans l'Allemagne protestante, malgré les convictions aristotéliciennes de Melanchthon et des théologiens luthériens, il n'y eut aucune condamnation du copernicianisme et un illustre théologien luthérien, Osiander († 1552) — rappelons-le — édita et préfaça le *De revolutionibus*. Bientôt Kepler, lui aussi protestant, allait se prononcer avec éclat pour l'héliocentrisme. Mais « c'est dans l'Angleterre élisabéthaine que se produisit le mouvement le plus important en Europe en faveur du copernicianisme[12] ». La traduction — partielle — du livre de Copernic par Thomas Digges, plusieurs fois réimprimée entre 1576 et 1605, connut outre-Manche un réel succès.

En revanche, les choses se gâtèrent dans l'espace catholique. Déjà, lors de la parution du livre de Copernic, le maître du Sacré Palais, Bartolomeo Spina, chargé de l'examiner, avait conclu à sa condamnation. Spina mourut en 1546. Un de ses collaborateurs, le dominicain Gianmaria Tolosani, reprit alors le dossier pour son propre compte et conclut (avant 1549) que Copernic « renversait la fabrique du monde dont on savait très bien par la Genèse comment Dieu l'avait construite[13] ». En sens contraire, l'*Index romain* de 1557 ne mentionna pas le livre de Copernic.

La suspicion à l'égard de Copernic alla ensuite grandissant dans le climat de combat de la Contre-Réforme et à la suite du concile de Trente. Celui-ci, en effet, dans sa IVe session (1546), adopta un

« Décret sur la façon d'interpréter l'Écriture sainte », qui fut plus tard invoqué contre Galilée. S'agissant de « la foi et des mœurs », personne ne devait désormais, « tournant à sa guise la Sainte Écriture, interpréter celle-ci contre le sens qu'a tenu et que tient la sainte mère Église, à laquelle il revient de juger du vrai sens et de l'interprétation des textes sacrés, et contre le sentiment unanime des Pères[14] ».

Cette mise en garde solennelle ne visait, en théorie, que « la foi et les mœurs ». En fait, on l'étendit au-delà. Ce que prouve un passage d'une *disputatio* qu'un porte-parole du Saint-Siège, Francesco Ingoli, futur secrétaire de la congrégation De propaganda fide, adressa à Galilée en 1616, un mois après la condamnation de la doctrine copernicienne par le Saint-Office[15]. Il s'agit encore une fois de l'épisode de Josué. « Bien que le saint concile, écrit Ingoli, ait parlé de la foi et des mœurs, néanmoins on ne peut pas nier que toute interprétation de la Sainte Écriture qui va contre le sentiment des Pères [de l'Église] est désapprouvée par ces Pères [du concile de Trente][16]. »

Que la mise en cause de la lecture littérale de l'Écriture ait été le point central du débat entre Galilée et le magistère romain ressort avec évidence du véritable manifeste que constitua la longue lettre que Galilée adressa en juin 1615 à la grande-duchesse de Toscane, Christine de Lorraine, et qui portait pour l'essentiel sur la possibilité de concilier les textes de l'Écriture avec la nouvelle astronomie. La remise en situation de ce texte capital est ici essentielle.

En 1584, un religieux augustin espagnol, Diego de Zuñiga, publie un *Commentaire du livre de Job* dans lequel il soutient qu'il est plus conforme à l'Écriture sainte d'affirmer que la terre bouge plutôt que le contraire. En 1612, un cardinal, Carlo Conti, polémiquant avec Galilée, fera mention de ce livre pour le réfuter.

En 1600, Giordano Bruno est brûlé à Rome en raison de ses thèses panthéistes. Partant de la théorie copernicienne, il l'avait dépassée en concluant à l'infinité et à l'éternité de l'univers et en optant pour une religion du cosmos[17].

En 1609, Galilée, à Venise, grâce à sa lunette astronomique, commence à explorer le ciel. Il publie ses découvertes l'année suivante dans le *Sidereus nuncius (Le Messager céleste)* : la lune comporte des montagnes; la terre est un astre errant sur lequel se reflète la lumière du soleil; le nombre des étoiles est immense et la Voie lactée est formée d'un amas d'étoiles; Jupiter possède quatre satellites qu'il nomme « planètes médicéennes » en l'honneur du grand-duc de Toscane. En 1610-1612 Galilée observe les taches solaires, les phases de Vénus, fait mention de la rotation du soleil et observe Saturne. En 1611, il est reçu solennellement au Collège romain, où les Jésuites ont un observatoire. Consultés par le cardinal Bellarmin, lui aussi jésuite, les savants du Collège confirment les phases de Vénus et les satellites de Jupiter, mais contestent les satellites de Saturne et sont réservés sur la nature de la Voie lactée. En avril 1610, Kepler s'était rallié sans réserves aux conclusions de Galilée.

En novembre 1613 et décembre 1614, deux prédicateurs dominicains de Florence, les pères Lorini et Coccini, accusent publiquement l'héliocentrisme de contredire l'Écriture sainte. Galilée répond par une lettre à son collaborateur, le bénédictin Castelli. Il y déclare qu'en cas de désaccord entre la lecture littérale de l'Écriture et la science, c'est la première qui doit être abandonnée.

En 1615, un carme, Paolo Antonio Foscarini, publie à Naples une *Lettre* au général de son ordre *sur l'opinion des pythagoriciens et de Copernic, dans laquelle on fait concorder et se concilier les passages de l'Écriture sainte avec les propositions théologiques qu'on pourrait être tenté de leur opposer.* Bellarmin, consulté sur ce traité par Foscarini, lui répond :

> [...] Le concile [de Trente] interdit, comme vous le savez, de donner aux Écritures un sens différent de celui sur lesquel s'accordent les Pères de l'Église. Si vous prenez la peine de lire, non seulement les Pères, mais les commentaires modernes de la Genèse, des Psaumes, de l'Ecclésiaste, de Josué, vous trouverez que tous sont d'accord pour entendre *ad literam* que le soleil est dans le ciel et tourne autour de la terre avec grande vitesse. [...]
>
> Lorsqu'il y a doute, on ne doit pas s'écarter de l'Écriture sainte, telle que l'interprètent les Pères. J'ajoute que l'homme qui a écrit *Oritur sol et occidit et ad locum suum revertitur,* etc. (le soleil se lève et se couche et revient à son point de départ) fut Salomon, qui non seulement parla sous l'inspiration de Dieu, mais qui fut aussi un homme exceptionnellement sage et savant s'il en fût dans les sciences humaines et dans la connaissance de la création, et que toute cette science, il l'avait reçue de Dieu. Il n'est donc pas vraisemblable qu'il ait affirmé une chose qui fût contraire à une vérité démontrée ou démontrable[18].

C'est dans ce contexte que se place la *Lettre à Christine de Lorraine,* qui date de juin 1615, le dominicain Lorini, mentionné plus haut, ayant en février dénoncé Galilée devant le Saint-Office pour ses opinions coperniciennes. Cette longue lettre est un des textes fondateurs de la modernité parce qu'elle exprime, avec une netteté jusque-là inégalée, la revendication d'autonomie de la pensée scientifique. Elle n'était aucunement un manifeste antireligieux ni même areligieux. Mais, tantôt indignée, tantôt ironique, elle contenait, selon la formule de François Laplanche, « des idées qui, pour l'essentiel, forment aujourd'hui la charte de l'interprétation de la

Bible en matière de science[19] ». C'est dans ce texte que se trouve la phrase célèbre : « L'intention du Saint-Esprit [dans la Bible] est de nous enseigner comment on va au ciel, et non comment va le ciel. »

Galilée était certainement sincère lorsqu'il déclarait respecter l'autorité de l'Église et être prêt à abandonner dans le système de Copernic et dans ses propres affirmations tout ce qu'on pourrait lui démontrer être faux. Il assurait croire que l'Écriture ne peut mentir. Mais il convenait de « pénétrer le vrai sens » de celle-ci. Or les écrivains sacrés ont dû souvent s'adapter aux capacités intellectuelles médiocres d'un public « rustre ». Si on s'en tient « au nu sens des mots », il faudra dire que Dieu a des pieds, des mains et des yeux et les mêmes sentiments que les humains — colère, repentir, haine —, qu'il oublie le passé et ignore l'avenir.

Dieu « ne s'exprime pas moins dans les effets de la nature que dans les paroles de l'Écriture ». Ces deux langages ne peuvent se contredire et, en cas de désaccord apparent, il faut chercher le vrai sens des passages de l'Écriture pour qu'ils viennent en consonance avec l'observation des phénomènes naturels. À chacun son métier. À la théologie les hautes contemplations divines et les conseils sur la manière de parvenir à la béatitude éternelle ; aux sciences « inférieures » la démonstration des choses de la nature et du ciel. Que les théologiens « ne s'arrogent pas l'autorité de décider dans des professions ni exercées ni étudiées par eux ». Commander aux astronomes de se mettre en garde contre leurs propres observations « qui ne peuvent être que faussetés et sophismes » si elles paraissent contredire l'Écriture, « c'est leur commander une chose impossible à faire. Car, non seulement on leur commande de ne pas voir ce qu'ils voient et de ne pas comprendre ce qu'ils comprennent, mais encore que, dans leurs recherches, ils trouvent le contraire de ce qui leur vient dans les mains ».

« Interdire le livre de Copernic et les écrits de ceux qui enseignent la même doctrine, ce serait interdire toute la science de l'astronomie et, de plus, enjoindre de ne pas regarder vers le ciel pour ne pas voir que Mars et Vénus sont tantôt très proches de la terre et tantôt très loin. » De multiples observations nouvelles et l'adhésion d'un nombre croissant de savants font que « interdire Copernic serait, à mon avis, contrevenir à la vérité et chercher d'autant plus à l'occulter et à la supprimer qu'elle devient de plus en plus claire et évidente[20] ».

Galilée face à un mur

Malgré ce plaidoyer le Saint-Office, en février 1616, condamne l'héliocentrisme et l'affirmation que la terre n'est pas au centre du monde, et cette condamnation est ratifiée par le pape. Les livres de Copernic et de Diego de Zuñiga sont « retirés de la circulation jusqu'à correction ». Celui de Foscarini est totalement « prohibé et condamné ». Tous autres livres enseignant la même doctrine sont « interdits ». Convoqué sur ordre du pape par le cardinal Bellarmin, Galilée reçoit l'avertissement de se soumettre à ces censures et de ne plus présenter désormais la doctrine de Copernic autrement que comme une hypothèse. Reçut-il, en outre, une menace formelle de poursuites s'il désobéissait? Cette pièce fut utilisée contre Galilée dans le procès de 1633. Mais elle n'est ni datée ni signée. D'où la question, toujours discutée, de savoir si elle est authentique ou s'il s'agit d'un faux postérieurement ajouté au dossier.

Quoi qu'il en soit, en 1616, le débat concernant Galilée est bien celui de l'héliocentrisme et de l'incompatibilité de celui-ci avec la lettre de l'Écriture. En cette même année 1616, Galilée reçoit l'appui compromettant de Campanella qui rédige une *Apologia* en sa faveur. En 1619, ce sont les œuvres de Kepler, lui aussi favorable à l'héliocentrisme, qui sont mises à l'index.

Néanmoins, en 1620, Galilée reçoit un poème, l'*Adulatio perniciosa,* composé en son honneur par le cardinal Maffeo Barberini, le futur Urbain VIII. Mais dans les années 1619-1623 il se brouille avec les pères du Collège romain, et notamment avec le père Grassi, à propos de la nature et de la trajectoire des comètes. C'est à l'occasion de cette polémique que Galilée écrit le *Saggiatore*, dans lequel, pour maintenir la circularité copernicienne des mouvements célestes, il assure — à tort, évidemment — que les comètes sont des illusions d'optique produites par les rayons du soleil dans la haute atmosphère. Rédigé avec brio, le *Saggiatore* oppose sur le plan théorique la rigueur mathématique aux fausses propriétés des « substances » et affirme que « l'univers est écrit dans une langue mathématique ». Le cardinal Maffeo Barberini étant devenu Urbain VIII en août 1623, le *Saggiatore,* qui avait précédemment reçu l'imprimatur, est dédié au nouveau pape. Mais Galilée, rendant visite à celui-ci à Rome en 1624, ne reçoit de lui aucun encouragement.

Galilée travaille désormais, entre autres activités, à la rédaction de ce qui deviendra *Le Dialogue sur les deux grands systèmes du monde* (celui de Ptolémée et celui de Copernic) et qui sera achevé en janvier 1630. Faire en sorte que l'Église romaine permette d'exposer librement le système de Copernic reste toujours la grande préoccupation de Galilée. Et c'est bien sur cette question que le procès s'est joué, même si, pour faire bonne mesure, Grassi, et peut-être d'autres avec lui, ont suggéré que Galilée professait aussi un atomisme mettant en cause le dogme de la transsubstantiation.

Le Dialogue paraît à Florence en février 1632. Il est dédié au grand-duc de Toscane. Mais, en août, la vente du livre est interdite et, en octobre, Galilée reçoit l'ordre de comparaître devant l'Inquisition à Rome. La condamnation est de juin 1633. Celle-ci n'avait été possible que par le retournement d'Urbain VIII, ancien ami et admirateur de Galilée. Ce retournement s'explique vraisemblablement par une conjonction de motifs. L'ouvrage de Galilée se présentait comme un dialogue dans lequel l'auteur lui-même, en principe, ne prenait pas parti entre les deux grands systèmes du monde. Néanmoins, la position de Galilée était transparente. D'une part, il ne mentionnait pas le système de Tycho Brahé qui avait les préférences des jésuites de Rome, parce que compatible avec la lettre des Écritures ; d'autre part, il faisait de Simplicio, le défenseur d'Aristote et de Ptolémée, un « simplet » ridicule dont les propos prêtaient à rire. Suggéra-t-on à Urbain VIII, comme on l'a parfois prétendu, que Simplicio le représentait ? Cette hypothèse n'est pas nécessaire pour comprendre le drame du procès. En revanche, le nouveau pape, réputé favorable à la France, était accusé par les Habsbourg de Madrid et de Vienne de mal défendre la cause catholique au moment où les troupes de Gustave-Adolphe progressaient en Allemagne. Les Jésuites, aile marchante de la Contre-Réforme, étaient évidemment favorables aux Habsbourg. Urbain VIII ne pouvait rétablir sa crédibilité comme pape qu'en démontrant avec éclat son orthodoxie dans l'affaire Galilée.

Or ce qui ressort du procès, c'est que l'héliocentrisme fut qualifié d'« hérésie ». L'Inquisition avait pour vocation même de sévir contre la « dépravation hérétique » — ce qui est rappelé dans un rapport de l'un des consulteurs, Oregio, chargé de faire un rapport sur *Le Dialogue*[21]. Un autre consulteur, Incofer, montra que Galilée dans son livre, malgré de feintes apparences, prenait à l'évidence parti pour le mouvement de la terre, dépassant Copernic lui-même et insistant « jusqu'à la nausée sur les taches solaires, le flux et reflux de la mer et le magnétisme de la terre ». Il lui reprocha, en outre, de « faire la guerre à tous ceux qui ne sont pas partisans de Pythagore et de Copernic et de les tenir pour des minus *(homunciones)* ». Et cela d'autant plus qu'il fait l'éloge d'un « hérétique pervers », l'Anglais William Gilbert, auteur du *De magnete* (1600), ouvrage qui marqua le début des recherches modernes sur le magnétisme[22]. Enfin, dans la sentence du 22 juin 1633 rendue contre Galilée, le mot « hérésie » revient trois fois au sujet du mouvement de la terre :

> Disons, prononçons et sentencions que toi, Galilée, tu t'es rendu fort suspect d'hérésie, ayant soutenu cette fausse doctrine du mouvement de la terre et repos du soleil, et que l'on pouvait défendre comme probable une opinion après qu'elle eut été déclarée contraire à l'Écriture. Conséquemment, tu as encouru toutes les censures et peines des sacrés canons, desquels néanmoins nous te délions, pourvu néanmoins que dès maintenant, avec un cœur sincère et une foi non feinte, tu abjures, maudisses et détestes devant nous les susdites erreurs et hérésies et toute autre erreur et hérésie contre l'Église[23].

Que l'Europe éclairée ait bien compris que l'héliocentrisme était déclaré contraire à la Sainte Écriture est attesté, entre de multiples preuves, par le numéro de janvier 1634 de *La Gazette* de Théophraste Renaudot où on lit : « On a ici [à Paris] publié la sentence de l'Inquisition portant condamnation de l'opinion de Galileo Galilei, le Florentin âgé de soixante-dix ans, qui enseignait que c'est la terre qui se remue, et non pas le soleil, qu'il soutenait être le centre du monde, cette opinion étant contraire à la Sainte Écriture[24]. »

Dès lors pourquoi supposer que ce procès ne fut qu'un alibi pour sauver Galilée d'une accusation plus grave, celle de miner les bases du dogme de la transsubstantiation ? La raison de sa condamnation était évidente à l'époque : il fallait défendre l'autorité de l'Église en matière d'interprétation de l'Écriture et rejeter toute lecture non littérale des textes sacrés. Si Galilée s'était entêté dans le maintien de sa position, il ne fait aucun doute qu'il aurait subi le sort des hérétiques obstinés : le bûcher, ou, à tout le moins, la prison à vie dans les cachots du Saint-Office.

Le procès de Galilée s'est continué après lui, et fondamentalement pour les mêmes raisons, quand l'Église catholique fut confrontée plus tard aux découvertes de Buffon sur l'âge de la terre, puis à l'évidence croissante de l'évolution.

CHAPITRE XXVIII

Le ciel change

Dernière évocation d'un système harmonieux

Si l'Église romaine résista durablement à la nouvelle astronomie, c'est d'abord et surtout parce que l'ancienne était littéralement conforme au texte biblique, mais aussi parce qu'elle avait pour elle une forte cohérence interne et l'immense avantage de situer clairement le paradis par rapport au reste du monde. Or cette construction logique et grandiose, centrée sur notre terre et enveloppée par l'empyrée, s'effondra en moins de deux siècles. Regroupons sous un même projecteur les aspects et les étapes de cette déconstruction.

Copernic substitua le soleil à la terre comme centre du monde, mais il maintint la théorie du ciel comme emboîtement de sphères homocentriques. Rappelons que, dans le système hérité d'Aristote et de Ptolémée[1], la sphère des étoiles fixes — le huitième ciel — règne sur toutes celles qu'elle enveloppe et qu'elle est, elle-même, mise en mouvement par le « premier mobile ». Celui-ci ne bouge pas mais imprime le mouvement aux sphères inférieures et, donc, aux astres fixés sur elles. Ces mouvements sont parfaits, c'est-à-dire circulaires, uniformes, sans ralentissement ni accélération. Les sphères, qui s'emboîtent parfaitement et sans intervalle les unes dans les autres, ne sont pas seulement des figures géométriques. Elles sont « corporelles », mais constituées d'un matériau cristallin, élément proprement divin, indécomposable et inaltérable. La terre, qu'entourent l'eau, l'air et le feu, est le centre nécessairement immobile du monde, car il faut un point fixe auquel tous les autres mouvements des cieux puissent être rapportés et vers lequel descendent tous les corps lourds. Selon les auteurs, le nombre des sphères a varié, parfois de manière importante, et, pour rendre compte de la complexité des mouvements stellaires, il fallut inventer des épicycles. On appelait épicycle le cercle qu'un astre était supposé décrire, tandis que le centre de ce cercle décrivait lui-même autour de la terre un autre cercle nommé déférent. Mais aucune de ces variantes et adjonctions ne contredisait la configuration sphérique de l'univers.

Par ses origines à la fois pythagoriciennes, platoniciennes et aristotéliciennes, cet univers clos, ordonné et hiérarchisé, transmis par l'Antiquité au Moyen Âge, se caractérisait par une harmonie que l'on peut dire « sacrée ». Copernic lui-même, tout en substituant le soleil à la terre comme centre du monde, parlera de celui-ci comme d'« un temple magnifique ». La beauté « harmonique » du monde a été voulue par la Divinité. L'affirmation pythagoricienne que l'univers chante, la conviction de Platon que « les astres exécutent le plus magnifique des chœurs » confluèrent dans *Le Songe de Scipion*[2], dont le Moyen Âge et la Renaissance adoptèrent la cosmologie musicale. Selon elle, chaque corps céleste émet un son d'autant plus haut que sa vitesse sur son orbite est plus élevée. L'ensemble des sons émis par les astres constitue l'harmonie céleste. Kepler remplacera les cercles par les ellipses et constatera que, sur une orbite elliptique, la vitesse d'une planète varie ; il conclura donc qu'elle ne chante plus sur une note unique. Mais il s'efforcera d'établir que la nature elliptique du trajet des planètes est une conséquence de l'harmonie musicale du système solaire[3].

Le couronnement de l'univers clos médiéval est constitué par l'« empyrée », créé avant les autres étages du ciel et qui les enveloppe tous. Pour saint Thomas d'Aquin mais aussi pour l'ensemble des scolastiques, il s'agit du « plus sublime des lieux corporels » mais tout de même d'un « lieu corporel[4] ». Il a, bien sûr, le repos qui convient à sa dignité, mais il agit sur le « premier mobile » qui, à son tour, met en mouvement la machine du monde. Existe ainsi une communication qu'on pourrait qualifier de « physique » entre le séjour de Dieu et des bienheureux, c'est-à-dire le paradis, et l'univers planétaire au centre duquel se trouve la terre. Musical, harmonique, hiérarchisé, le monde astral est pénétré de divin. Nul ne l'a mieux exprimé que Dante, qui fait correspondre chacun des neuf cieux successifs à une catégorie d'élus. Néanmoins, grâce au privilège de l'ubiquité, les âmes bienheureuses sont aussi présentes, selon lui, dans la rose mystique de l'empyrée au sommet de l'univers.

L'ordre physique et l'ordre spirituel régnant ensemble dans le « tout unique » du monde, on a longtemps cru que des « intelligences » (terme d'Aristote) ou des « démons » intermédiaires (formule de Platon) induisaient les mouvements circulaires. Le christianisme les remplaça par les anges. Sur un manuscrit enluminé du XIIe siècle on voit des anges actionner le moteur du monde avec des leviers et des manivelles[5]. Saint Thomas d'Aquin, dans sa *Somme théologique,* enseigne que « les anges se trouvent [dans les corps célestes] comme le moteur dans le mobile [...]. Les anges n'appliquent pas leur activité motrice à une partie déterminée de la substance même de la sphère. Cette partie se trouvant tantôt à l'orient et tantôt à l'occident, il s'ensuivrait que l'ange se déplacerait avec elle. Mais, comme Aristote l'explique au VIIIe livre des *Physiques,* l'ange occupe un endroit déterminé, toujours à l'orient, d'où il exerce sa puissance motrice sur la sphère[6] ». Les anges exercent logiquement leur puissance motrice sur les sphères en respectant une hiérarchie inspirée par le Pseudo-Denys : les séraphins et les chérubins animent la sphère des étoiles fixes; les « trônes », Saturne; les « dominations », Jupiter; les « principautés », Mars; les « puissances », le Soleil; les « vertus », Vénus; les archanges, Mercure; les anges, la Lune[7]. Dans le *Livre du ciel et du monde,* traduction du *De caelo* d'Aristote que Nicolas Oresme remet en 1377 au roi de France Charles V, les sphères célestes, cette fois encore, sont mues par des anges[8].

La disparition des sphères et de l'empyrée

Or cet agencement ingénieux des éléments du ciel fut démoli en moins de deux siècles. Nicolas de Cues, présentant dans *La Docte Ignorance* ses intuitions fulgurantes, affirma : « De même que la terre n'est pas le centre du monde, la circonférence de ce dernier n'est pas davantage la sphère des étoiles fixes [...]. [Les pôles du monde] n'existent pas[9]. » À la fin du siècle suivant, Tycho Brahé, observant l'étoile nouvelle — la *nova* — qui brilla de décembre 1572 à mars 1574, puis la comète apparue en 1577, tira de ses observations la conclusion que les cieux ne sont pas immuables et que la comète avait traversé les prétendues sphères célestes. Il déclara donc en 1588 : « La machine du ciel n'est pas un corps dur et impénétrable rempli de sphères réelles comme cela a été cru par la plupart des gens [...]. Le ciel s'étend dans toutes les directions, parfaitement fluide et simple, sans présenter nulle part le moindre obstacle, les planètes circulant librement dans ce milieu, gouvernées par une loi divine, en ignorant la peine et l'entraînement des sphères porteuses[10]. » Newton révélera plus tard quelle est cette « loi divine ». Pour l'heure, Tycho Brahé, tout en maintenant le géocentrisme traditionnel, renversait le système des sphères emboîtées constituées d'un matériau à la fois dense, dur et lumineux.

Trois ans auparavant, Giordano Bruno avait publié son dialogue *L'Infini, l'univers et les mondes* dans lequel, plus philosophe qu'astronome mais copernicien résolu, il se faisait gloire de rendre vains « tous les efforts, tous les travaux et toutes les études sur les cieux et les mondes, à partir desquels tant de grands commentateurs, paraphraseurs, glosateurs, compilateurs, épitomiseurs, scolastiques, traducteurs, interrogateurs et logiciens se sont creusé la tête [...]. [Travaux] sur lesquels des doctes profonds, subtils, auréolés, exaltés, inexpugnables, irréfragables, angéliques, séraphiques, chérubiques et divins ont établi leurs fondements[11] ». Est révélateur pour nous dans ce texte polémique l'amalgame souligné par Bruno, et qui correspondait bien à la croyance commune, entre une conception physique de l'univers et une cosmologie religieuse défendue par des « doctes [...] angéliques, séraphiques [et] chérubiques » — allusion évidente à saint Thomas d'Aquin. Dans *L'Infini...*, Bruno imagine le dialogue suivant :

> ELPINO. — [...] Il n'existe point de sphère à la surface concave et convexe, ni d'orbe déférent, mais tout est un champ, un refuge universel.
>
> FILOTEO. — C'est cela.
>
> ELPINO. — L'opinion qui suppose l'existence de divers cieux trouve son origine dans divers mouvements des astres et dans l'apparence d'un ciel rempli d'étoiles tournant autour de la terre [...]. On estime donc que les corps lumineux n'ont aucun mouvement qui leur soit propre et [que leur mouvement] n'est dû qu'à la révolution des orbes auxquels ils sont fixés [sous] l'effet de la pulsion divine de quelque intelligence.
>
> FILOTEO. — Telle est la croyance commune. Mais, après avoir compris que notre astre — autrement dit notre monde — qui n'est fixé à aucun orbe [...] tourne autour du soleil à travers l'immensité de l'espace universel et tourne sur lui-même, cette croyance sera ruinée.
>
> ELPINO. — Indubitablement, toute cette imagination de sphères portant les étoiles et les feux [...] se fonde uniquement sur la croyance suivant laquelle notre terre occupe, comme cela semble être le cas, le centre même de l'univers, de sorte qu'étant, elle seule, immobile et fixe, tout l'univers tourne autour d'elle[12].

En rejetant au rang des vaines croyances l'existence des sphères et des cercles célestes, Giordano Bruno tirait du système de Copernic des conclusions que celui-ci n'avait pas osé entrevoir. Que cette nouvelle conception de l'univers ait eu pour résultat de détruire l'empyrée lui-même ne faisait pas de doute pour l'auteur du dialogue. Aussi bien ajoutait-il à la liste des « doctes angéliques » citée plus haut les « profonds prophètes — cornés, omniscients, olympiens, firmamenticiens, empyréens et altitonnants[13] ». C'est bien la lecture littérale de la Bible et les « prophètes » de celle-ci qu'il récusait avec mépris en même temps que les sphères célestes, le « prophète [...] corné » étant évidemment Moïse. La science du XVIIe siècle allait confirmer, de Galilée à Newton, le caractère imaginaire des orbes porteurs d'étoiles.

La conception traditionnelle du monde, unissant dans une même structure globale l'ordre physique et l'ordre spirituel, était organisée autour des notions fondamentales de haut et de bas. Au fond de la terre était l'enfer, au sommet des cieux, l'empyrée. *La Divine Comédie*, véritable « dissertation astronomique », constitua une sorte de voyage initiatique élevant progressivement le voyageur privilégié qu'était Dante du bas vers le haut, de l'impur à la sublime perfection. *Le Songe de Scipion* au VIe livre de la *République* de Cicéron, la « vision d'Ostie » dans les *Confessions* de saint Augustin, l'« Échelle de Jacob[14] », mille fois exploitée par l'iconographie médiévale, avaient familiarisé la civilisation occidentale avec le passage graduel et logique du matériel au spirituel. « Les sphères célestes devaient être gravies comme les degrés successifs d'une ascension spirituelle [...]. Aller vers le ciel c'était s'affranchir du poids qui nous cloue à la terre[15]. »

Révélatrice à cet égard, parmi beaucoup d'exemples possibles, est une ascension à travers les sphères célestes qui figure dans un *Traité* (anonyme) *de la destinée de l'âme* composé vers 1200 en Italie du Nord (Bologne?)[16]. La terre, selon le schéma aristotélicien, y est classiquement entourée par les trois autres éléments — l'eau, l'air et le feu —, puis par les sphères célestes figurées par des segments de cercles. En dessus, place est faite à des arcs qui, du bas vers le haut, signifient successivement les principes de la nature, puis les quatre degrés de l'âme du monde — végétal, animal, rationnel et céleste —, enfin les dix niveaux de l'intelligence, dont neuf correspondent à la hiérarchie angélique. Au cours de cette longue ascension, la nature du ciel se modifie et, de matérielle, devient spirituelle. Les élus, montant depuis la terre, gravissent les différents arcs comme les barreaux de l'échelle de Jacob et traversent ainsi le ciel cosmologique pour parvenir jusqu'au Christ. Ce schéma, compliqué dans le détail, mais simple dans sa structure globale, exprime bien une topographie verticale qui était considérée comme commune à l'univers et à la destinée de l'âme.

Lisons maintenant en regard l'échange que Giordano Bruno, toujours dans *L'Infini, l'univers et les mondes*, institue entre deux des partenaires du dialogue :

BURCHIO. — [Dans la nouvelle astronomie] où se trouve ce bel ordre, cette aimable échelle de la nature qui va du corps le plus dense et le plus grossier qui est notre terre, jusqu'à cette sphère moins dense qui est l'eau, à cette sphère subtile qui est la vapeur, à cette sphère encore plus subtile qui est l'air jusqu'au divin qui est le corps céleste? Du sombre au moins sombre, au brillant et finalement au plus brillant? [...]

FRACASTORO. — Vous aimeriez savoir où est cet ordre. Au royaume des rêves, des chimères et des illusions [...].

BURCHIO. — Avec vos propos, vous voulez mettre le monde sens dessus dessous.

FRACASTORO. — M'accuseras-tu de vouloir mettre sens dessus dessous ce qui l'était déjà? [...] Le fameux et vulgaire ordre des éléments ainsi que les corps célestes ne sont que rêves et imaginations des plus vains, puisque l'on ne saurait ni les vérifier par l'observation, ni prouver leur existence par la raison[17].

Burchio avait raison : la nouvelle astronomie mettait tout l'ordre du monde « sens dessus dessous ». Ou, plus exactement, elle n'apercevait ni haut ni bas dans l'univers et, par conséquent, ne laissait plus de place pour l'empyrée, c'est-à-dire pour le paradis, au sommet de la verticale cosmique. Et elle ne permettait plus de localiser l'enfer. C'est l'un des arguments « théologiques » que Francesco Ingoli opposa à Galilée :

[Si les théologiens sont opposés, lui écrivit-il, à l'héliocenrisme], c'est pour la très forte raison que l'enfer, c'est-à-dire, le lieu des démons et des damnés, est au centre de la terre. Car, si le ciel est le lieu des anges et des bienheureux, il faut aussi que le lieu des démons et des damnés soit dans l'endroit le plus éloigné du ciel, c'est-à-dire au centre de la terre [...]. L'enfer étant au centre de la terre et devant être le lieu le plus éloigné du ciel, il faut nécessairement affirmer que la terre est située au milieu de l'univers, qui est le lieu le plus éloigné du ciel[18].

LE CIEL N'EST PAS INALTÉRABLE

La destruction de la verticalité opposant le ciel et l'enfer prit aussi l'aspect d'une remise en cause des notions traditionnelles de corruptible et d'incorruptible. Le Moyen Âge avait hérité de la division, acceptée à la fois par Platon et par Aristote, entre le monde sublunaire imparfait, où les corps sont composés d'éléments corruptibles, et le reste du cosmos, domaine de la perfection et de l'inaltérable. C'était une certitude unanimement acceptée que rien ne pouvait changer dans le ciel au-delà de l'orbe lunaire. Les quatre éléments du monde d'en bas, jadis définis par Empédocle — la terre, l'eau, l'air et le feu —, formaient entre eux des combinaisons périssables, alors que les espaces situés au-delà de l'atmosphère terrestre étaient remplis d'un cinquième élément, la « quintessence », substance éthérée, matérielle, certes, mais impondérable et pure. Cette cosmologie était pratiquement devenue un dogme et, à nos yeux, un verrou.

Or elle fut détruite par les avancées successives de la nouvelle astronomie. Relisons ce qu'écrivait Nicolas de Cues au sujet de la pseudo-division entre deux zones — l'une, corruptible et l'autre, incorruptible : « La couleur noire de la terre ne prouve pas qu'elle soit vile [...]. La terre possède les mêmes éléments [que le soleil]. » Si quelqu'un regardait la terre depuis le ciel, elle lui semblerait « une étoile lumineuse[19] ». Une conséquence logique du système de Copernic était l'anéantissement de la distinction aristotélicienne entre deux espaces, l'un sublunaire et l'autre supralunaire puisque, désormais, la terre, planète comme les autres, était nécessairement composée des mêmes éléments.

Pourtant Copernic n'avait pas osé formuler la remise en cause du dogme des cieux incorruptibles. Ses successeurs s'y employèrent en procédant graduellement à l'unification de l'univers. Pour Tycho Brahé, l'étoile nouvelle observée en 1572 prouvait que le ciel n'est pas immuable mais « fluide[20] » — concession prudente qui n'effrayait pas trop. Mais un peu plus tard Giordano Bruno enfonça le clou en posant ironiquement la question : « Où est ce bel ordre qui va [...] de l'altérable et du corruptible à la libération de tout changement et de toute corruption[21] ? » Il affirma encore : « Je nie l'ordre, la disposition qui veut que la terre soit entourée et comprise par de l'eau, cette eau par le feu, et ce feu par le ciel. En effet je dis qu'il n'est qu'un seul contenant qui comprend tous les corps et ces grandes machines qui nous semblent disséminées et éparpillées dans ce vaste champ où chacun de ces corps, astres, mondes et lumières éternelles est composé de ce qu'on appelle terre, eau, air et feu[22]. »

Bientôt, l'utilisation de la longue-vue conduisit Galilée à découvrir successivement les cratères de la lune, les taches solaires, la quantité innombrable des étoiles de la Voie lactée, les phases de Vénus et les satellites de Jupiter. La présence de cratères sur la lune prouvait que celle-ci n'était pas constituée d'une substance céleste, éternelle et inaltérable. Galilée put donc assurer catégoriquement : « Je n'ai jamais accordé place dans ma pensée à cette distinction vaine ou mieux à cette opposition entre le monde élémentaire et le monde céleste[23]. »

Le *Dialogue sur les deux grands systèmes du monde* permit à Galilée d'exposer tour à tour sur cette question les arguments pour et contre. Simplicio, porte-parole des traditionalistes, y déclare sans hésitation que tout « corps céleste est inaugmentable, inaltérable, impassible, éternel enfin, habitation digne des Dieux immortels » — formulation antiquisante pour désigner l'empyrée de la théologie médiévale. « Le sens le confirme aussi : jamais dans le passé, selon la tradition et la mémoire, on n'a vu de transmutation dans le dernier ciel tout entier ni dans aucune de ses parties propres[24]. » En outre, si la nouvelle astronomie ennoblit la terre en lui attribuant les mêmes éléments que les corps célestes, ceux-ci à l'inverse deviennent non seulement « imparfaits » mais, en outre, inutiles puisqu'ils ne sont plus ordonnés, comme on le croyait, « au service de la terre ».

Sagredo, dans le *Dialogue*, est la tierce personne qui écoute les deux autres protagonistes, reprend alternativement leurs arguments respectifs pour, bien entendu, se laisser convaincre par ceux de Salviati, porte-parole de Galilée. Sagredo, se mettant un moment à la place de Simplicio, traduit en ces termes le désarroi de tous ceux qui sont bousculés par les adversaires d'Aristote :

> À qui recourir pour régler nos controverses, si on détrône Aristote? [...] Faut-il dévaster cet édifice où tant de voyageurs viennent se réfugier? [...] Faut-il ruiner ce rempart à l'abri duquel on demeure en sécurité contre tous les assauts ennemis? Je compatis avec lui [Simplicio], comme avec quelqu'un qui, au prix de beaucoup de temps, d'une dépense énorme, du travail de centaines d'artisans, aurait édifié un magnifique palais et le verrait menacer ruine, parce que les fondations seraient mauvaises [...]. Il chercherait à prévenir la ruine au moyen de chaînes, étais, contreforts, barbacanes et étançons[25].

Sécurité qui s'écroule, démantèlement d'« un magnifique palais », pertes des repères, saut dans l'inconnu : Sagredo exprimait bien la peur qui s'empara de tous ceux qui s'étaient habitués à un système plaçant la terre corruptible au centre d'un univers cristallin, distribuant tous les astres à leur juste place et situant le paradis en couronnement logique des sphères célestes. Salviati, en réponse aux raisons passéistes de Simplicio, déclare dans le *Dialogue* :

> Grâce au télescope nous sommes de trente à quarante fois plus proches [du ciel] qu'Aristote, nous pouvons y observer cent choses qu'il ne pouvait voir, entre autres les taches sur le soleil qui étaient totalement invisibles pour lui; nous pouvons donc traiter du soleil avec plus de sûreté que lui [...].
>
> On a prouvé de façon concluante que [les taches solaires] naissent et disparaissent, sont proches du corps céleste et tournent avec ou autour de lui; [...] [et] que ce sont des générations et corruptions plus importantes que toutes celles qu'il y eut jamais sur la terre. Et s'il y en a de si grandes et fréquentes jusque sur le globe du soleil, dont on peut

raisonnablement penser qu'il appartient aux plus nobles parties du ciel, quelle raison assez forte pourra nous empêcher de croire qu'il peut en exister d'autres sur d'autres globes[26] ?

Galilée abondait ainsi dans le sens de Giordano Bruno, que toutefois il ne nommait pas. Or, parmi les huit chefs d'inculpation retenus par l'Inquisition contre l'ancien dominicain, figurait son « interprétation de la loi de corruption et de génération[27] ». Il paraissait « hérétique » d'affirmer que la corruption et le changement puissent exister dans les sphères célestes. Mais l'évidence maintenant était là : on ne pouvait plus séparer le ciel, auparavant domaine du sacré et de la pureté éternelle, et la terre, territoire du corruptible et de l'humain.

Salviati affirmait, on vient de le lire, que « grâce au télescope nous sommes de trente à quarante fois plus proches [du ciel] ». Cela devenait une évidence. Pourtant — parenthèse qu'il n'est pas inutile d'introduire ici — d'une autre façon, à cause de la longue-vue, selon la remarque de Carl Havelange, « ce qui était présence pleine » devenait maintenant « virtuellement de l'ordre de l'absence[28] ». Nous pouvons intégrer cette formule à notre propos. Car le télescope rapprocha le ciel astronomique des observateurs mais il prouva aussi l'« absence » dans le firmament du lieu paradisiaque. Élargissant le propos, et dans le droit fil des analyses de Carl Havelange, il faut souligner que la longue-vue, prolongeant la maîtrise de la perspective, a constitué une « frontière », une « balise » de la modernité. Elle changea le regard vers le ciel dont elle provoqua une réorganisation conceptuelle.

La logique de l'unification de l'univers conduisit à une réactivation de l'atomisme de Démocrite, Épicure et Lucrèce qui composait l'univers de vide et d'atomes, particules indivisibles et invariables dont les combinaisons produisaient les corps les plus divers. Elle renoua aussi dans une certaine mesure avec l'occamisme du XIVe siècle qui refusait la distinction entre substance et qualités. Or Guillaume d'Ockham avait présenté sur l'eucharistie une théorie qui parut dangereuse, avançant que le pain consacré ne subit pas de transformation interne.

Au contraire, la doctrine catholique de la transsubstantiation, formulée au XIIIe siècle et confirmée par le concile de Trente, intégrait les notions de « substance » et d'« accidents ». Par la consécration, la « substance » du pain et du vin se transformait en corps et sang du Christ tandis que, d'une manière miraculeuse, demeuraient les « accidents », c'est-à-dire la texture, la couleur et le goût du pain et du vin. Or Galilée, dans le *Saggiatore* (1623), tendit à réduire la matière à la quantité, à la forme, à la situation dans l'espace et dans le temps, toutes ces qualités se prêtant à la mesure mathématique. Il suggéra ensuite que des « corpuscules très petits » émanés des substances matérielles, rencontrant notre corps, y produisent les sensations gustatives, olfactives et toutes les « affections » agréables ou pénibles[29]. Cet atomisme mécanique s'accordait mal avec la doctrine catholique de l'eucharistie et on en pouvait déduire que la consécration n'opérait pas une conversion substantielle puisque le pain conservait sa quantité. Le père Grassi accusa Galilée de mettre ainsi en cause, beaucoup plus que par l'héliocentrisme, un point essentiel de la foi.

Que cette accusation ait compté, au moins à l'arrière-plan, dans l'hostilité croissante de l'Église officielle à Galilée paraît vraisemblable. Il reste que c'est bel et bien la nouvelle astronomie qui fut déclarée « hérétique ». L'hypothèse que l'héliocentrisme constitua un alibi pour sauver Galilée n'apparaît donc pas convaincante, puisque l'accusé n'échappa à la peine capitale qu'en abjurant la doctrine de Copernic[30].

Dévaluation du repos et existence du vide

Nous retrouvons ainsi par différentes approches le thème central de notre propos : la nouvelle astronomie déclencha, par une série de réactions en chaîne, un séisme culturel parce qu'elle désacralisait le ciel. Sinon avec Copernic lui-même du moins avec ses successeurs, elle supprima toute notion de haut et de bas à l'échelle de l'univers, délocalisa le paradis et l'enfer, retira toute incorruptibilité au monde supralunaire, élimina les sphères diaphanes et les anges qui étaient censés les faire tourner, banalisa la terre, lui ôtant à la fois sa misère et sa grandeur. Sa misère parce qu'elle était seule, croyait-on, à être constituée d'éléments corruptibles; mais aussi sa grandeur, parce que l'univers tournait autour d'elle et à son service, l'Incarnation et la Rédemption s'étant logiquement produites dans ce lieu central du cosmos. Or il fallait maintenant regarder notre planète comme un point quelconque de l'espace et non plus comme son centre et accepter que l'Incarnation et la Rédemption s'étaient réalisées dans une étoile semblable aux autres.

En outre, se trouva bientôt bouleversé tout ce qu'on avait jusque-là cru et enseigné, à partir d'une physique purement qualitative, sur le mouvement et sur le vide. Le mouvement était réputé une catégorie du changement et n'était conçu qu'en fonction du repos. Celui-ci était sacralisé. C'était l'état noble par excellence. Il était donc normal que la terre, centre du monde, fût en repos. De plus, selon Aristote, dans le monde céleste n'existe que le mouvement circulaire et uniforme. Celui-ci est simple et convient à des corps simples évoluant dans leur lieu naturel. C'est un mouvement demeurant en soi qui revient à son point de départ et qui, de ce fait, ressemble au repos. En revanche, le mouvement rectiligne est propre à la zone sublunaire où les choses sorties de leur lieu naturel cherchent à le regagner, le bas pour les graves, le haut pour le feu. Mais, cette fois encore, la finalité du mouvement rectiligne des objets reste la recherche du repos dans le lieu naturel.

Le mouvement dans la conception héritée d'Aristote et adoptée par la scolastique était, au moins dans le monde sublunaire, synonyme de changement, d'altération, de génération et de corruption. Aussi bien ne pouvait-il y avoir de changement, et donc de mouvement, au sommet de l'univers. Juste en dessous de l'empyrée, la sphère du premier mobile était fixe, bien qu'elle fût la cause de la rotation des cieux inférieurs. Et, bien entendu, l'empyrée était, par excellence, le lieu du repos suprême. Rappelons-nous la phrase d'Albert le Grand citée plus haut : « L'empyrée est *quietum in motu* [et c'est] à cause de ce repos qu'il convient à ceux qui possèdent la vie éternelle[31]. » Saint Thomas d'Aquin assurait de façon concordante : « [Dans l'empyrée] les bienheureux reçoivent en partage le domicile du repos[32]. » Le bonheur du paradis étant de voir Dieu, la position immobile paraissait la plus normale pour la vision béatifique. D'où l'attitude figée que les artistes, notamment dans l'espace byzantin, donnèrent longtemps aux élus rassemblés au paradis.

Or la nouvelle physique modifia la façon de comprendre le mouvement et le repos. Avec Galilée, elle fit s'évanouir la différence de nature, jusque-là admise, entre mouvement rectiligne et mouvement circulaire, le premier propre au mode sublunaire, le second aux sphères célestes. Bien qu'il ait conservé au mouvement circulaire une sorte de sacralité et refusé les ellipses de Kepler, Galilée accorda et le mouvement rectiligne et le mouvement circulaire à tous les corps du monde, ce qui était logique puisqu'il n'y avait plus d'hétérogénéité ni de différence de statut entre le ciel et la terre[33]. Le mouvement, exprimé désormais en formules mathématiques, et le repos perdaient ainsi leurs finalités et leurs fonctions ontologiques. Le repos se trouvait désacralisé.

L'« horreur du vide » disparut à son tour dans la tourmente. Or l'absence de vide dans l'univers faisait partie des axiomes d'Aristote. Le vide, c'était le non-être. Galilée, dans ses *Discours et démonstrations mathématiques* parus à Leyde en 1638, combattit « cette fameuse horreur à l'égard du vide » et s'efforça d'expliquer comment on pouvait « isoler la force du vide » et « la mesurer », prouvant ainsi « quelle et combien grande est sa vertu[34] ». Ce n'est pas un hasard si c'est un élève de Galilée, Torricelli, qui, en partant du concept de pesanteur de l'air, mena à bien, en 1643 à Florence, l'expérience réalisant le vide dans un tube à mercure. L'idée du vide en effet était indissolublement liée à celle de la pesanteur atmosphérique[35]. La voie était désormais ouverte pour généraliser la pesanteur comme facteur d'explication universelle. Certains des jésuites qui avaient dénoncé Galilée au moment de son procès tentèrent à nouveau de mobiliser l'opinion savante contre le vide. Mais, en France, Mersenne puis Pascal prirent le relais de Torricelli et isolèrent les adversaires du vide. Une nouvelle étape était franchie dans l'uniformisation physique du cosmos[36].

Newton acheva la réalisation de ce processus en lançant la notion de gravitation universelle qui identifiait, quant à leur nature, la pesanteur terrestre et les attractions entre les corps célestes. Mais il contribua aussi d'une autre façon à la désacralisation du ciel par ses travaux d'« optique », publiés à partir de 1704. Il présenta en effet une théorie des couleurs fondée sur l'étude de la dispersion de la lumière blanche par le prisme et affirma que la lumière est composée de corpuscules de grosseur variable selon la couleur et qui ébranlent l'atmosphère Ces recherches sur la nature de la lumière se situaient, elles-mêmes, dans le prolongement de celles de Kepler travaillant sur la nouveauté que constitua la « chambre noire ». Car, grâce à celle-ci, Kepler voulait définir la nature et les propriétés de la lumière et en faire l'« autopsie expérimentale[37] », un projet sacrilège pour beaucoup.

Quand on se souvient de la richesse et de la beauté des évocations de la lumière dans les textes et l'iconographie se rapportant à la Jérusalem céleste on mesure la rupture que créèrent Kepler et Newton en ce domaine. La lumière, jusque-là réputée manifestation divine, devenait à son tour objet de science.

Pluralité des mondes habités?

Il est un dernier aspect de la désacralisation du ciel qu'il faut ici évoquer : c'est l'affirmation d'une possible pluralité des mondes habités. Nicolas de Cues n'avait pas exclu cette hypothèse. Il était, certes, convaincu qu'il n'existe pas « de nature plus noble et plus parfaite que [celle] [...] qui habite cette terre comme sa propre région », mais il ajoutait : « même s'il y a dans d'autres étoiles des habitants d'un autre genre[38] ». Giordano Bruno, poussé par sa vision panthéiste et animiste de l'univers, ne manqua pas d'affirmer la pluralité des mondes habités, déclarant notamment : « Il est impossible qu'un être rationnel suffisamment vigilant puisse imaginer que ces mondes innombrables, aussi manifestes qu'est le nôtre ou encore plus magnifiques, soient dépourvus d'habitants semblables et même supérieurs[39]. » Galilée refusa cette possibilité mais, à l'époque où renaissaient les utopies, elle fut reprise par Campanella dans *La Cité du soleil* et bientôt devint un sujet à la mode.

Gassendi, dans son *Sintagma philosophicum,* ouvrage posthume publié seulement en 1658, discuta longuement la question de savoir s'il existe des hommes dans la lune et les autres astres et répondit par l'affirmative[40]. Vingt ans auparavant, deux Anglais, J. Wilkins et F. Godwin, avaient tous deux fait découler du système de Copernic la possibilité qu'il y ait des hommes sur la lune. Il est révélateur qu'à la fin du XVIIe siècle un scientifique de haut niveau, Christian Huygens († 1695), ait rédigé au terme de sa carrière un ouvrage sur la pluralité des mondes habités, le *Cosmotheoros* — livre publié par son frère après sa mort. Le découvreur du premier satellite de Saturne y fait de l'existence des « planéticoles » une conséquence de la cosmologie copernicienne et la preuve que Dieu s'occupe de toutes les « terres célestes[41] ».

Ces rappels permettent de situer dans leur contexte les livres de Cyrano de Bergerac et de Fontenelle, qui, l'un et l'autre, parurent faire découler de l'astronomie copernicienne des conséquences mettant à mal la religion. *Les États et empires de la lune* parurent en 1657, deux ans après la mort de leur auteur et dans une édition fortement expurgée. Les six *Entretiens* de Fontenelle *sur la pluralité des mondes* sortirent en 1686. Dans le livre de Cyrano de Bergerac, l'affirmation que « la lune est un monde [habité], à qui le nôtre sert de lune[42] » est associée à l'atomisme de Lucrèce et à la négation tant de la finitude de l'univers que de l'immortalité de l'âme. Dans les *Entretiens* de Fontenelle, la réfutation de l'astronomie précopernicienne va de pair avec le refus de la providence et de la « folie » anthropocentriste, déjà dénoncée par Galilée, qui « nous fait croire que toute la nature, sans exception, est destinée à nos usages[43] ». « Je ne laisse pas de trouver, déclare le porte-parole de Fontenelle, qu'il serait bien étrange que la terre fût aussi habitée qu'elle l'est et que les planètes ne le fussent point du tout[44]. » Mais dans cette hypothèse, que devenait la théologie officielle du péché originel et de la Rédemption? La nouvelle astronomie était ici poussée à des limites que n'avaient souhaitées ni Copernic ni Galilée, mais les conséquences qu'en tirèrent Gassendi, Cyrano de Bergerac et Fontenelle sur la pluralité des mondes aident à mieux saisir l'action profondément déstabilisatrice que provoqua l'effondrement de la cosmographie traditionnelle. Les contradicteurs imaginaires de Bruno et de Galilée étaient bien fondés à parler de « monde sens dessus dessous », d'« édifice dévasté », d'« asile détruit », de « magnifique palais menaçant ruine ». Nous sommes ainsi ramenés à notre question centrale : que devenait désormais le ciel des bienheureux? Où fallait-il le situer?

Cette question se trouve nettement posée, avec l'ironie en prime, dans l'*Encyclopédie* de d'Alembert et Diderot à l'article « Paradis » :

> Le système de Copernic et de Descartes [oubli fâcheux de Galilée] a non seulement renversé l'ancienne hypothèse de Ptolémée sur l'ordre et sur la structure de ce monde; mais il a encore mis dans la nécessité de proposer ailleurs un endroit propre à placer le séjour des bienheureux qu'on nomme vulgairement *paradis*. L'on dispute raisonnablement dans les écoles sur la situation du *paradis* céleste où nous devons aller, comme on fait sur celle du terrestre d'où Adam fut chassé [...]. Car, enfin, depuis que les cieux sont fluides, que la terre et les planètes roulent dans les airs autour du soleil, et que les étoiles que nous voyons sont autant de soleils qui sont chacune le centre d'un tourbillon [allusion aux conceptions de Descartes], il a fallu que l'empyrée disparût, ou du moins qu'il s'en allât bien loin d'où il étoit. Quoi qu'il en soit, si l'on place le *paradis* dans un lieu qui environne tous ces espaces immenses, il me paroît, ou que les réprouvés seront bien resserrés au centre de la terre, ou que les élus seront fort au large tout-autour de ce grand monde [...]. Ce n'est pas le lieu qui fait le *paradis*, mais le bonheur dont on jouit par la vue de Dieu [...]. Quand on veut parler là-dessus, peut-on mieux faire qu'en disant que le *paradis* n'est pas un lieu, mais un changement d'état?

L'*Encyclopédie* ouvrait ainsi le chemin au *Catéchisme de l'Église catholique* publié en 1992 par Jean-Paul II où on lit : « "Qui es aux cieux", cette expression ne signifie pas un lieu [l'espace] mais une manière d'être[45]. »

CHAPITRE XXIX

« Peut-on traduire l'indicible en images ? »

« Ce qu'aucun œil n'a vu... »

Au moment où paraissait l'*Encyclopédie* l'épuisement du stock d'images traduisant des visions du paradis chrétien était déjà évident, malgré l'éblouissant, mais tardif, feu d'artifice du rococo. Le passage à l'esthétique néo-classique, puis les redites néo-romanes, néo-gothiques et néo-byzantines de l'art religieux du XIXe siècle confirmèrent cet épuisement. La désacralisation du ciel, induisant une panne de l'imaginaire paradisiaque, faisait maintenant son chemin dans les esprits d'une manière apparemment irréversible.

Elle constitua un aspect important de ce que Max Weber a appelé le « désenchantement du monde » *(Entzauberung der Welt)*, le sacré se retirant progressivement hors d'un univers désormais largement ouvert aux recherches et aux explications de la science[1]. La naissance de l'évolutionnisme, l'évidence que le monde n'avait pas été créé en sept jours, le nécessaire abandon de la lecture littérale de la Genèse relativement au jardin d'Éden opérèrent dans le même sens que la laïcisation du ciel. Une page était désormais tournée dans l'histoire de la sensibilité chrétienne : on ne pouvait plus imaginer le paradis comme on l'avait fait durant mille cinq cents ans. On ne pouvait plus l'imaginer du tout. Quel vide ! Tout ce qui précède dans le présent ouvrage permet d'en mesurer la profondeur.

Ce que Max Weber a signifié par « désenchantement du monde » a été qualifié par Rudolf Bultmann de « démythologisation ». Selon ce dernier, l'espérance d'« aller au ciel » après la mort a été liée « à la vieille image mythologique se représentant le monde transcendant et divin du salut et de la lumière comme une sphère située dans l'espace cosmique qui se trouve au-dessus de notre terre ». Mais

« nous avons appris qu'il est absurde de parler de haut et de bas de l'univers. La venue du Christ sur les nuées est une représentation que nous ne pouvons plus honnêtement concevoir[2] ».

Une importante question historique — pourtant rarement posée — se présente ici : cette « démythologisation » a-t-elle été une nouveauté apparue au XVIIe siècle avec la naissance de la science moderne? Un survol, même rapide, du discours paradisiaque chrétien révèle au contraire qu'il a toujours été constitué de deux éléments qui ont longtemps cohabité sans problème, malgré une apparente contradiction entre eux. Il a, d'une part, utilisé des images, les plus belles possible, évoquant la Jérusalem d'en haut, le jardin d'Éden définitivement retrouvé, la cour céleste, les anges musiciens, le couronnement et l'assomption de Marie, le triomphe de l'Église et des saints, etc. Mais il a, d'autre part, constamment affirmé que le bonheur de l'au-delà est indicible et irreprésentable. C'est ce second point qu'il faut maintenant mettre en relief.

À l'origine de cette filière sont les deux Épîtres de saint Paul aux Corinthiens. Dans la première (2, 9), fusionnant des passages d'Isaïe et de Jérémie, il enseigne que la sagesse divine est « ce que l'œil n'a pas vu, ce que l'oreille n'a pas entendu, et ce qui n'est pas monté au cœur de l'homme, tout ce que Dieu a préparé pour ceux qui l'aiment ». Dans la seconde Épître (12, 1-4), l'évocation de la vision au cours de laquelle il fut « enlevé jusqu'au troisième ciel » s'accompagne d'une incertitude : « Était-ce dans mon corps? Je ne sais. Était-ce hors de mon corps? Je ne sais. » Saint Ambroise s'est appuyé sur ce deuxième texte pour affirmer l'impossibilité de décrire le paradis :

> En abordant la question du paradis, il semble que nous allons rencontrer de sérieuses difficultés si nous voulons chercher et expliquer ce qu'est le paradis, où il est et quelle est sa nature [...]. Si le paradis est tel que seul Paul, ou un homme semblable à Paul, ait pu le voir durant sa vie, il reste que Paul n'a pu se rappeler s'il était en son corps ou hors de son corps; il entendit cependant des paroles telles qu'il lui était interdit de les divulguer. Comment donc pourrons-nous résoudre la question du lieu du paradis, que nous n'avons pu voir? Et si même nous l'avions vu, il serait interdit de le notifier aux autres. Si Paul pour sa part redoute l'orgueil résultant de ses sublimes révélations, combien plus devons-nous craindre une recherche trop intéressée d'un objet dont la divulgation ne va pas sans péril [...]. Laissons à Paul son secret[3].

Mais, plus que l'incommunicable vision de saint Paul, c'est l'enseignement de celui-ci sur « ce que l'œil n'a pas vu... » qui a été compris et retenu au cours de l'histoire chrétienne comme le dernier mot sur l'au-delà. On n'a que l'embarras du choix parmi les textes qui le démontrent. J'en citerai seulement quelques-uns, retenus au hasard des lectures, mais on pourrait en ajouter beaucoup d'autres.

Saint Patrick († vers 461), l'apôtre de l'Irlande, s'appuie sur le texte de saint Paul pour dire l'impossibilité de concevoir le paradis. Il déclare en effet :

> Dire, ou penser, ou comprendre les biens du royaume des cieux tels qu'ils sont, nul ne le peut tant qu'il est revêtu de chair. Car ils sont beaucoup plus grands et bien meilleurs que ce que l'on peut penser et concevoir, selon qu'il est écrit : « *Quod oculus non vidit, nec auris audivit, nec in cor hominis ascendit, quae preparavit Deus diligentibus se.* » En effet le royaume de Dieu est plus grand que toute renommée, meilleur que toute louange. Il dépasse la science des nombres et toute gloire imaginable[4].

Saint Benoît, dans sa *Règle,* assure à ses moines : « [Si nous accomplissons par nos œuvres] les préceptes de Dieu [...] et qu'au jour du Jugement nous les présentions, notre récompense de la part du Seigneur sera celle qu'il a promise, et dont il est écrit "Ni l'œil n'a vu, ni l'oreille n'a entendu, ni le cœur de l'homme n'a connu ce que Dieu a préparé pour ceux qui l'aiment"[5]. » Isidore de Séville commence un exposé sur la « vie future » par ces mots : « Au sujet de la vraie béatitude dans la vie future l'Écriture déclare : "*Quod oculus non vidit, nec auris audivit, nec in cor hominis ascendit, quae Deus preparavit diligentibus se.*" » Isidore se contente donc d'assurer que nous serons comme des anges (référence à Mt 13, 45), que nous ne pourrons plus pécher, que nous verrons Dieu face à face et que nous connaîtrons alors félicité et sécurité[6].

En sautant arbitrairement au XVIe siècle, nous retrouvons le même discours paulinien. L'évêque Briçonnet, dans le sillage en outre de la théologie négative issue de Nicolas de Cues et de Marsile Ficin, considère comme blasphématoire de tenter de donner une image matérielle de l'au-delà, écrivant : « Je blaspheme de presumer deschiffrer ce dont Monsieur sainct Pol se teust, comme surmontant toute langue et entendement »; et encore : « Ce que Dieu a préparé à ceulx qui l'ayment ne tumbe en vision ne ouye corporelle et aussy peu monte au cœur et entendement de l'homme[...]. Je blasphemeray sy je presume et cuyde exprimer le goust que ne peut angelicque ne humaine nature comprendre, goust sans goust, car incomprehensible[7]. » Il avait aussi affirmé : « Nous sommes en cécité de nostre fin[8]. » Correspondante et disciple de Briçonnet, Marguerite de Navarre tenait le même langage en évoquant négativement dans *Le Navire* le bonheur des élus :

Le bien que Dieu aux eslus abandonne,

Nul cœur mortel ne le peult concevoir,
L'œil regarder, ne bien oyr l'oreille :
Il est si grand qu'il passe humain pouvoir !

La bas n'y a felicité pareille,
Ny dont l'on sceust trouver comparaison
A ceste cy que ton Dieu t'appareille[9].

Le poète François Habert († 1561), protégé par François Ier et Henri II, déclare dans une *Églogue du mespris de la mort* que le paradis est un « thresor indicible », précisant ensuite :

Ce sont thresors qu'œil humain ne peult voir,
Aureille ouyr, ne le cueur concevoir,
C'est à scavoir la grande joye immortelle
Qui est conjoincte à la vie eternelle[10].

Pensera-t-on que les rappels pauliniens qu'on vient de citer, notamment ceux de Briçonnet et de Marguerite de Navarre, se situent dans la filière de l'humanisme évangélique qui, proche du protestantisme à cet égard, se défiait d'une religion trop portée à écraser la transcendance divine ? Effectivement Érasme avait écrit dans l'*Éloge de la folie :* « [Les contemporains de l'âge d'or] jugeaient sacrilège que l'homme mortel cherche à savoir au-dessus de sa condition. Quant à enquêter sur ce qui est au-delà du ciel, cette démence ne leur venait même pas à l'esprit[11]. » De même Luther, malgré ses anticipations presque humoristiques dans les *Propos de table* sur le statut des animaux dans le paradis définitif, prêcha plutôt la prudence dans l'évocation de l'au-delà. Plus nettement encore, Calvin affirma : « C'est folie et témérité de nous enquérir de choses inconnues plus haut que Dieu nous permet d'en savoir[12]. » Il déconseilla donc « de nous enquérir plus curieusement [...] en quel lieu les âmes sont logées [après la mort][13] ».

Mais il est plus étonnant de voir que l'édition française du *Tableau des joyes du paradis* de Drexel, qui explicite toutes ces « joies » au long de 640 pages (in-8°), comporte sous son titre même la célèbre formule de saint Paul, *Oculus non vidit...* Apparemment, l'auteur ne voyait pas de contradiction entre sa prolixité sur les lendemains paradisiaques et l'affirmation prudente de la première Épître aux Corinthiens. Il était admis que les évocations et descriptions les plus hyperboliques du bonheur céleste étaient forcément infiniment au-dessous de la réalité de l'au-delà.

Le catéchisme du concile de Trente est clair sur la question. On y lit :

> Cette félicité [du paradis] est si grande que personne [...] ne saurait s'en faire une juste idée. Car dès qu'on emploie, pour désigner un objet, un terme qui est commun à plusieurs autres, c'est une marque évidente qu'il manque un mot propre pour exprimer cet objet de manière complète.
>
> Si nous désignons le bonheur des saints par des mots qui ne s'appliquent pas plus nécessairement à eux, qu'en général à tous ceux qui vivront éternellement, nous sommes en droit d'en conclure que c'est une chose trop élevée et trop excellente, pour qu'il soit possible d'en donner, par un mot propre, une idée assez étendue. Il est vrai que dans la Sainte Écriture, nous trouvons un bon nombre d'expressions pour le désigner, comme *Royaume de Dieu, de Jésus-Christ, des cieux, Paradis, Cité sainte, nouvelle Jérusalem, maison du Père.* Mais il est évident qu'aucun de ces noms ne suffit pour en exprimer la grandeur.
>
> Aujourd'hui il est impossible que nous comprenions la grandeur de ces biens ; ils ne peuvent se manifester à notre esprit. Il faut que nous soyons entrés dans la joie du Seigneur. Alors nous en serons comme inondés et enveloppés de toutes parts, et tous nos désirs seront satisfaits[14].

Le catéchisme du concile, pour appuyer cette déclaration, renvoyait logiquement à une autre affirmation célèbre de saint Paul : « À présent, nous voyons dans un miroir et de façon confuse, mais alors ce sera face à face » (1 Co 13, 12).

Les deux discours sur le paradis

Dans un sermon le jésuite Claude de La Colombière, directeur de conscience de sainte Marguerite-Marie, emploie avec vigueur le langage de la soustraction pour évoquer les « richesses ineffables » de l'au-delà paradisiaque. Écoutons-le :

> Nous ne connaissons qu'imparfaitement les biens dont jouissent [les saints], mais nous ressentons les maux dont ils sont exempts ; ainsi, pour nous exciter à désirer leur bonheur, il est plus avantageux de nous représenter les misères dont ils sont affranchis, que les biens qu'ils possèdent [...]. Comme la manière la plus sûre et la plus parfaite de connaître Dieu en cette vie, c'est de considérer les imperfections dont il est exempt, aussi la voie la plus courte et la plus efficace pour nous faire connaître le bonheur du séjour éternel, c'est de considérer les misères qui en sont bannies [...].
>
> Je ne sais pas en quoi consistera le bonheur du ciel, je sais qu'on y goûtera une joie parfaite, qu'on y verra Dieu en lui-même, que Dieu ne paraît Dieu que dans ces lieux de délices, que tous les ornements dont

il a paré le ciel et la terre, tout ce que l'art peut ajouter à la nature pour nous donner du plaisir, pour réjouir nos sens, je sais que toutes ces beautés ne sont rien, si je les compare au paradis. Je ne sais point ce qui s'y trouvera, je sais ce qui n'y sera pas. Nul mal, ni moral ni physique, nul péché, nul vice, nulle jalousie, nul intérêt, nulle inconstance, nulle vertu même qui puisse donner de la peine ; plus de foi, plus de crainte, plus d'espérance, plus de douleur, plus de pénitence[15].

Cette définition du paradis, à dominante négative, donnée par un jésuite a pourtant coexisté avec les décorations éblouissantes des églises baroques, en particulier de celles élevées par la Compagnie dont faisait partie le père de La Colombière. La contradiction entre les deux types de discours est plus apparente que réelle si on se réfère, dans le monde byzantin, à la victoire sur l'iconoclasme et, en Occident, à la constante acceptation des images par le magistère. Saint Jean Damascène († v. 750), écrivant *Contre ceux qui rejettent les images*, posait la question : « Comment faire une image de l'invisible ? » et répondait : « Si tu as compris que l'Incorporel s'est fait homme, alors, c'est évident, tu peux exécuter son image humaine[16]. » Selon la théologie orthodoxe, la Lumière et la Parole divines sont captées par l'or des icônes[17]. Du côté catholique, un bon porte-parole en la matière de l'esprit tridentin, Molanus, explique bien pourquoi, par exemple, on donne un aspect humain aux anges qui, pourtant, sont de purs esprits : « Les ailes, écrit-il, signifient de quelle promptitude dans leur service ils font montre à l'égard de leur Dieu qui est aussi le nôtre, mais aussi à notre égard [...]. Leur encensoir signifie qu'ils offrent et récitent nos prières au Seigneur[18]. » Dans l'esprit des théologiens, les images du paradis constituaient un discours « anagogique » par lequel, au sujet du bonheur de l'au-delà, on s'élevait du sens littéral au sens spriritue1 transcendant le domaine des sens.

Néanmoins, c'est un fait que les images du paradis finirent par s'user parce qu'au cours des siècles elles avaient été beaucoup utilisées et trop souvent répétées. C'est l'essoufflement que nous avons souligné plus haut. Une panne de l'imagination pour évoquer les délices éternelles se produisit au moment — et ce n'est pas un hasard — où, par différents cheminements, le discours religieux évoluait vers plus de sobriété dans ce type d'évocations.

On a mis précédemment en relief la retenue protestante sur le sujet et sa parenté avec la croissante dominante didactique du discours romain sur le bonheur d'en haut[19]. Il convient maintenant de relever un autre trait de l'évolution religieuse globale du temps. Vues à partir d'aujourd'hui, et s'agissant toujours des évocations paradisiaques, la mystique de la Réforme catholique et l'hostilité janséniste aux « visions » — deux sensibilités qui paraissent aux antipodes l'une de l'autre — convergèrent pourtant vers une commune distanciation par rapport au ciel qui avait été si proche des hommes du Moyen Âge. Car la mystique, à l'âge de la Réforme catholique et dans le sillage, d'ailleurs, d'une longue tradition, insista plus sur l'intériorisation et l'union avec Dieu que sur l'installation de plain-pied dans le monde d'en haut. Et, d'autre part — redisons-le —, l'art baroque, si éblouisant fût-il, présenta plus l'ascension vers l'empyrée que la description précise de celui-ci.

Assurément, l'histoire des représentations concrètes du paradis ne s'est pas achevée avec le crépuscule du baroque. Elle a connu des prolongements et des rebondissements. En voici pour preuve un témoignage récent, qui dispensera d'en citer d'autres, celui de Margit Gari, une pieuse paysanne hongroise, dont les souvenirs, recueillis dans les années du communisme, ont été publiés en 1983. Ils pourraient être sans changement ceux d'une chrétienne du XIIIe siècle ou du XVIIe. Margit Gari n'a fréquenté l'école que durant deux ans, mais elle a bien intégré les leçons de catéchisme entendues à l'église ou à la maison. Elle cite, il est vrai sans nom d'auteur, la parole de saint Paul dans la phrase que voici : « Ce paradis, nous nous l'imaginons tel qu'il nous est décrit, car jamais œil humain n'a vu, oreille humaine n'a entendu, ce que le Seigneur a préparé pour ceux qui obéissent à ses commandements. » Après quoi, elle donne une description du paradis qui, dans son esprit, ne contredit pas la mise en garde précédente. Cette description est accompagnée de deux rapides dessins à la plume.

Pour Margit Gari[20], c'est Dieu le Père qui a créé et disposé le soleil, la lune et les étoiles dans le ciel. « Quant au soleil, c'est l'œil de Dieu le Père, c'est la lampe de la sainte Trinité. » Une étoile est « une fenêtre par laquelle les anges surveillent la terre ». « On prétend que l'homme est allé sur la lune, mais c'est une vantardise [...]. Les limites que Dieu a voulues, l'homme ne pourra jamais les dépasser, ni atteindre jamais les lieux qu'il a préparés pour l'âme purifiée ayant quitté ce monde. » Le paradis pour Margit Gari, comme pour les artistes du XVe siècle, est un lieu, c'est-à-dire un beau jardin avec « toutes sortes de fleurs [...]. La Sainte Vierge est toujours entourée de lis [...]. Quant au muguet, c'est la fleur de Marie par excellence. Mais il y a aussi la violette et toutes les autres. Et qu'on ne se figure surtout pas le paradis sans arbres ! [...] C'est un lieu tout en fleurs, quelle que soit la saison. »

Toutes les places ne se valent pas au paradis. Notre paysanne se trouverait « déjà comblée d'être tout au fond du jardin, là ou poussent le sureau et l'épiaire ». Car de partout on voit « Dieu le Père qui siège sur un trône de nuages, le Fils assis à sa droite, le Saint-Esprit planant au-dessus d'eux sous la forme d'une colombe.

Et à leurs côtés se tient la Vierge Marie ». Les chérubins « aux ailes monstrueuses » et les séraphins aux robes « rose pâle » surplombent la Trinité.

Les dessins de Margit Gari, avec les légendes d'accompagnement, révèlent sa bonne connaissance d'une longue tradition, écrite et iconographique, concernant le paradis. Elle reconstitue l'« ordre céleste » en mettant à leur juste place l'« innocent camp des vierges », la « légion des martyrs », le « chœur des apôtres », les « saints ermites », les « confesseurs » et la « multitude des saints », précisant que tous ces « chœurs » « sont rangés en lignes bien distinctes ». Margit Gari aurait été à l'aise pour commenter *L'Agneau mystique* de Gand.

Question importante que se pose la paysanne hongroise; que fait-on au paradis? Réponse : on y alterne le soin des fleurs et les chants de louange. « Je m'imagine que l'on y répète à longueur de temps : "Saint, saint, saint, le Seigneur, Dieu de l'univers." Sans cesse on entonne *Hosanna.* Car le silence n'y a pas sa place [...] Un chœur chante les louanges de Dieu pendant que l'autre s'occupe des soins du jardin. » Toutefois le cas des apôtres est différent. Saint Pierre se tient à la porte du paradis et les autres sont à côté du trône de Jésus. « À mon idée, c'est comme dans les réunions du gouvernement : les sièges sont tout proches les uns des autres et les élus y prennent place. Eux, bien sûr, ne se déplacent jamais, ils ne travaillent pas. En effet, comment les imaginer en train d'arroser les fleurs? Ils forment le gouvernement du ciel. Ils sont les maîtres. » La description du paradis par Margit Gari est exemplaire. Car elle regroupe et visualise des éléments théologiques et figuratifs qui s'étaient additionnés au cours des siècles : le trône de la Trinité, les sièges d'honneur attribués aux apôtres, les chœurs bien alignés des saints et des anges, le paradis terrestre devenu céleste, les chants accompagnant la vision béatifique. À part le jardinage, on ne bouge pas beaucoup au paradis, puisqu'« on y répète à longueur de temps "Saint, saint, saint, le Seigneur" ».

Plus étonnantes que ce maintien du ciel traditionnel dans l'esprit d'une paysanne hongroise de notre temps furent les tentatives hardies de quelques théologiens des XVIIe et XVIIIe siècles pour humaniser et concrétiser au maximum le ciel. Le pasteur luthérien Philip Nicolai écrivit deux ouvrages en 1599 et 1608 pour affirmer qu'après le Jugement dernier la terre deviendra paradisiaque. Seule, la mer n'existera plus, les communications d'un continent à l'autre s'en trouvant facilitées. Le climat sera partout plaisant. Chacun vivra heureux dans son pays d'origine, mais, comme au jour de la Pentecôte, on comprendra sans effort la langue des étrangers[21].

Dans les États des Habsbourg le capucin Martin de Cochem

(1634-1712) rédigea, spécialement à l'usage d'un public féminin, des livres de dévotion qui furent des best-sellers réimprimés durant tout le XVIIIe siècle. Il y exprima la conviction que le ciel « n'est pas quelque chose de spirituel, comme d'aucuns le supposent, mais quelque chose de corporel fait d'une sorte de matière et ayant forme et substance ». Le paradis n'est pas un espace vide. On y trouve des rivières, des arbres, des fruits et des fleurs qui réjouissent la vue, le toucher, le goût et l'odorat[22]. C'est encore un ciel matériel que décrivit le pasteur zurichois Johann Caspar Lavater (1741-1801), « un Fénelon un peu suisse », disait Mme de Staël, et que Goethe trouva importun parce qu'il cherchait à le convertir. Dans des lettres à un ami, groupées sous le titre *Perspectives d'éternité,* il assure que les élus voyageront avec bonheur d'un bout à l'autre de la terre devenue paradisiaque, qu'ils y construiront des maisons et y aménageront de merveilleux jardins[23].

Lavater avait lu Swedenborg (1688-1772), sur lequel insistent longuement C. McDannell et B. Lang dans *Heaven. A History*[24]. Ils voient en lui le créateur du ciel moderne. Fils d'un évêque suédois, Swedenborg eut d'abord une carrière de technicien (des mines) et de scientifique. Mais, à partir de 1743, il eut des visions de l'au-delà qu'il fit connaître dans une série d'ouvrages : les *Arcanes célestes,* les *Merveilles du ciel et de l'enfer et des terres planétaires et astrales,* le *Traité curieux des charmes de l'amour conjugal dans ce monde et dans l'autre.*

Sa doctrine, dite « de la Jérusalem nouvelle », comporte assurément des éléments novateurs dont le principal, en opposition avec l'éloge scolastique du repos, est l'affirmation que rien n'est statique dans l'au-delà et que le mouvement en est une composante fondamentale. Et cela de deux façons. D'abord Swedenborg accorde plusieurs étages à l'univers d'outre-tombe. Aussitôt après la mort, qui n'est que le passage d'un étroit bras de mer, les défunts arrivent dans un « monde spirituel » où, en toute liberté, ils vont par leur conduite décider définitivement de leur sort — montée au paradis ou descente en enfer. Le paradis lui-même comporte de bas en haut trois niveaux : le paradis naturel, le paradis spirituel et le paradis céleste. Toute une dynamique de purification permet la montée vers le sommet, comme chez Origène.

On est donc loin de l'immobilisme qui caractérisait le ciel médiéval. En outre, même à l'étage suprême, l'activité est de rigueur. Plus de blocage éternel dans la fixité de la vision béatifique. On n'a jamais fini de rendre service. Le bonheur du paradis consiste à aimer toujours davantage Dieu et les autres. Cette insistance nouvelle sur l'inépuisable dynamique spirituelle de la vie paradisiaque n'a pas par hasard coïncidé avec la découverte par la pensée occidentale de la notion de progrès.

À l'époque de Swedenborg et plus encore après lui, de nombreux auteurs exprimèrent la conviction que le paradis est caractérisé par cette dynamique spirituelle. Isaac Watt (1674-1748), prédicateur non conformiste célèbre par ses *Hymns,* affirma : « Si les anges sont, de façon si variée et agréable, employés au service de Dieu dans les univers connus et inconnus, nous ne pouvons pas supposer que les justes soient éternellement confinés dans un état sédentaire d'inactive contemplation[25]. » Pour Leibniz, un des inventeurs de la notion de progrès, le bonheur dans l'au-delà « ne consiste pas dans une parfaite possession [...]. Il ne peut être qu'un progrès continu et ininterrompu vers un plus grand bien[26] », opinion partagée aussi par Kant[27]. Le philosophe écossais Isaac Taylor († 1865), le prédicateur baptiste Charles Spurgeon († 1892), la romancière Elizabeth Stuart Phelps, dont la nouvelle *The Gates Ajar* (1868) connut un immense succès, le méthodiste Leslie Weatherhead († 1976), pour ne citer que quelques noms, affirmèrent ensemble que l'action est une prière, que le ciel n'est pas le lieu d'un culte contemplatif, qu'il est une cité active dont la raison d'être est le service mutuel et que l'on y apprend sans cesse.

Sainte Thérèse de Liseux rejoignit le courant de pensée qui postulait une intense activité au paradis. Elle écrivit en effet quelques semaines avant sa mort :

> Je compte bien ne pas rester inactive au ciel, mon désir est de travailler encore pour l'Église et pour les âmes, je le demande au Bon Dieu et je suis certaine qu'il m'exaucera. Les anges ne sont-ils pas continuellement occupés de nous sans jamais cesser de voir la face divine, de se perdre dans l'océan sans rivages de l'Amour? Pourquoi Jésus ne me permettrait-il pas de les imiter? [...]. Si je quitte déjà le champ de bataille, ce n'est pas avec le désir de me reposer [...]. Ce qui m'attire vers la patrie des cieux, c'est l'appel du Seigneur, c'est l'espoir de l'aimer enfin comme je l'ai tant désiré et la pensée que je pourrai le faire aimer d'une multitude d'âmes qui le béniront éternellement[28].

Thérèse avait aussi déclaré quelques mois auparavant : « Si je ne puis travailler dans le paradis pour la gloire de Jésus, je préfère rester dans l'exil et combattre encore pour lui[29]. »

Mais — en revenant à Swedenborg, loin de la spiritualité de Thérèse —, il me semble qu'en dépit de la « modernité » que je viens de souligner, il réactiva et même renforça, à l'aide de touches, il est vrai, nouvelles, la conviction ancienne selon laquelle le monde de l'au-delà ressemble concrètement au nôtre. Au ciel nous devenons des anges, mais avec visage, yeux, oreilles, bras et jambes. Les anges sont dotés des cinq sens et se partagent entre les deux sexes. Le paradis est, certes, spirituel, mais il conserve des caractéristiques matérielles avec maisons, avenues, jardins et montagnes. Il s'agit donc d'un univers accessible à l'expérience des sens, l'enveloppe matérielle devenant à ce niveau une des expressions du divin. Logiquement Swedenborg maintient et exalte le mariage au paradis et, donc, le bonheur de la conjonction sexuelle, ce plaisir divin étant toutefois pur et tout intérieur.

Dans le sillage de Swedenborg, Elizabeth Stuart Phelps imagina un paradis avec cottages, jardins et pianos. Elle évoqua dans ses livres les habitudes et les occupations des habitants des cieux et la façon dont ils élèvent leurs enfants[30]. Une autre romancière de l'époque victorienne, Agnès Pratt, peupla, elle aussi, le paradis de charmantes maisons insérées dans de beaux paysages[31]. Avec un humour très concret, un paysan québecois, mort en 1969, avouait ne pas se voir au ciel « à niaiser, parce que le Bon Dieu a plus besoin de toé. Si le ciel est pour rien faire, j' suis pas intéressé [...]. J' demanderai à saint Pierre d'ouvrir des terres, d'aller défricher, d'entailler des érables, peut-être de garder des poules[32] ». Quant aux adeptes du spiritisme, nombreux à partir du milieu du XVIIIe siècle, ils eurent tendance, à leur tour, à diminuer la frontière et les différences séparant l'avant- et l'après-mort.

Accepter le mystère

Mais, en dépit des redites, des relances ou de trouvailles parfois étonnantes, une longue évolution, sur laquelle je voudrais maintenant insister, a tendu à marquer fortement le mystère de l'au-delà et à séparer de plus en plus le discours imagé sur le paradis chrétien de la parole sans images, décrédibilisant le premier par rapport à la seconde. Agirent dans ce sens, successivement ou conjointement, tous les facteurs que nous avons détaillés plus haut : l'irruption du panthéon mythologique, la place grandissante du ciel quotidien sous le pinceau des peintres, l'épuisement du stock des images paradisiaques, la volonté catéchétique commune aux deux Réformes religieuses, la sobriété protestante et janséniste et, bien entendu, la victoire de la « nouvelle astronomie ».

La cohabitation, longtemps harmonieuse, entre des évocations colorées du paradis et un discours plus fidéiste que descriptif se rompit. Les premières étaient frappées de plein fouet par la science en train de se constituer et l'évolution des mentalités qu'elle entraînait. L'autre, au contraire, était — et reste, je crois — hors d'atteinte, s'appuyant sur l'autorité de saint Paul, sur une série de conseils et d'avertissements énoncés au cours du temps chrétien et sur les expériences des mystiques.

L'insistance sur un paradis plus vécu que visualisé et plus objet de foi que de description nous est attestée, entre autres témoignages, par les écrits de deux mystiques des XIXe et XXe siècles — Thérèse de Lisieux et Élisabeth de la Trinité — et, au niveau collectif, par les cantiques en usage depuis le XVIIIe siècle chez les protestants anglais, épiscopaliens ou non. Ces deux séries de sources, rapprochées les unes des autres, devraient permettre de dégager le noyau dur, resté intact d'hier à aujourd'hui, des convictions chrétiennes sur le bonheur éternel.

Thérèse de Lisieux, que je lis guidé par Jean-François Six, emploie rarement le mot « paradis ». Elle parle plutôt du « ciel », sans le décrire. Une formule résume bien sa conviction et son espérance en ce domaine : « Voilà mon ciel [...], voilà ma destinée : vivre d'Amour »; et elle s'adresse à Jésus en lui disant : « En Toi j'ai tout, la terre et le ciel même[33]. » Ces deux phrases sont de 1895, mais je retiendrai surtout ici ses derniers écrits — les plus émouvants et les plus forts — depuis Pâques 1896 jusqu'à sa mort, à vingt-quatre ans, le 30 septembre 1897. On y trouve assurément des formules évoquant l'imaginaire paradisiaque traditionnel et banalisé : « [Jésus], les séraphins au ciel forment ta cour »; « Avec les charmantes phalanges / Des petits chérubins joyeux / Ô divin enfant, tes louanges / Nous les chanterons dans les cieux. » Ou encore « le virginal cortège du doux agneau »; « en t'élevant vers la céleste sphère / ton chant d'adieu fut encore printanier »; « céleste rivage »; « m'envoler au ciel », etc[34]. Mais ces rappels imagés, non exempts de mièvrerie sulpicienne, laissent le plus souvent place à des actes de foi rendus nécessaires par les « ténèbres » au milieu desquelles Thérèse se débattit dans la dernière période de sa vie. Son aveu à ce sujet est bouleversant.

> De même que le génie de Christophe Colomb lui fit pressentir qu'il existait un nouveau monde alors que personne n'y avait songé, ainsi je sentais qu'une autre terre me servirait un jour de demeure stable; mais tout à coup les brouillards qui m'environnent deviennent plus épais, ils pénètrent dans mon âme et l'enveloppent de telle sorte qu'il ne m'est plus possible de retrouver en elle l'image si douce de ma Patrie, tout a disparu! Lorsque je veux reposer mon cœur fatigué des ténèbres qui l'entourent par le souvenir du pays lumineux vers lequel j'aspire mon tourment redouble; il me semble que les ténèbres, empruntant la voix des pécheurs, me disent en se moquant de moi : Tu rêves la lumière, une patrie embaumée des plus suaves parfums, tu rêves la possession *éternelle* du Créateur de toutes ces merveilles, tu crois sortir un jour des brouillards qui t'environnent, avance, avance, réjouis-toi de la mort qui te donnera non ce que tu espères, mais une nuit plus profonde encore, la nuit du néant[35].

Dans cette nuit terrestre, Thérèse conserve cependant intacte la foi dans un au-delà qui ne sera qu'amour. Elle écrit dans cette même lettre :

> Je dois vous sembler une âme remplie de consolations et pour laquelle le voile de la foi s'est presque déchiré, et cependant [...] ce n'est plus un voile pour moi, c'est un mur qui s'élève jusqu'aux cieux et couvre le firmament étoilé [...]. Lorsque je chante le bonheur du Ciel, l'éternelle possession de Dieu, je n'en ressens aucune joie, car je chante simplement ce que *je veux croire*... Parfois il est vrai, un tout petit rayon de soleil vient illuminer mes ténèbres, alors l'épreuve cesse *un instant*, mais ensuite le souvenir de ce rayon, au lieu de me causer de la joie, rend mes ténèbres plus épaisses encore[36].

Dans les autres écrits des dix-huit derniers mois de sa vie, Thérèse est revenue à plusieurs reprises sur le thème du ciel à la fois présent et absent : « *Votre regard voilé*, voilà notre *Ciel, ô Jésus*[37]. » Elle affirme ailleurs qu'il est impossible, à cause de la « nuit de cette vie », de dire les « secrets du ciel ». « Car, avoue-t-elle, je sens mon impuissance à redire avec des paroles terrestres les secrets du ciel et puis, après avoir tracé des pages et des pages, je trouverais n'avoir pas encore commencé [...]. Il y tant d'horizons divers, tant de nuances variées à l'infini, que la palette du Prince céleste pourra seule, après la nuit de cette vie, me fournir les couleurs capables de peindre les merveilles qu'il découvre à l'œil de mon âme[38]. » Le bonheur de l'après-mort est donc pour elle indicible par la parole humaine ; aucun peintre, sauf le « Prince céleste », ne peut le rendre visible. Mais s'il n'est pas objet de vision, il l'est de désir, même au milieu de la nuit :

> Aussi longtemps que tu le voudras, ô mon Bien-Aimé, ton petit oiseau restera sans forces et sans ailes ; toujours il demeurera les yeux fixés sur toi, il veut être *fasciné* par ton regard divin, il veut devenir la *proie* de ton Amour [...]. Un jour, j'en ai l'espoir, Aigle Adoré, tu viendras chercher ton petit oiseau, et remontant avec lui au Foyer de l'Amour, tu le plongeras pour l'éternité dans le brûlant abîme de cet Amour auquel il s'est offert en victime[39].

Le ciel pour Thérèse est, certes, un but ultime qu'elle affirme par la foi. Mais c'est aussi un présent, malgré ses souffrances physiques et morales. Dans un poème de juin 1896, à l'occasion de la fête du Saint-Sacrement et intitulé *Mon ciel à moi!*, elle s'écrie :

> Mon Jésus me sourit quand vers Lui je soupire.
> Alors je ne sens plus l'épreuve de la foi.
> Le regard de mon Dieu, son ravissant sourire,
> Voilà mon ciel à moi ! [...]

Mon ciel est de pouvoir attirer sur les âmes,
Sur l'Église ma mère et sur toutes mes sœurs
Les grâces de Jésus et ses divines flammes
Qui savent embraser et réjouir les cœurs [...].

Mon ciel, il est caché dans la petite Hostie
Où Jésus, mon époux, se voile par amour.
À ce Foyer Divin je vais puiser la vie
Et là mon Doux Sauveur m'écoute jour et nuit [...].

Mon ciel est de sentir en moi la ressemblance
Du Dieu qui me créa de son souffle puissant.
Mon ciel est de rester toujours en sa présence,
De l'appeler mon Père et d'être son enfant [...][40].

La présence du ciel dans l'âme, le « déjà-là » du paradis, voilà une conviction très présente aussi dans les écrits d'Élisabeth de la Trinité, carmélite comme Thérèse et morte à vingt-six ans en 1906. Elle voulait être « une louange de gloire », « une âme de silence » et, citant saint Jean de la Croix, elle assurait avec lui que « dans le calme et le silence de cette nuit traversée de clartés [...] "l'âme chante à sa manière ce que Dieu est en elle [...]. Elle semble entendre une harmonie incomparable qui surpasse tous les concerts et les mélodies d'ici-bas". Mais c'est une musique silencieuse, car cette connaissance calme et tranquille se communique sans aucun bruit de voix ». Dans le « ciel » d'une telle âme, « la louange de gloire commence son office de l'éternité; son cantique est ininterrompu; elle est sous l'action de l'Esprit-Saint [...]. Elle chante toujours, elle adore toujours, elle est pour ainsi dire toute passée dans la louange et l'amour, dans la passion de la gloire de son Dieu[41] ». S'adressant à la Trinité, Élisabeth lui disait : « Aidez-moi à m'oublier entièrement pour m'établir en vous, immobile et paisible, comme si mon âme était déjà dans l'éternité [...]. Pacifiez mon âme; faites-en votre ciel, votre demeure aimée et le lieu de votre repos[42]. » À une postulante elle assurait qu'une carmélite s'identifie avec Celui qu'elle aime « et le trouve partout. N'est-ce pas le ciel sur terre! Ce ciel, vous le portez en vous[43] ».

Ne pas concrétiser le paradis

Il faut rapprocher les affirmations de Thérèse de Lisieux et d'Élisabeth de la Trinité de celles de Luther citées plus haut : « Le royaume des cieux n'est pas seulement près de toi, mais en toi »;

« par la foi nous habitons nous-mêmes dans le ciel[44] ». Le regard de l'histoire découvre alors qu'il s'est agi d'un thème chrétien récurrent invitant à une intériorisation de l'eschatologie et au rejet de la tentation toujours présente de concrétiser le paradis.

D'où, s'agissant du discours sur Dieu et le « ciel », la nécessité de replacer Thérèse de Lisieux et Élisabeth de la Trinité à l'intérieur d'un long fleuve spirituel. Origène, polémiquant contre les millénaristes, leur reprochait d'imaginer la nouvelle Jérusalem « comme une ville terrestre qui sera réédifiée sur des pierres précieuses mises dans ses fondements, avec des murs bâtis en jaspe, des retranchements ornés de cristal et une enceinte de pierres choisies et diverses, jaspe, saphir, chalcédoine, émeraude, sardoine, chrysolite, hyacinthe et améthyste[45] ».

Le moine Nicétas Sthétatos, un des porte-parole au XIe siècle de l'Église grecque dans la controverse antilatine, opposa « l'Éden historique [qui] ne nous est d'aucune utilité » à « l'autre paradis, dans le monde intelligible et invisible », affirmant de ce dernier qu'« il existe et s'étend à l'intérieur de l'homme, l'homme qui a été créé pour être un grand monde dans le petit[46] ». Nous retrouvons ici la formule déjà citée de Ruysbroeck : « Là où finissent les cieux corporels, là aussi s'arrêtent l'imagination et les sens extérieurs et intérieurs[47]. » Nicolas de Cues, traitant de la « vision de Dieu », parlait le même langage, disant : « Si quelqu'un forme quelque pensée pour vous cognoître [Seigneur] je suis asseuré qu'elle ne vous atteint, d'autant que cette pensée ne passe pas l'enceinte du paradis[48]. »

Les confidences mystiques insistèrent à leur tour sur cet indicible de la présence divine. Angèle de Foligno († 1309), selon la relation rédigée par son confesseur, aurait déclaré à la suite d'un « ravissement » : « Tandis que je me sentais plongée dans ces biens, dans ces délectations extrêmes, inénarrables, infiniment supérieures à tout ce que j'avais encore éprouvé, d'ineffables opérations divines se produisirent dans mon âme, que ni saint ni ange ne sauraient raconter. » Elle affirmait aussi :

> Tel est [...] l'abîme inénarrable des délectations divines, [...] que cette manifestation de Dieu, sans autre bien que lui-même, est le souverain bien, celui que possèdent les saints pendant l'éternité [...]. Si j'essaie de parler de la vie éternelle, il me semble qu'au lieu de parler, je blasphème; et qu'au lieu de cultiver je dévaste [...]. Des choses de l'abîme, il est impossible de rien dire; pas un mot dont le son donne une idée de la chose; pas une pensée, pas une intelligence qui puisse s'aventurer là [...]. Pas un mot, pas une idée qui ressemble au Dieu de l'abîme[49].

Catherine de Sienne confirme le caractère absolument exceptionnel de ces transports dans un au-delà indicible : « Par la connaissance de cette bonté souveraine, quand l'âme se trouve noyée en un abîme d'amour d'autant plus profond qu'elle voit Dieu en elle, l'œil de la connaissance s'ouvre et voit, la volonté se tend jusqu'à aimer ce qu'il aime. » Et Catherine, s'adressant à Jésus, lui dit :

> [Quand] tu es enamouré d'une âme et elle de toi [...] qui es immortel, tu lui donnes à connaître les biens immortels et les lui fais goûter dans le désir de ta charité. Toi qui es lumière, tu la fais participer avec toi à la lumière, toi qui es feu tu participes avec elle au feu, et dans ton feu tu unis ta volonté à la sienne et la sienne avec la tienne. Toi, sagesse, tu lui donnes sagesse à discerner et connaître la vérité [...]. Toi qui es force, tu lui donnes force [...]. Toi infini, tu la fais infinie par la conformité que tu as faite avec elle par grâce en cette vie[50].

Les *Écrits spirituels* de Marie de l'Incarnation († 1672) relatent une semblable expérience, en la qualifiant d'inexprimable :

> [L'âme est alors] comme un ciel, dans lequel elle jouit de Dieu, et il lui serait impossible d'exprimer ce qui se passe là-dedans. C'est un concert et une harmonie qui ne peut être goûtée ni entendue que de ceux qui en ont fait l'expérience et qui en jouissent. Il faut que ce secret soit réservé ; aussi surpasse-t-il toute expression, et tout ce qui s'en dit semble bas et défectueux, en comparaison de ce qui en est [...]. Je suis contrainte de me taire, car je ne crois pas que toutes les langues des anges et des hommes unies ensemble puissent jamais expliquer ce qui se passe en cette sublime communication[51].

Ce vécu mystique, dont on pourrait multiplier les formulations à travers le temps, rejoignait l'expérience, chère au Pseudo-Denys, de la « translumineuse ténèbre du silence où l'on est initié aux secrets de cette radieuse et resplendissante ténèbre en sa totale obscurité absolument intangible et invisible. Ténèbre qui comble d'indicibles splendeurs les intelligences qui savent clore leurs yeux[52] ». Saint Jean de la Croix affirmera plus tard dans *Le Chant d'une âme qui connaît Dieu par la foi* : « Je sais une source qui jaillit et s'écoule. Mais c'est au profond de la nuit [...]. Je connais par la foi sa veine fraîche et pure, mais c'est au profond de la nuit [...]. Le ciel et la terre vont s'y désaltérer, mais c'est au profond de la nuit[53]. »

Le « ciel » vécu par l'âme qui a su fermer les yeux, telle est, en bref, l'expérience mystique. Il fallait évoquer celle-ci pour bien faire comprendre par des cas limites la distance qui a, de plus en plus, séparé les deux discours sur le paradis : l'un visuel et extériorisant, l'autre sans images et recueilli. Le premier a fini par s'user et, malgré ses merveilleuses couleurs, il s'est trouvé de façon croissante en porte à faux dans une civilisation qui subissait des transformations formidables et inédites. L'autre, apparemment, a mieux résisté par ce qu'il préservait davantage l'immense et indicible mystère de l'au-delà.

Des cantiques protestants de langue anglaise confirment que le christianisme a de plus en plus évacué l'impossible projet de décrire le paradis. Les deux recueils retenus ici comme témoins significatifs, compte tenu de leur large diffusion, sont *A Collection of Hymns for the Use of the People Called Methodist,* composée par John Wesley (1737), et *The Hymnal Revised and Enlarged, as Adopted by the General Convention of the Protestant Episcopal Church in USA* (1892). Le premier contient 769 hymnes, dont 12 sont groupées sous la rubrique *Describing Heaven.* Le second, qui ne renferme que 679 cantiques, en a 15 consacrés à la « Jérusalem céleste ». La place allouée à ce thème a donc un peu augmenté (2,10 % contre 1,05 %). Mais, d'une part, elle reste faible dans les deux corpus choisis et, d'autre part, dans le sillage du *Voyage du pèlerin* de Bunyan, la cité du ciel est évoquée à partir de l'Apocalypse en des termes stéréotypés, dont on peut dire que la force descriptive était d'ores et déjà usée. Dans la *Collection* de Wesley l'hymne 75 contient notamment la strophe suivante :

Levez les yeux de la foi et voyez
Les saints et les anges réunis
Dans une compagnie innombrable
Qui se tient devant le trône éblouissant.
Chacun est debout devant son Sauveur.
Tous, en rangs et en robes blanches comme le lait,
Portent des palmes dans leurs mains
Et des couronnes de gloire sur la tête[54].

Plus explicite, mais toujours fidèle à l'Apocalypse, l'*Hymnal* épiscopalienne de 1892 fait chanter aux fidèles :

Je vis la cité sainte,
La nouvelle Jérusalem,
Descendant du ciel, parée comme une mariée,
Avec un diadème orné de joyaux.
Un fleuve d'eaux cristallines
Jaillissait du trône d'or.
Les nations apportaient ici leurs hommages
Et se tenaient au pied de l'Agneau[55].

Ces lieux communs et ces redites ne sont pas ce qui traduit le mieux l'esprit des deux recueils, très proches l'un de l'autre par l'inspiration générale. En revanche, les cantiques dégagent globalement, et sans grand recours aux images, un fort message d'espérance dans le bonheur de l'au-delà, la terre restant qualifiée de « vallée de larmes ». « Notre seul travail, notre seul but, proclame un cantique méthodiste, est de parvenir à la Nouvelle Jérusalem[56]. » De manière concordante, l'*Hymnal* de 1892 s'écrie : « Ô paradis, ô paradis / Qui n'aspire pas à ton repos? / Qui ne chercherait pas le pays du bonheur[57]? »

Les thèmes dominants de cette catéchèse en vers sont la bonté de Dieu, la confiance dans la Rédemption, les hommages à Jésus sauveur et au Seigneur de gloire, la manière de prier, la vie du chrétien, des thèmes voisins de ceux de l'hymnologie catholique du XIXe siècle dans laquelle la mention fréquente du « céleste séjour » s'est de moins en moins accompagnée de descriptions concrètes.

Ainsi, que l'on revisite l'expérience mystique de Thérèse de Lisieux et d'Élisabeth de la Trinité, ou que l'on relise en parallèle les cantiques protestants de langue anglaise du milieu du XVIIIe siècle à la fin du XIXe, on aboutit au même constat : le « paradis » ou le « ciel », comme on voudra, a perdu de ses couleurs. Il n'a pas disparu, bien sûr, du langage chrétien. Mais il est devenu plus fidéiste que réaliste.

CHAPITRE XXX

« Le paradis, c'est les autres[1] »

L'histoire récente du paradis

À cause d'une évolution qui a commencé avec la « nouvelle astronomie » de Copernic, Kepler et Galilée et qui s'est approfondie jusqu'à nos jours, l'« au-delà », avec tout ce qu'il comporte d'indicible, a progressivement remplacé le « ciel ». Parallèlement, des modifications profondes de la sensibilité en Occident ont, du XVIIIe siècle à nos jours, obligé les Églises à modifier leur discours sur les fins dernières[2]. Aujourd'hui elles se font discrètes, ou même adoptent le silence, sur le purgatoire et l'enfer et ne disent pratiquement plus rien du Jugement dernier. La conviction commune est que le purgatoire et l'enfer sont suffisamment présents sur terre pour qu'il ne soit pas nécessaire de leur accorder une prolongation après la mort.

Le paradis n'a pas été épargné par cette révolution mentale. Mais le mot continue à faire recette et nos contemporains rêvent toujours de paradis, même s'ils mettent sous ce terme des espérances diverses. Nous sommes donc devant une double évidence : celle de l'éclatement du paradis, mais, en même temps, celle de la persistance d'un espoir lié à ce mot. L'éclatement s'est manifesté de deux façons : d'une part, avec l'idéologie du progrès et le socialisme, en dirigeant les regards vers un Éden retrouvable sur terre[3] — cheminement que j'ai tenté de suivre dans *Mille Ans de bonheur* — et, d'autre part, à l'intérieur même de la nébuleuse chrétienne, en s'exprimant par un large éventail de conceptions allant des plus concrètes aux plus désincarnées.

On a déjà signalé les plus étonnantes ou les plus séduisantes de ces évocations concrètes ou, si l'on préfère, « humanisées ». Elles se situèrent dans le sillage de Swedenborg, imaginant que l'amour physique continue outre-tombe, que les anges se partagent entre les deux sexes et vivent dans des villes. Aussi ne se priva-t-on pas d'ironiser dans l'Angleterre victorienne sur celles et ceux qui « annexaient le ciel » à la terre et se faisaient de l'éternité une idée « tellement dégradée qu'elle convenait mieux à des Peaux-Rouges qu'à des chrétiens[4] ». Plus austères, certains se représentèrent le paradis comme une vaste université où l'on ne cesserait jamais d'apprendre, dans la joie, bien sûr. Il comprendrait bibliothèques, archives et catalogues permettant de couvrir la totalité du savoir[5]. Des adeptes du spiritisme décrivirent les activités sportives des défunts et même leurs danses, celles-ci étant une forme du culte. D'autres assurèrent que nous retrouverons outre-tombe les animaux que nous avons aimés sur terre[6]. Ces étranges certitudes ne sont rappelées ici que pour faire ressortir la dérégulation d'un discours sur le paradis affranchi du contrôle des Églises.

Celles-ci maintinrent cependant les affirmations classiques sur le sabbat perpétuel dans la Jérusalem céleste. Les cantiques, si populaires, de John Wesley rappelèrent aux fidèles que « nous ne sommes que des étrangers et des pèlerins ici-bas. / La terre, nous le savons, n'est pas notre lieu. / Hâtons-nous de traverser la vallée de larmes / Et, pour enfin voir éternellement ton visage [ô, Seigneur], / Courons vers notre céleste pays, / Notre éternelle maison d'en haut[7] ». Toutes les grandes Églises chrétiennes d'hier et d'aujourd'hui auraient pu et pourraient produire un tel texte.

Alors que l'accent était mis au XIXe siècle par des écrivains novateurs sur l'incessante activité des élus dans l'univers paradisiaque, la néo-scolastique catholique et protestante combattit cette conception qui paraissait contraire à l'essence de la vision béatifique. Le Français Jean Reynaud († 1863), ayant affirmé la réalité d'une vie active dans le ciel, fut rappelé à l'ordre par un synode épiscopal tenu à Périgueux (1857), et son livre, *Terre et ciel,* mis à l'index. L'évêque allemand Wilhelm Schneider expliqua que le repos dans la vision béatifique inclut l'activité maximale de l'esprit et rappela que devant le Seigneur mille ans sont comme un jour. Le théologien de Fribourg-en-Brisgau Engelbert Krebs († 1950) posa la question : si les élus possèdent la plénitude des biens grâce à la vision béatifique, pourquoi auraient-ils besoin de progresser ou de chercher des nouveautés dans le ciel[8] ?

Mais, s'éloignant des certitudes classiques, des théologiens protestants du XXe siècle voulurent « démythologiser » le ciel. Il s'agit surtout de Paul Tillich (1886-1965) et de Rudolf Bultmann (1884-1976). Le premier a été préoccupé par la nécessité, tout en préservant la transcendance divine, de promouvoir un dialogue entre la foi et la culture, et de proposer dans ce but « une théologie de la synthèse » et « une méthode de corrélation ». Il a cherché à reformuler la doctrine chrétienne dont les expressions traditionnelles n'étaient plus, selon lui, intelligibles par le monde moderne. D'où son refus de maintenir les images et notions paradisiaques qui avaient nourri la foi à travers les siècles — ciel, vision béatifique, chœurs angéliques, etc. Pour Tillich, le paradis n'est ni un lieu ni davantage un état. On peut surtout dire ce que la vie éternelle n'est pas — formulation qu'aurait peut-être acceptée au XVIIe siècle le père de La Colombière cité plus haut[9]. Tillich ne sépare pas la vie éternelle de notre expérience présente. Elle est le côté positif de notre existence. La métaphore du Jugement dernier signifie la séparation définitive du positif libéré du négatif. Sur la destinée individuelle de chacun après la mort, Tillich n'est pas très clair : il ne l'exclut pas à l'intérieur de la totalité divine, mais se refuse à l'expliciter et rejette toute imagerie poétique à son sujet[10].

Rudolf Bultmann a été habité, lui aussi, par la volonté d'actualiser de façon radicale la compréhension du message évangélique. Il voulut débarrasser celui-ci d'une gangue culturelle qui peut le rendre inacceptable pour l'homme moderne. C'est pourquoi il considéra comme des récits mythiques les éléments miraculeux de la vie de Jésus. Cette « démythologisation » le conduisit logiquement à bousculer l'enseignement chrétien sur l'après-mort. « Corps spirituels » et « monde céleste de lumière » lui parurent des notions incompréhensibles et sans signification et il évacua toute image de l'au-delà, ce qui dans sa pensée n'équivalait pas à l'exclusion de toute espérance. L'éternité étant impensable par l'esprit humain, qui ne peut concevoir que des successions de temps, « il n'y a pas un au-delà *après* la mort, mais seulement un au-delà *au-dessus* de la mort. Car Dieu n'est pas le Dieu des morts, mais des vivants[11] » : formule sibylline qui peut laisser perplexe.

À l'eschatologie fuyante de Tillich et de Bultmann s'opposa celle, fortement charpentée, du réformé bâlois Karl Barth (1886-1968) et du jésuite Karl Rahner (1904-1984). Pour le premier, être chrétien, ce n'est pas s'évader dans l'espérance du royaume de Dieu, mais travailler à transformer le monde présent : ce qui toutefois ne peut se faire que par un retour radical à l'Écriture. Or celle-ci enseigne l'ineffabilité du mystère de Dieu qui est le « Tout Autre ». L'homme, par sa seule raison, ne peut atteindre l'« absolu de Dieu ». D'où l'affirmation que l'après-mort n'est pas une continuation modifiée de la vie d'ici-bas. Pas question pour Barth de réunions familiales au paradis ou de banquet éternel. Tout anthropocentrisme est à bannir de nos espérances eschatologiques. La mort met un terme à notre chemin et nous arrête face à Dieu[12].

Karl Rahner conçut sa théologie à partir à la fois de la pratique pastorale, des besoins des fidèles et de sa propre quête spirituelle[13]. Il en tira non une dogmatique mais « une théologie biographique [...] plurielle, critique, incommode et dure[14] ». Au sujet de l'au-delà, il partagea avec Karl Barth la conviction que des doctrines complaisantes ont gommé la réalité théocentrique de la vie éternelle au profit d'éléments trop humains, que j'appelerais volontiers folkloriques. Les anges de la mort videront notre esprit de tout ce dont l'a encombré notre biographie personnelle. L'immense vide silencieux ainsi creusé sera rempli par la lumière et la grâce du Sauveur. Inutile d'imaginer autour des louanges et de la musique[15].

Le paradis, un monde plein

S'opposant dans la longue durée à la rigueur théocentrique, si fortement exprimée par Barth et Rahner, une revendication, venue des profondeurs de la sensibilité occidentale, tendit au contraire, surtout à partir du XVIIIe siècle, à valoriser les retrouvailles dans l'au-delà des êtres que nous avons aimés. Ce besoin psychologique continue de nous habiter aujourd'hui. On est en droit d'estimer que ce paradis chrétien moderne est plus tourné vers l'humain que vers le divin. Mais, d'un autre point de vue, il rejoint paradoxalement les affirmations de Barth et de Rahner sur l'altérité absolue de Dieu. Quel langage peut dire Dieu ? En revanche, avec nos mots, il reste possible et il est humainement réconfortant de situer les humains — et en particulier ceux que nous avons aimés — dans la proximité lumineuse et rassurante du Très-Haut.

Cette mise en situation des défunts ne s'accompagne pas forcément d'images. Nous sommes aujourd'hui très sensibles à l'inadéquation de celles-ci par rapport à la réalité surnaturelle qu'elles voulaient jadis signifier. En revanche, une rencontre heureuse me paraît exister entre les éléments essentiels du discours chrétien sur le paradis et une demande majeure de nos contemporains. La doctrine est ancienne, mais les revendications de notre sensibilité moderne l'ont placée sous un éclairage nouveau. Je vais donc m'efforcer dans la fin du présent livre de mettre en consonance, et — je l'espère — sans artifice, histoire, théologie et anthropologie.

En Occident surtout, nous manifestons aujourd'hui un grand besoin de sociabilité, de convivialité et de communication. Ces mots reviennent constamment dans les conversations et les médias parce que notre civilisation risque de devenir, ou est déjà, une addition de solitudes. Or le christianisme a toujours opposé aux incompréhensions et aux conflits d'ici-bas l'espérance d'un monde futur où il n'y aurait qu'amour et transparence réciproques et où la communication cœur à cœur serait limpide comme le cristal et devenue permanente.

Cette communication jouera alors entre la multitude des humains, car il y a beaucoup de monde au paradis. Je sais bien que la théologie augustinienne a engendré la sinistre doctrine de la « masse de perdition » qui va à l'encontre de l'affirmation précédente. Ceux qui insistaient sur le « petit nombre des élus » se rattrapaient en assurant que la foule paradisiaque est constituée à la fois par les myriades d'anges et par l'addition des élus depuis le commencement du monde[16]. Mais un autre discours doctrinal allait en sens inverse. Il s'enracinait dans l'Apocalypse (7, 9), où on lit : « Après cela je vis : c'était une foule immense que nul ne pouvait dénombrer, de toutes nations, tribus, peuples, et langues. Ils se tenaient debout devant le trône et devant l'agneau, vêtus de robes blanches et des palmes à la main. » À quoi fait écho l'Épître aux Hébreux (12, 1) dans laquelle l'auteur donne courage aux fidèles en leur disant : « Nous, [...] qui avons autour de nous une telle nuée de témoins [...], courons avec endurance l'épreuve qui nous est proposée. » Ensuite la littérature chrétienne ne cessa pas au cours des âges de mettre en relief le grand nombre des humains de diverses catégories présents au paradis. On n'a que l'embarras du choix entre les textes. J'en citerai seulement quelques-uns.

Dans son *Liber de immortalitate*, peut-être rédigé à l'occasion d'une épidémie, saint Cyprien exhorte ses « frères bien-aimés » à désirer le lieu du bonheur perpétuel, « là où sont le chœur glorieux des apôtres, les prophètes exultant de joie, le peuple innombrable des martyrs, [...] les vierges qui vainquirent la concupiscence, [...] et les miséricordieux qui transférèrent dans les trésors célestes leur patrimoine terrestre[17] ». Plus tard, saint Ambroise tient le même discours et dans son *De bono mortis* invite les fidèles à diriger leur regard « vers la troupe des saints et l'assemblée des justes » réunis dans le sein d'Abraham[18]. Selon Grégoire de Tours, le moine Salvi, « transporté dans les hauteurs des cieux », fut « introduit dans une demeure dont le pavé était brillant comme l'or et l'argent ». Il y vit « une multitude de deux sexes [...] en sorte qu'on ne pouvait absolument pas se rendre compte de la profondeur ni du front de cette foule[19] ». Reprenant l'énumération classique, Jacques de Voragine, dans *La Légende dorée,* voit Marie accueillie au ciel par « l'illustre compagnie des apôtres, [...] la multitude des martyrs, [...] l'innombrable armée des confesseurs et [...] le chœur des vierges[20] ». Les *Révélations* de sainte Brigitte mentionnent, dans le sillage de l'Apocalypse, la vision d'« un palais d'une grandeur incompréhensible auquel estoit une innombrable multitude d'hommes, vêtus de vêtements blancs et éclatans[21] ». S'adressant au bienheureux Henri Suso, la Sagesse éternelle déclare : « Regarde autour de toi cette foule innombrable buvant selon tout le désir de son cœur à la source de vie qui jaillit, harmonieuse[22]. » Dans la vie d'Ignace de Loyola par Rivadeneira, il est raconté que le saint disant la messe et récitant la confession générale qui comprend les paroles *et omnibus sanctis* « vit face à ses yeux un grand nombre de saints qui resplendissaient de gloire[23] ». Dans l'*Introduction à la vie dévote,* saint François de Sales évoque en ces termes pour sa lectrice les hôtes du paradis : « Considère la noblesse, la beauté et la multitude des citoyens et habitans de cet heureux païs : ces millions de millions d'anges, de cherubins et seraphins, cette troupe d'apostres, de martyrs, de confesseurs, de vierges, de saintes dames. La multitude est innombrable. » Certes, la foule des anges est mentionnée en priorité parce qu'elle est immense. Mais celle des humains est, elle aussi, impressionnante. Car il est dit un peu plus loin : « Voyes les saints qui vous exhortent, et un million de saintes ames qui vous convient doucement, ne desirant que de voir un jour vostre cœur joint au leur, pour louer Dieu à jamais[24]. »

La volonté de donner à voir la foule des élus n'est pas toujours évidente dans le riche corpus iconographique que nous avons utilisé. Mais elle s'est affirmée dans le plus grand paradis jamais peint : celui du Tintoret au palais des Doges de Venise. L'artiste a rempli à tel point l'immense espace (22 mètres sur 7 mètres) dont il disposait dans la salle du Grand Conseil que pas un centimètre carré n'y est laissé vide. Anges et élus, serrés les uns contre les autres, tournoient autour du Christ et de Marie. Sous le pinceau du Tintoret le paradis est un monde plein.

Après Germaine Leclerc, qui l'a révélé[25], je voudrais ici attirer l'attention sur une œuvre trop peu connue de Louis Brea (1512) conservée au couvent Santa Maria di Castello de Gênes. Sa donatrice avait commandé à Brea « un grand retable de tous les saints ». Telle est bien, en effet, la signification essentielle de l'œuvre, à propos toutefois du couronnement de la Vierge. Dans le tiers supérieur, au centre d'une mandorle, Marie est couronnée par la Trinité. Autour et en dessous plus de deux cents figures occupent le reste de l'espace — élus, anges et humains encore sur terre. Mais les anges sont discrets et ressortent peu par rapport aux hommes et aux femmes qui peuplent la composition et sont traités en plus grand format. L'Église triomphante est en haut et l'Église militante, c'est-à-dire terrestre, en dessous. Il faut toutefois beaucoup d'attention pour distinguer sept petits anges qui séparent les deux groupes, dont les membres respectifs sont habillés de vêtements semblables. À l'évidence, le peintre a voulu marquer la continuité, à travers la communion des saints, plus que la discontinuité entre le ciel et la terre. Les habitants de celle-ci regardent en priant vers le paradis ou s'entretiennent affectueusement entre eux. « Le monde des élus et le monde des hommes s'insèrent ainsi dans un même ordre, participent à la même réalité, sont parcourus par les mêmes ondes[26]. »

La même lecture s'applique à la *Trinité* de Dürer, qui est aussi une Toussaint, œuvre contemporaine, à un an près (1511), de celle de Brea et réalisée pour un hospice de vieillards de Nuremberg. Cette fois encore, Église céleste et chrétienté terrestre communient dans une même prière. Elles sont, bien sûr, étagées l'une par rapport à l'autre mais aucun cordon angélique ne marque la séparation entre elles. Cette Toussaint réunie autour de la Trinité regroupe dans une fête commune les anges et les hommes, les vivants et les défunts, ces derniers bénéficiant maintenant du bonheur éternel.

Une convivialité éternelle

L'évocation de la vie paradisiaque esquissée par saint François de Sales dans l'*Introduction à la vie dévote* contient une notation qu'il faut souligner. Il assure en effet que les élus « tous-jours chantent le doux cantique de l'amour éternel; tous-jours ilz jouissent d'une constante allegresse; ilz s'entredonnent les uns aux autres des contentements indicibles, et vivent en la consolation d'une heureuse et indissoluble société[27]. » Voilà bien la sociabilité et la communication paradisiaques auxquelles nous aspirons tant aujourd'hui. Cette espérance s'oppose au noir jugement de Jean-Paul Sartre (« l'enfer, c'est les autres »). Le paradis chrétien se présente en effet comme une situation d'harmonie parfaite entre les êtres humains. Il remplacera par la concorde et l'amitié les haines nées du péché. Une édition tardive (1589) de l'*Art de bien vivre et de bien mourir* citée plus haut[28] précise que les élus seront « en invincible liesse », non seulement « par possession de divine dilection », mais aussi « par l'amour qu'ils auront les uns pour les autres; ils seront adhérens éternellement à leur Dieu et entre eux-mesmes[29] ».

La *Toussaint* de Louis Brea exprime cet échange affectueux en montrant des personnages qui prient ensemble ou qui conversent entre eux. Leurs visages sont pacifiés; leurs gestes expriment l'écoute de l'autre; des mains ouvertes disent l'accueil. De même, dans le jardin fleuri du *Paradis* de Giovanni di Paolo (New York, Metropolitan Museum), non seulement des anges accueillent des élus avec tendresse — thème cher aussi à Fra Angelico et à Stephan Lochner — mais les habitants de l'Éden éternel, en général par groupes de deux, s'entretiennent entre eux dans la plus parfaite compréhension mutuelle.

Est-ce un hasard si le bonheur que chacun donne à l'autre dans un au-delà de totale transparence a été fortement exalté dans un ouvrage assez tardif, le *Tableau des joyes du paradis*? Il témoignerait alors — dans la première moitié du XVIIe siècle — d'un besoin plus fortement ressenti qu'auparavant de vivre le paradis comme une situation définitive de convivialité affectueuse entre des humains que le péché avait plus ou moins séparés sur terre.

« Où pourrait-on, demande Drexel, se figurer un meilleur voisinage que dans le ciel, où se retrouvent tant de millions de bienheureux qui n'ont tous qu'une mesme volonté, qu'un mesme cœur, qu'une mesme ame, qu'un mesme dessein, qu'un mesme sentiment d'aymer et louer Dieu à l'envy l'un l'autre, sans trouble neanmoins et sans jalousie aussi bien que sans ennuy et sans desgoust? » Ayant posé cette question, notre jésuite indique qu'il va traiter « de cette douce compagnie et de cette bonne intelligence des bienheureux ». « Que c'est chose douce et delicieuse, écrit-il, de voir demeurer ensemble des freres qui s'accordent bien, pource que c'est là d'ordinaire où Dieu, qui est le Dieu d'amour et de paix, fait pleuvoir abondamment les benedictions et les faveurs de la vie éternelle. »

Certes, l'homme est un « animal sociable ». Mais les familles de la terre, si saintes soient-elles, connaissent toujours « quelque espece de des-union et de mauvaise intelligence ». À l'inverse « la seule compagnie des bien-heureux est toujours sans desordre, pource qu'elle est toujours de si bon accord et unie d'un nœud d'amitié si parfaite, qu'il semble que dans une infinité de corps glorieux il n'y ait qu'une mesme ame et qu'un mesme cœur ».

Même s'il existe dans le ciel une « aussi grande inégalité de couronnes que de mérites », néanmoins chacun est content de son sort. Ainsi voyons-nous dans la belle « œconomie du corps humain » que « le doigt ne brigue point l'office de l'œil », ni « le pied ne porte envie à la main ». Suit un développement émouvant sur le bonheur réciproquement donné :

> [...] Chaque bien-heureux ira participant au bonheur de tous, et tous iront jouïssant du bonheur d'un seul, comme si c'estoit leur bonheur propre [...]. [Au paradis] tous peuvent dire de chaque particulier : c'est un autre moy-mesme; en telle sorte que chacun est aussi aise du bonheur et contentement de son compagnon, que du sien propre. [Et ce qui est encore plus étonnant], c'est que tous se connaissent, se frequentent et se parlent aussi cordialement et aussi privement que s'ils avaient toujours esté en ce monde tres intimement amis [...].
>
> Dieu a trouvé dans les thresors de sa souveraine et incomprehensible

> sagesse un merveilleux artifice pour faire en sorte qu'un seul bien-heureux fust heureux du bonheur de plus de cent mille autres pour estre ensuite en quelque maniere plus de cent mille fois heureux [...] [30].

Ainsi dans la situation paradisiaque chacun « jouit du bonheur de tous, pource que les aimant tous comme luy-mesme et, estant reciproquement aimé de tous, il fait son propre de leur propre bonheur ».

Il n'est pas inutile de revenir à ce propos sur l'interprétation assez couramment reçue aujourd'hui de la coupole et du lanternon élevés par Borromini au-dessus de l'église de la Sapienza de Rome [31]. L'architecte aurait voulu signifier la descente des langues de feu sur les apôtres et opposer dans les volutes de la couronne sommitale la tour de la Pentecôte à celle de Babel dont la construction orgueilleuse avait entraîné la confusion des langues et, avec celle-ci, l'incompréhension entre les hommes. Le paradis rétablira, dans une Pentecôte éternelle, l'harmonie entre eux.

À l'objection « Peut-on concilier vision béatifique et convivialité paradisiaque? » plusieurs réponses concordantes et affirmatives furent données au cours de l'histoire chrétienne. Bède le Vénérable affirma : « [Les bienheureux], outre qu'ils reconnaissent ceux qu'ils ont connus en ce monde, reconnaissent aussi, comme s'ils les avaient vus et connus, les bons qu'ils ne virent jamais. Car que peuvent-ils ignorer dans le ciel, puisque tous y voient dans une pleine clarté le Dieu qui sait tout [32] ? » Saint Bernard confirma en disant : « Les bienheureux sont unis entre eux par une charité d'autant plus grande, qu'ils sont eux-mêmes plus voisins de la charité de Dieu [33]. » Et saint Anselme d'affirmer à son tour que dans la Jérusalem céleste « ung chascun se esjoïra de la beatitude divine et de la félicité que ung chacun ara, et l'un de l'autre grant joye ara [34] ».

Dans la *Somme théologique*, saint Thomas d'Aquin pose cependant la question : « Une société d'amis est-elle nécessaire à la béatitude [éternelle] ? » Car, explique-t-il, ce qui est essentiel à la béatitude, c'est l'amour de Dieu et non celui du prochain. « N'y eût-il qu'une seule âme jouissant de la possession de Dieu, elle serait encore heureuse. » Mais le paradis n'est pas vide. Donc l'amour qu'on porte au prochain « découle du parfait amour qui s'adresse à Dieu. Ainsi, c'est par une sorte de concomitance que l'amitié intervient dans le parfait bonheur [35] ». Néanmoins saint Thomas d'Aquin est incontestablement en retrait sur ce sujet par rapport à saint Bernard et ce n'est qu'à une date relativement récente que le christianisme a placé en pleine lumière la « dimension sociale » de l'au-delà, nous libérant d'une « vision du monde futur où tous les individus seraient en quelque sorte juxtaposés [36] ».

Dans les pages qui suivent, je vais notamment utiliser deux livres qui, à l'intérieur de l'espace catholique, ont fait sensiblement progresser la prise de conscience de cette dimension sociale. Il s'agit de celui du dominicain C.I. Ansaldi, *Della speranza e della consolazione di rivedere i cari nostri nell'altera vita* (1772), et de celui du jésuite François-René Blot, *Au ciel on se reconnaît* (1863), le second s'appuyant sur le premier. Fait significatif : l'ouvrage de Blot fut un best-seller et la BNF en possède une vingtaine d'exemplaires témoignant des rééditions successives. En ce qui concerne la conciliation entre vision béatifique et amour du prochain, Ansaldi écrivit que la première constitue l'« essence de la béatitude » et « la plus grande, la plus noble et la plus sublime espérance chrétienne ». Mais tout son livre, annonce-t-il dans l'introduction, tendra à montrer que « la consolation de revoir les êtres chers au ciel ne sera pas une distraction de la jouissance du Souverain Bien [...]. Au contraire, l'espérance de pouvoir au ciel être réunis à ceux qui nous étaient le plus chers sur terre doit être une occasion, une incitation et une échelle » pour nourrir notre désir de voir Dieu et d'être unis à lui[37].

Quant à l'évêque qui préface l'ouvrage de François-René Blot, conscient qu'il s'agit de faire comprendre une « dimension sociale » de l'au-delà chrétien qui n'avait peut-être pas été jusque-là suffisamment affirmée, il écrit :

> Quoique le bonheur essentiel des élus consiste dans la vision et la possession de l'essence divine, cependant leur béatitude se complète et s'achève, si je puis parler ainsi, par la connaissance qu'ils acquièrent de la béatitude des amis de Dieu [...].
>
> Si les bienheureux ne se reconnaissaient pas les uns les autres, quelle idée pourrait-on se faire du bonheur du ciel ? Il faudrait nécessairement s'imaginer une multitude d'êtres isolés les uns des autres, sans action ni rapports réciproques, immobiles, absorbés dans une contemplation immuable, et en quelque sorte matérialisés ; mais leur ensemble ne formerait plus ni une société d'amis, ni la famille spirituelle, ni la cité de Dieu [...]. Le ciel [...] deviendrait, qu'on me passe l'expression, une espèce de prison cellulaire où les âmes, captivées par le bonheur essentiel de la vision béatifique, ne sauraient point ce qui se passe autour d'elles et vivraient dans une espèce d'isolement sans motifs[38].

Affirmations saisissantes éloignées de la tradition thomiste mais qu'aurait aimées Thérèse de Lisieux (avait-elle lu Blot ?) et en consonance avec la sensibilité moderne. Elles avaient en tout cas pour elles les deux commandements inséparables rappelés par Jésus (« Tu aimeras le Seigneur ton Dieu de tout ton cœur [...] et ton prochain comme toi-même », Mt 22, 34-40) et l'évocation de la cité céleste dans l'Apocalypse.

CHAPITRE XXXI

« Écris-moi dans cette terre, je te répondrai[1] »

La proximité des morts

À l'espérance d'une parfaite communication entre les habitants de la cité céleste s'ajoute aujourd'hui chez ceux qui refusent le nihilisme eschatologique la conviction — ou le souhait (?) — que ceux que nous avons aimés restent proches de nous après leur mort.

Pour éclairer ce lien, l'anthropologie et l'histoire se rencontrent. Leurs regards croisés révèlent à la fois un besoin fondamental de l'homme et, au moins en Occident, une évolution relativement récente. Il faut maintenant les explorer successivement l'un et l'autre pour mieux comprendre notre attitude actuelle devant la mort d'autrui.

Dans l'état présent des connaissances, les plus anciens rites funéraires remontent à 90 000 ans avant notre ère. Les premières inhumations révèlent chez ceux qui les pratiquèrent « la prise de conscience que l'autre [...] véritable déborde sa présence sensible évanouissante[2] ». Il n'est pas sûr, malgré l'autorité de Tertullien et de Lactance, que le mot « religion » vienne de *religare* (relier). Mais on peut affirmer que l'homme a véritablement mérité son nom quand, contrairement aux animaux, il a cherché à se relier à ses morts et donc à un au-delà de la mort. Aussi une civilisation est-elle en danger si elle oublie ses morts et escamote les liturgies du deuil.

Mais les rapports aux défunts ont été longtemps ambigus. Toutes les civilisations traditionnelles, y compris dans une certaine mesure celle de l'Europe chrétienne, se comportèrent comme si elles croyaient à la « survie du double ». Les défunts, corps et âme, continuaient, pensait-on, à vivre encore d'une autre manière et même à revenir dans les lieux où ils avaient vécu. Ils étaient moins immortels qu'a-mortels, du moins pendant un certain temps[3]. On les considérait à la fois comme proches et insaisissables, inquiétants et sécurisants. De cette croyance, plus vécue que conceptualisée, découlaient des attitudes complexes de crainte et de familiarité. Crainte que les morts sans sépulture ou décédés de façon inhabituelle ne troublent, comme revenants, la société des vivants — ce que l'on tentait d'empêcher par de multiples rites —, mais aussi familiarité fondée sur la conviction de la solidarité entre les vivants et les défunts. D'où le geste des Chinois brossant avec calme et minutie les os de leurs ancêtres et la liturgie malgache du « retournement » périodique des morts, qui se fatigueraient de rester toujours sur le même côté. Au Mexique, le 2 novembre, on dépose sur les tombes les friandises préférées des défunts et des transistors leur permettant d'écouter les airs à la mode ; dans les maisons on dresse pour ce jour-là des autels des morts. Certes, il s'agit d'obtenir d'eux qu'ils ne perturbent pas la quiétude des vivants. Moyennant quoi leur proximité rassure. On prie pour eux et, inversement, ils protègent les leurs.

Il n'est pas anthropologiquement déraisonnable de rapprocher le culte que les Romains rendaient aux lares des rites funéraires traditionnels dans l'Afrique animiste. Les lares, ou âmes des ancêtres, étaient des divinités protectrices des carrefours, des cités et surtout des maisons. Le *paterfamilias* offrait à celui de son foyer des sacrifices sur un autel domestique à des dates importantes ou dans des circonstances solennelles, et en échange le lare protégeait ses descendants. Dans l'Afrique animiste, la mort rend impur — conviction commune à beaucoup de civilisations traditionnelles. Les rites funéraires ont donc pour fonction de purifier le défunt mais aussi de lui permettre d'accéder au « village des ancêtres ». Parvenu à cette destination le défunt sera dispensateur de bonheur et de paix. La mort ne rompt pas les liens entre les générations. Les ancêtres sont une présence. Ils sont des vivants invisibles. Les religions africaines établissent ainsi un continuel va-et-vient entre « village des vivants » et « village des morts ». Elles considèrent comme centrale la notion d'ancestralité et postulent que la vie du groupe dépasse le mourir individuel.

Les relations entre les vivants et les morts ont été exaltées et sanctifiées par le christianisme à partir de la doctrine du « corps mystique » formulée par saint Paul. Celui-ci affirma en effet que le Christ est la tête de l'Église et que celle-ci est son corps (Ép 1, 22-23). C'est de cette tête que « le corps tout entier, pourvu et bien uni grâce aux articulations et ligaments, tire la croissance que Dieu lui donne » (Col 2, 19). « Comme nous avons plusieurs membres en un seul corps et que ces membres n'ont pas tous la même fonction, ainsi, à plusieurs, nous sommes un seul corps en Christ, étant tous membres les uns des autres, chacun pour sa part » (Rm 12, 4-5). En ce corps tous les fidèles ne forment qu'un seul peuple, un seul homme nouveau. Conséquence logique d'une telle doctrine : il n'existe pas de séparation, même par la mort, entre l'Église du ciel et celle de la terre : l'une et l'autre communiquent dans un même ensemble centré sur Jésus ressuscité.

Durant les premiers siècles chrétiens, la solidarité et l'assistance mutuelle entre les fidèles morts et vivants furent soulignées principalement par Origène et Basile de Césarée. Selon le premier, aux prières de la terre se joignent celles du ciel. Les âmes des défunts se mêlent aux assemblées liturgiques des chrétiens. Les saints du paradis combattent pour et avec les vivants. La joie des élus ne sera complète que lors de la réunion définitive de tous dans la gloire éternelle. Basile reprit les mêmes thèmes. Les prières réciproques des défunts et des vivants lui apparaissaient comme une nécessité. Cet échange bienfaisant découle de ce que les uns et les autres sont les parties d'un même tout, le corps du Christ. L'Église de la terre et la Jérusalem céleste forment un seul ensemble qui est la cité de Dieu[4]. Saint Augustin a partagé la même conviction. Il a enseigné que les mérites des martyrs sont le trésor des fidèles sur terre et que ceux-ci sont le « fruit de leurs labeurs ». Du haut du ciel les martyrs ne cessent d'intercéder pour les vivants[5].

Cependant l'expression « communion des saints », dont le sens est difficile à comprendre dans la culture d'aujourd'hui, est relativement tardive. Elle est absente du *Credo* de Nicée (325) et des *Symboles* orientaux. Probablement formulée en Gaule, elle n'a été ajoutée en Occident au *Symbole des apôtres* que vers la fin du IVe siècle ou le début du Ve. De plus, elle a été affectée au cours des siècles de deux significations différentes entre lesquelles elle a hésité : elle a désigné tantôt la communication des croyants entre eux — vivants et défunts —, tantôt la communion aux choses saintes, notamment par le baptême et dans l'eucharistie[6]. C'est le premier sens qui nous intéresse ici.

La croyance en la « communion des saints », au sens d'échange spirituel entre les vivants et les morts, s'est exprimée tôt dans l'histoire chrétienne selon un double flux : les prières pour les défunts et la protection demandée aux saints. Les textes liturgiques anciens sont nombreux par lesquels les vivants imploraient Dieu en faveur des morts « pour qu'ils soient placés dans le sein d'Abraham », « dans le lieu de repos », « dans les habitacles de lumière », « dans la Jérusalem céleste », etc.[7]. Des inscriptions funéraires de l'Antiquité chrétienne révèlent aussi que des défunts avaient souhaité qu'on porte sur leur monument un texte demandant pour eux la prière des vivants. Les documents épigraphiques attestent la réciproque :

des époux, des enfants, des frères et sœurs y invoquent l'intercession du défunt. « Prie pour ton conjoint », « pour ceux que tu as quittés », etc. Ainsi affirmait-on que l'union de vie n'est pas brisée par la mort[8].

Philippe Ariès a justement insisté sur le fait que le christianisme rapprocha les morts des vivants alors que l'Antiquité gréco-romaine les écartait les uns des autres en reléguant les premiers hors des zones habitées[9]. Ce rapprochement se manifesta particulièrement par le groupement des tombes autour de la sépulture des saints *(ad sanctos)* — et d'abord des martyrs —, puis par la création de cimetières à proximité des églises, voire par l'inhumation, qui fut fréquente, à l'intérieur des sanctuaires. On plaçait ainsi les défunts sous la protection des saints et de leurs reliques. Des morts aidaient donc spirituellement d'autres morts. Mais la présence des tombeaux ou des reliques de saints attirait aussi les pèlerins demandeurs de faveurs. Dès lors les défunts accédaient aux demandes des vivants. Plus généralement, la possession de reliques *intra muros* constituait pour une cité une protection et une garantie[10].

L'étroite relation instituée par le christianisme entre les vivants et les morts explique la création de la fête de la Toussaint, puis de celle des Morts. La première remonte à une décision du pape Boniface IV qui, en 610, voulut honorer les nombreux martyrs romains dont il avait fait transférer les corps depuis les catacombes jusqu'à l'ancien panthéon d'Agrippa converti en église. Cette fête prit bientôt une dimension élargie et devint la « fête de tous les martyrs et de tous les saints » que le pape Grégoire IV, en 835, ordonna de célébrer dans l'ensemble du monde chrétien, la date du 1er novembre s'imposant progressivement en Occident à partir du IXe siècle[11]. Il s'agissait, certes, d'honorer les héros de l'histoire chrétienne. Mais son caractère collectif sous-entendait la continuité du lien entre les vivants et les morts. Ce que confirma l'instauration de la « fête des Morts ».

À l'origine de ce rite, on trouve les pratiques païennes de commémoration des défunts, qui n'étaient pas des « intercessions ». Mais la conviction, dans les premiers siècles du christianisme, que les morts passaient par un temps d'attente, puis la crainte, qui alla en se précisant, qu'ils pouvaient être soumis à une purification douloureuse (avant que n'apparaisse le « purgatoire » comme lieu et comme substantif) conduisirent à réciter des prières pour les défunts. Celles-ci trouvèrent leur expression la plus achevée dans la messe, non seulement celle des funérailles, mais celle de tous les jours qui, au moins dès l'époque de Grégoire le Grand, pape de 590 à 604, comprit un *memento des morts.* Le rappel de ceux-ci au cours de la messe s'intensifia à l'époque carolingienne avec l'introduction des listes nominatives et la célébration de « messes privées » à l'intention de défunts particuliers. Dès lors s'accrut le nombre des messes pour les morts dans les communautés monastiques. C'est dans ce contexte que Cluny, au milieu du IXe siècle, introduisit une commémoration annuelle globale des morts, le 2 novembre, en relation avec la fête de tous les saints célébrée la veille.

Le développement postérieur de la croyance au purgatoire (comme lieu de souffrances rédemptrices défini comme tel vers la fin du XIIe siècle[12]) et, à partir du jubilé de 1300, le bénéfice des indulgences étendu aux défunts[13] renforcèrent dans l'Église romaine les liens déjà tissés auparavant entre vivants et morts. Puisant dans le « trésor » de l'Église — constitué par le sacrifice de Jésus sur la croix mais aussi par les mérites des saints —, les prières et les aumônes des vivants (à condition toutefois qu'ils ne fussent pas en état de péché mortel) furent créditées du privilège de raccourcir le temps d'épreuve des trépassés encore en attente du passage définitif au ciel. Se développa ainsi une forte « piété indulgentielle ». La circulation des biens spirituels se fit intense entre l'ici-bas et l'au-delà, une « communion d'amour » unissant tous les membres des Églises triomphante (le paradis), souffrante (le purgatoire) et militante (la terre)[14]. Jusqu'au début du XXe siècle les prières pour les morts devinrent « la dévotion la plus répandue et la plus populaire de l'Église catholique[15] ».

LA « RÉVOLUTION DU SENTIMENT » ET L'INVESTISSEMENT DANS L'AFFECTIF

S'opposant au catholicisme, Luther et Calvin, hostiles aux déviations auxquelles donnaient lieu le culte des saints et la pratique des indulgences, déclarèrent que le sacrifice du Christ sur la croix constituait le seul « trésor » de l'Église. Il en résulta une dévaluation de la communion des saints comprise comme un échange de services spirituels entre les vivants et les défunts. La Confession d'Augsbourg de 1530 affirma, certes, que « l'on doit garder la mémoire des saints, afin de fortifier la foi » (art. 21)[16]. Les *Articles de Smalkalde* (1537), rédigés par Luther, admirent même comme une éventualité l'intercession des saints mais en la nuançant par une forte mise en garde : « Il ne s'ensuit pas [...] [qu'il faille] les considérer comme des sauveurs et leur attribuer individuellement toutes sortes de secours[17]... » L'*Apologie de la Confession d'Augsbourg* (1531) avait auparavant précisé :

> Quant aux saints, nous concédons ceci : de même que les vivants prient pour l'Église universelle dans son ensemble, de même ceux qui sont dans les cieux prient pour l'Église entière. Malgré cela, il ne se trouve dans les Écritures aucune attestation de la prière des morts pour les vivants, à l'exception du songe emprunté au livre des Maccabées.
> En admettant, tout au plus, que les saints prient pour l'Église, il ne s'ensuit pas cependant qu'il faille les invoquer. Notre *Confession* se contente d'affirmer que l'Écriture n'enseigne pas l'invocation ou qu'il faille demander leur secours. Comme on ne peut alléguer aucun commandement, aucune promesse, aucun exemple tirés de l'Écriture en faveur de l'invocation des saints, il s'ensuit qu'en conscience on ne peut avoir aucune certitude à ce sujet[18].

Calvin, plus catégorique, posa ironiquement la question : « Qui nous a révélé que [les saints] aient de si longues oreilles qu'elles entendent jusqu'à nos paroles ? Qu'ils aient des yeux si aigus qu'ils puissent considérer nos nécessités[19] ? »

De cette théologie découlait une conception du bonheur paradisiaque centré sur la seule vision béatifique. Selon Luther et Calvin, les élus n'ont d'autre occupation que de regarder Dieu face à face et de tourner leur désir vers lui. Il est toute leur joie. Et puisque au ciel toute hiérarchie, toute autorité aura disparu, le mariage, qui implique la soumission de la femme au mari, ne sera pas maintenu. Luther toutefois espérait bien retrouver son père dans l'au-delà. Mais pour Calvin, être au paradis, ce n'est pas se parler les uns aux autres et s'écouter les uns les autres mais seulement jouir de Dieu, faire sa volonté et se reposer en lui[20].

Ce discours rigoureusement théocentrique sur le bonheur de l'au-delà, conforme à celui de la scolastique médiévale, s'est maintenu dans la tradition réformée la plus orthodoxe jusqu'à Karl Barth. Mais il n'a pas été le seul à l'intérieur de l'espace protestant. Johannes Mathesius († 1565), un élève de Luther et son premier biographe, affirma dans sa prédication la réunion au ciel des époux et de leurs enfants — il est vrai, sans donner une priorité à ces retrouvailles[21]. Philip Nicolai, dont on a rappelé plus haut les très concrètes conceptions paradisiaques, soutint en 1599, à la suite d'une peste, que « parents et enfants, maris et femmes, fiancés, frères et sœurs, cousins et voisins », séparés par l'épidémie, se retrouveront au ciel[22]. Surtout se développa à partir du XVIIIe siècle, et d'abord en pays protestant, la conviction que l'amour terrestre continue dans l'au-delà. Il s'agissait bien toujours de relations d'affection entre les vivants et les morts mais avec un accent particulier sur ceux que l'amour humain avait unis sur terre. L'historiographie du dernier quart de siècle a mis en pleine lumière ce tournant majeur de l'histoire de la mort en Occident, de sorte qu'il suffit de résumer ici ses conclusions.

Philippe Ariès a eu raison de parler à ce propos de « révolution du sentiment[23] ». Car a importé désormais dans le travail de deuil du survivant non plus la solidarité traditionnelle avec la lignée mais la continuation, voire l'exaltation dans l'au-delà, des liens de tendresse noués sur terre avec des êtres chers — épouse, époux, parents, enfants. Si l'on veut marquer dans la chronologie le moment où s'est diffusée dans les comportements collectifs cette nouvelle relation aux défunts, on peut retenir les années soixante du XVIIIe siècle et les noms de Swedenborg et de Rousseau.

Le premier exposa que « l'amour est la vie de l'homme » et « l'homme même »; il doit donc continuer après la mort[24]. Le second, dans *La Nouvelle Héloïse,* roman qui connut un immense succès, magnifia l'amour humain dans l'au-delà. L'héroïne du roman, Julie, a épousé Wolmar sous la pression de sa famille, mais elle continue à aimer son précepteur Saint-Preux. Elle a été une épouse modèle. Aussi peut-elle, peu avant sa mort prématurée, écrire à Saint-Preux : « Mon âme existerait-elle sans toi? Sans toi quelle félicité goûterais-je? Non, je ne te quitte pas, je vais t'attendre. La vertu qui nous sépara sur terre nous unira dans le séjour éternel. Je meurs dans cette douce attente[25]. » Au pasteur qui, précédemment, avait exposé à Julie, selon l'orthodoxie calvinienne, que « l'immensité, la gloire et les attributs de Dieu » seront le seul objet dont l'âme des bienheureux sera occupée, qu'ils effaceront « tout autre souvenir », qu'« on ne se reconnaîtra plus », Julie avait répondu :

> [...] J'avoue que je me sens des affections si chères, qu'il m'en coûterait de penser que je ne les aurai plus [...]. Je me souviendrai [...] des gens qui m'ont été chers; ils me le seront donc encore : ne les voir plus serait une peine, et le séjour des bienheureux n'en admet point [...]. Tant que je me souviendrai d'avoir habité la terre, j'aimerai ceux que j'y ai aimés[26].

Le romantisme, qui cultiva la mélancolie de la mort et la promenade au tombeau entouré d'une nature apaisée, imagina souvent l'au-delà comme un lieu de retrouvailles de l'« éternelle bien-aimée ». Le Werther de Goethe s'encourage au suicide en pensant que sa mort lui permettra une éternité d'amour avec Charlotte délivrée de son mari. De même, la Pompilia de Robert Browning, mariée par ses parents à un vieux comte italien, devient amoureuse d'un prêtre dont elle a un enfant. Poignardée par le comte, elle déclare avant de mourir que son mariage était pour la terre mais que son amour (avec le prêtre) s'épanouira au ciel. Byron proclame que le ciel sera le cœur à cœur sans fin des amants, etc.[27].

Si, après plusieurs auteurs, j'évoque l'insistance du romantisme sur la réunion dans l'au-delà de ceux qui se sont aimés, c'est pour marquer une étape importante dans l'histoire occidentale du deuil et dans l'« éternelle redécouverte de la mort[28] ». Car, jusqu'à présent, on a peu remarqué une concomitance historique, qui fut plus qu'une coïncidence : au moment où s'effondrait dans l'espace chrétien une iconographie paradisiaque millénaire, un investissement nouveau, moins descriptif qu'affectif, s'orientait vers la commémoration des êtres chers disparus. Commençait cette « religion du souvenir » qui aujourd'hui, en France par exemple, se célèbre en fait le jour de la Toussaint, devenu pour les croyants et les incroyants la fête des morts que nous avons aimés et le moment privilégié de la mémoire familiale. Quatre-vingts pour cent des Français se rendent au cimetière dans la période de la Toussaint. Pour cette rencontre annuelle avec les défunts, des millions d'automobilistes traversent le pays. Les fleurs ou les bougies, ou les deux à la fois, s'accumulent alors sur les tombes.

Les aspects de la nouvelle relation avec les morts qui s'est précisée à partir de la fin du XVIIIe siècle ont été variés et ils accompagnèrent la longue survie des modèles antérieurs. Ainsi le XIXe siècle fut encore dans les pays catholiques un grand siècle du purgatoire, l'iconographie l'évoquant toutefois de façon plus douce et consolante qu'auparavant[29]. Victor Hugo, rappelle Michel Vovelle, resta « hanté par la présence des morts qui réclament des prières[30] ». D'autre part, une religion nouvelle née sur le tronc chrétien, celle des mormons, tout en donnant une place considérable à la relation entre les vivants et les défunts et à l'aide que les seconds peuvent apporter aux premiers, fit — et fait — l'impasse dans ce commerce sur la composante affective. Certes, la théologie des « saints des derniers jours » accorde une grande importance à la famille sur terre et dans l'au-delà mais à condition qu'elle ait été bénie et constituée par leur Église. Alors elle sera à la base de la société patriarcale éternelle et fonctionnera comme cellule productrice d'« êtres spirituels ». Ce qui est pris en compte, ce n'est pas l'amour conjugal et familial en tant que tel, mais la cellule de service spirituel que l'Église a reconnue sur terre et dont le rôle s'accroît après la mort. C'est dans cet esprit que les mormons cherchent à baptiser leurs ancêtres, même très anciens, et ont entrepris une gigantesque recherche dans les registres paroissiaux pour retrouver leurs traces.

Plus importante que la doctrine des mormons quant à la diffusion fut, surtout à partir du milieu du XIXe siècle, la vogue du spiritisme. À la base de ce qu'on a parfois appelé « une spiritualité de pacotille », on trouve la conviction que le monde des vivants et celui des morts sont voisins l'un de l'autre et que la communication entre eux est relativement facile moyennant des codes d'appel.

Naturellement, cette fois encore, ce sont d'abord les défunts dont on était proche que la quête spirite a cherché à atteindre. À l'âge d'or du spiritisme, Victor Hugo, Allan Kardec, Camille Flammarion et Conan Doyle (qui était médecin), pour ne retenir que quelques noms, furent touchés par cette vague ésotérique. Dès 1854, aux États-Unis, on aurait compté dix mille médiums et trois millions d'adeptes[31].

Ceux qui s'aimèrent seront réunis

Les faits rapidement rappelés ci-dessus gravitent, malgré leur diversité, autour d'une réalité centrale : le XIXe siècle a vu s'exprimer avec une force nouvelle le désir des vivants de retrouver outre-tombe les êtres aimés et le souhait d'obtenir d'eux la protection dans les épreuves de la vie. Ce n'est pas un hasard si les tombes familiales se multiplièrent au XIXe siècle avec, souvent, des épitaphes particulièrement emphatiques lorsqu'il s'agissait de l'épouse et d'un enfant.

Michel Vovelle a reproduit les résultats chiffrés d'une énorme compilation réalisée au XIXe siècle sur la littérature relative à la vie future, toutes confessions chrétiennes confondues, de 1500 jusqu'à 1860. Discutable dans sa méthode et ses choix, plus valable pour les pays germaniques et anglo-saxons que pour le monde latin, cette étude n'en est pas moins instructive pour le sujet qui nous occupe. Le thème des « retrouvailles des proches » ne donne lieu dans le corpus considéré à aucune occurrence pour le XVIe siècle, ne mobilise qu'un titre au XVIIe siècle, mais en produit 12 au XVIIIe siècle et 55 au XIXe (avant 1860)[32].

Le mouvement s'est encore amplifié par la suite. On n'a que l'embarras du choix entre les formulations qui ont exprimé à la fois la certitude de la réunion dans l'au-delà et la conviction que les êtres chers déjà décédés nous protègent. Elizabeth Stuart Phelps, l'auteur du livre à succès *Gate Ajar,* publia en 1885 un recueil de poèmes qu'elle disait dictés par les défunts. Dans l'un de ceux-ci, intitulé *Il n'y a plus de barrière,* une mère décédée assure affectueusement : « Je me penche vers vous comme avant, / Fidèle, mes bras autour de vous [...]. / Ceux qui s'aimaient sont réunis / En un groupe soudé, inséparable, qui sait comment[33] ? » Cet ouvrage connut, lui aussi, un gros succès de librairie.

Mêmes certitudes sous la plume de Thérèse de Lisieux adolescente. Voyant successivement ses sœurs Pauline et Marie entrer au Carmel, Thérèse, qui est orpheline de mère, est profondément perturbée. Elle écrira un peu plus tard : « Ne pouvant plus me confier à elle [Marie], je me tournai du côté des cieux. Ce fut aux quatre petits anges qui m'avaient précédée là-haut que je m'adressai, car je pensai que ces âmes innocentes, n'ayant jamais connu les troubles ni la crainte, devaient avoir pitié de leur pauvre sœur qui souffrait sur la terre[34]. » Ces « quatre petits anges » étaient les quatre enfants que la mère de Thérèse avait eus avant celle-ci. Plus tard, au Carmel depuis neuf mois, elle écrira à sa tante : « Comme la vie passe vite, déjà seize ans que je suis sur la terre, oh ! bientôt, nous serons tous réunis au ciel[35]. »

Cette espérance a nourri les multiples « lettres de consolation » qu'a produites le XIXe siècle en terre catholique comme dans les pays protestants. Fait à souligner : des mains féminines rédigèrent souvent ces lettres qui témoignent, à côté de beaucoup d'autres indices, de la féminisation et de l'adoucissement qui marquèrent au XIXe siècle l'expression du sentiment religieux et, plus précisément pour ce qui nous concerne ici, la formulation des espérances paradisiaques. Dans les mémoires de la paysanne hongroise Margit Gari figure notamment ce passage significatif :

> Mon frère Antal a été porté disparu pendant la guerre de 1914. Ma mère allait régulièrement prier pour son âme sur la tombe de sa propre mère. « Ô bonne mère ! Va à la rencontre de mon fils Antal sur son nouveau chemin ! » Elle l'appelait « nouveau », ce chemin, car il est vrai qu'auparavant mon pauvre frère n'était jamais passé par là ! Elle réclamait pour lui la protection des âmes défuntes, car on peut supposer qu'elles peuvent intercéder auprès du Seigneur ou des saints. Parce que, là-haut, c'est tout à fait comme ici-bas. Si quelque chose va de travers et que vous rencontriez quelqu'un qui peut vous être utile, vous pouvez le prier de vous venir en aide. Nous pensons, nous autres, que nos morts conversent peut-être bien, eux aussi, avec les saints. Toujours notre mère nous affirmait que toute la famille se retrouverait dans l'autre monde. Sa mère à elle, à ses derniers moments, lui disait : « Eh bien, mes enfants, c'est Panni — sa fille qui allait être orpheline — que j'attendrai la première ; enfin, si toutefois il est vrai que nous puissions nous retrouver là-haut. » Et ma mère répétait, elle aussi : « Mes enfants, vous devez vivre de telle manière que rien ne puisse nous empêcher de nous retrouver dans l'au-delà. Ce serait une trop grande douleur si quelqu'un de la famille allait échouer quelque part où il n'y ait pas de retrouvailles ! » On disait aussi dans le temps que, parvenue au paradis, chaque épouse aurait sa place à côté de son mari. Mais vraiment, il ne manquerait plus que cela ! Aurions-nous tous péché de la même façon ? Et mériterions-nous la même place[36] ?

Il fallait citer un peu longuement ce document révélateur, y compris avec ses quelques réticences, parfois humoristiques, et certains arrière-plans résiduels témoignant de la doctrine traditionnelle de l'Église sur l'inégalité des mérites. La dominante reste le rappel : « Toujours notre mère nous affirmait que toute la famille se retrouverait dans l'autre monde. »

Chez les croyants l'espérance des retrouvailles outre-tombe et chez les non-croyants le souhait mélancolique de ce qui leur paraît un irréel du futur caractérisent depuis plus d'un siècle la manière de vivre la mort d'autrui : ce que prouvent des aveux divers mais concordants. Littré, qui diffusa la philosophie positiviste d'Auguste Comte, avoua un jour: « Je n'aime pas Dieu; je ne désire pas voir Dieu; et je désire revoir ma mère[37]. » Miguel Hernandez, républicain espagnol qui mourut en 1942 dans la prison d'Alicante, composa ce bref poème :

Bien que dans la terre
Mon corps aimant se trouve,
Écris-moi dans cette terre,
Je te répondrai.

Sur le monument élevé à Nagasaki en souvenir des victimes de la bombe atomique on a gravé l'inscription : « Dans l'au-delà nous nous retrouverons[38]. » Sur une tombe du cimetière de Pontorson un téléphone de granit domine la mention d'un « cher disparu ». La chanteuse Nicoletta, qui interprète désormais beaucoup de gospels, a déclaré à l'émission *Présence protestante* du 15 novembre 1999 : « J'ai beaucoup de monde là-haut. Je passe beaucoup par eux pour m'adresser à Dieu. » Une maman confie : « Quand j'évoque les longues souffrances de ma fille et que je la "sens" épanouie dans la lumière, je sais qu'elle m'attend pour m'y conduire et cette pensée me soutient[39]. »

Cependant, selon un sondage de 1999, 42 % des Français pensent que l'être humain disparaît totalement après la mort[40]. On peut dans ces conditions reprendre la pertinente remarque de P. Ariès : « Quand Dieu est mort, c'est alors que le culte des morts peut devenir la religion authentique[41]. » Il est vrai aussi qu'au moment de la Toussaint, en France, croyants et incroyants communient ensemble dans une même démarche de souvenir — réaliste pour les uns, symbolique pour les autres. Mais peut-être faut-il retenir en même temps l'expérience d'un aumônier catholique de lycées parisiens constatant que les jeunes, à l'occasion d'un deuil, « découvrent qu'ils peuvent rester par l'amour en relation avec ceux qui les ont quittés et continuer à bénéficier de cet amour[42] ».

S'agissant donc de ces relations d'affection entre les vivants et les morts, je voudrais maintenant montrer que les XIXe et XXe siècles ont exprimé une conviction qui, en réalité, avait été présente tout au long de l'histoire chrétienne mais n'est devenue prédominante qu'en notre temps. Autrement dit, la civilisation moderne a explicité un élément doctrinal qui n'avait auparavant circulé qu'à bas bruit — il est absent, par exemple, de la prédication de Bossuet pour la Toussaint et le jour des Morts. Mais il avait la légitimité doctrinale pour lui et ne concurrençait pas la certitude de la vision béatifique.

Il est révélateur que les ouvrages du dominicain Ansaldi (fin du XVIIIe siècle) et du jésuite François-René Blot (années soixante du XIXe) aient tenu, l'un et l'autre, à raccorder leurs propos consolants — celui de Blot se présente sous forme de « lettres de consolation » — à une authentique théologie. Mais, d'autre part, le livre de Blot porte un titre répondant aux nouvelles exigences affectives de l'époque — *Au ciel on se reconnaît* — et cite, pour les réfuter, les propos que le pasteur tenait à Julie dans *La Nouvelle Héloïse* en lui affirmant qu'au ciel « on ne se connaîtra pas ». Ansaldi et Blot[43] vont donc être le plus souvent nos guides dans la littérature de « consolation » sur laquelle ils attirèrent l'attention.

La littérature chrétienne des retrouvailles

La littérature de « consolation » plonge ses racines dans l'Antiquité classique et, plus particulièrement, dans *Le Songe de Scipion* — texte familier aux écrivains chrétiens des premiers siècles de l'Église. Cicéron y évoque le voyage de Scipion dans les lieux du bonheur éternel où il retrouve son père qu'il embrasse avec des larmes de joie[44]. Le relais fut pris ensuite par les plumes chrétiennes. Selon Tertullien, « Dieu ne séparera pas plus ceux qu'il a unis qu'il ne permet cette séparation dans cette vie inférieure[45] ». Saint Cyprien († 258) écrivit dans son *Liber de immortalitate* : « Pourquoi ne pas nous hâter et courir pour voir notre patrie et saluer nos ancêtres ? Là nous attendent en grand nombre ceux qui nous furent chers. Nous sommes désirés par une foule considérable de parents, de frères et d'enfants. Installés dans la sécurité, ils sont désormais attentifs à notre salut. Aller les voir et les embrasser, quelle joie pour eux et pour nous[46] ! » Or, preuve de la (relative) notoriété de ce texte, Bède le Vénérable († 735) le reprit mot à mot dans une homélie (sans toutefois citer sa source)[47].

Saint Augustin ne fut pas prolixe sur les retrouvailles dans l'au-delà. Néanmoins, dans une lettre de « consolation » adressée à une noble romaine devenue veuve, il déclara : « Nous n'avons pas perdu nos êtres chers qui ont quitté cette vie ; nous les avons seulement envoyés devant nous. Nous aussi nous partirons et nous irons vers cette vie où ils nous seront plus chers que jamais, comme aussi ils seront mieux connus de nous. Et là nous pourrons les aimer sans crainte de séparation[48]. »

Saint Ambroise, le principal artisan de la conversion de saint Augustin, s'était adressé en ces termes à son jeune frère mort : « Maintenant, puisque tu ne peux revenir, c'est moi qui irai vers toi [...]. Mon frère, quelle consolation me reste-t-il si ce n'est l'espoir de te rejoindre bientôt, que la séparation mise entre nous par ton départ ne soit pas de longue durée et que par tes prières tu obtiennes d'attirer plus promptement à toi celui qui te regrette si vivement. » Le même saint Ambroise avait écrit dans une autre lettre : « Seigneur, ne me sépare pas après la mort de ceux qui me furent chers en cette vie. Je t'en prie, fais que, là où je serai, ils soient, eux aussi, avec moi[49]. » Saint Jérôme consola une veuve en ces termes : « Regrettez votre Licinius comme un frère mais réjouissez-vous de ce qu'il règne avec Jésus-Christ. Victorieux et sûr de sa place, il vous regarde du haut du ciel; il vous soutient dans vos peines et vos travaux et vous prépare une place auprès de lui[50]. »

Même langage chez des pères grecs de grande notoriété. Saint Grégoire de Nazianze affirma après la mort de son ami Basile de Césarée : « Maintenant Basile est dans les cieux. C'est là qu'il offre pour nous ses anciens sacrifices et répand pour le peuple des prières nouvelles. Car, en s'en allant, il ne nous a pas quittés tout à fait. Parfois même il vient m'avertir par des visions nocturnes et il me reprend lorsque je m'écarte de mon devoir[51]. » Le genre littéraire des « lettres de consolation » permit à saint Jean Chrysostome de dire à une veuve — en excluant, il est vrai, la continuation des liens terrestres du mariage : « En pensant aux honneurs dont Therasius jouit dans le ciel, mettez un terme à vos larmes et gémissements. Vivez comme il a vécu, et même avec plus de perfection. Par là, après avoir pratiqué les mêmes vertus, vous serez reçue dans les mêmes tabernacles, et vous pourrez de nouveau être unie à lui dans les siècles éternels, non par les liens du mariage, mais par un autre lien meilleur. Le premier unit seulement les corps, tandis que le second, plus pur, unit l'âme à l'âme[52]. »

Le thème des retrouvailles dans l'au-delà de ceux qui se sont aimés revient à plusieurs reprises dans les lettres du moine grec Théodore Stoudite († 826), qui tirait son nom du monastère du Stoudios à Constantinople. Théodore fut un champion de l'indépendance de l'Église face au pouvoir impérial et un défenseur des images contre les iconoclastes. La règle monastique qu'il rédigea se répandit dans le monde byzantin et slave. Il s'agit donc d'une figure de premier plan. Or il tint ferme pour la doctrine de la reconstitution de la famille dans l'éternité bienheureuse. Il écrivit à un père dont tous les enfants étaient morts : « Vos enfants ne sont pas perdus, mais ils demeurent sains et saufs pour vous, et, dès que vous serez parvenu au terme de cette vie temporelle, vous les reverrez joyeux et tressaillants d'allégresse[53]. » À une veuve il assura : « Le Dieu qui vous a conduite à un âge florissant pour vous unir à un homme illustre saura bien vous unir à lui encore une fois par la résurrection [...]. J'espère que vous posséderez de nouveau votre mari au jour du Seigneur[54]. » À un veuf il tint un discours symétrique : « C'est auprès de Dieu que vous avez envoyé avant vous une si digne épouse [...]. Vous devez tâcher maintenant de retrouver dans le ciel, au moment fixé par la providence, cette excellente compagne qui se réjouira avec vous pendant des siècles sans fin, dans la participation de biens ineffables[55]. »

Dans un sermon catéchétique, Théodore s'en prit à ceux qui, comme Origène, « trompent leurs auditeurs » en soutenant qu'au Jugement les hommes ressuscités ne se reconnaîtront point parce qu'il n'y aura plus alors ni Grec, ni Juif, ni barbare, ni esclave, ni homme libre, ni époux, ni épouse. Il affirma donc haut et clair : « Oui, il faut le croire, le frère reconnaîtra son frère, le père ses enfants, l'épouse son époux, l'ami son ami [...]. Tous nous connaîtrons tous, afin que l'habitation de tous en Dieu soit rendue plus joyeuse par ce bienfait, ajouté à tant d'autres — celui de nous reconnaître les uns les autres[56]. »

Si nous revenons en Occident et descendons la chronologie, se présentent à nous, au moins sous forme de brèves déclarations, des assurances concordantes. Saint Bernard transforma un de ses sermons sur le Cantique des cantiques en oraison funèbre de son frère Gérard, interpellant le défunt en ces termes :

> Plus on est uni à Dieu, plus on est rempli d'amour. Or, si Dieu ne peut pâtir, il peut compatir. Car avoir pitié des malheureux et pardonner aux coupables, c'est chose qui lui est propre. Il faut donc, mon frère, que tu sois touché des misères d'autrui, puisque tu es si intimement uni à la divine miséricorde. C'est pourquoi ton affection pour nous, loin de diminuer, est parvenue à sa perfection. En te revêtant de Dieu, tu ne t'es pas dépouillé de ta sollicitude pour nous, puisque lui-même a soin de nous (1 P 5, 7). Tu as rejeté ce qui était faiblesse, mais pas ce qui est pitié ou compassion. Enfin, puisque la charité ne meurt jamais (1 Co 13, 8), tu ne m'oublieras jamais[57].

À l'évidence, saint Bernard n'apercevait aucune contradiction entre vision béatifique et liens étroits réunissant les élus et leurs proches de la terre. Saint Thomas d'Aquin n'a pas été explicite sur les retrouvailles dans l'au-delà de ceux qui s'aimèrent sur terre. En revanche, dans un de ses dialogues avec Dieu, Catherine de Sienne fait dire au Seigneur : « Bien que tous mes élus soient indissolublement unis en une parfaite charité, il y a toutefois une singulière communication, une joyeuse et sainte familiarité entre ceux qui se sont réciproquement aimés sur terre [...]. Ce saint amour n'est aucunement diminué entre eux dans la vie éternelle; au contraire il leur apporte une plus grande abondance de joie et de contentements spirituels [58]. »

Saint Vincent Ferrier, dans un sermon, assure à ses auditeurs qu'« à la mort d'une sainte et dévote personne accourent les anges, les parents et les enfants morts en bas âge, et lorsqu'ils réalisent que leur père et leur mère sont à toute extrémité, ils demandent au Christ de pouvoir accueillir cette âme [59] ». Dans son *De voluptate*, Lorenzo Valla exprime une conviction voisine : quand un élu, dit-il, arrive au paradis il est reçu et embrassé par ses parents et ses amis décédés — comme dans une peinture de Fra Angelico —, et une musique comparable à celle de joyeuses cloches emplit le ciel. L'interlocuteur imaginaire de Valla, Antonio, espère bien que dans l'au-delà il retrouvera son père, sa mère, ses enfants, son frère et sa sœur morts avant lui [60]. Une espérance comparable a été exprimée par saint François Xavier écrivant depuis l'Orient à son ami Ignace de Loyola :

> Arrêtons cette lettre pour prier le Christ Notre Seigneur de nous donner la grâce de nous voir et de nous rassembler dans l'autre vie corporellement. Car, en celle-ci, je ne sais pas si nous nous verrons encore, tant à cause de la grande distance qui sépare Rome de l'Inde qu'en raison de l'abondante moisson qu'il y a là-bas sans qu'il faille en chercher ailleurs. Celui qui arrivera le premier dans l'autre vie et ne trouvera pas son frère que le Seigneur aime, qu'il prie le Christ Notre Seigneur de nous rassembler tous là dans sa gloire [61].

On pourrait multiplier les affirmations concordantes. Ronsard voit son père en songe qui lui assure :

> [...] Mort, ton âme en la vie éternelle
> Se viendra joindre à la mienne, et à celle
> De ton feus oncle, et de ta mere aussi,
> Qui voit du ciel la peine et le souci
> Qui te tourmente [62]...

Le jésuite Pierre Coton, confesseur d'Henri IV, devine dans un sermon, transformé pour l'édition en « méditation », ce que sera le bonheur du ciel et il prédit : « [Alors] le fils remerciera son père de la saine instruction qu'il lui aura procurée et la fille sa mère des bons exemples qu'elle lui aura donnés. » La mère dira à sa fille :

« Ta béatitude est un apanage de la mienne, et la mienne un surcroît de la tienne[63]. »

Il fallait fournir ces morceaux choisis pour charpenter une démonstration convaincante : même si la conviction que les défunts auront dans l'au-delà une relation privilégiée avec ceux qu'ils ont chéris sur terre n'est venue sur le devant de la scène chrétienne que depuis deux cents ans environ, elle était néanmoins présente, au moins en filigrane, dès les premiers siècles de l'Église. Son actuelle valorisation révèle une correspondance entre notre sensibilité d'aujourd'hui et ce qui était déjà et qui est surtout maintenant une composante majeure du discours chrétien sur l'après-mort. Thérèse d'Avila raconte qu'un jour, Dieu l'ayant « avec une irrésistible impétuosité » enlevée à elle-même, elle fut « transportée en esprit au ciel ». Et là, dit-elle, « les premières personnes que je vis furent mon père et ma mère[64] ».

[illegible]

[illegible] de la [illegible] droit de la [illegible]

Il fallait [illegible] les premiers siècles de l'Église [illegible]

CONCLUSION

Que reste-t-il du paradis?

Ai-je écrit, en trois volumes, une « histoire des paradis perdus »?

Car, en terre chrétienne, on a cultivé, et parfois simultanément, la nostalgie du jardin d'Éden, la volonté de le reconstituer dans un avenir à la fois radieux et prévisible et l'espérance d'habiter après la fin des temps dans la Jérusalem du bonheur éternel qui « descendrait du ciel » (Ap 21, 10). Or, depuis trois siècles, ces trois visions paradisiaques se sont évanouies, fuyant comme des mirages. Exprimaient-elles une durable nostalgie de l'enfance? Ou le ciel a-t-il été le grand écran sur lequel nos ancêtres projetèrent leurs fantasmes? Constatons plutôt qu'au cours de notre histoire occidentale le rapport au surnaturel s'est profondément modifié. Longtemps le surnaturel et le réel concret de la terre ont été imbriqués l'un dans l'autre : le surnaturel investissait le quotidien; inversement, le mobilier terrestre trouvait une large place dans le monde céleste.

Il y eut un temps où l'image religieuse était de l'ordre de la relation au sacré. Puis, à partir de la Renaissance, elle entra dans le champ de l'art[1]. En même temps une laïcisation croissante s'insinuait dans tous les domaines. À partir de la révolution scientifique du XVIIe siècle, une constatation s'est progressivement imposée : le ciel et la terre appartiennent au même univers et sont soumis aux mêmes lois. Le ciel n'est pas le « lieu » de Dieu, ce que vérifia naïvement Gagarine qui, en plein XXe siècle, en était resté à l'ancienne conception du ciel.

Dès lors le paradis ne peut plus être défini que comme une « utopie », c'est-à-dire, au sens étymologique de ce mot forgé par Thomas More, comme un « non-lieu ». Est-ce à dire qu'il n'a pas de réalité? Et, redoublement de l'interrogation : les espérances que recouvre le mot « utopie » — cette fois, dans le sens courant —

sont-elles toutes des chimères? L'humanité peut-elle vivre sans utopies?

Notre mot « paradis » englobe désormais tous les sens de l'« utopie ». Selon la foi chrétienne, il désigne non un lieu mais un avenir par-delà la mort ou, plus précisément, par-delà la résurrection. Car le « diamant[2] » de l'espérance née des Évangiles, ce n'est pas que les hommes sont immortels, mais que les défunts, à l'appel de Dieu qui les prend par la main, sortent du trou noir de la mort. Ils entrent alors dans une seconde vie, cette fois éternelle mais se déroulant dans des conditions encore infigurables par nous[3].

S'éloignant de la tentation du merveilleux, le croyant d'aujourd'hui doit accepter le vide des représentations relatives à l'au-delà. Perte sévère, certes, mais compensée par l'espoir « utopique » d'une réalisation des « béatitudes » dans le monde à venir. Ces « béatitudes » sont en effet des « utopies » comme le paradis lui-même et il existe un lien étroit des unes à l'autre. La face cachée du monde sera celle où la prophétie de Jésus deviendra réalité : ceux qui pleurent seront consolés; ceux qui ont faim et soif de justice seront rassasiés; les miséricordieux obtiendront miséricorde, etc. (Mt 5 et Lc 6). Le paradis sera l'actualisation de ces rêves fous sans la présence desquels la vie sur terre tourne à l'enfer.

À la question « Que reste-t-il du paradis? » la foi chrétienne continue de répondre : grâce à la résurrection du Sauveur, un jour nous nous donnerons tous la main et nos yeux verront le bonheur.

Notes

INTRODUCTION

L'histoire d'une espérance

1. Jugements concordants sur la pauvreté des évocations paradisiaques par les prédicateurs dans les ouvrages suivants, cités dans l'ordre de parution : M. Zink, *La Prédication en langue romane avant 1300*, Paris, H. Champion, 1974, surtout pp. 463-471 ; H. Martin, *Le Métier de prédicateur à la fin du Moyen Âge*, Paris, Le Cerf, 1988, surtout pp. 349 et 350; N. Beriou, *L'Avènement des maîtres de la parole. La prédication à Paris*, Paris, Institut d'études augustiniennes, 1999, 2 vol. Ici I, pp. 447 et 448.
2. J. Le Goff, *La Naissance du purgatoire*, Paris, Gallimard, 1981, p. 484.
3. Voir plus loin chap. 24, 26 et 30.
4. Cf. J. Delumeau, *Rassurer et protéger*, Paris, Fayard, 1989, p. 478.
5. Notamment F. Garnier, *Le Langage de l'image au Moyen Âge*, Paris, Le Léopard d'or, 1982-1989, 2 vol. ; J. Wirth, *L'Image médiévale. Naissance et développements (vi^{e}-xve siècle)*, Paris, Klincksieck, 1989; F. Dunand, J.-M. Spieser et J. Wirth, (dir.), *L'Image et la production du sacré*, Paris, Klincksieck, 1991 ; J. Baschet et J.-C. Schmitt (dir.), *Fonctions et usages des images dans l'Occident médiéval*, Paris, Le Léopard d'or, 1996, et la trad. franç., en 1998, du livre de H. Belting, *Une histoire de l'image avant l'époque de l'art*, paru en 1981.
6. J. Wirth, *L'Image médiévale*, p. 233.
7. J. Baschet et J.-C. Schmitt (dir.), *Fonctions...*, p. 5 (contribution de J. Baschet).
8. J. Wirth, *L'Image médiévale*, pp. 224-226.
9. *Ibid.*, p. 227.
10. Cf. J. Baschet, dans *Fonctions...*, chap. cité, p. 23.

CHAPITRE PREMIER

Arrêt sur image : le paradis de Gand

1. BEATIS, *Journal de voyage*, Paris, 1888, p. 109.
2. Cf. A. CHASTEL, *Le Cardinal Louis d'Aragon; un voyageur de la Renaissance*, Paris, Fayard, 1986, p. 59.
Le texte comporte une certaine ambiguïté : « Aux deux extrémités deux figures nues de grandeur presque naturelle, Adam à droite, Ève à gauche, peints à l'huile avec une vérité si parfaite dans les proportions, les chairs et les ombres, qu'on peut le déclarer le plus beau panneau peint de la chrétienté [...], on dirait qu'ils viennent de sortir de la main du peintre. Le sujet du panneau est l'Assomption. » L'admiration des visiteurs va d'abord à la représentation d'Adam et Ève, et semble glisser ensuite à l'ensemble du « panneau ».
3. C. VAN MANDER, *Le Livre des peintres*, trad. franç. 1884, p. 32.
4. La littérature sur le polytyque de Gand est considérable. Cf. notamment E. PANOFSKY, *Early Netherlandish Painting*, Cambridge, Harvard University Press, Mass., 1953. J'ai utilisé ici la trad. franç., *Les Primitifs flamands*, Paris, Hazan, 1992, pp. 325-435; L. VAN PUYVELDE, *L'Agneau mystique d'Hubert et Jean Van Eyck*, Bruxelles, Elsevier, 1959; L.B. PHILIP, *The Gent Altarpiece and the Art of Jan Van Eyck*, Princeton, Princeton University Press, 1971; F. VAN DER MEER, *L'Apocalypse dans l'art*, Anvers, Mercator-Chêne, 1978, pp. 235-257.
5. C. VAN MANDER, *Le Livre...*, p. 32.
6. E. PANOFSKY, *Les Primitifs flamands*, pp. 388 et 721 (n. 43).
7. Cf. A. CHASTEL, *Le Cardinal Louis d'Aragon...*, p. 59.
8. C. VAN MANDER, *Le Livre...*, p. 30.
9. C. Van Mander publia son livre en 1604 et mourut en 1606.
10. *Patrologie latine (PL)*, t. 172, c. 1166.
11. L. VAN PUYVELDE, *L'Agneau mystique...*, p. 30.
12. J. DE GERSON, *A.B.C. des simples gens*, dans *Œuvres*, éd. Glorieux, t. 7, 1966, p. 155.
13. C. VAN MANDER, *Le Livre...*, p. 31.
14. Cf. J. WIRTH, *L'Image médiévale...*, pp. 287-290.
15. H. MARTIN, *Les Mentalités médiévales*, Paris, PUF, 1996, p. 89.
16. Cf. E. PANOFSKY, *Les Primitifs flamands*, pp. 330 et 657; H. MARTIN, *Les Mentalités médiévales*, p. 88. B. FAZIO, dans son *De viris illustribus*, imprimé à Florence en 1745, donne une courte biographie de Jan Van Eyck.
17. L.B. PHILIP, *The Gent Altarpiece...*, p. 56.
18. L. VAN PUYVELDE, *L'Agneau mystique...*, p. 39.
19. GUILLAUME DE LORRIS et JEAN DE MEUNG, *Le Roman de la Rose*, trad., présentation et notes de A. Strubel, Paris, Le Livre de poche, 1992, p. 1167.
20. *Ibid.*, p. 1161.
21. *Ibid.*
22. *Ibid.*
23. *Ibid.*, p. 1183.
24. C. VAN MANDER, *Le Livre...*, p. 34.
25. L. VAN PUYVELDE, *L'Agneau mystique...*, p. 26; L.B. PHILIP, *The Gent Altarpiece...*, pp. 105 et 106.

26. H. Martin, *Les Mentalités médiévales*, pp. 282 et 283.
27. *Ibid.*, p. 293.
28. *Ibid.*, p. 100.
29. E. Roy, *Études sur le théâtre français au* XIV*e* *siècle. Le Jour du Jugement, mystère français sur le Grand Schisme*, publié pour la première fois d'après le ms. 579 de la bibliothèque de Besançon et les *Mystères* de Sainte-Geneviève, Paris, 1902, pp. 113 et 114.
30. A. Gréban, *Le Mystère de la Passion*, texte du manuscrit de la bibliothèque d'Arras, reprint Paris, Slatkine, 1976, p. 2.

CHAPITRE II

Les textes fondateurs

1. Je résume ici les éléments essentiels des chap. 1 et 2 de mon *Jardin des délices*, Paris, Fayard, 1992, qui constitue le tome 1 de la présente *Histoire du paradis.*
2. F. Van der Meer, *L'Apocalypse dans l'art*, p. 31.
3. Cf. *Dictionnaire de spiritualité*, art. « Jérusalem céleste », c. 944-958.
4. S. Gruzinski, *L'Aigle et la Sibylle*, Paris, Imprimerie nationale, 1994, pp. 91-128.
5. Augustin, *La Cité de Dieu*, Paris, Desclée de Brouwer, 1960, t. 37 des *Œuvres de saint Augustin.* Ici, XXII, pp. 615-637.
6. *Ibid.*, p. 689.
7. E. Panofsky, *Les Primitifs flamands*, p. 386.
8. A. de Laborde, *La Cité de Dieu de saint Augustin*, Paris, 1909, 3 vol.; ici, t. 2. p. 223.
9. *Ibid.*
10. *Ibid.*
11. Cf. F. Avril et N. Reynaud, *Les Manuscrits à peintures en France, 1440-1520*, Paris, BNF, Flammarion, 1993, p. 51; Bibliothèque Sainte-Geneviève, Paris, ms. 246, f° 406.
12. Voir plus loin pp. 171 et suiv.
13. Cf. M. Meiss, *La Peinture à Florence et à Sienne après la Peste noire*, trad. franç., Paris, Hazan, 1994, pp. 150-155.
14. C. McDannell et B. Lang, *Heaven. A History*, Yale, Yale University Press, 1988, pp. 59-68.
15. Augustin, *La Cité de Dieu*, XXII, p. 707.
16. *Ibid.*, p. 641.
17. *Ibid.*
18. Cf. notamment Pseudo-Denys l'Aréopagite, *Œuvres complètes*, trad., préface et notes par M. de Gandillac, Paris, Aubier, 1943; H. Spitzmuller, *Poésie latine chrétienne du Moyen Âge*, Paris, Desclée de Brouwer, 1971; ici, pp. 1705-1707.
19. *Vocabulaire de théologie biblique*, Paris, Le Cerf, 1971, p. 58.
20. Pseudo-Denys, éd. citée, p. 205.
21. *Ibid.*, pp. 209 et 210.
22. Cf. *Dictionnaire de théologie catholique (DTC)*, art. « Anges », c. 1209-1210.
23. H. Spitzmuller, *Poésie latine...*, p. 1706.
24. Cette phrase se trouve à la première page de l'ouvrage cité à la note suivante.

25. *Hortus deliciarum*, reconstitution du manuscrit du XIIe siècle de Herrade de Landsberg sous la dir. d'A. Christen, Strasbourg, Coprur, 1992.

26. *Ibid.*, pl. 95.

27. Traduction donnée par J.-P. JOSSUA dans *Seul avec Dieu*, Paris, Gallimard, 1996, p. 55.

28. HILDEGARDE DE BINGEN, *Scivias*, éd. A. Fuhrkötter, Tournai, Brepols, 1978, I, pp. 100 et 101 ; II, pp. 615 et 616.

29. JACOPONE DA TODI, *Les Laudi*, trad. L. Portier, Paris, Le Cerf, 1996, pp. 14 et 336-342.

30. *Pasional Premyslovny Kunhuty*, éd. E. Urbankova et K. Stejskal, Prague, Odéon, 1975, notamment fos 18a et 22b. Je remercie vivement Hervé Martin d'avoir attiré mon attention sur ce manuscrit et de m'en avoir procuré des photocopies.

31. H. SUSO, *Œuvres complètes*, présentation, trad. et notes de J. Ancelet-Hustache, Paris, Le Seuil, 1977, p. 355.

32. Cf. A. RENAUDET, *Dante humaniste*, Paris, Les Belles Lettres, 1952, notamment pp. 167 et 540 ; P. RENUCCI, *Dante*, Paris, Hatier, 1958, pp. 109-136 ; *Enciclopedia dantesca*, Instituto della Enciclopedia italiana, Rome, 1972, pp. 284 et suiv.

33. Trad. de L. Portier, Paris, Le Cerf, 1987.

34. THOMAS D'AQUIN, *Somme théologique*, III, supplément 93, 2, éd. utilisée dans tout le livre : Le Cerf/ Desclée de Brouwer, Paris, Tournai, commencée en 1921, p. 234.

35. Cf. R. MUJICA PINILLA, *Angeles apocrifos en la America virreinal*, Lima, Mexico, Madrid, Instituto de Estudios Tradicionales, 1992, p. 157.

36. Cité dans le *DTC*, art. « Anges », c. 1249. Cf. J. KIMMEL, *Libri symbolici ecclesiae orientalis*, Iena, 1843, pp. 77-83.

37. C. HALLET, *« El Congregante perfecto » del Padre Ignacio Garcia Gomez, S.J., manuscrito chileno del siglo XVIII*, Santiago, Universitad Catolica de Chile, 1982, p. 202.

CHAPITRE III

Le paradis dans le système du ciel

1. Excellente présentation de la cosmographie traditionnelle dans C.S. LEWIS, *The Discarded Image*, Cambridge, Cambridge University Press, 1967, surtout pp. 92-121.

2. ORIGÈNE, *Traité des principes*, trad. de H. Crouzel et M. Simonetti, Paris, Le Cerf, « Sources chrétiennes », 1978, t. 1, pp. 269-273.

3. Cf. A. DESREUMAUX et F. SCHMIDT, *Moïse géographe. Recherches sur les représentations juives et chrétiennes de l'espace*, Paris, Vrin, 1988, pp. 20 et suiv.

4. AUGUSTIN, « De Genesi ad litteram », dans *PL*, t. 34, c. 270-271.

5. Voir p. 62.

6. PSEUDO-DENYS, *La Hiérarchie céleste*, dans *Œuvres complètes*, éd. citée, pp. 211-235.

7. THOMAS D'AQUIN, *Somme théologique*, Ia, quest. 66, art. 3, éd. citée, p. 63.

8. C. HECK, *L'Échelle céleste dans l'art du Moyen Âge*, Paris, Flammarion, 1997, p. 36.

9. A. GRABAR, « L'iconographie du ciel dans l'art chrétien de l'Antiquité et du

haut Moyen Âge », dans *Cahiers archéologiques*, n° 29, CNRS, Paris, 1981, pp. 5-10.

10. *Ibid.*, p. 10.

11. A. GRABAR, *Les Voies de la création en iconographie chrétienne*, Paris, Flammarion, 1994, p. 27.

12. Respectivement *Bible de Vivien*, 1re moitié du IXe siècle (BNF) et *Codex Liuthar*, Trésor de la cathédrale d'Aix-la-Chapelle.

13. A. GRABAR, « L'iconographie du ciel... », p. 15.

14. T. LITT, *Les Corps célestes dans l'univers de saint Thomas d'Aquin*, Louvain, Nauvelaerts, 1963, p. 261.

15. BASILE DE CÉSARÉE, *Homélies sur l'hexameron*, Paris, Le Cerf, « Sources chrétiennes », 1968, pp. 121 et 197-203.

16. *Ibid.*, p. 121.

17. BÈDE LE VÉNÉRABLE, « Hexameron », dans *PL*, t. 91, c. 13-14. J'utilise ici et pour les citations suivantes le groupement de textes opéré par T. LITT dans *Les Corps célestes...*, pp. 258 et suiv.

18. W. STRABON, « Glossa ordinaria », dans *PL*, t. 113, c. 69.

19. ALCUIN, « Interrogationes et responsiones in Genesim », dans *PL*, t. 100, c. 519.

20. PSEUDO-ISIDORE, « Anacleti epistola », dans *PL*, t. 130, c. 74.

21. Notre développement corrige l'affirmation de M. LACHIÈZE-REY et J.-P. LUMINET, *Figures du ciel*, Paris, Le Seuil/BNF, 1998, qui, p. 28, attribuent à saint Anselme au XIe siècle l'introduction du mot « empyrée ».

22. A. VAUCHEZ (dir.), *Dictionnaire encyclopédique du Moyen Âge*, 2 vol., Paris, Le Cerf, 1997 : I, p. 445.

23. HUGUES DE SAINT-VICTOR, « Summa sententiarum », dans *PL*, t. 176, c. 81.

24. PIERRE LOMBARD, « Sentences », II, dist. 2, dans *PL*, t. 192, c. 656.

25. THOMAS D'AQUIN, *Somme théologique*, Ia, quest. 102, 2, ad. 1, pp. 275-281, et *Supplément*, 69, 1, p. 10.

26. BONAVENTURE, *IIe Livre des sentences*, dist. 2, quest. 1, et art. 3, quest. 3.

27. ALBERT LE GRAND, *Opera omnia (Somme théol.)*, éd. Boignet, Paris, Vivès, 1894, t. 31, p. 757.

28. THOMAS D'AQUIN, *Somme théologique*, Ia, quest. 66, art. 3, éd. citée, p. 63.

29. ALAIN DE LILLE, « Anticlaudianus », dans *PL*, t. 210, c. 536-537.

30. THOMAS D'AQUIN, *Somme théologique*, Ia, quest. 66, art. 3, éd. citée, p. 63.

31. JACOPONE DA TODI, *Les « Laudi »*, trad. L. Portier, p. 365.

32. P. DUHEM, *Le Système du monde*, Paris, Hermann, rééd. de 1958, III, pp. 216-223.

33. Sur l'influence du *Livre de l'échelle de Mahomet* en Occident, voir la bibliographie donnée par C. HECK, pp. 98-100 de son livre.

34. *Ibid.*, p. 239.

35. M. SCOT, *Super auctore sphaerae*, Venise, 1518, f° 108. Sur M. Scot, cf. P. DUHEM, *Le Système du monde*, III, pp. 241-248.

36. C. HECK, *L'Échelle céleste...*, pp. 104 et 105 et ill. 33. Sur Jean Peckham, cf. P. DUHEM, *Le Système du monde*, III, pp. 515-517.

37. ALBERT LE GRAND, « Summa de creaturis », dans *Opera omnia*, éd. Boignet, 1895, t. 34, pp. 415-419. Cf. aussi HONORIUS D'AUTUN, « De Imagine mundi », dans *PL*, t. 172, c. 146.

38. Voir chap. 12

39. Pierpont Morgan Library, New York, ms. 498, f° 4, v°.

40. J. PECKHAM, *Perspectivae communis libri tres*, Cologne, 1580, f°s 2-3. Cité par P. DUHEM, *Le Système du monde*, III, p. 515.
41. P. RENUCCI, *Dante*, p. 128.
42. C. MCDANNELL et B. LANG, *Heaven. A History*, pp. 85 et 86.
43. RUYSBROECK, « Le Royaume des enfants de Dieu », dans *Œuvres*, II, pp. 74-76.
44. H. SUSO, *Œuvres complètes*, éd. citée (« Livre de la Sagesse éternelle »), p. 354.

CHAPITRE IV

« Par une route non frayée »

1. Formule de M.-D. CHENU, dans *La Théologie au XIIe siècle*, Paris, Vrin, 1957, pp. 66 et 67, reprise par J. LE GOFF dans *Pour un autre Moyen Âge*, Paris, Gallimard, 1977, p. 53.
2. B. MCGINN, *Visions of the End. Apocalyptic Traditions in the Middle Ages*, New York, Columbia University Press, 1979, p. 16, qui cite J. PELIKAN, *L'Émergence de la foi catholique*, trad. franç., Paris, PUF, 1994, p. 132.
3. J'ai plusieurs fois insisté sur ce thème, notamment dans *La Peur en Occident*, Paris, Fayard, 1978, pp. 197-231, Pluriel, 1979, pp. 259-302, et dans les deux volumes précédents de *Une histoire du Paradis, passim.*
4. N. GAUTIER, « Les images de l'au-delà durant l'Antiquité chrétienne », dans *Revue des études augustiniennes*, 33, 1987, p. 15.
5. *La Bible. Écrits intertestamentaires*, éd. A. Dupont-Sommer et M. Philonenko, Paris, Gallimard, 1987, pp. 508 et 509. Cf. C. KAPPLER (dir.), *Apocalypses et voyages dans l'au-delà*, Paris, Le Cerf, 1987, pp. 210-216.
6. *La Bible. Écrits intertestamentaires*, p. 1454.
7. *Ibid.*, pp. 1426-1428. Sur l'influence du *Quatrième Livre d'Esdras*, cf. J. LE GOFF, *La Naissance du purgatoire*, pp. 52 et 53.
8. F. AMIOT, *La Bible apocryphe. Évangiles apocryphes*, Paris, Fayard, 1952, pp. 292 et 293; M.R. JAMES, *The Apocryphal New Testament*, Oxford, Clarendon, 1950, pp. 518-520.
9. C. KAPPLER, *Apocalypses...*, p. 238.
10. Pour la clarté de ce développement, j'ai redonné ici des précisions qui figuraient déjà dans le tome 1 de *Une histoire du Paradis : Le Jardin des délices*, Paris, Fayard, 1992, p. 42.
11. C. KAPPLER, *Apocalypses...*, p. 243.
12. *Ibid.*, pp. 258 et 259.
13. *Ibid.*, pp. 257 et 258.
14. HERMAS, *Pasteur*, Paris, Le Cerf, « Sources chrétiennes », 1958, p. 77.
15. *Ibid.*, p. 319.
16. J. AMAT, *Songes et visions. L'au-delà dans la littérature latine tardive*, Paris, Études augustiniennes, 1985, p. 61.
17. Traduction figurant dans le *Dictionnaire d'archéologie chrétienne*, t. 13, Paris, 1938, c. 1583-1584.
18. *Ibid.*, c. 1584-1585.
19. J. AMAT, *Songes et visions...*, p. 135.
20. *Le Songe de Scipion* est inséré dans le livre VI de la *République*. Édition utili-

sée ici : E. Bréguet, *Cicéron, la République*, t. 2, l. II à VI, Paris, Les Belles Lettres, 1980, pp. 104, 108-110.

21. Cicéron, *De divinatione*, Paris, Les Belles Lettres, 1992, p. 45.

22. Cf. P. Courcelle, « La postérité chrétienne du *Songe de Scipion* », dans *Revue des études latines*, 36, 1958, pp. 205-234.

23. J. Le Goff, *Pour un autre Moyen Âge*, p. 303.

24. Tertullien, *De anima*, IX, 4, éd. Wasjinck, CCLII, pp. 792-793, cité dans C. Carozzi, *Le Voyage de l'âme dans l'au-delà d'après la littérature latine (V*e*-XII*e *siècle)*, École française de Rome, diff. De Boccard, Paris, 1994, p. 26.

25. Cf. J. Amat, *Songes et visions...*, p. 115.

26. Macrobe, *Œuvres complètes*, Paris, éd. Nisard, 1875, pp. 13-15.

27. Augustin, *De Genesi ad litteram*, chap. 12. Cf. C. Erickson, *The Medieval Vision. Essays in perception*, Oxford, Oxford University Press, 1976, pp. 36 et 37.

28. C. Carozzi, *Le Voyage de l'âme...*, p. 33.

29. Augustin, *Confessions*, trad. P. de Labriolle, Paris, Les Belles Lettres, 1961, pp. 228 et 229.

30. Augustin, *De cura gerenda pro mortuis*, XII, 32, 60 : « Bibliothèque augustinienne », 49, pp. 500 et 501, cité dans C. Carozzi, *Le Voyage de l'âme...*, pp. 540 et 581.

31. Honorius d'Autun, « Scala coeli major », dans *PL*, t. 172, c. 1232, cité par C. Carozzi, *Le Voyage de l'âme...*, pp. 546 et 547.

32. Lactance, *Opif. Dei*, 18. Cf. J. Amat, *Songes et visions...*, pp. 201 et 206.

33. Je suis ici de très près les commentaires de J. Amat et c'est sa traduction que je cite, pp. 222 et 223 de *Songes et visions...* ; Prudence, *Cathemerinon, PL*, t. 59, c. 831-832.

34. Prudence, *Hamartigenia, PL*, t. 59, c. 1074.

35. *Ibid.*, c. 912 et 920. J. Amat, *Songes et visions...*, pp. 222 et 223.

36. *Deux Mille Ans de christianisme*, t. 2, Paris, 1975, art. de M. Evdokimov, de M.-L. Thérel et de C. Walter, pp. 48-53.

37. S. Barnay, *Les Apparitions de la Vierge*, Paris, Le Cerf, 1992, pp. 46-53. Cf. aussi de S. Barnay, *Le Ciel sur la terre. Les apparitions de la Vierge au Moyen Âge*, Paris, Le Cerf, 1999.

CHAPITRE V

Voyageurs de l'au-delà

1. C. Carozzi, *Le Voyage de l'âme...*, p. 43. Je suis de très près cet ouvrage fondamental pour tout ce qui concerne le « voyage de l'âme ».

2. *Ibid.*, p. 44 et, plus généralement, pp. 43-61. Le quatrième livre des *Dialogues* de saint Grégoire est publié dans le tome 265 de la coll. « Sources chrétiennes » aux éditions du Cerf.

3. *Ibid.*, p. 187. *Dialogues*, IV, 43, 2, éd. citée, pp. 154 et 155.

4. *Ibid.*, pp. 500-506; J. Le Goff, *La Naissance du purgatoire*, pp. 266-273.

5. Trad. de C. Carozzi, *Le Voyage de l'âme*, pp. 530 et 531 à partir de l'édition du *Tractatus* par K. Warnke, *Das Buch vom Espurgatoire s. Patrice der Marie de France und seine Quelle* (Bibliotheca Normannica, IX), Halle, 1882, prologue, 3-13.

6. Grégoire de Tours, *Histoire des Francs*, trad. de Noël, Paris, Les Belles Lettres, 1963, t. 2, p. 77.

7. Cf. J. Delumeau, *Le Jardin des délices* (t. 1 de la présente *Histoire du paradis*), tout le chap. 2.

8. Cf. C. CAROZZI, *Le Voyage de l'âme...*, p. 72.

9. P. LAUER, *Les Annales de Flodoard, chroniqueur du xe siècle*, Paris, 1906, p. 175.

10. J. DELUMEAU, *Le Jardin des délices*, pp. 137 et 138. Cf. *The Anglo-Norman Voyage of st Brendan*, éd. E.G.R. Waters, Oxford, 1928.

11. Cf. *The Vita sanctorum Patrum Emeretensium. Text and translation*, éd. J.N. Garvin, Washington, 1946, pp. 138-147; C. CAROZZI, *Le Voyage de l'âme...*, pp. 69 et 70.

12. Éd. par M.C. Diaz, *Visiones del Mas Alla en Galicia durante la Alta Edad Media*, Saint-Jacques-de-Compostelle, 1985, pp. 33-61; C. CAROZZI, *Le Voyage de l'âme...*, pp. 75 et 76.

13. Le texte de la vision de Fursy est reproduit dans C. CAROZZI, *Le Voyage de l'âme...*, pp. 679-692.

14. La vision de Barontus a été éditée par E. Krusch dans les *Monumenta Germaniae Historica (Scriptores rerum merovingicarum)*, V, pp. 377-394. Cf. *Dictionnaire d'histoire et de géographie ecclésiastiques*, VI, c. 882-885 et C. CAROZZI, *Le Voyage de l'âme...*, pp. 139-180.

15. BONIFACE, *Lettres*, éd. M. Tangl dans *Monumenta Germaniae Historica*, « Epistolae selectae », I, Berlin, 1916, pp. 11 et 12; C. CAROZZI, *Le Voyage de l'âme...*, pp. 194 et suiv.

16. BÈDE LE VÉNÉRABLE, *Historia ecclesiastica*, éd. Colgrave, Oxford, 1969, pp. 496 et 497; C. CAROZZI, *Le Voyage de l'âme...*, p. 244.

17. AETHELWULF, *De abbatibus*, éd. A. Campbell, Oxford, 1967, pp. 54-63; C. CAROZZI, *Le Voyage de l'âme...*, pp. 306 et suiv.

18. C. CAROZZI, *Le Voyage de l'âme...*, pp. 324-346, qui a utilisé deux éditions : celle de E. Dimmler, *Monumenta Germaniae Historica, PLM*, II, pp. 267-275 et 301-333, et celle de D.A. Traill, *Walahfrid Strabo' Visio Wettini* (*Lateinishe Sprache und Litteratur des Mittelalters*, 2), Berne/Francfort, 1974.

19. La vision d'Orm a été éditée par H. Farmer, *The Vision of Orm*, dans *Analecta Bollandiana*, 75, 1957, pp. 72-82; C. CAROZZI, *Le Voyage de l'âme...*, pp. 431-436.

20. Pour la vision de Gunthelm, se rapporter notamment à la *PL*, t. 212, c. 1060-1065 et à l'édition de G. Constable, *The Vision of a Cistercian Novice* dans *Petrus venerabilis*, Rome, 1956, pp. 92-113; C. CAROZZI, *Le Voyage de l'âme...*, pp. 475 et suiv.

21. La vision d'Albéric a été éditée par Mauro Inguanez, *Miscellanea Cassinese*, IX, 1932. Cf. J. LE GOFF, *La Naissance du purgatoire*, pp. 251-256 et C. CAROZZI, *Le Voyage de l'âme...*, pp. 589-597.

22. C. CAROZZI, *Le Voyage de l'âme...*, p. 518.

23. Édition par E. Warnke, *Das Buch vom Espurgatoire s. Patrice...*; C. CAROZZI, *Le Voyage de l'âme...*, pp. 604 et suiv.

24. *Visio Tnugdali*, éd. par A. Wagner, Erlangen, 1882, ici pp. 41-55; C. CAROZZI, *Le Voyage de l'âme...*, pp. 597-601.

25. C. CAROZZI, *Le Voyage de l'âme...*, p. 623.

26. *Visio Thurkilli relatore, ut videtur, Radulpho de Coggeshall*, éd. P.G. Schmidt, Leipzig, Teubner, 1978. Cf. C. CAROZZI, *Le Voyage de l'âme...*, notamment pp. 623-634, et J. LE GOFF, *La Naissance du purgatoire*, pp. 397-399 et 500-501.

CHAPITRE VI

Les visions des mystiques

1. *Visio s. Elisabethae*, éd. de 1628, pp. 176 et 196. Cf. K. KOSTER, « Das visionäre Werk Elisabeths von Schönhau », dans *Archiv für mittelrheinische Kirchengeschichte*, 4, 1952, pp. 79-119.
2. Traduit par J.-P. JOSSUA, *Seul avec Dieu*, Paris, Gallimard, 1996, p. 49 : lettre à Guibert de Gembloux.
3. *Ibid.* id : *Scivias*, 1re vision. Voir note suivante.
4. HILDEGARDE DE BINGEN, *Scivias*, éd. A. Führkötter, Turnholt, Brepols, 1978, I, p. 175 (5e vision).
5. GUIBERT DE NOGENT, *De pignoribus sanctorum*, dans *PL*, t. 156, c. 670-671.
6. ABÉLARD, *Dialogue entre un philosophe, un juif et un chrétien*, dans M. DE GANDILLAC, *Œuvres choisies d'Abélard*, Paris, 1945, pp. 315 et 316; *PL*, t. 178, c. 1672; C. CAROZZI, *Le Voyage de l'âme...*, pp. 542-544.
7. HONORIUS D'AUTUN, *Scala coeli major*, dans *PL*, t. 172, c. 1236; C. CAROZZI, *Le Voyage de l'âme...*, pp. 544-549.
8. DAVID D'AUGSBOURG, *De exterioris et interioris hominis compositione*, ici, III : « De septem », c. 979-980, et S. BARNAY, *Les Apparitions de la Vierge*, Paris, Le Cerf, 1992, pp. 69 et 70, et *Le Ciel sur la terre*, Paris, 1999, p. 152.
9. PSEUDO-BONAVENTURE, *De profectu religiosorum*, notamment le livre VII, éd. A.C. Peltier, *S. Bonaventurae Opera omnia*, Paris, t. 12, pp. 327-442.
10. P. RENUCCI, *Dante*, pp. 128 et 129.
11. É. MALE, *L'Art religieux du XIIIe siècle*, Paris, A. Colin, 1932, p. 389.
12. GUILLAUME DE DIGULLEVILLE, *Le Pèlerinage de l'âme*, éd. de 1504, Lyon, s.p., chap. 1.
13. *Imitation de Jésus-Christ*, trad. M. Bouchet, Lyon, 1891, pp. 211 et 212.
14. MECHTILDE DE MAGDEBOURG, *La Lumière et la divinité, les révélations de la sœur Mechtilde*, Paris, 1878, pp. 93, 95, 97 et 101.
15. ANGÈLE DE FOLIGNO, *Le Livre de la bienheureuse Angèle de Foligno*, éd. Doncœur, Paris-Toulouse, 1925, pp. 77, 89, 171.
16. H. SUSO, *Œuvres complètes*, pp. 354-356.
17. J. BRUCHMAN (Brugman), *Vie de la bienheureuse Lidwine, vierge*, trad. franç., Besançon, 1841, pp. 76-79. Je remercie Hervé Martin de m'avoir signalé cet ouvrage et de m'avoir procuré cette traduction.
18. BRIGITTE DE SUÈDE, *Les Révélations célestes et divines*, Paris, 1624, pp. 852 et 853.
19. *Histoire des saints et de la sainteté*, t. 7 sous la dir. d'A. Vauchez, Paris, Hachette, 1986, pp. 86 et 87; The Pieront Morgan Library, ms. 498, f° 4, v°.
20. RUYSBROECK, *Œuvres*, Vromont, Bruxelles, 1935, t. 2 : *Le Royaume des enfants de Dieu*, pp. 76, 77, 191 et 195.
21. GERSON, *De probatione spirituum*, t. 9, p. 177, et *De distinctione verarum visionum a falsis*, t. 3, p. 36, dans l'éd. Glorieux.
22. Empruntés à S. BARNAY, *Les Apparitions de la Vierge*, p. 73.
23. J. LE GOFF, *Saint Louis*, Paris, Gallimard, 1996, pp. 469 et 470.
24. J. DE VORAGINE, *La Légende dorée*, Paris, Flammarion, 1993, 2 vol.; ici, t. 2, pp. 321 et 322.

25. *Ibid.*, cité par H. Neveux, « Les lendemains de la mort dans les croyances occidentales (vers 1250-vers 1300) », dans *Annales ESC*, février-mars 1979, pp. 256 et 257.

26. A. Gourevitch, *La Culture populaire au Moyen Âge*, Paris, Aubier, 1992, p. 195.

27. C. Erickson, *The Medieval Vision. Essays in History and Perception*, New York-Oxford, 1976, pp. 30, 46, 88 et 215.

28. A. Gourevitch, *La Culture...*, notamment pp. 200, 224, 243-266.

29. P.A. Sigal, « L'homme et le miracle », dans *La France médiévale*, Paris, Le Cerf, 1985, notamment pp. 138-147.

30. Cité dans J.-C. Schmitt et col., *Prêcher d'exemples*, Paris, Stock, 1985, pp. 32-34.

31. Cette anecdote, que j'avais déjà citée dans *La Peur en Occident*, m'a été signalée par R. Muchembled que je remercie : BM de Lille, ms. 795, f° 599 (n° 452 du *Catalogue des manuscrits de la bibliothèque municipale de Lille*, Paris, 1897, pp. 307-310).

32. Je renvoie sur ce sujet à l'ouvrage de J. Le Goff, *La Naissance du purgatoire*.

33. L. Febvre, *Le Problème de l'incroyance au XVIe siècle. La religion de Rabelais*, Paris, Albin Michel, éd. de 1947, pp. 476-478.

CHAPITRE VII

La Jérusalem céleste

1. A. Dupont-Sommer et M. Philonenko (dir.), *La Bible. Écrits intertestamentaires*, pp. 1482 et 1483.

2. La traduction est celle de F. Amiot, *Évangiles apocryphes*, Paris, Fayard, 1952, pp. 308-312.

3. Cf. M.-T. Gousset, « La représentation de la Jérusalem céleste à l'époque carolingienne », dans *Revue archéologique*, XXIII, 1974, pp. 47-60.

4. A. Colli, « La tradizione figurativa della Gerusalemme celeste », dans *La Dimora di Dio con gli uomini*, Université catholique de Milan, 1983, p. 121. J'utilise beaucoup cet article très documenté dans les pages qui suivent.

5. Origène, *Traité des principes*, Paris, Le Cerf, « Sources chrétiennes », 1975, pp. 397-399.

6. Cf. sur ce sujet É. Lamirande, « Le thème de la Jérusalem céleste chez saint Ambroise », dans *Revue des études augustiniennes*, n° 23, 1983, pp. 209-232. Texte dans les œuvres d'Ambroise, Paris, Le Cerf, « Sources chrétiennes », 1971.

7. J'avais déjà cité ces textes dans le t. 1 de *Une histoire du Paradis : le Jardin des délices*, pp. 51 et 52. Ces citations et d'autres concordantes se trouvent dans I. de Vuippens, *Le Paradis terrestre au troisième ciel*, Paris-Fribourg, 1925, pp. 26-28. Cf. *Dictionnaire d'archéologie chrétienne...*, art. « Paradis », t. 13, c. 1582-1583, et *DTC*, art. « Ciel », t. 2, c. 2500-2503. Cf. aussi J. Ntedika, *L'Évocation de l'au-delà dans la prière pour les morts*, Louvain, Nauwelaerts, 1971, pp. 227 et suiv.

8. H. Spitzmuller, *Anthologie de la poésie latine médiévale*, p. 375.

9. *PL*, t. 145, c. 915-916.

10. OTTON DE FREISING, *Chronicon*, Hanovre, 1867, I, pp. 413-415, Cf. C. MCDANNELL et B. LANG, *Heaven. A History*, p. 108.
11. HONORIUS D'AUTUN, *Elucidarium, PL*, t. 172, c. 1157.
12. *Imitation...*, III, chap. 48, éd. citée (1891), p. 213.
13. H. SPITZMULLER, *Anthologie...*, pp. 1205-1207.
14. JEAN DE FÉCAMP, *La Confession théologique*, Paris, Le Cerf, « Sources chrétiennes », 1992, pp. 171 et 172.
15. J. LECLERCQ, « Une élévation sur les gloires de Jérusalem », dans *Recherches de science religieuse*, t. 50, 1951-1952, pp. 326-334.
16. H. SPITZMULLER, *Anthologie...*, p. 599.
17. « De Paradiso », dans G.M. DREVES, *Analecta hymnica Medii Aevi*, t. 46, pp. 229 et 230.
18. « De Caelesti Ierusalem », dans *Ibid.*, p. 232.
19. H. SUSO, *Œuvres complètes*, éd. citée, pp. 354-355.
20. L. VALLA, *Il Piacere (De voluptate)*, Naples, Pironti, 1948, pp. 304 et 305.
21. Voir p. 72 et 73.
22. Pour tous ces textes de visions, cf. les références données au chap. 6 du présent livre et l'ouvrage de C. CAROZZI, *Le Voyage de l'âme...*
23. JACQUES DE VORAGINE, *La Légende dorée*, II, pp. 412 et 413.
24. Le texte complet de la *Passio sanctarum Perpetuae et Felicitatis* a été édité par C. Van Beek, Nimègue, 1936.
25. Cf. J. AMAT, *Songes et visions...*, p. 397.
26. GRÉGOIRE DE TOURS, *Histoire des Francs*, t. 2, p. 77.
27. Cf. p. 69 et 70 et C. CAROZZI, *Le Voyage de l'âme...*, pp. 310-316.
28. *Ibid.*, p. 613.
29. *Ibid.*, pp. 628-633.
30. *Les Révélations célestes et divines de sainte Brigitte*, trad. citée (1624), pp. 286, 289, 713 et 841.
31. Cf. C. MCDANNELL et B. LANG, *Heaven. A History*, pp. 116 et 117 et pl. 13.
32. *Ibid.*, pp. 119 et 120 et pl. 14.
33. ORIGÈNE, *In Joannem*, XIII, 84, Paris, Le Cerf, « Sources chrétiennes », 1975, pp. 74-76. Je suis ici l'article déjà cité de É. LAMIRANDE, « Le thème de la Jérusalem céleste... », pp. 215 et 216.
34. EUSÈBE DE CÉSARÉE, *Histoire ecclésiastique*, Paris, Le Cerf, « Sources Chrétiennes », 1993, t. 55, 10, 4, p. 69.
35. AMBROISE, *Expositio evangelii secundum Lucam*, II, 88-89, Paris, Le Cerf, « Sources chrétiennes », 1971, pp. 113 et 114.
36. Pour tout ce développement sur des églises conçues comme des anticipations de la Jérusalem céleste, je suis l'article de M. ROSSI et A. ROVETTA, « Indagine sullo spazio ecclesiale immagine della Gerusalemme celeste », dans l'ouvrage déjà cité, *La Dimora di Dio con gli uomini*, pp. 77-118.
37. F. VAN DER MEER, *L'Apocalypse dans l'art*, p. 134.
38. Cf. *L'Esprit de Cluny*, La Pierre-qui-vire, « Zodiaque », 1963; H.J. CONANT, *Cluny, les églises et la maison du chef d'ordre*, Mâcon, Protat, 1969.
39. Ce bref commentaire du *Retable des sept sacrements* de R. Van der Weyden, écrit avant la publication du livre de R. RECHT, *Le Croire et le voir*, Paris, Gallimard, 1999, s'accorde avec celui-ci.

40. BNF, Lat. 8850, prologue, f° 1, v°.

41. Bibliothèque ducale de Wolfenbüttel, cod. Guelf. Gud. lat. 2, f° 14, v°. Reproduit dans F. Van der Meer, *L'Apocalypse dans l'art*, p. 128.

42. Reproduction dans C. McDannell et B. Lang, *Heaven. A History*, p. 75, pl.4.

43. *Ibid.*, p. 74.

44. Trad. dans H. Spitzmuller, *Poésie italienne du Moyen Âge*, Paris, Desclée de Brouwer, 1975, pp. 712 et 713.

45. *Ibid.*, pp. 74-77; *Acta sanctorum*, Paris, 1866, t. 7, mai, p. 168.

46. « La tenture de l'Apocalypse d'Angers », *Cahiers de l'inventaire*, n° 4, ministère de la Culture, Nantes, 1987, pp. 272-275.

47. F. Van der Meer, *L'Apocalypse dans l'art*, pp. 228 et 229.

48. Cf. E. Pognon, *Les Très Riches Heures du duc de Berry*, s. d., musée Condé, Chantilly (f° 17, v° du manuscrit).

49. Actuellement à Berlin. Reproduction dans C. McDannell et B. Lang, *Heaven...*, p. 141.

50. Cf. H. Bauer, *Kunst und Utopie*, Berlin, 1965, pp. 1 et 2.

51. Paris, Bibl. Sainte-Geneviève, ms. lat. 218.

52. Cf. l'article de M. Rossi et A. Rovetta, « Indagine sullo spazio... », dans *La Dimora di Dio con gli uomini*, pp. 111-113.

53. A. Colli, « La Tradizione... », dans *Ibid.*, pp. 126 et 127.

54. L.B. Philip, *The Gient Altarpiece...*, p. 195.

CHAPITRE VIII

Le paradis terrestre transporté dans l'au-delà

1. Trad. dans H. Spitzmuller, *Poésie italienne du Moyen Âge*, pp. 714 et 715.

2. Cité dans F. Tristan, *Les Premières Images chrétiennes*, Paris, Fayard, 1996, p. 109, d'après les *Écrits intertestamentaires*, p. 483.

3. J. Danielou, « Terre et paradis... », dans *Eranos Jachbuch*, 1953, XXII, p. 448; J. Delumeau, *Le Jardin des délices*, p. 50.

4. J. Delumeau, *Le Jardin des délices*, pp. 11-35.

5. N. Gauthier, « Les images de l'au-delà durant l'Antiquité chrétienne », dans *Revue des études augustiniennes*, 33, 1987, p. 7.

6. J. Delumeau, *Le Jardin des délices*, pp. 45-56.

7. Isidore de Séville, *PL*, t. 83, c. 75 et 950.

8. Y. Lefevre, *L'Elucidarium et les Lucidaires*, Paris, De Boccard, 1954, pp. 165 et 444.

9. Thomas d'Aquin, *Somme théologique*, éd. citée, Ia, quest. 102, art. 2, p. 280.

10. Cf. J.-C. Picard, « Les origines du mot *paradisus* — parvis », dans *Évêques, saints et cités en Italie et en Gaule. Études d'archéologie et d'histoire*, École française de Rome, 1998, pp. 159-186.

11. C. Kappler, *Apocalypses...*, p. 258.

12. Traduction dans *Dictionnaire d'archéologie chrétienne*, art. « Paradis », t. 13, c. 1583-1584. Texte complet de la *Passio sanctarum Perpetuae et Felicitatis* édité par C. Van Beek, Nimègue, 1936. J'ai cru nécessaire de reprendre ici cet extrait que j'avais déjà cité dans *Le Jardin des délices*, pp. 43 et 44.

13. J. Amat, *Songes et visions*, pp. 124 et 125.

14. ÉPHREM, *Hymnes sur le paradis*, Paris, Le Cerf, « Sources chrétiennes », 1968, *passim* et notamment pp. 10, 122-125 et 145.
15. F. TRISTAN, *Les Premières Images...*, pp. 110 et 111.
16. J. WILPERT, *Le Pitture delle catacombe romane*, Rome, 1903, pl. 6, n. 2 et pl. 7 n. 3 ; F. TRISTAN, *Les Premières Images...*, p. 105.
17. Reproduction dans *ibid.*, p. 118.
18. Reproduction dans l'*Histoire des saints et de la sainteté*, Paris, Hachette, 1987, t. 2, p. 216.
19. Inscription reproduite dans le *Dictionnaire d'archéologie chrétienne...*, t. 13, c. 1599-1600, et que j'avais citée dans *Le Jardin des délices*, p. 48.
20. *Liturgie de saint Clément* dans *Patrologie grecque (PG)* , t. 12, c. 613, et citée dans *Le Jardin des délices*, p. 51.
21. AUGUSTIN, « Enarrat. In Ps. XXXVI », n. 10, dans *PL*, t. 36, c. 361 et *De Genesi ad litteram*, 1.12, chap. 25, dans *PL*, t. 34, c. 483.
22. Les références aux homélies de saint Basile sur la question dans *DTC*, t. 2, art. « Ciel », c. 2487-2488.
23. PSEUDO-CYPRIEN, « De Laude martyrii », dans *Corpus scriptorum ecclesiaticorum latinorum*, 3, 3, 43-44. Cité notamment dans R. GRIMM, *Paradisus coelestis, Paradisus terrestris*, Munich, Fink, 1977, p. 46.
24. CYPRIEN, *Correspondance*, Paris, Budé, 1962, 2 vol ; ici, I, pp. 93 et 94.
25. AMBROISE, « De bono mortis », dans *Opera omnia*, éd. Migne, Paris, 1882, I, c. 591-592.
26. APHRAATÈS, « Dem. XXII, De morte et novissimis temporibus », 12, dans Graffin, *Patrologia syriaca*, Paris, 1894, I, pp. 1014 et 1015.
27. PRUDENCE, *Hamartigenia*, dans *PL*, t. 59, c. 1070.
28. « Acta Sebastiani », 4, 13, dans *PL*, t. 17, c. 1927. Trad. de J. Amat, *Songes et visions...*, p. 400. Sur les différentes « Passions », cf. aussi le tome 2 de l'*Histoire des saints et de la sainteté*, pp. 250-255.
29. « Acta Felicis, Fortunati et Achillei », dans *Acta sanctorum*, 23 avril, p. 98 ; J. AMAT, *Songes et visions...*, p. 399.
30. Cf. H. TOUBERT, *Un art dirigé*, Paris, Le Cerf, 1990, pp. 239 et suiv.
31. Cité dans l'édition Christen, pp. I-II.
32. Voir pp. 68 et suiv.
33. Publié par G.M. DREVES dans *Analecta hymnica Medii Aevii*, Leipzig, 1854-1909 ; ici, t. 46, p. 229.
34. C. MCDANNELL et B. LANG, *Heaven...*, pp. 115 et 116.
35. Je suis ici les indications et le commentaire donnés dans *ibid.*, pp. 116-118.
36. *Ibid.*, pp. 134 et 135.
37. ÉRASME, *Colloques*, Paris, Imprimerie nationale, 1992, I, pp. 194 et 195.
38. C. MCDANNELL et B. LANG, *Heaven...*, pp. 119-121.
39. *Ibid.*, pp. 140 et 141.

CHAPITRE IX

La végétation paradisiaque

1. C. MCDANNELL et B. LANG, *Heaven...*, pp. 122 et 123.
2. C'est effectivement la thèse défendue par C. MCDANNELL et B. LANG, *Heaven...*, pp. 122-140, et dans l'article de B. LANG, « Les délices du ciel dans la pen-

sée de la Renaissance » dans *Revue de l'histoire des religions*, t. 213, fasc. 2, avril-juin 1996, pp. 192-212.

3. Voir p. 33.

4. JULIEN DE TOLÈDE, « Liber prognosticorum futuri saeculi », dans *Opera*, Tournai, Brépols, 1976, p. 100.

5. PIERRE DAMIEN, « Hymnus de gloria paradisi », dans *PL*, t. 145, c. 861.

6. Y. LEFEVRE, *L'Elucidarum...*, pp. 186 et 464.

7. J'ai consulté l'édition anglaise de F.J. FURNIVALL et M.A. CAMBRIDGE, *The Pilgrimage of the Life of the Man*, Londres, 1899, I, p. 14.

8. Y. LEFEVRE, *L'Elucidarium...*, pp. 186 et 464.

9. Je renvoie aux développements apportés sur ce sujet dans *Le Jardin des délices*, pp. 159-175.

10. Cf. G.B. LADNER, « Vegetation symbolism and the Concept of Renaissance », dans *Essays in Honor of Erwin Panofsky*, M. MEISS (éd.), New York University Press, 1961, pp. 303-322.

11. Cf. *Tous les savoirs du monde*, R. SCHAER (dir.), Paris, BNF/Flammarion, 1996, pp. 206 et 227; K. THOMAS, *Man and the Natural World*, New York, Pantheon Books, 1983, p. 236.

12. P. LORENZ, « *Ars nova* : le naturalisme flamand », dans J. DELUMEAU et R. LIGHTBOWN, *La Renaissance*, Paris, Le Seuil, 1996, pp. 117-124.

13. Cf. J. HELD, « Flora, Goddess and Courtesan », dans *Essays in Honor of E. Panofsky...*, pp. 201-218.

14. Cité dans P. RICHÉ, *Petite Vie de saint Bernard*, Paris, Desclée de Brouwer, 1989, pp. 32 et 33. Je reprends ici pour la nécessité de l'argumentation mes développements du *Jardin des délices*, pp. 159-161.

15. G. DURAND, *Rational ou manuel des divins offices*, Paris, 1848, p. 59.

16. H. SPITZMULLER, *Anthologie de la poésie latine médiévale*, pp. 191-193.

17. PIERRE DAMIEN, « Hymnus de gloria paradisi », dans *PL*, t. 145, c. 861.

18. J'utilise beaucoup dans les développements qui suivent : M. LEVI D'ANCONA, *The Garden of the Renaissance*, Florence, L.S. Olschki, 1977, et le catalogue *Flore en Italie, symbolique et représentation de la flore dans la peinture italienne du Moyen Âge et de la Renaissance*, réalisé à l'occasion d'une exposition au Petit Palais en 1991. Je ne renverrai pas à chaque fois à la pagination.

19. *PL*, t. 79, c. 494.

20. M. LEVI D'ANCONA, *The Garden...*, p. 142.

21. ALBERT LE GRAND, « De Laudibus b. Mariae virginis », dans *Opera omnia*, t. 36, Paris, 1898, p. 811. Je me suis reporté à ce texte grâce à la thèse manuscrite de S. BARNAY, *Un moment vécu d'éternité. Histoire médiévale des apparitions mariales (IVe-XVe siècle)*, Paris-X-Nanterre, 1997, 3 vol. Ici : t. 2, p. 590.

22. *Ibid.*, p. 811.

23. JÉRÔME, « Lettre à Fabiola », dans *PL*, t. 22, c. 710.

24. RABAN MAUR, « Allegoriae in Sacram Scripturam », dans *PL*, t. 112, c. 992.

25. Selon M. LEVI D'ANCONA, *The Garden...*, p. 316.

26. *Ibid.*, id. Poème tiré des *Analecta Hymnica Medii Aevi*, 55 vol. publiés par G.M. DREVES, Leipzig, 1854-1909. Ici : t. 46, p. 229.

27. C. ACIDINI-LUCHINAT (dir.), *Benozzo Gozzoli. La chapelle des Rois mages*, Paris, Gallimard, 1994, p. 266.

28. Voir chap. 16.

29. *Flore en Italie*, p. 82.
30. M. Levi d'Ancona, *The Garden...*, pp. 308 et 309.
31. *Ibid.*, pp. 300 et 301.
32. Venance Fortunat, « De virginitate », dans *PL*, t. 88, c. 267 ; M. Levi d'Ancona, *The Garden...*, p. 400.
33. G. Durand, *Rationale divinorum officiorum*, Rome, 1473, I, p. 12 : référence donnée par M. Levi d'Ancona, mais que je n'ai pas pu vérifier.
34. J.A. Agricola, *Medicinae herbariae libri duo...*, Bâle, 1539, p. 86 ; M. Levi d'Ancona, *The Garden...*, p. 125.
35. Augustin, « Sermo cxciv de Annuntiatione dominica », dans *PL*, t. 39, c. 2105.
36. Bède le Vénérable, « In cantica canticorum... expositio », dans *PL*, t. 91, c. 1102 ; M. Levi d'Ancona, *The Garden...*, p. 125.
37. Bernard de Clairvaux, « Tractatus in laudem... », dans *PL*, t. 182, c. 1143-1144, et « In nativitate B. Mariae sermo », dans *PL*, t. 183, c. 447 ; M. Levi d'Ancona, *The Garden...*, p. 125.
38. Cf. S. Barnay, *Le Ciel sur la terre*, pp. 124-128.
39. Ambroise, « Expositio Evangelii secundum Lucam », dans *PL*, t. 45, c. 1732-1733 ; M. Levi d'Ancona, *The Garden...*, p. 216.
40. Cf. J. Goody, *La Culture des fleurs*, Paris, Le Seuil, 1994.
41. *La Vie et les révélations de sainte Gertrude*, trad. de J. Mege, Paris, 1671, p. 512.
42. Ambroise, *Hexaemeron*, dans *PL*, t. 14, c. 175 et 190 ; M. Levi d'Ancona, *The Garden...*, p. 332 et 347.

CHAPITRE X

Clarté, couleurs et parfums du paradis

1. M. Pastoureau, « L'Église et la couleur des origines à la Réforme », dans *Bibliothèque de l'École des chartes*, t. 147, 1989, p. 205.
2. C'était dans la soutenance de thèse de B. Dompnier. Je ne sais pas si elle a employé cette formule par écrit.
3. Pseudo-Cyprien, « De Laude martyrii », dans *Corpus script. lat.*, 3, 3 ; 43-44. Cf. R.R. Grimm, *Paradisus coelestis*, p. 46.
4. Grégoire de Nysse, « In funere Pulcheriae oratio », dans *PG*, t. 46, c. 870.
5. Ambroise, *Opera omnia*, Paris, 1882, I, c. 592.
6. Grégoire de Tours, *Histoire des Francs*, II, p. 77.
7. Raban Maur, *Opera omnia*, éd. Migne, 1864, t. 5, c. 267.
8. Pierre Damien, « Hymnus gloriae paradisi », dans *PL*, t. 145, c. 915-916.
9. Isidore de Séville, « Differentiarum libri duo », dans *PL*, t. 83, c. 950.
10. Bernard de Clairvaux, « Sermones de diversis », dans *PL*, t. 183, c. 664.
11. Honorius d'Autun, *Elucidarium*, dans *PL*, t. 172, c. 1176.
12. Thomas d'Aquin, *Somme théologique*, Ia, quest. 91, art. 4, p. 55.
13. Angèle de Foligno, *Le Livre...*, éd. citée, p. 77.
14. Brigitte de Suède, *Les Révélations...*, éd. citée, pp. 525-530.
15. *Imitation de Jésus-Christ*, trad. Buchet, Lyon, 1891, p. 211.
16. *Ars moriendi*, prés. et adapt. de P. Girard-Augry, Paris, Dervy, 1986,

p. 183. La citation de saint Paul, librement traduite, est tirée de la IIe Épître aux Corinthiens, 3, 18.

17. M. PASTOUREAU, « L'Église et la couleur », pp. 215 et 216.

18. Cf. A. GRABAR, *La Peinture byzantine*, Genève, Skira, 1953.

19. Cf. le t. 5 de l'*Encyclopédie des saints et de la sainteté*, P. RICHÉ (dir.), Paris, Hachette, 1986, pp. 124 et 125 et 174 et 175.

20. Je renvoie à nouveau à l'ouvrage d'A. GRABAR, *La Peinture byzantine*..., *passim*.

21. Je renvoie particulièrement aux travaux de M. PASTOUREAU, *Figures et couleurs*, Paris, Le Léopard d'or, 1986; « Les couleurs ont une histoire », dans *L'Histoire*, sept. 1986, pp. 46-56; « Vers une histoire de la couleur bleue », dans *Sublime Indigo*, musées de Marseille, Office du livre, 1987, pp. 19-27; *Couleurs, images, symboles. Études d'histoire et d'anthropologie*, Paris, Le Léopard d'or, 1989; *La Couleur. Regards croisés sur la couleur du Moyen Âge du XXe siècle*, Colloque de Lausanne, Paris, Le Léopard d'or, 1994.

22. RABELAIS, *Gargantua*, chap. 9, Paris, Gallimard, « Bibliothèque de la Pléiade », 1955, p. 31.

23. M. PASTOUREAU, « *Ordo colorum*. Notes sur la naissance des couleurs liturgiques », dans *La Maison-Dieu*, 176, 1989, pp. 54-65. L'auteur y donne la traduction du *De sacro sancti altaris mysterio* du futur Innocent III qui se trouve dans la *PL*, t. 217, c. 799-802.

24. HILDEGARDE DE BINGEN, *Scivias*, éd. citée, I, pp. 32 et 78.

25. Cf. les *Heures de Marguerite d'Orléans*, introduction et commentaire de E König, trad. de F. Boespflug, Paris, Le Cerf, 1991; BNF, ms. lat. 1156.

26. THOMAS D'AQUIN, *Somme théologique*, Ia, quest. 51, art. 2, p. 47.

27. J. VILLETTE, *L'Ange dans l'art d'Occident du XIIe au XVIe siècle*, Paris, H. Laurens, 1941, p. 88.

28. J. VILLETTE, *L'Ange*..., p. 87.

29. L'église ayant été complètement remaniée en 1711, les fresques ont été partagées entre le Vatican et le Quirinal.

30. BÈDE LE VÉNÉRABLE, *PL*, t. 91, c. 409-410; *DTC*, t. 1, art. « Auréole ».

31. THOMAS D'AQUIN, *Somme théologique, Supplément « Le monde des ressuscités »*, quest. 96, art. 9, p. 360.

32. E. PANOFSKY, *Les Primitifs flamands*, p. 389.

33. II Hénoch, VIII, dans *La Bible. Écrits intertestamentaires*, p. 1177.

34. Trad. dans le *Dictionnaire d'archéologie chrétienne*, t. 13, c. 1583-1584.

35. *PL*, t. 17, c. 1927.

36. *Dictionnaire d'archéologie chrétienne*, t. 13, c. 1599-1600.

37. PRUDENCE, « Hamartigenia », dans *PL*, t. 59, c. 1071, v. 856-859.

38. ÉPHREM DE NISIBIE, *Hymnes sur le paradis*, éd. citée, pp. 99, 128, 145 et 151.

39. GRÉGOIRE DE TOURS, *Histoire des Francs*, II, éd. citée, p. 77.

40. BONIFACE, *Lettres*, éd. M. Tangle, *Monumenta historica Germaniae*, I, p. 11.

41. Cf. p. 69 et 70.

42. *Visio Tnugdali*, éd. citée, pp. 45 et 50.

43. Dans l'éd. citée de J. Mège (1671), pp. 554 et 513.

44. Dans l'éd. citée de J. Bruchman (1841), p. 77.

45. HONORIUS D'AUTUN, *Elucidarium*, dans *PL*, t. 172, c. 1172.

46. Dans *PL*, t. 145, c. 861.

47. Dans *Analecta hymnica Medii Aevi*, t. 46, p. 229.

48. JEAN DE FÉCAMP, *Confession théologique*, pp. 172 et 173.

49. B. Rimbertino, *Liber de deliciis sensibilibus paradisi,*, Paris, 1514, f°s 35-37. Le même thème des « délices sensibles du paradis » est traité dans l'ouvrage, de titre identique au précédent, du religieux Celso Maffei, dédié à Jules II; cf. C. McDannell et B. Lang, *Heaven...* p. 136 et M. Baxandall, *L'Œil du quattrocento*, Paris, Gallimard, 1978, p. 157.

CHAPITRE XI

Les saints rassemblés autour de l'agneau

1. H. Spitzmuller, *Anthologie de la poésie latine médiévale*, p. 1133
2. *Ibid.*, p. 664.
3. *Ibid.*, p. 185.
4. *Ibid.*, p. 381.
5. *Ibid.*, p. 113.
6. *Ibid.*, p. 467.
7. Pour les illustrations de l'Apocalypse, cf. F. Van der Meer, *L'Apocalypse dans l'art.*
8. H. Spitzmuller, *Anthologie...*, p. 181.
9. *Ibid.*, p. 55.
10. H. Toubert, *Un art dirigé*, p. 59.
11. *La Tenture de l'Apocalypse d'Angers*, pp. 129 et 199.
12. Guillaume de Lorris et Jean de Meung, *Le Roman de la Rose*, éd. citée, p. 1161.
13. Cf. notamment l'*Histoire du christianisme des origines à nos jours*, Mollat du Jourdin et A. Vauchez (dir.), Paris, Desclée de Brouwer/Fayard, 1990, t. 6, pp. 438 et 439.
14. Cf. L.B. Philip, *The Gent Altarpiece...*, pp. 13 et 25.
15. D. Rigaux, *À la table du Seigneur, l'Eucharistie chez les primitifs italiens, 1250-1497*, Paris, Le Cerf, 1989, *passim* et notamment pp. 56 et 57.
16. L.B. Philip, *The Gent Altarpiece...*, pp. 61-76.
17. E. Panofsky, *Les Primitifs flamands*, p. 396. En revanche, il semble bien que l'espace réservé à la colombe ait été raccourci par rapport à la composition première.
18. E. Panofsky, *Les Primitifs flamands*, p. 386
19. Origène, *Peri Archon*, l. 2, chap. 3, dans *PG*, t. 11, c. 197-198.
20. Cyprien, *Liber de immortalitate*, chap. 26, dans *PL*, t. 4, c. 601-602.
21. Cyprien, *Correspondance*, Paris, Les Belles Lettres, 1962, t. 2, p. 167.
22. Bède le Vénérable, *Homelia lxxi*, dans *PL*, t. 94, c. 452.
23. Le père Pierre-Marie Gy, que j'ai consulté à ce sujet et que je remercie, explique que l'hymne *Placare, Christe, servulis* est une réécriture (du XVIIe siècle) de *Christe Redemptor omnium* qui est l'hymne primitive de la Toussaint; cf. Dreves-Blume, *Analecta Hymnia*, 51, 150 et Szoverffy, *Die Annalen der lateinischen Hymnendichtung*, I, 1964, p. 424.
24. Honorius d'Autun, *Elucidarium*, l. 3, partie IV, dans *PL*, t. 172, c. 1172.
25. Hildegarde de Bingen, *Scivias*, 3e partie, 13e vision, pp. 614-620.
26. *Visio Tnugdali*, éd. citée, p. 52.
27. J. Chiffoleau, *La Comptabilité de l'au-delà*, Paris, De Boccard, École française de Rome, 1980, p. 358.

28. *La Vie et les révélations de sainte Gertrude*, trad. J. Mege, Paris, 1671, 1. III, p. 210.
29. H. Suso, *Le Livre de la Sagesse éternelle*, pp. 355 et 356.
30. J. Le Goff, « Un purgatoire romain », dans *Homo religiosus. Autour de Jean Delumeau*, Paris, Fayard, 1997, pp. 505-511. Sur le *Ci nous dit*, je renvoie à la remarquable communication faite par C. Heck à l'Académie des inscriptions et belles-lettres le 4 février 2000.
31. Raban Maur, « Comment in Ezechielem », dans *PL*, t. 110, c. 975.
32. Jacques de Voragine, *La Légende dorée*, II, p. 321.
33. Brigitte de Suède, *Les Révélations célestes et divines*, trad. citée, p. 853.
34. Mechtilde de Magdebourg, *La Lumière et la divinité*, trad. H. Oudin, Paris, 1878, p. 97.
35. Jacopone da Todi, *Les « Laudi »*, Paris, Le Cerf, 1996, p. 138.
36. Angèle de Foligno, *Le Livre...*, p. 89.
37. Voir p. 35.
38. Jacques de Voragine, *La Légende dorée*, II, p. 321.
39. Brigitte de Suède, *Les Révélations célestes*, pp. 852 et 853.
40. *Visio Tnugdali*, éd. citée, p. 52.

CHAPITRE XII

Au sommet du paradis

1. Cf. N. Laneyrie-Dagen, *L'Invention du corps*, Paris, Flammarion, 1997.
2. Brigitte de Suède, *Les Révélations célestes...*, pp. 852 et 853.
3. Cf., par exemple, A. Grabar, *La Peinture byzantine*, pp. 104 et 105 et M. Allenov, N. Dmitrieva et O. Meddvedkova, *L'Art russe*, Paris, Citadelles et Mazenod, 1991, p. 35.
4. A. Grabar, *Les Voies de la création en iconographie chrétienne*, Paris, Flammarion, 1994, p. 304.
5. W. Sauerlander, *Le Siècle des cathédrales*, Paris, Gallimard, 1989, pp. 235, 312 et 379.
6. F. Boespflug, « La double intercession en procès. De quelques effets iconographiques de la théologie de Luther », dans *Art, religion, société dans l'espace germanique au XVIe siècle*, Strasbourg, Presses universitaires de Strasbourg, 1997, pp. 31-53.
7. Cf. P. Verdier, *Le Couronnement de la Vierge*, Montréal, 1980, p. 117.
8. D. Alexandre-Bidon, « Des femmes de bonne foi », dans J. Delumeau (dir.), *La Religion de ma mère*, Paris, Le Cerf, 1992, pp. 91-122, et « Prier au féminin », dans *Homo religiosus...*, pp. 528-534. Cf. aussi V. Reinburg, *Popular Prayers in Late Medieval and Reformation France*, Ann Arbor, Univ. Microfilms International, 1985, et *Livres d'heures de Basse-Normandie*, catalogue édité par la bibliothèque municipale de Caen, 1985.
9. Cf. J. Wirth, *L'Image médiévale...*, pp. 294 et 295.
10. Les références se trouvent dans le *Dictionnaire de spiritualité*, t. 12, art. « Paradis », c. 193.
11. Adam de Perseigne, *Mariale*, dans *PL*, t. 211, c. 707.
12. Jacopone da Todi, *Les Laudi*, éd. citée, p. 368.
13. J. Plazaola, *Historia y sentido del arte cristiano*, Madrid, Biblioteca des autores cristianos, 1996.

14. Cf. notamment les mss fr. 2643 et 2813 de la BNF.
15. J. Plazaola, *Historia y sentido...*, p. 478.
16. Toutes ces informations sont aussi dans J. Plazaola, *Historia y sentido...*, p. 477.
17. Méliton, *De transitu Virginis*, dans *P.G.*, t. 6, c. 1231-1240.
18. Grégoire de Tours, *Les Livres des miracles*, Paris, 1857, p. 13.
19. H. Spitzmuller, *Anthologie...*, p. 375.
20. *Ibid.*, pp. 433 et 434, 1747 et 1748.
21. Anselme, *Orationes*, dans *PL*, t. 158, c. 944 et 966; J. Plazaola, *Historia y sentido...*, p. 479.
22. Bernard de Clairvaux, *Opera*, t. 5 : *Sermones*, Rome, éd. Leclercq et Rochais, 1968, p. 230; J. Plazaola, *Historia y sentido...*, p. 479.
23. Cf. « Les textes de Jacques de Voragine et l'iconographie du couronnement de la Vierge », dans *« Legenda aurea » : sept siècles de diffusion*, Cahier spécial d'études médiévales, Paris/Montréal, Vrin/Bellarmin, 1986, pp. 95-99.
24. Élisabeth de Schönhau, *Liber revelationum*, Douai, 1628, p. 204.
25. Honorius d'Autun, *Sigillum Mariae*, dans *PL*, t. 172, c. 506.
26. G. Duby, *Le Temps des cathédrales*, Paris, Gallimard, 1976, p. 187.
27. Jacques de Voragine, *La Légende dorée*, II, pp. 90-105, et ici p. 94; P. Verdier, « Les textes de Jacques de Voragine », pp. 96 et 97.
28. Jacques de Voragine, *La Légende dorée*, II, p. 321.
29. À la suite de P. Verdier, « Les textes de Jacques de Voragine... », je renvoie aux mss 1179 de la bibliothèque Mazarine et 1335 du musée Condé de Chantilly. Mais on pourrait aussi citer le ms. fr. 242 de la BNF, f° 1, v. 1403. Plus généralement sur le thème du couronnement de Marie, cf. C. Sterling, *La Peinture médiévale à Paris, 1300-1500*, Paris, Bibliothèque des Arts, 1987, pp. 139, 234, 279, 336, 383, 388, 427 et 459. J. Wirth rappelle que le couronnement de Marie n'est pas formellement décrit dans *La Légende dorée* (*L'Image médiévale...*, pp. 224-226).
30. P. Verdier, « Les textes de Jacques de Voragine... », p. 98.
31. Voir plus haut, p. 117.
32. Bodleyan Library, ms. 134.
33. Pierpont Morgan Library, ms. 677.
34. Cf. J. Delumeau, *Rassurer et protéger*, Paris, Fayard, 1989, pp. 389-399.
35. BNF, Lat. 3207, II, 78 ff. Reprod. dans F. Avril et N. Reynaud, *Les Manuscrits à peintures en France, 1440-1520*, p. 418.
36. Reproduit dans A. Chastel, *Le Mythe de la Renaissance, 1420-1520*, Genève, Skira, 1969, p. 55.
37. L.B. Philip, *The Gent Altarpiece...*, p. 80.
38. C. Van Mander, *Le Livre des peintres*, p. 31.
39. *Ibid.*, p. 59.
40. *La Vie et les révélations de sainte Gertrude*, trad. J. Mege, 1671, p. 210.
41. Augustin, *De Trinitate*, I, 6, 9, dans *PL*, t. 42, c. 826, cité par E. Panofsky, *Les Primitifs flamands*, p. 389.
42. L. Van Ruyvelde, *L'Agneau mystique*, Bruxelles, Elsevier, 1959, p. 14.
43. E. Panofsky, *Les Primitifs flamands*, p. 389.
44. Reproduction et commentaire dans F. Avril et N. Reynaud, *Les Manuscrits à peintures...*, p. 114.

45. L.B. Philip, *The Gent Altarpiece...*, p. 70.

CHAPITRE XIII

L'homme paradisiaque

1. Augustin, *La Cité de Dieu*, éd. citée, p. 709.
2. Julien de Tolède, *Prognosticatio futuri temporis*, (1.3, iv-vi dans *Opera*, Turnholt, Brepols, 1976, p. 122). Julien cite ici *La Cité de Dieu*, XXII, 29, 1.
3. Isidore de Séville, *De ordine creatorum liber*, dans *PL*, t. 83, c. 950.
4. Patrick, *De tribus habitaculis liber*, dans *PL*, t. 53, c. 834.
5. Bernard de Clairvaux, *Sermone de diversis*, dans *PL*, t. 183, c. 664.
6. J. Leclercq, *Une élévation*, p. 331.
7. Dans *Analecta hymnica*, t. 48, p. 493.
8. Thomas d'Aquin, *Compendium theologiae*, Paris, Vrin, 1984, p. 179.
9. Dans l'édition citée à la note précédente, pp. 134 et 135 (quest. 4, art. 2).
10. Thomas d'Aquin, *Somme théologique, Supplément*, quest. 87-89, pp. 227-231.
11. Trad. citée de J. Risset, p. 283.
12. M. Porète, *Le Miroir des simples âmes anéanties*, trad. de l'ancien français par C. Combet, Grenoble, J. Millon, 1991, p. 191. Son livre échappa aux flammes.
13. H. Suso, *Œuvres complètes*, pp. 354 et 355.
14. Textes cités dans C. Havelange, *De l'œil et du monde. Une histoire du regard au seuil de la modernité*, Paris, Fayard, 1998, pp. 202-205.
15. Cf. J. Delumeau, *Le Jardin des délices*, chap. 2.
16. *Dictionnaire d'archéologie chrétienne*, t. 13, c. 1581.
17. *PL*, t. 38, c. 1283 et 1454. Cf. *DTC*, I, 2, art. « Augustin », c. 2447.
18. Voir pp. 71-73.
19. *PL*, t. 83, c. 526 et suiv. Cf. *DTC*, II, 1, art. « Bernard » c. 781. L'ouvrage fondamental sur la question et que j'utilise beaucoup ici est celui de C. Trottmann, *La Vision béatifique des disputes scolastiques à sa définition par Benoît XII*, École française de Rome, 1995, notamment les pp. 453 et suiv.
20. Eadmer, *Liber de beatitudinis coelestis patriae*, dans *PL*, t. 159, c. 590.
21. Trad. dans l'art. « Benoît XII » du *DTC*, t. 2, 1, c. 658.
22. Thomas d'Aquin, *Somme théologique, Supplément*, quest. 87-89, p. 227.
23. Je renvoie à nouveau à la thèse de C. Trottmann, *La Vision béatifique...*
24. Augustin, *La Cité de Dieu*, XXII, 30, éd. citée, p. 711.
25. H. Spitzmuller, *Anthologie de la poésie latine médiévale*, p. 1205.
26. *Ibid.*, p. 601.
27. Honorius d'Autun, *Elucidarium*, dans *PL*, t. 172, c. 1162.
28. Jean de Fécamp, *Confession théologique*, éd. citée, pp. 172-174.
29. Thomas d'Aquin, *Somme théologique, Supplément*, quest. 93, 2, pp. 231-235.
30. Ruysbroeck, *Le Royaume des enfants de Dieu*, pp. 145-147.
31. Eadmer, *Liber de beatitudine coelestis patriae*, dans *PL*, t. 159, c. 588.
32. Honorius d'Autun, *Elucidarium*, dans *PL*, t. 172, c. 1169.
33. Origène, *Traité des principes*, éd. citée, pp. 399, 405, 407 et 409.

34. AUGUSTIN, *De Genesi ad litteram*, Paris, Desclée de Brouwer, « Bibliothèque augustinienne », 1972, p. 455.
35. *Une élévation sur les gloires de Jérusalem*, p. 333.
36. J. DE GERSON, *A.B.C. des simples gens*, éd. citée, p. 155.
37. HONORIUS D'AUTUN, *Elucidarium*, dans *PL*, t. 172, c. 1172.
38. PSEUDO-CYPRIEN, *De Laude martyrii*, reproduit dans R. GRIMM, *Paradisus...*, p. 46.
39. ÉPHREM, *Hymnes sur le paradis*, éd. citée, p. 139.
40. AUGUSTIN, *La Cité de Dieu*, XXII, 30, éd. citée, pp. 715-719.
41. AUGUSTIN, *Enchiridion*, dans *PL*, t. 40, c. 244.
42. GRÉGOIRE LE GRAND, *In septem psalmos poenitentiales*, dans *PL*, t. 79, c. 658.
43. ISIDORE DE SÉVILLE, *De ordine creatorum liber*, dans *P.L.*, t. 83, c. 951.
44. EADMER, *Liber de beatitudine...*, dans *PL*, t. 159, c. 592.
45. HUGUES DE SAINT-VICTOR, *De anima*, dans *PL*, t. 177, c. 189.
46. JEAN DE FÉCAMP, *La Confession théologique*, p. 173.
47. BERNARD DE CLAIRVAUX, *Sermones de diversis*, dans *PL*, t. 183, c. 664-665.
48. *Ibid.*, c. 940.
49. HILDEGARDE DE BINGEN, *Scivias*, éd. citée, partie III, vision 12e, pp. 611-613.
50. H. SPITZMULLER, *Anthologie de la poésie italienne médiévale*, pp. 711-713.
51. *Imitation*, éd. citée, 1.3, chap. 47 et 48, pp. 211 et 213.
52. AUGUSTIN, *La Cité de Dieu*, éd. citée, p. 711.
53. ISIDORE DE SÉVILLE, *De ordine creatorum*, dans *PL*, t. 83, c. 950.
54. HONORIUS D'AUTUN, *Elucidarium*, dans *PL*, t. 172, c. 1172.
55. THOMAS D'AQUIN, *Somme théologique, Supplément*, quest. 94, 3, pp. 246-249.
56. Je résume ici le chap. 22 de *La Cité de Dieu* et le 1.3 du *Prognosticum* de JULIEN DE TOLÈDE (éd. Brépols, 1976).
57. H. SPITZMULLER, *Poésie italienne du Moyen Âge*, p. 699.
58. BERNARD DE CLAIRVAUX, *Sermones de diversis*, dans *PL*, t. 183, c. 664-665.

CHAPITRE XIV

La musique céleste

1. *La Bible. Écrits intertestamentaires*, éd. citée, pp. 1181, 1182 et 1185. Ce chapitre et le suivant ont pu être rédigés notamment grâce à la documentation que Martine Sonnet a bien voulu réunir pour moi. Je l'en remercie très vivement.
2. F. AMIOT, *Évangiles apocryphes*, pp. 312 et 313.
3. ÉPHREM, *Hymnes sur le paradis*, éd. citée, p. 146.
4. H. SPITZMULLER, *Anthologie de la poésie latine médiévale*, p. 181.
5. Dans *PL*, t. 145, c. 866.
6. H. SPITZMULLER, *Anthologie...*, p. 601.
7. Dans *Analecta hymnica Medii Aevi*, t. 46, p. 232.
8. HILDEGARDE DE BINGEN, *Scivias*, 6e vision, éd. citée, p. 142.
9. Dans *PL*, t. 172, c. 1172.
10. Dans *Recherches des sciences religieuses*, t. 50, 1951-1952, p. 333.
11. *La Vie et les révélations de sainte Gertrude*, trad. J. Mege, p. 629.
12. *La Légende dorée*, éd. Flammarion, 1967, II, p. 88.

13. *Visio Tnugdali*, éd. A. Wagner, pp. 45 et 48.
14. *Ibid.*, p. 49.
15. H. Suso, *Œuvres complètes*, p. 354.
16. Brigitte de Suède, *Les Révélations...*, éd. citée, p. 853.
17. Platon, *La République*, trad. R. Bacou, Paris, Garnier-Flammarion, 1966, livre X, 616d-617e; M. Lachièze-Rey et J.-P. Luminet, *Figures du ciel*, p. 58.
18. Cité dans *Ibid.*, Cicéron, « Le Songe de Scipion », dans *La République*, Paris, Les Belles Lettres, 1966, VI, p. 172.
19. Contribution de Françoise Ferrand à B. et J. Massin (dir.), *Histoire de la musique occidentale*, Paris, Fayard, 1993, p. 160.
20. Voir pp. 200 et suiv.
21. Athanase, *Epistola ad Marcellum*, 29. Je suis ici les indications données par un livre déjà ancien mais bien informé, celui de T. Gérold, *Les Pères de l'Église et la musique*, Paris, 1931; ici, p. 125.
22. Clément d'Alexandrie, *Pédagogue*, II, c. 4, 41; T. Gérold, *Les Pères...*, p. 126.
23. Augustin, « Ennaratio in ps. 150 », dans *PL*, t. 37, c. 1951-1953. Basile, « Homilia in ps. 32 », dans *PG*, t. 29, c. 323-350. Cf. toujours T. Gérold, *Les Pères...*, pp. 126 et 127.
24. T. Gérold, *Les Pères...*, p. 130.
25. Origène, « In ps. 150 », dans *PG*, t. 12, c. 1682.
26. Cf. E. Reuter, *Les Représentations de la musique dans la sculpture romane*, Paris, E. Leroux, 1938.
27. Clément d'Alexandrie, *Le Protreptique*, Paris, Le Cerf, « Sources chrétiennes », 1949, t. 2 bis, p. 55.
28. Épiphane de Chypre, « Adversus haereses », dans *PG*, t. 41, c. 325-327; T. Gérold, *Les Pères...*, p. 123.
29. Cyprien, « Sermo de zelo et livore », dans *PL*, t. 4, c. 638-650.
30. Augustin, *Confessions*, X, chap. 49.
31. *Ibid.*, X, chap. 50.
32. Le *De musica* figure dans les *Dialogues philosophiques*, t. 7 des *Œuvres de saint Augustin*, Paris, Desclée de Brouwer, 1947.
33. H. Davenson (Marrou), *Traité de la musique selon l'esprit de saint Augustin*, Neuchâtel, éd. de La Baconnière, 1942, p. 74.
34. Basile, « Ennaratio in ps. 32 », dans *PG*, t. 29, c. 323-350; T. Gérold, *Les Pères...*, p. 103.
35. Ambroise, *Enarratio in XII ps. Davidicos*, dans *PL*, t. 14, c. 905 et T. Gérold, *ibid.*
36. Prosper d'Aquitaine, « Expositio in ps. 149 », dans *PL*, t. 51, c. 423; T. Gérold, *Les Pères...*, p. 134.
37. Agobard, « Liber de correctione antiphonarii », dans *PL*, t. 104, c. 334; T. Gérold, *Les Pères...*, p. 164.
38. Cité dans B. et J. Massin (dir.), *Histoire de la musique...*, p. 227.
39. Trad. de J.-C. Margolin, *Érasme et la musique*, Paris, Vrin, 1965, p. 17. Cf. Naz, *Dictionnaire de droit canonique*, t. 3, art. « Chant »; *Extravagantes communes*, l. 3, titre 1.
40. Cité dans *ibid.*, p. 101
41. Cité dans *ibid.*

42. Préface d'Érasme à un commentaire des psaumes par Arnobe, adressée au pape Adrien VII. Cité dans *ibid.*, p. 76.

43. J'ai résumé ici les pp. 11-29 de l'excellent travail de P. Veit, *Luther et le chant,* thèse dactylographiée, Paris-IV, 1980.

44. R. Hammerstein, *Diabolus in musica. Studien zur Ikonographie der Musik in Mittelalter,* Berne/Munich, 1974.

45. Je remercie mon ami Joseph Pérez, ancien directeur de la Casa de Vélasquez, de m'avoir procuré la documentation relative à cette tapisserie. Il faut surtout consulter à son sujet P. Calahorra, « El Tapiz de la musica », dans *Heraldo de Aragon,* 18 avril 1984, et E. Torra de Arana, A. Hombria Tortajada et T. Domingo Pérez, *Los Tapices de la Seo de Zaragoza,* Caja de Ahorros de la Immaculada de Aragon, 1985.

46. Cf. T. Connolly, *Mourning into joy. Music, Raphaël and Saint Cecilia,* Yale University Press, 1995.

47. Cf. N. Dufourcq (dir.), *La Musique,* Larousse, I, pp. 113-117.

48. Cf. A. Erlande-Brandenburg, *La Conquête de l'Europe: 1260-1380,* Paris, Gallimard, 1987 p. 134.

49. Jean Climaque, 25, 893a; H. Davenson, *Traité de la musique...*, p. 107. Trad. plus récente dans l'édition de *L'Échelle sainte,* par P. Deseille, Bégrolles-en-Mauges, 1987, p. 168.

50. H. Davenson, *Traité de la musique...*, p. 114.

51. *Ibid.*, pp. 109 et 110.

52. M. Lachièze-Rey et J.-P. Luminet, *Figures du ciel,* p. 58.

CHAPITRE XV

Les anges musiciens

1. Pour tout ce développement je suis surtout le livre déjà cité de B. et J. Massin (dir.), *Histoire de la musique...*; ici, p. 182.

2. *Ibid.*, p. 183.

3. *Ibid.*, p. 210.

4. Cité dans J. Jacquot (dir.), *Les Fêtes de la Renaissance,* Paris, CNRS, 1973, t. 1, p. 389. D'après les *Pii Secundi commentarii rerum mirabilium,* Rome, 1584, l. VIII, p. 365.

5. *Ibid.*, pp. 384 et suiv.

6. J. Jacquot (dir.), *Les Fêtes de la Renaissance,* t. 1, pp. 384 et 385.

7. E. Vilamo-Penti, « La court de paradis », dans *Annales Academiae scientiarum fennicae,* Helsinki, 1953, t. 79, pp. 8 et suiv.

8. J. Beleth, *Summa de ecclesiasticis officiis,* chap. 72, « De festo subdiacorum », éd. H. Duteil, Turnholt, Brepols, 1976, XLI a, pp. 133 et 134. Cf. J.-C. Scmitt, *La Raison des gestes dans l'Occident médiéval,* Paris, Gallimard, 1990, pp. 90 et 91.

9. Voir l'article « Danse » dans l'encyclopédie *Catholicisme.* Cf. aussi l'article « La danse dans les églises », dans *Revue d'histoire ecclésiastique,* XV, 1914, pp. 5-22 et 229-245, et le livre de J.-C. Scmitt cité ci-dessus.

10. J. Delumeau, *Le Péché et la peur,* Paris, Fayard, rééd. de 1994, p. 87.

11. Le texte latin comporte *a organo.* Faut-il traduire par « orgue », comme on le fait d'ordinaire, ou ne s'agit-il pas plutôt d'un singulier collectif traduisible par « instruments »?

12. *Conciliorum... decreta,* éd. G. Alberigo, Bologne, 1973, p. 737.

13. Pour cette rapide histoire des instruments de musique, en plus des ouvrages déjà cités de Massin et Dufourcq, j'utilise le livre ancien mais bien informé de H. Lavoix, *Histoire de la musique,* Paris, Quantin, s.d.

14. J. Jacquot (dir.), *Les Fêtes de la Renaissance,* I, p. 393.

15. H. Lavoix, *Histoire de la musique,* p. 128.

16. G. Chaucer, *The Canterbury Tales,* University of Oklahoma Press, 1990, t. 11, p. 183.

17. Ces informations et celles qui suivent sont tirées de N. Dufourcq (dir.), *La Musique,* I, pp. 72 et suiv.

18. Ce manuscrit se trouve à la bibliothèque municipale de Grenoble.

19. Gravure de 1526 (?), d'après le dessin de Burkmair, à la BNF.

20. Cf. N. Dufourcq et col., *La Musique,* I, p. 76.

21. Ronsard, *Œuvres complètes,* Paris, Gallimard, « Bibliothèque de la Pléiade », 1950, p. 979-982.

22. J. Wirth, J. Levy et C. Dupeux (dir.), *La Gravure d'illustration en Alsace au xvie siècle,* Strasbourg, Presses universitaires de Strasbourg, I, 1992, p. 397.

23. Cf., entre autres, le catalogue de l'exposition *L'Art au temps des rois maudits,* Paris, RMN, 1998.

24. Dans *Poètes et romanciers du Moyen Âge,* Paris, Gallimard, « Bibliothèque de la Pléiade », 1952, p. 1171.

25. G. Duchet-Suchaux et M. Pastoureau, *La Bible et les saints,* Paris, Flammarion, 1994, p. 27 (il s'agit d'un guide d'exposition).

26. Cf. A. Michel, *Histoire de l'art,* Paris, A. Colin, 1906, II, 2, p. 211.

27. Reproduction dans A. Erlande-Brandenburg, *La Conquête de l'Europe,* p. 134.

28. E. Panofsky, *Les Primitifs flamands,* p. 397.

29. J. Guilbault, « Les anges musiciens de la cathédrale du Mans », dans *Arts, recherches et créations,* n° 52, Conseil régional des Pays de Loire, s.d., pp. 125-137. Je dois cette documentation à Mme Michèle Ménard, que je remercie.

30. Les panneaux de ce triptyque décoraient le buffet d'orgue d'une église de Castille.

31. Cf. N. Grubb, *Figures d'anges,* New York/Paris/Londres, éd. Abbeville, 1995. Sur les indications de mon collègue Philippe Faure de l'université d'Orléans, dont la thèse sur les anges au Moyen Âge n'est pas encore publiée, voici une courte bibliographie sur le sujet : J.-Y. Lacoste, « Les anges musiciens. Considérations sur l'éternité, à partir des thèmes iconographiques et musicologiques », dans *Revue des sciences philosophiques et théologiques,* t. 68, 1984, pp. 549-575; R. Hammerstein, *Die Musik der Engel,* Bern/Munich, 1962; *L'Ange,* colloque du Centre européen d'art sacré, Pont-à-Mousson, 1981; *À ciel ouvert, sur les ailes de l'ange,* publ. de l'université catholique d'Angers, 1991.

32. Cf. J.-L. Biget, *Sainte Cécile d'Albi,* Toulouse, Odyssée, 1995, pp. 39-42.

33. *Le Vitrail en Bourgogne, miroir du quotidien,* Images du patrimoine, SPADEM, 1986, p. 48 (textes de L. de Finance et F. Gatouillat).

34. N. Bridgman, *La Musique à Venise,* Paris, PUF, 1984, p. 42.

35. *Ibid.,* p. 44.

36. Cité dans J. et B. Massin (dir.), *Histoire de la musique...,* p. 322.

37. Ce qui ressort bien du livre d'E. Weber, *Le Concile de Trente et la musique,* Paris, Honoré Champion, 1982.

38. P. Veit, *Luther et le chant,* thèse dactylographiée de Paris-IV citée, pp. 22 et 23.

CHAPITRE XVI

Le ciel a visité la terre

1. Voir p. 128.

2. Je renvoie à nouveau à C. Acidini-Luchinat, *Benozzo Gozzoli. La chapelle des Mages,* Paris, Gallimard, 1994, p. 265.

3. On retrouve une disposition comparable dans l'enluminure d'un livre d'heures français du xve siècle du Fitzwilliam Museum de Cambridge (ms. S 62) : l'étable se prolonge en voûte d'église gothique, au sommet de laquelle apparaît le Père éternel. Au niveau de la crèche une palissade sépare la sainte famille des mages, à droite, et de huit anges en prière, à gauche.

4. L'*Adoration des bergers* (école flamande du xve siècle, conservée à la National Gallery d'Écosse à Édimbourg) est proche de cette œuvre : trois anges y sont en prière auprès de l'âne et du bœuf. Un retable français en terre cuite polychrome (début xvie siècle) du musée du Moyen Âge (Cluny) à Paris montre aussi trois anges agenouillés à côté de Marie et de Joseph.

5. Dans les *Révélations* de sainte Brigitte (trad. franç. de 1624), 1.7, chap. 21, p. 464.

6. Cf. *Catholicisme,* t. 9, c. 1317.

7. Reproduction dans G. Duby, *Fondements d'un nouvel humanisme,* Genève, Skira, 1966, p. 113.

8. J'ai hésité à évoquer cette œuvre, car je n'en ai qu'une reproduction sans indication d'auteur ni de localisation. Toutefois, la description que j'en donne permet, j'espère, d'en saisir l'intérêt.

9. Reproduction dans A. Chastel, *Italie 1460-1500. Le grand atelier,* Paris, Gallimard, « L'univers des formes », 1965, p. 284.

10. Reproduction dans *ibid.*, p. 241.

11. Voir plus haut pp. 145 et 146.

12. Cf. J. Everaert et E. Stols (dir.), *Flandre et Portugal,* Anvers, Mercator, 1991, pp. 151 et 152.

13. Pour le développement qui suit j'utilise l'ouvrage toujours utile de H. Poulaille, *La Grande et Belle Bible des noëls anciens du xiie au xvie siècle,* Paris, Albin Michel, 1942, notamment pp. 72-169, et J. Delumeau (dir.), *La Mort des pays de cocagne,* Publications de la Sorbonne, 1976, art. de J. Benesse et M. Darrieu, pp. 57-83.

14. *Livres d'heures de Basse-Normandie,* textes de M. Dosdat et A.R. Girard, bibliothèque municipale de Caen, 1986, p. 44.

15. Je renvoie à nouveau à H. Poulaille, *La Grande et Belle Bible...*, pp. 201-211, et à la contribution de J. Benesse et M. Darrieu dans *La Mort des pays de cocagne,* p. 58.

16. Au sujet de la Franche-Comté, cf. C. Dondaine, *Noëls au patois de Besançon,* thèse, SNI, Jacques et Demontrond, 1997.

17. Cité dans H. Poulaille, *La Grande et Belle Bible...*, p. 498.

18. *Ibid.*, p. 340.

19. *Ibid.*, p. 491.

20. *Ibid.*, p. 269.

21. *Ibid.*, p. 503.

22. *Ibid.*, p. 504.
23. *Ibid.*, p. 256.
24. *Ibid.*, p. 319.
25. *Ibid.*, p. 429.
26. *Ibid.*, p. 485.
27. *Ibid.*, p. 428.
28. Voir pp. 165-167.
29. J. Delumeau, *Rassurer et protéger,* chap. 7.
30. Cf. J. Everaert et E. Stols, *Flandre et Portugal,* p. 146.
31. Je n'ai retenu que quelques œuvres marquantes mais on pourrait multiplier les références. En voici encore deux retenues au hasard des visites et des lectures : à Budapest (musée des Beaux-Arts), une *Vierge à l'enfant* attribuée au « Maître de Westphalie » (xve siècle) est entourée d'anges musiciens; à Rotterdam (musée Boymans-Van Beuningen), Marie et l'enfant Jésus sont environnés d'anges jouant de nombreux instruments de musique (deuxième moitié du xve siècle).
32. *Livres d'heures de Basse-Normandie,* p. 44.
33. Je renvoie ici à la thèse microfilmée de V. Reinburg, *Popular Prayers in Late Medieval and Reformation in France,* Ann Arbor, 1985, principalement pp. 105-172.
34. Cf. D. Alexandre-Bidon et M. Closson, *L'Enfant à l'ombre des cathédrales,* Presses universitaires de Lyon, 1985, et le catalogue de l'exposition que D. Alexandre-Bidon et P. Riché ont organisée ensuite sur ce thème à la BNF.
35. Cf. E. Becchi et D. Julia, *Histoire de l'enfance en Occident,* Paris, Le Seuil, 1998, 2 vol., surtout les chap. 1 et 6 du vol. 1.
36. Il s'agit de l'article de D. Lett dans une nouvelle édition de l'*Histoire des pères et de la paternité,* J. Delumeau et D. Roche (dir.), Paris, Bordas/Larousse, 2000, pp 17-39.

CHAPITRE XVII

Horizontalité et verticalité

1. Voir p. 155.
2. H. Toubert, *Un art dirigé,* p. 59.
3. Cf. les remarques judicieuses à cet égard de C. McDannell et B. Lang, *Heaven...,* p. 112.
4. Reproduction dans J.-P. Jossua, *Seul avec Dieu...,* p. 39.
5. Voir p. 177 et suiv.
6. Voir p. 47.
7. Formule de Nicolas le Péripatéticien, citée par P. Duhem, dans *Le Système du monde,* p. 245.
8. Dans l'édition d'A. Christen utilisée ici, c'est la pl. 34.
9. Cf. aussi *La Bible et les saints, guide iconographique,* Paris, Flammarion, 1994, pp. 44 et 45.
10. Reproduction dans G. Duby, *Le Moyen Âge,* Paris, Le Seuil, 1995, pp. 64 et 65.
11. Reproduction dans *ibid.,* p. 252.
12. A. Chastel, *L'Âge de l'humanisme,* Paris, Édition des Deux Mondes, 1963, pl. 21 et pp. 259 et 329.

13. Une très belle et assez rare illustration du thème de l'arbre de Jessé se trouve dans l'ancienne ville minière d'Annaberg-Buchholz dans l'Erzgebirge : un retable sculpté de l'Annenkirche comporte à la base Jessé endormi duquel sort un arbre et, au sommet de celui-ci, en grand format, encadrés par des colonnes et pilastres Renaissance, Marie et Joseph adorant l'enfant divin. Il fut exécuté en 1522.

14. Pour les livres d'heures, cf. par exemple F. Avril et N. Reynaud, *Les Manuscrits à peintures en France, 1440-1520,* p. 269.

15. M. Eliade, *Mythes, rêves et mystères,* Paris, 1957, pp. 133-164; G. Durand, *Les Structures anthropologiques de l'imaginaire,* Paris, Dunod, 1992, pp. 138-162; M. Meslin, *Pour une science des religions,* Paris, Le Seuil, 1973, pp. 213 et 214. Dans tous les développements qui suivent j'utilise beaucoup le remarquable livre de C. Heck, *L'Échelle céleste...* ; ici, p. 16.

16. *P.G.,* t. 44, c. 1140 (« De oratione dominica »), II. Cité par C. Heck, *L'Échelle céleste...,* p. 33.

17. R. Baron, *Études sur Hugues de Saint-Victor,* pp. 173 et 174. Cité par C. Heck, *L'Échelle céleste...,* p. 95.

18. Rupert de Deutz, « De Divinis officiis », III, 18, dans *Corpus christianorum continuatio mediaevalis,* Turnhout/Paris, 1968 et suiv., ici VII, p. 89; trad. de H. de Lubac citée par C. Heck, *L'Échelle céleste,* p. 193.

19. Trad. de J. Risset, citée par C. Heck, *L'Échelle céleste,* p. 117.

20. Jacopone da Todi, *Les « Laudi »,* trad. de L. Portier, p. 231.

21. C. Heck, *L'Échelle céleste...,* pp. 44 et 45. Cf. H. Musurillo, *The Acts of the Christian Martyrs,* Oxford, 1972, pp. xxv-xxvii et 106-131.

22. C. Heck, *L'Échelle céleste...,* p. 43.

23. Augustin, « Sermons 280-282 », dans *PL,* t. 38, c. 1280-1285.

24. *La Légende dorée,* II, pp. 399-400.

25. Trad. franç. par P. Deseille, Begrolles-en-Mauges (abbaye de Belle-Fontaine), 1978.

26. *Ibid.,* p. 135.

27. *Règles de moines,* présentation de J.-P. Lapierre, Paris, Le Seuil, 1982, p. 72.

28. Dans l'édition que nous utilisons, pl. 16 et 79.

29. C. Heck, *L'Échelle céleste...,* pp. 125-131.

30. *Ibid.,* pp. 194-197.

31. Trad. dans le *Dictionnaire d'archéologie chrétienne et de liturgie,* t. 14, c. 413.

32. C. Heck, *L'Échelle céleste...,* p. 199.

33. *Ibid.*, p. 200 et *La Légende dorée.*

34. C. Heck, L'*Échelle céleste...,* p. 215.

35. *Ibid.*, pp. 118-120.

36. *Ibid.*, p. 163, d'après P. Courcelle, *La Consolation de Philosophie dans la tradition littéraire. Antécédents et postérité de Boèce,* Paris, 1963, p. 47.

37. G. Duby, *Le Moyen Âge*, p. 83.

38. Je remercie Mme Lorgues d'avoir attiré mon attention sur cette église. Cf. dans la collection « Zodiaque », chez Desclée de Brouwer, *Dauphiné roman,* 1992, pp. 163-175, avec bibliographie, p. 175.

39. G. Duby, *Le Moyen Âge*, p. 79.

40. *Œuvres complètes de Suger,* publiées par A. Lecoy de La Marche, 1847, p. 225 (la consécration de Saint-Denis). Cf. P. Frankl, *The Gothic Literary Sources*

and Interpretation Through Eight Centuries, Princeton University Press, 1960, pp. 444 et 445; L. Grodecki, *L'Architecture gothique*, Paris, Gallimard, 1978, pp. 8-26; C. Rudolf, *Artistic Change at St Denis*, Princeton University Press, 1990; *Abbot Suger and Saint-Denis*, symposium edited by L. Lieber Gerson, New York, Metropolitan Museum.

41. Suger, successivement *Liber de rebus in administratione sua gestis*, II, 18 et *De consecratione ecclesiae sancti Dionysii*, chap. 7 dans la traduction des Belles Lettres, Paris, 1996, pp. 147 et 27.

42. Cf. E. Kirschbaum et W. Braunfels (dir.), *Lexicon der christlichen Ikonographie*, Fribourg-en-Brisgau, 1968-1976, 8 vol., art. « Himmelfahrt Christi ».

43. Voir p. 160.

CHAPITRE XVIII

Le cercle et la coupole

1. Nicolas de Cues, *La Docte Ignorance*, Paris, Alcan, 1930, p. 67.

2. Éd. citée l'*Hortus deliciarum*, pl. 9.

3. *Ibid.*, pl. 31-32.

4. G. Duby, *Le Moyen Âge*, p. 79.

5. E. Gondinet-Wallstein et E. Rousset, *Une rose pour la création*, Paris, Mame, 1987; notamment pp. 40-44.

6. Proclus, *Commentaire du Timée*, prologue, Paris, Vrin, 1966, pp. 28 et 29.

7. Éd. citée, pl. 8.

8. Honorius d'Autun, « De imagine mundi libri tres », dans *PL*, t. 172, c. 140.

9. Xylographie intitulée dans ce livre « La musique des sphères ». Cf. l'article de P. Castelli, « Orphica », dans *Il Lume del sole. Marsilio Ficino medico dell'anima*, Florence, Opus libri, 1984, p. 78.

10. C. de Bovelles, *Le Livre du sage*, 1509, ch. 9, éd. P. Magnard, Paris, Vrin, 1982, p. 111.

11. A. Chastel, *Le Mythe de la Renaissance*, Genève, Skira, 1969, p. 140.

12. L.B. Alberti, *De re aedificatoria*, III, chap. 14 et VII, chap. 2, traduction française de 1547.

13. S. Serlio, *L'Architettura*, l. V (« des temples »), pp. 3 et 7. Édition utilisée, 1619.

14. *Ibid.*, l. III (« des antiquités »), p. 30.

15. Palladio, *Quatre Livres de l'architecture*, l. IV, trad. franç. 1650; rééd. Arthaud, 1980, p. 280.

16. O.M. Ungers, « Mesure, nombre et proportions : les critères de l'architecture à la Renaissance », dans H.A. Millon et V.M. Lampugnani (dir.), *Architecture de la Renaissance italienne*, Paris, Musée des monuments français/Flammarion, 1995, p. 315.

17. L.B. Alberti, *De re aedificatoria*, VI, chap. 2.

18. *Ibid.*, IX, chap. 2.

19. Cf. O.M. Ungers, dans H.A. Millon et V.M. Lampugnani, *Architecture...*, p. 307.

20. L.B. Alberti, *De re aedificatoria*, VII, chap. 3, cité dans A. Chastel, *Art et humanisme à Florence*, Paris, PUF, 1961, p. 139.

21. M. Ficin, *Theologia platonica,* II, 6, citée dans A. Chastel, *Art et humanisme...,* p. 141.
22. Plan dans B. Jestaz, *La Renaissance de l'architecture. De Brunelleschi à Palladio,* Paris, Gallimard, 1995, p. 21.
23. A. Chastel, *Art et humanisme...,* p. 141.
24. Cf. C. Huelsen, *Il Libro di Giulano da San Gallo,* Leipzig, 1910, et A. Chastel, *Art et humanisme...,* p. 144.
25. M. Trachtenberg, « On Brunelleschi's Old Sacristy as model for early Renaissance Church Architecture », dans *L'Église dans l'architecture de la Renaissance,* Paris, Picard, 1995, p. 18.
26. A. Bruschi, « L'architecture religieuse de la Renaissance en Italie de Brunelleschi à Michel-Ange », dans H.A. Millon et V.M. Lampugnani, *Architecture...,* p. 123.
27. A. Manetti, *The Life of Brunelleschi,* éd. H. Saalman, University Park et Londres, 1970, p. 106. Cité dans l'article de M. Trachtenberg mentionné.
28. A. Bruschi, art. cité, p. 124.
29. Expression de M. Trachtenberg dans l'article cité précédemment, p. 27. Cf. aussi *ibid.,* p. 22.
30. A. Bruschi, art. cité, p. 128.
31. L. Hautecœur, *Mystique et architecture,* Paris, Picard, 1954, p. 214.
32. Chateaubriand, *Le Génie du christianisme,* 3e partie, 1. I, chap. 6; éd. de 1881, p. 311.
33. Paul le Silentiaire, « Descriptio S. Sophiae », dans *PG,* t. 86, c. 2138-2139.
34. Procope, « De aedificiis », dans *PG,* t. 87, c. 2287. Cité dans J. Plazaola, *Historia...,* p. 170.
35. B. Jestaz, *La Renaissance de l'architecture...,* pp. 52 et 53.
36. L.B. Alberti, *De la peinture,* trad. J.-L. Schefer, Macula, 1992, p. 69.
37. A. Manetti, *Vie de Filippo Brunelleschi,* trad. de C. Lauriol, Paris, L'Équerre, 1978, p. 108. *Vie* inachevée généralement attribuée à Manetti, notamment par A. Chastel.
38. *Ibid.,* p. 164.
39. Cité dans H. Saalman, *Philippo Brunelleschi. The Cupole of Santa Maria del Fiore,* Londres, Zwemmer, 1980, p. 12.
40. G. Vasari, *Les Vies des meilleurs peintres, sculpteurs et architectes,* A. Chastel (dir.), Paris, Berger-Levrault, 1983, t. 3, p. 215.
41. M. Ficin, *Théologie platonicienne de l'immortalité de l'âme,* Paris, Les Belles Lettres, 1964, p. 226.
42. L. Pacioli, *De divina proportione,* éd. dans les *Fontes ambrosiani,* Milan, Bibl. ambr., 1956, t. 31, p. 22.
43. B. Jestaz, *La Renaissance de l'architecture...,* p. 52.
44. *Ibid.*
45. J. Plazaola, *Historia...,* p. 636.
46. Cf. G. Brunel, M.-L. Deschamps-Brugeon et Y. Gagneux, *Dictionnaire des églises de Paris,* Paris, Hervas, 1995.
47. « La Gloire du Val-de-Grâce » (1669), dans Molière, *Œuvres complètes,* Paris, Garnier-Flammarion, t. 4, p. 466.

CHAPITRE XIX

Le triomphe du virtuel

1. Voir le chap. 15.
2. Voir p. 256.
3. G. Bazin, *Les Palais de la foi,* Paris, Vilo, 1981, 2 vol. Ici, II (Autriche, Allemagne, etc.) pp. 117-119. Cf aussi V.L. Tapié, *Baroque et classicisme,* 2e éd., Plon, 1972, p. 338. Pour ce chapitre et le suivant, j'utilise constamment ces deux ouvrages ainsi que *L'Art baroque* de P. Charpentrat, Paris, PUF, 1967, et *Destins du baroque* de G. Bazin, Paris, Hachette, 1968.
4. P. Charpentrat, *L'Art baroque,* p. 103.
5. Y. Bottineau, *Baroque ibérique,* Fribourg, Office du livre, 1969, que j'utilise aussi beaucoup dans les pages qui suivent.
6. Je dois la documentation sur cette église particulièrement significative à mon ami et collègue du Collège de France Jean-Marie Zemb, qui a attiré mon attention sur cet édifice et que je remercie vivement. Cette église est simplement citée dans G. Bazin, *Les Paradis de la foi* (Autriche), p. 19.
7. P. Charpentrat, *L'Art baroque,* p. 18.
8. G. Bazin, *Destins du baroque,* p. 105.
9. R. Toman, *L'Art du baroque,* Cologne, Könemann, 1998, p. 28.
10. P. Charpentrat, *L'Art baroque,* p. 21.
11. V.L. Tapié, *Baroque et classicisme,* p. 110.
12. Je renvoie ici à la communication de L. Rice « Borromini e la vita accademica alla Sapienza », présentée au congrès *Borromini e l'universo barocco,* qui s'est tenu à Rome en janvier 2000 et dont les Actes ne sont pas encore publiés au moment où paraît mon livre.
13. G. Bazin, *Destins du baroque,* p. 172.
14. V.L. Tapié, *Baroque et classicisme,* p. 249.
15. G. Bazin, *Destins du baroque,* p. 106.
16. P. Charpentrat, *L'Art baroque,* p. 28.
17. H. Bremond, *Histoire littéraire du sentiment religieux en France,* rééd. A. Colin, 1967 : I, p. 26. Passage extrait des *Grandeurs de Jésus* de Bérulle, Paris, Éd. Oratoire/Le Cerf, 1996, VII, p. 85. Cf. aussi A. Ferrari, *Figures de la contemplation, la « rhétorique divine » de Pierre de Bérulle,* Paris, Le Cerf, 1997, pp. 235 et suiv.
18. Voir plus haut le chap. 10.
19. Clément d'Alexandrie, *Proteptikos,* XI, 114, 2-3, cité par F. Tristan, *Les Premières Images chrétiennes,* p. 384.
20. Catherine de Sienne, *Le Livre des dialogues,* Paris, Le Seuil, p. 351.
21. Luther, *Œuvres,* Genève, Labor et Fides, t. 10, p. 31, Épître du premier dimanche de l'avent.
22. Cf. H. et A. Stierlin, *Les Ors du Mexique chrétien,* Paris, Imprimerie nationale, 1997, pp. 22-24.
23. Cf. M. Lachièze-Rey et J.-P. Luminet, *Figures du ciel,* p. 28.
24. Copernic, *De revolutionibus orbium coelestium,* Hidesheim, Gerstenberg, 1984, 1.1, chap. 10, p. 20.
25. V.L. Tapié, *Baroque et classicisme,* pp. 118-121.

26. G. Bazin, *Destins du baroque*, p. 288.
27. Cf. la fig. 16 dans l'ouvrage coll., *Guarino Guarini e l'internazionalità del Barocco* (actes d'un congrès), Turin, Acc. delle scienze, 1970.
28. M. Lachièze-Rey et J.-P. Luminet, *Figures du ciel*, p. 59.
29. *Ibid.*, p. 33.
30. J. Kepler, *Astronomie nouvelle*, trad. J. Peyroux, s. 1., 1979, p. xxvii.
31. *Ibid.*, pp. 220-222, et *L'Harmonie du monde*, même trad., pp. 380-394.
32. G. Bazin, *Destins du baroque*, p. 243.
33. *Guarino Guarini...*, pp. 181-187.
34. A. Chastel, *Le Mythe de la Renaissance..., p. 95.*
35. *Ibid.*, p. 101.
36. C. Havelange, *De l'œil et du monde*, Paris, Fayard, 1998, pp. 233 et suiv. Cf. aussi H. Damisch, *L'Origine de la perspective*, Paris, Flammarion, 1993, et P. Hamou, *La Vision perspective (1435-1740). L'art et la science du regard de la Renaissance à l'âge classique*, Paris, Payot et Rivages, 1995 (textes choisis).
37. Cf. G. Bazin, *Les Palais de la foi*. Bien qu'il s'agisse ici de l'Allemagne, l'image et le commentaire se trouvent dans le tome consacré à l'Italie, aux pays ibériques et à la France, p. 235.
38. G. Bazin, *Destins du baroque*, p. 239.
39. *Ibid.*
40. V.L. Tapié, *Baroque et classicisme*, pp. 52 et 53.
41. Voir p. 221.
42. Voir p. 277.
43. Dans les développements relatifs aux églises de Rome j'ai plusieurs fois utilisé un livre déjà ancien mais qui reste précieux pour tous ceux qui veulent bien connaître la ville : J. Maury et R. Percheron, *Itinéraires romains*, Paris, Lethielleux, 1950, *passim.*
44. V.L. Tapié, *Baroque et classicisme*, pp. 341 et 342.
45. G. Bazin, *Destins du baroque*, pp. 242 et 243; P. Charpentrat, *L'Art baroque*, pp. 35-37, 52-53, 69, 93, 131-133.
46. R. Toman, *L'Art du baroque*, Cologne, Könemann, 1998, p. 227.

CHAPITRE XX

Exaltation, profusion et fête

1. V.L. Tapié, *Baroque et classicisme*, p. 112. Cf. aussi P. Charpentrat, *L'Art baroque*, p. 18; G. Bazin, *Destins du baroque*, p. 104.
2. V.L. Tapié, *Baroque et classicisme*, p. 124.
3. H. Bauer, « Zum ikonologischen Stil der süddeutschen Rokokokirche », dans *Münchner Jahrbuch der bildenden Kunst*, XII, 1961, pp. 222-224.
4. *Ibid.*, p. 271.
5. M. Ménard, *Mille Retables de l'ancien diocèse du Mans*, Paris, Beauchesne, 1980, pp. 23-26. J'utilise beaucoup cet ouvrage remarquable dans les pages suivantes.
6. V.L. Tapié, J.-P. Le Flem et A. Pardailhe-Galabrun, *Retables baroques de Bretagne*, Paris, PUF, 1972, p. 127.
7. Cf. encore V.L. Tapié, *Baroque et classicisme*, pp. 272 et 273.

8. M. MÉNARD, *Mille Retables...*, pp. 148-150. Cf. aussi J. SALBERT, *Les Ateliers de retabliers lavallois aux XVIIe et XVIIIe siècles*, Paris, Klincksieck, 1976.
9. R. GUTTIEREZ (dir.), *L'Art chrétien du Nouveau Monde. Le baroque en Amérique latine*, Paris, Zodiaque, 1997, pp. 146, 147 et 437.
10. MOLANUS, *Traité des saintes images*, éd. F. Boespflug, O. Christin et B. Tassel, Paris, Le Cerf, 1996, p. 130.
11. M. MÉNARD, *Mille Retables...*, p. 185.
12. *Ibid.*, p. 311.
13. Cf. le n° 157 de *Notre Histoire* consacré à « La France baroque », juillet-août 1998.
14. J. CHARPY (dir.), *Patrimoine religieux en Bretagne*, Rennes, Ouest-France, 1998, s.p.
15. Cf. R. TOMAN, *L'Art du baroque*, pp. 341 et 342 et couverture; G. BAZIN, *Les Palais de la foi* (Autriche, Allemagne...), p. 142.
16. H. et A. STIERLIN, *Les Ors du Mexique...*, pp. 176-183.
17. G. BAZIN, *Les Palais de la foi* (Autriche, Allemagne...), p. 176.
18. G. BAZIN, *Destins du baroque*, p. 224.
19. P. CHARPENTRAT, *L'Art baroque*, p. 162.
20. Cf. *L'Église du monastère de Saint-Benoît de Rio de Janeiro*, Rio de Janeiro, Lumen Christi, 1992, p. 80.
21. H. et A. STIERLIN, *Les Ors du Mexique...*, p. 112.
22. V.L. TAPIÉ, *Baroque et classicisme*, p. 447.
23. M. PIANZOLA, *Brésil baroque*, Genève, Bonvent, 1974, p. 164.
24. H. et A. STIERLIN, *Les Ors du Mexique...*, pp. 66-72.
25. MOLANUS, *Traité des saintes images*, p. 238.
26. *Ibid.*, p. 341.
27. Coll. part., reprod. dans *Artes de Mexico. Nueva Epoca*, n° 12, été 1991, p. 51.
28. E.G. BARRAGAN, « Les ciels baroques », conférence du Louvre du 25 nov. 1993 : cassette du Louvre.
29. P. CHARPENTRAT, *L'Art baroque*, p. 40.
30. R. TOMAN, *L'Art du baroque*, pp. 99 et 100.
31. P. CHARPENTRAT, *L'Art baroque*, p. 140
32. H. et A. STIERLIN, *Les Ors du Mexique...*, pp. 142 et 143.

CHAPITRE XXI

Musique, multitude et mouvement

1. V.L. TAPIÉ, *Baroque et classicisme*, p. 302, citant lui-même O. STEPHAN, *Plasticky princip v ceské architekture barokni na pocatku 18 véku* (Le principe plastique dans l'architecture tchèque baroque au début du XVIIIe siècle), Umeni, I, 1959, pp. 1-17.
2. B. et J. MASSIN, *Histoire de la musique*, p. 507.
3. R. TOMAN, *L'Art du baroque*, pp. 206 et 207.
4. F. SABATIER, *Miroirs de la musique*, Paris, Fayard, 1998, I, pp. 328-330. Dans les développements qui suivent je m'inspire beaucoup de cet excellent ouvrage.
5. *Ibid.*, pp. 433-438.
6. B. et J. MASSIN, *Histoire de la musique*, pp. 465-467.

7. *Ibid.*, p. 496.
8. *Ibid.*, p. 513.
9. Toutes les indications contenues dans ce paragraphe viennent de *ibid.*, pp. 381, 383, 386, 393, 462 et 469.
10. *Ibid.*, p. 467.
11. *Ibid.*, p. 506.
12. R. STICKER, *Musique du baroque,* Paris, Gallimard, 1968, pp. 92-95.
13. C. MÉNESTRIER, *Des représentations en musique anciennes et modernes,* Genève, Minkoff reprint, 1977, p. 263.
14. *Ibid.*, p. 239.
15. *Ibid.*, pp. 175 et 218.
16. *Ibid.*, p. 170.
17. *Ibid.*, p. 191.
18. *Conciliorum oecumenicorum decreta,* éd. G. Alberigo, p. 737.
19. Cité dans F. SCARAMUZZI, *Per dilettatione grande et per utilità incredibile. Musica ed esperienze sociali tra Rinascimento e Barocco,* Bari, Laterza, 1982, p. 110.
20. *Ibid.*, p. 111.
21. Formule de G. Animuccia, musicien qui travailla pour Filippo Neri : cf. *ibid.*, p. 119.
22. Voir pp. 222 et suiv.
23. C. ESCHENFELDER, *Tiepolo,* Cologne, Könemann, 1998, p. 102.
24. MOLANUS, *Traité des saintes images,* p. 439. Molanus cite ici un autre auteur du XVIe siècle, Conrad Braun.
25. *Ibid.,* pp. 441-444. Passages d'un certain Thynus, sans doute jésuite, que Molanus cite et prend à son compte.
26. PIERRE D'ALCANTARA, *Œuvres spirituelles,* Paris, 1862, pp. 83 et 84.
27. FRANÇOIS DE SALES, chap. 16 de l'*Introduction à la vie dévote,* dans *Œuvres complètes,* Annecy, 1893, I, p. 50.
28. THÉRÈSE D'AVILA, *Œuvres complètes,* Paris, Le Cerf, 1995 : I, *Livre de la vie,* p. 327.
29. F. SUAREZ, *Opera,* éd. Vivès, 1856 et suiv. Ici, t. 2, c. 44 et 46.
30. J. DREXEL, *Tableau des joyes du paradis,* éd. franc., Paris, 1639, pp. 387 et 388.
31. F. ARNOUX, *Traité du paradis et de ses merveilles,* Lyon, 1690, pp. 24 et 25. C'est l'édition que j'ai consultée. La première édition date de 1609.
32. *Ibid.,* p. 98.
33. H.-M. BOUDON, *La Dévotion aux neuf chœurs des saints anges,* dans *Œuvres complètes,* éd. Vivès, t. 1, c. 836.
34. L. ABELLY, *Du culte et de la vénération qui sont dus aux neuf ordres des hiérarchies célestes,* Paris, 1691, p. 2.
35. Je reprends ici l'analyse de B. et J. MASSIN dans *Histoire de la musique,* pp. 377 et 378.
36. V.L. TAPIÉ, *Baroque et classicime,* pp. 52 et 53.
37. Voir pp. 248 et suiv.
38. THÉRÈSE D'AVILA, *Livre de la vie,* éd. citée, p. 209.
39. A. d'AUBIGNÉ, *Les Tragiques,* Paris, Gallimard, « Bibliothèque de la Pléiade », 1969, p. 90.
40. J. MILTON, *Le Paradis reconquis ou les Tentations de Jésus au désert,* trad L. Vaucher, Paris, 1859, p. 66.
41. J. DREXEL, *Tableau des joyes...,* p. 306.

42. H.-M. Boudon, *La Dévotion aux neuf chœurs des saints anges,* éd. citée, c. 835.

43. F. Arnoux, *Traité du paradis...,* p. 64.

44. Ludolphe le Chartreux, *La Grande Vie de Jésus-Christ,* trad. franç., 1864, IV, p. 283. Je reprends dans ce développement quelques passages de *Rassurer et protéger,* pp. 331 et 332.

45. M. Luther, *Œuvres,* Genève, éd. Labor et Fides, depuis 1957, t. 13, pp. 230-232.

46. P. Coton, *Intérieure Occupation...,* éd. de 1609, p. 45.

47. Bossuet, *Œuvres,* Rennes, 1863, I, pp. 643-651.

CHAPITRE XXII

Les nuages se déchirent

1. L'ouvrage d'H. Bremond, *Histoire littéraire du sentiment religieux,* Paris, Bloud et Gay, 12 vol., 1916-1933, rééd. de 1967, reste un grand classique sur la question; surtout pour les thèmes traités ici : t. 2, *L'Invasion mystique.* Fondamental aussi, le beau chapitre consacré par É. Mâle à « La vision et l'extase » dans *L'Art religieux de la fin du XVIe, du XVIIe et du XVIIIe siècle,* Paris, A. Colin, 1951, pp. 151-200. J'ai consulté en outre plusieurs thèses récentes : I. Poutrin, *Le Voile et la plume. Autobiographie et sainteté féminine dans l'Espagne moderne,* Madrid, Casa de Velazquez, 1995; et C. Renoux, *Sainteté et mystique féminines à l'âge baroque. Naissance et évolution d'un modèle en France et en Italie,* 3 vol. dact., Paris-I, 1995. Le livre de J. Bouflet et P. Boutry, *Un signe dans le ciel,* Paris, Grasset, 1997, rejoint aussi le sujet traité ici.

2. É. Mâle, *L'Art religieux...,* p. 170.

3. M. de Certeau, *La Fable mystique,* Paris, Gallimard, 1982, p. 129.

4. Gerson, *De mystica theologia,* éd. A. Combes, Lugano, 1958, p. 117. Cité par C. Renoux, *Sainteté et mystique...,* p. 499.

5. C. Renoux, *Sainteté et mystique...,* p. 506.

6. I. Poutrin, *Le Voile et la plume...,* p. 72.

7. Catherine de Sienne, *Livre des dialogues (Traité de l'oraison),* pp. 250, 265 et 273.

8. P. de Rivadeneira, *Vida del bienaventurado padre Ignacio de Loyola,* Madrid, s.d., principalement pp. 35, 60 et 62.

9. Ignace de Loyola, *Journal spirituel,* Paris, Desclée de Brouwer, 1958, p. 121.

10. Thérèse d'Avila, *Le Livre de la vie,* éd. citée, p. 308.

11. *Ibid.*, p. 140.

12. Cité dans I. Poutrin, *Le Voile et la plume...,* pp. 414 et 415.

13. É. Mâle, *L'Art religieux...,* p. 153.

14. Le livre essentiel sur ce saint reste celui de L. Ponnelle et L. Bordet, *Saint Philippe Neri et la société romaine de son temps,* Paris, Vieux Colombier, 1958, surtout pp. 68-87.

15. *La Vie et l'œuvre spirituelle du P. Louis Lallemant,* introduction et notes par F. Courel, Paris, Desclée de Brouwer, 1959, pp. 350 et 351.

16. I. Poutrin, *Le Voile et la plume...,* pp. 22-26.

17. Marie de l'Incarnation, *Écrits spirituels,* Paris, Desclée de Brouwer, 1930, pp. 233-238.

18. Cf. les articles de J.-P. Cousin et J. Le Brun sur « Les visions mystiques », dans les *Nouvelles de l'Institut catholique de Paris*, février 1977.
19. É. Mâle, *L'Art religieux...*, p. 166.
20. L. Ponnelle et L. Bordet, *Saint Philippe Néri...*, pp. 80 et 81.
21. É. Mâle, *L'Art religieux...*, p. 172.
22. *Ibid.*, p. 158.
23. *Ibid.*, p. 163.
24. *Ibid.*, p. 161 avec renvoi aux *Acta sanctorum*, t. 7, p. 188.
25. *Ibid.*, p. 171 et 172.
26. *Ibid.*, p. 183.
27. *Ibid.*, pp. 186 et 187.
28. François de Sales, *Traité de l'amour de Dieu*, Paris, Gallimard, « Bibliothèque de la Pléiade », 1969, p. 212.
29. H. Bremond, *Histoire littéraire...*, t. 4, pp. 512-517.
30. J. Drexel, *Tableau des joyes du paradis*, trad. franç., Paris, 1639, pp. 180 et 181.
31. F. Arnoux, *Traité du paradis...*, pp. 29 et 30.
32. Thérèse d'Avila, *Château intérieur (VIes Demeures)*, dans *Œuvres complètes*, éd. citée, p. 1084.
33. P. Dinzelbacher, « La littérature des révélations au Moyen Âge : un document historique », dans *Revue historique*, n° 558, avril-juin 1986, pp. 293 et 294.
34. *Ibid.*, p. 295.
35. J. Le Brun, « Une lecture historique des écrits de Marguerite-Marie Alacoque », dans *Nouvelles de l'Institut catholique de Paris*, 1977, pp. 42 et 43.
36. I. Poutrin, *Le Voile et la plume...*, p. 94.
37. Rivadeneira, *Vida...*, p. 158.
38. Thérèse d'Avila, *Le Livre de la vie*, dans *Œuvres complètes*, I, p. 304 et suiv.
39. *Ibid.*
40. *Ibid.*, p. 327.
41. Marie de l'Incarnation, *Écrits spirituels*, éd. citée, pp. 233-235.
42. La TOB traduit « ... et sous la terre », mais la traduction traditionnelle était « ... et dans les enfers », avec ambiguïté sur le mot « enfers ». Le Greco et son commanditaire pensaient évidemment à l'enfer.
43. Expression de B. Lidemann dans une conférence au Louvre, *La Survivance de l'image précopernicienne dans les ciels baroques*, 8 novembre 1993 : cassette du musée.
44. Catherine de Sienne, *Traité de l'oraison*, éd. citée, p. 267.
45. J'ai retenu ici la traduction de la Bible de Jérusalem.
46. M. Vovelle, *Les Âmes du purgatoire ou le Travail du deuil*, Paris, Gallimard, 1996, surtout pp. 112-198.
47. Rivadeneira, *Vida...*, p. 59.
48. Thérèse d'Avila, *Le Livre de la vie*, éd. citée, p. 304.
49. *Ibid.*, p. 209.
50. J.-J. Surin, *Cantiques spirituels*, éd. citée, p. 217.
51. Voir pp. 136 et suiv. et pp. 333 et suiv.
52. Pierre d'Alcantara, *Œuvres complètes (De l'oraison et de la méditation)*, Paris, 1862, p. 83.
53. Thérèse d'Avila, *Le Livre de la vie*, éd. citée, pp. 208 et 308.

54. RIVADENEIRA, *Vida...*, pp. 164 et 165.

CHAPITRE XXIII

Laïcisation

1. THÉRÈSE D'AVILA, *Le Livre de la vie*, éd. citée, p. 208; *Château intérieur*, p. 971; *VIes Demeures*, p. 1086.
2. I. POUTRIN, *Le Voile et la plume*, pp. 385, 389 et 399.
3. *Ibid.*, p. 410.
4. *Ibid.*, p. 96.
5. *Ibid.*
6. Cette phrase se trouve dans l'*Oraison funèbre de Michel Le Tellier*, avec allusion à la révocation de l'édit de Nantes.
7. J. DREXEL, *Tableau des joyes...*, p. 164.
8. *Ibid.*, p. 181.
9. F. ARNOUX, *L'Échelle du paradis*, Rouen, 1645, pp. 523-526.
10. A. D'AUBIGNÉ, *Œuvres*, Paris, Gallimard, « Bibliothèque de la Pléiade », 1969, pp. 91-94.
11. R. BAXTER, *The Saints' Everlasting Rest*, éd. de 1654 (Londres), p. 261.
12. R. TOMAN, *L'Art du baroque*, pp. 133-140.
13. G. BAZIN, *Les Palais de la foi* (Autriche, Allemagne et Suisse), successivement pp. 40, 94 et 107.
14. P. CHIRON, *La Représentation du paradis céleste dans la littérature française du XVIe siècle de Jean Lemaire de Belges à la Pléiade*, thèse de doctorat, Paris-X-Nanterre, 1995, 2 vol. Ici, I, p. 51. Dans tout ce développement j'utilise beaucoup ce très intéressant travail.
15. MAROT, *Œuvres poétiques*, éd. G. Defaux, Paris, Garnier, 1990, 2 vol.; ici, I, p. 229. P. CHIRON, *La Représentation...*, I, p. 40.
16. RONSARD, *Œuvres complètes*, Paris, Gallimard, « Bibliothèque de la Pléiade », 1950, I, p. 537; P. CHIRON, *La Représentation...*, I, pp. 56 et 57.
17. Cf. les remarques de R. Lebègue à la suite de l'exposé d'A. BEIJER, « Visions célestes et infernales dans le théâtre du Moyen Âge et de la Renaissance », dans *Les Fêtes de la Renaissance*, I, pp. 415 et 416.
18. N.-A. PLUCHE, *Le Spectacle de la nature*, II, *Histoire du ciel*, 1740, p. 412.
19. Cf. note 17.
20. A. BEIJER, « Visions célestes... », pp. 406 et suiv., avec références, article sur lequel je m'appuie beaucoup pour tout ce développement. Je me dispense donc de renvoyer constamment à lui.
21. *Ibid.*, p. 409.
22. Voir pp. 314 et 315.
23. B. COUSIN, *Ex-voto de Provence*, Paris, Desclée de Brouwer, 1981, pp. 26 et 27.

CHAPITRE XXIV

Essoufflement?

1. F. SUAREZ, *Opera*, éd. Vivès, Paris, 1856 et suiv.; ici, I, 43; IV, c. 117, 197, etc.

2. *Ibid.*, IV, c. 77
3. *Ibid.*
4. J. Drexel, *Tableau des joyes...*, pp. 195-198.
5. *Ibid.*, pp. 231-234.
6. *Ibid.*, p. 393.
7. *Ibid.*, p. 542.
8. *Ibid.*, p. 545.
9. Migne, *Orateurs sacrés*, t. 32, c. 11-12.
10. *Ibid.*, c. 538.
11. *Ibid.*, c. 534.
12. *Ibid.*, c. 527.
13. *Ibid.*, c. 490.
14. *Ibid.*, c. 499.
15. François de Sales, *Œuvres*, Annecy, 1892-1964; ici, t. 9, p. 116. Référence donnée par C.McDannell et B. Lang, *Heaven...*, pp. 165 et 376.
16. *Ibid.*
17. Je renvoie ici aux ouvrages d'Hervé Martin et Nicole Beriou cités dans l'introduction.
18. J. J. Surin, *Cantiques spirituels de l'amour divin*, Florence, Leo S. Olschki, 1996, p. 216.
19. *Ibid.*, p. 226.
20. *Ibid.*, p. 219.
21. G. Provost, « Le paradis change en Bretagne » : à propos du *Kantik ar Baradoz*, dans *Chrétientés de Basse-Bretagne et d'ailleurs. Mélanges offerts au chanoine J.-L. Le Floch*, Société archéologique du Finistère, 1998, pp. 183-201.
22. *Ibid.*, pp. 186 et 187.
23. *Ibid.*, pp. 192 et 193.
24. Grignion de Montfort, *Œuvres*, Paris, Le Seuil, 1966, p. 1483.
25. *Cantiques lassalliens*, t. 22, 1965, pp. 34 et 35.
26. Cité dans S. Barnay, *Le Ciel sur la terre...*, p. 146.
27. Vincent de Paul, *Entretiens spirituels aux missionnaires*, éd. A. Dodin, Paris, Le Seuil, 1959, pp. 765 et 766.
28. Cf. notamment le t. 4 de l'*Histoire littéraire...* de H. Bremond, pp. 472-491.
29. P. Nicole, *Essais de morale*, Genève, Slatkine Reprints, 1971, II, lettre LX, p. 106.
30. *Ibid.*, p. 109.
31. P. Nicole, *Les Imaginaires*, t. 2, *Les Visionnaires*, Liège, 1667, p. 7.
32. *Ibid.*, pp. 308 et 309.
33. *Ibid.*
34. *Ibid.*, p. 36.
35. Pascal, *Pensées*, éd. Brunschvicg, n° 82.
36. *Ibid.*, n° 148.
37. *Ibid.*, n° 699.
38. E. Fléchier, *Œuvres*, Paris, 1828, t. 9, pp. 258 et 259.
39. P. Nicole, *Traité de l'oraison*, Paris, 1679, p. 43.

CHAPITRE XXV

« Sobriété » protestante

1. LUTHER, *Propos de table,* Paris, Aubier, 1992, pp. 335-337.

2. Cf. J. BLONDEL, « La Bible de Bunyan », dans J.R. ARMOGATHE, *Le Grand Siècle et la Bible,* t. 6 de la *Bible de tous les temps,* C. KANNENGIESSER (dir.), Paris, Beauchesne, 1989, pp. 581-596; R. STAUFFER, « "Le Voyage du pèlerin" de J. Bunyan », dans *BSHPF,* 134, 1988, pp. 709-722.

3. J. BUNYAN, *Le Voyage du pèlerin,* La Bégude-de-Mazenc, La Croisade du livre chrétien, 1970, pp. 185-194.

4. LUTHER, *Werke,* éd. de Weimar, 1883 et suiv.; ici, 37, 68, 37. Cité dans M. LIENHARD, *Au cœur de la foi de Luther,* Paris, Desclée de Brouwer, 1991, p. 298.

5. LUTHER, *Werke, T R.* 3, n° 3339, p. 276. Cité dans *ibid.*

6. LUTHER, *Œuvres,* Genève, Labor et Fides, 1957 et suiv.; ici, t. 18, p. 44.

7. LUTHER, *Œuvres,* t. 2, p. 246. Dans l'édition de la Pléiade, t. 1, 1999, pp. 807 et 808. Cité par P. CHIRON, *La Représentation...,* I, p. 131.

8. LUTHER, *Œuvres* (Labor et Fides), t. 18, p. 46.

9. LUTHER, *Œuvres,* t. 6, p. 112.

10. LUTHER, *Œuvres,* t. 1, p. 161.

11. LUTHER, *Œuvres,* t. 13, pp. 229 et 230.

12. *Ibid.*, pp. 230-232.

13. *Ibid.*, p. 235.

14. Voir pp. 436 et suiv.

15. CALVIN, *Institution de la religion chrétienne,* éd. de 1560, Genève, Labor et Fides, 4 vol., 1955-1958, en français modernisé; ici, t. 3, pp. 183 et 184 (l.III, chap. 9).

16. *Ibid.*, p. 459 (l. III, chap. 25).

17. CALVIN, *Corpus Reformatorum,* t. 77, c. 153 (« Epist. Pauli ad Rom.).

18. *Ibid.*, t. 74, c. 788 (sermon 63).

19. *Ibid.*, p. 460.

20. Voir plus haut, p. 181.

21. CALVIN, *Institution...*, t. 3, p. 467 (l. III, chap. 25).

22. *Ibid.*, p. 473.

23. *Ibid.*, p. 470.

24. *Ibid.*, pp. 473-475.

25. J'utilise ici la trad. franç. du *Repos éternel des saints* de R. BAXTER parue à Paris en 1833, p. 276.

26. *Ibid.*, p. 277.

27. C'est le chapitre 7 du livre.

28. P. VEIT, *Luther et le chant,* thèse, Paris-IV, 2 vol., 1980, I, pp. 32, 39, 42, 70-75, 96-109, 287 et suiv.

29. Cités et traduits dans *ibid.*, p. 160.

30. Je remercie Marc Lienhard d'avoir attiré mon attention sur ce cantique. Cf. de cet auteur *La Foi vécue. Études d'histoire de la spiritualité.* M. Jean-Marie Zemb a eu la gentillesse de revoir ma traduction.

31. Sur les indications de P. VEIT, que je remercie, je renvoie ici au cantique

Herr Christ, tue mich verleihen, publié pour la première fois dans l'ouvrage de dévotion de P. Nicolaï, *Freudenspiegel des ewigen Lebens*, 1599, et au cantique *Frisch auf und last uns singen* de Johann Rist paru en 1651 (Recueil de FISCHER-TÜMPEL, II, n° 241).

32. BACH, *Kantaten*, Wiesbaden, Breitkopf et Härtel, 1981, cantate n° 147, pp. 1-9, 29 et 30, 69-72.

33. Cf. à ce sujet C. MCDANNELL et B. LANG, *Heaven...*, pp. 150 et 151.

CHAPITRE XXVI

Les derniers siècles de l'empyrée

1. PONTUS DE TYARD, *Œuvres poétiques complètes*, Paris, Didier, 1966, p. 19, n. 2. Cf. P. CHIRON, *La Représentation...*, I, p. 71. Je vais à nouveau beaucoup m'appuyer sur cette excellente étude. Cf. aussi C. BLUM, *La Représentation de la mort dans la littérature française de la Renaissance*, Paris, Champion, 1989, pp. 315-319.

2. J. THENAUD, *La Cabale métrifiée*, BNF, ms. fr. 882, f°s 8 v°, 10 v°, 20 v° et 53 r°. Cité dans P. CHIRON, *La Représentation...*, pp. 71 et 72.

3. *Ibid.*, f° 10 v° ; P. CHIRON, p. 306.

4. MAROT, « Deploration sur le trespas de messire Florimond Robertet », dans *Œuvres complètes*, Paris, Garnier, 1990, I, p. 210.

5. J. BOUCHET, *Triomphes... du Roy de France, François premier de ce nom...*, BNF, Réserve, Ye 191, f° 47 r°. Cité dans P. CHIRON, *La Représentation...*, p. 73.

6. RONSARD, « Hymne de la mort », éd. de la Pléiade, II, p. 288.

7. É. FORCADEL, *Œuvres poétiques*, Paris, 1579 (BNF, Réserve, Ye 375, p. 193). Cité dans P. CHIRON, *La Représentation...*, p. 345.

8. A. D'AUBIGNÉ, *Les Tragiques*, éd. de la Pléiade, p. 91.

9. *La Nature naissante ou les Merveilleux Effets de la puissance divine dans la création du monde achevée en six jours par le Sire de Saint Martin : à l'honneur de la Vierge Marie, chant royal*, Paris, 1667, pp. 5-11.

10. *Catéchisme du concile de Trente*, reprint 1984 de l'éd. D.M. Morin (Desclée de Brouwer, 1923), p. 492.

11. F. SAUREZ, *Opera omnia*, éd. citée, t. 26, c. 978.

12. *Ibid.*, index général, « *Coelum* », c. 150-151.

13. J. DREXEL, *Tableau des joyes...*, p. 93.

14. *Ibid.*, pp. 107 et 114.

15. *Ibid.*, p. 360

16. *Ibid.*, pp. 362 et 363.

17. F. ARNOUX, *Traité du paradis...*, pp. 3 et 4.

18. *Ibid.*, p. 5.

19. *Ibid.*, p. 3.

20. *Ibid.*, p. 11.

21. *Ibid.*, p. 7. Voir p. 49.

22. *Ibid.*, p. 82.

23. Cf. J.-P. VERDET, *Une histoire de l'astronomie*, Paris, Le Seuil, 1990, pp. 111 et 112 et E. POULLE et D. SAVOIE, « La survie de l'astronomie alphonsine », dans *Journal for the History of Astronomy*, n° 29, 1998, pp. 201 et suiv.

24. M. MERSENNE, *Correspondance*, Paris, CNRS, 1945 et suiv., P. TANNERY

puis C. de Waard et A. Beaulieu (dir.), III, pp. 192 et 574. Voir aussi XIII, p. 160 et XIV, p. 61.

25. M. Mersenne, *Les Questions théologiques, physiques, morales et mathématiques,* Paris, 1634, pp. 210 et 211. Cf. H. Busson, *La Pensée religieuse française de Charron à Pascal,* Paris, Vrin, 1933, pp. 287 et 300.

26. J. de Salhon, *Les Deux Vérités,* 1626, 1re vérité, discours 3.

27. H. Busson, *La Pensée religieuse...,* p. 287.

28. *Ibid.*

29. P. Bayle, *Dictionnaire historique et critique,* t. 4, p. 628.

30. *Ibid.,* art. « Ricius », cité dans E. Labrousse, *Pierre Bayle,* Paris, Albin Michel, 1996, p. 252.

31. Furetière, *Dictionnaire universel,* reprint, s.n.1., 1978, article « Ciel ».

32. *Dictionnaire de l'Académie française,* 1694, article « Ciel ».

33. M. Lachièze-Rey et J.-P. Luminet, *Figures du ciel,* p. 33.

34. Reproduction dans M. Serres (dir.), *Éléments d'histoire des sciences,* Paris, Bordas, 1989, pp. 226 et 227.

35. Racan, « Lettre à Chapelain » de nov. 1656. Cité dans H. Busson, *La Pensée religieuse...,* pp. 289 et 290.

36. Toutes ces citations dans H. Busson, *La Pensée religieuse...,* pp. 301 et 302.

37. J. Donne, *The Complete English Poems,* éd. A.J. Smith, Londres, 1971 : *The First Anniversary,* v. 205-215, p. 276. J'avais déjà cité ces vers dans *Le Péché et la peur,* p. 172.

38. Voir p. 399.

39. Pascal, *Pensées,* éd. Brunschvicg, n° 161.

40. *Ibid.,* n° 10.

CHAPITRE XXVII

L'irruption de l'héliocentrisme

1. P. Redondi, *Galilée hérétique,* trad. franç., Paris, Gallimard, 1985. Cf. aussi G. Minois, *L'Église et la science,* Paris, Fayard 1990, 2 vol.; ici, I, pp. 370-409. Dans la riche bibliographie relative à Galilée je retiens particulièrement — liste non exhaustive : A. Koyré, *Études galiléennes,* Paris, Hermann, 1939, 3 vol., réimpr. de 1966; G. de Santillana, *Le Procès de Galilée,* Paris, Club du meilleur livre, 1955; les ouvrages de S. Drake depuis *Discoveries and Opinions of Galileo,* New York, Anchor Books, 1957, jusqu'à *Galileo, Pioneer scientist,* Toronto University Press, 1990; M. Clavelin, *La Philosophie naturelle de Galilée,* rééd., Paris, Albin Michel, 1996; L. Geymonat, *Galilée,* trad. franç., Paris, Le Seuil, 1992. Très bonne mise au point sur Galilée dans P. Rossi, *La Naissance de la science moderne,* Paris, Le Seuil, 1999, surtout pp. 125-163. Voir aussi plus loin, n. 12, la référence à la contribution de F. Laplanche dans le t. 8 de l'*Histoire du christianisme.*

2. Je rejoins ici le point de vue de S. Mazauric, *Savoirs et philosophie à Paris dans la première partie du XVIIe siècle,* Publications de la Sorbonne, 1997, p. 315, n. 10.

3. Cf. mon t. 1 de *Une histoire du paradis* : *Le Jardin des délices,* pp. 27 et suiv.

4. M. Mersenne, *Les Questions...,* p. 211.

5. Cf. M. Clavelin, *La Philosophie...,* notamment p. VII. Sur les mathématiciens et physiciens du Collège romain, cf. A. Romano, *La Contre-Réforme mathématique. Constitution et diffusion d'une culture mathématique jésuite à la Renaissance (1540-1640),* École française de Rome, Paris, De Boccard, 2000.

6. Ces citations se trouvent dans J.-P. VERDET, *Une histoire de l'astronomie,* Paris, Le Seuil, 1990, pp. 107 et 108.
7. Cette citation et la précédente sont dans R. STAUFFER, *Dieu, la création et la providence dans la prédication de Calvin,* Berne, P. Lang, 1978, pp. 187 et 188.
8. M. DE GANDILLAC, *Genèses de la modernité,* Paris, Le Cerf, 1992, pp. 435 et suiv.
9. NICOLAS DE CUES, *La Docte Ignorance,* trad. franç., Paris, Alcan, 1930, pp. 149-161.
10. Cité dans J.-P. VERDET, *Une histoire de l'astronomie,* pp. 75 et 76.
11. Cité dans *ibid.,* pp. 109 et 110.
12. Cette phrase se trouve dans l'excellent article que F. LAPLANCHE consacre à « Sciences de la nature et vision religieuse du monde », dans le t. 8 de l'*Histoire du christianisme (1530-1620),* Paris, Desclée de Brouwer, 1992, pp. 1087-1094. Je suis profondément d'accord avec la manière dont l'auteur explique le procès de Galilée par rapport à la thèse de P. Redondi.
13. M.-P. LERNER, « L'hérésie héliocentrique : du soupçon à la condamnation », dans *Sciences et Religion. De Copernic à Galilée,* École française de Rome, 1999, pp. 73-75.
14. *Concilium oecumenicorum decreta,* éd. G. Alberigo, p. 664.
15. M.-P. LERNER, « L'hérésie héliocentrique », pp. 87 et 88.
16. *Le Opere di Galileo Galilei,* éd. de G. Barbera, Florence, 1968, t. 5, p. 411.
17. Cf. le livre classique de H. VÉDRINE, *Giordano Bruno,* rééd. Paris, Vrin, 2000; F. YATES, *Giordano Bruno et la tradition hermétique,* trad. franç., Paris, Dervy, 1996; G. AQUILECCHIA, *Giordano Bruno,* trad. franç., Paris, Les Belles Lettres, 2000; L. FIRPO, *Le Procès de Giordano Bruno,* trad. franç., Paris, Les Belles Lettres, 2000. Un chapitre est consacré à Giordano Bruno dans N. BENAZZI et M. D'AMICO, *Le Livre noir de l'Inquisition,* Paris, Bayard, 2000.
18. Cité dans L. GEYMONAT, *Galilée,* pp. 107 et 108.
19. Article cité de F. LAPLANCHE dans le t. 8 de l'*Histoire du christianisme,* p. 1105.
20. Cette lettre figure dans le t. 5 des *Opere* de Galilée (éd. G. Barbera), citées plus haut; ici, pp. 314 et suiv.
21. *The Galileo Affair,* éd. et trad. par M.A. Finocchiaro, Université de Californie, Berkeley, 1989, p. 262.
22. *Ibid.,* pp. 264 et suiv.
23. *Le Opere di Galileo Galilei,* t. 19, éd. G. Barbera.
24. Cité dans le n° 2 des *Cahiers de Science et Vie,* « Galilée. Naissance de la physique », avril 1991, p. 50.

CHAPITRE XXVIII

Le ciel change

1. Voir chap. 3.
2. Voir p. 61.
3. Cf. M. LACHIÈZE-REY et J.-P. LUMINET, *Figures du ciel,* notamment pp. 58 et suiv.
4. Cf. plus haut, p. 46. THOMAS D'AQUIN, *Somme théologique,* I a, quest. 102, ad. 1, p. 268 et *Supplément,* 69, 1, p. 10.

5. M. Lachièze-Rey et J.-P. Luminet, *Figures du ciel,* p. 178.
6. Thomas d'Aquin, *Somme théologique,* Ia, quest. 51, art. 3, p. 48.
7. Dante, *La Divine Comédie,* chant xxviii du *Paradis.*
8. M. Lachièze-Rey et J.-P. Luminet, *Figures du ciel,* pp. 28 et 179-182.
9. Nicolas de Cues, *La Docte Ignorance,* éd. citée, pp. 151 et 152.
10. Tycho Brahé, *De mundi aetheri recentioribus phaenomenis,* chap. 8, cité par J.-P. Verdier, *Une histoire de l'astronomie,* pp. 138 et 139.
11. G. Bruno, *L'Infini, l'univers et les mondes,* trad. B. Levergeois, Paris, Berg, 1987, p. 123.
12. *Ibid.,* pp. 101 et 102.
13. *Ibid.,* p. 123.
14. Voir chap. 24.
15. M. Lachièze-Rey et J-P. Luminet, *Figures du ciel,* p. 177.
16. *Ibid.* et C. Heck, *L'Échelle céleste,* ill. 32.
17. G. Bruno, *L'Infini...,* pp. 113-121.
18. *Le Opere di Galileo Galilei,* éd. G. Barbera, t. 5, p. 408.
19. Nicolas de Cues, *La Docte Ignorance,* p. 156.
20. M. Bucciantini, « Teologia e nuova Filosofia », dans *Sciences et Religion* déjà cité, p. 413.
21. G. Bruno, *L'Infini...,* p. 113.
22. *Ibid.,* p. 114.
23. Galilée, *Dialogues et lettres choisies,* trad. P.H Michel, Paris, Hermann, éd. de 1997, p. 69 (« Discours des comètes »).
24. Galilée, *Dialogue sur les deux grands systèmes...,* éd. citée (Le Seuil, 1992) trad. de R. Fréreux, p. 72.
25. *Ibid.,* p. 73.
26. *Ibid.,* pp. 88-90.
27. G. Bruno, *L'Infini...,* introduction de B. Levergeois, p. 16.
28. C. Havelange, *De l'œil et du monde...,* pp. 265 et suiv.
29. Galilée, *L'Essayeur (Il Saggiatore),* trad. C. Chauviré, Paris, Les Belles Lettres, 1980, pp. 347-349. Cf. M. Clavelin, *La Philosophie naturelle de Galilée,* pp. 435-444.
30. Voir p. 407.
31. Voir p. 47.
32. Thomas d'Aquin, *Somme théologique,* Ia, quest. 66, art. 3, éd. citée, p. 58.
33. Cf. M. Clavelin, *La Philosophie naturelle de Galilée,* pp. 226 et 227.
34. Galilée, *Dialogues...,* pp. 237 et 238.
35. Cf. P. Redondi, *Galilée hérétique,* pp. 323-325.
36. *Ibid.,* pp. 328 et 329.
37. C. Havelange, *De l'œil et du monde...,* p. 309.
38. Nicolas de Cues, *La Docte Ignorance,* p. 159.
39. G. Bruno, *L'Infini...,* p. 122.
40. Gassendi, *Opéra,* 1658, t. 1, pp. 525-529.
41. Version franç., C. Huygens, *Nouveau Traité de la pluralité des mondes,* Paris, 1702.
42. Cyrano de Bergerac, *L'Autre Monde. Les États et empires de la lune. Les États et empires du soleil,* éd. de H. Weber, Paris, Éditions sociales, 1959, p. 38.
43. Fontenelle, *Entretiens sur la pluralité des mondes,* éd. de A. Calame, Paris, Didier, 1966, p. 23.

44. *Ibid.*, p. 92.
45. *Catéchisme de l'Église catholique,* Paris, Mame/Plon, 1992, p. 566 (n° 2794).

CHAPITRE XXIX

« Peut-on traduire l'indicible en images ? »

1. Cette analyse de M. WEBER est surtout exprimée dans les *Aufsätze zur Religionssoziologie,* 1920, 3 vol., Tübingen, Mohr, 1991, et dans le chapitre « Typen religiöser Vergemeinschaftung » du livre inachevé *Économie et société* (1922). Cf. R. ARON, *Les Étapes de la pensée sociologique,* Paris, Gallimard, 1967, pp. 535 et suiv.
2. R. BULTMANN, *Foi et compréhension,* t. 2 : *Eschatologie et démythologisation,* Paris, Le Seuil, 1969, pp. 103 et 104.
3. AMBROISE, *Corpus scriptorum Ecclesiae latinae,* Vienne, 1897, t. 32, 1, pp. 265 et 266 : cité dans le *Dictionnaire de spiritualité,* art. « Paradis », t. 12, c. 191.
4. PATRICK, « De Tribus habitaculis liber », dans *P.L.,* t. 53, c. 831.
5. *Règles des moines,* présentées par J.-P. LAPIERRE, Paris, Le Seuil, 1982, p. 68.
6. ISIDORE DE SÉVILLE, « De ordine creatorum », dans *P.L.,* t. 83, c. 950-952.
7. G. BRIÇONNET, *Correspondance...,* Genève, Droz, 1972, I, pp. 106 et 140 : lettres des 11 nov. 1521 et 5 fév. 1522.
8. *Ibid.*, pp. 114 et 115. Ces citations et celles du XVIe siècle qui vont suivre figurent dans la thèse de P. CHIRON, *La Représentation du paradis céleste...,* que j'utilise à nouveau, pp. 365 et suiv.
9. MARGUERITE DE NAVARRE, *Le Navire,* éd. R. Marichal, Paris, Champion, 1956, p. 265.
10. F. HABERT, *Le Temple de chasteté... ensemble plusieurs petites œuvres poetiques,* Paris, 1549 (BNF, Réserve), f° 2, r° . Cf. P. CHIRON, *La Représentation du paradis céleste...,* p. 371.
11. ÉRASME, *Éloge de la folie,* éd. Chomarat, p. 149 ; P. CHIRON, *La Représentation du paradis céleste...,* p. 366.
12. Voir p. 377.
13. Cité p. 377.
14. *Catéchisme du concile de Trente,* éd. D.M. Morin, 1984, pp. 129-131. Cité par P. CHIRON, *La Représentation du paradis céleste...,* pp. 323 et 360.
15. *Orateurs sacrés,* t. 7, c. 1538-1540
16. Cité dans A. PALÉOLOGUE, *Le Mont Athos, merveille du christianisme byzantin,* Paris, Gallimard, 1997, p. 108.
17. *Ibid.*
18. MOLANUS, *Traité des saintes images,* pp. 438 et 439.
19. Voir pp. 378 et suiv.
20. M. GARI, *Le Ciel et le fiel,* Paris, Plon, 1983, pp. 6-16.
21. Pour Nicolai, Martin de Cochem, Lavater et Swedenborg je suis les indications données par C. MCDANNELL et B. LANG dans *Heaven...,* pp. 181-199 ; P. NICOLAI, « Theoria vitae aeternae », dans *Erster Theil aller teutschen Schriften,* pp. 343-374.
22. MARTIN DE COCHEM, *Das grosse Leben,* éd. de 1753, pp. 167-170.
23. J.C. LAVATER, *Aussichten in die Ewigkeit,* 2e éd., Hambourg, 1773, I, p. 125 et III, pp. 93-99.

24. C. McDannell et B. Lang, *Heaven...*, pp. 180-227.
25. I. Watt, *Works*, Londres, 1812, II, pp. 398 et 399. Cité dans *Heaven...*, p. 208.
26. Leibniz, *Nouveaux Essais*, II, 21. Cité dans *Heaven...*, p. 277.
27. Dans la *Critique de la raison pratique*, cité dans *Heaven...*, p. 278.
28. *Thérèse de Lisieux par elle-même. Tous ses écrits de Pâques 1896 à sa mort...*, présentation de Jean-François Six, Paris, Desclée de Brouwer, 1997, 3 vol.; ici, III, pp. 245 et 246.
29. *Ibid.*, p. 133.
30. Dans son livre, *Beyond the Gates* (1883), pp. 124 et suiv.
31. Dans *The City Beyond*, publiée dans *Godey's Magazine* (juin-juillet 1898), toujours d'après *Heaven. A History.*
32. B. Lacroix, *La Foi de ma mère*, Montréal, Bellarmin, 1999, p. 191.
33. *Thérèse de Lisieux par elle-même...*, II, pp. 165 et 172.
34. *Ibid.*, III, pp. 65, 104, 108, 118, 144.
35. *Ibid.*, p. 197.
36. *Ibid.*, p. 198.
37. *Ibid.*, p. 62.
38. *Ibid.*, pp. 78 et 79.
39. *Ibid.*, p. 76.
40. *Ibid.*, pp. 28 et 29.
41. Élisabeth de la Trinité, *Souvenirs*, Carmel de Dijon, 1911, pp. 122 et 123.
42. *Ibid.*, pp. 305 et 306.
43. *Ibid.*, p. 329.
44. Voir pp. 374-376.
45. Origène, *Traité des principes*, Paris, Le Cerf, « Sources chrétiennes », 1978, p. 307.
46. Nicolas Sthétatos, *Opuscules et lettres... : « Du paradis »*, Paris, Le Cerf, « Sources chrétiennes », 1961, pp. 27 et 159.
47. Voir plus haut, chap. 6, p. 000; Ruysbroeck, *Œuvres*, éd. citée, t. 2, pp. 76 et 77.
48. Vieille trad. franç. publiée par M. de Gandillac, *Nicolas de Cues, Œuvres choisies*, Paris, Aubier, 1942 : « Traité de la vision de Dieu », p. 401.
49. Agnès de Foligno, *Le Livre...*, p. 171. Plus généralement, sur la visionnaire, cf. *Angèle de Foligno. Le dossier*, présenté par G. Barone et J. Dalarun, École française de Rome, 1999.
50. Catherine de sienne, *Les Plus Belles Lettres*, Paris, Lethielleux, 1927, p. 95.
51. Marie de l'Incarnation, *Écrits spirituels et mystiques*, Paris, 1929, t. 1, p. 360.
52. Pseudo-Denys, *La Théologie mystique*, rééd. Migne, Paris, 1991, p. 21.
53. Jean de la Croix, *Œuvres complètes*, Paris, Le Cerf, 1990, « Poèmes », p. 151.
54. J. Wesley, *A Collection of Hymns for the Use of the People Called Methodist*, Londres, 1737, hymne 75, p. 78.
55. *The Hymnal Revised and Enlarged, as Adopted by... the Protestant Episcopal Church in U.S.A. in 1892*, hymne 404, p. 377.
56. J. Wesley, *A Collection...*, hymne 71, p. 73.
57. *Hymnal...*, hymne 394, p. 360.

CHAPITRE XXX

« Le paradis, c'est les autres »

1. L'expression est de J.-F. Six, qui l'a employée dans plusieurs interventions orales.

2. Je renvoie ici à deux ouvrages, devenus des classiques, qui me dispensent de répéter leurs analyses : P. Ariès, *L'Homme devant la mort,* Paris, Le Seuil, 1977, et M. Vovelle, *La Mort et l'Occident de 1300 à nos jours,* Paris, Gallimard, 1983. Ces deux livres forment l'arrière-plan de mon propos, avec encore C. McDannell et B. Lang, *Heaven. A History.*

3. C'était le thème de *Mille Ans de bonheur,* Paris, Fayard, 1995, le tome 2 de *Une histoire du paradis.*

4. Cité dans C. McDannell et B. Lang, *Heaven...,* p. 274.

5. *Ibid.,* p. 297.

6. *Ibid.,* pp. 299 et 300.

7. J. Wesley, *A Collection of Hymns...,* p. 73 de l'éd. citée au chap. précédent.

8. Tous ces rappels viennent de *Heaven...,* pp. 289-292.

9. Voir pp. 426 et 427.

10. L'ouvrage principal de Paul Tillich est sa *Théologie systématique,* publiée en cinq parties (1951-1963) ; trad. franç., Genève, Labor et Fides, 1991 et suiv.

11. Formule citée dans C. McDannell et B. Lang, *Heaven...,* p. 332. De Bultmann sont notamment traduits en français : *Histoire et eschatologie,* Neuchâtel, Delachaux et Niestlé, 1955 ; *Jésus, mythologie et démythologisation,* Paris, Le Seuil, 1968 et *Foi et compréhension,* Paris, Le Seuil, 1969-1970, 2 vol.

12. La grande somme de K. Barth, *Dogmatique,* rédigée entre 1932 et 1967, a été trad. en franç. en 26 vol. + index de 1953 à 1980 par Labor et Fides (Genève).

13. On doit notamment à K. Rahner *Écrits théologiques,* 1954-1975, 12 vol, *Mission et grâce,* 1962-1965, 3 vol, *Les Chances de la foi,* 1974 et *Traité fondamental de la foi,* 1983.

14. E. Vilanova, *Histoire des théologies chrétiennes,* Paris, Le Cerf, 1997, III, pp. 923-927.

15. Cité dans C. McDannell et B. Lang, *Heaven...,* p. 343.

16. C'est notamment l'affirmation de Suarez, *Opera omnia,* éd. citée, t. 2 (« De angelorum... »), pp. 44-47 et de Drexel, *Tableau des joyes...,* p. 388. Cf. J. Delumeau, *Le Péché et la peur,* Paris, Fayard, rééd. 1994, pp. 315-321.

17. Cyprien, « Liber de immortalitate », dans *PL,* t. 4, c. 601.

18. Ambroise, « De bono mortis », dans *Opera omnia,* Paris, 1882, t. 1, c. 591.

19. Grégoire de Tours, *Histoire des Francs,* Paris, Les Belles Lettres, 1963, II, p. 77.

20. Jacques de Voragine, *La Légende dorée,* éd. citée, II, pp. 94 et 95.

21. *Les Révélations célestes de sainte Brigitte,* éd. franç. citée de 1624, p. 286.

22. H. Suso, *Livre de la Sagesse éternelle,* éd. citée, pp. 354 et 355.

23. P. de Ribadeneira, *Vida de... Ignacio de Loyola,* éd. citée, p. 165.

24. François de Sales, *Introduction à la vie dévote,* éd. des *Œuvres complètes,* Annecy, 1893 et suiv., t. 3, p. 51-53.

25. G. et P. Leclerc, *Louis Brea. Un poème de l'unité,* Paris, Mame, 1992, pp. 155-163.

26. *Ibid.*, p. 156.
27. FRANÇOIS DE SALES, *Introduction...*, éd. citée, t. 3, pp. 50 et 51.
28. Voir p. 000.
29. C. HAVELANGE, *De l'œil et du monde...*, p. 199.
30. J. DREXEL, *Tableau des joyes...*, pp. 382-385, 389-391 et 395-397.
31. Voir p. 000.
32. BÈDE LE VÉNÉRABLE, « Aliquot quaestionum liber qu. XII, », dans *PL*, t. 93, c. 465-466.
33. BERNARD DE CLAIRVAUX, « In dedic. eccles. sermo 1 », n° 7, dans *PL*, t. 183, c. 521.
34. ANSELME, *Cur Deus homo*, trad. ancienne publiée par l'Université de Louvain-la-Neuve, 1984, p. 192.
35. THOMAS D'AQUIN, *Somme théologique*, Ia-IIae, quest. 4, art. 8, p. 164.
36. Phrase extraite d'un entretien du père Xavier Léon-Dufour accordé à *La Vie*, 27 mars 1997.
37. C.I. ANSALDI, *Della Speranza et della consolazione di rivedere i cari nostri nell'altera vita*, Turin, 1772, pp. 3 et 4.
38. F.-R. BLOT, *Au ciel on se reconnaît*, Lyon, 1863, pp. 17, 23 et 24.

CHAPITRE XXXI
« Écris-moi dans cette terre, je te répondrai »

1. M. HERNANDEZ, « Sonetos : El silbo vulnerado », dans *Œuvres complètes*, Madrid, Espasa Calpe, 1992, p. 450; le poème est intitulé *Tus cartas son un vino*. Je remercie mon ami Jean-François Tournaire d'avoir attiré mon attention sur ce poème.
2. M. HULIN, *La Face cachée du temps*, Paris, Fayard, 1985, p. 120. Pour les pages qui suivent, je suis largement tributaire de cet ouvrage.
3. E. MORIN, *L'Homme et la mort*, Paris, Le Seuil, 1970, pp. 132-156.
4. Ces indications concernant la pensée d'Origène et celle de Basile sont tirées de l'article « Communion des saints » du *DTC*, t. 3, 1, c. 436-440.
5. AUGUSTIN, « SERMO CCLXXX », dans *PL*, t. 38, c. 1283, et « Enarr. in ps. LXXXV », dans *PL*, t. 37, c. 1099.
6. Cf. J.-Y. LACOSTE (dir.), *Dictionnaire critique de théologie*, Paris, PUF, 1998, pp. 241 et 242.
7. Je renvoie ici à mon *Jardin des délices* (t. 1 de *Une histoire du paradis*), pp. 51 et 52, et à J. NTEDIKA, *L'Évocation de l'au-delà dans la prière pour les morts*, Louvain, Nauwelaerts, 1971, principalement pp. 227 et suiv.
8. Je renvoie ici au *DTC*, « Communion des saints », t. 3, 1, c. 454 et suiv.
9. P. ARIÈS, *L'Homme devant la mort*, pp. 37-95.
10. Cf. mon livre *Rassurer et protéger*, Paris, Fayard, 1989, pp. 228-233.
11. Cf. A. VAUCHEZ (dir.), *Dictionnaire encyclopédique du Moyen Âge*, Paris, Le Cerf, 1997, II, « Toussaint », pp. 1525 et 1526.
12. Cf. J. LE GOFF, *La Naissance du purgatoire*.
13. *Ibid.*, p. 443.
14. P. ARIÈS, *L'Homme devant la mort*, p. 149.
15. *Ibid.*, p. 458.

16. Pour tout ce développement je renvoie à l'article de M. Lienhard, « La sainteté et les saints », dans *Études théologiques et religieuses,* 1997, 3, pp. 375-387.

17. A. Birmele et M. Lienhard, *La Foi des Églises luthériennes,* Paris/Genève, Le Cerf/Labor et Fides, 1991, p. 261.

18. *Ibid.,* p. 203.

19. Calvin, *Institution chrétienne,* II, xx, 24, cité par M. Lienhard, « La sainteté et les saints », p. 382.

20. Calvin, *Corpus reformatorum,* t. 77 (t. 5 des *Opera Calvini*), p. 327. Cité dans C. McDannell et B. Lang, *Heaven...,* p. 155.

21. Cf. *ibid.,* p. 156.

22. P. Nicolai, *Freudenspiegel,* p. 92. Cité dans *ibid.,* p. 211.

23. P. Ariès, *L'Homme devant la mort,* p. 464.

24. E. Swedenborg, *Traité curieux des charmes de l'amour conjugal dans ce monde et dans l'autre,* 1768, *passim.*

25. J.-J. Rousseau, *La Nouvelle Héloïse,* Paris, Flammarion, 1967, lettre XII, V[e] partie, p. 566.

26. *Ibid.,* lettre XI, p. 555.

27. Je reprends rapidement ces exemples plus longuement développés dans C. McDannell et B. Lang, *Heaven...*

28. Formule de M. Vovelle.

29. M. Vovelle, *Les Âmes du purgatoire,* Paris, Gallimard, 1996, pp. 199 et suiv.

30. M. Vovelle, *La Mort et l'Occident,* p. 658.

31. *Ibid.,* p. 662.

32. *Ibid.,* pp. 391-393.

33. Cité par P. Ariès, *L'Homme devant la mort,* pp. 447 et 448.

34. Cité par J.-F. Six, *Thérèse de Lisieux. Son combat spirituel. Sa voie,* Paris, Le Seuil, 1998, p. 23.

35. *Thérèse par elle-même,* présentation de J.-F. Six, Paris, Grasset/Desclée de Brouwer, t. 1, 1992, p. 82.

36. M. Gari, *Le Vinaigre et le fiel,* pp. 16 et 17.

37. J.-F. Six, *Littré devant Dieu,* Paris, Le Seuil, 1962, p. 139.

38. Cette précision est donnée dans le film d'Akira Kurosawa *Rhapsodie en août.*

39. *Le Pèlerin,* 10 sept. 1999.

40. Publié par l'*Actualité des religions,* n° du 10 nov. 1999.

41. P. Ariès, *L'Homme devant la mort,* p. 536 et 537.

42. Dans *La Croix,* 1er novembre 1999.

43. Voir p. 449

44. Voir p. 61.

45. Tertullien, *De monogamia,* chap. 10, Paris, Le Cerf, « Sources chrétiennes », 1988, p. 179.

46. Cyprien, « Liber de immortalitate », dans *PL,* t. 4, c. 623.

47. Bède le Vénérable, « Paraenetica », dans *PL,* t. 94, c. 452.

48. Augustin, cette lettre dans *PL,* t. 33, c. 318. Cité dans C. McDannell et B. Lang, *Heaven...,* p. 60.

49. Ambroise, successivement « De excessu fratris sui » 1. 2, dans *PL,* t. 16, c. 1414, et « De obitu Valentiani consolatio », dans *ibid.,* c. 1444

50. Jérôme, « Epistola ad Theodoram » dans *PL,* t. 22, c. 685.

51. GRÉGOIRE DE NAZIANZE, « Oratio XLIII », dans le n° 384 des « Sources chrétiennes », Paris, Le Cerf, 1992, p. 303.
52. JEAN CHRYSOSTOME, « Tractatus ad viduam juniorem », dans *PG*, t. 48, c. 604.
53. THÉODORE STOUDITE, « Lettres »; ici, I, n° 29, dans *PG*, t. 99, c. 1003.
54. *Ibid.*, II, n° 110, dans *ibid.*, c. 1370.
55. *Ibid.*, II, n° 186, dans *ibid.*, c. 1571.
56. THÉODORE STOUDITE, « Serm., catech. XXII », dans *ibid.*, c. 539.
57. BERNARD DE CLAIRVAUX, « In Cant. Sermo 26, n° 5 », dans le n° 431 des « Sources chrétiennes », Paris, Le Cerf, 1998, p. 289.
58. CATHERINE DE SIENNE, *Le Dialogue*, chap. 21.
59. VINCENT FERRIER, « Sermon n° 2, De Assumptione », dans *Œuvres*, Paris, 1909, t. 2, p. 663.
60. L. VALLA, *Il Piacere (De voluptate)*, Naples, 1948, p. 310.
61. FRANÇOIS XAVIER, *Correspondance, 1532-1552*, Paris, Desclée de Brouwer, 1987, p. 69.
62. RONSARD, *Œuvres*, Paris, « Bibliothèque de la Pléiade », t. 2, 1950, p. 415.
63. P. COTON, *Sermons sur les principales et plus difficiles matières de la foi, réduits par lui-même en forme de méditations*, Rouen, 1626, « Du paradis », méd. 21, p. 626.
64. THÉRÈSE D'AVILA, *Œuvres*, éd. citée (« Vie »), I, p. 304.

CONCLUSION

Que reste-t-il du paradis?

1. C'est le thème central de l'ouvrage de H. BELTING, *Image et culte...*
2. Formule de J.-P. MANIGNE dans *Lazare, dehors*, Paris, Desclée de Brouwer, 1998.
3. Le *Catéchisme de l'Église catholique* (1992), n° 1027, s'exprime ainsi : « Ce mystère de communion bienheureuse avec Dieu et avec tous ceux qui sont dans le Christ dépasse toute compréhension et toute représentation. »

INDEX DES NOMS DE PERSONNES

Table des matières

Deuxième partie

BONHEURS

Troisième partie

Transformations

Quatrième partie

DÉCONSTRUCTION ?

COLLECTION « PLURIEL »

Philosophie

ARON Raymond
Essai sur les libertés
L'Opium des intellectuels

AXELOS Kostas
Métamorphoses

BOUVERESSE Jacques
Le Philosophe et le réel

BURKE Edmund
Réflexions sur la Révolution en France

CHÂTELET François
Histoire de la philosophie
t. 1 : *La Philosophie païenne (Du VIe siècle av. J.C. au IIIe siècle après J.C.)*
t. 2 : *La Philosophie médiévale (Du Ier au XVe siècle)*
t. 3 : *La Philosophie du monde nouveau (XVIe et XVIIe siècle)*
t. 4 : *Les Lumières (XVIIIe siècle)*
t. 5 : *La Philosophie et l'histoire (1780 à 1880)*
t. 6 : *La Philosophie du monde scientifique et industriel (1860 à 1940)*
t. 7 : *La Philosophie des sciences sociales (de 1860 à nos jours)*
t. 8 : *Le XXe siècle*

CONSTANT Benjamin
Principes de politique

COURTINE-DENAMY Sylvie
Hannah Arendt

DETIENNE Marcel
Dionysos à ciel ouvert

GIRARD René
La Violence et le sacré

GLUCKSMANN André
Le Bien et le Mal

HABERMAS Jürgen
Après Marx

HABIB Claude
Le Consentement amoureux

JOUVENEL (de) Bertrand
Du Pouvoir

LA ROCHEFOUCAULD
Maximes, réflexions, lettres

LÖWITH Karl
Nietzsche

MANENT Pierre
Histoire intellectuelle du libéralism

MONGIN Olivier
Face au scepticisme

NIETZSCHE Friedrich
Humain, trop humain
Aurore
Le Gai Savoir
Par-delà le bien et le mal

ORY Pascal
Nouvelle Histoire des idées politiqu

QUINET Edgar
L'Enseignement du peuple suivi de *révolution religieuse au XIXe siècle*

RIALS Stéphane
La Déclaration des droits de l'hom et du citoyen

RICHIR Marc
La Naissance des dieux

RICŒUR Paul
La Critique et la Conviction

ROUSSEAU Jean-Jacques
Du Contrat social

RUYER Raymond
La Gnose de Princeton

SCHOLEM Gershom
Walter Benjamin, Histoire d'une amitié

RRES Michel
Cinq sens
Parasite
me

RINELLI Jean-François
rtre et Aron, deux intellectuels dans
siècle

SLOTERDIJK Peter
L'Heure du crime et le temps de l'œuvre d'art suivi de *Essai d'intoxication volontaire*

SUN TZU
L'Art de la guerre

TODOROV Tzvetan
Les Morales de l'Histoire

Psychanalyse/psychologie

RROIS Claude
ychanalyse du guerrier

TTELHEIM Bruno
Poids d'une vie
ans les chaussures d'un autre
ialogues avec les mères

ONNAFÉ Marie
s Livres c'est bon pour les bébés

RUNSCHWIG Hélène
'Ayons pas peur de la psychothérapie

RAMER Bertrand
rofession bébé

YRULNIK Boris
émoire de singe et paroles d'homme
a Naissance du sens
ous le signe du lien

ANON-BOILEAU Hervé
e la vieillesse à la mort

UMAS Didier
a Sexualité masculine

LEM Lydia
reud et ses patients

AY Peter
reud, une vie (2 vol.)

REEN André
a Déliaison
In Psychanalyste engagé

RIMBERT Philippe
as de fumée sans Freud

IADDAD Antonietta et Gérard
reud en Italie

HADDAD Gérard
Manger le Livre

HOFFMANN Christian
Une Introduction à Freud

LACHAUD Denise
Jalousies
L'Enfer du devoir

LAPLANCHE Jean,
PONTALIS Jean-Bernard
Fantasme originaire. Fantasme des origines. Origines du fantasme

LESSANA Marie-Magdeleine
Entre mère et fille : un ravage

MURAT Laure
La Maison du docteur Blanche

PERRIER François
L'Amour

PHILLIPS Adam
Le Pouvoir psy

PIGNARRE Philippe
Comment la dépression est devenue une épidémie

RIBAS Denys
L'Énigme des enfants autistes

SUTTON Nina
Bruno Bettelheim

TOMKIEWICZ Stanislas
L'Adolescence volée

VIGOUROUX François
Le Secret de famille
L'Âme des maisons

Sociologie, anthropologie

ARNALDEZ Roger
L'Homme selon le Coran

AUGÉ Marc
Un Ethnologue dans le métro

AZNAR Guy
Emploi : la grande mutation

BADIE Bertrand,
BIRNBAUM Pierre
Sociologie de l'État

BAUMAN Zygmunt
Le Coût humain de la mondialisation

BIRNBAUM Pierre
La Fin du politique
Le Peuple et les gros

BOUDON Raymond
L'Inégalité des chances
La Logique du social

BOUSTANY Antoine
Drogues de paix, drogues de guerre

BROMBERGER Christian
Passions ordinaires

CALVET Louis-Jean
La Guerre des langues et les politiques linguistiques

CALVET Louis-Jean
Histoire de l'écriture

CHARNAY Jean-Paul
Sociologie religieuse de l'Islam

DAVID Paulo
Enfants sans enfance

DUPUY Jean-Pierre
Libéralisme et justice sociale

EHRENBERG Alain
Le Culte de la performance
L'Individu incertain

FONDATION DES ÉTUDES DE DÉFENSE
Les Manipulations de l'image et du son

JEANNENEY Jean-Noël
L'Écho du siècle, Encyclopédie historique de la radio et de la télé en France

LE BRAS Hervé
Marianne et les lapins

LERIDON Henri
Les Enfants du désir

MALHERBE Michel
Les Religions de l'humanité
t. 1 : *L'Homme, le monde et Dieu*
t. 2 : *Rapports entre la religion, la de l'homme et son avenir*

MENSION-RIGAU Éric
Aristocrates et grands bourgeois

POIRIER Lucien
Le Chantier stratégique

PONT-HUBERT Catherine
Dictionnaire des symboles, des rites des croyances

RACHLINE François
Que l'argent soit

RANKE-HEINEMANN Uta
Des Eunuques pour le royaume des cieux

RAUCH André
Crise de l'identité masculine, 1789-1914
Vacances en France de 1830 à nos jours

REVEL Jean-François
La Connaissance inutile

ROSANVALLON Pierre
La Question syndicale

SLAMA Alain-Gérard
L'Angélisme exterminateur
Les Chasseurs d'absolu

ORMAN Guy
e Bonheur français
e Capital, suite et fins

ULLEROT Evelyne
a Crise de la famille

VICTOR Paul-Émile et Jean-Christophe
Planète antarctique

ZEGHIDOUR Slimane
Le Voile et la bannière

HISTOIRE

DLER Laure
es Maisons closes

GULHON Maurice
De Gaulle. Histoire, symbole, mythe
a République (1880 à nos jours)
1 : *L'Élan fondateur et la grande lessure (1880-1932)*
2 : *Nouveaux drames et nouveaux spoirs (1932 à nos jours)*

NATI Emmanuel
a Religion des origines

NDREU Guillemette
es Égyptiens au temps des pharaons

NTOINE Michel
ouis XV

UBÉ Pierre
e Roi lépreux, Baudouin IV de érusalem
es Empires normands d'Orient

EAUFRE Général
ntroduction à la stratégie

ÉAUR Gérard
a Terre et les hommes, Angleterre et rance aux XVIIe *et* XVIIIe *siècles*

ECHTEL Guy
a Chair, le diable et le confesseur

ENNASSAR Bartolomé,
INCENT Bernard
e Temps de l'Espagne, XVIe-XVIIe *siècles*

ENNASSAR Bartolomé
'Inquisition espagnole, XVe-XIXe *siècles*

ERCÉ Yves-Marie
ête et révolte, Des mentalités opulaires du XVIe *au* XVIIIe *siècles.*

BERNAND André
Alexandrie la grande
Sorciers grecs

BLONDI Jean-Pierre,
MORIN Gilles
Les Anticolonialistes (1881-1962)

BLUCHE François
Le Despotisme éclairé
Louis XIV

BOGDAN Henry
Histoire des pays de l'Est, des origines à nos jours
Histoire des peuples de l'ex-URSS
Du IXe *siècle à nos jours*

BOLOGNE Jean-Claude
Histoire de la pudeur
Histoire du mariage en Occident

BOTTÉRO Jean
Babylone et la Bible

BOTTÉRO Jean,
HERRENSCHMIDT Clarisse,
VERNANT Jean-Pierre
L'Orient ancien et nous

BOUKOVSKY Vladimir
Jugement à Moscou

BRANTHOMME Henry,
CHÉLINI Jean
Les Chemins de Dieu

BRANTHOMME Henry,
CHÉLINI Jean
Histoire des pèlerinages non-chrétiens

BROSSAT Alain
Les Tondues, un carnaval moche

CAHEN Claude
L'Islam, des origines au début de l'empire ottoman

CAMPORESI Piero
Les Baumes de l'amour

CARCOPINO Jérôme
Rome à l'apogée de l'Empire

CARRÈRE d'ENCAUSSE Hélène
Lénine
Nicolas II

CHAUNU Pierre
Le Temps des réformes
3 Millions d'années, 80 milliards de destins

CHAUSSINAND-NOGARET Guy, CONSTANT Jean-Marie, DURANDIN Catherine, JOUANNA Arlette
Histoire des élites en France, du XVIe *au* XXe *siècle*

CHÉLINI Jean
Histoire religieuse de l'Occident médiéval

CHENTALINSKY Vitali
La Parole ressuscitée, Dans les archives littéraires du K.G.B.

CHOURAQUI André
Jérusalem

CIZEK Eugen
Mentalités et institutions politiques romaines

CORNEVIN Robert et Marianne
La France et les Français outre-mer

DAUMAS Maurice
La Tendresse amoureuse

DELUMEAU Jean
Rome au XVIe *siècle*
La Peur en Occident
Une Histoire du Paradis
t. 1 : *Le Jardin des délices*
t. 2 : *Mille ans de bonheur*
t. 3 : *Que reste-t-il du paradis ?*

DUBY Georges
Le Chevalier, la femme et le prêtre
Le Moyen Âge (987-1460)

DUCELLIER Alain
Le Drame de Byzance, Idéal et éche d'une société chrétienne

DUCREY Pierre
Guerre et guerriers dans la Grèce antique

DUPÂQUIER Jacques, KESSLER Denis
La Société française au XIXe *siècle*

DUROSELLE Jean-Baptiste
L'Europe, histoire de ses peuples

EISEN Georges
Les Enfants pendant l'holocauste

EPSTEIN Simon
Histoire du peuple juif au XXe *siècle*

ESPRIT
Écrire contre la guerre d'Algérie (19 1962)

ETIENNE Bruno
Abdelkader

FAURE Paul
Parfums et aromates dans l'Antiquit

FAVIER Jean
De l'or et des épices

FERRO Marc
Nazisme et communisme
Pétain

FIERRO-DOMENECH Alfred
Le Pré carré, Géographie historique la France

FINLEY Moses I.
On a perdu la guerre de Troie

FOURASTIÉ Jean
Les Trente Glorieuses

FRUGONI Chiara
Saint François d'Assise

FURET François, NOLTE Ernst
Fascisme et communisme

FURET François
La Gauche et la Révolution au XIXe siècle
La Révolution (1770-1880)
t. 1 : *La Révolution française, de Turgot à Napoléon (1770-1814)*
t. 2 : *Terminer la Révolution, de Louis XVIII à Jules Ferry (1814-1880)*

FURET François,
RICHET Denis
La Révolution française

FURET François,
JULLIARD Jacques,
ROSANVALLON Pierre
La République du centre

GARIN Eugenio
L'Éducation de l'homme moderne (1400-1600)

GIRARD Louis
Napoléon III

GIRARDET Raoul
Histoire de l'idée coloniale en France

GOUBERT Pierre
L'Avènement du Roi-Soleil
Initiation à l'histoire de la France
Louis XIV et vingt millions de Français

GRAF Fritz
La Magie dans l'Antiquité gréco-romaine

GRANDAZZI Alexandre
La Fondation de Rome

GRAS Michel,
ROUILLARD Pierre,
TEIXIDOR Xavier
L'Univers phénicien

GRIMAL Pierre
Les Erreurs de la liberté

GUICHARD Pierre
Al-Andalus (711-1492), Une histoire de l'Andalousie arabe

GUILLERMAZ Jacques
Une Vie pour la Chine, Mémoires, 1937-1993

GUTTON Jean-Pierre
La Sociabilité villageoise dans la France d'Ancien Régime

HALÉVY Daniel
La Fin des notables
t. 1 : *La Fin des notables*
t. 2 : *La République des ducs*

HALÉVY Daniel
Visites aux paysans du centre

HAZARD Paul
La Pensée européenne au XVIIIe siècle

HEERS Jacques
Fêtes des fous et carnavals
Esclaves et domestiques au Moyen Âge
La Ville au Moyen Âge en Occident

HOBSBAWM Eric J.
L'Ère des Révolutions (1789-1848)
L'Ère du Capital (1848-1875)
L'Ère des Empires (1875-1914)

HORNUNG Erik
L'Esprit du temps des pharaons

JOHNSON Hugh
Une Histoire mondiale du vin

JOMINI (de) Antoine-Henri
Les Guerres de la Révolution (1792-1797)

KRIEGEL Maurice
Les Juifs à la fin du Moyen Âge dans l'Europe méditerranéenne

LACARRIÈRE Jacques
En Cheminant avec Hérodote

LACORNE Denis
L'Invention de la République

LAZARE Lucien
Le Livre des Justes

LEBRUN François
Histoire des catholiques en France

LE GOFF Jacques
La Bourse et la vie

LE ROY LADURIE Emmanuel
L'État royal 1460-1610
L'Ancien Régime (1610-1770)
t. 1 : *L'Absolutisme en vraie grandeur (1610-1715)*
t. 2 : *L'Absolutisme bien tempéré (1715-1770)*

LEVER Evelyne
Louis XVIII

MALET-ISAAC
Histoire
t. 1 : *Rome et le Moyen Âge (735 av. J.-C.-1492)*
t. 2 : *L'Âge classique (1492-1789)*
t. 3 : *Les Révolutions (1789-1848)*
t. 4 : *La Naissance du monde moderne (1848-1914)*

MANDROU Robert
Possession et sorcellerie au XVIIe siècle

MASSON Philippe
Histoire de l'armée allemande

MAUSS-COPEAUX Claire
Appelés en Algérie

MELCHIOR-BONNET Sabine
Histoire du miroir

MICHEL Henri
Jean Moulin

MILO Daniel
Trahir le temps

MOREAU Jacques
Les Socialistes français et le mythe révolutionnaire

MUCHEMBLED Robert
L'Invention de l'homme moderne

NEVEUX Hugues
Les Révoltes paysannes en Europe (XIVe-XVIIe siècle)

NICOLET Claude
L'Inventaire du monde, Géographie et politique aux origines de l'Empire romain

NOIRIEL Gérard
Réfugiés et sans-papiers

NOLTE Ernst
Les Mouvements fascistes

PELIKAN Jaroslav
Jésus au fil de l'histoire

PITT-RIVERS Julian
Anthropologie de l'honneur

POMEAU René
L'Europe des Lumières

POURCHER Yves
Les Jours de guerre

RANCIERE Jacques
La Nuit des prolétaires

REVEL Jacques
Fernand Braudel et l'Histoire

RICHÉ Pierre
Les Carolingiens

RIEFFEL Rémy
Les Intellectuels sous la Ve Républiq (3 vol.)

RIOUX Jean-Pierre,
SIRINELLI Jean-François
La France d'un siècle à l'autre (2 vol.)

ROBERT Jean-Noël
Eros romain

ROTH François
La Guerre de 70

ROUMAJON Yves
Enfants perdus, enfants punis

ROUSSET David
Les Jours de notre mort (2 vol.)
L'Univers concentrationnaire

ROUX Jean-Paul
Les Explorateurs au Moyen Âge

SHIRER William
La Chute de la IIIe République

SINGER Claude
Vichy, l'Université et les Juifs

SNODGRASS Anthony
La Grèce archaïque

SOLÉ Jacques
L'Âge d'or de la prostitution, de 18. à nos jours

SOUSTELLE Jacques
Les Aztèques à la veille de la conqu espagnole

TROCMÉ Étienne
L'Enfance du christianisme

TULARD Jean
Napoléon

'ALLAUD Pierre
tlas historique du XXe siècle

'ERDON Jean
e Plaisir au Moyen Âge
a Nuit au Moyen Âge

'ERNANT Jean-Pierre
a Mort dans les yeux

'EYNE Paul
)ARBO-PESCHANSKI Catherine
e Quotidien et l'intéressant

'IANSSON-PONTÉ Pierre
Iistoire de la République gaullienne
1 : *La Fin d'une époque : mai 958-juillet 1962*
2 : *Le Temps des rphelins : août 1962-avril 1969*

WEBER Eugen
L'Action française

WIEVIORKA Annette
Déportation et génocide
L'Ère du témoin

WOODROW Alain
Les Jésuites

ZORGBIBE Charles
Histoire des relations internationales
t. 1 : *Du Système de Bismarck au premier conflit mondial*
t. 2 : *De Versailles au second conflit mondial*
t. 3 : *Du Système de Yalta aux missiles de Cuba*
t. 4 : *De 1962 à nos jours*

LETTRES ET ARTS

:ACHIN Françoise
Gauguin

:LARK Kenneth
e Nu (2 vol.)

ERRIER Jean- Louis
De Picasso à Guernica, Généalogie 'un tableau

ERRIER Jean-Louis
Brève histoire de l'art

;RAVES Robert
es Mythes grecs (2 vol.)

IASKELL Francis,
'ENNY Nicholas
Pour l'Amour de l'antique, La tatuaire gréco-romaine et le goût uropéen

IURÉ Pierre-Antoine,
:NEPPER Claude
iszt en son temps

ANOVER Louis
a Révolution surréaliste

LAZARD Madeleine
Rabelais l'humaniste

LIÉBERT Georges
L'Art du chef d'orchestre

LOTTMAN Herbert
Flaubert

MESCHONNIC Henri
De la langue française

PACHET Pierre
Les Baromètres de l'âme
Naissance du journal intime

REWALD John
Le Post-impressionnisme (2 vol.)

ROMILLY Jacqueline (de)
La Douceur dans la pensée grecque

TAPIÉ Victor L.
Baroque et classicisme

VALLIER Dora
L'Art abstrait

VON DER WEID Jean-Noël
La Musique du XXe siècle

Imprimé en France, par l'imprimerie Hérissey à Évreux (Eure) - N° 93667
HACHETTE LITTÉRATURES - 43, quai de Grenelle - 75015 - Paris
Collection n° 25 - Édition n° 01
Dépôt légal : 34018, janvier 2003
ISBN : 2.01.27906.74

27.9067.3